絶海中津研究

人と作品とその周辺

朝倉　和

清文堂

絶海中津研究—人と作品とその周辺—

目次

装幀／寺村隆史

第一章　受容史及び研究史上における絶海中津

第一節　受容史の概観——文学活動を中心に——

はじめに

今日、絶海中津（一三三六～一四〇五）は、義堂周信（一三二五～八八）とともに「五山文学の双璧」と称され、高く評価されている。いったいいつ頃から、誰によって、絶海の作品や文学活動のどのような点を評価して言い始められたのであろうか——。

「五山文学」とは、鎌倉・室町時代に五山派の禅僧によって作成された漢詩文や、漢籍の注釈を核とする文学・学問活動を言う。その研究状況は、文学の分野においては、ともすれば「傍流の文学」「学界の孤児」として敬遠される嫌いがあり、いまだに研究方法は確立しておらず、低調であると言えよう。本節では、絶海研究における新たな視座を発見し、今後の研究を円滑に進める契機が得られるように、彼の受容史を俯瞰してみたいと思う。

絶海は応永十二年（一四〇五）四月五日、相国寺の勝定院において示寂した。七十歳だった。その後、同十六年九月十四日に後小松天皇（一三七七～一四三三）から「仏智広照国師」の号を追諡され、同二十三年十二月十四日には称光天皇（一四〇一～二八）から「浄印翊聖国師」の号を加諡された（『勝定国師年譜』『延宝伝灯録』『鹿苑日録』『扶桑五山記』等）。また、当時の日記類を繙くと、同十八年には南禅寺にて七回忌、同二十四年には相国寺にて十三回忌、永享九年（一四三七）には相国寺と南禅寺において三十三回忌、永正元年（一五〇四）には相国寺において百年忌が営まれたことが確認できる（『看聞日記』『満済准后日記』『蔭凉軒日録』『鹿苑日録』等）。以下、論の進行上、便宜的に（Ⅰ）室町時代後期と（Ⅱ）江戸時代とに分けて、各時代における絶海の、主に文学面における評価を見て行きたい。ただし、絶海の示寂後のものに限る（一部を除く）。

絶海中津の評価（Ⅰ）——室町時代後期

まず、明僧道衍（一三三五～一四一八）による『蕉堅藁』(1)の序文から抜粋する。

日本絶海禅師之於レ詩。亦善鳴者也。自二壮歳一挟レ嚢乗レ艘。泛二滄溟一。来二中国一。客二于杭之千歳岩一。依二全室翁一以求レ道。暇則講二乎詩文一。故禅師得二詩之体裁一。清婉峭雅。出二於性情之正一。雖二晋唐休徹之輩一。亦弗レ能レ過レ之也。

この文章は、絶海生前のものである。絶海は応永十年（一四〇三）、入明する弟子の龍渓等聞に『蕉堅藁』と『絶海和尚語録』（以下、『絶海録』と略す）を預けて、両書の序と跋を中国僧に請い受けることを求めた（『蕉堅藁』と『絶海録』の序・跋による）。絶海が示寂するのは、この二年後である。道衍は当時、僧録司左善世（「僧録司」とは寺院を管理する官、「左善世」とはその最高の役）の要職にあり、そのような彼が、絶海の詩風を「清婉峭雅にして、性情の正より出づ」と評していることは注目に値しよう。

つぎに、絶海の後輩僧らによる絶海評（観）である。①～⑤の番号は私に施した。

①独吾徒、効二文字語言於中華之體一、習禅之餘、著レ文賦レ詩、山林之楽也、然而辞有二和習一、字亦入二和様一、令二中華之人、観レ之則皆云、其間文字也、蕉堅大士、壮歳南遊、入二全室室一、其詩也、文也、筆蹟也、与二彼山川風物一、争二其壮麗一、明人跋二其藁一曰、雖下吾中州之士、老二於文学一者上、不二是過一、且無二日東語言気習一、而深得二全室之所一レ伝也、評二其書一則曰、得二楷法於清遠一、可レ謂二集而大成一矣、既而帰朝、吾徒之従二事於此一者、競游二其

門一、刪レ詩、定二四六之體一、変二書法之卑弱一、各得二其所一、至レ今叢林、無下不レ被二其沢一者上、可レ尚矣、

（「旭岑詩并四六序」、『翰林葫蘆集』(2) 第八）

②蓋禅四六之盛二行于世一也、始二于蒲室一、蒲室出二乎皇元之間一、一手定二其躰格一、整二其句法一、而自編二其集一、雅頌各得二其所一也、継二于蒲室一者曰二季潭一、曰二用章一、皆有二家法一、而季潭開闔関鍵可レ観矣、吾朝蕉堅蚤入二大明一、従レ之以游者、洎二乎十年一、故罄二其所レ蘊以帰、於レ是乎海東禅林、四六具レ體、而後登二其門一者、双桂太白曇仲為二之頭角一、（下略）

（「四六後序 有レ詩」、『翰林葫蘆集』第八）

③昔蕉堅老師、遊二大明国一、于レ時老皇帝召二見英武楼一、勅令レ賦二三山詩一、御製賜レ和、一時盛事也、加之、季潭・清遠等諸大老、与レ師唱和、千載美談也、及二帰国一、其光華也、並二扶桑日一、其清高也、凌二三山雲一、苟従二事斯文一者、一游二其門一、則以為二登龍一、而我師曇仲其一也、吁、異矣哉、正甫叔少年、乃蕉堅第四葉也、（下略）

（「次二韻正甫少年試筆一詩并叙　諱法叔、字正甫、后改二汝雪一」、『補庵京華前集』(3)）

④乃祖広照国師、大明洪武年中、航二于中華一、太祖高皇帝、召二見英武楼一、令レ賦二吾邦三山之詩一、辱賜レ和、可レ謂二大法東被之秋一也、萬年喬年和尚、廼国師的孫也、（下略）

（「送三喬年赴二大明国一」、『黙雲藁』(4)）

⑤此詩ハ、絶海和尚渡唐アリテ、大明太祖高皇帝ノ御前ニテノ詩也。此時ハ洪武九年ノ春也。高皇帝英武楼へ召レテ、日本国ノ使僧津絶海ニ御対面アリテ、日本ノ風土ヲ御尋アリ。其次《つい》デニ、「信《まこと》ヤ、日本ニ三山アリ、ソコニ徐福ガ祠アリト云ハ。若実《もしまこと》ナラバ、ソレニ就《つい》テ詩ヲ献ゼヨ」トアル処デ、賦二此詩一也。天子勅感アリテ御制、尊和ヲ下サル、也。名誉ノコト也。総ジテ、日本ニ名僧ヲ御賞翫アルハ、コノ為也。日本一州ノ名望ヲセラル、モ、名僧ノ故也。希有ノコト也。然間《しかるあひだ》、唐ヘノ書札ハ時ノ名僧ニ書カセラル、法也。ソレニ就テ有二書札法一也。（下略）

（『中華若木詩抄』(5) 九八—一）

【注】「全室」とは季潭宗泐、「清遠」とは清遠懐渭、「蒲室」とは笑隠大訢、「用章」とは用章廷俊、「双桂」とは惟肖得巌、「太白」とは太白真玄、「曇仲」とは曇仲道芳、「老皇帝」とは高皇帝（洪武帝、朱元璋）、「正甫叔少年」とは正甫（汝雪）法叔、「喬年和尚」とは喬年宝松。

これらの記述を概観すると、彼らの絶海評（観）は、大体、以下のように分類できる。（a）～（f）の記号は私に施した。

（a）詩文に秀でている。和習（臭）がない。（季潭宗泐から学ぶ）。①
（b）金陵の英武楼において明の太祖高皇帝に謁見し、熊野三山に関する詩を唱和した。（③・④・⑤）
（c）季潭や清遠懐渭らと詩を唱和した。③
（d）書法に秀でている（清遠から学ぶ）。①
（e）「蒲室疏法」を将来して、わが国に四六文の作法を定着させた（季潭から学ぶ）。（①・②）
（f）後輩僧が競って、詩文や書法や四六文の指導を受けた。（①・②・③）

（a）について。『蕉堅藁』には五山版があり、当時からある程度、流布していたと思われる（第三章第一節参照）。①には、「明人、其の藁に跋して曰く」として、明僧如蘭による跋文からの引用がある。「吾が中州の士の、文学に老ゆる者と雖も、是に過ぎず。且つ日東語言の気習無く、而して深く全室の伝ふる所を得たり」――絶海は中国人と同等、もしくはそれ以上の創作力を有していて、和習（臭）も無く、深く季潭（全室和尚、一三一八～九一）の真髄を会得していたという。玉村竹二氏は『五山文学』（日本歴史新書、至文堂、昭四一）の中で、

又（絶海は）日本人の思惟方法を離れた用語句法を用いているので、「日東語言の習気《（ママ）》なし」と明僧如蘭から賞讃されるのである。これは支那語で考え、支那語で概念を形成して作詩するということであり、日本語の概

念を翻訳して作詩する一般日本人と異るということである。これらの点は中巌圓月と最も酷似する。

（一九〇頁）

と述べておられる。例えば、『蕉堅藁』の「真寂の竹菴和尚に呈す」詩（一）には、「流水、寒山の道、深雲、古寺の鐘」という句がある。同詩に和韻した清遠（竹菴和尚）の詩（一番詩A）の序文に、「将に江東に遊ばんとし、詩を留めて別れを為す。曰ふ有り、流水、寒山の路、深雲、古寺の鐘、と。気格音韻、居然たる玄勝、当に作者に愧ぢざるべし」とあり、太極蔵主（一四二一～？）の『碧山日録』寛正元年（一四六〇）五月二十二日条に、

二十二日戊戌　絶海・寰《観カ》中共入二中州一、学二詩於泐季潭一、皆得レ妙、絶海、以二一《流》水寒山路　深雲古寺鐘　之句一見レ称、寰中、作二白雲流水路　紅葉夕陽山　之句一、播二其名一也、余初聆二観中句於客一、紀レ之、

（『増補　続史料大成』第二十巻）

【注】「寰中」に関して、『大日本史料』第七編之七・応永十二年四月五日条では、寰中崇枢（規庵祖円――蒙山智明――東山崇忍――寰中）としているが、観中中諦で良いだろう。と、いうのも、少しく文字の異同はあるものの、『青嶂集』（観中著）の「題二神護寺一」詩（一四七）に「白雲深谷路、紅葉夕陽山」という句が見えるからである。なお、『青嶂集』の作品番号は、梶谷宗忍氏訳注『観中録　青嶂集』（相国寺、昭四八）による。

という記事があることから、この詩句が、日中の禅林社会で人口に膾炙していたことが知られる。

（b）について。③や⑤にあるように、この絶海と高皇帝の逸話は、本朝禅僧にとって一時の盛事とか、名誉事として理解されていたようである。逸話の内容は、『仏智広照浄印翊聖国師年譜』永和二年（一三七六）条で詳しく知ることができるが、同年譜は応永三十年（一四二三）、絶海の法嗣である叔京妙祁によって撰述されたとされ、寛文十年（一六七〇）に『絶海録』の付録として、はじめて刊行されたものなので、室町時代後期の段階では、それ程流布していなかったように思われる。両者の唱和詩は『蕉堅藁』にも収められており（絶海の詩は「制に応じ

て三山を賦す」（八〇）、高皇帝の詩は「御製、和を賜ふ」（八〇A））、恐らく『蕉堅藁』を媒介にして、この逸話は広まったのではないか、とわたくしは考えている。八十番詩B、すなわち応永九年（一四〇二）秋に中国僧の天倫道彝が、相国寺で和韻した詩の序文には、

　鹿苑絶海和尚嚢遊二中華一。卓二錫于龍河一。時当二大明洪武九年之春一也。太祖高皇帝召二見英武楼一。顧問二海邦遺跡熊野古祠一。勅令レ賦レ詩。欣二蒙賜一レ和。未レ幾東還。宝蔵珍護積有レ年矣。

という記述も見られる。なお、絶海と高皇帝の詩は、『中華若木詩抄』にも採られており（⑤は絶海詩の抄文の一部）、絶海詩は、横川景三（一四二九〜九三）撰『百人一首』の巻頭に配されている。

（c）について。絶海が、中国で師事した季潭や清遠と唱和した詩は、『蕉堅藁』で確認できる。それは先に触れた、五言律詩の部の巻頭詩である「真寂の竹菴和尚に呈す」詩（一）と、七言律詩部の巻頭詩である「銭唐の懐古、韻を次す（二首）」詩（二三）である。前詩は洪武六年（応安六年、一三七三）十二月二十日、真寂山[6]において、これから江東地方（金陵）へ赴かんとする絶海が、清遠に贈呈した留別詩である。この詩に対して清遠は、見心来復や易道夷簡とともに和韻した。いずれの詩も『蕉堅藁』に収録されている（一番詩A・B・C）。後詩は詩題には明記されていないが、季潭の「銭唐懐古（二首）」詩（『全室外集』巻之下所収）に次韻したものである。

（d）（e）について。双方とも関連記事を、『蕉堅藁』に確認することができる。直前でも触れた一番詩C（易道）の序文に「又、楷法を西丘の竹庵禅師に得たり」とあり[7]、『蕉堅藁』の跋文（如蘭）に「信なるかな、其の疏語、絶《はなは》だ蒲室の体製に類す」とある。「疏」は四六文で書かれており、禅林で下から上へ出す文書を言う。入寺疏・淋汗疏・幹縁疏の三つに分類される。

こうして見ると、この時代の絶海評（観）は『蕉堅藁』に依拠しており、しかも、絶海が、漢詩文の〝本場〟である中国の有名人（僧）と交渉を持ったり、彼らに高く評価されたことが、そのままスライドして、当時のわが国

の禅林社会における絶海評価になっていたようである。

絶海中津の評価（Ⅱ）——江戸時代

結局のところ、絶海と義堂を一括りにして、五山文学の代表者たらしめるようになったのは、つぎに挙げる『日本詩史』巻之二（江村北海著）の記述に起因すると思われる。

五山の作者、その名今に徴すべきもの、百人に下らず。しかして絶海、義堂、その選なり。次は則ち太白、仲芳、惟忠、謙岩、惟肖、鄸《(鄂)》隠、西胤、玉畹、瑞岩、瑞渓、九鼎、九淵、東沼、南江、心田、村庵の徒、枚挙に堪へず。

絶海、義堂、世多く並称し、以て敵手と為す。余嘗て『蕉堅藁』を読み、又『空華集』を読む。二禅の壁塁を審《つまびら》かにす。学殖を論ずれば、則ち義堂、絶海に勝るに似たり。詩才の如きは、則ち義堂、絶海の敵に非ず。絶海の詩、ただ古昔中世敵手無きのみに非ず。近時の諸名家と雖も、恐らくは甲《よろひ》を棄てて宵に遁《のが》れん。何となれば則ち、古昔朝紳の詠言、佳句警聯無きには非ず。然れども疵病雑陳、全篇佳なるもの甚だ稀なり。偶《たまたま》佳作有るも亦ただ我が邦の詩のみ。これを華人の詩に較《くら》ぶれば、殊に逕蹊を隔つ。近時の諸名家と雖も、余を以てこれを観れば、亦ただ我が邦の詩なり。往往俗習を免れ難し。絶海の如きは則ち然らず。今集中の佳句若干を録す。五言には「流水寒山《ノ》路、深雲古寺《ノ》鐘」（以下、五言十句、七言十二句省略）等、工絶なるもの有り。才藻秀朗なるもの有り。優柔静遠、瑰奇贍麗、有らざる所靡《な》し。義堂、絶海に視《くら》ぶれば、骨力加ふる有りて、才藻及ばず。且つ禅語多く、又議論に渉《わた》る。温雅流麗なるものは、集中幾《いくばく》も無し。絶句の如きは、則ち佳なるもの有り。懐旧の作に云ふ、「紛紛《タル》世事乱《レテ》如《シ》レ麻《ノ》、旧恨新愁只自嗟《ラス》、春夢醒《メ》来《リテ》人不レ見《エ》、暮簷雨洒《グ》紫荊《ノ》花」（以下一首省略）

（岩波・新日本古典文学大系）

絶海と義堂は、世の中でよく並び称され、ライバル視されている。わたしはかつて、絶海の『蕉堅藁』と、義堂の『空華集』をつぶさに読んだ。その結果、学殖を論ずれば、義堂は絶海よりも勝っていると言えよう。が、詩才においては、義堂は、絶海の敵ではない。絶海の詩は、古昔、中世にライバルがいないのみならず、近時の諸名家であっても、恐らく甲を脱いで、宵に紛れて逃げて行くだろう。（以下省略）

斯くの如く江村北海（一七一三〜八八）は、絶海の詩才を激賞している。その主たる理由は、「何となれば則ち」以下に記されているように、絶海の詩が、奈良、平安時代における搢紳貴族や、江戸時代における儒者文人の詩と異なり、中国人の詩と比べても遜色なく、「俗習」すなわち「和習（臭）」を全く感じないからである。この点に関しては、先に見たように、すでに室町時代から指摘されていた。また、北海は続けて、集中の佳句を挙げて、「工絶」「秀朗」「優柔静遠」「瑰奇贍麗」と評している。『蕉堅藁』には五山版の他にも、寛文十年（一六七〇）刊本があり、また、高峰東晙（一七一四〜七九）らによる古注釈の類も存したので[8]、この当時、かなり流布していたことが知られる。なお、本文中で義堂の詩が、「義堂、絶海に視ぶれば、骨力加ふる有りて、才藻及ばず。且つ禅語多く、又議論に渉る。温雅流麗なるものは、集中幾も無し」と酷評されているが、これに関しては、『蕉堅藁』と『空華集』の、作品集としての性格の違いに起因すると考えられる。詩の中でも、内容が仏教的（禅宗的）なものを、特に「偈頌」と言う。『蕉堅藁』は偈頌を排除している（『絶海録』に所収）。それに対して、『空華集』には偈頌が含まれており（道号は『義堂和尚語録』巻第四に収められている。『空華集』は詩型によって分類されており、文芸詩と偈頌を区別しない）、このことが、同集が『蕉堅藁』に比べて、筆力が加わっていたり、禅語が多い理由の一つではないか、とわたくしは考えている。

ここで、北海と同時代の人々の絶海評（観）を瞥見しておきたい。例えば、林羅山（一五八三〜一六五七）は、つぎのように述べている。

○余閲二経子史集一之暇、偶見二本朝詩人文人及五山禅林之遺稿一。若二官家一文章已論二于前一。至二禅家一則虎関済北集、雪村岷峨集、絶海蕉堅藁、義堂空華集、夢岩旱霖集、中岩中正子、永源寂室録（下略）

（「五山文編序」、『林羅山文集』巻第五十・序下、弘文社、昭五）

○以レ余観レ之、虎関、中岩、夢岩、義堂、絶海等、本朝之鐔津、覚範、北磵、鎧庵、志磐、蒲室、全室之流者乎。

（同右）

○我朝富士山之名、播二于異域一者義楚六帖云、日本国最高山号二富士一。一曰蓬莱。秦時、徐福来レ此。又宋濂日東曲、有二富士山絶句一。而我国沙門津絶海入二大明一。明太祖問二徐福事一。津賦二絶句一謂、徐福祠在二熊野一。又南禅寺僧岩惟肖謂、凡指二蓬莱一者三処、一曰富士、一曰熊野、一曰尾州熱田。

（『林羅山文集』巻第七十・随筆六）

羅山は、絶海・義堂を何等特別視しておらず、例の絶海と高皇帝の逸話を、淡々と引いている。また、頼山陽（一七八〇～一八三二）は、

○国朝詩運。両開両壊。猶二文章一也。初壊二於長慶體一。後壊二於萬歴體一。中間争乱。不レ暇レ為二中晩・宋・元一也。五山僧侶。頗為二痩硬絶句一。其中巨擘。有レ若二義堂・絶海一。頗雄奇。有二台閣儒紳不レ及処一。当時王覇盛衰。渠輩冷眼傍観。頗形二之吟詠一。含二有譏諷一。又非下近時士君子。徒鏤二刻風月一。為二無益詩一比上也。

（「書二五刹詩鈔後一」、『頼山陽全書（文集）』所収「山陽先生書後」巻下、頼山陽先生遺蹟顕彰会、昭六）

と述べている。「五山の僧侶、頗る痩硬の絶句を為《つく》る。其の中の巨擘として、義堂・絶海の若《ごと》き有り。頗る雄奇なり」――山陽は義堂と絶海を、細かくて硬い絶句ばかりつくる五山の僧侶の中で「巨擘」と捉え、彼らの詩風を「雄奇」と評している。

こうして見ると、この時代になると、『蕉堅藁』もかなり鑑賞や研究が進み、絶海の作品評価も、前時代のように、中国人による評価をそのまま踏襲するのではなく、作品分析を通して独自に導き出されたそれのようである。

特に北海の『日本詩史』の影響力は大きく、現在もまだ、その影響下にあると言ってよい。ただし、北海の評価の根拠は、曖昧である。

おわりに

以上、甚だ大雑把ではあるが、室町時代後期から江戸時代にかけての、絶海の、主に文学面における評価を追ってみた。当初の絶海評価は、『蕉堅藁』に記載されている、漢詩文の〝本場〟である中国の有名人（僧）との交渉事や、彼らに高く評価されたことが中心であるが、ここには、当時の禅僧の権威的な一面や、安易な一面が垣間見られて面白い。とは言え、我々も、江戸時代における北海の評価が、現在においてもしばしば引き合いに出される状況を直視しなければならないだろう。

注

（1）引用は五山版、作品番号は蔭木英雄氏『蕉堅藁全注』（清文堂、平一〇）による。返り点は、江戸の版本（寛文十年版か刊年不明版）等を参考にして、私に施した。句読点も私に施した。
（2）引用は『五山文学全集』第四巻による。返り点は私に施した。
（3）引用は『五山文学新集』第一巻による。返り点は私に施した。
（4）引用は『五山文学新集』第五巻による。返り点は私に施した。
（5）引用は大塚光信氏・尾崎雄二郎氏・朝倉尚氏校注『中華若木詩抄　湯山聯句鈔』（新日本古典文学大系53、岩波書店、平七）による。
（6）諸書は挙ってその所在を不明としているが、西尾賢隆氏は、つぎのように指摘しておられる。
洪武六年（一三七三）絶海は、清遠が退居している杭州の真寂山中に訪ねている。ここは「笑隠訢公行道記」

（『蒲室集』巻一五付）、「鳳皇山禅宗大報国寺記」（『金華黄先生文集』巻一一）、それに清遠の碑銘からすると、笑隠（大訢、朝倉注）・清遠ともかつて住持であった報国寺（甲刹）における笑隠門下が、師の遺歯爪髪を奉じて鳳皇山に塔した地を梁渚といっていて、ここに庵居して真寂といったものといえる。

（『中世の日中交流と禅宗』、吉川弘文館、平一一、二一六頁）

（7）伊東卓治氏は「絶海中津の墨蹟」（山地土佐太郎編『絶海国師と牛隠庵』所収、雅友社、昭三〇）の中で、「絶海は詩文を以って知られているが、又能筆を以っても知られた名僧である」「絶海の墨蹟を通じてその筆の跡を尋ねてみると、唐様振りの筆道は、元の趙子昂一派の、所謂元代正当派の一風をうけつぐもので、行儀のいゝまことに穏当な書風といっていゝ。これは一つには、彼の性格の格をはずさぬ品のよさにも依ると思われるが、主たる点は、彼が入明して元末明初の当時の書風の一つを伝襲した所にあるとしなければならぬ」「絶海の墨蹟に、その師事した両師（季潭と清遠、朝倉注）の書風の見えることは、まことに興味深いものである。少しく弱く清らかなるものは清遠懐渭の筆蹟に似、筆力あってこくのあるものは季潭宗泐に似ていることは、注目すべき特徴である」と、示唆に富んだ意見を提示しておられる。

（8）『蕉堅藁』の古注釈書としては、建仁寺両足院蔵『蕉堅稿考』（高峰東晙著）や松ヶ岡文庫蔵『蕉堅藁別考』が有名である。戸田浩暁氏「松ヶ岡文庫蔵「蕉堅藁別考」――その校訂と補注――」（『大倉山論集』第八輯、昭三五・七。後に『中国文学論考』〈汲古書院、昭六二〉所収）、同「蕉堅稿考と蕉堅藁別考について」（『大東文化大学創立六十周年記念中国学論集』、昭五九・一二。後に『中国文学論考』所収）参照。

第二節　研究史の概観

小西甚一氏は、五山文学研究者の必読書である、玉村竹二氏の『五山文学』に対する書評の中で、つぎのように述べておられる。

五山文学は、はたして珠玉なのか瓦石なのか、わたくしには、まだよくわからない。しかし、とにかく考えられるのは、あれだけ多くの人たちが、あれだけの熱心さで、あれだけの分量におよぶ作品を残している以上、当時の人たちは、何かの「良さ」を感じていたにちがいないということである。彼らがどんな「良さ」を感じていたか。それは、価値批判にさきだって、はっきりさせなくてはならぬキイ・ポイントである。そのような「良さ」を感じていた彼らの精神構造がどんなものであるか、あるいは、そうした「良さ」が世界文学史においてどのような地位を占めるか等の問題は、それよりも後に考えられるのでなくてはなるまい。

（『文学』第二十三巻第十号、昭三〇・一〇）

小西氏の、この発言からすでに半世紀以上が過ぎようとしているが、五山文学を取り巻く研究状況は、いまだに低調であり、「傍流の文学」という汚名を返上するには至っていない。その理由は、作品の難解さ――例えば、①日本漢文であること、②禅語が駆使されていること、③作者である禅僧の悟境が超論理的に表現されることが多いこと、④経書・史書、経典・禅書、詩文集というように典拠が多岐に渡っていること等――に起因すると思われる。五山文学を解明するためには、国文学、漢文学、歴史学、宗門等の多方面の知識が要求され、また、それぞれの分野間での協力、連携が、必要不可欠であろう。しかし、現状は、研究者人口が圧倒的に少なく、まさしく「学界の孤児」たる存在である。

翻って、以下に絶海中津の研究状況を俯瞰する。絶海に関しては、著書や論文以外にも、辞書や概説書、文学史の類で言及されることも多い。便宜的に【伝記研究】【作品研究】【注釈】に分けて、これまでの研究の流れを整理してみたい。

【伝記研究】

絶海の伝記史料の中で最も基本的なものは、先に触れた『仏智広照浄印翊聖国師年譜』（以下、『仏智年譜』と略す）である。古くは卍元師蛮（一六二六～一七一〇）の『延宝伝灯録』や『本朝高僧伝』、上村観光氏の『五山文学小史』（裳華房、明三九）や『五山詩僧伝』（民友社、明四五）、岡田正之氏『日本漢文学史』（共立社書店、昭四）など、同年譜に依拠する著書、論文、辞書の記述は非常に多い。ところが、昭和五十三年、玉村氏によって、この年譜本文に対する疑問点が提出された（「『絶海年譜』に就ての疑義」、『日本歴史』第三六四号、昭五三・九。後に『日本禅宗史論集』下之二〈思文閣出版、昭五六〉に再収）。氏は他資料と比較するなどして、最末部の示寂に関する記事、編者の名前、文和二年（一三五三）に建仁寺に掛錫して龍山徳見（一二八四～一三五九）に師事した可能性を検討し、訂正を加えられた。また、『日本の禅語録』第八巻［五山詩僧］（講談社、昭五三）の解説においては、この三点に加えて、貞治三年（一三六四）に鎌倉へ下向し、報恩寺の義堂周信に随侍した可能性も吟味されている。ちなみに同書の解説が、最も絶海の伝記を網羅しているのではないだろうか。

なお、絶海にはもう一種類、『勝定年譜』という撰者不明の年譜がある。同年譜や『蕉堅藁』、『絶海和尚語録』、義堂の日記である『空華日用工夫略集』（以下、『日工集』と略す）等を精査すると、絶海の事跡を、かなり細かい部分まで知ることができる。にもかかわらず、残念ながら、いまだに絶海の入明を応安元年（洪武元年、一三六八）

二月、帰国を未詳とする記述に出会うことがある。いま一度、玉村氏のご指摘も含めて、『仏智年譜』の本文を再検討し、周辺資料を精査しながら絶海の事跡を確認する必要があるだろう。

［作品研究］～蔭木英雄氏のご論考「絶海中津の詩風」に導かれて～

蔭木英雄氏は、平成十年に『蕉堅藁全注』（清文堂。私家版『蕉堅藁全注』〈昭五二〉を増補改訂）を刊行され、当時における絶海の作品研究の第一人者である。氏には「絶海中津の詩風」（『漢文教室』八四、昭四三・一。後に『五山詩史の研究』〈笠間書院、昭五二〉、『中世禅林詩史』〈笠間書院、平六〉所収）というご論考がある。数少ない絶海の先行論文の中で、正面から作品と対峙した、最もオーソドックスな労作で、しかも、絶海の作品研究をめぐる諸問題を網羅していると思うので、あえてこれを採り上げさせていただき、内容を検討しながら、これまでの研究の流れを追ってみたい。論考の要旨を次に記す（番号は私に施した）。

はじめに横川景三、『日本詩史』、夏目漱石の用例を出して、絶海の詩（『蕉堅藁』）が激賞され愛読されていたことに触れる。そして絶海の詩風を、①在明時代（三十三～四十二歳）、②山居遊歴時代（四十二～五十歳）、③輦寺在住時代（五十～七十歳）の三期に分けて、以下、言及して行く。

【渡明する迄の略伝】では、絶海の出生、出身、両親、剪髪、上京、西芳寺・天龍寺・建仁寺での修行（夢窓疎石や龍山徳見に師事）、関東下向、報恩寺や善福寺での修行（義堂との交流）、入明、道場山・霊隠寺・中天竺寺・径山での修行（清遠懐渭や季潭宗泐に師事）等を、横川や正宗龍統の文章、『仏智年譜』や『蕉堅藁』、義堂の『空華集』や『日工集』等を用いて記している。

【在明時代の詩風】では、まず、『蕉堅藁』の序文（明僧道衍）に注目する。道衍は「詩の道を去ること遠からざるなり」と、道徳的詩文観を展開させており、これは、義堂の「簗雲三隠倡和詩叙」（『空華集』巻第十一）に見るように、わが国の禅林詩壇にも通ずる所がある。『蕉堅藁』は「清婉峭雅にして、性情の正より出づ」と評されており（道衍の詩観は、性理学に基づく）、以下、その評価の適否を検討する。

さて、絶海の在明時代の作品を、主題によって大別すると、（1）懐古、（2）望郷、（3）師友への情 の三つに分けられるという。（1）懐古 の用例としては、「多景楼」詩（三九）と「姑蘇台」詩（三八）を掲げ、さらに高青邱の作品との関連性も指摘する。（3）師友への情 の用例は、「流水、寒山の路、深雲、古寺の鐘」という句が有名な冒頭詩、「湛然静者に呈し、并せて画を謝す　三首」詩（二一、うち二首を掲載）であるが、後詩を起点として、絶海の詩によく見られる「清」の形容詞に関して論を展開させる（ここでも高啓の影響を指摘）。絶海の「清」字が内包するものは、「道家的な超俗境」や、清らかな内面的詩境である。このことからも、絶海はまさに「清狂」の詩人であり、道衍の「清婉峭雅」はまさに適評とされる。

【山居時代の詩風】では、最初に絶海の帰国、九州滞在、今川了俊の九州計略、帰京、臨川寺事件等について記し、絶海の心労を指摘。ついで、康暦元年から至徳三年迄、絶海が近江の杣、甲州恵林寺、摂津の銭原、羚羊谷、阿波の宝冠寺等と住居を転々とした、いわゆる山居遊歴時代の作品を見ていく。この時期、絶海は、足利義満に逆らうなど、時の権力も、僧位の栄達も眼中には無かった。同時期の絶唱として、禅月に次韻した山居十五首（三四、うち四首）を挙げる。諸作品から、「権力に屈せぬ詩人の気概」「自然と一如になった心境」「見性成仏へと昇華しきれない詩僧の人間的たゆたい」「詩禅一致という言葉さえも超越する日々是好日の生活」等を読み解く。この他、王維の作品との関係、畳語の多用、「宋詩の如き、又義堂の如き観念詩から脱却し得ている」ことを指摘する。

【輦寺在住時代の詩風】では、まず、絶海の（阿波からの）帰京、等持寺住持、厳島同行、相国寺三住、鹿苑僧録就任等を、義満との関係を押さえながら記し、そのような環境の変化と、詩風の変化とを関連付けて論を進める。その結果、この時期の作品は、王朝貴族的であり、平凡で観念的と結論付ける。

まず、蔭木氏は、呉中四傑の第一人者である高啓（字は季迪、号は青邱子。一三三六～七四）の文学が、絶海に影響したと指摘されるが、このことは、すでに岡田氏・前掲書に記されている。その主たる根拠は、高啓が季潭・見心来復・道衍と交流があったからである（例えば、絶海が入明した洪武元年、高啓が天界寺で『元史』を編纂するに当たって、その修史主任を務めたのが季潭だった。また、高啓は、道衍の『独庵集』の序文を書いている。『高青邱詩集』〈続国訳漢文大成〉には「次韻霊隠復見心長老見寄、兼簡汾禅師」詩など、季潭や見心との雅交を示す作品が少なくない）。この指摘はその後、北村沢吉氏[1]や松山秀美氏[2]にも支持されたが、いまだに両者の作品を対照して、具体的に影響箇所が検討されるまでには至っていない。それは、蔭木氏に関しても同様である。なお、絶海の詩と、杜牧、王維、韋応物の詩との類似性を指摘する意見もあるが[3]、これも、作品に即した具体的な考察がなされたわけではなく、論文執筆者の経験に基づく、主観的、感覚的な意見の域を出ていないように思われる。ただし、『蕉堅藁』には「杜牧集を読む」詩（八四）があるので、この観点は注目すべきであろう。

また、蔭木氏は、絶海の作品に「清」字が多いことを指摘し、論を展開されたが、抑も五山文学作品には、「清」字が多用されているような気がする。したがって、氏がそのことを主張されるのならば、最初に他の五山僧の作品や、平安漢詩文、江戸漢詩文、中国文学、経典や仏典等における用例を視野に入れて、その特徴を相対化する必要があるのではないだろうか。同様のことは、大野実之助氏が絶海詩に、韋応物詩の如く「幽」字が多用されていることに注目し、絶海の詩風に韋応物と相通ずる部分が少なくないとされたことに関しても言えるだろう。

『蕉堅藁』には「山居十五首、禅月の韻に次す」詩（三四）があり、川口久雄氏による「禅林山居詩の展開について――道元山居十五首と絶海山居十五首――」（『國學院雑誌』第七十二巻第十一号、昭四六・一一。後に『花の宴』〈吉川弘文館、昭五五〉所収）という御論考もある。ただし、川口氏も含めて、同詩を在明時代の作品と解するのが大方の意見であるが（実証はされていない）、蔭木氏は、山居遊歴時代の絶唱と見なされている。寺田透氏は『義堂周信・絶海中津』（日本詩人選24、筑摩書房、昭五二）の奥書で、

　第二は、はしがきや本文中でも言及したが、日本の（というより広く極東のと言えるかも知れない）詩歌は、折に触れ事に臨んで制作諷詠されるものが多く、出来るだけその折その事の時期と内容について記述するのが、注解評釈者の義務と言ったところがある。筆者もその試みに次第に深入りする羽目に立至ったが、しかし当然のこと、各詩篇に即し、そのときどきの必要に応じて試みた素人しごとだったから、記述は前後錯綜、重複遡行を重ねて、二詩僧の一生の経過の次序とはあまり合致しない結果を招いた。（三〇一～二頁）

と、詩歌作品の詠作状況（時期・場所等）を明らかにすることの重要性と、その難しさとを説かれている。絶海の先行研究を見渡しても、作品の詠作状況を把握していないがために、論旨が微妙に歪曲しているものが少なくない。蔭木氏は別の機会に(4)、『蕉堅藁』所収の詩偈を、詩型と制作時期により分類し、次の表のようにお纏めになっ

『蕉堅藁』所収詩偈の詩型と制作時期

	五言律詩	七言律詩	五言排律	五言絶句	七言絶句	合計
在明期	一六	三八		一	一	五六
帰朝後	一〇	二七	一	一六	四六	一〇〇
不明				二	五	七
計	二六	六五	一	一九	五二	一六三

（蔭木氏「義堂周信・絶海中津」より抜粋）

たことがあったが、この表からは、各作品の制作時期を知ることはできないし、「在明期」「帰朝後」「不明」という（制作時期の）分類の仕方も、大雑把である。

『蕉堅藁』の「人の相陽に之くを送る」詩（五一）には、「到る日、諸昆、もし我を問はば、倦懐、昔の清狂に似ず、と」という句がある。蔭木氏は、絶海が「清」字を多用していることも加味して、彼を「清狂の詩人」と評される。しかし、厳密に言うと、昔、自身が関東で修行した頃は「清狂」だったけれど、今は違う、という句意なので、絶海をそのように表現するのは、少し強引なような気がする。第一、「清狂」という語の概念規定がなされていないので、絶海の実像があまり見えて来ない。ちなみに、他の研究者が絶海をどのように見ていたかと言うと、「超脱飄逸にして栄辱窮達の外に立てるものあり」「神秀超邁にして、懐抱の曠達なるものあり」「詩人的の性情を帯びたり」「山水に放朗して、悠然自得の趣あり」（岡田氏）とか、「神秀超邁、脱然として羈絆の外に出で、狷介にして飄逸なり」「全く詩人的也」（北村沢吉氏）、「狂狷不羈にして、感情に激し、妥協性に乏しく、異常の正義感をもつ詩人肌であった」「隠遁癖と流浪性も相当に強かった」（玉村氏）[5]等と評している。いずれも、絶海が足利義満（一三五八〜一四〇八）に逆らって、摂津の銭原（大阪府茨木市）に隠棲したことを念頭に置いての評言のように推察される。

また、蔭木氏は、在明時代の作品（「早に発つ」詩（一三）等）から帰納して、「道衍の〝清婉峭雅〟はまさに適評」とも言われるが、ここでも「清婉峭雅」の概念規定はなされておらず、不明瞭の感を免れ得ない。岡田氏は「清婉峭雅の四字は絶海の詩を尽すものにあらざるなり。俊麗雄健なるものなり」と指摘し、「若し清婉なるものを挙ぐれば」として、「折枝の芙蓉」詩（九二）や「梅花野処の図（に題す）」詩（一二四）など、在京時代の作品を挙げられている。

こうして見ると、絶海の作品研究は、中国の詩人との影響関係、詩文の制作状況（時期・場所等）、絶海の人物評など、いずれもかなり曖昧なところを残していると言っても過言ではないだろう。指摘をそのまま放置するのではなく、検討を加えたり、追跡調査をする必要があるのではないだろうか。

［注釈］

朝倉尚氏には「禅林の文学（五山文学）――註釈書を中心に――」（『仏教文学講座』第九巻［研究史と研究文献目録］所収、勉誠社、平六）があり、同論考を参考にしながら、絶海関連の注釈書を列挙し、気付いたことを簡単に述べてみたい。

①梶谷宗忍氏訳注『絶海語録』一・二（思文閣出版、昭五一）、『蕉堅藁　年譜』三（相国寺、昭五〇）

梶谷氏は、宗門の方であった（相国寺管長）。これらの三冊は、絶海の全作品を網羅している。それぞれ巻頭に、『語録』は五山版、『蕉堅藁』と『仏智年譜』は寛文十年版本の本文を一括して挙げ、その後、各作品ごとに訓読と口語訳と語注が施されている。おそらく訓読は江戸の版本、語注は『諸橋大漢和辞典』に全面的によっていると思われる。また、典拠の指摘は、高峰東晙の『絶海録考証』（天龍寺慈済院、相国寺慈照院、建仁寺両足院等蔵）や『蕉堅藁考』によるのだろう。

②寺田透氏『義堂周信・絶海中津』（日本詩人選24、筑摩書房、昭五二）

寺田氏は、著名な文芸評論家であり、本書で毎日芸術賞を受賞されている。一連の道元に関するお仕事は有名である。本書は、義堂編と絶海編から成っている。絶海編では、著者が『蕉堅藁』から秀作と思われるものを選び、まず本文を掲げて、その後に語釈、訓読、解釈、鑑賞を、状況に応じながら記している。本文の引用は『五山文学全集』第二巻、訓読は必ずしも同書に従っていないという。朝倉尚氏もご指摘のように、著者の真骨頂は、古今東西の文芸や詩作——例えば、芭蕉や国木田独歩等——を視野に入れての批評にあると思われる。ただし、残念なのは、語釈の誤りが目に付いたり、作品の詠作状況が曖昧な箇所が見受けられることである。それは、一つには、著者自身も告白されているように、梶谷氏・前掲書をはじめとした先行研究を参照されなかったからであろう。巻末に「蕉堅、銭原、鷹巣、東営秋月に関する補足訂正を兼ねる奥書き」が付されている。

③玉村竹二氏『日本の禅語録』第八巻［五山詩僧］（講談社、昭五三）

玉村氏は歴史学者であり、言わずと知れた、五山文学研究の大家である。昭和四十八年、『五山文学新集』（東京大学出版会）の刊行により日本学士院賞を、昭和五十六年には『日本禅宗史論集』（思文閣出版）により角川源義賞をそれぞれ受賞されている。他にも『夢窓疎石』（サーラ叢書10、平楽寺書店、昭三三）、『扶桑五山記』（鎌倉市教育委員会、昭三八）、『円覚寺史』（春秋社、昭三九、共著）、『五山禅僧伝記集成』（講談社、昭五八）、『五山禅林宗派図』（思文閣出版、昭六〇）等、多数の著書がある。本書は、義堂周信・絶海中津・中巌円月・虎関師錬・雪村友梅の作品を抜粋抄録しており、各作品ごとに上段に読み下し文、中段に現代語訳、下段に脚注が施され、原文は巻末に一括して収められている（『蕉堅藁』の底本は寛文十年版本、五山版で校合）。絶海編には、詩九首と疏一首とが収録されている。著者は、高峰の『蕉堅藁考』、梶谷氏・前掲書、蔭木氏『蕉堅藁全注』（私家版）を参照されたらしく、それは脚注に十二分に生かされていよう。また、朝倉尚氏も言われるように、現代語訳には、製作の経緯が反映させられており、細部に渡って説明的で、禅詩・文解釈の一典型が示されている。

④入矢義高氏校注『五山文学集』（新日本古典文学大系48、岩波書店、平二）

入矢氏は、著名な漢文学者であり、『寒山』（中国詩人選集5、岩波書店、昭三三）、『求道と悦楽――中国の禅と詩――』（岩波書店、昭五八）、『碧巌録』上・中・下（岩波文庫、平四～八、共訳注）等を著したり、『禅語辞典』（思文閣出版、平三）や『景徳伝灯録』三・四（禅文化研究所、平五～九）等の監修をされたことからも知られるように、中国の禅、とりわけ唐代の禅の研究の大家である。本書は、絶海中津は全詩作品を収め、その他の禅僧――義堂周信・虎関師錬・雪村友梅・寂室元光・別源円旨・中巌円月・愚中周及・古剣妙快――は抄録にしている。そして、各作品ごとに、まず訓読文を掲出して、その後に原文を付し（『蕉堅藁』の底本は五山版）、脚注も施されている。絶海を軸に据えて編集した理由を、「五山文学者として最高に位置づけ得る成績を示していると認められるから」「そこには求道者としての生き方と、文学制作者としての在り方とが、互いに程よい諧和の関係を保っており、そしてそれを支える詩人的感性の豊かさと、言語感覚の細やかさがある」（「解説　五山の詩を読むために」）とされる著者の校注態度は厳しく、和習（臭）の語句や、各禅僧の詩風を容赦なく指摘される。反面、例えば、玉村氏の『五山禅林宗派図』を調べれば、簡単に判明する禅僧が、未詳となっている。

⑤蔭木英雄氏『蕉堅藁全注』（清文堂、平一〇。私家版『蕉堅藁全注』〈昭五二〉を増補改訂）

蔭木氏は国文学者であり、絶海のみならず、五山文学の、主として作品研究における第一人者である。このことは、『訓注　空華日用工夫略集』（思文閣出版、昭五七）、『蔭凉軒日録　室町禅林とその周辺』（そしえて、昭六二）、『中世禅者の軌跡　中巌円月』（法藏館、昭六二）、『一休和尚全集』第二巻［狂雲集　下］（春秋社、平九）、『良寛詩全評釈』（春秋社、平一四）等の多数の著書からも窺うことができよう。本書は、『蕉堅藁』所収の全作品を対象としている。基本的に、まず本文を掲げて、その後に訓読と語注が施されているが、詩偈に限っては、さらに口語訳が付されている。本文は五山版を底本とし、国会図書館蔵の寛政十年（一七九八）の写本と、内閣文庫蔵の写本で校訂している。著者の校注の特徴は、一つには、中世の口吻を少しでも理解するために、語注や補注に抄物（『碧巌録抄』『中華若木詩抄』『詩学大成抄』等）を引用しているところにあるだろう。[6]抄物の抄者の大半は禅僧なので、非常に有効な方法と思われる。反面、著者自身『碧巌集』への傾倒が深く、同書に引き付けての解釈が目立ち、中には強引とも思われる箇所も存する。先に述べたように、絶海の偈頌作品は『絶海録』に収められており、『蕉堅藁』に収められているのは彼の詩作品である。したがって、そこに、絶海の道心や禅境を積極的に読み解こうとされるのは、聊か無理があるように思われる。

以上見てきたように、著者（校注者）の顔触れはバラエティーに富んでおり、これは、ひとえに五山文学が様々な分野の研究対象となり得ることを示していよう。と、同時に、著者に得手、不得手の作業があり、なかなか細部にまで充分に行き届いた注釈書を完成することが難しい状況を示しているだろう。

注

（1）北村沢吉氏『五山文学史稿』（冨山房、昭一六）。
（2）松山秀美氏「古典と土佐」（『絶海国師と牛隠庵』所収）。
（3）古沢未知男氏「僧絶海の詩風」（『九州中国学会報』四、昭三三・五）、大野実之助氏「絶海と蕉堅稿」（『漢文学研究』一〇、昭三七・一〇）。
（4）蔭木英雄氏「義堂周信・絶海中津」（『仏教文学講座』第三巻［法語・詩偈］所収、勉誠社、平六）。

（5）玉村竹二氏『五山文学』（日本歴史新書、至文堂、昭四一）。
（6）蔭木氏は『中世風狂の詩――一休『狂雲集』精読抄――』（思文閣出版、平三）において、「私は、『狂雲集』は『碧巌録』の室町版なり。と放言したくなるのである」（三五九頁）と記されている。

第三節　本研究の目的及び意義

禅宗が、わが国の社会（政治・経済等）や文化（宗教・文芸・芸能・絵画・茶道・建築・庭園等）や生活様式に齎らした、主に精神的な側面における影響には測り知れないものがある。また、今や禅は、ZENということばで、世界的に広く認知され、あのスティーブ・ジョブスのように、圧倒的に禅を支持する外国人は多く、世間的、国際的な興味・ニーズはかなり高まっているように感じる。稿者はその実態や魅力の解明に興味を抱き、将来的には、文芸の面、すなわち「五山文学」を追究することによって、それらを明らかにしたいと考える。

「五山文学」とは、鎌倉・室町時代に五山派の禅僧によって作成された漢詩文や、漢籍の注釈を核とする文学・学問活動を言う。なお、五山派に属さない禅僧の漢詩文も視野に入れる場合は、「禅林の文学」と呼称するのが一般的になりつつある。従来から五山文学の研究状況は、日本文学の分野においては「傍流の文学」「学界の孤児」として敬遠される側面がある。その大きな要因は作品が難解だからであり、研究者不足にも起因する。例えば、同じ中世という時代でも、和歌研究に目を向けてみると、藤原定家や西行を研究対象にする人は、多数存在する。翻って五山文学研究では、一人の研究者が何人もの作家（禅僧）を掛け持ちするという状態で、概説書やシリーズ物や注釈書の類を除いて、特定の禅僧に関する研究書は、殆ど出版されていない（一休宗純〔一三九四～一四八一〕は例外）。

以上のことから、稿者は、まずは「五山文学の双璧」の一人である絶海中津に焦点を絞り、その伝記及び作品研究など、基礎的な事柄を、可能な限り逐一明らかにするとともに、そこから派生する絶海研究周辺の諸問題を追究している。そして、特定の禅僧に関する研究方法を確立して、中世のみならず、各時代の作家と比較・検討したり、他の文芸ジャンルとの関連性を模索し、禅林社会を取り巻く世界を核心から解明して、五山文学を日本文学史の中に正確に位置付けたいと考え、その実現に努めたい。

なお、何故に絶海に注目したのかと言うと、①法兄義堂周信と共に「五山文学の双璧」と称えられていること（江戸時代の江村北海『日本詩史』による評言）、②建仁寺の友社を形成し、多くの文芸上の門生を育て、抄物類によく所説が引用されること、③中国への留学経験があり、中国語が堪能で、現地の高僧や士大夫等と交流があったこと、④足利義満と親しく交流し、京都五山第二位の相国寺に三住するなど、幕府とも関係が密であったこと、⑤その反面、義満に直言してその意に忤ったこと、⑥五山派の最大勢力である夢窓派の一員であり、多くの法系上の門弟を育てたこと等が挙げられ（番号は私に施した）、五山文学史の中でも、禅林社会の中でも最も重要な位置を占める禅僧の一人と考えるからである。絶海や彼の門流（霊松門派）に関して追究すると、五山文学や禅林社会を取り巻く世界が核心から解明できるのではないかと期待される。

近年、（a）平成十七〜二十一年度特定領域研究「東アジアの海域交流と日本伝統文化の形成―寧波を焦点とする学際的創生―」（通称：にんぷろ）という大プロジェクトの下、中国哲学・中国文学・東洋史・日本史・日本美術史・日本文学等の研究者が参集して学際的な研究が行われ、東アジア全体における様々な文化的交流の中で五山にも焦点が当てられたり、（b）岩波書店の『文学』第十二巻第五号（二〇一一年九、一〇月号）では、空前絶後の「特集＝五山文学」が企画された。一見すると、五山文学の研究ブームが到来したかのような印象を受けるが、最近では少し落ち着いた感じがする。日本文学側においても、堀川貴司氏『続五山文学研究 資料と論考』（笠間書院、平二七）や住吉朋彦氏『中世日本漢学の基礎研究 韻類編』（汲古書院、平二四）が刊行されてはいるが、さらに、本書を刊行することにより、近年の研究ブームを再熱させ、微力ながらも五山文学研究を活性化させたいという大仰な夢を抱く次第である。

第二章　絶海中津の伝記研究

第一節　『仏智広照浄印翊聖国師年譜』の再検討

はじめに

絶海中津（一三三六～一四〇五）は南北朝時代から室町時代前期にわたって活躍した禅僧で、義堂周信（一三二五～八八）と並んで、その漢詩文は「五山文学の双璧」と称せられている。

現在、絶海には二種類の年譜が残されている。一つは『仏智広照浄印翊聖国師年譜』、もう一つは『勝定国師年譜』である。絶海本人によって書き記されたものが、詩文集（『蕉堅藁』）と語録（『絶海和尚語録』）とに限られるので、絶海の履歴をたどっていく作業において、これらの年譜は基本的な伝記史料と言えよう。にもかかわらず、これまで、両年譜に関して十分な検討が行われてきたとは言いがたく、玉村竹二氏が、「『絶海年譜』に就ての疑義」（『日本禅宗史論集』下之二所収、思文閣出版、昭五六）や、『日本の禅語録』八〔五山詩僧〕（講談社、昭五三）のなかで言及されているに過ぎない。本節では、とくに『仏智広照浄印翊聖国師年譜』の記事本文において従来から問題となっている箇所をいま一度確認し、さらに考察を加えてみたい。

一　『仏智広照浄印翊聖国師年譜』について

『仏智広照浄印翊聖国師年譜』（以下、『仏智年譜』と略す）という書名は、絶海が、応永十六年（一四〇九）に後小松天皇（一三七七～一四三三）から「仏智広照国師」という号を追諡され、同二十三年（一四一六）に称光天皇

〔一四〇一～二八〕から「浄印翊聖国師」という号を加謚されたことに由来する。この年譜は、絶海が示寂してから約二十年ほどたった応永三十年〔一四二三〕に、絶海の法嗣である叔京妙祁が撰述したとされている。『国書総目録』によると、『絶海和尚語録』の付録として、寛文十年〔一六七〇〕版本（平楽寺村上勘兵衛刊行）にはじめて付された。(1) 文化十二年〔一八一五〕版本（西山招慶禅院蔵版）にも付されているが、同版本は寛文十年版本を覆刻したものである。宗政五十緒氏『近世京都出版文化の研究』（同朋舎出版、昭五七）によると、村上平楽寺（主人は勘兵衛）は、殊に日蓮宗関係書の出版・販売で知られていた書肆である。また、同書には、寺院蔵版書の印刷および販売について、以下のように記されている。

江戸時代の出版図書には寺院の蔵板書が多い。とりわけ、仏書にははなはだ多い。このような蔵板書の出版には寺院自体が直接に印刷・販売の業務を行なうのではなく、特定の本屋にその業務を委託するのである。この場合、その本屋はこの蔵板書の支配人と呼ぶ。（一四〇頁）

なお、『仏智年譜』は『大正新修大蔵経』第八十巻「続諸宗部」と、『続群書類従』第九輯下「伝部」とに活字化されて収録されており、前者の底本は文化十二年版本である。本節における本文の引用は、『大正新修大蔵経』第八十巻による。

さて、『仏智年譜』は、絶海が誕生してから示寂するまでの履歴が、興味深い逸話を交じえながら年を追って綴られており、よく纏まったものである。『延宝伝灯録』や『本朝高僧伝』（ともに卍元師蛮著）、『五山文学小史』や『五山詩僧伝』（上村観光氏著）、『五山文学史稿』（北村沢吉氏著）、『五山禅僧伝記集成』（玉村竹二氏著）、『岩波日本古典文学大辞典』（名波弘彰氏執筆）、『国史大辞典』（葉貫磨哉氏執筆）等の「絶海中津」項の記述も、この年譜に全面的に拠っている。言い換えれば、これらの諸書の記述は、『仏智年譜』の語るところからほとんど出ていない。ただし、玉村氏等によって、年譜本文に関する疑問点が提起されているので、以下に、他の資料と比較するなどして、それらを再検討してみたい。

二　問題点Ⅰ——出生について

建武三年丙子。師諱中津。字絶海。字乃全室和尚所レ命。自号二蕉堅道人一。土佐州津野人。父藤原氏。母惟宗氏。祷二五台山曼殊像一。夢レ授レ剣有レ身。吉祥而誕。実丙子歳十一月十三日也云云。（建武三年条）

『仏智年譜』の冒頭部分である。絶海中津——法諱は中津、道号（字）は初めは要関であったが、後、季潭宗泐（全室和尚、一三一八～九一）によって絶海に改められたという。要関という道号は、義堂の『空華日用工夫略集』（以下、『日工集』と略す）のなかでしばしば確認することができる。また、同年譜には、絶海は別に蕉堅道人とも称したとあるが、彼の詩文集もまた『蕉堅藁』という。「蕉堅」という語が『維摩経』方便品第二の「是の身は芭蕉のごとく、中に堅き有る無し」という一文に拠ることは、『湯山聯句鈔』や『玉塵抄』に記されている。

ところで、絶海は、建武三年（一三三六）十一月十三日に土佐の津野に生まれ、父は津野氏（藤原氏）、母は惟宗氏の出身であるというが、彼の出生日については異説があり、『日本名僧伝』（『続群書類従』第八輯下所収）では十一月三日となっている。

絶海中津。建武三年丙子十一月三日誕。土州津野人。父藤原。母惟宗。応安元年戊申。三十三歳。南遊寓杭。中竺依全室季潭。永和二年丙辰。師四十一歳。明洪武九年春正月。太祖高皇帝召見英武楼。問以法要。秦対称旨。又召至板房。指日本図。顧問海邦遺跡。熊野古祠。勅賦詩云々。御製賜和云々。又賜以僧伽梨鉢多羅茶褐裰櫛栗杖并宝鈔若干。詔許還国。（下略）

『日本名僧伝』の作者および成立については、山田昭全氏がつぎのように述べておられる。

〔**作者**〕冒頭の児孫沢庵なる者の注記によれば、実伝宗真の語るところを古獄《ママ》和尚が書いたという。宗真の閲歴は未詳。〔**成立**〕同じく冒頭の注記に「永正初元五月九日」とあるのを信ずれば、成立は永正元年（一五〇四）となる。

（『群書解題』第四上）

絶海の出生日を記したものは、現在のところ『仏智年譜』（十一月十三日）と『日本名僧伝』（十一月三日）の二書に限られるが、『延宝伝灯録』や『本朝高僧伝』の絶海に関する記載と同様に、『日本名僧伝』の記載も『仏智年譜』――なかでも建武三年条と永和二年条と応安元年条――に全面的に拠っていると思われるので、「三日」は「十三日」の誤写ではないか、とわたくしは考えている。参考までに、『仏智年譜』の永和二年条を挙げておく。『日本名僧伝』への影響は明らかであろう。応安元年条については、問題点Ⅳで再び取り上げるので、ここでは省略する。

永和二年丙辰。師四十一歳。大明洪武九年春正月。太祖高皇帝召見二英武楼一。問以二法要一。奏対称レ旨。又召至二板房一。指二日本図一。顧問二海邦遺跡熊野古祠一。勅賦レ詩。詩曰。熊野峯前云云。御製賜レ和曰。熊野ー。又賜以二僧伽梨・鉢多羅・茶褐裰・櫛栗杖・并宝鈔若干一。詔許レ還レ国云云。按二正覚国師碑銘序一。其略云。洪武八年秋七月。日本国遣二使者一来。考功監丞華克勤奏曰。日本有二高僧夢窓禅師一。其入滅已若干年。而白塔未レ有レ勤レ銘。其弟子中津法孫中巽。有レ慕二中華文物之懿一。特因二使者一而求レ之云云。宋濂為二之文一云云。

（永和二年条）

絶海の両親に関しても確認しておく。まずは父について。横川景三（一四二九～九三）の『補庵京華続集』（『五山文学新集』第一巻所収）には、つぎのような文章がある。

土佐之国、山川孕レ秀、津野之保、草木識レ名、維公、承二大中臣苗孫一、差二肩藤橘一、而世奉二細川氏英主一、挹二袂源平一、風標玉立、節操氷清、出入有レ忠有レ孝、友愛難レ弟難レ兄、（中略）昔応永天子勅二霊松祖一受二衣禁中一、而公出二其葭莩一以執二師資之礼一、後普広相国命二哦松翁一賦二詩席上一、而公継二其箕裘一以同二父子之栄一者也、（下略）

〔津野刑部侍郎像讃〕（文明十四年〔一四八二〕作）

これは、津野元藤が描かれている肖像に、横川が賛語を書き加えたものである。「昔、応永天子（称光天皇）、霊松祖（絶海中津）に勅して、衣を禁中に受く。而して、公、其の葭莩に出で、以って師資の礼を執る」という記述から、津野元藤が絶海の遠い親戚に当たることがわかる。津野氏については、『姓氏家系大辞典』（角川書店）の「津野」項を見ると、

2　在原氏族　土佐国高岡郡津野庄より起る。伝へ云ふ、在原朝臣経高、高岡郡の山中に移り、深山を伐り開きて里となし、椅原と号す。其の五代孫弥次郎高行、津野庄一円を領し津野氏と称す。（中略）その後、永禄中、津野勝興（勝與）に至り、長曽我部氏に亡されて、元親の三男親忠、遺跡を襲ひて、津野孫太郎と称す。（下略）

3　藤原姓　前項にも見ゆる如く、土佐の津野氏は在原姓と云へど、諸書に藤姓とするも多し。（下略）

という記述がある。津野氏の系図は、『尊卑分脈』や『系図纂要』にも見当たらない。絶海の父が、長曽（宗）我部氏と並存した土佐の豪族津野氏の出身だった可能性は非常に高いが、津野氏が在原氏の流れを汲むのか、それとも藤原氏の流れを汲むのかは明らかではなく、室町時代の頃からすでに混同していたようである。『補庵京華続集』には「維《おも》ふに、公（津野元藤）、大中臣の苗孫を承け、肩を藤橘に差《なら》ぶ」という記述が見られる。「大中臣の苗孫を承け」という箇所に注目すると、藤原氏と理解しているようであるが、「肩を藤橘に差ぶ」という箇所に注目すると、在原氏とも思われる。結局、横川は、藤原氏と在原氏を混同していたのだろう。ただし、『仏智年譜』は藤原氏、『延宝伝灯録』や『本朝高僧伝』、『日本名僧伝』も同じく藤原氏と理解している。正宗龍統〔一四二九～九八〕の『禿尾長柄帚』上（『五山文学新集』第四巻所収）にも、

維津野氏、厥姓曰レ藤、文経通貫、武備兼能、忠肝磨二三尺之水一、詩肺鏤二一条之氷一（下略）

という文章があるように、藤原氏とする諸書は少なくない。ちなみに津野氏の当主には代々詩文に優れたものが多く、京都五山と深い関わり合いを持っていた。なかでも津野之高は、「後、普広相国（足利義教）、哦松翁（津野之高）に命じて、詩を席上に賦せしむ」という記述が見られるように、永享六年（一四三四）に六代将軍足利義教（一三九四～一四四一）の前で詩をつくり、その才能を誉め称えられたという話は、当時、評判になったらしく、『翰林葫蘆集』や『玉塵抄』にも収載されている。

つぎに母について。蔭木英雄氏は、『中世禅林詩史』（笠間書院、平六）の「絶海中津」項において、「高岡郡佐川邑乗台寺棟札」（『古事類苑』より引用）に、

貞治六暦丁未四年、惟宗次郎法師、大檀那惟宗師光、大願主惟宗信光、惟宗釜鶴丸、

とあることから、母の惟宗氏も土佐の豪族だったと指摘されている。後にいま一度触れるが、『日工集』応安元年（一三六八）十二月十七日条には、

十七日、津要関書至、亡母三十三忌過附㆓商船㆒渡海、（下略）（辻善之助氏『空華日用工夫略集』）

とある。九州で入明を間近に控えていた絶海（津要関）が、関東の義堂に宛てた書簡のなかで、今まで渡航しなかったのは、亡母の三十三年忌が過ぎるのを待っていたからであるという旨を告白しているのだが、この時、絶海は三十三歳、よって彼の母は、彼を産んだ直後に亡くなったことになる。

三　問題点Ⅱ――建仁寺入寺と龍山徳見

文和二年癸巳。師年十八。掛㆓錫於東山建仁㆒。与㆓信義堂怙先覚勲月舟寿天錫等㆒。同慕㆓龍山和尚之高風㆒。往而依㆑之。次大林和尚董㆓東山席㆒。俾㆔師登㆓侍薬職㆒。師凡隷㆓東山㆒恰閲㆓一紀㆒。雖㆓風雨寒暑㆒未㆔曾怠㆓禅誦㆒。毎㆑更㆓主法住持㆒。皆美而為㆓精進幢㆒爾。（文和二年条）

この記事によると、絶海は、文和二年〔一三五三〕に義堂、先覚周怙、月舟周勛、天錫周寿等と建仁寺に掛錫し、龍山徳見（五山）（第三十五世）〔一二八四〜一三五九〕に師事した。ついで、大林善育に随侍して湯薬侍者を務めたという。絶海が義堂や天錫と同時期に建仁寺に入院したことは、『日工集』や『蕉堅藁』所収の「寿天錫を祭る文」〔一六五〕で確認することができるのだが、ここで、疑問が生じてくるのは、龍山が建仁寺に住していた期間についてである。玉村氏が指摘されているように、龍山の語録である『黄龍十世録』所収の［龍山和尚住山城州東山建仁禅寺語録］を見ると、観応元年〔一三五〇〕八月五日の入院から翌々年文和元年〔一三五二〕の達磨忌（十月五日）までで、上堂法語が途絶えているのである。そして、つぎの住山である南禅寺に入院するのが文和三年〔一三五四〕三月二十八日のことなので（『黄龍十世録』所収の［山城州瑞龍山太平興国南禅禅寺語録］、『扶桑五山記』、『五山歴代』）、いったい龍山は、この一年半もの間、どこに寓していたのであろうか。玉村氏「公帖考」（『日本禅宗史論集』下之二所収）によると、

さて、五山派官寺の住持の任期は三年二夏であるということが古くからいわれている。三年二夏とは、大概の場合、七月の解制後に住持の交替が行われ、それから足かけ三年、翌々年の七月の解制迄満二年在任し、その間に四月十五日結制から七月十五日解制まで、九十日間の安居（夏）を毎年一回、二年合せて二回、即ち二夏を勤めるということであるといわれたが、事実はそうではなく、一年一夏であったようで、（中略）中々規定通りには行われていない。

とも、

ところが応仁乱後になると、五山派官寺の住持の任期が三十六月にとられている。こう採る方が本来の制らしい。三年という任期の意味を足かけではなく、満三年に採っているのである。それで諸山の公帖が出てから、同一人に十刹の公帖を出すのには、三十六月を経過しなければならないとしている。十刹から五山までも同様

である。これは、三十六月を官寺住院の任期と解しているからである。

（六三九頁）

とも記されている。実際のところ、絶海は、龍山の薫陶を受けたのであろうか――。

『建仁寺住持位次簿』（建仁寺大中院蔵・史料編纂所謄写本）で、絶海の後住の「大林善育」項を見ると、

三十六世　大林和尚　名善育。勅謚僧海禅師。嗣二無象照一。文和三年入寺。応安五年壬子十二月三日寂。

という記述がある（『扶桑五山記』、『五山歴代』には、大林が建仁寺に入院した年月日が記されていない）。つぎの住持である大林が入院したのが文和三年のことなので、絶海が入院した文和二年の頃は、知足院（建仁寺の塔頭）に退隠していたであろう龍山がいまだに住持的な役割を担っていたのではないだろうか、とわたくしは考えている。

四　問題点Ⅲ――東遊と報恩寺

貞治三年甲辰。是歳一策翩然有二関東之行一。万寿石室玖公以レ偈餞云。仲霊蚤歳出二鐔津一。五百年来間世人。蠹簡陳篇消二白昼一。紙衾瓦鉢楽二清貧一。非二唯広城海中宝一。便是諸方席上珍。拓二出東山左辺底一。何妨侍者続二芳塵一。建仁別源支公有二送行偈一。文繁不レ録。到二相州一省二法兄義堂信公於南陽一。遂助二化於建長法兄青山和尚一。次仏満禅師大喜忻公視二福山之篆一。盛開二法席一。師在二仏満会下一。以二上流一見二賞異一之。関東都元師（ママ）瑞泉寺殿。以二法門昆仲一厚礼遇レ之。

（貞治三年条）

わたくしは、絶海の関東行を前後二度にわたって考えているが（本章第三節参照）、これはその初度の旅にあたる。この記事によると、貞治三年〔一三六四〕、絶海が一念発起して京都から関東へ赴いた際、万寿寺の石室善玖〔一二九四～一三八九〕や、建仁寺の別源円旨〔一二九四～一三六四〕が送行の偈を作ったという。『五山歴代』を見ると、「万寿禅寺歴代」項には、

二十八　石室善玖　嗣二古林茂一

とあり、「建仁禅寺歴代住持位次」項には、

四十四　別源円旨　嗣二東明日一　貞治三年六月入寺　貞治三年甲辰十月十日寂　塔二定光一　入牌　洞春庵

とある。石室は第二十八世、別源は第四十四世、別源は、貞治三年十月十日に住持のまま示寂しているので、絶海が京都を離れたのは、その日よりも以前ということがわかる。

義堂が春屋妙葩（一三一一～八八）の命を受けて関東に赴いたのは、延文四年（一三五九）八月のことである（『日工集』）。絶海は関東に着くと、まず南陽山報恩寺の義堂の許を訪れたとあるが、ここで、また一つの疑問が生じてくる。と、いうのは、『日工集』によると、その頃、報恩寺はいまだに創建されておらず、義堂は円覚寺の後堂首座を務めていたりしていたからである。『日工集』応安四年（一三七一）十月十五日条に、

十月十五日、余応二上杉兵部諲公請一、創二一刹於鎌倉城北一、名曰二報恩護国一、山称二南陽一、闢レ基演唱訖、余先試把レ钁、開レ土三下、入二簣中一而後、与二檀那一運搬一次、

とあるように、義堂が関東管領上杉能憲（一三三三～七八）に請われて報恩寺を建立したのは、七年後の応安四年十月十五日のことである。なお、『日工集』の内容について、玉村氏は以下のように述べておられる。

流布本の体裁　流布本の内容は、正中二年閏正月十六日、義堂の誕生より、嘉慶二年四月四日、その示寂に至る凡そ六十四年間に亙るが、それを大体次の四部分に分けて考え得る。

一、正中二年より暦応四年迄。義堂の手に成らざる部分。義堂を指して「師」といい、義堂一族を指して「其族」と言っている。義堂の逸事を記して詳かであり、古老よりの聞書と思われる箇所が多い。

二、康永元年より貞治五年迄。この部分は義堂の手に成る事は明か（ママ）であるが、未だ日記体ではなく、自暦譜体の追憶記で、記事が甚だ簡単にして、殆ど日付に係けてない。

三、貞治六年より嘉慶二年三月十一日の條の前半迄。この部は義堂の真の日記であり、大体日々記し続け

て、その病篤くして執筆不可能に陥る日迄に及ぶ記事の抄出である。但し同日の條中、日付が二箇所あったり、前後する両日の記事の順序が転倒している等の不整頓もあり、年末巻末に追抄記事がある。

四、嘉慶二年三月十一日の條の後半より同年四月四日迄。この部は義堂危篤により、恐らくはその門弟が後に書加えたと思われる部分である。その後に葬送仏事・遺旨及び略伝の附記がある。

更に日記を終った後に、義堂が始終気に懸けていた、先師夢窓疎石の碑銘（宋濂撰）及び之が将来に関する縁由記を収めて巻末を飾っている。四巻四冊。

（「空華日工集考」、『日本禅宗史論集』下之一所収〈思文閣出版、昭五四〉、七八頁）

ところで、『鎌倉九代後記』（『改定史籍集覧』第五冊所収）の「応安」項には、

同四年十月、報恩寺供養、上杉能憲執行ス、養父伊豆守重能、去建武二年建立ニヨリテ也、

という記述が見受けられる。これによると、建武二年（一三三五）に、報恩寺の前身となる寺が、能憲の養父である上杉重能によってすでに建立されており、その寺に義堂が住していたと解することもできようか。なお、『鎌倉九代後記』の著者や成立については未詳である（総目解題）。

さて、絶海は建長寺に籍を置いて、青山慈永（五山）（第三十八世）や大喜法忻（五山）（第三十九世）の会下にあっても、優秀な者として注目されていたようである。絶海には、関東管領足利基氏（一三四〇～六七）も親炙していた。

五　問題点Ⅳ――入明について

応安元年戊申。師三十三歳。大明洪武元年二月。航レ溟南遊。寓二杭之中竺一依二全室禅師一。甚器二重之一。命俾レ作二焼香侍者一。後復又転二蔵主一。師登二于霊隠一。謁二于道場一。周二旋於用貞良公清遠渭公之間一。師嘗自謂曰。余

入二大明一最初依二清遠於道場一。以二侍局一命。辞不レ就。遂依二中竺季潭和尚一云云。其後師未レ為二中竺蔵司一前。良用貞引以二霊隠書記一。辞而不レ就。故了堂一公賜レ師偈。有下展二開仏手一伸二出驢脚一之句上。雖レ不レ就レ職用二黄龍南事一歟。偈曰。展二開仏手一。伸二出驢脚一。露柱灯籠。築著磕著。特為二此事一。参尋布単。枉教二売却一。一顆如来蔵裡珠。日用霊光常烜赫。中竺津蔵主決二志此道一。袖レ紙徴レ語。書二前偈一以賜云。前天童芥室唯一。

（応安元年条）

応安元年（一三六八）、三十三歳の時に絶海は入明した（一般的に中国に遊学することを「南遊」と言う。ただし、鄂隠慧奯の『南游稿』は、主として四国在住中の作品が収められている）。この年は、太祖洪武帝（高皇帝、朱元璋ともいう。一三二八～九八）が元を倒し、明を建てた年でもある。『仏智年譜』をはじめとして、絶海は二月に中国に渡ったとする記事が諸書に見受けられるが、『日工集』応安元年十二月十七日条に、つぎのように記されている。

十七日、津要関書至、亡母三十三忌過附二商船一渡海、河南陸仁、字元良、称二雪樵一、蘇州教授、避レ乱漂二泊博多津一、已両三年矣、近聞、青巾一統、而江南両浙稍安、将レ帰、聖福和尚称二賞之一、有二錦屏詩一、発津在レ近云々、雪樵詩叙曰、戊申夏四月、余自二博多一至二高瀬一、将下附二海杭（航）一帰中淛西上、適与二要関上人一会二于永楽蘭若一、遂相共周旋者数日、斯文之誼、雅可レ尚也、且言二相州錦屏山水之秀一并索二余賦一レ之、因想二像其勝一、作二四韻一首一、併簡二義堂禅師一。（下略）

陸仁の詩の叙によると、戦乱を避けて博多に漂泊していた陸仁は、応安元年の四月に高瀬（今の熊本県玉名市）に移り、絶海と邂逅したという。『蕉堅藁』所収の「寿天錫を祭る文」（一六五）にも「予、南遊するに迨《およ》びて、高瀬の津に寓す」と記されていることから、絶海は、当時、一般に中国渡航の出帆地とされていた豊前ではなく、肥後の高瀬を出発して中国へ向かったことがわかる。その時期については、絶海が義堂に宛てた書簡に、亡母の三十三年忌が過ぎるのを待ってから渡航したとあるので、十一月頃であろうか。よって、『仏智年譜』等が二月に中国に渡ったとするのは、中国に向けて京都を出発したという意に解するべきなのであろう。その際、同行した禅僧のなかには汝霖妙佐や如心中恕がいた（『延宝伝灯録』『本朝高僧伝』『日本名僧伝』）。

入明した後、絶海が最初に参じたのは、道場山の清遠懐渭（竹菴和尚）である。『蕉堅藁』の巻頭には、「流水、寒山の路、深雲、古寺の鐘」という句で有名な「真寂竹菴和尚に呈す」（一）という詩がある。同寺においては侍者に請われたのだが、辞退している。つぎに絶海が師事したのが、中天竺寺の季潭宗泐（全室和尚）である。同寺においても重んじられ、その会下に焼香侍者や蔵主を務めたりしている。中天竺寺における生活体験がよほど印象的だったのであろうか、『蕉堅藁』には「三生石」（四）や「冬日、中峰の旧隠を懐ふ」（一二）という詩が見られる（「三生石」とは中天竺寺の名勝、「中峰」とは中天竺寺のことである。『扶桑五山記』による）。そして絶海は、霊隠寺、道場山とうつり、用貞輔良と清遠の間を周旋した。ちなみに用貞には、結局は固辞したのだが、中天竺寺の蔵主になる前に霊隠寺の書記に誘われていた。清遠には、二度目の参叩ということになる。季潭は、臨済宗大慧派に属した笑隠大訢（蒲室和尚、一二八四～一三四四）の法嗣であり、清遠や用貞も笑隠の直弟で、季潭と同門であったため、絶海は彼らと交わることにより、大慧派の家風——禅林の実用文書作成に際して四六騈儷文体使用の徹底化と、貴族社会の社交手段、或は教養としての純文芸（詩文）の賞玩——を継承し、日本に伝えたのである（玉村氏『五山文学』、九二～一〇六頁参照）。

六　問題点Ⅴ——『仏智広照浄印翊聖国師年譜』の撰者

応永三十年癸卯秋八月日　小師妙祈撰

この記述は、『仏智年譜』の巻末部分にある。玉村氏は、数多い絶海の弟子（小師）のなかに「妙祈」という僧は見当たらないので、「（叔京）妙祁」の誤りではないか、と指摘されている。確かに叔京は、玉村氏『五山禅林宗派図』(思文閣出版) によると、高峰顕日——夢窓疎石——絶海中津という法系を承けており、正長元年〔一四二八〕には高峰顕日〔一二四一～一三一六〕の『仏国応供広済国師行録』を撰述するなど、文筆に長けた禅僧だったようである。が、しかし、今のところ他の記録類にこそ見られないが、「妙祈」なる禅僧が実在した可能性も残っているので、(4) わたくしは、『仏智年譜』の撰者を叔京と断定するには少し抵抗がある。

おわりに

年譜・行実・行録の類は、正確さが第一に要求される。逆に言うと、もしも誤謬があったならば、それは、年譜(行実・行録) にとって致命的な欠点と言えよう。翻って『仏智年譜』を見ると、従来から不審な点が色々と指摘されており、玉村氏をして「もし叔京妙祁という直弟が編したならば、何故こんな誤りを犯すか不思議な点がある」とか、「こんな義堂の経歴の大綱を、絶海の直弟叔京妙祁が知らないとか、勘違いするとは迂闊過ぎるではないか」と言わしめている。たとえば、至徳元年〔一三八四〕六月、絶海は三代将軍足利義満〔一三五八～一四〇八〕に直言してその意に逆らい、摂津、讃岐、阿波と隠棲したのであるが、彼の帰洛に纏わる経緯について、『仏智年譜』至徳二年条と、『日工集』至徳三年二月および三月条とでは齟齬を来たしており、いまだに決定的な見解は出ていない。また、応永八年条に一括されてしまった絶海の示寂(応永十二年四月五日) に関する記事には、明らかに欠落があるだろう。本節によっても、『仏智年譜』、あるいは絶海の伝記を多少なりとも見直さなければならない必要性が出て来たかも知れない。今後とも調査を続けていくつもりである。

注

(1) 玉村竹二氏は、年譜の出処として、「江戸幕府の儒官の林家」や「『群書類従』の編纂家たる塙保己一家」を想定されている（「『絶海年譜』に就ての疑義」）。
（2）禅僧の住持暦に関しては、『扶桑五山記』や『五山歴代』による。
（3）『蕉堅藁』の作品番号は、蔭木英雄氏『蕉堅藁全注』（清文堂、平一〇）による。
（4）「叔京妙祈」という禅僧を主張するならば、「祈叔京」という別称の意味を吟味する必要があるだろう。「叔京妙祁」を主張する玉村氏は、「祁叔京」という別称に関して、

「祁」が多大の意であるから、道号も「京」という兆の十倍の数をあらわす字を用いて、名字相応せしめている。（『日本の禅語録』八、一二六頁）

と述べておられる。

【付記】

人物考証に関しては、玉村竹二氏の『五山禅僧伝記集成』（講談社、昭五八）や『五山禅林宗派図』（思文閣出版、昭六〇）を参考にした。禅僧の名前は、道号（字）二字と法諱二字から成り、どちらか一方が明らかならば、その禅僧の素性を知ることは、割と簡単である。しかし、法諱の下一文字しか明らかになっていない場合は、その禅僧を特定することは、かなり難しい。以下同じ。

第二節　『仏智広照浄印翊聖国師年譜』と『勝定国師年譜』との関係

はじめに

現在、絶海中津（一三三六～一四〇五）には二種類の年譜が残されている。『仏智広照浄印翊聖国師年譜』（以下、『仏智年譜』と略す）と『勝定国師年譜』（以下、『勝定年譜』と略す）である。前者は、応永三十年（一四二三）に、「妙祈」なる禅僧によって撰述された。それに対して、後者の成立年代および撰者は、今のところ不明である。同年譜中では、後小松天皇（一三七七～一四三三）が「太上皇帝」、称光天皇（一四〇一～二八）が「今上皇帝」と表現されているので、少なくとも称光天皇が在位した応永十九年（一四一二）八月二十九日～正長元年（一四二八）七月二十日の間に、この年譜は成立したことになる。葉貫磨哉氏は「あるいは仏智広照浄印翊聖国師年譜の成立後にこれら年譜の拾遺的な意味で門弟の間で撰述されたのかもしれない」（『群書解題』第四下）と指摘されている。

さて、管見の範囲では、年譜・行実・行録の類が複数存する禅僧は、絶海を除いてあまりいない。たとえば、夢窓疎石（一二七五～一三五一）には『夢窓正覚心宗普済国師年譜』の他に、『夢窓正覚心宗国師塔銘并序』と『夢窓正覚心宗普済国師碑銘』がある。『群書解題』第四下によると、『年譜』は、観応二年（一三五一）に夢窓が示寂した後約十年して、高弟の春屋妙葩（一三一一～八八）が撰述したものである。『塔銘』については、文和三年（一三五四）に春屋が東陵永璵の許を訪れ、天龍寺雲居庵（開山塔）に建てる塔銘を得るために、夢窓の行実を録して依頼したという。また、『碑銘』については、貞治五年（一三六六）に夢窓の門人義堂周信（一三二五～八八）が入明する同門の絶海に目子《もくす》（作文の素材を箇条書きにした目録）を託し、当時随一の文豪宋景濂に撰文を依頼させたという。また、一休宗純（一三九四〜一四八一）にも『一休和尚年譜』と『一休和尚行実』がある。両書の成立年代および撰者は、いまだに明らかになっていないが、葉貫氏は「この行実の内容は東海一休和尚年譜を抜萃したもののようで、一休の門弟が本師の塔銘を依頼する目子として、年譜を抄録してこの行実を編したものと思われる」とも述べておられる。

絶海の両年譜はどのような背景をもって作成されたのか、また、互いにどのような関係にあるのか。本節では、この点に注目しながら、『仏智年譜』と『勝定年譜』に関する私見を述べてみたい。

一　両年譜の本文比較

禅僧の年譜類を概観すると、大体、禅僧個人の生涯は、誕生・修行期・社会活動期・死没という四つの時期に分けられよう。煩瑣ではあるが、論を進めていく上で必要であると思うので、『仏智年譜』と『勝定年譜』の各本文（『続群書類従』第九輯下所収。ただし、『仏智年譜』は『大正新修大蔵経』所収本、『勝定年譜』は『大日本仏教全書』所収本で誤植を括弧内に訂正した）を右の四期に区分し、併記する。そして、両年譜の本文を比較しつつ、記事内容の傾向を考えてみたい。両年譜の類似した文章には——線を、一方の年譜にその履歴が記載されていない箇所には★印を私に施した。

二　区分Ⅰ——誕生

○『仏智年譜』

建武三年丙子。師諱中津。字絶海。字乃全室和尚所命。自号蕉堅道人。土佐州津野人。父藤原氏。母惟宗氏。

禱五台山曼殊像。夢授剣有身。吉祥而誕。実丙子歳十一月十三日也。

○『勝定年譜』

師母禱五台山文殊。夢授剣有身。吉祥而誕。(1)

禅僧の誕生に関する記事には、出生日や出身地、両親の出自等が記されるのが一般的である。が、『勝定年譜』には、そのいずれの事柄も記されていない。『仏智年譜』にはすべて明記されている。絶海は、建武三年（一三三六）十一月十三日に土佐の津野に生まれ、父は藤原氏（津野氏）、母は惟宗氏の出身である。

なお、禅僧のみに限らず、高僧の誕生には、母が見る瑞夢（吉夢）が纏わることが多い。試みに禅僧の年譜類（『続群書類従』第九輯上・下所収）を見てみると、大まかではあるが、以下のような四つの型に、その瑞夢の内容を分類することができる。

A　天体に関するもの（日・月・明星・雷・光等）を呑んだり、懐に入れたり、感じたりする。

例　『千光法師祠堂記』（明庵栄西）、『夢愡正覚心宗普済国師年譜』（夢窓疎石）、『真源大照禅師龍山和尚行状』（龍山徳見）、『普明国師行業実録』（春屋妙葩）等

B　剣や珠を呑んだり、抱いたり、感じたり、授かったりする。

例　『広智国師乾峰和尚行状』（乾峰士曇）、『月篷見禅師塔銘』（月篷圓見）、『別源和尚塔銘并序』（別源圓旨）、『岐陽自賛』（岐陽方秀）等

C　仏教に関するもの（般若心経・普門品・蓮花・鉢盂・袈裟等）を、僧侶・太士・大夫等から授かる。

例　『南院国師規庵和尚行状』（規庵祖圓）、『大燈国師行状』（宗峰妙超）、『固山鞏和尚行状』（固山一鞏）、『太清和尚履歴略記』（太清宗渭）等

D　その他

絶海の母は、五台山の文殊菩薩に祈り、剣を授けられる夢を見て、絶海を身籠もったという。ちなみに、絶海と同郷である義堂の『空華日用工夫略集』によると、義堂の母も、裸足で五台山に参詣し、文殊菩薩に百日間の祈禱を誓って、一筋の白いもやが、文殊堂から自分の懐のなかへ入って来る夢を見て、義堂を身籠もったという。絶海誕生に纏わる瑞夢は、両年譜に見られ、先に挙げた分類によると、B型に属することになる。義堂の場合はA型である。

三　区分Ⅱ——修行期①（土佐、京都、関東）

○『仏智年譜』

★貞和四年戊子。師年十三歳。烏頭而隷天龍籍。正覚移而養老于西芳精舎。師時々往持（侍）。適月夜励声唔咿。正覚定起灯下呼来試之。師輒掩巻暗誦。琅々如甃水之奔注。正覚云。此児他日必為禦侮之器者。宜在叢林文字徒。可使役于茲哉。師固請之曰。見性在文字哉。執侍左右素願也。正覚奇其言。

★観応元年庚寅。師是歳剃髪作沙弥。正覚時在西芳寺。命雲居葩首座曰。俾童蒙可執侍左右者来。師在旁聞曰。某以執侍為幸也。乞自行。葩公許之。師又侍正覚於西芳寺。正覚一日講円覚経。講畢而諸衲在相詰問未決。師在旁敢告以正覚所引之釈。所講之義。不謬一字。如指掌。衲子驚告碧潭。潭驚甚。而白正覚。正覚於此召師験之悦。師自是入室。凡毎見徴詰。応答如響。云子他日能支臨済者歟。厚自愛耳。

★二年辛卯。師年十六歳。為大僧。師在天龍。一夏百日之間。毎日四更一点坐禅。後徒跪而詣法輪。焼香礼拝。雖風雨不怠之。蓋専祈進白業無魔事也。

★文和二年癸巳。師年十八。掛錫於東山建仁。与信義堂。帖（怗）先覚。勲月舟。寿天錫等。同時慕龍山和尚之高風。往而依之。次大林和尚董東山席。俾師登侍薬職。師凡隷東山。恰閲一紀。雖風雨寒暑。未曾怠禅誦。毎更生（主）法住持。皆美而為精進幢爾。
三年甲午。是歳師年十九。建仁東堂放牛和尚結制。冬至心(必)先庚三日設斎。就八坂法観寺請五頭首。逐一登座説法。差僧問禅。而牛立座下証明。歳以為常地(也)。一歳随例亦然焉。不差問禅之人。唯師一人随伴耳。及乎第一座之升座。放牛向師鞠躬問訊云。煩侍者俾問禅也。師辞不獲。出衆問話。機弁捷給。流輩改観。次毎回(四)頭首之升座。放牛亦命之如前。師横機無所譲。愈出愈奇。於是一衆靡不為之歎服。叢林喧伝以為曰(口)実。
★貞治三年甲辰。是歳一策翩然有関東之行。万寿石室玖公以偈餞云。仲霊蛋出鐔津。五百年来間世人。槖簡陳篇消白昼。紙衾瓦鉢楽清貧。非唯広城海中宝。便是諸方席上珍。拓出東山左辺底。何妨侍者続芳塵。建仁別源旨公有送行偈。文繁不録。到相州省法兄義堂信公於南陽。遂助化於建長法兄青山和尚。次仏満禅師大喜忻公視福山之篆。盛開法席。師在仏満会下。以上流見賞異之。関東都元帥瑞泉寺殿以法門昆仲。厚礼遇之。
★四年乙巳。師年三十歳。当此時忻公力革嚚風。凡叢林職事。非徳不挙。率試以提唱偈頌。特抜典蔵鑰。次以却来遷侍香。

○『勝定年譜』
★土州有円通寺。師先施財所創建。師八歳。依此寺剪髪。自誓曰。成荷法之器。衆異之。
師十九歳。掛錫於建仁。放牛和尚差師為秉払。五頭首之問禅。師横機無譲。一衆歎服。

禅僧の修行期に関する記事には、出家に至るまでの過程、師承関係、開悟の状況等が主に述べられる。たとえば、中巌圓月（一三〇〇～七五）が曹洞宗宏智派（東明慧日）から臨済宗大慧派（東陽徳輝）に嗣法を変えたので、宏智派の人々から危害を加えられたという話（『仏種慧済禅師中岩月和尚自歴譜』）や、一休が夜、鴉の鳴き声を聞いて大悟したという話（『一休和尚年譜』）はよく知られている。絶海の両年譜を見てみる。『仏智年譜』によると、絶海は、十三歳で蓬髪のまま天龍寺に入り、十五歳で剃髪して沙弥となり、十六歳で具足戒を受けて大僧となった。

天龍寺、建仁寺、建長寺と次々に掛錫して、夢窓や龍山徳見（一二八四～一三五九）、青山慈永、大喜法忻等に師事したという。一方、『勝定年譜』には、日本における修行の様子は全くと言ってよいほど記されていない。ただし、八歳の時、土佐の円通寺で剪髪したことは、『仏智年譜』には見受けられない。

四　区分Ⅲ――修行期②（中国）

○『仏智年譜』

応安元年戊申。師年三十三歳。大明洪武元年二月。航溟南游。寓抗(杭)之中竺。依全室禅師。禅師甚器重之。命俾作焼香侍者。後復又転蔵主。師登于霊隠。謁于道場。周旋於用貞良公。清遠渭公之間。師嘗自謂曰。余入大明。最初依清遠於道場。以侍局命。辞不就。遂依中竺季潭和尚云。其後師未為中竺蔵司前。良用貞引以霊隠書記。辞而不就。故了堂一公賜師偈。有展開仏手。伸出驢脚之句。雖不就職。用黄龍南之事歟。偈曰。展開仏手。伸出驢脚。露柱灯籠。築著磕著。特為此事。参尋布単。柱(枉)教売却。一顆如来蔵裡珠。日用霊光常烜赫。中竺津蔵主決志此道。袖紙徴語。書前偈以賜云。前天童芥室唯一。

四年辛亥。是歳登径山。省全室和尚。延以後堂首座。師辞不就云々。

永和二年丙辰。師四十一歳。大明洪武九年春正月。大祖高皇帝召見英武楼。問以法要。奏対称旨。又召至板房。指日本図。顧問海邦遺跡熊野古祠。勅賦詩。詩曰。熊野峰前徐福祠。満山草木雨餘肥。只今海上波濤穏。万里好風須早皈。御製賜和曰。熊野峯高血食祠。松根琥珀也応肥。当年徐福求仙薬。直到如今更不皈。又賜以僧伽梨。鉢多羅。茶褐裰。榔栗杖。并宝鈔若干。詔許還国云々。按正覚国師碑銘序。其略云。洪武八年秋七月。日本国遣使者。来貢方物。考功監丞華克勤奏曰。日本有高行僧夢窓禅師。其入滅已若干年。而白塔未有勤(勒)銘。其弟子中津。法孫中巽。有慕中華文物之懿。特因使者而求之云云。宋濂為之文云々。

○『勝定年譜』

師卅三。航溟南遊。寓抗（杭）之中竺。依于全室。命為焼香侍者。又転蔵司。大明洪武元年。

★三十三（五）歳。拝永安塔。（省）訪和靖旧姑蘇台。

三十六歳。登径山。有全室。延以后堂首座。師辞不就。

★三十八歳。再参天界全室。清遠和尚作偈送之。序曰。云々。偈有東海扶桑樹。西天甘藷種之句。

四十一歳。洪武九年。太祖皇帝召見英武楼。指日本図。顧問熊野古祠。勅賦詩。御製賜和。求正覚碑銘於宋濂。濂製之文。

禅僧が中国留学の経験を持つ場合、その事実は必ず、彼の年譜類に記されよう。たとえば、雪村友梅（一二九〇～一三四六）は、入元中に間諜（スパイ）容疑で斬罪に処せられそうになり、「乾坤無レ地レ卓二孤筇一、且喜人空法亦空、珍重大元三尺剣、電光影裡斬二春風一」という一偈を朗誦して刑を免れたという（『雪村和尚行道記』）。絶海が中国に遊学して、季潭宗泐（全室和尚）や清遠懐渭（竹菴和尚）等に師事し、明の太祖高皇帝（洪武帝・朱元璋）と詩を唱和したことは、両年譜の記すところであるが、『勝定年譜』には、『仏智年譜』に見受けられない記事——三十五歳の時、永安塔を拝し、姑蘇台や林和靖の旧宅を訪れたことや、三十八歳の時、天界寺の季潭を省したこと——もある。

五　区分Ⅳ——社会活動期

○『仏智年譜』

★康暦元年己未冬十月。法兄普明国師招師館于亀山雲居庵。性海見和尚主天龍席。十二月請師居第一座。至明年春美解。

★二年庚申。師歳四十五。春赤松氏将幡(播)法雲聘師。挙汝霖佐公代之。秋以鈞選。開法甲斐州乾徳山恵林禅寺。九月初三日。就亀山雲居庵受請。十月八日入寺。凡在京師相州有名之英衲雲集。寺屋殆乎無所容。師不非之。孜々誘掖也。学徒参叩。禅宴餘暇。請而講法華楞厳円覚等。緇素聴衆汎溢矣。蓋師旺化権輿于此矣。

★至徳元年甲子。師年四十九歳。師力任宗柄。議論公評刺挙無所避。適以直言忤相公之旨。師長揖而去。夏六月。隠于摂之銭原云々。

二年乙丑。師四月始到羶(羊)羚谷牛隠庵云々。是歳秋。伊土讃阿四州摠轄桂岩居士厚礼邀師。七月末到讃州。居士郊迎之。且安置于普済院云々。居士於是将新創寺。偏巡邦内。相攸爽熀(塏)而獲之阿州。其為境殆乎天慳地秘之勝也。居士意嘉之。居士乃親躬搬土築基。其主山形似宝冠。因名寺曰宝冠。山曰大雄。請師為開山始祖云々。冬十月。准三后大相国悔往愆。而命慈氏和尚。発専使徴師。固辞以疾。十一月。大相国親製手書。賜四州摠轄。命以徴師。居士即命駕。夜到宝冠。諭大相国之命。涕泣曰。法門汚隆陋邦安危。係師之出処。師不獲已。而廼促装而上道。前一日門人妙勤謂曰。昨日夢師跨紫色獅子王。運行天下。妙勤手把其羈靮。翌日大相国請書至。十二月以鈞命董等持寺席。二十五日入寺。先是七日。讃州宇多津且(旦)過庵明了夢武州命曰。余嘗持観音像在京師。汝往而取来。明了受命往。恍惚之頃。入一山川。四顧勝絶。岩窟中有白衣観音儼坐。負其尊像皈奉武州。寤以為瑞夢。其翌日武州召明了。命以延師於摂之羚羊谷。了奉使到羚羊谷。則其境致与前所夢符焉。明了私意益異之。後往々謂之人。明了有道之衲也。

三年丙寅二月十二日。義持誕生。一日慈聖龍湫和尚陪師説法之席。湫感喜而不覚承睫云。先師説法体裁有之。遂将正覚国師法衣一頂贈之師。

★嘉応(慶)二年戊辰春正月九日。師於三條官第。始講金剛経。到十九日講了。同二十三日。香厳芳林太夫人請師講円覚経。至月尾講了。皆鈞命也。

明徳二年辛未。是歳七月十六日。退等持寺移住北等持院。以公命也。向在京師等持寺日。大相国適到師室内。親乞師所常著安陀衣而奉持之。是冬十二月晦日。藩臣謀反。戦於内野。官軍利。敵陣敗。朝野歓呼。大賀升平。禅林諸老倶入幕而賀焉。大相国著法服相見。以手挙畛衣。□□□云。亡敵乃衣之霊験也矣。相公所以崇信師者可知。

★四年癸酉。是歳夏中。師於花御所日々講首楞厳経。常光并諸尊宿伴講席。

★応永二年。一日大相国依十牛図。請益宗旨。師云。宗門直指之旨。非紙墨言説所能也。然古徳十牛之設。為中下機。強立無途轍中之途轍。而顕無功用中之功用也。説始自尋牛。終至人牛倶忘。及入鄽垂手。師云。此是相公自己本地風光。非従人得。得後只是叩門瓦子而已云々。師肆弁引譬剴功也。不備録。大相国頗得至訣。遂請師。手書梁山廓庵十牛図叙并偈。命工絵之所常居禅観之室壁。貼叙偈於上。公暇覧之。乃為修禅之資。

★八年辛巳。師歳六十六。檀命強起。而復住相国寺。乃第三次也。七月十六日。就鹿苑院受請。以寺位陞為五山第一也。八月十一日入寺。兼領鹿苑院。按大周和尚同門疏序曰。寺乃以辛巳某月日。官命陞位于五山第一。而復起吾法兄前南禅絶海禅師於鹿苑以住持焉。視篆茲山。今当第三次。往歳再命之日。入大殿而有已説今説当説還我広長舌相之語。吾輩竊相謂曰。禅師必当三拠兼(茲)席。敷演大教。代仏揚化。而今其言験矣。抑亦此挙不是独賢労於禅師。欲増重其山也。内外相須者如此云々。

○『勝定年譜』

★四十八歳。永徳三年。准三宮創鹿苑院。請師始主之。師因従容謂之曰。相国蕞爾小刹。如不契施設。爾請別創宏基。慶莫大焉。因議定大相国寺宏礎。門人夢師跨紫色獅子王。横行天下。翌日大相国徴書至。又有僧夢武州桂岩命曰。余嘗所持観音像在京師。汝往而取来。翠(翌)日武州命此僧。迎師於摂之羚羊谷。

五十一歳。一日龍湫和尚陪師説法之席云。先師説法体裁今猶存。遂将正覚国師法衣一頂贈之師。

★五十二歳。管領雪渓居士捐玉堂為寺。請師為開山。山曰金宝。寺曰玉泉。
★五十四歳。師伴相公有西州之行。武州謂師曰。管内土佐吸江庵廼正覚行道地也。廃者久。余欲興之。南(而)後増修培旧。請師主院事。宝坊一新。遂為勝定院附庸。
★明徳元。師五十五歳。等持寺陞位為十刹之第一。蓋以厚師也。
五十六歳。大相国就師乞常所着安陀衣。冬十二月晦。奥州謀反。即伏誅矣。相国着徳服。以告禅林諸老曰。滅敵者衣之霊験也。
★五十八歳。師住相国。半夏以後。延諸尊宿会于頌。年年効之。
★五十九歳。師退相国。居等持院。九月二十四日夜。相国回禄。師曰。昔祇園精舎罹此厄。大檀越於燎焰之中而議寺之再興。義(蓋)引韋天。宣律。無準。理宗重新径山等之事。相国回禄。顕密之徒競斥吾宗。加之庄園割不庭者地而皈之仏陀。然猶握本券。以乗此時。助彼魔説。諸禅匠拱手。師奮而昌言。
★六十歳。二月二十四日。相国寺仏殿立柱。崇寿院天(大)房立柱。
★六十一歳。崇寿照(昭)堂塔宇。師自励力。罄衣盂之資畢工。
★六十二歳。再住相国。兼領崇寿寺。始為十方院。於是相公議将来非正覚氏不可領住持事。故入院仏事曰。一門光華云々。
★六十八歳。為大将軍顕山相公講信心銘。乃為証孟子書。以判仁義云々。

禅僧の社会活動期に関する記事には、住持生活や講釈活動、寺院の建立等が主として述べられる。両年譜に記載されている、この時期の絶海の履歴には、ほとんど共通するところがない。

絶海は甲斐の恵林寺、等持寺、等持院、相国寺（三住）と数多くの寺院の住持を務めたが（『絶海和尚語録』『延宝伝灯録』『本朝高僧伝』『扶桑五山記』『五山歴代』等）、『仏智年譜』には、相国寺に初住、再住した時の記事は見られない。『勝定年譜』に至っては、相国寺に再住した時の記事しかない。ただし、『仏智年譜』には見ることができない、相国寺に関する興味深い逸話――五十九歳の時（応永元年〔一三九四〕九月二十四日夜）、相国寺が炎上し、その再興に尽力したこと等――がかなり記されている。

『仏智年譜』によると、康暦二年〔一三八〇〕～永徳二年〔一三八二〕に学徒に対して『法華経』『首楞厳経』『円覚経』等を講じたのをはじめとして、絶海は、足利義満〔一三五八～一四〇八〕、香厳芳林太夫人（渋川幸子）、空谷明応等に『金剛経』『円覚経』『首楞厳経』『十牛図』等を講じている。『勝定年譜』を見ると、応永十年〔一四〇三〕に足利義持〔一三八六～一四二八〕に対して『信心銘』の講義をしたことしか記されていない。ここで、参考までに、『日工集』を見てみると、当時、種々の講義が行われていたことがわかる。義堂が講じた書物を確認しておく。

A　経書・史書の類

【例】『大学』、『中庸』、『論語』、『孝経』、『春秋左氏伝』、『呉子』、『貞観政要』等

B　経典・禅書の類

【例】『法華経』、『楞厳経』『楞厳疏』、『円覚経』『円覚経疏』、『金剛経』『金剛経纂要』、『盂蘭盆経』『盂蘭盆経疏』、『碧巌集』、『坐禅儀』、『百丈清規』『日用清規』、『輔教編』、『林間録』、『大慧書』『大慧法語』『大慧普説』、『中峰広録』、『東山（外）集』、『無文文集』、『貞和集』、『禅儀外文』、『羅湖野録』、『枯崖漫録』、『鐔津文集』等

C　詩文集の類

【例】杜甫詩、霊一詩、『唐賢三体詩法』等

また、『仏智年譜』には、至徳二年〔一三八五〕七月末、絶海は阿波の宝冠寺の開山となったとあり、『勝定年

譜』には、嘉慶元年〔一三八七〕、斯波義将〔一三五〇～一四一〇〕は自邸を改めて玉泉寺とし、絶海を開山に迎えたとある。

なお、絶海が義満に逆らって、摂津、讃岐、阿波に隠棲したという事件については、『仏智年譜』にはその概要が記されているものの、『勝定年譜』にはその一部しか記されていない。しかも、絶海が細川頼之〔一三二九～九二〕に招かれて讃岐に移る際、ある僧（『仏智年譜』には「讃州宇多津の且（旦）過庵の明了」とある）が見たという瑞夢と、義満が前非を悔いて、絶海を京都に召喚させる際、ある門人（『仏智年譜』には「門人の妙勤」とある）が見たという瑞夢の記事だけなので、唐突の感を否めない。

六　区分Ⅴ――死没

○『仏智年譜』

★十二年乙酉。辞世頌曰。虚空落地。火星乱飛。倒打筋斗。抹過鉄囲。平日所常課者也。円覚。首楞厳。師自謂。我嘗閲首楞厳有失咲之分也。

○『勝定年譜』

★師滅後五年。太上皇帝謚曰仏智国師。又今上皇帝加以浄印翊聖国師。以師之僧伽梨。永留内殿以供狼云々。

禅僧の死没に関する記事には、示寂した期日や場所、世寿、遺偈等が記されるのが一般的である。絶海は応永十二年〔一四〇五〕四月五日、相国寺勝定院において、七十歳でこの世を去った。『仏智年譜』には、唐突に「十二年乙酉、辞世の頌に曰く」と遺偈が掲げられているので、玉村竹二氏は一行分の脱落を想定されている。(2)『勝定年譜』には示寂の記事すらなく、没後、後小松天皇や称光天皇から謚号をおくられたことが記されている。

七　第三の年譜の存在

『仏智年譜』は不審な点も見受けられるが、絶海が誕生してから示寂するまでの履歴が、興味深い逸話を交えて程よく纏められている。一方、『勝定年譜』は誤謬は少ないが、記載されている絶海の履歴にかなり偏りが見られる。両年譜には類似した文章も多く、『仏智年譜』を簡潔にしたものが『勝定年譜』であるかのような印象を受けるが、一方の年譜に記載されている履歴が、他方の年譜には記載されていないこともあり、疑問が残る。

『蔭涼軒日録』（『続史料大成』所収）の文明十七年（一四八五）六月三日、四日条には、つぎのような記事がある。

三日（中略）自二螓（考・螓恐蜷）川不白方一以二壬生官務記録一曰。如レ此記録有レ之。絶海和尚為二三会塔主一歟。貞宗不審可レ問レ予之命有レ之。検レ之曰。鹿苑院殿応永二年六月廿日卯刻。於二北御所一御得度。前太政大臣准三后御年三十八歳。御戒師国師。御剃手絶海和尚。六月三日。雅久。予答云。絶海和尚此時三会院為二塔主一歟不レ知レ之。乃遣二悰子於勝定院主喬年方一問レ之。則乃撿二祖師年譜一以可レ校レ之云々。

四日　早旦。喬年和尚携二広照国師年譜一来。視レ之応永元年甲戌九月末。為二崇寿塔主一。同三年丙子崇寿造功畢。由レ是観レ之応永二年乙亥。勝定国師為二崇寿塔主一決矣。（後略）

応永二年（一三九五）六月二十日の卯の刻ばかりに、三代将軍足利義満が、花の御所において出家した。時に三十八歳だった。その際、絶海は剃手を務めたのであるが、当時、三会院（臨川寺の開山塔）の塔主であったか否かが、ここでは問題となっている。蔭涼軒主の亀泉集証は、勝定院主の宝松喬年の許へ悰子を遣わして尋ねさせたところ、翌朝、宝松は、「広照国師年譜」を携えてやって来た。これを視ると、応永元年（一三九四）九月末に相国寺が全焼した時、絶海は崇寿院（相国寺の開山塔）の塔主であり、同三年（一三九六）、崇寿院を再建し終わったとあるので、応永二年に絶海は三会塔主ではなく、崇寿塔主を務めていたことがわかった。

ここで、宝松が勝定院から持参したという「広照国師年譜」について考えてみたい。現存の『仏智年譜』には応永元年条も応永三年条もないので、「広照国師年譜」と『仏智年譜』は同一のものではないだろう。一方、『勝定年譜』の応永元年条（「五十九歳。云々」）には、絶海が相国寺を退いて等持院に住したこと、九月二十四日夜に相国寺が炎上したことなどは記されているが、「広照国師年譜」にあるように、絶海が崇寿院の塔主を務めていたことには全く触れられていない。もっとも、同年譜の応永三年条（「六十一歳。云々」）には、絶海が崇寿院の再建に努めたことが記されているが、「広照国師年譜」と『勝定年譜』は別物であろう。と、すれば、『仏智年譜』と『勝定年譜』の他にも、絶海には別系統の年譜が（彼の塔所である勝定院に）存在していたということになる。このことは、後掲の史料からも言うことができよう。

まずは景徐周麟（一四四〇～一五一八）の『翰林葫蘆集』（『五山文学全集』第四巻所収）を見てみる。『仏智年譜』や『勝定年譜』に類似した文章がある箇所には——線を私に施した。

同年（応永元年、朝倉注）九月二十四日夜、相国寺災、台駕臨焉、到鹿苑院護之、広照師自北等持馳而会之、因進而謂曰、在昔祇園精舎罹此厄、南天王乗大願力重新焉、径山亦遭此厄、理宗皇帝降聖旨、復重新焉、今日亦宜為之也、檀越勉旃、於是大勇而諾矣、同年十一月二十八日、仏殿山門立柱、彼賢于長者、道挿一茎草建梵刹竟者、理上興建也、不及公向事上、不歴時日、而一再起之者、其餘教苑講肆、無不一新、経所謂三世一切諸仏之大檀越者乎、（中略）
又与広照常光二師、道契不浅、嘉慶二年春正月九日、請広照於三條官第、講金剛経、至十九日講了、山埜謂、方今公武家、以正月為嘉節、忌僧徒往来、台霊独異是、可怪矣、考之於唐朝則貞観元年正月、命京城僧、三七日、行道斎供、王公行香者在焉、（中略）
広照住京之等持、歳在明徳辛未、公嘗入師室、乞師安陀衣而持去、同年冬十二月晦日、藩臣謀反、即日敗績矣、禅林諸老、入幕賀之、公被法服見之、以手挙衣曰、滅賊軍者、乃此衣之力也、守護国界主陀羅尼経、挙法衣十勝利、一者示現沙門相貌、見者歓喜、遠離邪心、乃至十者袈裟猶如甲冑、煩悩毒箭不能害、公之得勝利者、何疑之有哉、其後応永六年十二月、於泉州逆徒就戮、不亦法衣勝利耶、

又就師請益十牛図、師云、宗門直指之旨、非紙墨所形也、然十牛之設、於無途轍中、強立途轍、従初尋牛得牛、至終人牛倶亡、尽是相公自己本地風光、非従人得、々後只是叩門瓦子耳、公頗得至訣、遂請師親書梁山廓菴之叙与偈、因命工絵之、貼于禅室之壁、以為修禅之資、敢問諸人、皮角在此、牛在何処、昔郭功甫見端師翁、師問曰、牛純乎、曰、純矣、師叱之、功甫拱而立、師曰、純乎々々、南泉大潙無異此也、説甚南泉大潙、即今亦無異此也、

又一日謂広照曰、禅宗難証入、念仏欲兼修、如何、師答曰、相公一面鏡、為色像所映奪、大居士分上、心外求仏耶、不見道、有仏処莫住、無仏処急須走過、公言下領旨、大笑歓譆而退、（中略）

今日散忌、大功徳主集苾蒭衆、同音諷演楞厳神咒、此乃波斯匿王為父王諱日請仏営斎、々罷仏帰祇園、自頂上放百宝光、々中有化仏所演出也、吾徒有法事、散場必挙此呪、原乎清規也、吾百丈氏一夏九旬、設楞厳会、台霊明徳年中、迎広照師於花御所、夏中日々講此経、昔年講席、今日斎筵、不隔毫端、不離当念、即見儼然未散、

（第十四・［鹿苑院殿百年忌陞座　散説］）

足利義満の百年忌の陞座法語（散説）である。陞座の法語は、時代がくだるとともに長大なものが好まれるようになり（玉村氏『五山文学』、二三九頁参照）、義満と同時期に活躍した絶海の履歴をたどるためには、彼の年譜類が必要不可欠だったはずである。『仏智年譜』や『勝定年譜』に類似した文章も所々見受けられるが、景徐は直接、『仏智年譜』や『勝定年譜』を目にしたわけではないだろう。なぜなら、両年譜よりも一つ一つの履歴が詳細に描かれているし、両年譜では知ることができない逸話——禅宗を専ら修行することに迷っていた義満に対して、「仏

有る処は住すること莫れ。云々」という趙州のことばを例に出して、如何なるものにも捉われるべきではないことを説いたという話――も見られるからである。絶海には、『仏智年譜』や『勝定年譜』とは別に、より綿密に纏められた年譜が存在していたのであろう。

つぎに『相国寺考記』（『相国寺史料』第一巻所収）から抜粋する。同書は『相国禅寺紀年録』とも、『萬山編年精要』、『萬年編年精要』とも言い、永徳二年（一三八二）～慶長十四年（一六〇九）の間における相国寺関係文献の抄録を収めた史料集である。原書名、編者、成立年代等はわかっていない（解題参照）。なお、「萬山」や「萬年」とは萬年山相国寺、すなわち義満が創建して、絶海が三住した京都五山第二位の寺院である。①～⑦の番号は私に施した。《　》内は割注を示す。

①此年等持寺陞位、為十刹之第一、于時絶海住等持蓋尊師也云云《見于絶海年譜》（明徳元年（一三九〇）条）

②七月十六日、絶海和尚退等持寺、移住等持院、以公命也、向在京師等持寺日、太相国適到師室内、親乞師、所常着安陀衣、而奉持之、是冬十二月晦日、藩臣謀叛、戦於内野、官軍利、敵陣敗、朝野歓呼、大賀升平、禅林諸老、倶入幕而賀、太相国着法服相見、以手挙畛衣云、凶敵乃衣之霊験也、夫相公所以崇信絶海者可知《見于絶海行実》（明徳二年（一三九一）条）

③此年夏中相公召絶海師於花御所、日講首楞厳経、常光并諸尊宿伴講席《見于絶海行録》（明徳四年（一三九三）条）

④絶海和尚年譜又曰、相国回禄、顕密之徒、競斥吾宗、加之、割不庭者地而帰之仏陀、然猶握本券、乗此時、助彼魔説、諸禅匠拱手、師奮而昌言云云（応永元年（一三九四）条）

⑤二月廿四日、相国寺仏殿立柱、崇寿院《旧之資寿院也》大房立柱《見于絶海年譜》

⑥是年一月太相国、依十牛図、請益宗旨云云《始末具見于絶海行実》（応永二年〔一三九五〕条）

⑦八月十一日、絶海和尚重任相国《第三次也》絶海年譜云、檀命強起、而復住相国寺、七月十六日、就鹿苑院受請、八月十一日入寺、兼領鹿苑云云　按大周和尚同門疏序曰、寺乃辛巳某月日官命、陞位于五山第一、而復起吾前南禅海翁大禅師於鹿苑、以住持焉、視篆本寺、今当第三次云云　抑亦此挙不是独賢労於禅師、欲増重其山也云云《已上見于年譜》（応永八年〔一四〇一〕条）

「絶海（和尚）年譜」から（相国寺に関連する事件を）引用したという箇所（①・④・⑤・⑦）について考えてみたい。先にその全文を掲げた『仏智年譜』および『勝定年譜』と比較してみると、①・④・⑤の文章はすべて、『勝定年譜』に確認することができるのだが、⑦の文章は『仏智年譜』に見られる。と、いうことは、少なくとも明徳元年、応永元年、同二年、同八年に限っては、両年譜の記事が混在している年譜が存在したことになるだろう。また、②・③・⑥に目を移すと、絶海には、年譜以外にも、行実や行録が存在していたことがわかる。

近年（平成八年十二月二十日）刊行された『鹿苑院公文帳』（『史料纂集』所収）のなかで、今泉淑夫氏は、等持寺に関する新出の史料を紹介されている。相国寺慈照院所蔵の雑記一冊で、主に等持寺歴代が記されている。「絶海中津」項には、

八　絶海　中津　和尚　　明徳改元庚午年当寺陞位為十刹之第一、于時絶海住持、蓋国師也、見于師年譜

明徳二辛未年七月十六日師退等持寺移住北等持院、見于師行実

とあり、「年譜」の文章は『勝定年譜』に確認することができる。また、ここでも、絶海に行実が存在したことが知られる。

おわりに

絶海には、『仏智年譜』や『勝定年譜』の他にも、現存はしていないが、別系統の年譜や行実、行録の類が存在していたようである。絶海ほどの著名な禅僧になると、何種類もの年譜類が作成されていたとしても不思議ではなく、これと同じことは、夢窓や一休にも言えるだろう。それらのなかで現在にまで伝わっているのが『仏智年譜』であり、『勝定年譜』であったのである。想像を逞しくすると、『仏智年譜』の不備を、より綿密に纏められた年譜で、簡潔に補ったものが『勝定年譜』であると言えるかも知れないが、両年譜の祖本の存在については、今後、さらに検討してみたい。

注

（1）『勝定年譜』は『続群書類従』第九輯下「伝部」の他に、『大日本仏教全書』第六十九巻「史伝部八」にも活字化されて収録されている（『本朝僧宝伝』巻下に「絶海中津和尚年譜略」と題して収められている）。この『大日本仏教全書』所収本には、「五台山」の下に「土佐竹林寺」という注記があることから、絶海や義堂の母が祈ったのは、五台山上にある竹林寺の本尊の文殊菩薩像だったことがわかる。なお、『本朝僧宝伝』については、著者は不詳、成立は江戸時代、それも『延宝伝灯録』（延宝六年（一六七八）成立）が撰述されるなどして、禅宗各派の法系・嗣承を明らかにする動きが禅界に起こった頃だろうと推定される。解題参照。

（2）玉村竹二氏「『絶海年譜』に就ての疑義」（『日本禅宗史論集』下之二所収、思文閣出版、昭五六）。

第三節　絶海中津の関東再遊について

はじめに

絶海中津〔一三三六～一四〇五〕は、法兄の義堂周信〔一三二五～八八〕とともにその漢詩文を「五山文学の双璧」と称せられている。二人はともに、夢窓疎石〔一二七五～一三五一〕の弟子で、「五山文学」の最初の開花期である、南北朝時代から室町時代前期にわたって活躍した禅僧である。

絶海の伝記史料として最も基本的なものは、弟子の叔京妙祁が撰述したとされる『仏智広照浄印翊聖国師年譜』（以下、『仏智年譜』と略す）である。たとえば、古くは卍元師蛮の『延宝伝灯録』から、最近では玉村竹二氏の『五山禅僧伝記集成』（講談社、昭五八）に至るまで、「絶海中津」項の記述はこの年譜に全面的に拠っている。が、この年譜に記載されている履歴をたどるだけでは、絶海の生涯を網羅したとは言えない。なぜなら、別系統の絶海の年譜である『勝定国師年譜』（以下、『勝定年譜』と略す）や、絶海の詩文集である『蕉堅藁』、義堂の日記である『空華日用工夫略集』（以下、『日工集』と略す）等によって、絶海の新たな事跡を確認し得るからである。本節において取り上げた、絶海の関東再遊もその一つである。

一　関東再遊の事実

『仏智年譜』貞治三年〔一三六四〕条に「是の歳、一策、翩然として関東の行有り」とあることから、絶海が入明前に京都から関東へ赴いたことを指摘する研究者は多いが、帰朝後に再び関東へ赴いていたことを指摘する人は誰もいない。しかし、『蕉堅藁』(1)をつぶさに見ると、「竹隠上人の詩軸に跋す」（一四五）につぎのような記述がある。

（上略）上人蚤入二吾古天法兄室一。而蒙二慈氏天祐二老之賞識一。可レ謂二士之有レ遇者一矣。予嘗自レ甲往レ相。見二上人於南陽寓所一。竊喜二其嶷然風骨一。卓二絶于諸子之輩一。且慶二吾兄之有レ児。而不レ能レ忘レ懐矣。今覩二諸彦之詠一。猶二吾曩日之懐レ感而不レ已。於レ是乎書以塞二其請一。

【注】「竹隠上人」については、蔭木英雄氏や梶谷宗忍氏(2)が指摘される竹隠自厳ではなく、竹隠中簡のことではないか。本文中には「上人、蚤《つと》に吾が古天法兄の室に入りて」とあり、玉村氏『五山禅林宗派図』（思文閣出版、昭六〇）によると、竹隠自厳が大休正念――嶮崖巧安――容山可允――竹隠自厳という法統を承けているのに対し、竹隠中簡は夢窓疎石――古天周誓――竹隠中簡という法統を承けているからである。また、「古天法兄」とは古天周誓、「慈氏」とは義堂周信、「天佑」とは天佑蔵海のことである。なお、禅僧の法系・道号・法諱に関しては、以下も玉村氏・前掲書を参考にする。

絶海が、快川和尚の「心頭を滅却すれば火もまた涼し」ということばで有名な甲斐の乾徳山恵林寺に入寺したのは、康暦二年（一三八〇）十月八日のことで（『仏智年譜』(3)）、その後、彼が甲斐から関東へ再び赴き、「南陽の寓所」で竹隠上人と相見したことがわかる。『大日本地名辞書』や『日本地名大辞典14　神奈川県』（角川書店、昭五九）や『神奈川県の地名』（日本歴史地名大系14、平凡社、昭五九）を見ても、相模国（神奈川県）に「南陽」という地名は存在しないので、「南陽の寓所」とは南陽山報恩寺のことであろう。そして、『日工集』によると、義堂が報恩寺を建立したのは応安四年（一三七一）十月十五日のことなので(4)、諸書において絶海が関東に赴いたとされる貞治三年～貞治五年の間に、報恩寺で絶海と竹隠上人が対面することは不可能であると思われる。ただし、報恩寺の前身にあたる寺は、すでに建立されていたと考えられる[5]。

また、『臥雲日件録抜尤』[6]長禄元年（一四五七）二月三日条には、

三日、斎罷、洪恩院主来、茶話之次、問下怡雲先師自二大明一帰朝之事上、答曰、雖三帰朝尚在二筑紫一、普明国師聞レ之、遣レ使頻促二帰洛一、蓋意在二法嗣一也、時絶海同帰朝、欲三直赴二関東一、時慈氏和尚在二鎌倉一、然国師命重、遂入レ京云々、（下略）

【注】「洪恩院主」とは竺峰周曇、「怡雲先師」とは汝霖妙佐、「普明国師」とは春屋妙葩のことである。

とある。この竺峰周曇の懐古談に見ると、永和三年（一三七七）、汝霖妙佐とともに中国から帰朝した絶海は、ただちに関東に赴かんと欲している。と、いうのも、当時、義堂が鎌倉の報恩寺に在ったからであり（『日工集』）、彼に依頼されていた夢窓の碑銘[7]の件について報告しておきたかったのだろうと考えられる。その後、永和四年（一三七八）に京都でしたためた書簡にも、

「与二金剛物先和尚一書」（一四六）

（上略）小弟夏秋之間、将レ有二東行一。枉レ道躬詣二上刹一請レ教。且金沙池畔。可レ恣二旬日之盤旋一也。維時春深。冀若レ時珍愛。不レ勝二祝望之至一。

【注】「物先和尚」とは物先周格のことである。また、「金沙池」とは金剛寺十境の一つであり、『空華集』巻第七に、

伝聞西雲老人。過二江金剛新寺一。標二其境一而為レ十。曰雑華世界。曰毘廬（盧）宝閣。曰円通境。曰養正斎。曰先照堂。曰金沙池。曰得月軒。曰甘醴亭。曰九里松。曰霊聖廟。蓋湖上之勝槩也。（下略）

（『五山文学全集』第二巻。返り点は同書や蔭木氏『義堂周信』〈日本漢詩人選集3、研文出版、平一一〉等を参考にして、私に施した）

という文章がある。

とあり、永徳二年（一三八二）に甲斐でしたためた書簡にも、

茲承従者暫離二伊豆一。坐二夏三川一。雖レ未レ得二面晤一。以二稍近一為レ喜。老嬾日劇。世味淡然。独於二故旧一。不レ能レ遣レ情。東望悵悵而已。幸因二便風一。以寄二音塵一。惟時春深。伏冀珍嗇。「答二久菴和尚一書（二）」（一五一）

【注】「久菴和尚」とは久菴僧可のことである。

とあることから、絶海が依然として再び関東に遊学する意志を持ち続けていたことがわかる。

横川景三（一四二九〜九三）の『小補東遊集』[8]には、

余在二京師一日、語二桃源一曰、乃祖勝定老師、曾遊二大唐一、道徳文章、衣二被南国一、一朝来帰、東人化レ焉、暇日招下諸老鳴二乎斯文一者上、比レ辞対レ句、我曇仲老漢其一也、今也青衿、往々伝二写其句一、以為二一集一、実希世玉〈至〉宝也、老漢蓋乃祖老門生也、通家有レ好、公何不レ続レ之乎、（下略）

【注】「桃源」とは桃源瑞仙、「勝定老師」とは絶海中津、「曇仲老漢」とは曇仲道芳のことである。

とあり、絶海の道徳および文章が中国の人々にも感化を与え、帰国後も「東人」が教化されたという。もしも「東人」が関東の人を意味するならば[9]、絶海が帰朝後に関東に赴いていたことを示す根拠の一つとなるだろう。

二　関東再遊の時期

それでは、絶海が関東に再遊した時期について考えてみたい。恵林寺の住持としての任務を終えてからの行動を整理してみると、まず『日工集』[10]永徳二年（一三八二）十一月三日条に、

十一月三日、昌勤至、出二絶海書一、乃審下退二恵林一、今帰二普同庵一、為中田地訟上、

【注】「昌勤」とは心伝昌勤（慧勤）のことである。

とあり、永徳二年十一月三日の時点で、恵林寺の住持を退き、同寺の塔頭である普同庵に帰住していたことがわかる。また、『蕉堅藁』所収の「西胤上人の雨中唱和の詩の序」（一四三）には、つぎのような文章がある。

甲之為レ州。環以二群山一。帯以二衆川一。而蔽二乎大岳之陰一。故山川之気。交会鬱結。盛暑則雲雨騰作。候状不レ恒。而我勝善練若。雖レ当二劇驂一。無三林木以為二蔽障一。則逈然孤村也。関西西胤上人。一日対二孤村雨一。望二群山雲一。詩以寓レ思。従而和者若干。徴二叙於余一。（中略）今年癸亥夏。五月不レ雨。逮二于六月癸酉一乃雨。及レ信而止。己卯又大雨。弥レ旬不レ止。余則始而喜。終而憂。而思亦随レ之何也。（下略）

【注】「西胤上人」とは西胤俊承のことであり、彼の詩は『真愚稿』に収められている。

雨中偶作

独坐孤村雨。高山四面雲。擁レ窓昏二貝葉一。侵レ砌長二苔紋一。唯合二静中賞一。何堪二愁裡門一。願賓二天上日一。万国豁二妖気一。

（『五山文学全集』第三巻。返り点は私に施した）

また、「癸亥」は永徳三年（一三八三）にあたる。

これによると、絶海は、永徳三年（一三八三）の五月から六月にかけて、甲斐の太平山勝善寺に滞在している。そして『日工集』永徳三年九月五日条に、

五日、絶海帰レ自二甲州一、蓋恵林住院紀満也、入洛館二于大慈院一、余往略叙二久闊之意一、

とあることから、永徳三年九月五日に、恵林寺住院の期間を終えて、甲斐より帰京したことがわかる。その際、義堂は、ただちに三会院（臨川寺の開山塔）の別院である大慈院に泊まっている絶海の許を訪れ、旧交を温めている。

こうして見ると、考えられる絶海の二度目の関東訪問は、永徳二年の十二月頃から翌三年の四月頃にかけてか、もしくは永徳三年の七月頃から八月頃にかけてか、ということになる。すなわち、前者の場合は甲斐恵林寺（十一月三日）――関東――甲斐勝善寺（五月～六月）――京都（九月五日）というコースを、後者の場合は甲斐勝善寺（五月～六月）――関東――京都（九月五日）というコースを、絶海はたどったことになるのだが、『日工集』永徳三年九月五日条に「絶海、甲州より帰る」と記されていたことや、甲斐――関東――京都間の道のり、関東にお

ける滞在期間などを考え合わせると、わたくしは前者の可能性がより高いように思う。先に挙げた「久菴和尚に答ふる書（二）」（一五二）に「老嬾、日に劇《はげ》し。世味、淡然として、独り故旧に於いて、情を遣ること能はず。東に望みて悵々たるのみ」と記されていたが、絶海は、関東の旧知の人々に会うために、恵林寺の住持を退いてから京都に帰るまでの合間をねらって、甲斐からあまり離れていない関東の地を再び踏んだのではないだろうか。

もう一度、絶海と関東について、簡単にまとめておく。

○一度目（入明前）――貞治三年（一三六四）～貞治五年（一三六六）（二十九～三十一歳）

○二度目（帰朝後）――永徳二年（一三八二）十二月頃～永徳三年（一三八三）四月頃（四十七～四十八歳）

三　古河襍言五首

さて、絶海の生涯に「関東再遊期」を新たに認めることで、彼の詩文集である『蕉堅藁』の詩文の配列の解釈にどのような影響が齎されるであろうか。たとえば『日本古典文学大辞典』第三巻（岩波書店、昭五九）の「蕉堅藁」項（名波弘彰氏執筆）に、以下のような記述がある。

【内容】 全体は詩・疏・文から成り、詩は五言律詩二十六首・七言律詩六十七首・五言絶句十五首・四言四句四首（一首とする説もある）・四言十六句一首・七言絶句五十一首で、計一六四首。若干の未収載詩を含めても、義堂周信の『空華集』の詩数（一九〇〇首余）の十分の一に満たない。疏は十三編。文は序四編・書八編・説二編・銘六編・祭文三編で、計二十三編。他に明の太祖、明僧清遠懐渭ら数人の次韻詩が載る。詩の大部分は制作時期が記されていないが、絶海の応安元年（一三六八）入明以後の作から成ると推定されている。ただ七言律詩の「古河雑言五首」は貞治四年（一三六五）春、常陸古河での制作と考えられる（異説もある）から、入明以前の作も含まれているようである。本集の詩は義堂詩の偈頌中心主義に対し、偈頌を『語録』に移して、偈頌とは異なる詩の世界をうち立てようとしたものであり、皎然・杜牧・貫休・林和靖といった晩唐詩風に強く影響されている。　（三四〇頁）

【注】本文中の異説に関しては、いまだに管見に入っていない。

義堂の『空華集』巻第八の「次レ韻賀三霊姪住二摠州安国一」詩に「古河東畔天平寺」、「乙巳春。予帰居二天平一。歳歉。又上人回レ里」詩に「帰来臥レ病古河浜」という句があることを援用して、従来の研究者は、絶海は貞治四年（乙巳）の春、天平山安国寺（現在は廃寺。今枝愛真氏『中世禅宗史の研究』〈東京大学出版会、昭四五〉、一一七頁参照）に病気で臥していた義堂を見舞うために古河（今の茨城県古河市。利根川流域にある）を訪れ、その際に詩（「古河雑言五首」）を詠んだと考えている。しかし、この年の絶海の行動については確証がない。『仏智年譜』[10]貞治四年条には、

四年乙巳。師年三十歳。当二此時一忻公力革二囂風一。凡叢林職事非レ徳不レ挙。率試以二提唱偈頌一。特抜典二蔵鑰一。次以二却来一遷二侍香一。

【注】「忻公」とは大喜法忻のことである。また、「却来」という語は、『禅林象器箋』（無著道忠著）の第七類・職位門に「忠曰く。却来は洞家の挙唱なり。正位に向かふを向去と為す。正位より偏位に来たるを却来と為す」という記述があるように、職位が下がって務めることをいう。

とあり、建長寺の大喜法忻の会下にあって、蔵主や焼香侍者を司っていたことだけがわずかに明らかである。

ところで、絶海は、帰朝した直後に九州で詠んだ「人の相陽に之《ゆ》くを送る」[11]（五一）という詩のなかで、「到る日、諸昆、もし我を問はば、倦懐、昔の清狂に似ず、と」と詠じている。入明する前に（京都や）関東で修行に明け暮れた青春の日々を思い起こして、かつての自身を「清狂」と評しているのである。「清狂」[12]という語は、『漢書』[13]武五子伝第三十三に、

清狂不恵〈蘇林曰。凡狂者陰陽脈尽濁。今此人不レ狂似二狂者一。故言二清狂一也。或曰。色理清徐而心不レ慧曰二清狂一。清狂如二今白癡一也。〉

という記述があるように、精神的には狂っていないのだが、その言行が狂者に似ているものを指して言うようである。あるいは、一途な禅道修行が周囲との妥協を許さない行動に彼を走らせていたのであろうか、と思われる。このような精神状態にある時、果たして絶海は「古河雑言五首」を詠むことができたのであろうか。[14]

結論から先に述べると、わたくしは、永徳三年の春、関東に再遊した時に「古河の襍言　五首」（六〇）を詠んだのではないか、と考えている。以下に問題の六十番詩を掲げて、その理由を列挙してみたい。

六〇　古河襍言　五首

①初来借二宿古河湄一。聞見令二人事々疑一。官渡呼レ船招レ手急。村春殷レ榻得レ眠遅。江雖レ可レ愛少二奇石一。花縦堪レ看多二醜枝一。宝樹宝池天上寺。春風春雨過二帰期一。

②杜陵不レ唾二青城地一。風土如レ斯豈復疑。蘆荻洲暄抽レ筍早。参苓地痩長レ苗遅。病駒但仰新恩秣。倦鶴応レ懐旧宿枝。且待二蓬莱清浅日一。踏レ鯨直欲レ訪二安期一。

③柴門拚二在水之湄一。慣レ看沙漚稍不レ疑。香気陰窓晨霧潤。棋声深院夕陽遅。翠楊烟暗蔵二鴉葉一。紅杏花低掛二鳥枝一。買レ地剰栽二松与レ竹。願言長作二歳寒期一。

④嬾拙慚吾成二性癖一。休居幸免二□時疑一。薫炉茗盌招レ人共。蒲薦松牀留レ客遅。工部惟応レ憐二北崦一。賛公甘欲レ老二西枝一。渓山未レ尽二登臨興一。江海誰同二汗漫期一。

⑤平生講レ学知二天命一。造物小児何用レ疑。絶塞病時仍旅寓。荒村投処且栖遅。際レ空埜色煙連レ草。高レ夜松声月在レ枝。千載九原如可レ作。香盟応下与二遠持一期上。

まず第一首目の「帰期を過ごす」ということばについて。「絶海が甲斐の勝善寺に帰るべき期日が過ぎた」と解すると、『山梨県の地名』（日本歴史地名大系19、平凡社、平七）の「甲府市　勝善寺」項に、

後屋《うしろや》町地区南部にある。太平山と号し、臨済宗妙心寺派。本尊は木造釈迦如来。嘉慶元年（一三八七）八月一九日の同像の胎内墨書銘によれば、貞和三年（一三四七）頃に浄土宗系寺院から禅宗寺院に改宗、無量寿仏（阿弥陀仏）を焼失したため、勧縁比丘周亮が僧俗男女等に勧進して浄財を集め、大仏師増光を招いて瑞雲庵で釈迦如来像を造り、勝善寺に安置した。同銘文にみえる住持比丘中津は臨済宗夢窓派の高僧絶海中津で、多数の僧侶とともにこの仏像の造像計画に深く関係していた。銘文の多くを占める勧進に応じた者を書上げた人名・法名のうち法光は武田信成の法名、満春はその子布施満春、頼武は満春の子と考えられ、武田一族の本尊造顕《ママ》への関与がうかがわれる。永禄年中（一五五八―七〇）に天観が中興したと伝える（寺記）。（下略）

（三九一頁）

という記述があることから、甲斐に帰らねばならない諸事情の一つとして、同寺の釈迦如来像の造像計画があったのかも知れない。なお、詩中に「天上の寺」とあるのは、先にも触れたが、古河東畔――おそらくは現在の古河市付近にあったと推定される安国寺のことであろうか。

つぎに第二首目の「病駒、但だ仰ぐ、新恩の秣《まぐさ》。倦鶴、応に懐ふべし、旧宿の枝」という詩句について。蔭木氏や寺田透氏も[15]指摘されているように、「病駒」や「倦鶴」は絶海自身のことであろう。そして、甲斐でしたためれた「法華元章和尚に与ふる書」（一四九）に、

（上略）幸甚。論下及数与二等持法兄一相会上。此老一団和気。似レ坐二春風之中一。和尚与レ之周旋。必当二目撃而道存一。歆艶歆艶。多宝景徳笑山無求。亦時時往来相会否。千里懐想。西望二徳星之聚一而已。秋序方レ杪。惟冀為レ法自嗇。以副二翹祝一。

【注】「元章和尚」とは元章周郁、「等持法兄」とは義堂周信、「笑山」とは笑山周念、「無求」とは無求周伸のことである。

というくだりがあることを考え合わせると、辺境の地と言っても過言ではない甲斐の恵林寺における約二年間の住持生活を経て、精神的にも肉体的にも疲れ果てた絶海が、「旧宿」たる京都を恋しく思い、「新恩」たる公帖が発行されてそこに呼び戻されることを望んでいる、と解釈することはできないだろうか。

第四首目の「休居」という語は、『諸橋大漢和辞典』には「官職を辞して家に居る。致仕して家に居ること」と説明されており、『韓非子』[16]十過や『商子』墾令の用例が挙げてある。たとえば、前者の用例を見てみると、

昔者斉桓公九㆓合諸侯㆒、一㆓匡天下㆒、為㆓五伯長㆒。管仲佐㆑之。管仲老、不㆑能㆑用㆑事、休㆓居於家㆒。

とあり、斉の桓公の補佐をしていた管仲は年老いて、仕事に堪えられなくなり、家に引き籠もって休んでいる。絶海は直前に恵林寺の住持を辞していたからこそ、この語を用いたのであろうと思われる。

第五首目の「学を講じて」ということばについて、蔭木氏は「修行に励んで」（『蕉堅藁全注』、一一五頁）と訳されているが、これはそのまま「学問の講義をして」と訳すのがよいのではなかろうか。芳賀幸四郎氏『中世禅林の学問および文学に関する研究』（日本学術振興会、昭三一）によると、当時の禅僧がいかに多くの書物——経書・史書、経典・禅書、詩文集等——を読み、そして講じていたかがわかる。その様相は、たとえば義堂の『日工集』等を見ても、詳しく知ることができる。ちなみに義堂は、同書によると、応安元年（一三六八）八月二日、四十四歳の時にはじめて、諸子のために高僧霊一の詩を講じている[17]。ここで、絶海の講釈活動について、知られている範囲で整理してみると、以下のようになる。

○康暦二年（一三八〇）～永徳二年（一三八二）——（学徒に対して）『法華経』『首楞厳経』『円覚経』等
［仏智年譜・本朝高僧伝］（四十五～四十七歳）

○嘉慶二年（一三八八）正月九日～十九日――（足利義満に対して）『金剛経』［仏智年譜・翰林葫蘆集］（五十三歳）
○嘉慶二年正月二十三日～晦日――（渋川幸子に対して）『円覚経』［仏智年譜］（五十三歳）
○明徳四年（一三九三）夏――（義満、空谷明応等に対して）『首楞厳経』［仏智年譜・翰林葫蘆集］（五十八歳）
○応永二年（一三九五）――（義満に対して）『十牛図』［仏智年譜・翰林葫蘆集・本朝高僧伝］（六十歳）
○応永十年（一四〇三）――（足利義持に対して）『信心銘』［勝定年譜］（六十八歳）

貞治四年の春に「古河の襍言　五首」（六〇）を詠んだとすると、この時、絶海は三十歳である。一方、永徳三年の春に詠んだとすると、絶海は四十八歳である。絶海がどのような書物に関する講義を行なったのか、今となっては知る由もないが、少なくとも自らを「清狂」と評した三十歳の時に（講釈の）講師を務めることは到底考えにくい。蔭木氏もこのことを考慮して、前掲のような解釈をされたのかも知れない。同様のことは、同じく第五首目の「天命を知る」ということばについても言える。「天命を知る」とは、天から自分に与えられた使命、乃至は天から人間に与えられた運命を素直に受容する――それは自己の生き方に迷い、感情の動揺に身を任せ、人生に絶望しての諦めではなく、言わば、自己の運命を明らかにし、自己の生き方を自分なりに位置づけ、自己の生きるべき道を自覚することであると思う。こうした生き方は、「清狂」という心境とは対極的なものと言えるのではなかろうか。『論語』為政第二に「五十にして天命を知る」とあるように、三十歳という若さで到達し得る境地ではないように思われる。

全体的にこの五首の詩のトーンは暗いものの、この一連の作に詠まれている季節は、春であると思われる。

四　『蕉堅藁』七言律詩の配列順序

『蕉堅藁』は絶海の生前に著わされたものなので、絶海自らによって厳選され、推敲を重ねられたとされている[18]（入矢義高氏[19]、蔭木氏、寺田氏等）。たとえば七言律詩（二十三番詩～六十八番詩）を見ても、中国での作（二十三番詩～四十六番詩）、九州での作（四十七番詩～五十二番詩）、京都での作（五十三番詩～五十九番詩）とその配列がきちんと整理されている。そしてわたくしは、絶海は、永徳二年十一月に甲斐の恵林寺を退いて、翌三年五月に同国の勝善寺に入るまでの間に再び関東に遊学し、「古河の襍言　五首」（六〇）を作成し、それらの詩を一括して、京都での作の後に置いたと考えるのであるが、六十一番詩以降の七言律詩の詠作状況は、いったいどのようになっているのであろうか。

まず六十二番詩を見てみる。

六二　次㆑韻答㆓肇太初見㆑寄　二首　太初時在㆓小山㆒

①喜聞高駕此重還。邂逅何時慰㆓眼前㆒。別夢依々迷㆓夜月㆒。孤懐耿々倚㆓春天㆒。草蘆河上無㆓来客㆒。桂樹小山多㆓隠賢㆒。強擬㆔臨㆑風歌㆓伐木㆒。詩篇未㆑得㆑共㆓芳筵㆒。

②憶昨逢㆓君相水辺㆒。粲如㆔璚樹倚㆓風前㆒。千鈞筆力堪㆑扛㆑鼎。万丈文光欲㆑爇㆑天。陶陸応㆓吾蓮社輩㆒。山王不㆓是竹林賢㆒。只今室邇人還遠。灯火難㆑同㆓一夕筵㆒。

【注】「肇太初」については、一山一寧――雪村友梅――太清宗渭――叔英宗播の法統を承けた太初真肇のことではないだろう。年代的に合致しないからである。玉村氏も『五山禅僧伝記集成』のなかで、「太初真肇」項とは別に、「太初□肇」項を設けておられる。

詩題の下の自注に「太初、時に小山に在り」と記されているが、「小山」とは栃木県小山市のことで、古河から非常に近い距離にある。当時、ここには諸山に列せられた青原山大昌寺（現在は廃寺。『中世禅宗史の研究』、二四一頁参照）があった。第一首目に「孤懐、耿々として春天に倚《よ》る」という句があり、季節も春であることから、六十二番詩は関東（古河周辺）での作である。六十番詩と六十二番詩の間に位置する「諒信元の至るを喜ぶ」詩（六一）もまた、関東（古河周辺か）での作と考えてよいだろう。蔭木氏も「脚韻から推測すると、やはり古河での作品であろう」（『蕉堅藁全注』、一一七頁）と指摘されている。「春風、暖かに動く、鵓鴿の草」という詩句があり、季節は春である。

つぎに六十三番詩を見てみる。

六三　次㆓韻壺隠亭㆒

諸生多是口談㆑天。壺隠高人愛㆑説㆑禅。竹径邀㆑僧鳴㆑履出。林亭遣㆑客枕㆑書眠。花吹㆓紅雪㆒香浮㆑座。茗起㆓靄雲㆒春動㆑氈。還似退蔵機未㆑密。已観文彩暎㆓時賢㆒。

関東に在住していた義堂の『空華集』巻第八にも「留㆓題能叟居士壺隠亭㆒　二首」という詩があり、この詩と同一の脚韻が用いられている。

留㆓題能叟居士壺隠亭㆒　二首

占㆓得壺公小隠天㆒。新開㆓埜築㆒寄㆓逃禅㆒。三春不㆑作㆓花前酔㆒。六月偏宜㆓竹下眠㆒。毎対㆓高僧㆒揮㆓白塵(麈)㆒。還嫌㆔俗客涴㆓青氈㆒。疎鐘細磬他年約。準㆓擬栽㆑蓮十八賢㆒。

憑㆑闌挙㆑目眇㆓青天㆒。取㆑楽何曾在㆓四禅㆒。客散亢龍楼上臥。吟餘司馬酔中眠。竹陰避㆑暑風吹㆑帽。梅畔尋㆑春雪洒㆑氈。不㆑待㆓休官㆒林下去。高風已見一人賢。

この二首は諸注の指摘するところであるが、同じく『空華集』巻第一にはつぎのような詩がある。

苦㆑熱。有㆑懐㆓小山竹間壺隠亭子㆒。作㆑此寄㆓主人能叟居士㆒

三界炎炎火一団。就レ中誰復得二軽安一。壺公随処天如レ許。一榻横眠万竹寒。

詩題に「苦レ熱。有レ懐二小山竹間壺隠亭子一」とあることから、「壺隠亭」が小山に存在したことが知られる。周囲には竹藪が生い茂っていたらしく、『蕉堅藁』六十三番詩には「竹径に僧を邀《むか》へて履《くつ》を鳴らして出で」、『空華集』には「六月偏宜二竹下眠一」「竹陰避レ暑風吹レ帽」「一榻横眠万竹寒」という表現が見られる。と、いうことは、この六十三番詩も関東（古河周辺）での作ということになる。季節も春である。なお、「能叟居士」については、関東武士ではなかろうかとする説もある（『蕉堅藁全注』、一二〇頁）。

六十四番詩以降も、六十八番詩まで七言律詩が並んでいる。

六四　次二韻栢樹心一

老屋蕭條万境空。簷前鈴語響丁東。鬓絲嗟二我茎々白一。文錦観二君爛々紅一。汗漫遨期游二海上一。風流王謝出二僧中一。欲下将二拙語一攀中高唱上。一詠時号二万竅風一。

六五　送三松上人帰二総州一

東風望杳総陽城。可レ忍怱々此送レ行。暁渚鳴レ鞭逢二路熟一。晴江解レ纜趁二潮平一。原情春浅鶺鴒急。山意雪残鴻鴈驚。安得二海天霞片々一。為レ君裁作二錦衣軽一。

六六　送二端介然上レ京

男児志気如レ君少。欲下躡二雲梯一叩中帝閤上。碧海霞随二金錫一転。瑶京日暎二錦袍一温。仲霊書奏天顔近。大覚詔帰師道尊。白髪回レ頭江上客。鵬程九万看二騰騫一。

【注】「端介然」とは介然中端のことである。

六七　送二復無已帰レ京

肝胆相知二十年。壮図共著祖生鞭。暮容餘レ我客天外。高歩羨レ君朝日辺。御苑桃花紅膩レ雨。官街柳色緑匀

レ烟。長安如有ニ故人問一。白首垂ニ綸碧海前一。

六八　寄ニ宥寛仲一

我朋寛仲今詞伯。感ニ此揚々意気全一。蛇吼ニ匣中一千載獄。鸞回ニ筆下一五雲牋。小斎蛍雪愁同レ案。上苑鶯花酔共レ筵。已矣無レ由レ攀ニ往事一。想君尚聳ニ作レ詩肩一。

六十六番詩と六十七番詩が京都での作ではないことは明らかである。わたくしは、六十四番詩〜六十八番詩もまた、関東（おもに鎌倉周辺）での作ではないか、と考えている。旧交を温めるために再び関東に赴いたにもかかわらず、古河周辺での作のみというのは不自然ではなかろうか。絶海が老年期を迎えて、都から遠く離れた海のほとりで生活していたということは、たとえば六十四番詩の「鬢絲、我が茎々の白きを嗟《なげ》き」、六十六番詩の「碧海の霞は金錫に随ひて転じ」や「白髪、頭《かうべ》を回らす、江上の客」、六十七番詩の「長安、もし故人の問ふ有らば、白首、綸《いと》を碧海の前に垂る、と」等の表現からも推察することができる。季節は、六十五番詩、六十六番詩、六十七番詩、いずれも春である。六十四番詩と六十八番詩の季節はわからない。

寺田氏は、『義堂周信・絶海中津』（日本詩人選）のなかで、六十五番詩については、「東風、望杳たり、総陽城」という詩句に注目して、「そうすると総州を東と言っているのを根拠に、作者がすでに西帰し、さらに四国に「逃遁」ののち作ったものと見られよう。総陽が海路のかなたにあるとされている一点からも絶海の現在地は甲州ではない」（二五六頁）と指摘されている。また六十七番詩についても、「しかし詩の「長安もし故人の問ふあらば、白首綸を垂る、碧海の前」という句から、前作（六十五番詩、朝倉注）同様、至徳元年（一三八四年）以降絶海が阿波宝冠寺にあったときの作と見ることができる」（二五七頁）と言われている。たしかに阿波は海に面していて、上総や下総を東に望んでいるが、この地理的条件は、関東（とくに鎌倉周辺）にも当てはまる。わたくしは、この海浜での詠を、六十番詩から引き続き、関東（おもに鎌倉周辺）での作と考え、六十番詩〜六十八番詩はすべて、絶海が関東に再遊している時に詠んだものであると考えるにいたっている。

おわりに

五山文学は、歴史学の分野では、史料として頻繁に援用されるにもかかわらず、文学の分野においては、ともすれば「傍流の文学」として敬遠される嫌いがある。禅僧が抄者である「抄物」は、専ら国語学の分野で活用されている。五山文学を明らかにするためには、禅僧特有の見方、考え方、感じ方を明らかにすることが求められよう。

今回の考察は、絶海中津に関する伝記研究の一環であり、彼の作品を読み解いていく上での、言わば基礎研究にあたる。今後は、絶海の生涯に注目しつつも、『蕉堅藁』の詩文（とくに七言律詩以外）の配列についても考え（第三章第二節参照）、彼の作品世界へ入って行きたいと考えている。

注

（1）引用は五山版、作品番号は蔭木英雄氏『蕉堅藁全注』（清文堂、平一〇）による。返り点は、江戸の版本（寛文十年版か刊年不明版）等を参考にして、私に施した。句読点も私に施した。

（2）梶谷宗忍氏訳注『蕉堅藁　年譜』（相国寺、昭五〇）。

（3）『仏智年譜』康暦二年条に、

二年庚申。師歳四十五歳。春赤松氏将㆓法雲㆒聘㆑師。挙㆓汝霖佐公㆒代㆑之。秋以㆓鈞選㆒開㆓法甲斐州乾徳山恵林禅寺㆒。九月初三日就㆓亀山雲居庵㆒受請。十月八日入寺。凡在㆓京師相陽㆒。有名之英衲雲集。寺屋殆乎無㆑所㆑容。師不㆑拒㆑之。孜孜誘掖也。学徒参叩。禅宴餘暇請而講㆓法華楞厳円覚等㆒。緇素聴衆汎溢矣。蓋師旺化権㆓輿于此㆒矣。

【注】「汝霖佐公」とは汝霖妙佐のことである。

とある。なお、同書の引用は『大正新修大蔵経』第八十巻「続諸宗部」による。返り点は同書を参考にして、私に施した。

とある。

【注】「上杉兵部譚公」とは上杉能憲のことである。

（4）『日工集』応安四年十月十五日条に、

十月十五日、余応二上杉兵部譚公請一、創二一刹於鎌倉城北一、名曰二報恩護国一、山称二南陽一、闢レ基演唱訖、余先試把レ钁、開レ土三下、入二簣中一而後、与二檀那一運搬一次、

（5）『鎌倉九代後記』（『改定史籍集覧』第五冊所収）の「応安」項には、

同四年十月、報恩寺供養、上杉能憲執行ス、養父伊豆守重能、去建武二年建立ニヨリテ也、

という記述があり、建武二年（一三三五）に、報恩寺の前身となる寺が、関東管領上杉能憲の養父重能によって建立されたことがわかる。ただし、『日工集』応安六年（一三七三）十月一日条に「報恩寺今号二南陽山一故也」とあることから、同寺の山号が南陽山と称されたのは応安四年以後のことであろう。

（6）引用は東京大学史料編纂所編『臥雲日件録抜尤』（大日本古記録、岩波書店、昭三六）による。返り点は『続史籍集覧』所収本を参考にして、私に施した。

（7）『夢窓正覚心宗普済国師碑銘』は『続群書類従』第九輯下「伝部」に収められており、その解題（『群書解題』第四下所収、玉村竹二氏執筆）には、以下のように記されている。

（上略）この碑銘は、貞治五年（一三六六）夢窓の門人義堂周信（一三二五—一三八八）が、目子《もくす》（作文の素材を箇条書にした目録）を入明する同門の絶海中津（一三三六—一四〇五）に託し、ひそかに当時随一の文豪宋濂に撰文を依頼せしめたが、当時倭冦等のことから、明の日本に対する感情が悪化し、宋濂は、これを憚って、撰文が延引されていた。絶海は、応安六年（洪武六年）来朝して帰明した天台僧無逸克勤（のち還俗して華克勤といい、宰相となる）を介して宋濂にそのことを催促した。よって洪武八年（永和元年、一三七五）、宋濂はその文を製した。しかし永くこの文は日本に持帰られなかった。応永十一年（一四〇四）、遣明使として入明した明室梵亮（龍湫の弟子）が帰朝する際に、出発の前日、名を告げないある者が、夜中に旅館をおとずれ、宋濂から遺嘱され四十年来

秘蔵して好便を待ったといってこの碑銘を手渡したので、明室はこれを日本に齎しかえった。のち、絶海の法孫古邦慧淳が、土佐から巨石を運んで、三会院に、この碑文を刻して建てようと企てたが、運賃がかさむので、そのまま中止になった。（下略）（一五〇頁）

『日工集』の巻末には、碑文将来の由来記が付されており、右の解説はそれによっている。

（8）引用は『五山文学新集』第一巻による。返り点は私に施した。

（9）横川の作品で「東人」という語を確認してみる。

Ⅰ（上略）故曰、子願即天下願也、不二其然一乎、顧二此集中掛レ名者一、桃源為レ首、而皆子故人也、已知二子願一乎、兼告二予言一可也、異日儻見レ記省レ焉、予〔子〕将三再遊赴二東人之約一、欲レ留レ之、豈可レ得乎、与二其旧業徒一咲〔嘆〕二黍離一、孰三若随処暫宿二桑下一、其意亦宜乎、草木知レ名、盍レ敬二此人一、江山為レ助、果得二此集一、爰徴二后叙一、拒而不レ允、末如レ之何、（下略）

（『小補東遊集』后叙）

【注】「桃源」とは桃源瑞仙のことである。

Ⅱ　拝別以来、日久歳深、伏惟、尊候万福、景徐報レ便而来、一咲折レ屐、所以作二此紙一也、高駕入レ東、々人皆服二其化一、雖レ失二於此一、而得二於彼一、歆羨々々、（下略）

（『京花集』「与二九万里一書」）

【注】「景徐」とは景徐周麟、「九万里」とは万里集九のことである。

Ⅰの文章は、『小補東遊集』の後序からの抜粋である。『小補東遊集』は、横川が応仁の乱を避けて、東方の地近江に遊んだ時に詠んだ作品を収めたもので、その序文は、横川の文学上の師にあたる瑞渓周鳳（一三九一～一四七三）が記している（『五山文学新集』第一巻・解題）。同序によると、応仁二年（一四六八）夏、一日、近江から京都に戻った横川は、東山今熊野の養源院で師兄龍淵本珠との再会を果たした後、北岩蔵の慈雲庵に隠棲していた瑞渓の許を訪れ、『小補東遊集』の序を請い受けた。瑞渓は、横川の突然の来訪を喜び、再び近江に帰ることを快く思わなかったが、親友桃源瑞仙（一四三〇～八九）が横川の帰りを待っていたので、やむなく東帰を許したという。「予〔子〕将三再遊赴二東人之約一、欲レ留レ之、豈可レ得乎」――この場合の「東人」は近江の人、具体的に言うと、桃源あるいは外護者の小倉実澄のことを指しているか、と思われる。彼らとの約束は、『小補東遊後集』所収の「寄二桃源一詩并序」によると、百余日の間に近江に戻ることだった。

Ⅱの文章は、横川が万里集九〔一四二八～一五〇七?〕に宛てた書簡の一節である。同書には「少雲・桃源今則亡」というくだりがある。少雲曇についてはよくわからないが、桃源の没年は延徳元年〔一四八九〕十月二十八日のことなので（『蔭凉軒日録』等）、「高駕入㆑東、々人皆服㆓其化㆒」というくだりは、文明十七年〔一四八五〕、万里が、太田道灌〔一四三二～八六〕に招かれて江戸に遊んだことを述べていると思われる。万里は、東遊する前から、道灌や上杉定正をはじめとした関東の武将たちと交流があり、東遊してからも、道灌が主催する詩歌会に出席したり、道灌の伯父にあたる叔悦禅懌に請われて黄山谷詩の講義をしたりしている。中川徳之助氏『万里集九』（人物叢書、吉川弘文館、平九）参照。この場合の「東人」は関東の人を意味している、とわたくしは解している。なお、景徐周麟〔一四四〇～一五一八〕の『翰林葫蘆集』第十四所収の「鹿苑院殿百年忌陞座　散説」には「（上略）吾朝築㆑壇受㆑戒者三処、其一者筑之観音、便㆓于西人㆒也、其二者和之東大、便㆓于中人㆒也、其三者野之薬師、便㆓于東人㆒也、迨㆓乎延暦戒壇之興㆒、而野之薬師廃矣、故東人皆忍㆓路難㆒登㆓比叡壇㆒者、歳々為㆑夥也、（下略）」や、「（上略）伝聞前年円覚寺有㆓霊異事㆒、一日有㆓物降㆑自㆑天、視㆑之則舎利也、東人至㆑此者言㆑之、将㆑信㆑然乎、不㆑信㆑然乎、京師鎌倉兄弟之国也、（下略）」という文章があることを付記しておく。

(10) 引用は辻善之助氏『空華日用工夫略集』（太洋社、昭一四）による。返り点は蔭木氏『訓注　空華日用工夫略集』（思文閣出版、昭五七）を参考にして、私に施した。

(11) 全文は以下の通りである。

五一　送㆔人之㆓相陽㆒

西州雖㆑好戦塵黄。千里相陽帰興長。衣裓盛㆑花兼㆓貝葉㆒。軍持濾㆑水掛㆓紗嚢㆒。禅心慣㆑看海天月。客意初驚山路霜。
到日諸昆如問㆑我。倦懐不㆑似㆓昔清狂㆒。

(12) 中国文学における用例を見てみると、たとえば杜甫の「壮遊」という詩に、

（上略）帰帆払㆓天姥㆒。中歳貢㆓旧郷㆒。気劘屈賈塁。目短曹劉墻。忤下考功第。独辞京尹堂。放蕩斉趙間。裘馬頗清狂。春歌㆓叢台上㆒。冬猟㆓青丘旁㆒。呼㆑鷹皁櫪林。逐㆑獣雲雪岡。射㆑飛曾縦㆑鞚。引㆑臂落㆓鶖鶬㆒。蘇侯拠㆑鞍喜。忽如

レ携二葛強一。（下略）

（四部叢刊所収本。返り点は鈴木虎雄氏註解『杜甫全詩集』〈日本図書センター、昭五三〉を参考にして、私に施した）

とある。二十四歳の時、郷貢生として受験のために都（長安）へ送り出された杜甫は、あいにく落第してしまう。そして、その帰りがけに斉趙の地方（山東省と山西省）に気儘に遊び、軽裘肥馬、すこぶる清狂の態を尽くすこと、かれこれ八、九年にも渡ったという。「春歌二叢台上一」以下に記されている杜甫の行動は、甚だ常軌を逸しているが、自らが意図して破天荒に振舞っているところに、彼の信念（主張）のようなものが見え隠れする。杜甫の「遣レ興　五首」のうちの一首に、飲中八酒仙の一人である賀知章を詠じて、「賀公雅呉語。在レ位常清狂（下略）」とある。また、同じく杜甫の「遣レ悶呈二路十九曹長一」詩に「（上略）晩節漸於二詩律一細。誰家数去酒杯寛。唯君酔愛清狂客。百遍相過意未レ闌」、陸游の「赴二成都一泛レ舟自二三泉一至二益昌一。謀以三明年下二三峡一」詩に「詩酒清狂二十年。又摩二病眼一看二西川一。（下略）」、晁補之の「次二韻張著作文潜一。飲二王舎人才元家一。時坐客戸部李尚書公択。光禄文少卿周翰。大理杜少卿君章。黄著作魯直」詩に「（上略）妍歌聴二黄子一。不レ飲亦清狂」と詠じられているように、「清狂」という語に「酒」が関わってくるのも、竹林で酒を飲み、琴を弾じて、清談を行なったという「竹林の七賢」のごとく、俗世間から逸脱しつつも、自己の信念（主張）を貫き通そうとする強靱な精神力がそこに介在していたからであろう。

翻ってわが国の五山文学における用例を見てみると、今のところ、以下に挙げた六例しか見付けることができなかった。

○琉璃浄潔柱徽張。一曲山川舞二飲光一。若使三無絃弾二別調一。応二瞿曇定引二清狂一。

（『済北集』「琴」詩、『五山文学全集』第一巻）

○秋風鼓笛発二清狂一。哭一場兮笑一場。識得従来無二実法一。玄沙只是謝三郎。

（『了幻集』「看二戯劇一」詩、『五山文学全集』第三巻）

○（上略）天隠也者。聖賢者之所二自而出一也。友社所レ称。所レ待二於公一之者。其在レ茲歟。或玩。或苟。以官二于朝一。或遊。或処。以託二于清狂清盲一。或屠狗。或儈牛。或卜筮。或医薬。以売二于市門里巷一。隠之巧者也。或臞仙。或卓

行。或任二塗捷径一。以耕二釣牧于樵南山之南北山之北一。隠之高者。詭者也。皆人隠者也。（下略）

（『業鏡台』「天隠字叙」詩、同右）

○梅竹書堂古。琴樽引レ興長。残季従二爛酔一。万事転清狂。月影深窺レ帳。春陰半擁レ床。君恩猶到レ此。一飯莫二相忘一。

（『雲壑猿吟』「大賢居士紀公梅竹書堂詩」詩、同右）

○為レ法択レ才今相国、多将二野服一厠朝行、紅塵抜レ脚情何極、白日文レ頤睡正長、諸老有レ論傾二介甫一、清狂無レ客似二知章一、薫風吹転繁華夢、付二与庭梅一満意黄、

（『雲巣集』「用二前韻一答二無白・東日一」詩（五首中一首）」、『五山文学新集』第四巻）

○酔帰袍袖浥二香塵一。芸閣題レ詩彩筆新。莫レ怪清狂唯愛レ酒。床頭長是一壺春。

（『雲門一曲』「謹次二日新敦菴上人見レ示韻一」詩、上村観光氏蔵・史料編纂所謄写本）

「風狂」は一休宗純（一三九四～一四八一）を形容する語として有名であるが、「清狂」は五山の詩文であまり見受けられない語である。五山文学における意味・用法も、中国文学におけるそれと変わらないようである。

(13) 引用は百衲本二十四史所収本による。〈　〉内は割注を示す。返り点は私に施した。

(14) 厳密に言うと、現存はしていないが、この時期に絶海の詩作の痕跡が認められないことはない。『空華集』巻第十一に、以下のような文章がある。

常陸之陽有レ山。俗以二築波一呼レ之。好レ事者往往称二笠山一。蓋以下其山也。偃二蹇乎南北一。霊異之攸レ宅。煙雲出没。卉木蓊蘢。而気藹如上也。余嘗客下其陰曰二小玉村一者上。凡三載。以愛二其山一。矚二于朝一。睡二于夕一。而翫レ之。遂与二津絶海臨大照諸友一。為レ詩而歌レ之矣。（下略）

「懐二仙巌一詩巻序」

【注】「臨大照」とは大照円臨（熙）のことである。

これによると、絶海は、義堂や大照円臨らと共に筑波山（茨城県中央部にある）を訪れ、詩を吟詠したという。『空華集』巻第九には、「次三韻津絶海詠二笠波山一」という詩があり、この時に義堂が詠じたものと思われる。この筑波山行の経緯は、今となっては知る由もないが、義堂と唱和した絶海詩が、『蕉堅藁』（や『絶海和尚語録』〈以下、『絶海録』と略す〉）に収録されていないことも、それ以上に気にかかるところではある。

(15) 寺田透氏『義堂周信・絶海中津』（日本詩人選24、筑摩書房、昭五二）。

(16) 引用は四部叢刊所収本による。返り点は竹内照夫氏校注『韓非子』上（新釈漢文大系11、明治書院、昭三五）を参考にして、私に施した。

(17) 『日工集』応安元年八月二日条に、

八月二日、為二諸子一講二高僧霊一詩一、按霊一、僧伝所謂三宣三一也、三一者会稽曇一・閩州懐一・慶雲霊一也、

とある。

(18) 『蕉堅藁』（や『絶海録』）に収められていない詩文が、他書に見受けられることがある。

○建仁寺両足院蔵『東海璚華集（絶句）』（『五山文学新集』第二巻）

漫書二芭蕉一

幻質従来不二自持一。区々保爾復胡為。題名未三必留二千歳一。大小秋風一任レ吹。

謝三人恵二蕉苗一

遠採二蕉苗一為レ我分。義情高薄万層雲。秋来若有二崇眠雨一。一片愁心却恨レ君。

破衣

百結懸鶉肩上垂。春風幾度着心吹。七零八落似二何処一。窓外芭蕉秋暮時。

竹之賛

叢々戛玉此篔簹。風影参差午毎涼。遙想退朝耽二埜趣一。湛園渭畝在二高堂一。

○相国寺長得院蔵『拾遺記』（梶谷宗忍氏訳注『絶海語録』二〈思文閣出版、昭五一〉）

一節　龕蔵主　現在二当院一　絶海和尚

古人云。万般存二此道一。一味信二前縁一。這十字実可三以為二終身之警策一者也。老拙旧疾未レ愈。移レ居件々不レ便。左右又無二使令者一。悪情悰不レ言可レ知也。雖二然餘喘無レ幾。一切只以二如幻之観一消二遣（遣）之一耳。勿レ煩二憂念一。

僧去。忙不レ尽レ所レ言。五月六日

二節　初寒遊二古寺一　絶海和尚

古寺来遊七尺藤。初寒山霧着衣凝。残僧一箇頭如レ雪。深殿猶挑二白日灯一。

三節　春遊　　絶海和尚

隴麦雉鳴由二水流一。得レ為二閑客一只閑遊。千山未二必看皆好一。傍二此風烟一暫可レ留。

四節　悼二制侍者一　　絶海和尚

九旬聖制未レ終レ期。急々転レ身何処帰。案上読残書尚レ在。孤螢依レ旧入レ窓飛。

五節　一春瑞功禅定門。今茲夏五。俄然逝矣。文成侍者尤厚二于平日一。哀慕之余。図レ之以示。造次不レ忘焉。

予亦滴二老涙一。以染レ筆云　　絶海和尚

生季十七一男児。短世悲哉長別離。衣袖難レ乾今日涙。不レ図復覩旧威儀。

六節　文淵蔵主作二禅詩一悼二孝岳居士一。予亦和レ之以助二一哀一云　　絶海和尚

此行何料在二今年一。鐵馬遅々鞭不レ前。寄二語諸人一捲レ簾看。遠山盛雪餞二斎筵一。

七節　盆蘆　　絶海和尚

分レ根遠自二大江頭一。移在二盆中一意最幽。借問胡僧帰去後。狂風疎雨幾回秋。

○『中華若木詩抄』（岩波・新日本古典文学大系。抄文は省略する）

一〇六　釣台

生来不レ説二世興亡一。風雨蓑衣両鬢霜。只合二蘆花深処夢一。一竿釣莫レ到二文王一。

一九八　惜レ春

万般春色看成レ空。多少飛花暮雨中。黄鳥数声人寂々。柳絲無レ力レ繋二東風一。

これらの詩がどのような経緯を経て他書に収められたのかはわからないが、『蕉堅藁』（や『絶海録』）定稿時に除かれた作品である可能性もあるだろう。

(19) 入矢義高氏校注『五山文学集』（新日本古典文学大系48、岩波書店、平二）。

※引用本文については、旧字体や異体字を私に改めた箇所がある。また、傍線や文字囲は、私に施した。

第四節　日記類に見る絶海中津――「坦率の性」に注目して――

はじめに

平成十一年十月に刊行された『国文学　解釈と鑑賞』第六四巻一〇号には、特集「中世文学〈南北朝室町期〉にみる人間像――その生と愛、そして死」が組まれており、堀川貴司氏が「絶海中津」の項を担当された。氏の話題は「明で学んだ文雅的詩文」という副題のもと、絶海が明の太祖高皇帝〈洪武帝・朱元璋。一三二八〜九八〉と詩を唱和したことに終始している。

絶海中津〈一三三六〜一四〇五〉の人物評については、夙く玉村竹二氏がつぎのように述べられている(1)。

絶海は義堂と同郷同門で、五山文学の雄と並称され、その影響をうけ、相互に敬愛しながら、その性格には正反対のものがあった。義堂が常識円満な協調の人であるのに対して、絶海は狂狷不羈にして、感情に激し、妥協性に乏しく、異常の正義感をもつ詩人肌であった。そのために足利義満と相忤うことも再三であり、隠遁癖と流浪性も相当に強かった。〈下略〉

この評言はすでに定着していると言えよう。が、たとえば、絶海が晩年、足利義満〈一三五八〜一四〇八〉と親密な間柄にあったことや、霊松門派〈勝定門派とも言う〉の派祖となっていることなどは、右の絶海像からは想像しにくいのではないだろうか。稿者は、右の絶海像が、弟子の叔京妙祁が撰述したとされる『仏智広照浄印翊聖国師年譜』〈以下、『仏智年譜』と略す〉に引きずられての評価ではないか、と考えている。以下に『仏智年譜』(2)の記事本文を抄出し、絶海の「狂狷不羈」なるさまを確認してみたい。①～③の番号は私に施した。なお、「狂狷」という語は、『論語』(3) 子路第十三の「子曰わく、中行を得て之れと与《とも》にせずんば、必ずや狂狷乎《か》。狂者は進み取る。狷者は為さざる所有る也」による。『正法眼蔵』(4) 第六十六・三昧王三昧には「応《まさ》に是の如く坐すべし。或いは外道の輩、或いは常に翹足して道を求むる、或いは常に立ちて道を求むる、或いは荷足して道を求むる、是の如きの狂狷心は邪海に没す、形安穏ならず」という用例があり、並はずれて志が高く、その志を遂げんとする意志の堅いことを言うようである。

①文和二年癸巳。師年十八。掛二錫於東山建仁一。与二信義堂。怙先覚。勲月舟。寿天錫等一。同慕二龍山和尚之高風一。往而依レ之。次大林和尚董二東山席一。俾三師登二侍薬職一。師凡隷二東山一。恰閲二一紀一。雖二風雨寒暑一。未三曾怠二禅誦一。毎レ更二主法住持一。皆美而為二精進幢一爾。

【注】「信義堂」は義堂周信、「怙先覚」は先覚周怙、「勲月舟」は月舟周勲、「寿天錫」は天錫周寿、「龍山和尚」は龍山徳見、「大林和尚」は大林善育のことである。

＊

②（康暦）二年庚申。師歳四十五歳。春赤松氏将二法雲一聘レ師。挙二汝霖佐公一代レ之。秋以二鈞選一開二法甲斐州乾徳山恵林禅寺一。九月初三日就二亀山雲居庵一受請。十月八日入寺。凡在二京師相陽一。有名之英衲雲集。寺屋殆乎無レ所レ容。師不レ拒レ之。孜孜誘掖也。学徒参叩。禅宴餘暇請而講二法華楞厳円覚等一。緇素聴衆汎溢矣。蓋師旺化権二輿于此一矣。

【注】「汝霖佐公」は汝霖妙佐のことである。「赤松氏」については、『延宝伝灯録』や『本朝高僧伝』に記されているように赤松義則のことである。

＊

③至徳元年甲子。師四十九歳。師力任二宗柄一。議論公評刺挙無レ所レ避。適以二直言一忤二相公之旨一。師長揖而去。
夏六月隠二于摂之銭原一云云。

【注】「相公」は足利義満のことである。

絶海は文和二年（一三五三）、建仁寺に掛錫し、貞治三年（一三六四）に関東に赴くまでの約十二年間、同寺において修行をしたのだが、風雨といえども、寒暑といえども、坐禅、誦経を怠らず、住持（龍山徳見等）が替わるごとに絶海のことを「精進幢」と称さないものはいなかったという（①）。また、康暦二年（一三八〇）に甲斐の恵林寺に入寺した絶海の許には、京都や相模の有名な僧が大勢集まり、寺内に収容し切れないほどだったが、絶海は拒むことなく彼らを教化し、坐禅の余暇には『法華経』『首楞厳経』『円覚経』等の講義をした（②）。至徳元年（一三八四）六月には義満に直言してその意に逆らい、摂津の銭原（大阪府茨木市）に隠棲したという（③）。これらの記述には、直情径行的で、かつ脱俗的な絶海の姿の一面が描かれていると言えよう。

禅僧の年譜類を概観すると、禅僧個人の誕生・修行期・社会活動期・死没といった、言わば外的（公的）な部分が主として記されている。また、今泉淑夫氏も言われているように[5]、年譜というものは、総じて、弟子が師匠の履歴を記述するという性格上、時には事実を省略し、時には事実を誇張するものである。こうした状況のなかで、稿者が注目するのが、絶海が活躍した当時の日記類である。絶海自身は日記を残していないが、法兄義堂周信（一三二五～八八）の『空華日用工夫略集』（以下、『日工集』と略す）や『臥雲日件録抜尤』（以下、『抜尤』と略す）等に彼はしばしば登場し[6]、日常生活の様々な場面において内的（私的）な部分を露呈している。本節では、特に日記類に登場する絶海に注目して、いま一度、絶海の人間像について考え、彼の作品世界へ入っていく契機としたい。

一　日記類に見る絶海中津――『日工集』貞治五年（一三六六）七夕条――

まず『日工集』(7)貞治五年七夕条を引用する。

七夕、無外・大照五六人来遊聯句、々未レ央、聴二売レ瓜声一、乃命二侍衣一令レ買レ之、少頃出謂、瓜太半熟損、不レ能レ取レ之、句訖客去、侍衣曰、初取レ茗以二浴具一、亦無二質可レ買レ瓜、是以謂二之熟損一、余咲曰、真箇薄福住山矣、

【注】「無外」は無外円方、「大照」は大照円臨（熈）のことである。

内容に入る前に、本文中の「侍衣」すなわち衣鉢侍者に関する人物考証を行っておきたい。朝倉尚氏「禅林聯句略史――義堂周信とその前後――」(8)では、これを絶海中津として論が展開されているが、他書（蔭木英雄氏『訓注空華日用工夫略集』等）には全く指摘がない。なお朝倉尚氏も、論の進行上、充分な考察を加えておられない。ここで、直前の記事を引用する。

五月二十二日、善福公帖至矣、余以二府命厳一、固辞不レ獲、乃領二寺事一、津侍者時在二室中一、掌二吾衣鉢簿一、六月一日、入院、蓋先国師戢化之後、余遠来二于海東一、都元帥左武衛将軍、以二法門昆仲一、法義甚厚、遊従朝夕、互忘二形躰一、故特下二鈞帖一、開堂演法、津侍者号二要関一、告レ別将レ游二江南一、余草二先国師行状一而付レ之曰、蓋聞大明之朝、有二文人宋景濂者一、呈レ此以求二碑文并銘詞一、夏末、余亦謝二寺事一、

【注】玉村氏や蔭木氏は「夏末、余亦謝二寺事一」というくだりを改行されていたが、「六月一日、入院、」との対応関係や、つぎに七夕条が記されていることなどを考慮して改行しない。内閣文庫本でも、六月一日条に記されている。
「津侍者」「要関」は絶海（要関）中津、「先国師」は夢窓疎石、「都元帥左武衛将軍」は足利基氏のことである。

『仏智年譜』によると、絶海が京都から関東へ赴いたのは、貞治三年のことである。その後、絶海は建長寺に籍

を置いて、青山慈永（五山）（第三十八世）や大喜法忻（五山）（第三十九世）の許で修行していたのだが、この年の五月二十二日に義堂が海雲山善福寺（鎌倉市由井に位置していたが、現在は廃寺）の公帖を受け、六月一日に入院したのに随って、同寺において衣鉢侍者を務めたという。ここで確認しておきたいのが、絶海が善福寺に滞在した期間である。五月二十二日条に「津侍者、時に室中に在り、吾が衣鉢簿を掌る」とあり、六月一日条に「津侍者、要関と号す。別れを告げて、将に江南に游ばんとす。云々」とあるが、絶海は六月一日に、実際に善福寺を退いたわけではなく、将来的に中国に遊学する意志があることを義堂に告げただけであろう。さもなければ、義堂が善福寺に住持として入ったと同時に、絶海は衣鉢侍者を務めることなく、同寺を退いたことになるからである。後年、義堂は義満に向かって、「絶海と余と里閈を同じくし、少《わか》きより床席を共にす。嘗て関東に在ること幾年、余、善福に住す。余が為に衣鉢閣に侍す」（『日工集』永徳二年十月廿九日条）と述懐しているし、実際に絶海が入明したのも、二年後の応安元年（一三六八）のことなので（『仏智年譜』）、絶海は、義堂が退院する頃まで同寺に滞在したのではないだろうか。なお、『日工集』には「夏末、余、亦寺事を謝す」とあり、夏安居の解制（七月十五日）の頃に義堂が退院したかのように記されているが、同じく義堂の『空華集』[9]巻第三には「丙午冬。蹔出二海雲一游二于京師一。有レ作」という詩があり、巻第十二には、

余丙午冬出二海雲一游二于京輦一。館二于六角大慈精舎一。始識二玉岡於主人物先格公之右一。時也玉岡年方十六七。（下略）

「玉岡唱和詩序」

【注】「玉岡」は玉岡如金、「物先格公」は物先周格のことである。また、「丙午」は貞治五年にあたる。

という文章がある。玉村氏も指摘されているように、[10]『日工集』の康永元年から貞治五年までの記事は、明らかに義堂が記録したものであるが、いまだ日記体ではなく、自歴譜体の追憶記で甚だ簡潔なので、今見てきたような曖昧な記述も生じたのだろう。したがって、以下に「侍衣」を絶海中津と特定して、先に挙げた貞治五年七夕条を見

ていくことにする。

この日、義堂の許に、無外円方や大照円臨をはじめとして、五、六人の僧が遊びに来て、聯句に興じていたところ、外から瓜売りの声が聞こえてきた。早速、義堂は衣鉢侍者である絶海に、瓜を買ってくるように命じたのであるが、しばらくして絶海が戻ってきて言うことには、瓜の大半は熟損していたので、買うことができなかったとのこと。実のところは、先に茶を買うために浴具を質に入れてしまったため、もはや善福寺には、瓜を買うために質に入れるものさえ残っておらず、絶海は機転をきかせて、急場を凌ぐために熟損の所為にしたのである。句会が終わり、客人が去った後、絶海から舞台裏を知らされた義堂は、「善福」に「薄福」をかけて、寺の貧乏を笑ったという。この逸話からは、絶海の機知に富んだ一面と、繊細で思いやりのある一面とが窺われる。絶海は他人の前で寺の台所事情を話し、住持である義堂に恥を掻かせたくなかったため、気の利いた嘘をついたのだろう。

二　『日工集』至徳三年（一三八六）十月廿九日、晦日条

先に少し触れたが、絶海は至徳元年六月、義満に逆らって彼の怒りを買い、摂津の銭原に隠棲した。その後は、摂津有馬の羚羊谷（牛隠庵）、讃岐の普済院、阿波の宝冠寺と住居を転々としたのだが、義満の度重なる帰京要請もあって、翌二年十二月二十五日に帰洛し、等持寺に入寺した（『仏智年譜』。ただし、『日工集』では至徳三年三月八日に帰洛したことになっている）。こうした絶海と義満の関係の経緯を踏まえた上で、『日工集』至徳三年十月廿九日、晦日条を引用してみたい。

廿九日、本院請二府君一、為二紅葉会一也、是日、府君面下責播・柱二侍者不二請暇一夜二宿雲門一之罪上、擯二出相国寺一云々、

晦日、余往二等持一、将レ謝二府君昨日之臨駕一、府君不レ赴二仏事会一、蓋為下絶海昨於二常在院一救中播・柱二侍者上也、

余参府、々君告レ余以下今日不レ赴二等持仏事一之趣上、又曰、等持長老不二来謝一云々、余復再往二等持一、詳説二府君不レ来之事一、絶海急参府、謝三官旆不二入寺一也、

【注】「本院」は後円融上皇、「府君」「官旆」は足利義満、「等持長老」は絶海中津、「播侍者」は叔英宗播のことである。「柱侍者」については未詳。

二十九日、義満は、播侍者（叔英宗播）と柱侍者が無断で雲門庵（太清宗渭が南禅寺山内に建立した塔頭）に宿泊したことを面責して、二人を相国寺から追い出したという。『禅林象器箋』（無著道忠著）によると、「請暇（假）」とは、私用のために許可を得て外出することで、その期限は、古規では十五日以内とされていた。義堂も『日工集』のなかで、「請暇せずして他寺に宿するは、叢規を凌侮するなり」（嘉慶元年九月十三日条）と言って、弟子たちを諫めている。播侍者と柱侍者については、太白真玄（一三五七～一四一五）の『峨眉鴉臭集』[11]につぎのような文章がある。

「贈二播柱二上人一」

源相君。吐握餘暇。推二誠仏氏之道一。而相二収(攸)於王舎城北一。鼎二建一大精舎一。額曰二相国一。寔金碧輪奐之美尽矣。丙寅冬。陞レ寺。歯二諸西山甲下。東山乙上一。且抜二取大方名緇二百枚一。而安レ焉。吾門曰レ播。曰レ柱。持在二其首選一。蓋夫以。二人者。歳僅弱冠。而高才美誉過レ人也遠矣。（下略）

【注】玉村氏『五山禅林宗派図』（思文閣出版、昭六〇）によると、

一山一寧――雪村友梅――太清宗渭――太白真玄
　　　　　　　　　　　　　　　　└叔英宗播

とある。また、「丙寅」は至徳三年にあたる。

義満は相国寺を建立するにあたって、広く禅林にその人材を求めた。そして、選りすぐった二百人もの名の聞こえた僧のなかで「首選」にあったのが、播侍者であり、柱侍者であったのである。当然、義満はこの二侍者に目を

かけていたことであろう。

話は『日工集』に戻る。晦日、義満が等持院忌（足利尊氏の月忌）を欠席するという。と、いうのも、昨晩、等持寺の住持である絶海が、義満に相国寺を追い出された例の二侍者を常在光院に泊めてやったからである。義満が処罰した二侍者を助けるということは、義満の意志に対して叛意を表わすということになる。まして絶海には義満に逆らった前歴があり、義満が激昂するのも尤もであろう。一方、絶海が、玉村氏の言う「異常の正義感」をもって義満に背いたかと言うと、義堂が義満欠席の詳細を説明するや否や、彼は急いで参府して謝罪しており、それは考えにくいのではないだろうか。二侍者が義満に相国寺を追い出されたという認識が絶海にあったかどうかはわからないが、この話も、彼の持つやさしさが窺える逸話と言えよう。

三　『抜尤』宝徳元年（一四四九）七月十一日条

『抜尤』(12) 宝徳元年七月十一日条を引用する。

十一日、｜中正蔵主来、因曰、公府特搆二一室一、命二諸老一作二画障詩一、便出二示画本一、蓋観瀑図也、為レ之進二点心一、茶罷閑話、及二往事一者多矣、曰、昔日常光国師、居二鹿苑一時、招二闔寺兄弟一点心、与二絶海・太〔大〕岳等一相謀、出二数十題一、続レ句成レ篇、先裂二播牋一作二両枚一、各於二其端一書レ題、置二之大盆中一、命二人々一取レ之題レ句、々已題了、又依レ旧置二于盆中一、別人取レ之、対二其句一、蓋皆七言八句也、間有下人不二対得一者上、絶海・太〔大〕岳、撿出対レ之成レ篇、就中有下詠二鴉詩一、其句曰、莫下貪二臭肉一窺中城市上、絶海謂レ某曰、此観中句歟、醜二於其面一也、某曰、太〔大〕年句也、太〔大〕年有二慚色一、絶海亦以為二。言〔乙〕、失一、蓋絶海於二観中一、毎々戯言、尓汝相忘、絶海命二観中一対二此句一、観中曰、好入二垂楊一送二夕暉一、絶海以為レ美矣、又以レ紙為レ題、詩有下千杵砧中如二白雪一之句上、无二対レ此者一、絶海命二太〔大〕岳一対、々以三一揮毫下勝二青筠一、絶海亦為レ善矣、如レ此之事、近時无レ聞、可レ慨也、｜

【注】「中正蔵主」は仲方中正、「公府」は足利義政、「常光国師」は空谷明応、「太〔大〕岳」は大岳周崇、「観中」は観中中諦、「太〔大〕年」は大年祥登のことである。

仲方中正の懐古談によると、昔日、空谷明応が鹿苑院において、[13] 絶海や大岳周崇等とともに探題対句の詩会を催した。「鵶を詠ず」という詩題の時、大年祥登の「臭肉を貪り、城市を窺ふこと莫れ」という句を、絶海は観中中諦が付けたと勘違いし、「此れ観中の句か。其の面よりも醜し」と言ったので、大年は恥ずかしがるし、絶海もまた、事実を知ってことばを失ったという。この逸話からは、絶海の機知を愛する一面と、案外不用意な一面とが窺われる。絶海と観中は冗談を言い合える親密な間柄だったらしく、絶海の『蕉堅藁』[14] にも「将に近県に往かんとして、観中外史に留別す」（五三）や「観中を懐ふも至らず」（八六）という詩が見られる。また、観中の『青嶂集』を見ても、頻繁に絶海と詩を贈答、唱和したことが窺える（本章第五節参照）。絶海はその後、観中に句を付けるように命じ、観中の付けた「好し、垂楊に入りて、夕暉を送らんに」という句を誉めたたえている。この詩会の場の雰囲気は和気藹々としており、絶海も違和感なく融け込んでいるようである。

四　坦率の性

今回は紙幅の都合で、以上の三例しか詳細に見ることができないが、絶海の機知に富んだ一面や、繊細でやさしい一面、また意外に性急でせっかちな一面などが窺われた。『日工集』は同郷同門である義堂の日記なので、絶海は頻繁に登場する。前掲箇所のほかにも、甲斐の恵林寺入院を前にして、建仁寺の義堂の許を訪れ、夜通し話をしたこと（康暦二年九月十四日条）、甲斐から帰洛した後、義堂が義満と交渉した結果、書簡で住居（鹿苑院）が決まったことを告げると、わざわざ等持寺の義堂の許まで来てお礼を述べたこと（永徳三年九月十六日条）、義堂の臨終に際して、最後まで病床で看病したこと（嘉慶二年四月三日条）などが記されている。一方、『抜尤』は、現在は散佚している瑞渓周鳳（一三九一～一四七三）の原日記を、惟高妙安（一四八〇～一五六七）が抜粋したものである。瑞渓は（絶海の）法弟無求周伸の弟子なので、絶海が『抜尤』に登場するのは、懐古（回顧）談においてである。前掲箇所のほかにも、義堂と「釣を罷め、帰り来たりて、船を繋がず」（『三体詩』「江村即事」司空曙）という句について論じたこと（享徳元年八月九日条）、仲方円伊（一三五四～一四一三）に招かれて、大岳や観中等と今熊野の永安院を訪れ、東福寺の楞厳頭である迪元普慶の破題で聯句をしたこと（享徳二年二月十七日条）、つねに太白の疏語を添削していたこと（寛正三年十二月五日条）などが語られている。

さて、これまで日記類に見てきたような絶海の性格は、いったいどのようなことばで形容されるのが適当だろうか。結論から先に述べると、稿者は「坦率」という語に注目している。その典拠は『日工集』至徳三年二月三日条にある。なお、傍線は私に施した。以下同じ。

二月三日、（中略）又話及二絶海事一、府君謂レ余曰、絶海在二下国一、居処身事果如何哉、余曰、或人伝、絶海今在二海国村院一、寂寞枯淡、然於二道学禅誦一、無三一所二退倦一、君曰、在国既及二一両年一、上レ京其可也、余曰、絶海性坦率、而忤二君旨一、暫置二田里一、要レ有レ所レ懲、君笑曰、是乃和尚老婆心也、早欲下和尚以二専使一喚上、余曰、諾矣、飯并茶罷、府君還駕、相揖曰、明日礼謝参府、必可下佩二吾帯一来上云々、

これは義堂が住持を務める南禅寺で催された和漢聯句会の席上で、義満の話題が、絶海に及んだ場面である。義満は義堂に対して、阿波（宝冠寺）における絶海の近況を尋ねたり（「絶海、下国に在り。居処、身事、果たして如何ぞや」）、その帰洛を許可しており（「在国、既に一両年に及ぶ。京に上らば、其れ可なり」）、明らかに絶海の上京を早急に望んでいる様子である。それに対して義堂は、義満の気持ちを殺がないように、そして絶海の帰洛が叶うように、前者の問いには「或る人伝ふ、絶海、今海国の村院に在り。寂寞枯淡、然れども、道学禅誦に於いて一も退倦する所無し、と」、後者の問いには「絶海、性、坦率にして、君の旨に忤《さから》ふ。暫く田里に置き、懲《こ》らしむる所有る

を要す」と答え、義満の様子を窺っている。結果、義満は、「是れ乃ち和尚の老婆心なり」と冗談を交えながら、絶海の召喚を決定した。

　義堂は、絶海が義満に逆らった例の事件を振り返って、義満に「絶海、性、坦率にして、君の旨に忤ふ」と述べている。義堂が実際、義満に対して言ったことばをそのまま日記（『日工集』）に記したかどうか、いささか疑問ではあるが、それだけにかえって客観的な絶海評価とも考えられよう。稿者は「坦率」という語の用例を、今のところ、この箇所以外に、抄物類は別として、わが国の文献に見出し得ていない(15)。中国の文献には史書の類や、杜甫、蘇軾、陸游の詩などに確認することができる。①〜⑩の番号は私に施した。

①『晋書』(16)列伝第四十三・庾亮

亮在二武昌一、諸佐吏殷浩之徒、乗二秋夜一往共登二南楼一、俄而不レ覚亮至、諸人将二起避一レ之。亮徐曰、諸君少住、老子於二此処一興復不レ浅。便拠二胡牀一与二浩等一談詠竟坐。其坦率行レ己、多二此類一也。

②『北史』列伝第七十一・文苑・李広

広雅有二鑑識一、度量弘遠、坦率無私、為二士流所一レ愛、（下略）

③『旧唐書』列伝第八十一・李勉

勉坦率素淡、好古尚奇、清廉簡易、為二宗臣之表一。（下略）

④『宋史』列伝第二百三十八・世家二・西蜀孟氏・欧陽迥

迥性坦率、無二検操一、雅善二長笛一。太祖常召二於偏殿一、令レ奏二数曲一。（下略）

⑤『遼史』列伝第三十・耶律棠古

大康中、補二本班郎君一、累遷至二大将軍一。性坦率、好別二白黒一、人有二不善一、必尽レ言無レ隠、時号二強棠古一。（下

略）

⑥『分門集註杜工部詩』[17] 巻十一

将㆑適㆓呉楚㆒留㆓別章使君留後兼幕府諸公㆒。得㆓柳字㆒

我来入㆓蜀門㆒。歳月亦已久。豈惟長㆓児童㆒。自覚成㆓老醜㆒。常恐性坦率。失㆑身為㆓杯酒㆒。近辞㆓痛飲徒㆒。折㆑節万夫後。（下略）

⑦『集註分類東坡詩』[18] 巻四

次㆓韻定慧欽長老見㆑寄、八首（第三首目）

羅浮高万仞。下看扶桑卑。黙坐朱明洞。玉池自生㆑肥。従来性坦率。酔語漏㆓天機㆒。相逢莫㆓相問㆒。我不㆑記㆓吾誰㆒。

⑧『集註分類東坡詩』巻十八

次韻答㆓王鞏㆒

我有㆓方外客㆒。顔如㆓瓊之英㆒。十年塵土窟。一寸冰雪清。朅来従㆑我遊。坦率見㆓真情㆒。顧㆑我無㆑足㆑恋。恋此山水清。新詩如㆓弾丸㆒。脱手不㆓暫停㆒。（下略）

⑨『集註分類東坡詩』巻二十

初別㆓子由㆒

我少知㆓子由㆒。天資和而清。好㆑学老益堅。表裏漸融明。豈独為㆓吾弟㆒。要是賢友生。不㆑見六七年。微言誰与賡。常恐坦率性。放縦不㆓自程㆒。会合亦何事。無言対㆓空枰㆒。使㆓人之意消㆒。不善無㆓由萌㆒。（下略）

⑩『剣南詩稿』[19] 巻之十三

昼寝夢一客相過。若㆑有㆓旧者㆒夷粋可㆑愛。既覚。作㆓絶句㆒記㆑之夢中何許得二嘉賓一。対二影胡牀一岸二幅巾一。石鼎烹レ茶火煨レ栗。主人坦率客情真。

これらの用例を見ると、「坦率」とは、私欲に捉われたり、世間的な義理立てを守る気持ちがなく、さっぱりとして飾るところがない、素朴で素直な性格を言うようである。『辞海』（中華書局刊）は「坦白真率也」として①の用例を挙げており、『辞源』（商務印書館刊）は「謂坦易真率也」として②の用例を挙げている。また、杜甫の詩に「常に恐る、性、坦率にして、身を失ふは、杯酒の為ならむことを」⑥、蘇軾の詩に「従来、性、坦率、酔語、天機を漏らす。相遭ひて、相問ふこと莫れ、我、吾の誰なるかを記せず」⑦、「常に恐る、坦率の性、放縦、自ら程《はか》らざるを」⑨とあるように、「坦率」であるが故に、場合によっては、周囲を顧みることなく自分の思い通りに行動し、失敗してしまうこともあるようである。『四河入海』(20)巻第四之四には、⑦の詩に関して「坦率　白（天下白）云、短慮之ノ義也」「坦率ハ短慮ニシテ、率爾聊爾ナルヲ云歟」、同じく『四河入海』巻第二十之四には、⑨の詩に関して「坦率　白云、續翠（江西龍派）曰、坦言平坦、率言倉率也。毎事作平坦看、不渉思慮也」「常ー放ー　坡言ハ、我稟レル性ヲコトカ坦率ニ、坦平々ニシテ、倉率ナ程ニ、今時ノ人ノ心ニ曲節ノ有ルヲモ不レ知シテ、平々トマツスクナト心得テ、（下略）」という注が付されている。義堂の見解によると、多少は義満へのご機嫌取りの気味もあったのであろうが、絶海が義満に逆らったのも、絶海の「坦率」に起因する。玉村氏は絶海の性格を「狂狷不羈」と評し、彼がはっきりした主体性の持ち主であると見なしておられたが、絶海は「坦率」であったからこそ、義満と一旦反目し合っても、そのことに深く拘泥せず、再び交渉を持つようになったのであろうし、多くの後輩僧たちが絶海の周りにつどったのではないだろうか。

義堂が「坦率」という語を用いたことについて付言しておきたい。芳賀幸四郎氏『中世禅林の学問および文学に関する研究』（日本学術振興会、昭三一）等を見ても、当時の禅僧が、多くの漢籍——経書・史書、経典・禅書、詩文集等――に精通していたことがわかる。それは義堂に関しても同様で、たとえば『日工集』を見ても、字説を作成する際に『晉書』に用例を求めたり（康暦二年九月十日条）、杜詩の講義をしたりしている（応安五年七月三日条・永徳二年正月九日条）。彼はそのような過程において「坦率」という語を知り、自身の語彙体系のなかに組み入れていたのであろう。したがって、その意味・用法は、中国の文献におけるそれに近いように思われる。

おわりに

ある人間の人間像を考える場合、その人のどの部分に注目するかによって、幾通りもの人間像が形成されると思われる。絶海においても、堀川氏の言われるように明の高皇帝と詩を唱和した人間、玉村氏の言われるように将軍義満に反抗した人間、その他、禅道修行に精進した人間、弟子の育成（講釈活動も含む）に心血を注いだ人間、詩会や聯句会に参加した人間等々である。ただし、絶海が禅僧であると同時に、「坦率の性」の持ち主であったということを見失うと、各々の絶海像は一人歩きしてしまい、たとえば作品解釈などに誤解が生じかねないと思われる。絶海の詩文集『蕉堅藁』には「山居十五首」（三四）をはじめとした隠逸詩もあれば、送別詩や哀悼詩もかなり含まれている。道衍は『蕉堅藁』の詩風を「清婉峭雅にして、性情の正より出づ」（序）と評しているが、この評言と、今回考察した絶海の「坦率の性」[21]との関わり合いについて考えながら、絶海の作品世界に入っていくつもりである。

注

（1）玉村竹二氏『五山文学』（日本歴史新書、至文堂、昭三〇）、一八九～一九〇頁。
（2）引用は『大正新修大蔵経』第八十巻「続諸宗部」による。返り点は同書を参考にして、私に施した。

(3) 引用は吉川幸次郎氏『論語』中（中国古典選4、朝日新聞社、昭五三）による。
(4) 引用は寺田透氏・水野弥穂子氏校注『道元』下（日本思想大系13、岩波書店、昭四七）による。
(5) 今泉淑夫氏『一休和尚年譜』1・2（東洋文庫641・642、平凡社、平一〇）、あとがき。
(6)『大日本史料』第七編之七・応永十二年四月五日条を参考にすると、この二書のほかにも、『兼宣公記』（広橋兼宣著）、『康富記』（中原康富著）、『満済准后日記』（満済著）、『看聞日記』（後崇光院著）、『薩戒記』（中山定親著）、『建内記』（万里小路時房著）、『蔭凉軒日録』（季瓊真蘂・亀泉集証著）、『大乗院寺社雑事記』（尋尊著）、『碧山日録』（太極著）、『蕉軒日録』（季弘大叔著）、『鹿苑日録』（景徐周麟・梅叔法霖・有節瑞保等著）等に絶海の名前が見える。
(7) 引用は辻善之助氏『空華日用工夫略集』（太洋社、昭一四）による。返り点は蔭木英雄氏『訓注　空華日用工夫略集』（思文閣出版、昭五七）を参考にして、私に施した。
(8) 朝倉尚氏「禅林聯句略史――義堂周信とその前後――」（『抄物の世界と禅林の文学』所収、清文堂、平八）。
(9) 引用は『五山文学全集』第二巻による。返り点は同書を参考にして、私に施した。
(10) 玉村氏「空華日工集考」（『日本禅宗史論集』下之一所収、思文閣出版、昭五四）。
(11) 引用は『五山文学全集』第三巻による。返り点は私に施した。
(12) 引用は東京大学史料編纂所編『臥雲日件録抜尤』（大日本古記録、岩波書店、昭三六）による。返り点は『続史籍集覧』所収本を参考にして、私に施した。
(13)『常光国師行実』（天章澄彧著）には、

（上略）（永徳）三年癸亥。准三宮天山相公留二禅空宗一。剏二建相国宝坊一。追請二正覚一為二之開山一。智覚国師以二第一世一視レ事。未レ幾請レ老焉。相公顧二慈氏信禅師一。求三一好漢可レ任二重寄一。信蚤与レ師同学。得二其為レ人。因薦レ師曰。方今多士如レ林。惟才徳兼全。堪二妙選一者。莫レ過二此郎一。相公即日召二見府中一。親賜二鈞帖一。令レ試二手《平イ》洛下《无イ》等持一。至徳甲子也。明年遷二鹿苑一。三年丙寅。五十九。領二相国命一。小春廿六日開堂。一香為二仏慈供一。相公遣二出三会信衣一。守塔者以二師為レ孫。執欲レ無レ与。故師拈云。信心已熟。衣不二復伝一。大小祖師不レ知二機権物論一。伏二其知言一。師行二叢規一僅三霜。飛楼湧殿幻二出夜摩覩史一。辞レ満休二居鹿苑一。（下略）

（『続群書類従』第九輯下。返り点は私に施した）

【注】「准三宮天山相公」は足利義満、「正覚」は夢窓疎石、「智覚国師」は春屋妙葩、「慈氏信禅師」は義堂周信のことである。

とあり、空谷明応が至徳二年〔一三八五〕と、相国寺を退いた嘉慶二年〔一三八八〕四月十五日直後の二度、鹿苑院主を務めたことがわかる。

(14) 作品番号は蔭木氏『蕉堅藁全注』（清文堂、平一〇）による。

(15) 管見の範囲では、東沼周嚴の『流水集』二（『五山文学新集』第三巻所収）に、「某、学海汪洋、機輪坦卒」（「初先天住二雲龍山神応一」）という用例がある。

(16) 史書類の引用は百衲本二十四史所収本による。返り点、句読点は私に施した。

(17) 引用は四部叢刊所収本による。返り点は続国訳漢文大成本を参考にして、私に施した。

(18) 引用は四部叢刊所収本による。返り点は続国訳漢文大成本を参考にして、私に施した。

(19) 引用は『陸放翁全集』（中華書局）による。返り点は私に施した。

(20) 引用は中田祝夫氏編『四河入海』（抄物大系別巻、勉誠社）による。

(21) 『人国記』巻之下には、以下のような文章がある。

土佐国

土佐の国の風俗、成程真《なるほどまこと》にして、気質すなほなる国風なり。これ都《すべ》て士《さむらい》・町人・百姓に至るまでかくの如くなり。別して土佐・長岡・吾川《あかわ》の郡《こおり》かくの如くなり。

さればその気質は鳥獣にも備はるものか、猿もこの国の猿は別して仕付けよきなり。されども遠国にして、その言舌卑しきなり。心底形《かた》の如く直《すなお》なり。

（岩波文庫）

絶海が「坦率の性」を形成するにあたり、武士（津野氏）の出身であることや、仏道修行に錬磨したことなどもその要因として考えられるが、土佐の津野に生まれ、幼年期を土佐の風土に育まれながら過ごしたことも見過ごすことはできないだろう。

※引用本文については、旧字体や異体字を私に改めた箇所がある。

【付記】

後日、堀川貴司氏に伺ったところ、『国文学　解釈と鑑賞』における絶海のテーマは、編集部からの依頼によるものであったという。

＊　　＊

『日本国語大辞典　第二版』には、新たに「坦率」項が設けられていた。『日工集』至徳三年二月三日条と『晉書』庾亮伝の用例（既出）のほか、中江兆民『一年有半』の「邦人特性和易にして放慢に流れ易く、坦率にして狎瀆に陥り易し」という用例が挙げてある。

第五節　「和韻」から見た絶海中津と義堂周信

はじめに

「和韻」とは、特定の詩（特に「本韻詩」と言う）と同じ韻を用いて詩を作る方法を言う。わが国の五山文学作品には和韻詩が大量に見られ、稿者は第三章第六節において、絶海中津（一三三六〜一四〇五）と義堂周信（一三二五〜八八）の作品類を通して、和韻詩の様相の一端を明らかにしようと試みた。「和韻」という作詩法や、絶海・義堂の和韻状況、彼らの和韻詩の詠作状況等を、多数の用例をもとにして、概略的に述べたのであるが、紙数の都合上、彼らの作品に立ち返る余裕が無かった。そこで、本節では、いま一度、彼らの作品に戻り、「和韻」という視点から新たに見えてきた絶海像や義堂像について、二、三の指摘をしておきたいと思う。

一　『蕉堅藁』九十七、九十八番詩

絶海と義堂の和韻詩を概観すると、その詠作状況は、（Ⅰ）贈答・唱和にともなって詠作する場合と、（Ⅱ）本韻詩が契機となって詠作する場合とに大きく分類される。さらに（Ⅱ）は、（a）本韻詩が中国の詩人のもの、（b）本韻詩が先輩僧のもの、（c）本韻詩が自身の旧作、の三つの場合に分けられた。数量的には（Ⅰ）が圧倒的に多く、ここに、五山禅僧の、いわゆる「同社」「友社」（詩会等に集まる文学的グループ）の繋がりと、その中で詩作に興じる彼らの有様とを、稿者は指摘した。『蕉堅藁』[1]九十七、九十八番詩の本文を挙げる。

九七　銭原和二清渓和尚韻一

世事従来多二変態一。当初早悟有二如今一。青山高臥茅簷下。不レ許白雲知二此心一。

九八　和二前韻一答二崇大岳一

拙者八月廿六日乗レ涼出遊。州中名山曰二勝尾一。曰二箕面一。曰二神咒一。曰二十輪一。窮レ奇探レ勝興寄浩然。遂詣二西宮之社一。所謂剣珠者。蓋絶世之奇観也。凡経二四日一而帰二銭原之寓所一。乃知二高駕来臨等レ余不レ遇而帰一也。珙童口二誦見レ留之作一。厥韻琅々然也。於レ是不レ能レ無二社燕秋鴻之歎一。修レ書之次輒依二芳押一。以答二来意一云。

君来我出似二相避一。磵媿林慚悵至レ今。百歳光陰秋荏苒。何時風雨細論レ心。

【注】「清渓和尚」は清渓通徹、「崇大岳」は大岳周崇、「珙童」は元璞恵珙。

絶海は至徳元年（一三八四）六月、四十九歳の時に、将軍足利義満（一三五八～一四〇八）に直言してその意に逆らい、摂津国の銭原（大阪府茨木市）に隠棲した（『仏智広照浄印翊聖国師年譜』）。詩題や序文によると、前詩は、銭原で清渓通徹（一三〇〇～八五）の韻に和したものである。後詩は、絶海が八月二十六日から四日間、勝尾寺、箕面寺、西宮神社等に赴き、銭原の寓居を留守にしている間に、あいにく同所を訪れ、むなしく帰って行った大岳周崇（一三四五～一四二三）の韻に和して、その来意に答えたものである。ちなみに、清渓と大岳の詩は、未詳である。

ところで、ここまで述べて来て、一つ気になることがある。それは、両詩の二、四句目の韻字が「今」「心」で、九十八番詩が九十七番詩に和韻（次韻）[2]している、ということである。ただし、九十八番詩の詩題に「前韻に和して」とあるのは、その序文に「輒ち芳押に依る（あなたの押韻に依る）」とあるように、大岳の韻に和したことを意味していよう。いったいどういうことなのだろうか。

この現象をスムーズに説明するためには、絶海、清渓、大岳の繋がりを想定せざるを得ないのではないだろうか。三者とも夢窓派である。おそらく大岳は、京都で清渓と接触して、九十七番詩の存在を知り、自身も同じ韻字を用いて、絶海と詩を唱和したのであろう。したがって絶海は、九十八番詩において大岳の韻に依ったと同時に、結果的に自身の前作（九十七番詩）や清渓の詩にも和韻したことになるのである。建仁寺両足院蔵『東海璚華集（絶句）』（『五山文学新集』第二巻所収）には、惟肖得巌（一三六〇～一四三七）の先輩に当たる五山僧――義堂・絶海・無求周伸・雲渓支山・観中中諦等――の七言絶句が百六首挙げてある。(3) 絶海の作は二十二首採られているが、九十七番詩の詩題が「答二義堂和尚見レ寄」となっていることが注目される。想像を逞しくすると、絶海、清渓、大岳の繋がりに、同じく夢窓派の義堂も関与していたのかも知れない。そう言えば、絶海の京都召喚を、義満に進言したのは、義堂であった（『空華日用工夫略集』至徳三年二月三日条）。

二　絶海中津と観中中諦との関係

このように「和韻」に注目すると、今まで気付かなかった同社・友社の実態が浮かび上がって来ることもある。もう一例、絶海と観中中諦（一三四二～一四〇六）の交流を指摘したい。玉村竹二氏『五山禅僧伝記集成』（講談社、昭五八）によると、観中は阿波の出身で、夢窓疎石（一二七五～一三五一）や義堂や春屋妙葩（一三一一～八八）等に師事し、補陀寺（阿波・諸山）、等持寺（十刹）、相国寺（五山）（第七世）の住持を務めた。『碧巌録』抄を『青嶂集』と言い、別に『三体詩抄』があるが、語録・詩文集を『青嶂集』と称する説もあるという。ここでは、仮に後者の説に従う。『青嶂集』の引用や作品番号は、梶谷宗忍氏『観中録　青嶂集』（相国寺、昭四八）による。また、返り点も同書を参考にして、私に施した。

まず、『蕉堅藁』には「将に近県に往かんとして、観中外史に留別す　時に臨川復位の訴えに因りて、宇治より江州に如く」詩（五三）や、「観中を懐ふも至らず　時に臨川復位の訴えに因りて、宇治に客居す」詩（八六）があるが、『青嶂集』には、後詩に和した「和二絶海和尚韻一」詩（七四）が見られる。絶海は臨川寺事件が原因で、近江に隠遁したのであるが（永和四年〔一三七八〕）、その際、観中と詩を唱和していることは注目されよう。『空華日用工夫略集』[4]永和五年（康暦元年）正月十四日条には、

十四日、（中略）三会回書同来曰、中津蔵主今在二江州杣云処一、中諦書記未レ詳二在処一、（下略）

というくだりもある。

また、『絶海和尚語録』[5]（以下、『絶海録』と略す）巻下には「観中和尚の雪韻に和す」詩（二一七）、「観中和尚の仮山水の韻に次して、鹿苑の常光国師に呈す」詩（二六五）、「相国の観中和尚の重陽の韻に次す」詩（二七四）があり、各々の本韻詩は、『青嶂集』に確認することができる（「四八　回雪謝二諸老先訪一」「一一　頃観二鹿苑庭下仮山水一題二一偈一呈二上堂頭国師大和尚座一」「一三　相国重陽上堂」）。『青嶂集』には「和二絶海和尚重陽韻一于レ時法鼓新鞔」（一二）という詩も見受けられる。この他、『絶海録』と『青嶂集』には、韻字が同じ詩（偈）が散見する。

・『絶海録』巻下・「和二相国大岳和尚中秋韻一」（二二二）――『青嶂集』・「和二太岳和尚立秋韻一」（五六）
・『絶海録』巻下・「次レ韻賀二弘祥荊山長老一」（二六三）――『青嶂集』・「和レ詩追奉レ慶二弘祥荊山長老一」（一九）
・『絶海録』巻下・「和レ韻謝二天寧天倫禅師上竺一菴講師過訪一」（二七六）――『青嶂集』・「和二天倫和尚韻一」（一二二）
・『絶海録』巻下・「次レ韻答二樹心翁一」（二八〇）、「重用二青字韻一。餞二心翁東帰一」（二八一）――『青嶂集』・「和二心翁和尚韻一」（一四）

絶海には日記の類は残されていないが、以上のように、直接的もしくは間接的に、頻繁に観中と詩を贈答、唱和したことに鑑みると、二人がかなり親密な間柄であったことが推察される。

三　義堂周信の和韻状況・再考

第三章第六節において、稿者は、義堂に和韻詩が数多く見られる理由として、彼が当時、禅林社会において中枢的な立場に在ったことを指摘した。ここで、いま一度、『空華集』の和韻状況に注目したい。

○巻第一
・古詩（計七首）…二首
・歌（計三首）…一首
・楚辞（計一首）…ナシ
・四言（計一七首）…ナシ
・五言絶句（計五六首）…一首
・六言絶句（計一一首）…一首
・七言絶句（計一三二首）…六一首
○巻第二
☆七言絶句（計二〇九首）…一一一首
○巻第三
☆七言絶句（計二一三首）…一〇七首
○巻第四
・七言絶句（計二三六首）…五六首

○巻第五
・七言絶句（計二一四首、四首は他作か）…六七首
○巻第六
☆五言八句（計一九三首）…一三八首
☆五言排律（計二首）…二首
○巻第七
☆七言八句（計一七〇首）…一四四首
○巻第八
☆七言八句（計一八〇首）…一四七首
○巻第九
☆七言八句（計一五一首、他作三首を含む）…八五首（他作二首を含む）
○巻第十
・七言八句（計一〇〇首）…三六首
・七言排律（計一首）…ナシ

【注】詩の総数は『五山文学全集』第二巻による。☆印は五割以上が和韻詩であることを示す。なお、和韻詩の総数は、現段階で把握し得るものであって、今後の調査により変動する可能性がある。本来ならば、本韻詩と逐一、照合するのが望ましいが、散佚している場合が殆どで、数値は目安程度に考えていただきたい。

例えば、七言絶句は巻第一（六一首、四六・二％）、巻第二（一一一首、五三・一％）、巻第三（一〇七首、五〇・二％）、巻第四（五六首、二三・七％）、巻第五（六七首、三一・三％）、七言律詩は巻第七（一四四首、八四・七％）、巻第八（一四七首、八一・七％）、巻第九（八五首、五六・三％）、巻第十（三六首、三六・〇％）に収められている。（　）内は、巻中における和韻詩の総数とその割合を示す。義堂の生涯は大きく、①（京都）修行時代（正中二年〔一三二五〕〜延文四年〔一三五九〕、一〜三十五歳）、②関東在住時代（延文四年〜康暦二年〔一三八〇〕、三十五〜五十六歳）、③輦寺在住時代（康暦二年〜嘉慶二年〔一三八八〕、五十六〜六十四歳）に分けられ、『空華集』の作品配列は、詩文の種類ごとに、大体、制作年代順になっていると思われるので、義堂は晩年になるに連れて、和韻詩をあまり作らなくなったと言える。関東における義堂は、春屋の命令で、夢窓派の教線拡大のために、「教義を宣揚することはもちろん、文化政策によって、有力外護者を檀那に獲得する」(6)ことに努めた。和韻詩の量産も、それらに伴う社交の結果と見ることができよう。対して、晩年、京都での義堂は、一方で建仁寺（五山）（第五十五世）・等持寺（十刹）・南禅寺（五山）（第四十四世）等の住持を務め、また一方で義満や二条良基〔一三二〇〜八八〕等と親しく交わっていたにもかかわらず、どうして和韻詩を作らなくなったのであろうか――。稿者は今、この問題に答える用意はないが、義堂の文学観を考える上で、一つの指標になるのではないか、と考えている。

まとめ

以上、覚え書き風ではあるが、「和韻」という視点から新たに見えてきた絶海像や義堂像を指摘した。勿論、彼らの作品を精査すれば、まだまだ多くのことを指摘することができるだろうし、また、さらにそれらの指摘を深く追究して行かなければならないのであるが、今回はその一階梯として、絶海・義堂の新たな一面とともに、「和韻」の新たな活用法の一端にも触れ得たと思う。今後も「和韻」に注目していきたい。

注

（1）引用は五山版、作品番号は蔭木英雄氏『蕉堅藁全注』（清文堂、平一〇）による。また、返り点は江戸の版本（寛文十年版か刊年不明版）等を参考にして、私に施した。文字囲も私に施した。

（2）『文体明弁』（明・徐師曽撰）の「和韻詩」項によると、和韻には三種類ある。本韻詩と同じ韻中の文字を用いるが、必ずしも本韻詩の文字を用いなくてもよい「依韻」と、本韻詩の文字およびその順序をそのまま用いなくてはならない「次韻」と、本韻詩の文字を用いるが、必ずしもその順序通りに用いなくてもよい「用韻」である。

（3）玉村竹二氏は同解題で、両足院本に関して、つぎのように述べておられる。

この本は、江戸初期の写本であるが、その親本となった本は、或は惟肖の草稿本であったかとも思われる。その故は、この本に収められている所の惟肖の作品以外のものは、一見雑然と書きつづけられているように見えて、実はいずれも惟肖に関係のあるものばかりで、江西龍派の作品は惟肖に呈似されたもの、俗詩は惟肖が諸本渉猟の際書留めておいた覚え、義堂・絶海等の詩は、作品がいずれも惟肖に関係の深い人のものばかりであるから、惟肖が先輩の作品を勉学のために抜萃して座右に備えたものと考えられないこともない。（一三〇一頁）

（4）引用は辻善之助氏『空華日用工夫略集』（太洋社、昭一四）による。また、返り点は蔭木氏『訓注　空華日用工夫略集』（思文閣出版、昭五七）を参考にして、私に施した。

（5）引用は『大正新修大蔵経』第八十巻、作品番号は梶谷宗忍氏『絶海語録』二（思文閣出版、昭五一）による。また、返り点は梶谷氏・前掲書等を参考にして、私に施した。

（6）蔭木氏『義堂周信』（日本漢詩人選集3、研文出版、平一一）、四三頁。

附録　絶海和尚略年譜

絶海中津（一三三六〜一四〇五）の略年譜は、寺田透氏『義堂周信・絶海中津』（日本詩人選）、玉村竹二氏『日本の禅語録』八（講談社）、蔭木英雄氏『蕉堅藁全注』（清文堂）の巻末にそれぞれ付載されている。寺田氏は義堂周信、玉村氏は義堂、中巌円月、虎関師錬、雪村友梅の記事も併記されているが、絶海の記事が簡略にされ過ぎたり、中には誤謬も含まれているので、それらを補足・訂正しながら、改めて略年譜を作成した次第である。

凡例

一、最初に、年号・干支・西暦・絶海の年齢を記す。ただし、年号は北朝、南朝の順で、南朝は（　）内に記す。

二、つぎに、絶海の履歴の説明と、その出典を記す。履歴に疑問が残る場合は△印、絶海に深く関連する出来事（人の死没等）には●印を付して他と区別する。通常は○印である。出典は［　］内に記すが、その略称は、以下の通りである。

仏智年譜―仏智広照浄印翊聖国師年譜、勝定年譜―勝定国師年譜、延宝録―延宝伝灯録、高僧伝―本朝高僧伝、名僧伝―日本名僧伝、絶海録―絶海和尚語録、日工集―空華日用工夫略集

建武三年（延元元年）丙子　一三三六　一歳

△十一月三日、土佐の津野に生まれる。［名僧伝］
△十一月十三日、土佐の津野に生まれる。［仏智年譜］
康永二年（興国四年）　癸未　一三四三　八歳
○土佐の円通寺で剪髪する。［勝定年譜］
貞和四年（正平三年）　戊子　一三四八　十三歳
○天龍寺の喝食（僧童）となる。時折、西芳寺の夢窓疎石に随侍する。［仏智年譜・延宝録・高僧伝］
貞和五年（正平四年）　己丑　一三四九　十四歳
△剃髪して駆烏沙弥となる。［延宝録・高僧伝］
観応元年（正平五年）　庚寅　一三五〇　十五歳
△剃髪して沙弥となる。常時、西芳寺の夢窓に随侍し、『円覚経』の講義を聞く。［仏智年譜］
観応二年（正平六年）　辛卯　一三五一　十六歳
○具足戒を受けて大僧となる。天龍寺での一夏百日の間、毎日、法輪寺の文殊堂に参詣する。［仏智年譜・延宝録・高僧伝］
●九月晦日、夢窓疎石示寂（七十七歳）。

文和二年（正平八年）　癸巳　一三五三　十八歳
○義堂周信、先覚周怙、月舟周勛、天錫周寿等と建仁寺に掛錫し、龍山徳見に師事する。ついで大林善育に随侍して湯薬侍者となる。［仏智年譜・延宝録・高僧伝］
文和三年（正平九年）　甲午　一三五四　十九歳
○法観寺で建仁寺の放牛光林に代わって五頭首に問禅する。［仏智年譜・勝定年譜・延宝録・高僧伝］
貞治三年（正平十九年）　甲辰　一三六四　二十九歳
○関東に赴く。万寿寺の石室善玖、建仁寺の別源円旨の送行の偈有り。報恩寺の義堂を省し、建長寺の青山慈永の教化を助ける。ついで大喜法忻の会下に在り。また、足利基氏の帰依を受ける。［仏智年譜・延宝録・高僧伝］
貞治四年（正平二十年）　乙巳　一三六五　三十歳
○大喜法忻の会下に在って蔵主を司り、却来して焼香侍者を務める。［仏智年譜］
貞和五年（正平二十一年）　丙午　一三六六　三十一歳
○五月二十二日、善福寺の義堂の衣鉢侍者となる。［日工集］
○六月一日、義堂から夢窓の碑銘を宋景濂に求めるように頼まれる。［日工集］

応安元年（正平二十三年）　戊申　一三六八　三十三歳
○十一月中旬以降、汝霖妙佐、如心中恕等と同船で入明する（大明洪武元年）。中天竺寺の季潭宗泐に依り、焼香侍者、蔵主と転ず。霊隠寺、道場山に歴遷し、用貞輔良と清遠懐渭との間を周旋する。［仏智年譜・勝定年譜・延宝録・高僧伝・名僧伝］

応安三年（建徳元年）　庚戌　一三七〇　三十五歳
○永安塔を拝し、姑蘇台、林和靖の旧宅を訪れる（洪武三年）。［勝定年譜・蕉堅藁］

応安四年（建徳二年）　辛亥　一三七一　三十六歳
○径山の季潭を省す（洪武四年）。［仏智年譜・勝定年譜・蕉堅藁］

応安六年（文中二年）　癸丑　一三七三　三十八歳
○十二月二十日、真寂山中で清遠、見心来復、易道夷簡と詩を唱和する（洪武六年）。［蕉堅藁］
○天界寺の季潭を省す。清遠の送行の偈有り。［勝定年譜・蕉堅藁］

永和二年（天授二年）　丙辰　一三七六　四十一歳
○正月、金陵の英武楼で太祖高皇帝（洪武帝、朱元璋）に謁見し、法要を問われる（洪武九年）。勅命によって熊野三山の詩を作り、御製の和を賜わる。また、帰国を希望し、承諾される。［仏智年譜・勝定年譜・延宝録・高僧伝・名僧伝・中華若木詩抄等］

永和三年（天授三年）　丁巳　一三七七　四十二歳
○春、帰国して筑前の箱崎にある広厳寺に憩う。［蕉堅藁］
永和四年（天授四年）　戊午　一三七八　四十三歳
○二月十五日、大疑宝信、和山貲礼と帰京する。［蕉堅藁］
○春、近江金剛寺の物先周格に書簡をしたためる。［蕉堅藁］
●五月十四日、夢窓派の禅僧（春屋妙葩、古剣妙快等）が、幕府に臨川寺を五山から十刹に復位させるように提訴する。［日工集］
○六月下旬に宇治に客居し、冬頃、近江の杣庄に隠遁する。［蕉堅藁］
○冬、佐々木高秀に書簡をしたためる。［蕉堅藁］
康暦元年（天授五年）　己未　一三七九　四十四歳
○四月七日、報恩寺の義堂から書簡が届き、直後に返信する。［蕉堅藁］
○夏、椿庭海寿に書簡をしたためる。［蕉堅藁］
○十月、春屋妙葩に招かれて、雲居庵（天龍寺）に住す。［仏智年譜・蕉堅藁・延宝録・高僧伝・日工集］
○十二月、性海霊見に請われて天龍寺の前堂首座になる。［仏智年譜・延宝録・高僧伝］
康暦二年（天授六年）　庚申　一三八〇　四十五歳
○春、天龍寺の前堂首座を退く。赤松氏から播磨の法雲寺の住持に招かれるが、汝霖妙佐に譲る。［仏智年譜・

延宝録・高僧伝・日工集〕
○三月十七日、柏庭清祖、物先周格等と義堂の入洛を迎える。〔日工集〕
○四月一日、観持庵で義堂の建仁寺入寺の儀式について一関妙夫と相談する。〔日工集〕
○五月三日、斯波義将の斎会に赴く。官伴は斯波義種、一色範光等、僧座は春屋、性海霊見、太清宗渭等。〔日工集〕
○秋、枢玄極が金剛日山に答える詩の序文を作製する。〔蕉堅藁〕
○秋、幕命により、甲斐の恵林寺に住す。九月三日、雲居庵にて受請し、十月八日、入寺する。『法華経』『楞厳経』『円覚経』等を講ず。〔仏智年譜・絶海録・延宝録・高僧伝・日工集〕
○十月中旬以降、大慈寺八景の一つである「東営秋月」詩を詠じる。〔蕉堅藁・空華集・日工集〕
○十一月、天錫周寿に祭文を作製する。〔蕉堅藁〕

永徳元年（弘和元年）　辛酉　一三八一　四十六歳
○春、器之令簠、来参する。〔絶海録〕
○秋、久菴僧可に書簡をしたためる。〔蕉堅藁〕
○秋、等持寺法華堂の元章周郁に書簡をしたためる。〔蕉堅藁〕

永徳二年（弘和二年）　壬戌　一三八二　四十七歳
○春、松間居士の枕流亭の諸作を見てその詩に和韻する。〔蕉堅藁〕
○春、甲斐の清白寺で花見をする。夢窓の偈に和韻する。〔絶海録〕

○春、久菴僧可に書簡をしたためる。〔蕉堅藁〕
○三月初旬、菊上人が京都に行くのを送る。〔蕉堅藁〕
○秋、円覚寺の椿庭海寿に書簡をしたためる。〔蕉堅藁〕
○十月二十九日、足利義満の命令により、甲斐から召喚されることになる。〔空華集・日工集〕
○十一月三日、恵林寺を退き、普同庵に帰住する。〔空華集・日工集〕

永徳三年（弘和三年）　癸亥　一三八三　四十八歳
○春、関東に再遊する。〔蕉堅藁・小補東遊集・臥雲日件録抜尤〕
○六月頃、甲斐の勝善寺に滞在する。〔蕉堅藁〕
○九月五日、甲斐から帰京する。大慈院に居す。〔日工集〕
○同六日、義満と初対面する。〔日工集〕
○同二十日、鹿苑院主となる。〔勝定年譜・日工集〕

至徳元年（元中元年）　甲子　一三八四　四十九歳
○正月九日、義堂が来参し、年始の挨拶をする。〔日工集〕
○同二十五日、等持寺の義堂、義満を接待する。斯波義将、春屋、太清宗渭等と座伴する。〔日工集〕
○二月三十日、等持寺香雪亭で義満、二条良基、義堂等と和漢連句に興じる。〔日工集〕
○六月、義満に直言してその意にさからい、摂津の銭原に隠棲する。〔仏智年譜・延宝録・高僧伝・日工集〕
○八月二十六〜三十日、勝尾寺、箕面寺、神呪寺、鷲林寺、西宮神社に赴く。その間、大岳周崇、来参する。他

日、清渓通徹も来参する。［蕉堅稾］

至徳二年（元中二年）　乙丑　一三八五　五十歳

○四月、摂津有馬の羚羊谷（牛隠庵）に移る。［仏智年譜・勝定年譜］

○七月末、細川頼之に招かれて、讃岐の普済院に住す。ついで阿波の宝冠寺の開山となる。大亨妙亨、来参する。［仏智年譜・蕉堅稾・延宝録・高僧伝］

△十月、義満、前非を悔いて、慈氏院（南禅寺）の義堂に命じて絶海を召喚させようとする。絶海、疾を以って辞す。［仏智年譜・蕉堅稾・延宝録・高僧伝］

△十一月、義満、再度、細川頼之に命じて絶海を召喚させようとする。絶海、やむなく了承する。［仏智年譜・延宝録・高僧伝］

△十二月二十五日、等持寺に入寺。［仏智年譜・延宝録・高僧伝］

至徳三年（元中三年）　丙寅　一三八六　五十一歳

△二月四日、義満に召喚される。［日工集］

△三月八日、帰洛して大慈院に居し、ついで等持寺に住す。［日工集］

△同十七日、義堂に華瑞の額を書く。［日工集］

○七月十三日、南禅寺（住持は義堂）、五山之上に陞す。その斎会において、義満に太清と相伴する。［日工集］

○十月二十六日夜、鹿苑院の僧堂で義満、義堂、無求周伸と坐禅をする。［日工集・翰林葫蘆集・鹿苑日録］

○十月晦日、義満の機嫌を損なう。義堂、義満と絶海の間を奔走する。［日工集］

○龍湫周沢から夢窓の法衣を贈られる。［仏智年譜・勝定年譜・延宝録・高僧伝・仏恵正統国師鄂隠和尚行録］

嘉慶元年（元中四年）　丁卯　一三八七　五十二歳
○七月二十日、義堂、太清、無求周伸等と義将の新第に招かれる。［日工集］
○九月十五日、義満、常在光院の義堂を尋ねる。太清と座伴する。［日工集］
○十月十四日、義堂、日野宣子の一品忌に赴く。太清、空谷明応、義将等と座伴する。［日工集］
○斯波義将、自邸を改めて玉泉寺とし、絶海を開山に迎える。［勝定年譜］

嘉慶二年（元中五年）　戊辰　一三八八　五十三歳
○正月九～十九日、義満に『金剛経』を講ず。［仏智年譜・翰林葫蘆集］
○同二十日、義満、常在光院の義堂を訪れる。座伴は絶海のみ。［日工集］
○同二十三日～月末、渋川幸子（香厳芳林太夫人）に『円覚経』を講ず。［仏智年譜］
○三月九日、有馬温泉の義堂を迎えに行くが、摂津の太田の駅で出会う。［日工集］
○同十四日、義堂から『貞和集』の刊行を依嘱される。［日工集］
○四月二日、義堂から掩土仏事の法語の作製を遺嘱される［日工集］
○同三日、終日、義堂の病床に侍す。［日工集］
●同四日、義堂周信示寂（六十四歳）。
○秋、義満、絶海の法衣を乞う。［延宝録・高僧伝］
○十二月二十八日、紀良子に代わって智泉尼聖通に祭文を作製する。［蕉堅藁］

康応元年（元中六年）　己巳　一三八九　五十四歳
○三月四～二十六、七日、義満に従って西国（厳島）に赴く。［勝定年譜・鹿苑院殿厳島詣記］
○頼之に請われて土佐の吸江庵を復興する。［勝定年譜］
明徳元年（元中七年）　庚午　一三九〇　五十五歳
△等持寺（住持は絶海）、十刹（全国）の第一位となる。［勝定年譜・等持寺住持位次］
明徳二年（元中八年）　辛未　一三九一　五十六歳
○七月十六日、等持寺を退隠して等持院に移住する。［仏智年譜・等持寺住持位次］
○十二月晦日、内野合戦（明徳の乱）、幕府軍の勝利。義満、絶海の法衣の霊験を感謝する。［仏智年譜・勝定年譜・翰林葫蘆集・明徳記］
明徳三年　壬申　一三九二　五十七歳
●三月二日、細川頼之示寂（六十四歳）。
○秋、相国寺に住す。八月晦日、等持院にて受請し、十月三日、入寺する。太白真玄、「住相国道旧疏」を作製する。［絶海録・峨眉鴉臭集・扶桑五山記・五山歴代・相国寺前住籍］
○十二月二十七日、義満の命により、高麗（李氏朝鮮）に答える書をしたためる。［善隣国宝記］
明徳四年　癸酉　一三九三　五十八歳

○夏、花の御所で毎日、『首楞厳経』を講ず。空谷明応等、講席に伴う。［仏智年譜・翰林葫蘆集］
○半夏以後、相国寺に禅僧を集めて頌会を催す。その後、年中行事となる。［勝定年譜］
○九月六日、愚中周及、絶海に書をしたためる。［卯餘集］

応永元年　甲戌　一三九四　五十九歳
○相国寺を退き、等持院に居す。［勝定年譜］
○九月二十四日夜、相国寺炎上。相国寺の再興に努力する。［勝定年譜・翰林葫蘆集・武家年代記・東寺王代記・如是院年代記］
○九月末、崇寿院（相国寺）の塔主となる。［蔭凉軒日録］
△十一月二十八日、相国寺の仏殿および山門を立柱する。［翰林葫蘆集・武家年代記］

応永二年　乙亥　一三九五　六十歳
△二月二十四日、相国寺の仏殿および崇寿院の大房を立柱する。［勝定年譜・東寺王代記・如是院年代記］
○六月二十日、義満の剃髪の剃手となる。［蔭凉軒日録］
○義満に『十牛図』を説く。［仏智年譜・翰林葫蘆集］

応永三年　丙子　一三九六　六十一歳
○崇寿院の照堂および塔宇の再建に尽力する。［勝定年譜・蔭凉軒日録］

応永四年　丁丑　一三九七　六十二歳
○春、相国寺に再住する（崇寿院を兼務する）。二月十六日、崇寿院にて受請し、二月二十八日、入寺する。義満、同寺を十方院から度弟院にする。太白真玄、「再住相国寺諸山疏」を作製する。［勝定年譜・絶海録・峨眉鴉臭集・扶桑五山記・五山歴代・相国寺前住籍］
○鹿苑寺（金閣寺）の余材で杖を作る。［半江暇筆］
応永五年　戊寅　一三九八　六十三歳
○閏四月二十五日、門前塔頭の制度に関して円覚寺に書状を送る。［円覚寺文書］
○六月二十五日、鹿苑院の三重塔を慶賛する。［絶海録・翰林葫蘆集］
○八月、義満に代わって大内義弘に書簡をしたためる。［善隣国宝記］
○十二月八日、凍死した鳥を鹿苑寺の北林に埋める。［蕉堅藁］
応永六年　己卯　一三九九　六十四歳
○六月二十三日、足利義持に法衣を授ける。［臥雲日件録抜尤・足利家官位記］
○十月二十七日、和泉の堺に下向し、大内義弘を説得する。［応永記・鎌倉管領九代記・寺門事条々聞書］
応永八年　辛巳　一四〇一　六十六歳
○秋、相国寺に三住する（鹿苑院を兼務する）。七月十六日、鹿苑院にて受請し、八月十一日、入寺する。義満、相国寺を五山の第一位に陞せる。大周周奝、「三住相国同門疏」を作製する。［仏智年譜・絶海録・扶桑五山

記・五山歴代・相国寺前住籍〕

応永九年　壬午　一四〇二　六十七歳

○秋、相国寺で天倫道彝、一菴一如と再会する。〔蕉堅藁〕

応永十年　癸未　一四〇三　六十八歳

○足利義持に『信心銘』を講ず。〔勝定年譜〕

応永十二年　乙酉　一四〇五　七十歳

○四月五日、勝定院（相国寺）で示寂する。〔延宝録・高僧伝・峨眉鴉臭集・扶桑五山記・五山歴代・相国寺前住籍〕

第三章　絶海中津の作品研究

第一節　『蕉堅藁』の伝本について

第一項　諸本概観

はじめに

絶海中津（一三三六〜一四〇五）の詩文集である『蕉堅藁』、唯一の翻刻本として長らく利用されて来た、上村観光氏の『五山文学全集』所収本（明三九）の解題に、つぎのような記述がある。

蕉堅稿は相国寺第六世絶海中津禅師の遺稿なり。この稿。応永の末年。門人鄂隠慧奯（相国寺十九世）始めて之れを編次して上梓し。後ち寛文十年に至りて再版せり。今時世に伝ふる所の者。多くはこの後版なり。今爰に収むるに当り。古版並に寛文版の二本に拠りて校訂を加へたり。

これによると、『五山文学全集』所収本は、底本や校訂本を特に定めておらず、五山版と寛文十年（一六七〇）版とを相互に利用して、本文を校訂したという。玉村竹二氏[1]もご指摘の如く、おそらく当時の学問の風潮が反映しているのであろうが、同本の書誌学上および校勘技術上の処理の不徹底さを、このまま放置しておくわけにはいかないだろう。『蕉堅藁』の注釈書類の本文に目を向けてみても、各書によって校訂方法は区々である[2]。したがって、今となっては甚だ時期を逸した観もあるが、早急に『蕉堅藁』の伝本を整理して、諸本間の関係を明確にし、同書に適した本文校訂の方法を提示する必要があるのではないだろうか。抑も伝本（本文）研究とは、古典研究において真っ先に取り組まなければならない、言わば基礎的研究である。しかし、五山文学研究においては、決して盛んとは言えず、本節はその状況に一石を投じる狙いもある。まず、本項では『蕉堅藁』の伝本を概観したい。

『蕉堅藁』の諸本概観

『国書総目録』によると、『蕉堅藁』の伝本には、版本が三系統、写本が三本あり、『古典籍総合目録――国書総目録続編』によると、さらにもう一本、写本を付け加えることができる。以下にその概要を記す（番号は私に施した。以下同じ）。便宜的に『蕉堅藁』の作品番号は蔭木英雄氏『蕉堅藁全注』（清文堂、平一〇）、『絶海和尚語録』（以下、『絶海録』と略す）の作品番号は梶谷宗忍氏『絶海語録』一・二（思文閣出版、昭五一）による。なお、蔭木氏『蕉堅藁全注』（私家版）の巻末の「解題」にも、一部の伝本の書誌が記されている。

①室町初期版（五山版）　国立国会図書館蔵　WA6―79、詩文二〇八一　一冊

この版本に関しては、『国立国会図書館所蔵　貴重書解題』第一巻（昭四四）や、川瀬一馬氏『五山版の研究』上巻（日本古書籍商協会、昭四五）に解説がある。前者から抜粋する。

絶海中津著。室町時代刊。五山版。表側にのみ金茶色の当代の表紙を存し、題簽も同時代であるが、「蕉堅」のみ存して以下破損。体裁は別記「日本国絶海津禅師語録」に詳記。小口書「蕉堅」。大きさ二六×一八センチメートル。紙数序二・本文五六・跋二丁。通し丁付であるが、第三三丁表には、巻頭と同じく「蕉堅藁」と書名を刻し、「疏」から始まっている。巻次の標示はないが、二巻の体裁である。匡部左右双辺。郭内二〇・七×一四・一センチメートル。有界。一〇行二〇字（詩序は一〇行一七～

九字、詩跋は八行×一五～七字。朝倉注）。版心は「蕉（丁数）」（序・跋は「詩序（丁数）」、「詩跋（丁数）」、朝倉注）、上下魚尾、小黒口（序・跋は白口、朝倉注）。全巻朱点が施され、第四七・五〇・五六丁に書入がある（第一七・四五・五一丁にもある。朝倉注）。最終葉白紙の表に、永楽二年、源道義の朝鮮王国（「国王」の誤り。朝倉注）に奉る書を書写している。

印記、善慧軒（墨印）表紙・巻頭

鳳岡　首葉（下部が少し裁断されている）

首葉上部に印文未詳の白印一個あり。

著者中津（一三三六～一四〇五）は、字絶海、号蕉堅道人。三度相国寺に住す。五山詩僧中、義堂周信と並び称せられた。「蕉堅稾」は、中津の入明当時からの詩文を編録したもので、道衍の序に、詩禅一味を絶賞している。編者鄂隠慧奯は、相国寺十九世、天竜寺六十一世。中津の門人である。土肥鶚軒・三井文庫旧蔵本。（図版一六頁）

蔭木氏は、同じく国会図書館蔵の五山版『絶海録』の題簽が「蕉堅師語録　上」（三・二×一六・五）とあるので、おそらく「蕉堅師語録　下」とあった題簽の「師」字以下が破損したのであろう、と指摘されている。「善慧軒（院）」とは、現在も東福寺山内にある、彭叔守仙（東福寺第二百七世。弘治元年〔一五五五〕十月十二日に住す）が創建した塔頭である（『扶桑五山記』）。「鳳岡」に関しては、玉村氏『五山禅林宗派図』（思文閣出版、昭六〇）によると、鳳岡中翔（絶海中津――天錫成綸――鳳岡）と、鳳崗（岡）桂陽（癡兀大慧――嶺翁寂雲――大海寂弘――大愚性智――大疑宝信――了庵桂悟――鳳崗）を想定することができる。前者は絶海の法孫であるが、あの三条西実隆（一四五五～一五三七）の三男で、幼くして東福寺大慈庵の了庵桂悟の附弟となった(3)後者の方が、活躍した時期を勘案した上でも、該当する可能性が高いのではないだろうか。また、『日本古典籍書誌学辞典』（岩波書店、平一二）の「土肥鶚軒」の項（井坂清信氏執筆）には、「明治・大正・昭和期の医学者。東京帝国大学医科大学教授。名は慶蔵、鶚軒と号す。（中略）多分野にわたった旧蔵書は、没後三井文庫の蔵するところとなったが、戦後の同文庫解体に伴い、医学関係書は東京大学へ、漢詩文関係書は国会図書館へ、他はカリフォルニア大学バークレー校へ分散。蔵書印は『鶚軒文庫』等数種」という記述がある。なお、本書の詩序に「永樂元年／倉龍癸未十一月既望僧録司左善世道衍序／印 印 印」、詩跋に「大明永楽元年癸未臘月天竺　如蘭／印 印 印」とあることを付記しておく。

②寛文十年（一六七〇）版　梶谷宗忍氏訳注『蕉堅藁　年譜』三（相国寺、昭五〇）所収　影印

梶谷氏の解説によると、この版本は、寛文十年版『絶海録』の一部としか記されていないので（「凡例」）、表紙、外題、料紙、寸法等は不明である。内題（端作題）は「蕉堅藁」。また、本文第三三丁表には、端作題と同じく「蕉堅藁」とあり、疏から始まっている。詩序には「永樂元年／倉龍癸未十一月既望僧録司左善世道衍序／印 印 印」、詩跋には「大明永樂元年癸未臘月天竺　如蘭」（印なし）とあり、「寛文十年庚戌秋九月／銅駝坊書林平樂寺／村上勘兵衛刊行」という刊記がある。つまり、本書は寛文十年九月に、村上勘兵衛によって刊行されたものである。『日本古典籍書誌学辞典』には、「村上勘兵衛」に関して「京都の書肆で、日蓮宗学書を中心とする仏書を根幹とし、諸分野の書物を扱う。代々、勘兵衛と称し、平楽寺と号する。元和年間（一六一五―二四）に創業し、明治に村上氏が井上氏に店舗を譲り、平楽寺書店として現存する」（「村上勘兵衛」の項、和田恭幸氏執筆）という記述がある。蔵書印や書き入れは、特に見当たらない。本書の紙数は、詩序二丁、本文五六丁、詩跋二丁。詩序は一〇行一七～九字、本文は一〇行二〇字、詩跋は八行一五～七字。訓点あり。有界。匡郭は四周単辺。版心は、詩序は「詩序（丁数）」、上下魚尾、黒口、本文は「蕉（丁数）」、上下魚

尾、小黒口、詩跋は「詩跋（丁数）」、上下魚尾、黒口。

③刊年不明版　国立国会図書館蔵　詩文二〇八三　二冊

後代のものと覚しき紺色の帙あり（左肩に「蕉堅稾　附録共二冊」という題簽があり、右上と背に鶚軒文庫のラベルが貼ってある）。第一冊の外題は「蕉堅稾」、第二冊の外題は「蕉堅稾　付録」（ともに題簽は双辺）。二冊とも、表紙はやわらかい黄色。表紙右上に、鶚軒文庫のラベルが貼付されるとともに、「共二冊」と墨書きされている。また、右下には「念佛庵蔵書」という墨書きがある。大きさは、二六・〇×一七・五センチメートル。

第一冊について。内題（端作題）は「蕉堅稾」。見返し（あざやかな赤色）には「絶海國師著 釋　慧䶬編　西山招慶禪院蔵版（双辺）」（右）、「蕉堅稾」（中央）、「京都　文求書堂發兌」（左）とあり、左上に鶚軒文庫のラベルが貼られている。奥付の左上にも、同様のラベルが貼ってある。すなわち、本書の蔵版は西山招慶院で、版元（書肆）は京都の文求堂、明治時代初期に刊行されたものと思われる。「招慶院」とは、天龍寺山内にあった、絶海の創建した塔頭である（天龍寺金剛院住職、加藤正俊老師のご示教による）。詩序には「永樂元年／倉龍癸未十一月既望僧録司左善世道衍序／印 印 印」とある。蔵書印は、詩序第一丁表の右下に鶚軒文庫、本文第一丁表の右上に土肥慶戒の朱印が捺されている。本書は詩序二丁、本文三三丁から成る（ちょうど全詩が収められている）。詩序は一〇行一七～九字、本文は一〇行二〇字。訓点あり。有界。匡郭は四周単辺。版心は、詩序は「詩序（丁数）」、上下魚尾、小黒口、本文は「蕉（丁数）」、上下魚尾、小黒口。書き入れはない。

第二冊について。内題（端作題）は「蕉堅稾」。見返し右上に、鶚軒文庫のラベルが貼られている。詩跋には「大明永樂元年癸未臘月天竺　如蘭」（印なし）とあり、招慶院の蔵版印がある。奥付には、『評本絶句類選』『杜詩評鈔』『尊攘堂蔵版并書籍目録　文求堂発兌唐刻書目』など、文求書堂（京都市下京区寺町通四条北、田中治兵衛）の新刊広告を付載する。また、左上に鶚軒文庫のラベルが貼ってある。蔵書印は、本文第一丁（第三三丁）表の右上に土肥、右下に鶚軒文庫の朱印が捺されている。本書は本文二四丁、詩跋二丁から成る。ただし、本文第一丁の柱記には「蕉　三三」とあり、疏から始まっている。これは、本書が、あくまでも第一冊の付録であることを表わしていよう。本文は一〇行二〇字、詩跋は八行一五～七字。訓点あり。有界。匡郭は四周単辺。版心は、本文は「蕉（丁数）」、上下魚尾、小黒口、詩跋は「詩跋（丁数）」、上下魚尾、小黒口。書き入れはない。

④写本Ⅰ　国立国会図書館蔵（寛政十年（一七九八）書写）　詩文二〇八二　一冊

後代のものと覚しき紺色の帙あり（左肩に「蕉堅藁」という題簽があり、右上と背に鶚軒文庫のラベルが貼ってある）。やわらかい黄色の表紙に題簽はなく、左肩に直接、「蕉堅藁」と書き込まれている。また、表紙の右上には、鶚軒文庫のラベルが貼られている。見返し右上、奥付左下にも、同様のラベルが貼ってある。大きさは、二三・四×一五・四センチメートル。内題（端作題）は「蕉堅稾」。第三五丁表にも、端作題と同じく「蕉堅稾」とあり、疏から始まっている。詩序には「永樂元年倉《誤乎》龍癸未十一月既望僧《バフ》録司／左善世道衍序」（傍注や振り仮名は原本通り）とあり、奥付には「寛政十蒼龍戊午春正月書寫于燕都午門蔭涼山中／石陽散人釋謙為溪」（「壬」字の上から、朱筆で「戊」字に訂正している）という識語がある。つまり、本書は寛政十年正月に、石陽散人と号した釋謙為溪なる人物によって書写されたことが知られる。書写本文には所々、単なる写し間違いや、脱字、脱文などの誤写が目立つ。また、墨筆や朱筆による傍注（時に欄外に記されている）や訂正、朱引きなども多数、確認できる。なお、奥付には、「序文の永楽元年は明太祖時代にして大正二年より／五百十一年前也／又本著中／康暦二年は（北朝）後亀山天皇時代にして五百三十二年前也／嘉慶二年（北朝）同上時代にして五百二十八年前也」という朱色の万年筆によるメモ書きも残っており、大正時代の蔵書家の姿が偲ばれる。蔵書印は、特に見当たらない。本書の紙数は、詩序二丁、本文五六丁の計五八丁、詩跋は無い。詩序は一〇行一七字、本文は一〇行一八～二二字。訓点なし。有界。匡郭は四周単辺。版心は、上のみ魚尾があり、「涼山藏書」と記されている。

⑤写本Ⅱ　大阪天満宮御文庫蔵（嘉永二年（一八四九）書写）近四七―二　一冊

薄墨色の表紙の左肩に「蕉堅稾　全」という題簽（双辺）があり、右上と右下に整理ラベルが貼ってある。大きさは、二六・七×一九・〇センチメートル。内題（端作題）は「蕉堅稾」。また、第四七丁表には、端作題と同じく「蕉堅稾」とあり、疏から始まっている。詩序には「永樂／元年倉龍癸未十一月既／望僧録司左善世道衍序」、詩跋には「大明永樂元年癸未臘月天／竺　如蘭」とあり、「嘉永二年孟秋／書寫摂州岱嶽檗山／維那寮東窓下印／戊戌春首　南州外史閲過（朱筆）」という識語がある。すなわち、本書は嘉永二年の孟秋に、摂州岱嶽檗山（未詳）の維那寮の東窓下で書写され、明治三十一年（一八九八）の初春に、南州近藤元粋翁が同書を調査したことがわかる。書写本文は比較的、誤謬が少なく、誤写は、近藤南州が朱筆で訂正している。また、これも南州によるのだが、朱引きや読点（朱筆）や傍点も施されている。『大阪天満宮御文庫国書分類目録』（昭五二）によると、「近藤南州」とは、北区旅籠町に猶興書院を営んでいた漢学者で、翁の蛍雪軒蔵書二万余巻は、大正十一年（一九二二）、翁の没後に門人らから天満宮に寄進され、猶興書院文庫として書庫一棟に納められたという。天満宮御文庫は、天保八年（一八三七）二月の大塩平八郎の乱で烏有に帰し、一時的に荒廃していたのだが、この献本で再建の目処がついた。印記は、第一丁表右下に「猶興書院圖書」「蛍雪軒珍蔵」（ともに朱印）とある。なお、第一丁表右上には、「振衣千仭岡濯足萬里流」（典拠は左思）という朱印が捺されているが、詳細不明。本書は詩序五丁、本文六三丁、詩跋三丁から成る。特に第三六丁表から第四六丁裏にかけて、『絶海録』所収の真讃および自讃全作品（作品番号は一二二～一六七）が挿入されていることが注目される。詩序は五行八～一五字、本文は一〇～一一行二〇字、詩跋は五行一一～一四字。訓点あり。

⑥写本Ⅲ　国立公文書館内閣文庫蔵（書写年不明）　和一五三七六　一冊

薄墨色の表紙に題簽はなく、左肩に直接、「蕉堅稾　全」と書き込まれている。また、表紙の右上には、昌平坂学問所の黒印が捺されており、中央には、内閣文庫のラベルが二枚、右下には、昌平坂学問所のラベル二枚の上に、内閣文庫のラベルが貼ってある。大きさは、二六・三×一七・七センチメートル。内題（端作題）は「蕉堅稾」。第三五丁表にも、端作題と同じく「蕉堅稾」とあり、疏から始まっている。詩序には「永樂元年倉竜癸未十一／月既望僧録司左善世道衍序」、詩跋には「大明永樂元年癸未臘月天竺　如蘭」とある。書写本文は比較的、誤謬が少なく、詩序と詩跋には、朱引きや読点（朱筆）が施されている。印記は、第一丁表の右上に「林氏藏書」「日本政府圖書」、右下に「淺草文庫」、第五九丁裏の左上に「昌平坂學問所」、左下に「内閣文庫」とある。本書の紙数は、詩序二丁、本文五六丁、詩跋一丁。詩序、本文、詩跋、ともに一〇行二〇字。訓点なし。

⑦写本Ⅳ　彰考館蔵（書写年不明）　辰五―〇六三九六　一冊

薄墨色の表紙の左肩に「蕉堅稾　全」という題簽（双辺）があり、右上に「辰五」という整理ラベルが貼付されている。大きさは、二八・五×二〇・五センチメートル。内題（端作題）は「蕉堅稾」。第三三丁表にも、端作題と同じく、「蕉堅藁」とあり、疏から始まっている。詩跋には「大明永樂元年癸未臘月天竺　如蘭」とある。書写本文は比較的、誤謬が多く、他の伝本と、詩文の配列が異なっているところもある（七十九番詩が、六十八番詩と六十九番詩の間に位置している）(4)。第三六丁表までは、朱引きや読点（朱筆）が施されており、第二三丁裏には書き入れがある。印記は、第一丁表右下に、瓢箪形の中に「彰考館」とある朱印がある。本書は、本文五五丁と詩跋一丁の計五六丁から成り、詩序は無い。本文、詩跋、ともに一〇行二〇字。訓点なし。

おわりに

以上、『蕉堅藁』の諸本を概観した。三系統の版本（①・②・③）は、国会図書館や梶谷氏の注釈書以外でも閲覧可能である。『蕉堅藁』の伝本は、いずれも二巻の体裁で、一巻には五言律詩、七言律詩、五言絶句、七言絶句、二巻には疏、序、書、説・銘、祭文が収められている。⑤の写本は、二巻の直前、すなわち七言絶句部と疏部の間に、『絶海録』に収められている真讃や自讃が挿入されている。また、本文は、基本的に一〇行二〇字である。詩文の取捨による異同も無く、配列順序も殆ど同じなので、『蕉堅藁』の伝本は同一系統と言えよう。

注

（1）玉村竹二氏「上村観光居士の五山文学研究上の地位及びその略歴」（『日本禅宗史論集』上所収、思文閣出版、昭五一）。
（2）『蕉堅藁』の注釈書類として、以下の五本を挙げることができる（記号は私に施した）。
（ア）梶谷宗忍氏訳注『絶海語録』一・二（思文閣出版、昭五一）、『蕉堅藁　年譜』三（相国寺、昭五〇）
（イ）寺田透氏『義堂周信・絶海中津』（日本詩人選24、筑摩書房、昭五二）
（ウ）玉村竹二氏『日本の禅語録』第八巻（五山詩僧、講談社、昭五三）

（エ）入矢義高氏校注『五山文学集』（新日本古典文学大系48、岩波書店、平二）

（オ）蔭木英雄氏『蕉堅藁全注』（清文堂、平一〇。私家版『蕉堅藁全注』（昭五二）を増補改訂）

（ア）は、絶海の全作品を網羅している。『蕉堅藁』の本文は②。（イ）は、義堂編と絶海編から成っている。絶海編には、著者が『蕉堅藁』から秀作と思われるものが選ばれている。本文の引用は『五山文学全集』第二巻。（ウ）は、義堂周信・絶海中津・中巌円月・虎関師錬・雪村友梅の作品を抜粋抄録している。『蕉堅藁』の底本は②、①で校合している。（エ）は、絶海は全詩作品を収め、その他――義堂周信・虎関師錬・雪村友梅・寂室元光・別源円旨・中巌円月・愚中周及・古剣妙快――は抄録にしている。『蕉堅藁』の底本は①。（オ）は、『蕉堅藁』所収の全作品を対象としている。本文は①を底本とし、④と⑥で校訂している。

（3）朝倉尚氏『就山永崇・宗山等貴――禅林の貴族化の様相――』（清文堂、平二）の「附篇　菊源等寿・鳳岡桂陽――三条西実隆と子息の禅僧」に詳しい。

（4）六十八番詩は七言律詩部の巻末の詩、六十九番詩は五言絶句部の巻頭の詩、七十九番詩は五言絶句部の巻末の詩である。

第二項　諸本間の関係

はじめに

本項では、前項における結果を踏まえて、『蕉堅藁』の諸本間における関係を明らかにし、同書に適した本文校訂の方法を提示してみたい。なお、前項と同様、便宜的に『蕉堅藁』の作品番号は蔭木英雄氏『蕉堅藁全注』（清文堂、平一〇）、『絶海和尚語録』（以下、『絶海録』と略す）の作品番号は梶谷宗忍氏『絶海語録』一・二（思文閣出版、昭五一）による。

一　『蕉堅藁』の諸本概観

『蕉堅藁』の諸本間の関係について考察する前に、いま一度、その伝本を確認しておきたい。『蕉堅藁』には、版本が三系統、写本が四本ある（番号は私に施した。以下同じ）。もちろん三系統の版本（①・②・③）は、国会図書館や梶谷宗忍氏の注釈書以外でも、閲覧可能である。

【版本】

①室町初期版（五山版）　国立国会図書館蔵　ＷＡ６―79、詩文二〇八一　一冊　＊訓点ナシ
②寛文十年（一六七〇）版　梶谷宗忍氏訳注『蕉堅藁　年譜』三（相国寺、昭五〇）所収　影印　＊訓点アリ
③刊年不明版　国立国会図書館蔵　詩文二〇八三　二冊　＊訓点アリ

【写本】

④写本Ⅰ　国立国会図書館蔵（寛政十年〔一七九八〕書写）詩文二〇八二　一冊　＊跋文ナシ　訓点ナシ
頭注・傍注アリ

⑤写本Ⅱ　大阪天満宮御文庫蔵（嘉永二年〔一八四九〕書写）近四七―二　一冊　＊『絶海録』所収の真讃
および自讃全作品（作品番号は一二一〜一六七）を含む　訓点アリ

⑥写本Ⅲ　国立公文書館内閣文庫蔵（書写年不明）和一五三七六　一冊　＊訓点ナシ

⑦写本Ⅳ　彰考館蔵（書写年不明）辰五―〇六三九六　一冊　＊訓点ナシ

前項で述べたように、『蕉堅藁』の伝本は、いずれも二巻の体裁で、一巻には五言律詩、七言律詩、五言絶句、七言絶句、二巻には疏、序、書、説・銘、祭文が収められている。本文は、基本的に一〇行二〇字。詩文の取捨による異同も無く、配列順序も殆ど同じなので、『蕉堅藁』の伝本は同一系統と考えられる。

二　『蕉堅藁』の版本

まずは三系統の版本（①・②・③）から見て行く。『蕉堅藁』の諸本の中で最も古い伝本は、言うまでも無く①の五山版である。ただし、九十三番詩の四句目「黄昏和月看横斜」に、「黄昏一作夢魂」という注記があることは注目され、例えば、五山版以前に草稿段階の写本が存したことが想像される。②の寛文十年版は、①五山版と比較すると、詩序と本文に限っては、行数や文字数、行換えや欠字部分（六十番詩第四首目の二句目「休居幸免■時疑」、八十番詩Bの序文「（上略）■■壬午秋余使日本国一見萬年山中沐以舊遊為懐数相詢慰。（下略）」。■は欠字部分を示す）に至るまで全く同じである。例えば、両書の本文第二三丁表、七言絶句の巻頭部分は、以下の通りである。

□七言絶句
□□應
制賦三山
□熊野峰前徐福祠満山薬草雨餘肥只今海上波
□濤穏萬里好風須早帰
御製賜和　大明太祖高皇帝
熊野峯高血食祠松根琥珀也應肥當年徐福求僊
薬直到如今更不帰
□鹿苑絶海和尚嚢遊中華卓錫于龍河時當□□
大明洪武九年之春也
（□は一字分の空欄を示す）

ただし、②寛文十年版には、訓点が付されている。このことに関しては、川瀬一馬氏の『五山版の研究』上巻（日本古書籍商協会、昭四五）に、つぎのような記述がある。

また室町時代は南北朝よりも開版が盛んではないが、室町時代の傾向として注意すべきは、五味禅・臨済録・碧巌集・聚分韻略等、特定の禅籍類が各地で頻繁に印行せられる様になったことである。これは一には種々な禅録が五山版の印行で行き亙ったといふこともあるかもしれないが、――（事実、それらを師弟相伝して大切に譲り伝へてゐる。すべての禅籍に悉く訓点注解等の書入が詳密であって、十分に読解せられ、読みこなされてゐた跡は、現存遺品が何よりよくこれを示し、それだけ禅の理念は全体として行き亙り、よく消化されて来たことを、物語ってゐる。それがそっくり次の江戸初期に附訓刻本として出版されたのである。）——実は室町時代に於ける禅僧の修行法が前代とは変化をしてゐる事実を示すものとも考へられるのである。（一二三頁）

要するに②寛文十年版は、①五山版をもとにして、それに訓点を施して刊行したものと思われる。同時代のみならず、室町時代初期から江戸時代にかけての、『蕉堅藁』読解の集大成と見ることができよう。ただし、厳密に見ると、両書に異同が無いわけではない。以下に列挙する。なお、傍線部は異同箇所を示す。また、記号は私に施した。以下同じ。

（a）二十三番詩第一首目

①（上略）百年江左風流盡　山海空環舊版圖　「銭唐懐古次韻」

②（上略）百年江左風流尽《ク》　小海空《ク》環《ル》舊版圖　「銭唐《ノ》懐古次レ韻」

（b）三十四番詩第九首目

①（上略）巻中欣對古人面　架上新添異譯経（下略）　「山居十五首次禅月韻」

②（上略）巻中欣對《ス》古人《ノ》而　架上新《ニ》添《フ》異譯《ノ》経（下略）　「山居十五首次二禅月《ノ》韻《ヲ》一」

（c）三十六番詩

①（上略）柴門久掩藤遮壁　溪路重開雪満松（下略）　「送趙魯山々人自銭唐帰越中舊隠」

②（上略）柴門久掩《テ》藤遮《リ》レ壁《ニ》　渓路重開《テ》雲満レ松《ニ》（下略）　「送《ル》三趙魯山々人自《カ》レ銭唐帰《ルヲ》二越中《ノ》舊隠《ニ》一」

（d）八十三番詩

①永青山裏古禅林　満目蕭條枳棘深（下略）　「永青山癈寺」

②氷青山裏古禅林　満目蕭條《トシテ》　枳棘深（下略）　「氷青山廢寺」

（e）九十三番詩
①「題畫梅二首」
②「題二畫梅《ニ》一一首」
（f）九十五番詩
①「永徳壬戌春　拜觀松間居士枕流亭之諸作　追和前韻贅于楮尾云」
②「氷徳壬戌春《ノ》　拜二觀《ス》松間居士枕流亭《ノ》之諸作《ヲ》一　追二和《シテ》　前韻《ヲ》贅《スト》二于楮尾一云」
（g）百二十三番詩
①危坐寥々月下堂　此身如在白雲郷（下略）　「和需童韻」
②危坐寥々《タリ》　月下堂《ノ》　一身如レ在二白雲《ノ》郷《ニ》一（下略）　「和二需童韻一」
（h）百四十二番序
①凡士之業成位登而顯揚親族光耀閭里者昔人比之衣錦之榮焉（下略）　「槃全牛送和山上人帰關西詩序」
②凡《ソ》士《ノ》之業成位登《テ》而顯二揚《シ》親族《ヲ》一光二耀《スル》　間里《ニ》一者《ノ》昔人比《ス》二之《ヲ》衣《リ》レ錦《ヲ》之榮《ニ》一焉（下略）　「槃全牛送三和山上人帰二關西《ニ》一詩《ノ》序」
（i）百四十八番書
①某但淂拱手就列于百十人之下已（下略）　「答報恩義堂和尚書」
②某但淂《ンノミ》三　拱《シテ》レ手《ヲ》就《コトヲ》二　列《ニ》千百十人《ノ》之下一已（下略）　「答二報恩義堂和尚《ニ》一書」
（j）百五十四番書
①參學之暇登山臨水陶冶乎雲鳥之趣以極旬月之歡焉（下略）　「答常光古劍和尚書」

②參學ノ之暇登リレ山ニ臨テレ水ニ陶ニ冶シ乎雲鳥之趣ヲ一以極ニ宜月ノ之歡ヲ一焉（下略）　　「答ニ常光古劍和尚ニ一書」

（k）詩跋

①今観蕉堅集廼知絶海淂益於全室為多（下略）

②今観ニ蕉堅藁一廼知絶海淂ルコトヲ二益於全室ニ一為ルコトヲレ多（下略）

大部分は、②の彫師（刻工）の彫り誤りかと思われる。「古人の而」（b）、「畫梅に題す　一首」（e）、「氷德」（f）は明らかな誤りである。また、（h）の「間里」や、（j）の「宜月」も語としての落ち着きが悪く、「閭里」や「旬月」の誤りだろう。（d）に関しては、『扶桑五山記』一・「大宋国諸寺位次」によると、絶海が中国留学時、季潭宗泐（全室和尚、一三一八～九一）について仏道修行に励んだ中天竺寺の名勝の一つに「永青山」とあるので、②の「氷青山」は誤謬。ただし、（k）の「蕉堅集」①が「蕉堅藁」②になっているのだけは、前もって意図的に訂正されていたのではないか、と思う。②寛文十年版の詩跋は、詩序や本文とは違って、①五山版と行換えが異なっていたり、字体の異同もまた少なくない。如蘭の印も無い。

さて、③の刊年不明版は、②寛文十年版と内容が同一である。すなわち、②寛文十年版を覆刻したものである。当該版本の蔵版は西山招慶院、版元（書肆）は京都の文求堂であるが、稿者の管見の範囲では、版元が松月堂（刈谷市中央図書館村上文庫蔵）や聖華房（東洋大学蔵）や貝葉書院（架蔵本A）のものも存する。ここで『絶海録』の諸本に着目する。『絶海録』の版本の中には、「文化十二季乙亥臘月八日」という識語と、招慶院の蔵版印を有するものがあり、それと、招慶院の蔵版印を持つ『蕉堅藁』を、「絶海録　上（下）」という外題のもとに合集した版本を、稿者は所蔵している（架蔵本B）。想像を逞しくすると、③刊年不明版は、文化十二年（一八一五）刊の明治初年印本ではないだろうか。少しく話が横道に逸れるが、「招慶院」は、明治初年に神戸の日蓮宗の寺院に売却され、その時に一旦、『蕉堅藁』の版木も神戸に移動したという。そして明治の末頃、慈済院出身の高木龍淵管長が、日蓮宗寺院の中で絶海の木像が粗末に扱われているのを見て、それを慈済院に引き取り、同時に版木も戻ってきたようである（天龍寺金剛院住職、加藤正俊老師のご示教による）。実際、現在も天龍寺山内の慈済院には、『蕉堅藁』の版木が所蔵されており、それはまさしく、村上文庫蔵本や東洋大学蔵本や架蔵本Aを印刷した版木そのものである[1]。版木には、『蕉堅藁』とともに『絶海録』の題簽も彫られており[2]（現在、同塔頭に『絶海録』の版木は残っていないという）、③の刊年不明版は、『絶海録』とともに文化十二年に刊行されたのではないか、という稿者の推測も、あながち的外れではないかも知れない。

三　『蕉堅藁』の写本

つぎは四本の写本（④・⑤・⑥・⑦）を見てみる。④の国会図書館蔵本と⑤の大阪天満宮蔵本は、ともに江戸時代に書写されたものである。したがって、書写状況（時期や祖本の流通等）を考えてみても、また、実際に行数や字数、行換えなどを見てみても、両者が江戸の版本（②か③）に依拠したことは、容易に想像されるだろう。試みに、先に掲げた①五山版と②寛文十年版の異同箇所に関して、⑥の内閣文庫蔵本、⑦の彰考館蔵本も加えた四本の写本がどのように書写しているか、を確認してみたい（次頁の表参照）。

④国会図書館蔵本と⑤大阪天満宮蔵本は、殆ど同じ様相を呈している。（b）（e）（h）に関しては、両書の書写者が、①五山版を参考にするまでもなく、彼らの判断で江戸の版本（②か③）の本文に訂正を加えたのだろう。⑤の書写者が、（d）の一方を「氷」字にしたのは単なる誤写（近藤南州が「氷」字に訂正している）、（f）を「永」字にしたのは自身の判断によるだろう。逆に「氷徳」を「永徳」と言う年号の誤まりと気付かない、④の書写者の不注意が気に掛かる。江戸の版本の（b）（d）（e）（f）（h）は、いずれも明らかな誤りであり、また、それ以

	④国会図書館蔵	⑤大阪天満宮蔵	⑥内閣文庫蔵	⑦彰考館蔵
（a）	小（②）	小（②）	山（①）	山（①）
（b）	面（①）	面（①）	面（①）	面（①）
（c）	雲（②）	雲（②）	雪（①）	雪（①）
（d）	氷（②）／氷（②）	氷（②）／永（①）＊	永（①）／永（①）	永（①）／永（①）
（e）	二（①）	二（①）	二（①）	二（①）
（f）	氷（②）	永（①）	永（①）	永（①）
（g）	一（②）	一（②）	一（②）	此（①）
（h）	閶（①）	閶（①）	閶（①）	閶（①）
（i）	千（②）	千（②）	于（①）	于（①）
（j）	宜（②）	宜（②）	旬（①）	旬（①）
（k）	ナシ	藁（②）	集（①）	集（①）

【注】＊　近藤南州が朱筆で、「永」字を「氷」字に訂正している。

外の明らかな誤謬箇所（j）の存在に気付いていないことからも、両写本が、①五山版を参照していないことは明らかである。なお、⑤大阪天満宮蔵本には訓点が付されているが、さすがに訓点に至るまで、全面的に江戸の版本に依存しているわけではなく、書写に際して、版本に付されていない箇所にも、訓点が施されていたりする。

④と⑤に比べて、異なった様相を呈しているのが、⑥内閣文庫蔵本と⑦彰考館蔵本である。これは、明らかに①五山版に依拠しているだろう。訓点も付されていないし、本文の行数、字数、行換えなどは、殆ど同じである。⑥の（g）に関しては、書写者が文字を見誤ったのではないだろうか。実際に①五山版の「此」字は、刷り具合によっては、「一」字に見えなくもなく、現に②寛文十年版の彫師は彫り誤っている。

四　『蕉堅藁』の本文校訂の方法

以上、『蕉堅藁』の諸本間の関係を明らかにして来たが、今度はそれらを踏まえて、『蕉堅藁』の本文校訂の方法を提示してみたい。①五山版に訓点を施して刊行したのが、②寛文十年版である。また、①五山版を書写したのが⑥内閣文庫蔵本であり、⑦彰考館蔵本である。③刊年不明版は、②寛文十年版を覆刻したもの、両書のいずれかを書写したのが④国会図書館蔵本であり、⑤大阪天満宮蔵本である。こうして見ると、現在のところ、『蕉堅藁』の諸本は同一系統で、すべて①の五山版から派生している（**【諸本関係図】**参照）。換言すると、『蕉堅藁』の分量が少ない上に、作品が成立した当初から①五山版が流布していたからこそ、『蕉堅藁』の諸本は同一系統になったのであろう。よって、底本は①五山版にするべきである。そして、たとえ他本との間に文字の異同があったとしても、

【諸本関係図】

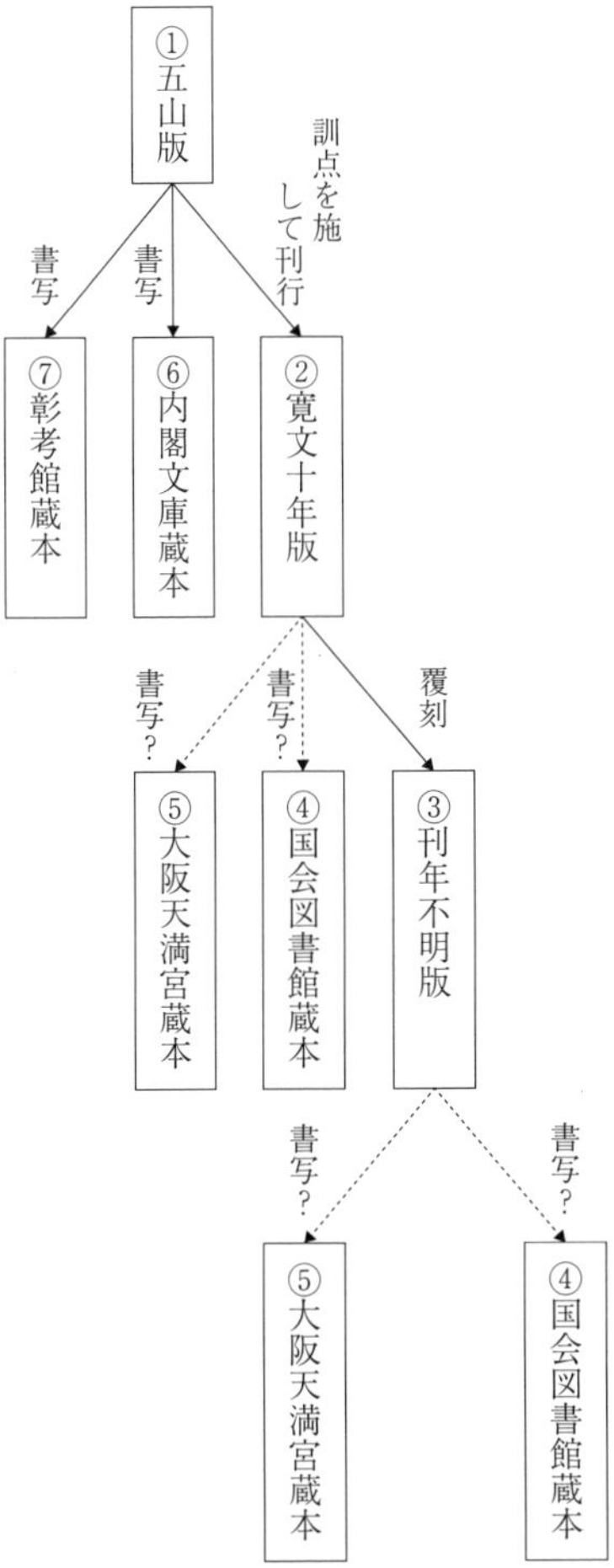

それらはすべて、彫師の彫り誤りや、書写者の誤写に起因すると考えられるので、他本で校合する必要はない。

最近、漢文訓読の、いわゆる伝統的な訓みを改める向きがある。例えば、入矢義高氏他による岩波文庫『碧巌録』上・中・下（平四～八）においては、解題に「本書は、朝比奈宗源氏の旧文庫版（昭一二、朝倉注）が伝統訓みに従っていたのに対し、唐・宋の口語の語意に即して内容を語学的に正確に明らかにしようとつとめたものである」とあるが、これは、要は当時の人が実際に読んでいた訓み方（誤読も含む）を、原文の解釈に即した訓み方に改めんとしたこと、さらに言えば、『碧巌録』をわが国の禅僧の教科書としてではなく、純粋な中国の思想書、文学書として読まんとしたことを言っているのだろう。一方、明らかな誤りは訂正しなければならないが、「特に禅門においては古来独特な訓み方・言い回しが伝えられ、それが現代における禅門行持の法語・法戦式等々において現行しているのが実状(3)」なので、宗門の慣例的な訓みを、無闇に変更すべきではないという意見もある。結局、わたくしは、この訓読改訂問題は、読者が作品を読む立場によるのではないか、と思われる。宗門、国文学、国語学関係者は伝統的な訓みを尊重するだろうし、中国文学関係者はそれを改訂しようとするだろう。

翻って『蕉堅藁』の訓読であるが、今のところ、基本的には江戸の版本（②か③）に従うのが妥当ではないか、とわたくしは考えている。と、いうのも、先に述べたように、江戸の版本に見られる訓点は、同時代のみならず、室町時代初期から江戸時代にかけての、『蕉堅藁』読解の集大成と見ることができるからである。

おわりに

本項では、『蕉堅藁』の諸本間の関係や、本文校訂の方法を考察した。稿者は、斯くの如き伝本（本文）研究の成果が、絶海研究や五山文学研究に様々な効果を齎すであろうことを信じている。最後に、その一端を紹介して擱筆したい。

『蕉堅藁』の注釈書類は、以下の五本を挙げることができる。記号は私に施した。

（ア）梶谷宗忍氏訳注『絶海語録』一・二（思文閣出版、昭五一）、『蕉堅藁　年譜』三（相国寺、昭五〇）
（イ）寺田透氏『義堂周信・絶海中津』（日本詩人選24、筑摩書房、昭五二）
（ウ）玉村竹二氏『日本の禅語録』第八巻（五山詩僧、講談社、昭五三）
（エ）入矢義高氏校注『五山文学集』（新日本古典文学大系48、岩波書店、平二）
（オ）蔭木英雄氏『蕉堅藁全注』（清文堂、平一〇。私家版『蕉堅藁全注』〈昭五二〉を増補改訂）

【注】（ア）は、絶海の全作品を網羅している。『蕉堅藁』の本文は②。（イ）は、義堂編と絶海編から成っている。絶海編には、著者が『蕉堅藁』から秀作と思われるものが選ばれている。本文の引用は『五山文学全集』第二巻（底本や校訂本を特に定めず、①と②を恣意的に利用して、本文を校訂している）。（ウ）は、義堂周信・絶海中津・中巌円月・虎関師錬・雪村友梅の作品を抜粋抄録している。『蕉堅藁』の底本は②、①で校合している。（エ）は、絶海については全詩作品を収め、その他――義堂周信・虎関師錬・雪村友梅・寂室元光・別源円旨・中巌円月・愚中周及・古剣妙快――については抄録にしている。『蕉堅藁』の底本は①。（オ）は、『蕉堅藁』所収の全作品を対象としている。本文は①を底本とし、④と⑥で校訂している。

ここで、三度、①五山版と②寛文十年版の異同箇所に目を向ける。まずは（a）に関して。（ア）（エ）（オ）では、いずれも「小海」となっており（イ・ウには、当該詩が収録されていない）、「山海」としているものは無い。②寛文十年版を本文とする（ア）は兎も角として、（エ）には「小さな湖がかつての都の領域をただ空しく囲んでいるだけ」、（オ）には「江蘇省南通県辺りの海。銭唐江が海に流入する所。底本は〝山海〟とする」という注が付されてはいるものの、①五山版を底本とされる入矢氏や蔭木氏が「小海」と訂正された理由は不明である。稿者は、

「百年、江左、風流盡く。山海、空しく環る、舊版圖」と訓み、わずか百年もの間に、江東の名残は尽き果ててしまい、山と海が、空しくかつての南宋の領地を取り囲んでいる、と解釈する。つぎに（c）に注目する。（ア）（イ）（エ）では「雲、松に満つ」、（オ）では「雪、松に満つ」となっている（ウには、当該詩が未収録）。たしかに、寺田透氏の『重開』は、谷間の道を行くと、行きどまりかと思はれた谷が次々とひらけ、崖の上を仰いでみると松が雲間からのぞくという景色の表現だらう」の如き解釈は、空間的な広がりがあり、非常にダイナミックである。が、ここでは、勿論、①五山版の「雪」字を採るべきであり、趙魯山人が銭唐（浙江省の杭州市地方）から越中（浙江省の古名）の旧隠に帰った季節が冬であることが知られる。（g）に関しては、（ア）（イ）（エ）では「一身」、（オ）では「此身」となっている（ウには、当該詩が未収録）。この身（我が身）は、あたかも白雲が棚引く郷に有るかのようだ、と解釈的には、どちらを採ってもあまり変わらないように思われるが、当然、①五山版の「此」字を採るべきである。

ところで、如上の三箇所を見てきて、稿者は、（エ）の本文校訂の態度に、少しく疑問を持った。底本は①五山版としながらも、三箇所とも異同があり、その旨を注記していない。「凡例」には、

底本は「蕉堅藁」「永源寂室和尚語」には五山版を、「東海一漚集」には東京大学史料編纂所蔵の古写本を用い、その他には五山文学全集版を用いた。誤植等は訂正したが、特にことわることはしなかった。

とあるが、稿者は、『蕉堅藁』の本文も『五山文学全集』第二巻を利用したのではないか、という疑念を抱かざるを得ない。

最後に（i）に注目する。これは、絶海が康暦元年（一三七九）の夏頃、近江にて、鎌倉の報恩寺（鎌倉市西御門）の義堂周信（一三二五〜八八）にしたためた書簡の中からの一節である（本章第二節第五項参照）。当時、夢窓派は、臨川寺をめぐって揉めており、絶海は、「五山」に昇位した同寺が「十刹」に復位することを支持する立場に

いた。彼が近江に隠遁したのも、それに起因している。書中において絶海は、さきに臨川寺の訴えについては、多くの意見が乱れ飛んでおりましたが、わたしは、両手を拱いて、皆様方の後に付いていくだけです。毛筋ほどの主張も致しません、と義堂に述べている。ここで注目されるのが、絶海が後に付いていくと明言した、臨川寺十刹復位の告訴状に署名した禅僧の人数である。（ア）（イ）は「千百十人」、（オ）は「百十人」としているが（ウ・エには、この書簡が収録されていない）、やはり①五山版の「百十人」を採るべきである。さすがに前者では多過ぎるであろう。なお、義堂の『空華日用工夫略集』[5]には、つぎのような記事が見受けられる。

○晦日、円覚使者回レ自二京城一、余得二等持元章及諦観中書一、々曰、去十四日、大光明古剣首下唱、恢二復臨川一為中十刹旧制上、清渓執筆、作レ状告レ官、因山林弁道者、応二古剣唱一而出、署二花字於状末一者無数、已達二官府一、未レ有二報者一、且請関東門徒、急々連署同心、請レ復二旧制一云々、

（永和四年五月晦日条）

○十一日、中勛維那、伝二門徒書一、来レ自二京師一、其書謂、清渓・大法・古剣・元章・謙叟・物先・月庭・笑山・絶海・観中・天錫凡十又一人、皆為二臨川復事未一レ成也、挙欲下余作二告状一上二相府一、以済二其事一為上レ援云々、余引二勛維那一、炉辺細話、問二臨川連署之起一、乃知古剣自製二告文一、清渓執筆、門徒連署者無数、三会院主亦預焉、

（同年九月十一日条）

（下略）

【注】「元章」とは元章周郁、「諦観中」とは観中中諦、「古剣」とは古剣妙快、「清渓」とは清渓通徹、「大法」とは大法大闡、「謙叟」とは謙叟周襲、「物先」とは物先周格、「月庭」とは月庭周朗、「笑山」とは笑山周忩、「天錫」とは天錫周寿、「三会院主」とは徳叟周佐。「中勛維那」は月舟周勛か。

これによると、この告訴状は、永和四年（一三七八）五月十四日に古剣妙快が作製し、清渓通徹が執筆して、三会院主の徳叟周佐を含む、数多くの夢窓派の禅僧が名前を連ねたことが知られる。そして、記事の中には「花字を状末に署する者、無数」「門徒の連署、無数にして」と記されているが、訴状の趣旨に賛同して署名した禅僧の人

数は、実際のところ百十名前後だったのである。

注

（1）稿者は加藤正俊老師のご厚意のもと、平成十三年二月三日に同版木を調査する機会を得た。版木は桜材で、寸法は縦二一・二～三×横七五・五～七六・四×厚さ一・五センチメートル。版本の二丁を一面として、両面を用いているので（四丁がけ）、詩序二丁、本文五六丁、詩跋二丁に題簽分も含めて、合計一六枚である。保存状況は良好。本文第六丁に割れ目、第四五丁および第五二丁の匡郭に傷があるが、いずれの痕跡も、国会図書館蔵本（③）、村上文庫蔵本、東洋大学蔵本、架蔵本Aで確認することができる。埋め木（入れ木）は、特に見当たらなかった。

（2）『絶海録』の題簽は、二枚分彫られており、当初は「絶海録　上」「絶海録　下」であったと思われる。現在は「上」字、「下」字部分が削り取られている。『蕉堅藁』に関しては、とくに何も気付かなかった。

（3）大谷哲夫氏『訓註　永平広録』上巻（大蔵出版、平八）の《凡例》・〔三〕「訓読」について。

（4）拙稿「絶海中津『蕉堅藁』の作品配列について（五）―書簡の場合―」（『古代中世国文学』第十九号、平一五・六）参照。→第三章第二節第四項

（5）引用は辻善之助氏『空華日用工夫略集』（太洋社、昭一四）による。返り点は蔭木英雄氏『訓注　空華日用工夫略集』（思文閣出版、昭五七）を参考にして、私に施した。

第二節　『蕉堅藁』の作品配列について

第一項　『蕉堅藁』の作品配列を考察するに当たって

○緒　言

五山の作者、その名今に徴すべきもの、百人に下らず。しかして絶海、義堂、その選なり。次は則ち太白、仲芳、惟忠、謙岩、惟肖、鄰（鄂）隠、西胤、玉畹、瑞岩、瑞渓、九鼎、九淵、東沼、南江、心田、村庵の徒、枚挙に堪へず。

絶海、義堂、世多く並称し、以て敵手と為す。余嘗て『蕉堅藁』を読み、又『空華集』を読む。二禅の壁塁を審《つまびら》かにす。学殖を論ずれば、則ち義堂、絶海に勝るに似たり。詩才の如きは、則ち義堂、絶海の敵に非ず。絶海の詩、ただ古昔中世敵手無きのみに非ず。近時の諸名家と雖も、恐らくは甲《よろひ》を棄てて宵に遁れん。（下略）

現在、我々が絶海中津（一三三六～一四〇五）と義堂周信（一三二五～八八）の漢詩文を以って「五山文学の双璧」と称するのは、結局、ここに挙げた江村北海（一七一三～八八）の『日本詩史』[1]における評言によると思われる。また、絶海の『蕉堅藁』や義堂の『空華集』の作品評価も、いまだに江戸時代の評価からあまり出ていないと言っても過言ではない。しかし、近年、蔭木英雄氏によって前掲二書の注釈が相次いで刊行され[2]、両書が正当に評価される日もそれ程遠くはないように思われる。

さて、わたくしは、絶海の伝記も追究してきたが（第二章参照）、彼の漢詩文を正確に解釈するためには、その作品の詠作状況（時期・場所等）もまた、明らかにされなくてはならないだろう。つまり、『蕉堅藁』の作品配列の様相を明らかにしなくてはならないのではないだろうか。『蕉堅藁』全体の構成は、以下の通りである。

・蕉堅藁序（道衍）
・五言律詩（一～二二）
・七言律詩（二三～六八）
・五言絶句（六九～七九）
・七言絶句（八〇～一二八）
・疏（一二九～一四一）
・序（一四二～一四五）
・書（一四六～一五四）
・説・銘（一五五～一六三）
・祭文（一六四～一六六）
・書蕉堅藁後（如蘭）

なお、本節における『蕉堅藁』の引用は五山版、作品番号は蔭木氏『蕉堅藁全注』による。返り点は、江戸の版本（寛文十年版か刊年不明版）等を参考にして、私に施した。句読点も私に施した。また、人物考証に関しては、玉村竹二氏の『五山禅僧伝記集成』（講談社、昭五八）や『五山禅林宗派図』（思文閣出版、昭六〇）を参考にした。

○　絶海中津の生涯

各作品の検討に入る前に、絶海の生涯のあらましについて確認しておく。利用した主な史料は、『仏智広照浄印翊聖国師年譜』（以下、『仏智年譜』と略す）、『勝定国師年譜』（以下、『勝定年譜』と略す）、『蕉堅藁』、『空華日用工夫略集』（以下、『日工集』と略す）である。

○誕生――建武三年（一三三六）十一月十三日　（一歳）
○京都修行期――貞和四年（一三四八）～貞治三年（一三六四）（十三歳～二十九歳）
○関東修行期――貞治三年（一三六四）～応安元年（一三六八）（二十九歳～三十三歳）
○中国留学期――応安元年（洪武元年、一三六八）～永和三年（洪武十年、一三七七）（三十三歳～四十二歳）
○九州静養期――永和三年（一三七七）～永和四年（一三七八）（四十二歳～四十三歳）
○近江隠遁期――永和四年（一三七八）～康暦元年（一三七九）（四十三歳～四十四歳）
○甲斐恵林寺住持期――康暦二年（一三八〇）～永徳二年（一三八二）（四十五歳～四十七歳）
○関東再遊期――永徳二年（一三八二）～永徳三年（一三八三）（四十七歳～四十八歳）
○摂津・讃岐・阿波隠棲期――至徳元年（一三八四）～至徳三年（一三八六）（四十九歳～五十一歳）
○輦寺（等持寺・等持院・相国寺）住持期――至徳三年（一三八六）～応永十二年（一四〇五）（五十一歳～七十歳）
○示寂――応永十二年（一四〇五）四月五日　（七十歳）

【注】絶海は近江、甲斐、摂津にそれぞれ赴く直前にも、短期間ながら京都に滞在していた。また、中国に渡る前も、一旦関東から帰洛していたと思われる。

絶海が中国から帰国した時期については、いまだに統一的な見解は出されていないようである。と、いうのも、『仏智年譜』は、洪武九年（永和二年）正月に金陵（南京）の英武楼において太祖高皇帝（洪武帝、朱元璋。一三二八～九八）に謁見し、帰国の許しを得た後、康暦元年十月、春屋妙葩（一三一一～八八）に招かれて雲居庵（天龍寺の開山塔）に住するまでの記載がなく、『勝定年譜』は、永徳三年まで記事を欠くからである。『日工集』永和四年四月廿三日条によると、この日、絶海から義堂に帰京の報告があったという。

ところが、『蕉堅藁』所収の「棨全牛の和山上人の関西に帰るを送る詩の序」（一四二）には、以下のような文章があるのである。

丁巳春。余自二南国一回レ首。謁二筥崎之広厳精舎一。其主人大疑老人。以二余剽劫之餘謀レ生無聊一。而廿年之素。館二余平寝一。自処二偏室一。以憩二奔走一。而全二餘喘一焉。其徳曷可レ忘也。

これによると、絶海が帰朝したのは、永和三年（丁巳）の春頃ということになる。絶海は「剽劫」の結果、博多で困窮していたところを、箱崎（福岡市東区）にある広厳寺の住持大疑宝信に助けてもらい、同寺においてしばらく手厚い保護を受けたようである。絶海がどのような体験を指して「剽劫」と表現したのか、現在記録が残っていないため、よくわからないが、「さきに南山の盗賊、山を阻《へだ》つ。横行し、良民を剽劫す」（『漢書』王尊伝。傍線は私に施した。以下同じ）や「城を攻め、邑を襲ふ。剽劫、虜掠す」（『論衡』答佞篇）などの用例を見ると、帰国の途次に海賊に襲撃されたりでもしたのであろうか。中巌圓月（一三〇〇～七五）の『東海一漚集』一（『五山文学新集』第四巻所収）には、

歳在二壬申一夏四月、予帰レ自二江南一、時罹レ病、息二于博多一、秋八月、病愈、遙跋二故里一、東海渺漫途脩、無レ有二為レ援者一而止、借二榻神山間《閑》房一而臥、有レ客来問曰、卿（郷）見三行有二輿レ大《犬》喝道而東者一、曰、其《某》人使三江南所レ獲旅犬献二於関東一、某州某官、昇レ之而進、道傍過者、辟而遠望、不二敢近視一、子亦江南而来、其為二利于国一、不レ若二之

犬一也哉、（下略）　　（「胡為乎賦并序」）

という文章がある。元弘二年（壬申、一三三二）四月、絶海よりも約半世紀前に入元した中巌も、長旅の疲労が出たのであろうか、帰朝した直後に博多で病を患い、静養している。「贈二珦白石一」詩に「兄自二江南一来、弟欲二江南往一、相逢筥崎西、共聴万松響、（下略）」という句があることから、万松山承天寺（福岡市博多区）で療養したと思われる。そして同八月、中巌は病も癒え、東上の旅を援助してくれる者を待ちながら、神応山顕孝寺（福岡市東区多々良地区）の閑房で時を過ごしていた。その間、闘犬好きの北条高時（一三〇三～一三三三）のために、中国から輸入した犬が、同じく中国から帰国した中巌に先立って、輿に担がれて東行していく光景にも遭遇している。参考までに、玉村氏『五山文学』（日本歴史新書、至文堂、昭三〇）には、つぎのような記述がある。

この筑前・豊後の地は、中国と京都とを連ねる交通の要衝であり、中国渡航の中継地として重要な地位を占めていた。鎌倉時代中期以来、日本よりの渡海僧の数は漸く増加したので、これら幾十幾百の入宋入元僧が、或は便船を待ち、或は帰朝後の休養をとるのは、すべてこの地であった。よって蔣山万寿寺・顕孝寺、殊に筑前多々良の顕孝寺は、これらの禅僧の寄寓地となった観があった。　（七三頁）

なお、『蕉堅藁』所収の「金剛の物先和尚に与ふる書」（一四六）に、

小弟閑二遊外邦一。遭二時孔艱一。苟活而帰為レ幸而已。事業荒陋可レ知也。賤跡以二二月望一。方到二輦下一。

という文章があることから、絶海が帰京したのは、翌四年の二月十五日頃であろう。また、関東に再遊したことについては、第二章第三節を参照していただきたい。

○『蕉堅藁』の成立過程

現在においても、五山文学（禅林の文学）の作品集の成立に関する論考はあまり見受けられない。草稿本系統の

諸本の成立・発展については、玉村氏が『五山文学新集』第一巻「解題」において、横川景三（一四二九〜九三）の場合を例に挙げて論を展開されている。同解題のなかには、

横川景三は、生前既にその文名が一世を風靡していたらしく、単に会下《えか》に在って、文筆の練磨をしようとする人があったばかりではなく、遠く地方から上洛して、一定の期間、横川の許に寄宿して、特に請うて、その稿本を書写し、以て国にかえってから後、何かにつけて制作の手本にしようとする僧があった。（中略）したがって、生前から、幾通りもの写本を生んだことは、容易に想像出来る。しかし以上の例でもわかる如く、これらの人々は、自己の作文の模範として手写して行くのであるから、大部分は、その人の旨《(ママ)》好による摘録が多かったであろうから、横川生前にはその稿本の完全な複本は、他人の手によっては出来なかったと見られよう。（下略）（九九一頁）

とか、

即ち一々の作品を一紙々々別に書いて、人に与えるが、その控が必ず手許にとられたであろう。それがある程度たまると、自己の全集を編録する目的で、大略制作年代順に冊子に筆録することを、横川自らが絶えず行っていたのではないか。したがって手録中に、別のひらめきが生ずると、既に用済になって人手にわたり公表されてしまった作品に、訂正を加えるのである。（下略）（九九二頁）

などのように、示唆に富んだ意見が見られる。

翻って『蕉堅藁』の成立過程について確認したい。『国書総目録』や『古典籍総合目録──国書総目録続編』によると、『蕉堅藁』の諸本には写本──国会図書館蔵（寛政十年〔一七九八〕書写、跋文ナシ、訓点ナシ、頭注・傍注アリ）、大阪天満宮御文庫蔵（嘉永二年〔一八四九〕書写、『絶海録』所収の真讃および自讃全作品を含む、訓点アリ）、内閣文庫蔵（書写年不明、訓点ナシ）、彰考館蔵（書写年不明、訓点ナシ）──のほか、室町初期版（五山版、訓点ナ

シ）、寛文十年（一六七〇）版（訓点アリ）、刊年不明版（訓点アリ）の三系統の版本があり、諸本間に大きな異同は見られない。(3) ただし、九十三番詩第一首目の四句目「黄昏、月に和して、横斜を看る」に、「黄昏は一に夢魂と作る」という注記があることは注目される。

『蕉堅藁』（鄂隠慧奯編）の序には「永楽元年倉龍癸未十一月既望。僧録司左善世道衍序」、その跋には「大明永楽元年癸未臘月。天竺如蘭」、『絶海和尚語録』（鄂隠・西胤俊承・叔玠慧瓘編。以下、『語録』と略す）の序には「大明永楽元年歳次癸未冬十有二月既望。武林浄慈禅寺住山四明釈道聯撰」、その跋には「永楽二年正月望日。径山比丘心泰書。時年七十有九」という記述がある。永楽元年は応永十年（一四〇三）、永楽二年は応永十一年（一四〇四）にあたり、絶海の没年は応永十二年（一四〇五）なので、『蕉堅藁』と『語録』は絶海の生前に一応の体裁を整えていたことになる。『蕉堅藁』の跋文に、「椿庭和尚に答ふる書」（一五二）に見られる「然りと雖も、時々山水幽勝の処に逢ひて、衣を披《ひら》き、策を散じて、猿鳥雲樹の趣きに陶冶し、悠然として物化の元に遊ぶがごとし」という文章が引用されていることからも、実際に作品集がある程度纏められた後、序や跋が記されたことがわかる。

また、『蕉堅藁』に、

○禅師平生所レ為詩。凡若干篇。其徒等聞。聚為二一帙一。題曰二蕉堅藁一。来求三余序二其巻首一。（蕉堅藁序）

○今観二絶海之著作一。則旧遊風景。倶在二目前一。其徒等聞上人。又為レ之請。輒贅二語於巻末一云。（書蕉堅藁後）

とあり、『語録』(4)に、

○永楽元年冬。沙門等聞偕二天龍住山密堅中者一。奉レ使来二皇朝一。還レ国過レ門。展レ礼以二其師絶海禅師四会語録一求レ序。予以二不文一辞不レ獲。（序）

○日本絶海禅師初住二甲州恵林一三住二相国承天一四会語録。其弟子等聞請レ跋。予以レ老辞レ之不レ獲。（跋）

とあることから、応永十年（永楽元年）に絶海の弟子である龍渓等聞が『蕉堅藁』と『語録』を携帯して、天龍寺の堅中圭密（五山）（第三十六世）を使者とする遣明使一行に随行し、両書の序や跋を請い受けたことが知られる。『語録』巻下には「聞蔵主を送る」（二七七）という壮行偈がある。

送二聞蔵主一

等聞蔵主謹愨通敏篤二志於道一。蓋後進之中嶷然秀出者也。今春欽承二国命一将下随二堅中禅師一入中朝大明国上。求レ語。乃為警策率述二一偈一。以勉二其行一云

万里南游随二使臣一。観光正際太平辰。石城虎踞山河壮。易水龍飛気象新。撥草尋レ師先哲軌。皇華報レ国丈夫身。

公私事辨帰須レ速。揩レ背他年切要人。

「公私の事、辨じて、帰ることすべからく速やかなるべし」という句を見ると、絶海が龍渓に言う「公私の事」のなかには、『蕉堅藁』と『語録』の序や跋を中国僧に求めるという用件が含まれていたのかも知れない。このことは、蔭木氏も指摘されている。[5] こうして見ると、『蕉堅藁』や『語録』に収められている作品は、絶海自らによって厳選され、推敲を重ねられた可能性が高いだろう。現に『蕉堅藁』に未収録の詩が、他書に見受けられることもあるし、同一詩の詩題が、『蕉堅藁』と他書とで異なっていることもある。[6] ただし、『語録』には、先に挙げた「聞蔵主を送る」詩（二七七）に和韻した「蕉堅大士の韻に同じくし奉りて、就きて龍渓知蔵の日東に還るに贈る」中印峰の間叟如蘭」（二七八）という偈がある。『蕉堅藁』の跋文を記した明僧如蘭が、日本に帰る龍渓に贈ったものであるが、この壮行偈が『語録』に収められているということは、龍渓の帰朝後に『語録』が若干、増補された可能性を残していよう。

なお、『蕉堅藁』や『語録』の編者の一人である鄂隠慧奯は、応永二十四年（一四一七）九月五日に天龍寺（五山）（第六十一世）、翌二十五年（一四一八）六月十二日には鹿苑院（相国寺の檀那塔）をそれぞれ退院し、急遽土佐に逐電した。足利義持（一三八六～一四二八）との間に不和が生じたためである（『仏慧正続国師鄂隠和尚行録』『看聞

日記』『満済准后日記』)。したがって、『蕉堅藁』や『語録』の編集が確定されたのは、この出来事よりも以前ということになるだろう。

注

(1) 引用は大谷雅夫氏他校注『日本詩史　五山堂詩話』(新日本古典文学大系65、岩波書店、平三)による。

(2) 蔭木英雄氏『義堂周信』(日本漢詩人選集3、研文出版、平一一)、同氏『蕉堅藁全注』(清文堂、平一〇)。

(3) 諸本間に詩文の取捨による異同はなく、配列順序も全く同じで、寛政本には多少の誤脱が見られるものの、行換えや欠字部分(六十番詩第四首目の二句目「休居幸免□時疑」、八十番詩Bの序文「(上略)□□壬午秋余使日本国一見万年山中沐以旧遊為懐数相詢慰。(下略)」)も同じなので、今のところ『蕉堅藁』の諸本は同一系統であると言えよう。本章第一節参照。

(4) 引用は『大正新修大蔵経』第八十巻「続諸宗部」、作品番号は梶谷宗忍氏訳注『絶海語録』二(思文閣出版、昭五一)による。

(5) 蔭木氏「義堂周信・絶海中津」(『仏教文学講座』第三巻[法語・詩偈]所収、勉誠社、平六)。

(6) 建仁寺両足院蔵『東海璚華集(絶句)』(『五山文学新集』第二巻所収)には、作者惟肖得巌の先輩五山文学僧――義堂周信、絶海中津、無求周伸、雲渓支山、観中中諦、中巌圓月等――の七言絶句が一〇七首挙げられている。絶海に関しては二二首採られているが、そのなかには、『蕉堅藁』に見受けられないもの(「漫書二芭蕉一」「謝三人恵二蕉苗一」等)や、『蕉堅藁』とは詩題が異なっているもの(例えば「答二義堂和尚見レ寄」。『蕉堅藁』では「九七　銭原にて清渓和尚の韻に和す」)、詩句の文字に異同があるものが含まれている。玉村竹二氏はこの両足院本に関して、「この本は、江戸初期の写本であるが、その親本となった本は、或は惟肖の草稿本であったかとも思われる」「義堂・絶海等の詩は、作品がいずれも惟肖に関係の深い人のものばかりであるから、惟肖が先輩の作品を勉学のために抜萃して座右に備えたものと考えられないこともない」(「解題」)と指摘されている。

第二項　五言律詩の場合

はじめに

前項で絶海中津の生涯や『蕉堅藁』の成立を確認したので、それらを踏まえて、本項では、特に『蕉堅藁』の五言律詩（一～二二）に注目して、可能な限りその詠作状況を明らかにし、配列順序について考えてみたい。

一　『蕉堅藁』一番詩～十三番詩

便宜的に全体を四区分し、考察を加えていく。一番詩～十三番詩の詩題を掲げる。

・「真寂の竹菴和尚に呈す」（一）
・「和す（豫章の老謬懐渭）」（一A）
・「和す（豫章の蒲菴来復）」（一B）
・「和す（延陵の夷簡）」（一C）
・「湛然静者に呈し、并せて画を謝す　三首」（二）
・「絶海の為に画き、并せて賦す（湛然静者恵鑑）」（二A）
・「良上人の雲間に帰るを送る」（三）
・「三生石」（四）
・「友人を期するも至らず」（五）

・「北山の故人の房に宿る」（六）
・「宝石寺の簡上人に寄す　二首」（七）
・「古寺」（八）
・「文煥章、姑蘇に帰る」（九）
・「来上人、姑蘇に帰りて観省す」（一〇）
・「俊侍者の呉興に帰るを送る」（一一）
・「冬日、中峰の旧隠を懐ふ」（一二）
・「早に発つ」（一三）

まずは、「流水、寒山の路、深雲、古寺の鐘」という句で有名な巻頭詩を見てみる。

一　呈㆓真寂竹菴和尚㆒

不㆑堪㆓長仰止㆒。渚上寄㆓高踪㆒。流水寒山路。深雲古寺鐘。香花厳㆓法会㆒。氷雪老㆓禅容㆒。重獲㆑霑㆓真薬㆒。多生慶㆓此逢㆒。

この詩には、清遠懐渭（竹菴和尚）、見心来復（蒲菴和尚）、易道夷簡が唱和しているが、清遠の詩の序文には「予、真寂に帰老し、特に存慰を枉《ま》げらる。将に江東に遊ばんとし、詩を留めて別れを為す。曰ふ有り、流水、寒山の路、深雲、古寺の鐘、と。（中略）遂に次韻して、用《も》って答ふ」、詩後の自注には「洪武六年、歳、癸丑に在り、冬十二月廿日、真寂山中に書す」とあり、絶海と清遠の詩の応酬が洪武六年（応安六年、一三七三）十二月二十日、真寂山(1)において行われたことがわかる。また、易道の詩の序文に「将に上国に遊び、人物衣冠の盛んなると、夫《か》の吾が宗の碩徳禅林の衆《おほ》きとを観んとし、詩有りて竹菴に留別す。菴、喜びて之に和す。茲《ここ》に示さるるを承り、復た予に徴む。遂に一首を次韻して、雅意に奉答すと云ふ」とあることから、見心や易道も、清遠が次韻した後まもなくして、絶海詩に次韻したと思われる。なお、詩題や序文からも明らかなように、これらの詩は、絶海が中国に留学している時に詠まれたものである。

つぎに巻頭詩以外の作品にも目を向けてみると、その詩題から判断して、二番詩、三番詩、四番詩、七番詩、九番詩、十番詩、十一番詩、十二番詩はすべて、中国での作である。「湛然静者（恵鑑）」とは松源崇岳――無得覚通――虚舟普度――虎岩浄伏――独孤淳朋の法統を承けた仲銘恵鑑のことである。「文煥章」については、了菴清欲の法嗣天彰文煥を指摘する意見（入矢義高氏・梶谷宗忍氏）[2]もあるが、「天彰煥」や「煥天彰」ではなく、「文煥章」とあるので、少しく疑問を持たざるを得ない。「雲間」とは現在の上海市松江区、「三生石」とは中天竺寺の名勝（『扶桑五山記』）、「宝石寺」とは西湖北岸に聳える宝石山中に位置した禅院、「中峰の旧隠」とは中天竺寺のことである。「姑蘇」とは江蘇省の東南部、「呉興」とは浙江省の北部を言う。

八番詩や十三番詩に関しても、「断碑、歳月無く、唐宋、竟《つひ》に尋ね難し」や「天迥《はる》かにして、長河没し」「首を回らせば、榑桑の日、還《ま》た萍実の朱きがごとし」という詩句があることから、中国での作であろう。とくに十三番詩には、望郷の念を胸に秘めながらも、中国大陸を行脚して禅道修行に精進する、当時の（青年）留学僧たちの真摯な姿を見ることができる。

一三　早発

冬行苦㆓短日㆒。蓐食戒㆓長途㆒。雪暗関河遠。風吹鬢髪枯。荒山雖㆑可㆑度。積水若為踰。岸転橋何在。沙危杖屨扶。漁篝残㆓近渚㆒。僧磬徹㆓寒蕪㆒。梵興潜中動。哀容頗外蘇。破衣江上歩。円笠月中孤。天迥長河没。曙分群象殊。寒烟人未㆑爨。野樹鳥相呼。回㆑首榑桑日。還如㆓萍実朱㆒。

なお、五番詩と六番詩の詠作状況は、その詩題や詩句からでは判然としないが、前後の作品が中国で詠まれたものなので、中国での作であろう。六番詩の詩題の「北山」は、中国五山第二の北山景徳霊隠《りんにん》禅寺のことかも知れない。

二　十四番詩および十五番詩

・「野古島の僧房の壁に題す」（一四）

・「山水の図に賦して、無外の瑞鹿に帰るに贈る」（一五）

十四番詩について。「野古島」は博多湾の中央にあり、明との交通の要衝だったようである。鉄菴道生『鈍鉄集』（『五山文学全集』第一巻所収）には、博多八景の一つとして「野古帰帆」が詠まれている。したがってこの詩は、絶海が中国から帰国して、九州で静養している時に詠まれたものである。

十五番詩について。「無外」とは無外円方（？～一四〇八）、「瑞鹿」とは瑞鹿山円覚寺のことである。確かに無外は円覚寺の住持（第六十世、『扶桑五山記』による。ただし、入院した年月日は記されていない）を務めているが、彼が同寺に帰った時期、動機、目的等は明らかではなく、その詩句を見ても、この詩の詠作状況を詳らかにすることは難しい。

三　十六番詩～十九番詩

・「東営の秋月　二首」（一六）

・「菊上人の京に入るを送る」（一七）

・「出塞の図」（一八）

・「光侍者を送る」（一九）

十六番詩の本文を挙げる。

一六　東営秋月　二首

①秋夜関山月。高懸細柳営。中軍厳下レ令。万馬粛無レ声。寒影旌旗湿。斜光睥睨明。何人横レ槊賦。愁二殺老書生一。

②南国秋新霽。東営月正中。光寒凝二列戟一。弦上学二彎弓一。連レ海風雲惨。振レ山金鼓雄。安能永二良夜一。一照万方同。

『空華集』巻第十三の「大慈寺八景詩歌集の叙」に、

日州大慈精舎。其地蓋負レ山而臨レ海。一目万里。実九州山川第一偉観也。好事者。采二其景最絶者八一。而目レ之。曰二大慈八景一。其曰二龍山春望一。言レ宜二乎春一也。曰二古寺緑陰一。言レ宜二乎夏一也。曰二漁浦帰舟一。以詠二漁父一也。曰二埜市炊烟一。以楽二市隠一也。曰二橋辺暮雨一。示レ防二卒暴一也。曰二江上夕陽一。示レ迫二桑楡一也。其山城宜レ月者。曰二東営秋月一。所二以警レ夜也。其宜レ雪者。曰二西寨夜雪一。所三以戒二不虞一也。（『五山文学全集』第二巻）

とあるように、「東営秋月」は日向の大慈寺八景の一つである。大慈寺八景の成立の経過を同叙に見てみると、九州探題として西国の平定を任されていた今川了俊（一三二六～？）が、龍興山大慈寺（鹿児島県曾於郡志布志町志布志）に八景があることを知り、瞬菴宗久なる道人を上洛させて、八景を題にして公卿には和歌を、禅僧には漢詩をそれぞれつくらせたという。『日工集』康暦二年（一三八〇）七月十八日条に「（柏庭）清祖侍者の求めの為に八景目子を改む。けだし日向州龍興山大慈寺の境地なり」、同廿七日条に「雲居庵に往き、普明国師（春屋妙葩）と説話す。即ち大慈八景龍山春望詩を出示せらる」とあることや、大慈寺八景の全作品が収録されている『雲巣集』（『五山文学新集』第四巻所収）を見ると、絶海の「東営秋月」詩（第一首目のみ所収）に「慧林住持　絶海　中津」と記されていることなどから、この十六番詩は、康暦二年十月八日に絶海が甲斐の恵林寺に入寺した後まもなくして、同地において詠まれたと思われる。

さて、十七番詩の序文にはつぎのようにある。

菊上人甲産也。蚤游二上国一。従レ師隷レ業。孜々不レ倦。而温乎其容確乎其志寔後進之秀也。壬戌春。謁告来寧訪二予林下一游二従于茲一両月矣。三月首自レ京書来。勅還卒レ業。上人聞レ命。翌日登レ途。略無二難色一。臨レ行請曰。幸得二一言一。以為二再参之献一。其請亦勤矣。上人乃吾月舟老兄之子。而視レ予叔父也。於二今行一其可レ無レ言乎。力作二小律一首一。少答二盛意一。且求二月舟老兄之教一云。

甲斐出身の菊上人は、早くから京都に遊学していたが、永徳二年（壬戌、一三八二）の春、郷里である甲斐の絶海の許を訪れ、二ヵ月ほど滞在した。そして三月の初めに京都に戻るというので、絶海は送行の詩（偈）、すなわちこの十七番詩を作ったのである。菊上人については未詳であるが、「上人は乃ち吾が月舟（周勲）老兄の子にして、予を視ること叔父たり」とあるように、月舟周勲の弟子である。『仏智年譜』文和二年（一三五三）条には「師、年、十八、錫を東山建仁に掛く。信義堂、怙先覚（先覚周怙）、勲月舟、寿天錫（天錫周寿）等と同じく、龍山（徳見）和尚の高風を慕ふ」とあり、建仁寺の龍山徳見（五山）（第三十五世）に月舟が師事した際、絶海も後輩の同参だったようである。傍線は私に施した。

また、十九番詩の序文には、

明絶上人暫如二相陽旧隠一専訪二月潭師一。詩以祖二行色一。時明絶家兄在レ軍。故末語及レ此。

とある。詩題の「光侍者」と序文の「明絶上人」とは同一人物で、明絶□光のことである。ちなみに「明絶侍者の雪中の韻に次す」詩（九六）の「明絶侍者」もこの人であろう。また、「月潭師」とは月潭中円のことである。玉村竹二氏『五山禅林宗派図』によると、法系は夢窗疎石――義堂周信――月潭中円――明絶□光とある。「相陽の旧隠」とは、詩中に「新寺は南陽の塢《つつみ》」とあることから、南陽山報恩寺のことである。

『蕉堅藁』所収の「円覚の椿庭和尚に与ふる書」（一五三）には「夏間に（明絶）光侍者の職事を以って、虚中

(梵亮)に私す。許らずも輒ち尊聴に徹し、卒《には》かに能く侍香をして職せしむ。甚感甚荷」や、「茲に光侍者の帰参に因りて、草々に修布す」という文章がある。本節第五項で検討するが、この書簡は甲斐でしたためられたと考えられるので、明絶は、甲斐で絶海に従事した学徒のうちの一人だったのであろう。『仏智年譜』(3)康暦二年条には、

　凡在二京師相陽一。有名之英衲雲集。寺屋殆乎無レ所レ容。師不レ拒レ之。孜孜誘掖也。学徒参叩。禅宴餘暇請而講二法華楞厳円覚等一。緇素聴衆汎溢矣。蓋師旺化権二輿于此一矣。

とあり、当時、恵林寺に入院した絶海の許には、京都や相模の有名な僧(菊上人や明絶を含む)が大勢集まり、各々が求道精神を燃焼させていたことがわかる。そして明絶がしばらく報恩寺の月潭を尋ねて行くというので、絶海は送行の詩(偈)、すなわちこの十九番詩を作ったのである。序文に「時に明絶の家兄、軍に在り」とあり、詩中に「四郊、戎馬の塵」とあるが、この当時、関東では、小山氏が反乱を起こしていた(小山氏の乱、一三八〇~九七)。ちなみに、これも本節第五項で検討するが、甲斐でしたためられたと考えられる「法華の元章和尚に与ふる書」(二四九)には、「今夏、州兵、東征し、軍須、百端、民戸、之が為に騒然たり」という文章もある。なお、十八番詩の詠作状況は、この詩が題画詩ということもあり、詳らかにすることは難しいが、前後の作品が甲斐で詠まれたものなので、甲斐での作であろう。絶海は小山氏の乱を念頭に置いて、この「出塞の図」詩(一八)を詠じたのかも知れない。

四　二十番詩~二十二番詩

・「千里明月の画軸に題して、濡侍者に寄す」(二〇)
・「白雲山房の画軸に題す」(二一)
・「巧拙叟、親を省す」(二二)

二十番詩の本文を挙げる。

二〇　題二千里明月画軸一寄二濡侍者一

隔二千里一兮共二明月一。是蓋謝希逸愬二皓月一而詠レ懐者歟。千載之下諷レ之詠レ之使二人愴然一。龍山天休濡上人遠游二江東一而未レ還。洛社諸彦詠二謝氏之旧歌一。以寓レ懐焉。懐而不レ已。輒命二絵事一。以罄二縣縣装潢一。寄以徴二予詩一。予老矣而廃レ詩久如。迫二于諸彦之督責一。遂払二拭筆研一。率然而作云。

京華与二江表一。相別又相望。唯有二九霄月一。共二茲千里光一。山空還独夜。水闊更殊方。顧レ影徒延佇。不レ堪二清漏長一。

序文によると、瑞龍山南禅寺の「天休濡上人」が遠く「江東」に遊学していまだに帰らないので、京都のすぐれた同志たちは謝希逸の旧歌――「美人邁《ゆ》きて音塵闕《た》ゆ。千里を隔てて明月を共にす」（『文選』巻第十三「月賦」）を詠じて思いを寄せた。そしてその尽きせぬ思いを詩に詠み、画工に命じて表装してもらい、絶海の許に持参して詩を求めたので、絶海も詩とその序文を書いたという。

なお、「天休濡上人」については、島田修二郎氏[4]も指摘されているように、惟忠通恕『雲壑猿吟』（『五山文学全集』第三巻所収）に「題二千里明月図一寄二東濡侍者二」という詩があることから、天休東濡なる禅僧のことであろう。天休に関する履歴は、現在まで全く知られていないが、絶海や惟忠、さらには惟肖得巌等が詩を題した詩画軸（「千里明月図」）を贈られており（贈り主は不明）、当時の彼の宗教活動ならびに文学活動が大いに偲ばれる。また「江東」に関しては、長江の東と解する説（入矢氏・梶谷氏）と、近江の東と解する説（蔭木英雄氏[5]）とに分かれている。寺田透氏は、関東とされているが[6]、それは誤りであろう。

さて、序文に「予は老いたり」とあるように、この二十番詩は、絶海が晩年、京都で大寺院の住持を務めている時に詠まれたと考えられる。したがって、つぎの二十一番詩、二十二番詩の詠作状況は、その詩題や詩句からでは判然としないが、やはり京都での作になるだろう。なお、「白雲山房」とは円覚寺山内の白雲庵、「巧拙叟」については未詳である。

おわりに

以上のように、今回は『蕉堅藁』の五言律詩（一～二二）を見てきた。中にはその詠作状況が判然としないもの――五番詩、十五番詩、十八番詩、二十一番詩、二十二番詩――も含まれていたが、第一項で確認したように、絶海自身が作品を厳選、推敲したこと、前後の作品との関係などを勘案すると、一番詩～十三番詩は中国での作、十四番詩は九州での作、十五番詩は九州、近江、甲斐のいずれかでの作、(7) 十六番詩～十九番詩は甲斐での作、二十番詩～二十二番詩は京都での作というように、その配列は詠作年代順に整理されているように思われる。ただし、巻頭詩に限っては、作者絶海の自信作が採られた可能性が高い。

注

（1）諸書が挙ってその所在を不明とする中、西尾賢隆氏は、つぎのような指摘をされている。

洪武六年（一三七三）絶海は、清遠が退居している杭州の真寂山中に訪ねている。ここは「笑隠訢公行道記」（『蒲室集』巻一五付）、「鳳皇山禅宗大報国寺記」（『金華黄先生文集』巻一一）、それに清遠の碑銘からすると、笑隠（大訢、朝倉注）・清遠ともかつて住持であった報国寺（甲刹）における笑隠門下が、師の遺歯爪髪を奉じて鳳皇山に塔した地を梁渚といっていて、ここに庵居して真寂といったものといえる。

（『中世の日中交流と禅宗』、吉川弘文館、平一一、二一六頁）

（2）入矢義高氏校注『五山文学集』（新日本古典文学大系48、岩波書店、平二）、梶谷宗忍氏訳注『蕉堅藁　年譜』（相国寺、昭五〇）。

（3）引用は『大正新修大蔵経』第八十巻「続諸宗部」による。
（4）島田修二郎、入矢義高氏監修『禅林画賛　中世水墨画を読む』（毎日新聞社、昭六二）。
（5）蔭木英雄氏『蕉堅藁全注』（清文堂、平一〇）。
（6）寺田透氏『義堂周信・絶海中津』（日本詩人選24、筑摩書房、昭五二）。
（7）前の十四番詩が九州での作、後の十六番詩が甲斐での作なので、『蕉堅藁』所収の五言律詩の配列が詠作年代順になっていると仮定すると、「山水の図に賦して、無外の瑞鹿に帰るに贈る」詩（一五）の詠作場所としては、九州、甲斐、そして近江の場合が考えられる。無外の履歴については、『延宝伝灯録』『重続日域洞上諸祖伝』『日工集』等を見ても、その大略しか知り得ない。武蔵の出身で、東明慧日――不聞契聞――無外円方という法統を承けた、いわゆる曹洞宗宏智《わんし》派に属しており、肥前の水上寺に出住した後、浄智寺、円覚寺（五山）（第六十世）、建長寺（五山）（第七十六世）と歴住し、大隅の宝寿寺の開山にもなっている。義堂とも親交が深く、主として関東周辺で活躍していたようであるが、九州にも足を伸ばしており、この十五番詩は九州での作なのか、それとも甲斐での作なのか、判別することは難しい。近江で詠じられた可能性もあながち否定できない。
※中国の地名に関しては、和泉新氏編『現代中国地名辞典』（学習研究社、昭五六）や『中華人民共和国　行政区劃簡冊二〇〇一』（中華人民共和国民政部編、中国地図出版社）を参考にした。以下同じ。

第三項　七言律詩の場合

はじめに

本項では、特に『蕉堅藁』の七言律詩（二三～六八）に限って、可能な限りその詠作状況を明らかにし、配列順序について考えてみたい。ただし、六十番詩～六十八番詩に関しては、第二章第三節で言及したので、今回はその詩題と結論を記すだけにとどめておきたい。

一　『蕉堅藁』二十三番詩～四十六番詩

論の進行上、便宜的に全体を五区分し、考察を加えていく。二十三番詩～四十六番詩の詩題を掲げる。

・「銭唐の懐古、韻を次す　〔二首〕」（二三）
・「中竺の全室和尚、京師より山に還る。詩を作りて以って献ず」（二四）
・「春日、北山の故人を尋ぬ」（二五）
・「定静庵に寄す」（二六）
・「耿郎中の薬を謝す」（二七）
・「永安塔を拝す」（二八）
・「径山の全室和尚の京に入ると聞きて作る」（二九）
・「祚天元の京師の書至る。喜びて寄する有り」（三〇）

・「歳暮の感懐、寧成甫に寄す」（三一）
・「南山の新居に故人の筍茗を持して贈らる。遂に之を留めて宿せしむ」（三二）
・「新秋に懐ひを書す」（三三）
・「山居十五首、禅月の韻に次す」（三四）
・「郷友志大道、金陵にて病ひに臥す」（三五）
・「趙魯山々人の銭唐より越中の旧隠に帰るを送る」（三六）
・「岳王の墳」（三七）
・「姑蘇台」（三八）
・「多景楼」（三九）
・「雲上人の銭唐に帰るを送る」（四〇）
・「迪侍者の天台に帰るを送る」（四一）
・「四明の館駅にて龍河の猷仲徽に簡す」（四二）
・「簡上人を悼む」（四三）
・「端侍者を悼む」（四四）
・「元章の日本に帰るを送る」（四五）
・「戒壇の無溢宗師に寄す　二首」（四六）

先に結論から述べると、ここに挙げた詩はすべて、絶海が中国に留学している時に詠まれたものであろう。まず詩題から判断できるものを見てみる。二十三番詩、二十四番詩、二十九番詩について。二十三番詩は、季潭宗泐（全室和尚、一三一八〜九一）の「銭唐懐古〔二首〕」詩（『全室外集』[1]巻之下所収）に次韻したものである。文字囲は私に施した。以下同じ。

二三　銭唐懐古次レ韻（第一首目）　絶海中津

天目山崩炎運徂。東南王気委二平蕪一。鼓鼙声震三州地。歌舞香消十里湖。古殿重尋芳草合。諸陵何在断雲孤。
百年江左風流尽。山海空環旧版図。

銭唐懐古（第一首目）　季潭宗泐

欲識銭塘王気徂。紫宸宮殿入青蕪。朔方鉄騎飛天塹。師相楼船宿裡湖。白雁不知南国破。青山還傍海門孤。
百年又見城地改。多少英雄屈覇図。

『仏智年譜』や『勝定年譜』(2)を概観すると、

○応安元年戊申。師年三十三歳。大明洪武元年二月。航レ溟南游。寓二抗（杭）之中竺一。依二全室禅師一。禅師甚器二重之一。命俾レ作二焼香侍者一。後復又転二蔵主一。（中略）師嘗自謂曰。余入二大明一。最初依二清遠於道場一。以二侍局一命。辞不レ就。遂依二中竺季潭和尚一云。（下略）

○（応安）四年辛亥。是歳登二径山一。省二全室和尚一。延以二後堂首座一。師辞不レ就云々。（以上、『仏智年譜』）

○三十八歳。再参二天界全室一。清遠和尚作レ偈送レ之。序曰。云々。偈有二東海扶桑樹。西天甘諸種之句一。（『勝定年譜』）

という記事があり、絶海が在明中、中天竺寺や径山、天界寺に住した季潭に師事したことがわかる。(3)したがって、これら三首は、中国での作であろう。(4)絶海は大慧派の季潭らと交わることによって、大慧派の家風――四六駢儷文体（蒲室疏法）の使用の徹底化と、純文芸（詩文）の賞翫――を継承し、日本に伝えた。(5)「銭唐」とは浙江省の杭州市地方、「中竺」とは中天竺寺、「径山」とは、中国五山第一の径山興聖万寿禅寺のことである。

二十八番詩と三十八番詩について。「永安塔」は霊隠寺（中国五山第二）の永安院の傍らにあり、『輔教篇』を著

した明教契嵩〔一〇〇七～七二〕が祭られている。「姑蘇台」は呉王夫差が西施と遊んだ所である。『勝定年譜』には、

　三十三（五）歳。拝二永安塔一。訪二和靖旧姑蘇台一。

という記事があり、絶海が洪武三年（応安三年、一三七〇）に両名所を訪れ、詩を吟詠したことがわかる。

三十五番詩と四十五番詩について。「志大道」とは大道得志、「金陵」とは江蘇省の南京市、「元章」とは元章周郁のことである。『日工集』[6]を見ると、

○九日、如龍・如進二侍者来、出二業子建書一、々中説、寿椿庭回レ自レ唐、志大道在二天界寺一、津要関杭之中竺、端介然臥二病明州翠峯一、（応安六年正月九日条。傍線は私に施した。以下同じ）

○（上略）大明開国、僅十一年、天下雑（諸）道諸寺観、太半遭レ火未レ復、両浙五山、径山・霊隠火後凄涼、径山尤甚、居僧不レ満二百人一、得志侍者患レ是逃皈、路遭二官禁一、束縛追捕帰二王城一、至二杭州一而死、江西廬山南北仏舎残破、百無二一存者一（下略）　（永和三年九月廿三日条）

とあり、大道が洪武六年（応安六年、一三七三）頃、天界寺（建康府、南京）に在ったこと（その時、絶海は中天竺寺）、洪武十年（永和三年、一三七七）頃、火事で荒廃した径山（杭州臨安府）から逃れ帰ろうとして、政府の禁令により束縛追捕され、王城（南京）に送られる途中、杭州にて客死したことがわかる。[7]また、同日記によると、元章は応安四年（洪武四年、一三七一）五月一日に京都、永和元年（洪武八年、一三七五）七月廿五日に近江金剛寺にそれぞれ所在を確認することができるので、絶海の留学期間を考え合わせると、その間か、応安四年五月一日以前に入明し、帰国したことになるだろう。玉村竹二氏は、「入元の後は、主として絶海中津と行動を共にし（或は入元も同時であったかとも想像する）、云々」（『五山禅僧伝記集成』）と記しておられる。

その他、三十六番詩、三十七番詩、四十番詩、四十一番詩、四十二番詩、四十六番詩も、詩題から中国での作と

判断できる。「天台」とは浙江省の東部、霊江の支流である始豊渓の上流域を言い、「四明」とは浙江省寧波市の南西を言う。「龍河」とは大龍翔集慶禅寺（天界寺）のことである。なお、「四明」の近くの寧波（浙江省の東部沿海）は、遣明勘合船の来航地で、四十二番詩周辺の詩が、絶海が中国から帰国する間際に作られたものであることが推測される。「岳王の墳」は西湖の畔にあり、中国歴史上の民族的英雄、南宋の岳飛が祭られている。「趙魯山」「雲上人」「迪侍者」「猷仲徽」については未詳。

つぎに詩句から判断できるものを見てみる。二十六番詩は「於越の晴峰、翠は螺を作し、銭湖の新水、碧は波を生ず」、三十番詩は「南京の書札、中峰に到る」「楚水呉山、幾万重」、三十一番詩は「百万、已《すで》に収む、燕北の馬」「長江、水冷たくして、魚龍伏し」、三十九番詩は「千年の城塹、孫劉の後、万里の塩麻、呉蜀通ず」、四十四番詩は「呉地の諸山、遊錫遍《あまね》く、鄞江に一たび病みて、寄音遙かなり」、四十六番詩は「銭唐十里、香風起こる」という句があるので、明らかに中国での作である。「銭湖」とは銭塘湖、「中峰」とは中天竺寺、「孫劉」とは呉の孫権と蜀の劉備、「鄞江」とは寧波市鄞県の東北を流れる江名である。ここで、江蘇省の北固山中（鎮江市の北東にあり、南・中・北の三峰がある）に位置した甘露寺の高楼を詠んだ三十九番詩を見てみる。神田喜一郎氏をして「わが国に漢詩あって以来、古今未曾有の名什」[8]とまで言わしめた詩である。

三九　多景楼

北固高楼擁二梵宮一。楼前風物古今同。千年城塹孫劉後。万里塩麻呉蜀通。京口雲開春樹緑。海門潮落夕陽空。
英雄一去江山在。白髪残僧立二晩風一。

三十二番詩の「床を対して話し尽くす、十年の事、迢遞たる郷関、夢、迷はんと欲す」や、三十三番詩の「遠遊は好しと雖も、人をして老いしむ、季子嫌ふことを休めよ、二頃の田を」という句には、在明生活も十年近くに渡る絶海の、故郷日本やそこで修行する後輩僧たちを思いやる心情が読みとれよう。蔭木英雄氏は三十三番詩に関して、「書を封じて曾て附す、安期の鶴、歳を隔てて未だ還らず、徐福の船」という句に注目して、「蓬萊山（日本）に行ったまま帰らぬ安期生や徐福を詠うのは望郷の念からであろう」（『蕉堅藁全注』、六〇頁）と指摘されている。「二頃の田」という語は、『史記』蘇秦伝第九に基づき、ある程度安定した生活を送ることができる田の面積をいう。四十三番詩は「同郷、豈に復た斯の人有らんや」という句から、異国で同郷の人（簡上人、伝未詳）の死を悼んだ作であることが知られる。なお、各詩の詩題に見られる「定静庵」「祚天元」「寧成甫」「端侍者」「無溢宗師」についてては未詳である。(9)

二十五番詩と二十七番詩の詠作状況は、その詩題や詩句からでは判然としないが、前後の作品が中国で詠まれたものなので、中国での作と考えてよいだろう。二十五番詩の詩題の「北山」は、六番詩と同様、北山景徳霊隠禅寺のことであろうか。二十七番詩の「耿郎中」についてはよくわからない。また、三十四番詩に関しても、前後の作品との関係から中国での作と考えられるが、異説もあり、十五首連作で、『蕉堅藁』の作風や絶海の心境（禅境）を考える上で非常に重要になってくると思われるので、つぎに詳しく検討してみたい。

二　「山居十五首、禅月の韻に次す」（三四）

三十四番詩はその詩題にも記されているように、禅月大師（徳隠貫休、八三二～九一二）の「山居詩并序」詩（『禅月集』(10)巻第二十三所収。二十四首連作）のなかから十五首を選んで、各詩に次韻したものである。その様相を表に纏めると、次頁のようになる。

「次韻」とは「和韻」の一種で、他人の詩と同じ韻字をその順序通りに用いて詩を作ることである。なお、絶海が禅月山居詩に次韻した理由や、禅月詩に次韻する際、二十四首から十五首を選んだ基準等の問題については、別の機会に譲りたい（本章第五節、第六節参照）。

絶海山居詩	禅月山居詩	韻　字
第一首目	第一首目	難・山・間・潺・攀（上平十五刪）
第二首目	第二首目	頭・遊・楼・流（下平十一尤）
第三首目	第五首目	兼・簾・嫌・厭・纎（下平十四塩）
第四首目	第八首目	夷・垂・枝・池・之（上平四支）
第五首目	第十首目	通・風・中・東（上平一東）
第六首目	第十二首目	馨・苓・缾・寧（下平九青）
第七首目	第十四首目	紗・霞・槎・花・麻（下平六麻）
第八首目	第十五首目	扉・帰・暉・稀（上平五微）
第九首目	第十六首目	冥・青・経・霊・醒（下平九青）
第十首目	第十七首目	休・鷗・頭・柔（下平十一尤）
第十一首目	第十九首目	畦・西・斉・啼・渓（上平八斉）
第十二首目	第二十首目	諧・堦・崖・乖（上平九佳）
第十三首目	第二十二首目	滔・濤・高・袍（下平四豪）
第十四首目	第二十三首目	前・年・眠・天（下平一先）
第十五首目	第二十四首目	同・宮・空・窮（上平一東）

さて、三十四番詩の詠作時期については、中国留学期説（鈴木虎雄氏、川口久雄氏・寺田透氏・佐々木朋子氏等(11)）のほかに、蔭木氏が摂津隠棲期説を提唱されている。中国留学期説の根拠は、とくに提出されていない。稿者も前者の立場を採っているのだが、まず蔭木氏の根拠を検証した上で、七言律詩の配列順序に注目する以外に、一、二、三の根拠を提出してみたい。

絶海は至徳元年〔一三八四〕六月、足利義満〔一三五八～一四〇八〕に直言してその意に忤い、摂津の銭原（大阪府茨木市）や有馬の羚羊谷（牛隠庵）に隠棲したのだが（『仏智年譜』）、蔭木氏がこの時期に三十四番詩を詠作したとする、その主たる根拠は、第二首目にあるようである。以下に本文を引用するが、その際、この詩が次韻した禅月の原詩（本韻詩）も列挙する。

三四　山居十五首、次㆓禅月韻㆒（第二首目）　絶海中津

放歌長嘯傲㆓王侯㆒。矮屋誰能暫俛㆑頭。碧海丹山多㆑入㆑夢。湘雲楚水少㆑同㆑遊。濛々空翠沾㆓経案㆒。漠々寒雲満㆓石楼㆒。幸是芋香人不㆑愛。従教菜葉逐㆑渓流。

山居詩　（第二首目）　禅　月

難是言休便即休。清吟孤坐碧渓頭。三間茆屋無人到。十里松門独自遊。明月清風宗炳社。夕陽秋声庾公楼。
修心未到無心地。万種千般逐水流。

蔭木氏は、首聯の「放歌、長嘯、王侯に傲り、矮屋、誰か能く暫くも頭を俯せん」について、「冒頭の『王侯』が足利義満をさすのなら、『矮屋』は羚羊谷の牛隠庵であろう」（六二頁）と指摘されている。また、尾聯の「幸ひに是れ芋香は人、愛せず、さもあらばあれ、菜葉、渓を逐ひて流るるを」には、懶瓚和尚（明瓚）に関する故事（唐の粛宗が、衡山〈湖南省〉の石室に隠居していた懶瓚の徳望を聞き、使者を遣わして呼び寄せようとしたのだが、懶瓚は牛糞で焼いた芋を鼻水を垂らしながら食べるだけで、ついに答謝しなかったという。『碧巌集』第三十四則等）と、龍山和尚に関する故事（洞山和尚〈洞山良价〉が行脚して龍山〈湖南省〉を通りかかった時、谷川に菜っ葉が流れてくるのを見て、上流に道人が住んでいることを察し、山深く分け入って龍山和尚に会い、その教えを受けたという。『五灯会元』巻第三等）[12]とが踏まえられているが、前者の故事引用に関して、「絶海が足利義満の召喚を拒絶する意図が読みとれる」（二六七頁）と指摘されている。ただし、厳密に言うと、義満が絶海を再三召喚したのは、彼が羚羊谷に隠棲している時ではなく、阿波の宝冠寺に移住して後のことである（『仏智年譜』『日工集』）。瑞渓周鳳の『温泉行記』（『五山文学新集』第五巻所収）によると、羚羊谷（掛角菴・鎌倉谷・仏ヶ谷）には、絶海の隠棲した「牛隠（庵）」も含めて、六境（古剣妙快によって命名された「千仞壁」「一葉渓」「鐫仏岩」「龍山」「牛隠」「振鷺瀑」）があったらしい。古剣の『了幻集』（『五山文学全集』第三巻所収）には、「仏谷六境」という偈頌がある。蔭木氏はそのなかで「一葉渓」に注目して、第八句目はこれに基づくと考え、三十四番詩が羚羊谷での作であるという推測の有力な傍証とされている。

山居詩とは「山のなかに隠棲すること」を詠んだ詩を言うが、初期の禅僧の作品には比較的よく見られる詩材である。道元（一二〇〇～五三）や夢窓疎石（一二七五～一三五一）の例を見ると[13]、作者（禅僧）は実際に山居して、詩（偈頌）を詠じたようである。山居詩の内容の傾向としては、山中における自身の心境（禅境）を表出した、いわゆる偈頌の類が多いが、また一方で、俗世間の煩わしさと山中の閑けさとを対照的に描き、山居生活を賛美したものも見受けられる。蔭木氏は、絶海の山居十五首の背景に、義満との軋轢を読み解こうとされているが、第二首目以外を見ても確固たる根拠はなく、今のところその推定には同意できないでいる。

さて、繰り返し述べてきたように、稿者が三十四番詩を中国での作と見なすのは、『蕉堅藁』の七言律詩の配列順序によるところが大きい。それ以外では、第十一首目の「此の葛洪丹井の西を愛す」という句に特に注目している。蔭木氏は、葛洪が丹砂の産地である交趾（ベトナム北部。トンキン、ハノイ地方）に向かう途中、その西方にある羅浮山（広東省東江の北岸、増城・博羅・河源三県の間にある）に登って錬丹と著述とに専念したことに注目し、「葛洪丹井の西」を羚羊谷の仙境と解しておられる。ただし、葛洪が掘ったという井戸は中国各地に存在したらしく、たとえば顧況の「山中」詩（『三体詩』[14]所収。あるいは「越州雲門六首」と題する。『全唐詩』では朱放の作とし、「山中聴㆓子規㆒」と題する）という詩には「野人、自ら山中の宿を愛す。況んや是れ、葛洪が丹井の西なるを」という句があり、絶海が主に活動した呉越地方（江蘇省と浙江省）、なかでも越州（浙江省紹興市）に存したことが知られる。この詩は蔭木氏も指摘されているが、『扶桑五山記』一・「大宋国諸寺位次」によると、じつは、絶海が禅道修行に精進した中天竺寺にも「葛洪丹井」という名勝があったようである。『釈氏稽古略』[15]巻三の「三生石」の項には、「果於㆓杭州西山下天竺寺前葛洪井畔㆒聞。云々」という記述があり、許渾には「天竺寺題㆓葛洪井㆒」（『全唐詩』巻五百三十所収）という詩も見受けられる。こうして見ると、絶海は実際、葛洪の井戸を目の前にして、この第十一首目を詠出したのではないだろうか。「此の」という語にも注目される。そして道元が越前永平寺、夢窓が甲斐恵林寺でそれぞれ山居詩を詠んだことを考え合わせると[16]、絶海が中天竺寺で山居詩を詠んだ可能性はかなり高いように思われる。

また、第五首目の「憶ひ得たり、蓬莱碧海の東」という句にも注目している。「蓬莱」は『列子』[17]湯問第五に、

革曰、渤海之東、不レ知二幾億万里一、有二大壑一焉。（中略）其中有二五山一焉。一曰、岱輿。二曰、員嶠。三曰、方壺。四曰、瀛洲。五曰、蓬莱。其山、高下周旋三万里。其頂、平処九千里。山之中間、相去七万里、以為二鄰居一焉。其上台観皆金玉、其上禽獣皆純縞。珠玕之樹皆叢生、華実皆有二滋味一、食レ之、皆不レ老不レ死。所レ居之人、皆仙聖之種、一日一夕、飛相往来者、不レ可レ数焉。

とあるように、渤海（山東半島と遼東半島とに囲まれている）の東にあって、不老不死の仙人が住むとされた霊山である。『中華若木詩抄』[18]に採られている絶海の「98―1　制に応じて三山を賦す」詩（『蕉堅藁』では八十番詩）には、

徐福ガ事ハ、書ニヨリテ変リアリ。義楚六帖ニ載セタリ。義楚六帖、大唐ノ書也。其ノ載ヤウハ、「日本王城ヨリ東北千余里ニ山アリ。富士ト名ク。又ハ其山ヲ即チ蓬莱トモ云ゾ。其山高シ。三面ハ海也。山ノ頂ヨリ烟ガ日中ニ立ツゾ。上ニ諸宝アリ、昼ハ下へ下リ、夜ハ上へ上ル。常ニ音楽ノ声ヲ聞ゾ。徐福ガ此山ニ止ルゾ。ソレニヨリテ蓬莱ト云。徐福ガ子孫、今ニ秦氏ト云」ゾ。（下略）

とか、

一二之句、熊野ハ、三山也。蓬莱ヲ三山トモ三島トモ云ゾ。蓬莱、方丈、瀛州、コノ三ツ也。三山ヲ仙山ニ比シテ云ゾ。（下略）

という注記が見られ、始皇帝の命令で東海に不老長寿の仙薬を求めた徐福が、わが国に渡来していたという話が、中国においても流布していたようである。確かに中国から見てわが国は渤海の東に位置しており、「蓬莱」と同一視する発想が生まれても、別段不思議ではないだろう。こうして見ると、絶海は中国に滞在していたからこそ、「蓬莱碧海の東」という表現を用いたのではないだろうか。そして「憶ひ得たり」とあるのも、「蓬莱」が想像上の

国ではなく、母国日本を指していたからかも知れない。なお、桂庵玄樹（一四二七〜一五〇八）の『島隠集』[19]序には、「日本国在二東海之東一」という記述がある。

その他、同じく第五首目の「茉莉花前、細々たる風」という句について。「茉莉」はモクセイ科の常緑低木で、いわゆるジャスミンの一種である。原産地はアラビアからインドにかけての地域であるが、早くから中国に移植され、現在では世界の栽培面積の三分の二を占めている。花を早朝に摘んで乾かし、お茶に混ぜて飲まれている。主な産地は、福建、浙江、江蘇、広東の諸省である。[20]したがって絶海が、白い茉莉花が、芳しい香りを漂わせながら風にそよぐ風景を目の当たりにしたのは、やはり中国に遊学していた時であろう。

三　四十七番詩〜五十二番詩

・「笑山侍司の土州に還りて、親を省するに贈る」（四七）
・「古心蔵主の天草の旧隠に帰るを送る」（四八）
・「済上人の天草に之くを送る」（四九）
・「桂上人の旧隠に帰りて、諸昆を起居するを送る」（五〇）
・「人の相陽に之くを送る」（五一）
・「赤間関」（五二）

四十六番詩で一連の中国での作が終わり、四十七番詩からは日本での作である。五十二番詩の本文を挙げる。

五二　赤間関

風物眼前朝暮愁。寒潮頻拍赤城頭。佐岩奇石雲中寺。新月斜陽海上舟。十万義軍空寂々。三千剣客去悠々。英雄骨朽干戈地。相憶倚レ欄看二白鷗一。

「赤間関」は山口県下関市の古称で、源平の古戦場としても有名である。ちなみに中巌円月の『東海一漚集』一には「檀浦」という詩がある（この詩は、横川景三撰『百人一首』にも採られている）。詩中の「新月斜陽、海上の舟」「相憶ひて欄に倚りて白鷗を看る」という句は、この詩が、九州から京都へ向かう船中での作であることを示していよう。その航海の様子は、『蕉堅藁』所収の「槩全牛の和山上人の関西に帰るを送る詩の序」（一四二）に、

明年上人従二叔父一赴レ京。余亦同レ舟而行。吟二夜雨於篷底一。賦二明月於柁楼一。泝二乎雲濤之渺瀰一。凌二鮫鰐之飛涎一。以壮二一時之懐一。快哉。

と記されている。と、いうことは、五十二番詩以前の詩は、絶海が九州で静養している時に詠まれたと考えることができる。

五十番詩は「冷泉津口の古蘭若」という句があるので、九州での作である。「冷泉津」は福岡県博多市の古称、「（阿）蘭若」は寺院、具体的に万松山承天寺を指摘する意見もある（蔭木氏）。第一項でも触れたが、筑前や豊後は、中国渡航の出発地として重要であり、鎌倉中期以来、聖福寺（筑前）、承天寺（筑前）、万寿寺（豊後）、顕孝寺（筑前）等が林立していたので、禅僧の往来も非常に盛んであった。このような事情を背景にして、四十七番詩～五十一番詩の送別（贈別）詩は詠じられたのであろう。なお、四十七番詩には「諸昆、若《も》し南遊の事を問はば」という表現が見られ、絶海が帰国して間もない頃に作られたものであることが推測される。「南遊」とは、一般的に中国に遊学することを言う。

また、五十一番詩は「西州は好しと雖も、戦塵黄なり」という句があるので、九州での作である。当時の九州の情勢は、九州探題として任地に赴いた今川了俊と、菊池氏・少弐氏・島津氏等との対立が激しく、[21]四十九番詩の「覇国の提封、旧日に非ず」や、五十番詩の「幾般の人事、兵前に改む」という表現も、九州における南北朝の争乱を目の前にしての詠出であろう。

「古心蔵主」「桂上人」については未詳。「笑山侍司」とは笑山周念のことであろうか。「済上人」に関しては、鉄舟徳済（?～一三六六）を指摘する意見（蔭木氏・入矢義高氏・梶谷宗忍氏等）[22]もあるが、鉄舟の没年が貞治五年なので、この時期に絶海が彼に詩を送ることは不可能である。やはり法諱の下一文字から禅僧を特定するのは、聊か無理があるだろう。

四　五十三番詩

・「将に近県に往かんとして、観中外史に留別す　時に臨川復位の訴へに因《よ》りて、宇治より江州に如《ゆ》く」（五三）

『蕉堅藁』には「観中を懐ふも至らず　時に臨川復位の訴へに因りて、宇治に客居す」（八六）、『絶海和尚語録』[23]巻下には「将に近県に往かんとして、韻を次して元章和尚に別れ奉る」（二八三）という詩（偈頌）もある。夢窓派は南禅寺事件（一三六七～六九）を境にして、龍湫周沢を中心として細川頼之（一三二九～九二）と結んだ一派と、春屋妙葩を中心として斯波義将（一三五〇～一四一〇）と結んだ一派とに分裂した。ちなみに絶海は春屋一派に属していた（『日工集』）。そして永和三年（一三七七）、頼之が臨川寺を「十刹」から「五山」に昇位させたので、春屋一派は、同寺が夢窓派の「度弟院《つちえん》」（特定の門派のみが住持を独占する制度）から「十方刹」（住持を迎える際、門派や法系等を問うことなく、天下の名僧を自由に招聘する制度）になる恐れがあるとして、これに激しく反対し、「十刹」に復位させるように幕府に提訴したのである[24]。

　さて、夢窓派（春屋一派）が臨川寺の復位を幕府に提訴したのは永和四年（一三七八）五月十四日（『日工集』）、絶海が雲居庵（天龍寺の開山塔）に寄宿したのは翌康暦元年（一三七九）十月のことなので（『仏智年譜』）、その間、彼は宇治に客居し、近江に隠遁したことになる。詩中に「冬日暖かなり」「自ら春陰を恋ふ」という表現が見られるので、絶海は永和四年の冬頃、宇治から近江に行かんとして、その際に五十三番詩を詠んだのではないだろう

か。『日工集』永和五年正月十四日条には、

十四日、（中略）三会回書同来曰、中津蔵主今在二江州杣云処一、中諦書記未レ詳二在処一（下略）

とある。なお、「観中外史」とは観中中諦のことである。

五　五十四番〜五十九番詩

・「海棠を賦して西山の故人に寄す　渓の一字を得たり」（五四）
・「勝侍者の四州に之くを送る」（五五）
・「無文章侍者に贈る」（五六）
・「薫自南の新居に詩有りて寄せらる。聊か其の韻を用ひて之に答ふ」（五七）
・「希南上人の信陽に帰りて、親を省するを送る」（五八）
・「列侍者を送る」（五九）

五十四番詩について。惟忠通恕の『雲壑猿吟』にも「賦二海棠一寄二故人一　得二柯字一」詩があり、絶海や惟忠が、京都の某所で行われた詩会において、抽籤によって韻脚の文字を与えられ、即席に海棠の詩を詠んだことが知られる。「西山」とは洛西の嵯峨の辺りを言うが、具体的には天龍寺、あるいは西山西禅寺のことであろうか。

五十五番詩の序文にはつぎのようにある。

古幢勝上人嘗奉二左相府之旨一。来従レ余而遊。精修通敏篤学不レ倦。比有二曾祖母一就二養四州一年登二期頤一。痛念二上人一心不二少釈一。故以二厳君元戎公之召一。往而寧焉。夫仏氏之道尚レ孝固具矣。今之行也豈曰二世礼一乎。於レ是作二唐詩一章一以壮二其行色一云。

詩題に「勝侍者」とあり、序文に「古幢勝上人」とあるのは古幢周勝（夢窓――不遷法序――古幢、一三七〇〜一

四三二）、「左相府」とは足利義満、「元戎公」とは細川頼之のことである。古幢は京都の清水谷家の出身で、管領細川頼之の猶子である。以前、義満の命令で絶海の許で修行したことがあったのだが、この度、四国で養生している百歳近くの曽祖母が、甚だ古幢に会いたがっているというので、父頼之の命令もあって、里帰りして安心させることになった。したがって、絶海は送行の詩（偈）、すなわちこの五十五番詩を作成したのである。ところで、義堂周信にも「勝侍者を送る」詩（『空華集』[25]巻第十所収）があり、その詩後の自注に、

山中周勝侍者。言レ別将レ往二四州一。蓋以レ赴二総管府公桂巌大居士之招一也。一時英納（衲）輩咸栄二其行一為二歌詩一贈焉。上人本貫京師。天資沈静寡言。慈聖老人字曰二古幢一。以二去歳秋一侍二予客一。応対進止可レ観焉。今以二其請切一。勉為二禅詩一贈レ別祝二其速帰一云。至徳丙寅春住二御前南禅一義堂。

と記されている。文末に「至徳丙寅春」とあるので、絶海が五十五番詩を作ったのも同時期で、等持寺の住持を務めていた頃ではないか、と思われる。「総管府公桂巌大居士」とは細川頼之、「慈聖老人」とは龍湫周沢、「至徳丙寅」は至徳三年（一三八六）にあたる。

また、五十九番詩の序文には、

俊列書状将レ還二甲州一。求レ語以為二途中之警一。蓋以親老兄亡。其行不レ可二式遏一也。老漢懼二夫宴安廃レ業往而忘レ帰。於レ是勉成二一語一。惜二其去一而趣二其来一云。

とある。詩題に「列侍者」、序文に「俊列書状」とあるのは、絶海の法嗣星岩俊列（一三七八～一四五二）のことである。書状侍者である星岩が、親が年老いたか、兄が亡くなったかの理由で、甲州に帰るという。したがって、絶海は送行の詩（偈）、すなわちこの五十九番詩を作成した。星岩が絶海に仕えていたのは、星岩の生年や、詩中に「白髪」「老境」という語が用いられていることなどを考慮すると、絶海が晩年、京都で大寺院の住持を務めていた頃であろう。おそらくは相国寺に住していた頃ではないだろうか。

五十六番詩、五十七番詩、五十八番詩の詠作状況は、その詩題や詩句からでは判然としないが、五十五番詩と五十九番詩が京都で詠まれたものなので、その間に位置する三首もまた、京都での作と考えてよいだろう。「無文章侍者」とは無文梵章、「薫自南」とは自南聖薫、「希南上人」については未詳である。

六　六十番詩～六十八番詩

・「古河の褉言　五首」（六〇）
・「諒信元の至るを喜ぶ」（六一）
・「韻を次して肇太初の寄せらるるに答ふ　二首　太初、時に小山に在り」（六二）
・「韻を壺隠亭に次す」（六三）
・「韻を栢樹心に次す」（六四）
・「松上人の総州に帰るを送る」（六五）
・「端介然の京に上るを送る」（六六）
・「復無已の京に帰るを送る」（六七）
・「宥寛仲に寄す」（六八）

はじめに述べたように、稿者は第二章第三節で、六十番詩～六十八番詩の詠作状況について追究した。その結果、絶海が永徳二年（一三八二）十一月に甲斐の恵林寺を退いて、翌三年五月に同国の勝善寺に入るまでの間に関東に再遊し、六十番詩～六十三番詩は古河（茨城県古河市）周辺、六十四番詩～六十八番詩は鎌倉周辺でそれぞれ詠んだということを指摘した。「端介然」とは介然中端、「諒信元」「肇太初」「栢樹心」「松上人」「復無已」「宥寛仲」については、『空華集』に名前が見られる禅僧もいるが、よくわからない。

おわりに

以上のように、今回は『蕉堅藁』の七言律詩（二三～六八）を見てきた。前項同様、二十五番詩、二十七番詩、五十六番詩、五十七番詩、五十八番詩等のように、その詠作状況が判然としないものも含まれていたが、第一項で確認したように絶海自身が作品を厳選、推敲したこと、前後の作品との関係などを勘案して、二十三番詩～四十六番詩は中国での作、四十七番詩～五十二番詩は九州での作、五十三番詩は近江（宇治）での作、五十四番詩～五十九番詩は京都での作、六十番詩～六十八番詩は関東での作と結論付けるにいたった。中でも「山居十五首」（三四）を中国、それも中天竺寺での作と限定することができたことは、今後、絶海研究を進めていく上でも、かなり有意義であるように思われる。なお、五言律詩が詠作年代順に整理されていたのに対して、七言律詩は詠作場所によっては整理されているものの、京都での作（五四～五九）と関東での作（六〇～六八）との間に、詠作時期が前後する作品があることが注意される。

注

（1）引用は建仁寺両足院蔵本（寛文九年刊）による。

（2）両書の引用は『続群書類従』第九輯下「伝部」による。

（3）両足院蔵『全室和尚語録』巻中によると、季潭宗泐が中天竺寺に入院したのは洪武元年（応安元年、一三六八）四月十五日のことである。そして洪武四年（応安四年、一三七一）正月二十五日に径山、翌五年には、太祖の勅命によって天界寺に住した。

（4）駒澤大学図書館編『新纂禅籍目録』（日本仏書刊行会、昭三七）によると、『全室外集』の諸本には、室町時代覆明刊本（五山版）も存在する。川瀬一馬氏『五山版の研究』上巻（日本古書籍商協会、昭四五）には、

「全室外集」（九巻二冊）は明刊本を覆刻しているが、その版式から推して南北朝極末期と思われる。さすれば、本書などは新渡の明刊本を直ちに覆刊したということになろう。（下略）　（一九五頁）

という記述がある。したがって、二十三番詩が、『全室外集』がわが国に将来されて後に詠まれた可能性も考え得る。が、同詩が『蕉堅藁』の七言律詩の冒頭にあり、それ以後、中国での作が続くことから、中国で詠まれたと考えてよいだろう。

（5）玉村竹二氏『五山文学』（日本歴史新書、至文堂、昭三〇）、九二～一〇六頁参照。

（6）引用は辻善之助氏『空華日用工夫略集』（太洋社、昭一四）による。返り点は蔭木英雄氏『訓注　空華日用工夫略集』（思文閣出版、昭五七）を参考にして、私に施した。

（7）『日工集』永和三年九月廿二日条に、

廿二日、道可蔵主至、近回レ自二江南一、説云、近年大明禁二日本僧行脚一、皆集在二天界寺一、不レ許二妄出入及看二俗書等一、

とあり、当時、中国では日本僧の行脚が禁止され、天界寺に集められていたことがわかる。

（8）神田喜一郎氏「禹域に於ける絶海」（山地土佐太郎氏編『絶海国師と牛隠庵』所収、雅友社、昭三〇）。

（9）四十六番詩の詩題の「戒壇」を河北省宛平県にある山名と解する説（蔭木氏）もある。

（10）引用は四部叢刊所収本による。

（11）豹軒老人「絶海和尚の文藻（二）」（『禅文化』第二巻第五号、昭三一・七）、川口久雄氏「禅林山居詩の展開について――道元山居十五首と絶海山居十五首――」（『國學院雑誌』七二―一一、昭四六・一二）、寺田透氏『義堂周信・絶海中津』（日本詩人選24、筑摩書房、昭五二）、ささきともこ氏「五山文学」（『研究資料日本古典文学』第十一巻［漢詩・漢文・評論］、明治書院、昭五九）。

（12）蔭木氏は、雪峰義存が徳山宣鑑に参じようとした時、谷川に菜っ葉が流れてくるのを見て、上流にある徳山の道場は物を粗末にするので、つまらないと思い込み、一旦帰りかけたのだが、一人の僧がその菜っ葉を追いかけてきたので、思い返して徳山に師事したという故事を指摘されているが、稿者の管見には入っていない。なお、『湯山聯句鈔』には「270　危橋、丁字小さし、剰水、菜花流る」という句に対して、「菜葉ノ従レ流ト云ハ、渓河ナンドニ、山ノ奥ニ寺

アリトハ知ラズシテ、水ニ菜ノ葉ガ浮イテ流時、サテハ奥ニ有レ寺ト知ルゾ。菜花モ、菜葉ノ心ゾ」という注記が付されている。

(13) 道元の「山居十五首」(『永平広録』巻第十所収)は、第十首目に「越州、九度、重陽を見る」という句があるので、永平寺の住持を務めている時に詠まれたものである。また、『夢窓正覚心宗普済国師年譜』(春屋妙葩編)の元弘二年条には、

春。又往二恵林一。和二古航韻一作二山居偈十首一。其一曰。青山幾度変二黄山一。浮世紛紜総不レ干。眼裏有レ塵三界窄。心頭無レ事一牀寛。餘見二本録一。(下略)

(『続群書類従』第九輯下)

とあり、夢窓の「山居韻十首 贈二古航和尚一」(『夢窓国師語録』巻下所収)が、元弘二年〔一三三二〕の春、甲斐の恵林寺に再住した時に詠まれたものであることがわかる。

(14) 引用は村上哲見氏『三体詩』一(中国古典選29、朝日新聞社、昭五三)による。

(15) 引用は『卍続選輯　史伝部』三(新文豊出版公司印行)による。

(16) 注(13)参照。

(17) 引用は小林信明氏校注『列子』(新釈漢文大系22、明治書院、昭四二)による。

(18) 引用は大塚光信氏・尾崎雄二郎氏・朝倉尚氏校注『中華若木詩抄　湯山聯句鈔』(新日本古典文学大系53、岩波書店、平七)による。

(19) 引用は『続群書類従』第十二輯下「文筆部」による。

(20)『日本大百科全書』11(小学館、昭六二)参照。

(21) 川添昭二氏『中世九州の政治と文化』(文献出版、昭五六)、一五六〜一七〇頁参照。

(22) 入矢義高氏校注『五山文学集』(新日本古典文学大系48、岩波書店、平二)、梶谷宗忍氏訳注『蕉堅藁　年譜』(相国寺、昭五〇)。

(23) 作品番号は梶谷氏訳注『絶海語録』二(思文閣出版、昭五一)による。

(24) 玉村氏『夢窓国師』(サーラ叢書、平楽寺書店、昭三三)、三〇四〜三一〇頁参照。

（25）引用は『五山文学全集』第二巻による。

第四項　五言絶句、七言絶句の場合

はじめに

前々項および前項では、絶海中津『蕉堅藁』における、主に律詩の作品配列について言及した。翻って、本項では絶句を見ていくが、『蕉堅藁』も含めて、わが国の禅僧が作成した絶句には題画詩が多く、詠作状況を判断しかねる場合もまた少なくない。今回は五言絶句（六九～七九）と七言絶句（八〇～一二八）について、可能な限りその詠作状況を明らかにし、配列順序について考えてみたいと思う。そして、今回で『蕉堅藁』の詩作品をすべて考察したことになるので、今までの成果を踏まえながらそれらを概観し、総括的な意見を述べてみたい。

一　八十番詩～八十五番詩

論の進行上、先に七言絶句から見ていきたい。便宜的に全体を六区分し、考察を加えていく。八十～八十五番詩の詩題を掲げる。

・「制に応じて三山を賦す」（八〇）
・「御製、和を賜ふ（大明太祖高皇帝）」（八〇A）
・「和す（道彝）」（八〇B）
・「和す（会稽の一如）」（八〇C）
・「趙文敏の画」（八一）

・「行人至る」（八二）
・「永青山の廃寺」（八三）
・「杜牧集を読む」（八四）
・「和靖の旧宅」（八五）

まず八十番詩と、それに和韻した明の太祖高皇帝（洪武帝・朱元璋）の詩（八十番詩A）とを挙げる。

八〇　応レ制賦二三山一　　絶海中津

熊野峰前徐福祠。満山薬草雨餘肥。只今海上波濤穏。万里好風須二早帰一。

八〇—A　御製賜レ和　　大明太祖高皇帝

熊野峯高血食祠。松根琥珀也応レ肥。当年徐福求二僊薬一。直到二如今一更不レ帰。

『仏智年譜』[1]永和二年条に、

永和二年丙辰。師四十一歳。大明洪武九年春正月。太祖高皇帝召二見英武楼一。問以二法要一。奏対称レ旨。又召至二板房一。指二日本図一。顧問二海邦遺跡熊野古祠一。勅賦レ詩。詩曰。熊野峯前云云。御製賜レ和曰。熊野丨。又賜以二僧伽梨・鉢多羅・茶褐裰・楖栗杖・并宝鈔若干一。詔許レ還レ国云云。（下略）

という記事があることから、絶海が永和二年（洪武九年、一三七六）、金陵（南京）の英武楼において高皇帝に謁見し、徐福の熊野渡来に関する詩を唱和したことがわかる。絶海のこの出来事は広く流布していたらしく、彼が「蒲室疏法」を将来して、わが国の四六文の作法を定着させたことと並んで、度々他の禅僧の詩文集——例えば『補庵京華前集』（横川景三著）、『翰林葫蘆集』（景徐周麟著）等——に指摘されている。両詩は『中華若木詩抄』[2]にも採られており、絶海詩には、

此詩ハ、絶海和尚渡唐アリテ、大明太祖高皇帝ノ御前ニテノ詩也。此時ハ洪武九年ノ春也。高皇帝英武楼ヘ召

レテ、日本国ノ使僧津絶海ニ御対面アリテ、日本ノ風土ヲ御尋アリ。其次《つい》デニ、「信《まこと》ヤ、日本ニ三山アリ、ソコニ徐福ガ祠アリト云ハ。若実《もしまこと》ナラバ、ソレニ就テ詩ヲ献ゼヨ」トアル処デ、賦二此詩一也。天子勅感アリテ御制、尊和ヲ下サル、也。名誉ノコト也。総ジテ、日本ニ名僧ヲ御賞翫アルハ、コノ為也。（下略）

という抄文が付されている。絶海と高皇帝の詩の応酬は、絶海自身のみならず、本朝禅僧の名誉事として受け止められていたようである。なお、絶海詩は、横川編『百人一首』の巻頭にも配されている。

中国僧の天倫道彝と一菴一如の和韻詩（八十番詩B・C）については、その序文につぎのように説明されている。

鹿苑絶海和尚曩遊二中華一。卓二錫于龍河一。時当二大明洪武九年之春一也。太祖高皇帝召二見英武楼一。顧二問海邦遺跡熊野古祠一。勅令レ賦レ詩。欣二蒙賜一レ和。未レ幾東還。宝蔵珍護積有レ年矣。□□壬午秋余使二日本国一一二見万年山中一沐以二旧遊一為レ懐数相詢慰。一日捧二示御製詩軸一幸獲二欽覧一。既而徴次二厳韻一執レ筆未レ敢。辞固弗レ容。謹拝頓首書二其末一云。

「壬午」は応永九年（一四〇二）。この年の秋、明使天倫は一菴と来日し、万年山相国寺で絶海と再会した。以来、二人は、屡々旧交を温め合ったのだが(3)、ある日、天倫は高皇帝自作の詩軸を拝見する機会を得、一菴とともに同詩に次韻したという。ちなみに天倫らが入洛したのは応永九年九月五日、明の建文帝の詔書（二月六日付、『善隣国宝記』巻中所収）を足利義満に届けるのが目的であった。翌十年二月十九日、天倫らは京都を出発して帰国の途についたのだが、その際、義満の命を受けて、天龍寺の堅中圭密（五山）（第三十六世）を使者とする遣明使一行が、絶海が作成した外交文書（『善隣国宝記』巻中所収）を携えて、彼らと同船で入明している（『吉田家日次記』『翰林葫蘆集』等）。本節第一項でも触れたが、その一行のなかには、絶海の弟子である龍渓等聞も含まれており、彼は『蕉堅藁』と『絶海和尚語録』の序・跋を中国僧に請い受けに行くところであった。

つぎに八十三番詩と八十五番詩について。「永青山の廃寺」については、入矢義高氏や梶谷宗忍氏が(4)、『西湖志』

巻三に見られる永清塢の永清庵を参考に挙げられているが、『扶桑五山記』一・「大宋国諸寺位次」によると、絶海が季潭宗泐（全室和尚）について禅道修行に励んだ中天竺寺の名勝の一つに「永青山」とある。また、「和靖」とは、北宋の詩人である林和靖（林逋、九六七～一〇二八）のことである。銭唐（浙江省杭州市）の出身で、字は君復、諡は和靖、博学で詩や書にも秀でており、梅と鶴とを愛し、西湖（浙江省の杭州市街の西にある）の孤山に隠れて、生涯、官職につかなかったという（『宋史』等）。わが国の五山文学僧が最も敬愛する詩人のうちの一人である。『勝定年譜』(5)には、

　三十五歳。拝㆓永安塔㆒。訪㆓和靖旧姑蘇台㆒。

という記事があり、絶海が洪武三年（応安三年、一三七〇）に永安塔や姑蘇台、西湖の畔にある和靖の旧宅を訪れたことが知られる。

ところで、如心中恕の『碧雲稿』（『続群書類従』第十二輯上所収）には、「永青山廃寺」（五言律詩）や「和靖旧宅」（七言絶句）という詩が認められる。後者は絶海の八十五番詩と同一詩であるが、『翰林五鳳集』巻第六十一を見ると、この詩は絶海作とある。『碧雲稿』には約三百首収められているが、詩題の下に「在唐作」という注記がある場合があり、「永青山廃寺」や「和靖旧宅」は中国での作とされている。如心（夢窓疎石――古剣妙快――如心）は筑紫の出身で、応安元年（洪武元年、一三六八）に絶海や汝霖妙佐とともに入明（『延宝伝灯録』『本朝高僧伝』『日本名僧伝』）、『碧雲稿』に「足下政在㆓妙年奮発之秋㆒。又得㆓津蔵主猷侍者諸勝友㆒為㆑侶。宜㆔切磋琢磨。以成㆓事業㆒。（中略）癸丑九月八日　竹菴道（者）書　中恕侍者収」とあるように、その後も絶海らと行動を共にしたと思われる。(6)このことが、彼の詩文集に八十三番詩と同じ詩題の詩があったり、八十五番詩が混入した原因になったのではないだろうか。なお、『碧雲稿』の伝本は、内閣文庫に写本が二本――『碧雲藁』（和書番号一八三五〇、江戸初期書写）・『碧雲詩集』（和書番号一八三七八、書写年不明）――残っている。両書とも未だに詳細な調査は行なっていな

いが、前者は続群書類従本と同系統のように思われる。後者は明らかに系統が異なっており、「在唐作」という注記もほとんどない。七言絶句の部には、絶海作の「永青山廃寺」も見受けられる。

八十一、八十二、八十四番詩の詠作状況は、その詩題や詩句からでは判然としないが、前後の作品が中国で詠まれたものなので、中国での作と考えてよいだろう。「趙文敏」とは趙孟頫（一二五四～一三二二）のことである。

二　八十六番詩

・「観中を懐ふも至らず　時に臨川復位の訴えに因《よ》りて、宇治に客居す」（八六）

この詩に関しては、前項で少しく触れたので、ここでは詳述しない。夢窓派（春屋一派）が臨川寺の復位を幕府に提訴したのが永和四年（一三七八）五月十四日（『日工集』）、絶海が雲居庵（天龍寺の開山塔）に寄宿したのが翌康暦元年十月（『仏智年譜』）、そして詩中に「秋前の白雁」ということばが見られることから、絶海は永和四年の夏頃、宇治に客居し、この八十六番詩を詠んだのではないだろうか。ちなみに同年の冬頃、絶海は宇治から近江に行かんとして、その際に五十三番詩を詠んだと思われる。「観中」とは観中中諦、彼の『青嶂集』[7]には「七四　絶海和尚の韻に和す」と題し、八十六番詩に和韻した詩が収録されている。

三　八十七番詩～九十四番詩

・「後醍醐廟にて梅を看る　廟は亀山の多宝院に在り」（八七）
・「梅花の帳」（八八）
・「蘭を移す」（八九）
・「春夢」（九〇）

・「花下に客を留む」（九一）
・「折枝の芙蓉」（九二）
・「画梅に題す　二首」（九三）
・「寒江独釣の図」（九四）

八十七番詩について。「亀山」とは霊亀山天龍寺、詩題の下の自注にも記されているように、「多宝院」は後醍醐天皇（一二八八～一三三九）を祀った塔頭である。このことは、『扶桑五山記』三・「天龍寺　諸塔」においても確認できる。『仏智年譜』康暦元年条に、

康暦元年己未。冬十月法兄普明国師招レ師館二于亀山雲居庵一。性海見和尚主二天龍席一。十二月請レ師居二第一座一。至二明年春一美解。

とあるように、絶海は近江から帰京した後、康暦元年十月に春屋妙葩（普明国師）に招かれて天龍寺の雲居庵に住し、同年十二月、住持の性海霊見（第十七世）に請われて同寺の前堂首座（第一座）になった。その後、翌二年（一三八〇）の春頃に前堂首座を退き、同年十月八日には甲斐の恵林寺に入寺するのであるが、先に結論から述べると、八十七番詩を含めて、ここに挙げた詩群は、絶海が天龍寺に滞在している頃、あえて言えば、康暦元年の冬頃から翌二年の春頃にかけて詠まれたと見て差し支えないのではないか、とわたくしは考えている。と、いうのも、後述するように、続く九十五、九十六番詩は甲斐での作である。また、八十七、九十、九十一番詩の季節は明らかに春であるし、八十八番詩や九十三番詩も、季節が春であるが故に詠じられたのではないだろうか。八十九番詩に関しては、春蘭と秋蘭とが考えられる。九十二番詩は、詩中に「残粧の影落つ、玉屏の中」という句があり、屏風に描かれた芙蓉を詠じたと思われるが、「佩《はい》を鳴らし帰り来たれば、秋淡淡」という句も見受けられる。九十四番詩の詠詩の季節は断定できない。

島田修二郎、入矢義高氏監修『禅林画賛　中世水墨画を読む』（毎日新聞社、昭六二）には、九十三番詩の第一首目が記された梅花図（作品番号133、筆者不詳、題詩・絶海中津、一三八〇年代、紙本墨画、一二九・〇×三五・四㎝、正木美術館）が収録されている。

九三　題二画梅一　二首（第一首目）

孤山曽訪中庸子。照レ水梅花処士家。駅使不レ伝南国信。黄昏和レ月看二横斜一。黄昏一作二夢魂一

星山晋也氏は解説のなかで、

○この題詩は、絶海の詩文集『蕉堅稿』に他の墨梅詩一首とともに載せられている。（中略）その記載内容からみても本図は本来は双幅であったものの一幅（他は現存しないが雪中の上り梅であった可能性がある）であったと考えることができる。（三九九頁）

○いずれにせよ、晩年の筆跡ではない。相国寺蔵の絶海筆「十牛頌」と比べても、それよりやや早い頃のものに思われる。（四〇〇頁）

と興味深い指摘をされている。なお、梅花図の筆者に関しては、詩後の自注に、

作二右画一者不レ顕二姓名一。只号二九州狂客一。余嘗見二之塗中一。躬レ荷友レ牀而行。遇二勝景一。則輙靠レ此以嘯吟出レ語頗異。蓋善レ画而隠二于狂一者也。然其用レ筆失二於痩硬一不レ満二人意一。故後詩以解レ嘲云。

とあり、ただ「九州の狂客」と号したことしか明らかになっていないが、星山氏は如拙の可能性を示唆されている。絶海は中国から帰国した後、しばらく九州で静養していたので、その時に筆者と邂逅したのかも知れない。

四　九十五番詩および九十六番詩

・「永徳壬戌の春、松間居士の枕流亭の諸作を拝観す。前韻に追和して、楮尾に贅すと云ふ」（九五）

・「明絶侍者の雪中の韻に次す」（九六）

九十五番詩について。「永徳壬戌」とは永徳二年（一三八二）にあたり、この年の春、絶海はすでに恵林寺に住していた（『仏智年譜』）。「松間居士の枕流亭」に関しては、諸書では不明となっているが、天岸慧広（?〜一三六二）の『東帰集』（『五山文学全集』第一巻所収）に、「松澗居士の枕流亭の韻に次す」詩も見受けられる。天岸もまた、恵林寺に住していた（『東帰集』『夢窓国師語録』等）。

九十六番詩について。「明絶侍者」とは明絶□光のことであり、甲斐で絶海に従事した学徒のうちの一人である。彼に関しては、第二項で言及したので、ここでは省略する。

以上のことから、ここに挙げた二首は、絶海が甲斐の恵林寺の住持をしている時に詠まれたものである。

五　九十七番詩〜九十九番詩

・「銭原にて清渓和尚の韻に和す」（九七）

・「前韻に和して崇大岳に答ふ」（九八）

・「宝冠精舎にて大亨西堂の訪はるるに次韻す」（九九）

『仏智年譜』によると、絶海は至徳元年（一三八四）六月、義満に直言してその意に逆らい、摂津の銭原（大阪府茨木市）に隠棲した。そして、翌二年四月に摂津有馬の羚羊谷（牛隠庵）(8)に移り、七月末には、細川頼之に鄭重に招かれて、讃岐の普済院に住し、ついで阿波の宝冠寺の開山になった。したがって、九十七番詩は摂津での作、九十九番詩は阿波での作である。

九七　銭原和㆓清渓和尚韻㆒

世事従来多㆓変態㆒。当初早悟有㆓如今㆒。青山高臥茅簷下。不㆑許白雲知㆓此心㆒。

「世事、従来、変態多し」――これは、義満との衝突を背景にしての詠出だろう。「当初、早《つと》に悟る、如今有るを」以下の句からは、絶海の宗教家らしい一面が窺われると思う。なお、九十七番詩は、建仁寺両足院蔵『東海璚華集（絶句）』（『五山文学新集』第二巻所収）にも採られており、そこでは「答二義堂和尚見レ寄一」という詩題になっている。(9)

九十八番詩も摂津での作である。その詠作状況は、序文で詳しく知ることができる。

拙者八月廿六日乗レ涼出遊。州中名山曰二勝尾一。曰二箕面一。曰二神呪一。曰二十輪一。窮レ奇探レ勝興寄浩然。遂詣二西宮之社一。所謂剣珠者。蓋絶世之奇観也。凡経二四日一而帰二銭原之寓所一。乃知高駕来臨等レ余不レ遇而帰也。珙童口二誦見レ留之作一。厥韻琅々然也。於レ是不レ能レ無二社燕秋鴻之歎一。修レ書之次、輒依二芳押一。以答二来意一云。

絶海は、至徳元年の八月二十六日から約四日間、涼しさに誘われて、州中の名山である勝尾寺、箕面寺、神呪寺、鷲林寺に遊んだり、西宮神社に参詣したりした。ところが、あいにくその間に、大岳周崇が絶海の寓居を訪れ、待ちわびて、詩を残して帰って行ったという。絶海は大岳に書簡をしたためるついでに、彼の詩に和韻して、来てくれた友情に答えたのである。

「清渓和尚」とは清渓通徹、「崇大岳」とは大岳周崇、「珙童」とは元璞慧珙、「大亭西堂」とは大亭妙亭のことである。『延宝伝灯録』巻第二十四(10)の「大亭妙亭」の項には、

京兆万寿大亭妙亭禅師。自レ稟二証明一周二旋法席一。（中略）居二土州吸江庵一。元弘（中カ）間武州太守源頼之〈細川氏〉。以二阿之光勝院一聘招。国務之暇。屢到問レ法。崇信日篤。（下略）

【注】 本文には「元弘」とあるが、南朝の元弘年間は一三三一～一三三三年に当たり、その時期に細川頼之はまだ生まれたばかりなので（元徳元年〔一三二九〕生まれ）、同じ南朝の年号でも、「元中〔一三八四～九二〕」の誤りではなかろうか。

という記述があり、大亭が、元中年間に細川頼之に招聘されて、阿波の光勝院（鳴門市大麻町萩原）に住していたことがわかる。四者とも、絶海と同じく、夢窓派である。

六　百番詩〜百二十八番詩

・「画鶴」（一〇〇）
・「春夜、月を看る」（一〇一）
・「伏見親王の画軸に題す」（一〇二）
・「帰田の図に題す」（一〇三）
・「相府の深心院殿を悼む雅詠を拝観して、謹んで一絶を呈し奉り、情を詞に見《あら》はす」（一〇四）
・「菊苗を移す　琴字を得たり」（一〇五）
・「緑陰　三字分韻」（一〇六）
・「江天暮雪の図に題す」（一〇七）
・「春雨　羊字を得たり」（一〇八）
・「雨後、楼に登る」（一〇九）
・「扇面の画に題す　〔三首〕」（一一〇）
・「察侍者の韻に和す」（一一一）
・「山家　以下五首は相府席上の作なり」（一一二）
・「旧を懐ふ」（一一三）
・「山」（一一四）

・「鐘声近し」（一一五）
・「河上の霧」（一一六）
・「新居に松を植う」（一一七）
・「謹んで相府の鈞旨を奉じて、資寿の無求老兄の戯《たはむ》るる有るに次韻す」（一一八）
・「海図の障子」（一一九）
・「輦寺に花を看る」（一二〇）
・「蕨を採る」（一二一）
・「人日、剣童の韻に和す」（一二二）
・「霑童の韻に和す」（一二三）
・「梅花野処の図に題す」（一二四）
・「盆蘆」（一二五）
・「帡新戒の韻を用いて、儼蔵主の甲に帰りて親を省するを送る。兼ねて邦君の幕下に束し、以って意を致すと云ふ」（一二六）
・「允修小生の歳旦の韻に次す」（一二七）
・「鵲」（一二八）

先に結論から述べると、ここに挙げた詩はすべて、絶海が晩年、京都で大寺院の住持を務めていた時に詠まれたものであろう。

先に述べたように、絶海は一旦義満と対立したが、その真価を理解されるにつれて、義満の信頼を得るようになり、等持寺・等持院・相国寺（三住）と次々に住した。義満に『金剛経』『首楞厳経』『十牛図』の講義をしたこともあるし、彼に従って西国（厳島）に遊んだり、彼の命令で応永の乱の調停に乗り出したこともある。義満の剃髪の戒師を務めたのも絶海である（『仏智年譜』『勝定年譜』『蔭凉軒日録』『鹿苑院殿厳島詣記』『応永記』『扶桑五山記』等）。したがって、このような晩年の絶海と義満の親密な間柄を勘案すると、百四番詩、百十二～百十六番詩、百十八番詩は、京都での作と見て差し支えないだろう。「深心院殿」とは近衛道嗣、彼が死没したのは至徳四年（一三八七）三月十七日のことなので、百四番詩は、絶海が阿波から帰京して約一年たった後に作られたと推測される。「無求老兄」とは無求周伸、「資寿（院）」は相国寺の開山塔で、後に崇寿院と改称された（『扶桑五山記』）。『日工集』至徳三年十月廿六日条には、「是の夜、府君（足利義満）・等持絶海（中津）・資寿無求（周伸）洎《およ》び余（義堂周信）は、同じく鹿苑の僧堂に帰り、十二の道人に陪して坐禅す」という記述がある。

さて、絶海が輦寺に住したのは、老年期を迎えてからである。彼の身辺には、少年僧（「童行《ずんなん》」「新戒」「小生」等）がつどい、住持（絶海）の世話をしたり、修行や勉学に励んでいたことであろう。百二十二、百二十三、百二十六、百二十七番詩は、詩題からこの時期の作品と思われる。特に百二十二番詩の「老懐、芳辰を競ふに意無し。忽ち喜ぶ、剣童の詩句の新なるを」、百二十三番詩の「老懐、案頭の巻を了するに嬾し。愛す、爾《なんぢ》が書を攤《ひら》きて床に満たしむるを解するを」という表現からは、詩作や学問に耽る少年僧をやさしく見守る老僧絶海の姿を想像することができる。百一番詩や百十三番詩も、「良宵、何ぞ必ずしも衰齢に負《そむ》かん」や「白頭、簡を授く、華堂の下」という詩句があることから、この時期に詠じられたものであろう。なお、「華屋」という語は、百十九番詩にも「近く華屋に来たりて、居は気を移す」という用例があり、相国寺などの大寺院を指しているのではないだろうか。傍線は私に施した。「剣童」「霅童」「帡新戒」「儼蔵主」「允修小生」は未詳。「邦君」に関しては、蔭木英雄氏は「武田信成か」（『蕉堅藁全注』、一八四頁）と指摘されている。

百十七番詩、百二十番詩について。百十七番詩の「松を栽《う》ゑて為に万年の枝を護る」という詩句は、この詩が万年山相国寺での詠出であることを示していよう。百二十番詩に関しても、詩題に「輦寺」とあり、詩中に「寺は皇居に近くして」とあることから、相国寺で詠じられたものであろう。蘭坡景茝の『雪樵独唱集』絶句ノ一（『五山文学新集』第五巻所収）には「和㆓万年旭岑試筆㆒」詩に「寺近㆓皇居㆒気色新」、天隠龍沢の『黙雲藁』（『五山文学新集』第五巻所収）には「和㆓万年檀渓韻㆒」詩に「寺近㆓皇居㆒気象饒」という句が見られる。

その他、百二番詩について。本文を挙げる。

一〇二　題㆓伏見親王画軸㆒

江天落日弄㆓新晴㆒。雪後峰巒万玉清。好在梁園能㆑賦客。何時起㆑草直㆓承明㆒。

島田、入矢氏監修『禅林画賛　中世水墨画を読む』には、この詩が記された山水図（作品番号89、伝張遠筆、題詩・絶海中津、十四世紀末―十五世紀初期、紙本墨画、三四・五×九四・九㎝、相国寺）が掲載されている。大西広氏は解説の中で、以下のように説明されている。

○　本図は京都・相国寺に伝来した品であるが、絶海中津（一三三六～一四〇五）が題詩を付したと思われる明徳から応永にかけての時期（一四〇〇年前後）には、皇族の伏見宮家の所蔵であったことが、絶海の詩文集『蕉堅稿』によってわかる。伏見宮といえば誰もがまず思いうかべるのは、有名な『看聞御記』の筆者で書画の収蔵家でもあった後崇光院・伏見宮貞成《さだふさ》（一三七二―一四五六）の名であろう。がしかし、ここにいう伏見宮とはその貞成ではなく、彼の父・栄仁《よしひと》親王（一三五一―一四一六）であったろうと思われる。（中略）栄仁は、持明院統の崇光天皇の第一皇子として生まれながら、南北両朝の確執に翻弄され、ついに皇位にはつけず悲運のうちに一生を送った人である。文字どおり子の貞成に受け継がれてゆく風雅の家系を代表する人物でもあり、絶海や空谷明応などをはじめ、五山の文学僧とのあいだにも親交があったことが知られている。

そうした背景から見て、本図で興味ぶかいのは、絶海の題詩に、心なしかその栄仁親王の境涯への個人的な思い入れが籠められているように感じられることである。絵そのものは、雪景山水に行旅の人を点景として添えるといった図柄で、一般に群峰雪霽図とか関山行旅図などと呼ばれていたものの一類であり、何かここにそれ以上の特殊な主題があるとは考えられない。それに対し詩の方は、絵にとらわれない自由な想像によって、内容として漢の司馬相如の故事をうたいこんだものになっている。むろんこうしたこと自体は題画詩にはよくあることであるが、一般に題画詩にその傾きが強いときには、絵の主題だけでなく、題画の背後情況との関わりを考えてみるべきであろう。（下略）　（二八一頁）

○　このようにさまざまな想像をかきたてる本図であるが、面白いことに絵そのものは日本でかかれたものではない。中国画説あり朝鮮画説あり、その鑑識が歴史上、二転、三転してきたという点でも、本図はじつはたいへん興味ぶかい一作なのである。（下略）　（二八二頁）

この詩群には、画図や扇面に題した、いわゆる題画詩や、題詠詩が多いため、百番詩、百三番詩、百五〜百十一番詩、百二十一番詩、百二十四番詩、百二十五番詩、百二十八番詩など、詠作状況が判然としないものも間々あるが、前後の作品が京都で詠まれたものなので、京都での作と考えてよいだろう。「察侍者」とは鑑渓周察のことであろうか。なお、百五番詩は、希世霊彦の『村庵集』（建仁寺両足院蔵。『五山文学新集』第二巻所収）にも採られている。両足院本には、他にも絶海の作品が見受けられるが、玉村竹二氏の解題には、多少の疑問が残る。(11)

七　六十九番詩〜七十九番詩

最後に五言絶句を見ていく。詩題を掲げる。

・「雲間の口号」（六九）
・「長門の怨」（七〇）

・「鴈」（七一）
・「四皓の図に題す」（七二）
・「西湖帰舟の図」（七三）
・「扇面の画に題す　七首」（七四）
・「扇面の竹」（七五）
・「乾杜多が韻に和す」（七六）
・「梅竹軒　高麗僧に贈る」（七七）
・「画に題す（四首）」（七八）
・「玉畹外史の扇に題す」（七九）

どうしてこの詩型を後回しにしたかと言うと、題詠詩や題画詩ばかりで、いずれも詠作状況が判然とせず、僅かな手掛かりと、今までの傾向を参考にして、論を進めなくてはならないからである。

六十九番詩の「雲間」とは現在の上海市松江区、「口号」とは詩題の一つで、文字に書かずに、心に浮かんだ通り吟詠することを言うので、同詩が中国での作ということは、まず動かないだろう。

さて、七十番詩から七十五番詩までは、題詠詩と題画詩が続き、七十六、七十七番詩を置いて、七十九番詩まで、また題画詩が続く。七十六番詩の本文を挙げる。

七六　和二乾杜多韻一

昌期帝載熙。法運中興時。喜見詩多レ態。晴空百尺絲。

絶海は一方で天皇（後小松天皇か）の治世や、仏教（禅宗）の時勢を賛美し、一方で乾杜多の詩作を喜んで見ている。臨川寺事件を経て、近江や甲斐でしたためた書簡の中には、「邇来、法道古ならず、目を挙ぐれば、悽然たり」（百四十八番書）とか、「某、進みて危機を避けず、退くも亦た高尚の節を失ふ。冥頑無識、宗門を玷汚す」（百五十二番書。「法門を汚辱す」という用例は、『蕉堅藁』に二例ある）と、仏法の現状を危惧したり、仏者としてのおのれの行動を戒めたりしていたが、この詩には、時代の流れ（南北朝合一）や、彼を取り巻く環境の変化（大寺院の住持歴任）を感じる。また、「杜多（頭陀）」とは修行僧のことである。詩作に興じる乾杜多をやさしく見守る絶海の眼差しには、先に見た百二十二番詩や百二十三番詩に通ずるものがある。よって、晩年の京都での作と位置付けてよいのではなかろうか。なお、「乾杜多」に関して、蔭木氏は「春屋妙葩（普明国師）の嗣の用健周乾か」（一三五頁）と指摘しておられる。

高麗僧に贈ったという七十七番詩も、「三年、日域に遊び、高興、帰歟を促す」という詩句があるので、日本（京都）での作と考えてよいだろう。なお、寺田透氏は、この高麗僧に覚鎚の可能性を示唆しておられる(12)。

さて、六十九番詩は中国での作、七十六、七十七番詩は京都での作と特定したが、問題はここからである。今までの傾向を振り返ると、『蕉堅藁』の五言律詩や七言律詩の作品配列は、大体、詠作年代順に整理されていた。このことを、五言絶句にも援用したい。七十番詩の本文を挙げる。

七〇　長門怨

寂寞長門夜。昭陽歌舞来。妾身若㆓残燭㆒。涙尽寸心灰。

この詩は、武帝の寵愛を失い、長門宮に退いた陳皇后の悲しみを詠じたものであるが、全くの艶詩である（代表的な詩の総集である金地院（以心）崇伝〈一五六九～一六三三〉他編『翰林五鳳集』では、巻第六十二・恋に収録されている）。艶詩は、五山文学史上、室町時代後期の特徴の一つと考えられているが、絶海詩におけるそれは、その濫觴（発芽）と思われる。よって、この詩は、晩年の京都での作ではなかろうか。ちなみに蔭木氏も、つぎのように指摘されている。

筆者は119の〝近く華屋に来れば、居は気を移す〟の句の通り、花の御所に近い大伽藍に住持する絶海が、長門宮の悲恋の絵画を見て、時流に抗し得ずして作った五絶であると解するのである。（一二八頁）

七十番詩が京都での作ということになると、それ以降の作品も、七十六、七十七番詩も含めて、絶海が晩年、京都の大寺院に住していた時に詠まれたものということになって来よう。推測の域を出ていないかも知れないが、稿者が現段階で追究できるのは、ここまでである。

「（商山）四皓」とは、秦末に世乱を避けて、商山に隠れた四人の鬚眉が白い老人――東園公・夏黄公・甪里先生・綺里季――を指し（『漢書』王貢伝等）、五山禅僧が好んで用いた詩の素材の一つである。『翰林五鳳集』巻第五十九・支那人名部には、「商山四皓図」「扇面四皓」「四皓囲碁図」等の詩が見られる。また、「西湖」の孤山には、北宋の詩人である林和靖（林逋）が隠れていた。先に触れたように、絶海は実際に和靖の旧宅を訪れており（『勝定年譜』）、七十三番詩を詠出する際には、当時のことを思い起こし、きっと感慨深かったことだろう。なお、和靖も五山禅僧によく詠まれ、『翰林五鳳集』巻第六十一・支那人名部には、「和靖像」「読和靖詩」「和靖放鶴図」「和靖回棹図」等の詩が見られる。「玉畹外史」とは玉畹梵芳のことである。

おわりに

以上のように、今回は五言絶句（六九～七九）と七言絶句（八〇～一二八）を見てきた。対象が絶句なので、考察の手掛かりが少なく、解釈の不充分を恐れるが、現在のところ、六十九番詩は中国での作、七十～七十九番詩は京都での作、八十番詩、八十番詩A、八十一～八十五番詩は中国での作、八十番詩B、Cは京都（相国寺）での作、八十六番詩は宇治での作、八十七～九十四番詩は京都（天龍寺）での作、九十五、九十六番詩は甲斐での作、九十七、九十八番詩は摂津での作、九十九番詩は阿波での作、百～百二十八番詩は京都での作と結論付けるに至った。

七言絶句の部の巻頭に八十番詩が配されているのは、同詩が有名であったことが多分に影響しているだろう。大方のご批正を乞いたい。

＊　　＊

冒頭で述べた通り、『蕉堅藁』の詩作品の配列に関して纏めてみたい。まず、各詩の詠作状況をもう一度、振り返ってみる。

○五言律詩他（一～二二。計三〇首、他作四首を含む）
・一～十三番詩…中国での作
・十四番詩…九州での作
・十五番詩…九州か、近江か、甲斐での作
・十六～十九番詩…甲斐での作
・二十～二十二番詩…京都での作

○七言律詩（二三～六八。計六七首）
・二十三～四十六番詩…中国での作
・四十七～五十二番詩…九州での作
・五十三番詩…宇治（近江に向かう途中）での作
・五十四～五十九番詩…京都での作
・六十～六十八番詩…関東での作

○五言絶句（六九～七九。計二〇首）
・六十九番詩…中国での作
・七十～七十九番詩…京都での作

○七言絶句（八〇～一二八。計五五首、他作三首を含む）
・八十番詩、八十番詩A…中国での作
・八十番詩B、C…京都（相国寺）での作
・八十一～八十五番詩…中国での作
・八十六番詩…宇治（近江に向かう途中）での作
・八十七～九十四番詩…京都（天龍寺）での作
・九十五、九十六番詩…甲斐での作
・九十七、九十八番詩…摂津での作
・九十九番詩…阿波での作
・百～百二十八番詩…京都での作

上記の如く、『蕉堅藁』の詩作品の配列は、その種類ごとに、大体、詠作年代順に整理されていた（ただし、中国での作や京都での作など、それぞれの詩群の中での配列は、必ずしも年代順にはなっていない。例えば、各詩型の巻頭詩には、絶海の自信作や、思い入れのある作品が採られている。一番詩は、「流水、寒山の道、深雲、古寺の鐘」という詩句が人口に膾炙していたし、二十三番詩は、中国で師事した季潭宗泐〈全室和尚〉に次韻したものである。八十番詩は、明の太祖高皇帝〈洪武帝・朱元璋〉と唱和したもので、これに関連したエピソードは広く流布していた。横川景三編『百人一首』の巻頭詩でもある）。が、一部に順序の乱れも認められる。例えば、その顕著なものとして、六十〜六十八番詩が挙げられる。これらの詩は、絶海が関東に再遊した時に詠まれたもので、京都での作（五四〜五九）との間に、詠作時期が前後する作品があるのである（七言律詩は、詠作場所別に見ると、整理されている）。また、八十番詩B、Cは、中国僧の天倫道彝らが後年、機会を別にして八十番詩に和したものである。基本的に各作品が年代順に配列される『蕉堅藁』において、両詩がここに位置しているということは、作者の絶海（もしくは編者の鄂隠慧奯）が、その詠作状況を考慮して、確固たる配列意識（意図）を有していたことを示す一証左となるだろう。六十〜六十八番詩にも、絶海（もしくは鄂隠）の意識（意図）が作用していたかと思われるが、現段階では判然としない。

さて、五山（禅林）詩は、室町時代中期以降になると、七言絶句が目立ってくる。玉村氏は、『五山文学』（日本歴史新書、至文堂、昭四一）の「第八章　五山文学の変質と衰頽」において、つぎのように述べておられる。

> 嘗ては賦・離騒より古詩・七言五言の律詩・七言五言の絶句というようにあらゆる詩形に亘っていたものが、次第にその種類を減じて行った。しかし絶海・義堂の頃は、まだ律詩が多く作られ、五言詩も多かった。それがこの時代になると、律詩さえも数が少くなり、専ら絶句である。それも五言は影を潜め、七言絶句が、最も一般化して、圧倒的な数に上ってしまった。横川景三が撰んだ『百人一首』や、文挙契選[13]の撰んだ『花上集』（花という字の上の方即「廿」は「廿」で、二十人集ということを表わす）も皆七言絶句のみをとっている。いずれも文明前後の成立をもつ書であるから、如何に室町時代中期には、既に表現形式が減少し、単一化されてしまったかを知る事が出来る。（後略）
> （二七三〜二七四頁）

『蕉堅藁』の詩の総数は、一七二首（他作七首を含む）である。確かに玉村氏のご指摘の如く、『蕉堅藁』において、律詩の総数（九七首、他作四首を含む）は、その半数以上を占める。ただし、詠作時期別に見ると、律詩が、中国での作が六〇首（他作四首を含む）、京都での作（晩年）が九首と減少しているのに対して、絶句は、中国での作が七首（他作一首を含む）、京都での作（晩年）が三一首と増加している。さすがの絶海も、時代の趨勢には逆らえなかったのであろうか。なお、『中華若木詩抄』にも、中国の詩人と、日本の五山詩僧の七言絶句ばかり、交互に二百六十首収められている。

次項は、『蕉堅藁』の書簡類の作品配列を見ていくつもりである。詩作品を考察するだけでは気付き得ない絶海（もしくは鄂隠）の配列意識が、新たに明らかになることが期待される。

注

（1）引用は『大正新修大蔵経』第八十巻「続諸宗部」による。

（2）引用は大塚光信氏・朝倉尚氏他校注『中華若木詩抄　湯山聯句鈔』（新日本古典文学大系53、岩波書店、平七）による。

（3）『絶海和尚語録』巻下には、「韻に和して天寧の天倫禅師と上竺の一庵講師の過訪を謝す」（二七六）という偈がある。作品番号は梶谷宗忍氏訳注『絶海語録』二（思文閣出版、昭五一）による。

（4）入矢義高氏校注『五山文学集』（新日本古典文学大系48、岩波書店、平二）、梶谷氏訳注『蕉堅藁　年譜』（相国寺、昭五〇）。

（5）引用は『大日本仏教全書』第六十九巻「史伝部八」による。

（6）『碧雲稿』には「奉レ寄二絶海和尚一」や「春夜看レ月寄二蕉堅老人一」のほかに、「送三絶海津蔵主帰二日本一在唐作」という詩もあり、如心が絶海の帰国後も、中国に滞在したことがわかる。なお、汝霖に関しては、『日本名僧伝』につぎのような逸話が伝わっている。彼も高皇帝に謁見したのだが、絶海が即座に絶句を作り、御製の和を賜ったのに対し、汝霖は律詩を作ることができず、絶海の光栄を羨んでいたらしい。このため、絶海と同船で帰国する途中、太祖が次韻した宸筆を、絶海から奪い取って海中に棄ててしまったという。ただし、『蕉堅藁』所収の「佐汝霖の宝幢に住する諸山疏 序有り」（一三三）の記述は好意的であるし、康暦二年（一三八〇）に絶海は播磨の法雲寺（兵庫県赤穂郡）の住持を汝霖に譲っている（『仏智年譜』）。

（7）作品番号は梶谷氏訳注『観中録・青嶂集』（相国寺、昭四八）による。

（8）太白真玄の『峨眉鴉臭集』には、「遊二鎌倉渓牛隠寺一序」という文章があり、当時の牛隠庵の様子を窺い知ることができる。

庚午春。余治二脚疾於摂之温泉一。居無レ何。疾有レ間。偶携二二三友生一。游二山西鎌倉之渓一。路径二村居一。行無二十里之遠一。而至二其境一。乃崇山複嶺。仙岩斗起。青松夾レ径。白石囲レ流。漸過二独木橋一。而闖二牛隠之門一。珍不レ名花。繍二于面背一。絵二于左右一。宛如レ遊二神仙佳境一。風骨冷然。不レ覚二疾之在レ脚。不二亦一奇一哉。（下略）

（『五山文学全集』第三巻）

（9）両足院本には、作者惟肖得巌の先輩にあたる五山文学僧——義堂周信・絶海中津・無求周伸・雲渓支山等の七言絶句が百七首挙げられており、玉村竹二氏は「義堂・絶海等の詩は、作品がいずれも惟肖に関係の深い人のものばかりであるから、惟肖が先輩の作品を勉学のために抜萃して座右に備えたものと考えられないこともない」（「解題」）と指摘されている。

（10）引用は『大日本仏教全書』第六十九巻「史伝部八」による。なお、〈 〉内は割注を示す。

（11）『五山文学新集』第二巻・「希世霊彦集」の編集方針は、内閣文庫蔵『村庵藁』を底本として全文掲載し、その末尾に「希世霊彦作品拾遺」として、他の校訂本に見える逸文を収集している。『蕉堅藁』の百五番詩以外にも、八十九番詩と九十二番詩が、両足院蔵『村庵集』から「拾遺」に収められているが、おそらく玉村氏は、絶海の作と気付かれていなかったと思われる。両足院蔵『村庵集』の解題から抜粋する。

この本は、表紙裏の注記に「卍元老僧手書村庵集壹冊乃歸寂之日所遺寄也、」とあるにより、『延宝伝灯録』『本朝高僧伝』の著者美濃盛徳寺の卍元師蛮の自筆書写にかかるものであることを知る。七言絶句二百六十五首、七言律詩二十八首を収めた後、心田清播の作品『心田詩藁』の一部が攙入している。即ち「愛晩菊寄故人」から「贈無文章侍者」「賦海棠寄西山故人」「梅先生詩」「立秋書懐」の六《（五カ）》首が七言律詩、「寄北隣梅丈人」「伝曰棠棣廃則兄弟歇、伐木廃則朋友缺」云々の題のある詩の二首が五言律詩で、合計八《（七カ）》首ある。しかるのち、再び希世の作に戻り、五言絶句八十一首を収めて終っている。この本の内容は別に『村庵藁』を上廻る佚文などはない。ただ局部的にはその誤字を訂すべきものはある。ただ卍元手写という点に興味がある。（下略）　（一二六四～一二六五頁）

結論から言うと、この記述にも誤りがある。玉村氏は、心田の作品の混入を指摘されているが、「贈無文章侍者」詩と「賦海棠寄西山故人」詩に限っては、絶海の作である（本文は確認済み）。『蕉堅藁』の五十六番詩と五十四番詩に当たる。残りの詩は心田の作品で、いずれも『心田詩藁』（『五山文学新集』別巻一所収）に確認することができる。なお、両足院本に絶海や心田の作品が混入した経緯に関しては、今後、追究してみたい。

(12) 寺田透氏『義堂周信・絶海中津』（日本詩人選24、筑摩書房、昭五二）。

(13) 今泉淑夫氏は、「僧某が建仁寺の少年僧文挙契選のために編んだ」とし、「通説でこの集が文挙自身の編とするのは一考を要する」とされている。「『花上集』について」（『東京大学史料編纂所報』第十八号、昭五八。後に『日本中世禅籍の研究』〈吉川弘文館、平一六〉に再収）参照。

第五項　書簡の場合

はじめに

前項で『蕉堅藁』所収の詩作品の配列をすべて考察し終えたので、本項では書簡類（一四六～一五四）の執筆状況を可能な限り明らかにし、配列順序について考えてみたい。書簡は全部で九通しか収められていないので、逐一考察して行く。

一　「金剛の物先和尚に与ふる書」（一四六）

「金剛」とは景福山金剛寺（近江八幡市金剛寺町、現在は廃寺。今枝愛真氏『中世禅宗史の研究』〈東京大学出版会、昭和四五〉参照）、「物先和尚」とは物先周格（一三三一～九七）のことである。この書簡は、書中に「小弟、外邦に閑遊して、時の孔艱に遭ふ。苟《かりそ》めにも活きて帰るは、幸ひたるのみ」「賤跡、二月望を以って、方《まさ》に輦下に到る」とあるので、絶海が中国から帰国して、一旦九州で静養した後、帰京した頃にしたためたものであろう。『蕉堅藁』所収の「粲全牛（全牛中粲）の和山（貲礼）上人の関西に帰るを送る詩の序」（一四二）に「丁巳の春、余、南国より首を回《めぐ》らし、箱崎の広厳精舎に謁す」「明年、上人、叔父（大疑宝信）に従ひて、京に赴く。余も亦た舟を同じくして行く」とあることから、絶海が帰国したのは永和三年（一三七七、丁巳）の春、帰京したのは翌四年の二月十五日のことである。書簡には「維《こ》の時、春深し」ともある。なお、書中には「模堂・陽谷の如く、数年の間に喪亡するもの、二十人に幾《ちか》し」というくだりが見られるが、模堂周楷が示寂したのは応安四年（一三七一）九月二日、陽谷周向が示寂したのは応安二年（一三六九）五月十七日のことである。玉村竹二氏『五山禅僧伝記集成』参照。

二　「光禄相公に与ふる書」（一四七）

「光禄相公」とは、ばさら大名で有名な近江守護佐々木高氏（導誉、一二九六～一三七三）の三子、京極高秀（一三二八～九一）のことである。書中には「図らずも閣下、固陋を識察して、録問を枉げるを辱《かたじけな》くす」や、「来たりて内を治むるに逮びて、上野、日に清化に沐し、民物康阜にして、邑に夜吠の犬無し。矧《いは》んや龍興新寺は、乃ち妙喜翁行化の地、四海学者の矜式する所にして、高風遺烈、凛乎として猶ほ在り」というくだりがある。「上野」とは現在の滋賀県甲賀郡甲南町新治、「龍興新寺」とは中巌円月（妙喜翁、一三〇〇～七五）が貞治三年（一三六四）冬十一月、近江の杣庄（飯道山の東麓から杣川流域に沿い、現在の甲南町北部一帯と水口町南西の一部）に建立した寺（『仏種慧済禅師中岩月和尚自歴譜』）、よって、この書簡は、臨川寺事件が原因で、絶海が近江に隠遁していた時にしたためたものである。稿者は本節第三項で、絶海が永和四年の冬頃、宇治から近江に行かんとして、五十三番詩を詠んだのではないか、と指摘したが、書中に「辰下厳寒」とあるので、この書簡も同時期の執筆と見て差し支えないだろう。なお、本書簡の中には、

某遠託二鴻庥一。息二影此地一。晨禅夜誦。一遵二旧規一。暇則倚レ軒嘯傲。以陶二写乎雲樹猿鳥之趣一。

という文章があり、絶海の近江における生活態度の一端を窺い知ることができる。彼は、朝は坐禅、夜は読経というように、一途に古くからの規則を遵守していた。そして、暇ができると、軒端に寄り掛かって超然とし、雲樹猿鳥の様子に心を楽しませていたという。

三　「報恩の義堂和尚に答ふる書」（一四八）

「報恩」とは南陽山報恩寺（鎌倉市西御門）、義堂周信が応安四年（一三七一）十月十五日、関東管領の上杉能憲に請われて建立した寺である（『日工集』）。冒頭に「旧冬十二月七日、賜はりし所の教字、今夏四月七日に及びて、方に江州甲賀縣の寓所に到る。拝読して数を泝《さかのぼ》るに、已《すで》に百二十日を距《へだ》つ」とあるので、本書簡も近江での作である。蔭木英雄氏は「江州甲賀縣の寓所」を龍興寺とされているが（『蕉堅藁全注』、二二三頁）、稿者には、少しく疑問が残る。と、いうのも、後に近江での作と結論付ける百五十二番書に「是れを以って遁逃してより已還《このかた》、一たび歳月を周《めぐ》らし、六たび茅舎を移す」とあり、絶海が近江で住居を転々としていたことが知られるからである。執筆の時期は、（絶海が近江に滞在した期間を勘案すると、）必然的に康暦元年（一三七九）の四月七日直後ということになるだろう。書中には「伏して承るに、重ねて事を黄梅に領す、と」というくだりがあって、義堂が黄梅院（円覚寺の塔頭）の事を再領したのは、『日工集』によると、永和四年十一月二十九日のことである。また、「小弟、丙辰の春、金陵を離れて前に跋《つまづ》き、後《しり》へに疐《たふ》れて、此に四年なり」というくだりもある。絶海が高皇帝（洪武帝、朱元璋とも言う）に金陵（南京）の英武楼に招かれたのは、洪武九年（永和二年（一三七六）、丙辰）の春のことであり（『仏智年譜』）、正確に言うと、それから四年目の夏頃に、この書簡をしたためたことになる。この他、臨川寺事件に関して、

向者臨川告状。衆説紛紜。某但得㆔拱㆑手就㆓列于百十人之下㆒已。毫髪不㆑為㆓主張㆒。幸垂察焉。

という文章も見られる。臨川寺の訴えについては、いろいろな意見が乱れ飛んでいますが、わたしは、両手を拱いて、皆様の後に付いていくだけです。まったく主張は致しません、と絶海は義堂に述べているのだが、この事件がもとで近江に隠遁したと思われる絶海にしては、まことに控え目な意見と言えよう。

四　「法華の元章和尚に与ふる書」（一四九）

「法華」とは等持寺の法華堂、「元章」とは元章周郁（一三二一～八六）のことである。『蕉堅藁』には「元章和尚の天龍に住する諸山疏」（一三二）、『絶海和尚語録』【注】巻下には「将に近県に往かんとして、韻を次して元章和尚に別れ奉る」詩（一八三）も見られる。書中に「今夏、州兵、東征し、軍須、百端、民戸、之が為に騒然たり」とあるのは、関東で小山氏が反乱を起こしたためであろう（小山氏の乱、一三八〇～九七）。この時、絶海は甲斐の恵林寺の住持を務めていたと思われ、「細務、猥雑、日に懊悩を以ってす」という記事も見受けられる。彼が同寺に入院したのは康暦二年（一三八〇）十月八日（『仏智年譜』）、書中に「今夏、州兵、東征し」や「秋序、杪に方《あた》る」とあり、後述するが、百五十、百五十一、百五十三番書も甲斐での作で、これらの書簡との兼ね合いもあるので、本書簡の執筆時期は、永徳元年（一三八一）の秋の終わりであろう。なお、書簡中の「等持の法兄」とは義堂を指し、『日工集』によると、康暦二年十月十七日に同寺に入院したことがわかる。

【注】作品番号は梶谷宗忍氏訳注『絶海語録』二（思文閣出版、昭五一）による。

五　「久菴和尚に答ふる書（一）」（一五〇）

「久菴和尚」とは久菴僧可（?～一四一七）のことである。すでに直前でも述べたが、稿者は、この書簡を甲斐での作と考えている。論拠は乏しいのであるが、第一に「前年、東府の管領、前後相継いで捐館し、しかのみならず、信越の二守、或いは以って傾逝し、或いは以って俗を厭ふ」という箇所に注目する。前年、相次いで逝去した関東管領とは、上杉能憲（永和四年四月十七日没、『日工集』『鎌倉九代後記』等）と憲春（康暦元年三月七日没、『花営三代記』等）のことであろう。絶海は、久菴が上杉氏出身（憲将の息）ということもあっただろうが、同時期に（関東十ヵ国の一である）甲斐に滞在していたからこそ、このような話題を出したのではないだろうか。なお、一人が逝去し、一人が出家したという「信越の二守」に関して、蔭木氏は「貞治六年七月十三日に越後守護斯波高経が死に、斯波氏経は嵯峨に出家遁世した」（二二八頁）という注を付されているが、斯波高経は、越前もしくは越中の守護である。少しく疑問が残る。信濃の守護は上杉朝房、越後の守護は上杉憲栄を指しているのではないか、とわたくしは推測している（『新潟県の歴史』『長野県の歴史』『国史大辞典』参照）。この他、「而して独り管領公洎《およ》び中書侍中の二公、今諸軍の率と為り、僣偽を削定す」というくだりがあり、上杉憲方（管領公）と朝宗（中書侍中）が、諸軍を率いて、官位を偽り領国を侵すものを征伐する、その具体的な内容として、蔭木氏は「ここは小山義政の反乱を治めること」と指摘されている。執筆の時期に関しては、書中に「残暑、伏して惟《おも》んみれば、保愛せんことを」とあり、つぎの書簡（百五十一番書）との兼ね合いもあるので、永徳元年の秋の初めを考えている。なお、本書簡には、絶海の病気に関する記事が見受けられる。

小弟比患二痢疾一。旬日間。殆不レ識レ人。両日前。方復小康。昏睡中。獲レ拝二手書并越燭一。喜甚。疾読脱然不レ覚沈痾之去レ體也。

絶海は下痢で、十日ばかり人と会わなかったという。彼には元々、持病があり、南北朝の争乱や臨川寺事件に巻き込まれて、疲れ果て、今にも息絶えてしまいそうな人の如く、生気を失った状態に陥ったこともあったという（百四十八番書）。そう言えば、『蕉堅藁』の詩作品には、薬草（黄精、紫参、紅棗、朮苗等）など、薬に関するものが頻出する。総じて、彼はあまり体が強い方ではなかったのかも知れない。

六　「久菴和尚に答ふる書（二）」（一五一）

この書簡と、前の書簡（百五十番書）は、五山版や江戸の版本を見ても、行換えを施して、一応区切ってはいるものの、「答久菴和尚書　二」という題のもと、一纏めにして収められている。と、いうことは、これも百五十番書と同時期に、甲斐でしたためられたと考えてよいのではないか。書中には「茲《ここ》に承従者、暫く伊豆を離れて、三川に坐夏す。未だ面晤を得ずと雖も、稍《やや》近きを以って喜びと為す」というくだりがある。甲斐と三河とは、間に駿河を挟んでいるが、割と近い距離にある。書簡の執筆時期は、「教上人来たる。二月廿二日の書を恵まる」「惟の時、春深し」とあるので、永徳二年の春の終わりであろう。なお、この時の久菴の所在に関して、蔭木氏は、百五十番書は、文面から察して越後の聖寿山至徳寺（上越市東雲町、現在は廃寺。久菴が開山）、本書簡は、久菴の祖父の上杉憲顕が無礙妙謙（久菴の師）を開山として建立した、伊豆韮山（静岡県田方郡韮山町）の天長山国清寺を指摘されているが、両書簡の体裁や執筆の時期などを勘案すると、少なくとも同じ場所に住していたように思われる。【注】このことは、つぎの百五十二、百五十三番書を見るにつけても、一層強く思われる。

【注】 蔭木氏は「茲に従者より承るに、暫らく伊豆を離れて夏を三川に坐すと」（原漢文、茲承従者。暫離伊豆坐夏三川）と訓読し、久菴が伊豆から三河に移ると、従者から聞いた、と解されているが、「茲に承従者、暫く〜」と訓み、承従者が三河に移るとも解せる。

七　「椿庭和尚に答ふる書」（一五二）

「椿庭和尚」とは椿庭海寿（一三一八〜一四〇一）のことである。百四十九番書から甲斐での作が続いているが、稿者はこの書簡を、近江での作と考えたい。とは言え、決定的な証拠は無く、状況証拠に頼らざるを得ない。例えば、「某、以って巌穴に竄伏して」とか「是《ここ》を以って遁逃してより已還、一たび歳月を周らし、六たび茅舎を移す」というような生活を、絶海が送るとすれば、それは、近江に隠遁した時を措いて他には考えられない。修行時代や住持時代においては、到底、無理であろう。また、

雖レ然時時逢二山水幽勝之処一。披レ衣散レ策而陶二冶於猿鳥雲樹之趣一。悠然如レ遊二乎物化之元一。

という文章もある。絶海は、山水の静かで美しい景色に出会うと、くつろいだ格好をして散策し、雲樹猿鳥の生態に共感して、ゆったりと物の変化の根源で遊んでいるような感覚を覚えたというが、この生活態度は、先に百四十七番書で見た、絶海の近江におけるそれと相通ずるものがあるように思われる。なお、書簡の執筆時期であるが、「溽暑、正に酷に及ぶ」というくだりがあるので、康暦元年の夏であろう。

八　「円覚の椿庭和尚に与ふる書」（一五三）

椿庭が円覚寺に入院したのは、永徳元年の冬のことである（第四十七世、『円覚寺史』附録〈住持世代〉による）。この頃、絶海は、すでに恵林寺の住持を務めており、この書簡は、甲斐でしたためられたものであろう。書中に「夏間に光侍者の職事を以って、虚中（梵亮）に私す」「茲に光侍者の帰参に因りて、草草に修布す」と見える「（明絶）光侍者」については、『蕉堅藁』の十九番詩や九十六番詩を考察する際にも触れたように、甲斐で絶海に従事した学徒のうちの一人である。執筆の時期は、「即晨、秋深し」とあり、絶海と椿庭、各々の住持期間を勘案すると、永徳二年の秋の終わりになろうか。なお、本書簡と前の書簡（百五十二番書）は、宛名は同じだが、執筆の時期や場所が異なり、また、宛先も異なると思われるので、百五十、百五十一番書のように一括するのではなく、項を改めて収めたのであろう。

九　「常光の古剣和尚に答ふる書」（一五四）

「常光」については、諸書では不明とされているが、近江には大慶山常光寺（甲賀市甲賀町大原上田）という臨済宗妙心寺派の寺院がある。「古剣」とは古剣妙快（一三一八～？）のことである。

じつはこの書簡の執筆状況が最も判然としない。まずは論の進行上、古剣の臨川寺事件以降の履歴を確認しておく（『五山禅僧伝記集成』の「古剣妙快」項から抜粋、一九二頁）。

（上略）ついで古剣は、永和初年（一三七五？）崇光法皇の院旨により、伏見の大光明寺に移ったが、その頃、龍湫周沢を中心とする一部の夢窓門徒の画策により、幕府を動かして、従来同門同徒の大切な甘棠道場（一派の本拠地たる門徒養成の場）であった十刹臨川寺を五山に昇位させ、十方住持（夢窓派を含めて、その外のあらゆる門派も、住持として任命され得る制度）の大方叢林（全く公的な大禅院）にされた。古剣は之に強く反対し、之を十刹の旧位に復し、夢窓派独占の門徒弁道の為の道場に戻さんとして、激越な言詞を以て訴状を作成し、同門の連署を集めて、幕府に訴えた。当初は中々その意見を容れなかったが、遂に幕府も折れて、康暦元年（一三七九）、臨川寺を十刹に降位した。古剣はその功によってか、一門に推されて、同寺に住した。そして永徳二年（一三八二）八月、建仁寺（五山）（第五十八世）に昇住、その後、建長寺（五山）（第六十一世）に遷住。晩年は京都に還り、西山に寿光院を創めて退隠したが、その寂年は詳かにしない。寿光院に塔した。（下略）

さて、書簡本文には、つぎのようなくだりがある。

向在二田里一。竊謂幸不二為一レ時容一。巌穴余楽也。春秋二時。乗レ閑拉二一二衲子一。一舸北レ渡拝二謁林下一。参学之暇。登レ山臨レ水。陶二冶乎雲鳥之趣一。以極二旬月之歓一焉。今不幸而為レ時覊絏。池魚籠禽之思。不レ足レ為レ喩也。蓋業縁使レ然也。

絶海は以前（「向」字を「サキニ」と訓んだ）、「田里」に在って、「巌穴は余が楽しみなり」とひそかに思ったり、「参学の暇に、山に登り、水に臨みて、雲鳥の趣きに陶冶し、以って旬月を極む」といった生活を送っていたという。蔭木氏は「田里」を、絶海が足利義満に逆らって隠棲した、摂津有馬の羚羊谷牛隠庵とされている。その理由は、引用文の中に「春秋の二時には、閑に乗じて、一、二の衲子を拉して、一舸、北に渡り、林下に拝謁す」と記されていたが、古剣と有馬の羚羊谷の結びつきは強く、かなり頻繁に訪れていたとしてもおかしくはないからである。『臥雲日件録抜尤』享徳元年（一四五二）四月十六日条によると、古剣はかつて摂津鎌倉谷（羚羊谷）の清寥庵にいたという。また、羚羊谷（掛角菴・鎌倉谷・仏ヶ谷）には、絶海が隠棲した「牛隠（庵）」も含めて、六境（「千仞壁」「一葉渓」「鐫仏岩」「龍山」「牛隠」「振鷺瀑」）があったらしく、それを命名したのが古剣その人である。古剣の『了幻集』（『五山文学全集』第三巻所収）には、「仏谷六境」という偈頌が収められている。しかし、実際に絶海が牛隠庵に滞在したのは、至徳二年（一三八五）の四月から七月末にかけての、わずか三、四ヶ月の間なので（『仏智年譜』）、「春秋の二時」という表現に齟齬を来たすのではないだろうか。よって、稿者は、蔭木氏の摂津説には賛同できない。そして、新たに近江説を提示したい。先に百四十七番書や百五十二番書で見てきたように、巌穴（の如き住居）に住んだり、修行の合間に雲樹猿鳥の様子を楽しんで、その生命や性質に共感したりするのは、絶海の近江における生活態度の特徴の一つである。『日工集』永和五年（康暦元年）正月十四日条には「三会の回書、同じく来たりて曰く、『中津蔵主、今江州の杣と云ふ処に在り。中諦書記、未だ在処を詳かにせず。』と」という記事があり、絶海の他にも、観中中諦が、臨川寺事件に際して行動を起こしていたことが推察される。古剣は臨川寺を、五山から十刹に復位させるのに尽力し、その結果、同寺の住持も務めたが、同時期に何等かの理由があって、近江で絶海と邂逅する機会を持ったのであろう。百五十二番書には「茲に古剣兄の住所を問及するを承る。今、備州の荒山の中に在り」【注】というくだりもある。

さて、「幸ひに時の為に容れられず」という近江隠遁期に対して、「今、不幸にして時の為に覊絏せらる」という本書簡の執筆状況は、いったい如何なるものであったのであろうか。どこかの住持を務めていたのであろうか。決定的な証拠は無いが、わたくしは、絶海が晩年、京都で大寺院の住持を務めている時にしたためられたものではないか、と考えている。と、いうのも、絶海は引用文中において、「池魚籠禽の思ひも、喩えと為すに足らざるなり」

とまで述べており、恵林寺の住持の時に比べて、明らかに多忙で、自由が利かなくなっていると思われるからである。それに、「所居、僻陋にして、世と接せざること知りぬべし」（百四十八番書）とか、「居処、僻遠にして」（百五十三番書）といった類の表現が見当たらないことも、その傍証とはならないだろうか。翻って古剣の動静であるが、彼は臨川寺の住持を務めた後、永徳二年八月に建仁寺、その後、建長寺とうつり、晩年は京都に戻ってきたようである。おそらく、その頃、近江の常光寺に赴く機会があったのであろう。古剣は、絶海よりも十八歳も年長に当たるので、その寂年は不明だが、年齢的なことを考慮すると、両者に書簡のやり取りがあったのは、絶海が等持寺の住持を務めている頃ではないだろうか。季節は、「正月、梁蔵主の往くとき、書を奉じて敬を致す」や「茲に遜侍者到り、正月廿六日の書を出し示す」というくだりがあるので、春である。なお、蔭木氏は「池魚籠禽の思ひ」に対して、「束縛されて自由でない譬え」「ここは等持寺住持になったこと」（一三六頁）という注を付されている。

【注】「荒山」に関して、蔭木氏は、所在不明とされているが、「荒れ果てた山」という普通名詞の可能性もあるだろう。百五十番書に「幸ひに荒山僻郡の中に在りて」という用例がある。傍線は私に施した。

おわりに

以上、今回は『蕉堅藁』の書簡類（一四六〜一五四）を見てきた。いま一度、その執筆状況を確認する。

・「金剛の物先和尚に与ふる書」（一四六）…京都での作、永和四年（一三七八）の春
・「光禄相公に与ふる書」（一四七）…近江での作、永和四年（一三七八）の冬
・「報恩の義堂和尚に答ふる書」（一四八）…近江での作、康暦元年（一三七九）の夏
・「法華の元章和尚に与ふる書」（一四九）…甲斐（恵林寺）での作、永徳元年（一三八一）の秋の終わり

・「久菴和尚に答ふる書（一）」（一五〇）…甲斐（恵林寺）での作、永徳元年（一三八一）の秋の初め
・「久菴和尚に答ふる書（二）」（一五一）…甲斐（恵林寺）での作、永徳二年（一三八二）の春の終わり
・「椿庭和尚に答ふる書」（一五二）…近江での作、康暦元年（一三七九）の夏
・「円覚の椿庭和尚に与ふる書」（一五三）…甲斐（恵林寺）での作、永徳二年（一三八二）の秋の終わり
・「常光の古剣和尚に答ふる書」（一五四）…京都（等持寺）での作、至徳三年（一三八六）以降の春

こうして見ると、詩作品の場合と同様、大体、執筆年代順に整理されているようである。例外は、百五十番書と百五十二番書である。前者は、前後の書簡（百四十九、百五十一番書）と同じく甲斐での作で、執筆時期が少し乱れているだけである。対して、近江でしたためられた後者は、甲斐での作が続く中（百四十九〜百五十一、百五十三番書）、何故か一通だけ混入し、しかも執筆時期もかなりずれている。いったいこれらの事態を、どのように説明すればよいのだろうか。

ここで稿者は、例外の両書簡（百五十、百五十二番書）の直後に、それぞれもう一通、宛名が同じ書簡（百五十一、百五十三番書）が位置していることに注目する。畢竟、絶海（もしくは編者の鄂隠慧奯）の配列意識（意図）として、基本的には執筆年代順であるが、宛名が同じ書簡が二通ある場合は、執筆時期の早い方を、遅い方の直前に配列させて、二通セットにするという意識（意図）があったのではないか、ということである。このようなパターンは、詩作品を考察する際には見受けられなかったが、今回の結果も踏まえながら、今後も疏（一二九〜一四一）、序（一四二〜一四五）、説・銘（一五五〜一六三）、祭文（一六四〜一六六）を考察してみたい。

第三節　絶海中津の自然観照

はじめに

五山禅僧は『三体詩』を愛読し、初心者向けの作詩参考書として講義をしたり、「抄物」を作成した。『三体詩』（南宋・周弼編）は、七言絶句・七言律詩・五言律詩という三つの詩型に分けられ、さらに、「虚」の句と「実」の句の配置によって、各詩型が細かく分類されている。これは、言い方を換えると、周弼が詩を、「虚」の句と「実」の句から成ると考えていたことになるのではないだろうか。ここに言う「虚」「実」であるが、周弼自身は「虚」を「情思」、「実」を「景物」としている（五言律詩「四実」および「四虚」の序文による）。稿者は、今のところ「外界の客観的、具象的な存在を描くものが「実」であり、感情、思考すなわち作者の胸中を写し出すものが「虚」であると考えてよかろう」（中国古典選29『三体詩』一、朝日新聞社、昭五三）という村上哲見氏の説に従っている。

さて、わたくしは、絶海中津（一三三六〜一四〇五）の作品世界の中核に切り込んでいく手立てとして、今回は実験的に、彼の詩（偈頌）作品の「実」の句、特に自然を描写した句に注目して、考察を進めてみたいと思う。なお、ここで言う「自然」とは、山水や、風雲月露花草禽獣といった自然現象や自然物を指している。

一　絶海中津の文学とその実践

「不立文字」「教外別伝」を標榜する禅僧にとって、文学とは元来、戒められるべき存在である。にもかかわらず、わが国の禅僧は、詩文を作成した。彼らをして詩文に走らしめた外的契機について、芳賀幸四郎氏は「大陸禅林における詩文流行の影響」「禅僧にとって文学的才能が禅の道力以上に重要な資格、少くも名声をあげる重要な条件となってきたこと」「支那や朝鮮との国交が恢復したため、文字の力のある彼等が外交を管掌し国書を作成し、使節の任にあたり或いは彼の使節との応酬接待の任にあたるようになったこと、或いは彼等があたかも江戸幕府における林家の場合の如く、室町幕府の文化上の顧問となったこと[1]」を指摘しておられる。禅僧の文学観を通時的に見ると、学道が第一義ならば、文章も容認する（決して本末転倒してはならない）という考え方から、詩禅一致論への流れを、大まかに想定することができる（芳賀氏・前掲書）。絶海の文学観は、如何なるものだったのだろうか――。本論に入る前に、まず確認しておきたい。ただし、実際、絶海は自身の文学観を、直接説いてはいないので、彼の作品や年譜からそれを読み取る以外に方法はない。『仏智広照浄印翊聖国師年譜[2]』（以下、『仏智年譜』と略す）の貞和四年（一三四八）条の本文を挙げる。

貞和四年戊子。師年十三歳。烏頭而列㆓天龍籍㆒。正覚移而養㆓老于西芳精舎㆒。師時時往侍㆑之。適月夜励㆑声唔咿。正覚定起燈下呼来試㆑之。師輒掩㆑巻暗誦琅琅。如㆓壑水之奔注㆒。正覚云。此児他日必為㆓禦侮之器㆒者。宜㆑在㆓叢林文字㆒。徒可㆑使㆓役于茲㆒哉。師固請曰。見性在㆓文字㆒哉。執㆓侍左右㆒素願也。正覚奇㆓其言㆒。

【注】「正覚」とは夢窓疎石。天龍寺第二世の無極志玄の『無極和尚伝』貞和三年条（『続群書類従』第九輯下所収）にも、「国師（夢窓）、時に西芳精舎に在り」という記述があり、同寺の開山である夢窓が、西芳寺に隠棲して、老後を養っていたことがわかる。

絶海は十三歳の時、天龍寺の喝食（僧童）となり、時折、西芳寺の夢窓疎石（一二七五～一三五一）に随侍していた。ある月夜の晩、絶海は大声を出して本を読んでいた。夢窓は禅定を終えた後、灯下に絶海を呼び寄せて試問をしたところ、驚くほど的確に暗誦していた。夢窓が「此の児、他日、必ず禦侮の器と為る者なり。宜しく叢林の文字に在るべし。徒《いたづら》に茲に使役すべけんや」と言うと、絶海は「見性は文字に在らんや。左右に執侍するは素願なり」と答え、夢窓を感心させたという。ここで注目すべきは、当時、十三歳の絶海が、夢窓の学問奨励に対して、見性成仏（自己の本性をさとって仏に成ること）は学問にあろうか、とそれを拒絶し、夢窓の側に執侍することを望んでいることである。この逸話を文字通りに解釈するならば、年少期の絶海は、仏道修行に専心し、文学や学問に心を乱されることもなく、禅の宗旨に違わない生活を送っていたことが窺われる。ただし、第二節で縷述したように、『仏智年譜』は、絶海の弟子である叔京妙祁が撰述したものなので、ある程度、誇張して記されている可能性があり、そのことを差し引いて考えなければならないかも知れない。

『蕉堅藁』(3)所収の、「維《こ》れ康暦二年、歳、庚申に次《やど》る、冬十月十八日、天錫座元寿公禅師、洛の西山に示寂す。越えて十一月十八日、訃至る。甲州恵林禅寺住持法弟比丘中津、虔《つつし》んで香茗菲薄の奠を具《そな》えて、昭《あき》らかに法兄の霊に告げて曰く」にはじまる「寿天錫を祭る文」（一六五）には、「余、年十八、移りて東山に隷す。公も亦た随ひ至る。同じく艱辛を嘗《な》む。鋭志講習し、斯文を研磨す。觚を操りて、月夕風晨を詠賞す」という文章がある。これによると、絶海は十八歳の時（文和二年〔一三五三〕）、天錫周寿らと建仁寺に掛錫し、一生懸命に勉強し、また儒道を研磨した。また、文章を作り、月夕風晨を詠じ賞したという。『仏智年譜』によると、この時、絶海は龍山徳見（第三十五世、一二八四～一三五九）の高風に触れ、彼から元朝系の古林派（金剛幢下）の思潮を学んだと思われる。なお、金剛幢下の家風に関して、玉村竹二氏は「高雅勁直」の四字に尽きるとして、

如何にも誇張がなく、しかも貴族的な風韻を存し、決して繊弱に流れず、頽廃に堕せず、正統的な健全さを有

しながら、凡俗な常識を遙かに超えている。その風を表わす最も端的なものは、墨跡である。

（日本歴史新書『五山文学』、至文堂、昭四一、八三頁）

と説明されている。また、その作品の表現形式は、殆ど「偈頌」の域を出なかったらしい。

『蕉堅藁』の「真寂の竹菴和尚に呈す」詩（一）から抜粋する。

（Ⅰ）絶海蔵主力究二本参一。禅燕之餘間事二吟詠一。吐レ語輒奇。予帰二老真寂一。（下略）

（Ⅱ）絶海蔵主。嘗依二今龍河全室宗主一。於二中天竺室中一参二究禅学一。暇則工二於為一レ詩。又得二楷法於西丘竹菴禅師一。故出レ語下レ筆倶有二準度一。

洪武六年（応安六年、一三七三）十二月二十日、真寂山[4]において、これから江東地方（金陵）へ赴かんとする絶海は、清遠懐渭（竹菴和尚）に留別詩（一番詩）を贈呈し、対する清遠は、見心来復や易道夷簡とともに送別詩（一番詩A・B・C）を唱和した。（Ⅰ）は清遠、（Ⅱ）は易道の和韻詩の序文からの一節である。（Ⅰ）に「絶海蔵主、力《つと》めて本参を究め、禅燕の餘りに、まま吟詠を事とす」、（Ⅱ）に「絶海蔵主、嘗て今の龍河の全室宗主に依りて、中天竺の室中に禅学を参究し、暇あるときんば、則ち詩を為《つく》るに工《たくみ》なり」とあるように、絶海が中国留学中、禅道修行の余暇に作詩していたことが知られる。なお、（Ⅱ）にも記されているように、中国における絶海は、季潭宗泐（全室和尚、一三一八～九一）や清遠に師事し、彼らから当世風（元朝系の大慧派）の思潮を受けた。この派の特質は、同じく玉村氏によると、「禅林の実用文書作成に際して四六駢儷文体使用の徹底化と、貴族社会の社交手段、或は教養としての純文芸（詩文）の賞玩」（九二頁）の二点にあるという。

『蕉堅藁』を読んで気付くのは、詩名が高い同輩僧を賞讃したり、少年僧の詩作や学問を喜ぶ詩句が散見することである。例えば、前者の用例としては、「本是れ詩を能くする天上の僊」（四十六番詩第二首目）、「千鈞の筆力は鼎を扛《あ》ぐるに堪へ、万丈の文光は天を爇《や》かんと欲す」（六十二番詩第二首目）、「我が朋寛仲は今の詞伯」（六十八番詩）等、後者の用例としては、「喜び見る、詩の態多きを」（七十六番詩）、「忽ち喜ぶ、剣童の詩句の新なるを」（百二十二番詩）、「愛す、爾《なんぢ》が書を攤《ひら》きて満床に解するを」（百二十三番詩）等が挙げられる。とくに後者の詩句は、絶海が晩年、大寺院（等持寺・等持院・相国寺）の住持を務めている時に詠まれたものである（本章第二節第四項参照）。この他、『蕉堅藁』には「某、徳性温良、語言簡遠、吟は禅林の風月に老い、眼は仏国の乾坤に空ず」（百三十一番疏）、「楓陛に赴きて三山の詩を賦し、茶盃を蕩《うご》かして以って万乗の上に対す」（百三十三番疏）、「和尚、徳は中に蘊《ふく》み、文行は外に顕著なり」（百四十八番書）、『絶海和尚語録』(5)（以下、『絶海録』と略す）巻下には「天資英邁にして、文思博贍なり」（二百七十三番詩）等と、他の禅僧の作品や文学活動を賛美する表現が見受けられる。

こうして見ると、絶海は、特に年齢を重ねるごとに、文学や学問に理解を示すようになったと言えるかも知れない。『仏智年譜』や『勝定国師年譜』（以下、『勝定年譜』と略す）を見ると、絶海は晩年、足利義満（一三五八～一四〇八）や渋川幸子等に『金剛経』『円覚経』『十牛図』等の講義をしているし、『勝定年譜』によると、明徳四年（一三九三）、絶海が半夏以後、相国寺に禅僧を集めて頌会を催したところ、それがその後、年中行事になったという。勿論、両年譜を繙くと、修行に関する記事は散見する。これは、一つには、行雲流水の修行僧から大寺院の住持へと環境が変化し、交流範囲の拡大が齎した結果と考えることもできるだろう。例えば、五山文学作品には、和韻詩が非常にたくさん見受けられるが、その大部分は、社交友誼の手段として作成されたものである（第二章第五節、本章第六節参照）。当時、禅林社会の中枢的な立場に在った夢窓や春屋妙葩（一三一一～八八）や義堂周信（一三二五～八八）には、特に和韻詩が多い。義堂に至っては、全詩（偈頌）作品中、半数以上が和韻詩である（義堂の詩〈偈頌〉作品は『空華集』(6)に収められており、総数一八九六首中、和韻詩は九五八首〈約五〇・五％〉である）。ただし、絶海は、文学や学問に捉われてはいないと思う。と、いうのも、義堂に比べて格段に和韻詩が少ないし（絶海の詩作品は『蕉堅藁』、偈頌作品は『絶海録』に収録されている。前者は総数一七二首中四〇首〈約二三・三％〉、後者は総数一二〇首中三六首〈三〇・〇％〉が和韻詩である）、何よりも独自の文学論を展開していないからである。この推論が正しいか否かは、絶海の自然描写や自然観を見るうちに、自ずから明らかになってくるだろう。

二　絶海中津の自然描写（概観）——『蕉堅藁』を中心に

さて、いよいよ本論に入る。まずは『蕉堅藁』における自然描写を見ていきたい。ただし、厳密に言うと、「自然を中心にした描写」である。『蕉堅藁』の巻頭詩である。

一　真寂の竹菴和尚に呈す

不堪長仰止　長く仰止するに堪へず、
渚上寄高踪　渚上、高踪を寄す。
流水寒山路　流水、寒山の路、
深雲古寺鐘　深雲、古寺の鐘。
香花厳法会　香花、法会を厳にし、
氷雪老禅容　氷雪、禅容老ゆ。
重獲霑真薬　重ねて真薬に霑《うるほ》ふを獲て、
多生慶此逢　多生、此の逢を慶ぶ。

これは、前項でも触れたが、絶海が清遠に贈呈した留別詩である。頷聯の「流水、寒山の路、深雲、古寺の鐘」に着目する。首聯では、いつまでも仰ぎ慕うだけでは我慢できず、渚のほとりの和尚の会下に身を寄せました、と清遠への追慕を語り、頷聯では、清遠の住処（寺庵？）の周りの（真寂山の）様子が描かれている。ここで、『三体詩』の「斉山人を送る」詩（韓翃）に、「柴門、流水、依然として在らん。一路、寒山、万木の中」という句があ

ることに着目したい。『三体詩素隠抄』（博文叢書第四冊。以下、『素隠抄』と略す）には、

●柴門……サテ山人ノ帰リ去ラルル処ハ、イカヤウナル地ゾト云ヘバ、モトカラ棲ミナレシ処ノ柴門ノ前ニ、流水ガ一筋アルガ、ソレガ、チツトモカハラズシテ、旧キニヨツテ、依然トシテアルゾ、ソノアリ処ハ、如何ナル処ゾト云フニ、万木ノシゲリ合フタル中ニ、路ガ只ダ一筋アルゾ、誠ニ人跡絶エテ、真ノ仙境ト云フベキ境界ゾトホメタゾ、コノ山人ノ居処ノ體ヲ、韓翃ガ推量シテ云フタゾ、サルホドニ、依然トシテアラント、點（ママ）ヲヨンダガヨイゾ

という抄文が付されており、これによると、斉山人のもとの住処の柴門の前には、依然として一筋の流水が在り、そこへは、多くの木々が繁り合っている中を、ただ一筋の路が通っているだけである。それは、真の仙境と言うのに相応しい境界という。翻って、『蕉堅藁』巻頭詩の三句目であるが、清遠の住処の様子は、斉山人のそれと、「流水」と「路」の配置が少し違うだけで、他はあまり変わらないように思われる。清遠が住む物寂しい山には、谷川沿いに路が通じている。韓翃が二句で表現した風景を、一句で遜色無く表現し得ている、絶海の詩人としての力量は、やはり評価されるべきであろう。そして、そこに、深雲のあたりにある古寺から鐘の音が聞こえて来るのである。この一句によって、閑寂な風景に、空間的な広がりと、奥床しさとが加わっている。古来、この頷聯が人口に膾炙したのも、頷けるような気がする。頸聯以降も見ておく。頸聯において、絶海の視点は、清遠の住処の周囲から、彼の法会や容貌へとさらに注視され、尾聯において、清遠に逢えたことを素直に慶んでいる。

つぎは『蕉堅藁』の十三番詩の本文を挙げる。

一三　早《あした》に発《た》つ

冬行苦短日　　冬行、短日に苦しみ、
蓐食戒長途　　蓐食、長途を戒む。

雪暗関河遠　雪暗くして、関河遠く、
風吹鬢髪枯　風吹きて、鬢髪枯る。
荒山雖可度　荒山、度《わた》るべしと雖も、
積水若為逾　積水、若為《いか》にか逾《こ》えん。
岸転橋何在　岸転じて、橋は何《いづ》くにか在る。
沙危杖屢扶　沙危くして、杖、屢々扶《たす》く。
漁篝残近渚　漁篝、近渚に残り、
僧磬徹寒蕪　僧磬、寒蕪に徹す。
埜興潜中動　埜興、潜かに中に動き、
衰容頗外蘇　衰容、頗る外に蘇る。
破衣江上歩　破衣、江上に歩み、
円笠月中孤　円笠、月中に孤なり。
天迥長河没　天迥《はる》かにして、長河没し、
曙分群象殊　曙分かれて、群象殊なる。
寒烟人未爨　寒烟、人、未だ爨《かし》がず、
野樹鳥相呼　野樹、鳥、相呼ぶ。
回首榑桑日　首を回らせば、榑桑の日、
還如萍実朱　還《ま》た萍実の朱きが如し。

この詩からは、絶海が中国大陸を抖擻行脚する様子が窺い知れる。一、二句目によると、冬の旅は、日が短くて苦労するので、（寝床の中で）朝早く食事を済ませて、長旅に備えたらしい。けれども、このような過酷な旅の中にあっても、「雪暗くして、関河遠く」（三句目）、「荒山、度るべしと雖も、積水、若為にか逾えん」（五、六句目）、「岸転じて、橋は何くにか在る」（七句目）、「漁篝、近渚に残り」（九句目）と、絶海の視線は、眼前に広がる風景全体から、彼が進行する方向へと向けられている。それは、十一句目に「埜興、潜かに中に動き」とあるように、旅を続けるうちに、原野の眺めを楽しもうとする心が、密かに躍動したためであろう。「首を回らせば、榑桑の日、還た萍実の朱きが如し」（十九、二十句目）――夜が明けると、あらゆる物が姿を現わし、人々はまだ朝食の準備をしておらず、鳥が互いを呼び合う中、絶海は、日本のある東の方角から上ってくる真っ赤な太陽を見つめている。稿者はここに、絶海の望郷の念と、異国での修行を貫徹しようとする前向きな気持ちとを読み取りたい。なお、十五、十六句目の「天迥かにして、長河没し、曙分かれて、群象殊なる」は、非常にスケールの大きな表現で、日本においては、決して詠出することはできなかったであろう。

ところで、中巌円月（一三〇〇～七五）にも、中国大陸行脚の作品が見られる。その一つ、「武夷山に遊ぶ」詩（『東海一漚集』[7]二）を掲げる。

4　武夷山に遊ぶ

群峯簇簇没煙靄　　群峯、簇簇として、煙靄に没し、
天柱独抜青天外　　天柱、独り抜く、青天の外。
手援鉄索登雲梯　　手に鉄索を援《ひ》きて、雲梯を登る。
眼眩股戦心将退　　眼は眩《くら》み、股は戦《おのの》きて、心は将に退かんとす。
仙翁縦臾上上頭　　仙翁に縦臾されて、上頭に上れば、
別有世界窮深幽　　別に世界の深幽を窮むる有り。

下視下方如按図　　下方を下視すれば、図を按ずるが如く、
九曲縞帯清渓流　　九曲の縞帯、渓流清し。
天下洞天三十六　　天下の洞天、三十六。
何縁縮在我双目　　何に縁りてか縮まりて我が双目に在る。
白石鬖鬖草菲菲　　白石は鬖鬖として、草は菲菲たり。
物物無不仙種族　　物物、仙種の族ならざる無し。
向使秦皇曽一来　　もしたとひ秦皇をして曽て一たび来たらば、
徐生不可尋蓬莱　　徐生、蓬莱を尋ぬべからず。
吾家万里青海外　　吾が家、万里、青海の外。
到此郷念消如灰　　此に到りて、郷念、消えて灰の如し。

「武夷山」は福建省崇安県の県城南西約十キロメートルのところにある。赤色砂岩でできた低山で、福建省第一の名山。その昔、神人武夷君がここに住んでいたという。三十六峰、三十七岩、九曲渓、桃源洞等の名勝古跡がある。峯々は群がり生じて、煙霞の中に没しており、ひとり天柱の如き武夷山だけが、青天の外へ抜きん出ている。眼は眩み、股は震え、心では引き返したく思いながらも、中巌は鉄の鎖に掴まって、雲の梯子を登って行った。ところが、一旦、頂上に辿り着くと、そこには別天地が開けており、幽邃な世界がそこにあった。中巌は感激のあまり、「もしたとひ秦皇をして曽て一たび来たらば、徐生、蓬莱を尋ぬべからず」（十三、十四句目）とか、「吾が家、万里、青海の外。此に到りて、郷念、消えて灰の如し」（十五、十六句目）と詠じており、ここにひとりの、絶海とはタイプを異にした、逞しい留学僧の姿を見ることができる。なお、「徐生」とは徐福のことである。徐福は始皇帝の命令で、童男童女各三千人を率いて、不老長寿の仙薬を求めて海上に入ったのだが、ついに帰ることはなかっ

たという（『史記』淮南衡山列伝等）。

『蕉堅藁』の四十二番詩の本文を挙げる。

四二　四明の館駅にて龍河の猷仲徽に簡す

十年寄跡江淮上　十年、跡を寄す、江淮の上。
此日還郷雨露餘　此の日、郷に還る、雨露の餘り。
客路扁舟回首処　客路、扁舟、首を回らす処、
離愁満幅故人書　離愁、満幅、故人の書。
謀生空擬一丘貉　生を謀りて、空しく一丘の貉に擬し、
学道深慚千里魚　道を学びて、深く千里の魚に慚づ。
浩蕩所思向誰説　浩蕩たる所思、誰に向ひてか説かん。
旅亭風雨夜燈疎　旅亭、風雨、夜燈疎かなり。

この詩は、約十年間にも及ぶ修行生活に区切りを付けて、今日、帰国せんとする絶海が、市船司所管の四明（寧波）の宿駅で、天界寺（大龍翔集慶禅寺）の猷仲徽（伝未詳）に向けて詠んだものである。尾聯の「浩蕩たる所思、誰に向ひてか説かん。旅亭、風雨、夜燈疎かなり」について考察する。「浩蕩たる所思」は、頷聯や頸聯にあるように、別れの悲しみに溢れる猷仲徽の手紙を目にしたり、自己の空しい留学生活を省察したことから沸き起こってきたものだろう。そして、この取り留めのない気持ちを誰に話したらよいのか、という問いに対して、旅の宿に風雨は繁く、夜灯もまばら、と続くのであるが、稿者が問題にしたいのは、七句目と八句目との間にある休止（ポーズ）である。どうも論理展開に断絶があるような気がするのである。蔭木英雄氏は、

中国大陸での十年間の修行を終るに当り、絶海の胸中はまさに浩蕩。古人の歩んだ道を信奉して兀々と行じ、

千里の魚に恥ずかしいほど徒労の修行を続けたと告白するのを、吾人は短絡的凡知で受け取ってよいであろうか。告白は即ち脚下照顧であり、見性である。夜燈が疎らなのは、法灯を護持し宣揚する同志同行の少ないのを歎く、心象風景のように思えてならない。

（『蕉堅藁全注』、清文堂、平一〇、八七頁）

と、八句目を絶海の心象風景と見なし、前後の展開を説明されているが、わたくしはここに、禅問答や偈頌に見るが如き、表現の超論理的展開の可能性を指摘したい。禅問答や偈頌は、禅僧が個々の心境（禅境、悟境）を直截的に表出したものなので、我々には象徴的で、理解不能なものが多い。「詩とは要するに、一つ一つの存在を、それぞれの個性を充実させた形で、つまり一応他と断絶した形できわだたせた上、断絶を連続にもちきたす仕事」と定義付けられたのは吉川幸次郎氏(8)であるが、「偈頌」は、表現形式においては詩と全く変わらないのだが、「断絶を連続にもちきたす仕事」がない。例えば、『絶海録』巻下に、つぎのような偈頌がある。

一七一　香厳撃竹

南陽塔下颺塼時　南陽塔下に塼を颺《あ》ぐる時、
一撃声前忘所知　一撃、声前、所知を忘ず。
近代叢林無此作　近代の叢林、此の作無し。
満山脩竹碧参差　満山の脩竹、碧参差たり。

「香厳撃竹」とは、香厳智閑が大悟した時の因縁である。その逸話は、以下の通りである。

鄧州香厳智閑禅師、青州人也。厭レ俗辞レ親、観レ方慕レ道。在二百丈一時、性識聡敏、参禅不レ得。洎二丈遷化一、遂参二潙山一。山問、我聞、汝在二百丈先師処一、問レ一答レ十、問レ十答レ百。此是汝聡明霊利。意解識想、生死根本。父母未生時、試道二一句一看。師被二一問一、直得二茫然一。帰レ寮、将二平日看過底文字一、従レ頭要下尋二一句一酬対上。竟不レ能レ得。乃自歎曰、画餅不レ可レ充レ飢。屡乞二潙山説破一。山曰、我若説二似汝一、汝已後罵レ我去。我説底是我底、終不レ干二汝事一。師遂将二平昔所レ看文字一焼却曰、此生不レ学二仏法一也。且作二箇長行粥飯僧一、免レ役二心神一。乃泣辞二潙山一、直過二南陽一、覩二忠国師遺跡一、遂憩二止焉一。一日芟二除草木一、偶抛二瓦礫一、撃レ竹作レ声。忽然省悟。遽帰、沐浴焚香。遙礼二潙山一、讃曰、和尚大慈、恩逾二父母一。当時若為レ我説破、何有二今日之事一。乃有レ頌曰、一撃忘二所知一。更不レ仮二修持一。動容揚二古路一。不レ堕二悄然機一。処処無二蹤跡一。声色外二威儀一。諸方達道者。咸言上上機。潙山聞得、謂二仰山一曰、此子徹也。

（『五燈会元』巻第九、琳琅閣書店）

【注】「百丈」とは百丈懐海、「潙山」とは潙山霊祐、「南陽」とは南陽慧忠。

要するに、香厳が、文字や知識に依るのではなく、ある日、草木を取り除いていた時、偶々瓦礫を投げ飛ばすと、それが竹を直撃し、その響きに、忽然と悟ったという話である。絶海の偈頌は、この話を題材にして、自身の心境（禅境、悟境）を詠出したものである。起句や承句に、香厳が南陽（河南省の西南部）の武当山に入り、慧忠国師の遺跡に庵居して大悟に至ったことや、大悟の後に詠じた頌の一句を踏まえていることは明らかであるが、転句でいきなり最近の叢林を難じ、「満山の脩竹、碧参差たり」と結んでいる。「香厳撃竹」から「満山の脩竹」を連想したのであろうが、山全体に生える長い竹は、緑色が入り交じって見えるという状態は、いったい何を意味しているのだろうか（今のところ、典拠は見付からない）。香厳の真摯な修行態度に比べて、最近の禅僧のくつろいだ有様を、象徴的に表現したのかも知れないが、畢竟、絶海の真意を知ることはできまい。ただし、彼の観念裡に渺茫と広がる悟りの世界の存在だけは、気付くことができる。

以上のことから、『蕉堅藁』四十二番詩の八句目は、一方で深遠なる悟境の世界を象徴化したものではないか、と考えている。ただし、その具体的な表現効果や、訳出の方法などは、今後の課題である。もしかしたら、結果的には、前出の蔭木氏の解釈から一歩も出ていないのかも知れないが、今のわたくしには、蔭木氏のそれは知的に思えてならず、「不立文字」や「以心伝心」を標榜する禅僧の、ある意味、主観的、感覚的な一面を生かした解釈の可能性を示唆したかったのである。とは言え、従来注目され、いまだにその実態が解明されていない禅宗の精神美などに関して、如上の問題提起が、新たな局面を切り開く契機になるのではないか、とも思っている。

さて、ここまでは、絶海の中国留学中の作品を三首採り上げてきたが、以下は、日本に帰国してからの作品を見ていく。まずは『蕉堅藁』の四十八番詩の本文を掲げる。

四八　古心蔵主の天草の旧隠に帰るを送る

金鰲背上岌神山　　金鰲の背上、神山岌たり。
満地瑶華照紫烟　　満地の瑶華、紫烟を照らす。
島樹深遮僊洞路　　島樹、深く遮る、僊洞の路、
海潮直到寺門前　　海潮、直に到る、寺門の前。
徹雲僧磬清寒殿　　雲に徹する僧磬、寒殿に清く、
隔岸漁篝明夜船　　岸に隔つる漁篝、夜船を明るくす。
此日送君帰絶境　　此の日、君が絶境に帰るを送る。
青鞋布襪興飄然　　青鞋布襪、興、飄然たり。

これは、絶海が帰国して九州に静養している時、古心蔵主（伝未詳[9]）が天草の旧隠（修行時代を過ごした寺）に帰るのを送って詠んだ詩である。絶海は、肥後の高瀬（熊本県玉名市）を発津して中国へ向かったので（百六十五番祭文）、その時、天草諸島を目にしたに違いなく、当時から異郷の地というイメージを抱いていたのであろうか、首聯から同島を仙山に見立てて、詩を展開している。首聯は、島の全景の描写である。「金鰲」とは金色の大スッポンで、海中に住み、神仙の住処である蓬莱山を背負っているとされていた（『海録砕事』等）。「瑶華」や「紫烟」は、仙境の景物である。頷聯は、島の内部の描写である。島の木々は、仙人の住処へ通ずる路を深く遮り、海潮

は、真っ直ぐ寺（古心の旧隠）の門前まで押し寄せる、という。頸聯においては、一旦、その物寂しい寺に焦点を当てた後、再び目を外に向けて、対岸の漁り火や夜船に注目している。このあたりの絶海のカメラワークは絶妙で、島の様子が、ありありと鮮明に眼前に浮かんで来よう。なお、「僧磐」には空間的な広がり、「漁篝」や「夜船」には時間的な推移を表わす効果があると思われる。

つぎは『蕉堅藁』の百七番詩の本文を掲げる。

一〇七　江天暮雪の図に題す

江天日暮雪瀌々　　江天、日暮、雪瀌々。
客路湘南魂易消　　客路、湘南、魂も消え易し。
罷釣漁舟有何意　　釣を罷むる漁舟、何の意か有る。
氷生埜渡嬾移橈　　氷は埜渡に生じて、橈を移すに嬾し。

この詩は、絶海が晩年、京都で詠作したものである。詩題にあるように、瀟湘八景（中国湖南省の洞庭湖の南にある瀟水と湘水付近の佳景八箇所）の景目の一つである「江天暮雪」の画図に題したもので、転句や結句によると、この画図には、漁舟も描かれていたのであろうか。起句では、夕暮れの江天に雪が盛んに降っている、と画図全体を見渡し、承句になると、湘南の客路に気力も失せてしまいそうだ、と画図の中に作者（絶海）が入り込んでいる。そして作者（絶海）の興味は、転句において、釣をやめた漁舟に移り、氷が渡し場に生じて櫂を漕ぐのも面倒くさい、と船主と一体化して、この詩を結んでいる。

瀟湘八景の画図および賛詩は、わが国の禅林社会でかなり流布し、例えば『中華若木詩抄』にも、天隠龍沢（一四二三〜一五〇〇）の「江天の暮雪」詩（二一二）が採られている。詩の大意は、抄文を参照されたい。

二一二　江天の暮雪　　天隠

江天欲暮雪霏々　　江天暮れんとして、雪霏々。
罷釣誰舟傍釣磯　　釣を罷めて、誰か舟ぞ釣磯に傍《そ》う。
沙鳥不飛人不見　　沙鳥飛ばず、人見えず。
遠村只有一簑帰　　遠村、只だ一簑の帰る有り。

一二ノ句、江天ノ暮ントスル時ニ雪ガ霏々ト降ルゾ。日暮ト云イ雪ト云イ、漁人モ釣ヲ罷テ舟ヲ磯ヘ寄スルゾ。三四ノ句、マツ黒ニナリテ雪ガ降ルホドニ、沙鳥モ寒ニ閉ヂラレテ不㆓飛得㆒。人モ見エヌゾ。遠村ヲ見ワタセバ、簑ガ一ツ帰ルマデ也。人ハ見エヌ、簑バカリガ帰ルトセラレタルガ、妙也。画中ノ景ヲ宛然トアリ〳〵シク云イ出ダサレタル也。天隠ハ、賛ガ取リ分ケ上手也。（岩波・新日本古典文学大系）

本詩は、抄文に「画中ノ景ヲ宛然トアリ〳〵シク云イ出ダサレタル也」と記されているように、絶海の詩とは異なり、画中の風景や人物と自己を一体化、同一化することもなく、画中の風景を、目の前に在るように詠出している。

最後は『蕉堅藁』の百二十五番詩である。

一二五　盆蘆

一掬盆蘆涼露浮　　一掬の盆蘆、涼露浮かぶ。
軽風吹送小颸颸　　軽風、吹き送る、小じて颸颸。
因思十歳繋舟処　　因りて思ふ、十歳、舟を繋ぎし処、
細雨疎烟水国秋　　細雨疎烟、水国の秋。

この詩もまた、絶海晩年の作である。「盆蘆」とは蘆の盆栽で、この場合、起句に「一掬の盆蘆」とあるので、あまり大きいサイズではなかったようである。五山文学には、しばしば「盆石」「盆仮山」「盆山水」などに関する

作品が見受けられる。例えば、『済北集』巻第一（『五山文学全集』第一巻所収）には「盆石賦」が収められており、ある夏の日に盆石（青い盆に白い砂が敷いてある）を眺めて楽しんでいた虎関師錬（一二七八～一三四六）が、「争二奈其髠一何」と客に笑われたので（「髠」は「髠」の俗字で、「剃る」とか「坊主頭」の意。ここでは、一見、何の変哲もない盆石を揶揄して述べているのだろう）、「子視二培塿一而不レ知二巨嶽一焉。夫盆石之玩也。仮二于山水一矣。水二其根坻一者。状二于波流一也。蒲二其岩隈一者。肖二于草木一也」や、「今此石之高数寸。盆之広盈尺。海嶠之形状不レ乏。碧峰入レ雲而鬟束者有レ之。青屏涵レ水而壁立者有レ之。岩洞若レ窻而可レ隠二神仙一者有レ之。磯崎平延而可レ釣二魚鼈一者有レ之。径路狭窄而纔樵蘇之可レ通者有レ之。湫池沍陰而似二龍蛇之可レ蟄者有レ之。我避二培塿之雑穢一。省二看養之苦役一。玩二此具体之微一。又不レ宜乎。子之嫌レ髠者。其阜垤乎。予之不レ嫌者。其絶岳乎」や、「又此盆石。子為レ大乎。為レ小乎。我吹レ水而鼓二起四海之洪濤一。瀉レ峰而垂二下九天之飛瀑一。洗レ石者整二頓乾坤一。換レ水者掀二翻溟渤一。是物之変而我之常也。夫物之小大未レ定矣」等と論を展開させている。虎関は、高さ数寸の石と広さ一尺余りの盆に、あるいは海嶠を、あるいは雲に入っている碧峰を、また、あるいは神仙が隠れていそうな岩洞、魚鼈が釣れそうな磯崎、龍蛇がひそんでいそうな湫池などを観じている。すなわち、「此の具体の微を玩ぶ」と記されているように、具体的なものの中に「微」なるものを観じていたのである。このような物の見方は、『蕉堅藁』百二十五番詩にも通じていると思う。

手のひらサイズの蘆の盆栽に冷え冷えとした露が浮かび、軽やかな風がそよそよと吹いてくる。この起句と承句の情景が契機となって、絶海は十年間、舟を繋いでいた江南の地を思い起こし、「細雨疎烟、水国の秋」と結んでいる。おそらく長江の水辺に群生する蘆が、秋になって穂をつけているさまを想起したのだろう。ここで、「細雨疎烟」に関して考えてみたい。『素隠抄』を繙くと、例えば、杜牧「江南の春」詩の「南朝、四百八十寺、多少の楼台、煙雨の中」という句に対しては、世上ハ、ドコモカモサザメキテ、ユユシケレドモ、杜牧ゴトキオ智アル者ハ、今ノ代ニハ用キラレズシテ、ヤウヤウ宣州ノ守護ヅレニナサレテ、江南道ヲ通ルトテ、南朝四百八十寺ノソコバクノ楼台ドモガアリシヲ見タゾ、我ガ身ノホドヲ悲ミテ、涙眼ニテミルホドニ、煙雨ノ朦朧タル中ニ見ルヤウデ、分明ニモ見エヌトゾ、又ハ煙雨ヲ以テ天下ノ暗昧ナルニタトヘテ、世ヲ諷シタゾ、

また、同じく杜牧「昔遊を念ふ」詩の「半醒、半酔、遊ぶこと三日、紅白の花開く、煙雨の中」という句に対しては、

又ノ義ニ云フ、酩酊ト、メタトヨツテ、酔中ニ花ヲ看ル程ニ、梅ヤラウ、杏ヤラウ、李花耶、梨花耶ヲモ分別ナク、紅白ト看ルマデデ、煙雨ノ中ノヤウニ、朦朧ト看ナイタリシモノヲト見タコソ面白ケレゾ、

という注が付されている。これらを参考にすると、小雨と切れ切れのもやが入り交じっていて、朦朧として分別がつかず、水墨画さながらの風景を言うのであろう。『素隠抄』には「青山ノ上ニ煙雨ノカカリテ、濛濛トシタルヲ見レバ、本分現成ノ二ツノ境界ガソナハリテ、一入オモシロキトゾ」（僧貫休「春山」詩・「重畳たり、太古の色、濛濛たり、花雨の時」句）という記述もあり、禅僧が、朦朧（濛々）とした景色をプラス評価し、そこに、本分（ものや人に本来備わった分限）と現成（〈悟りの姿がそのまま〉目前にあらわれていること。禅宗用語）という二つの境界が備わった状態を見出していたことが知られる。換言すると、朦朧（濛々）としたものを、その表層で捉えるだけではなく、自身の渺茫たる悟りの世界を通して、その本質において捉えようとしていたのである。このような物の見方は、虎関が言う「此の具体の微を玩ぶ」と共通するのではないだろうか。絶海は『蕉堅藁』百二十五番詩において、蘆の盆栽を見ながら、長江沿岸の蘆の群生を思い起こし、それと同時に、自身を深遠なる悟境の世界に解き放つことによって、小雨と切れ切れのもやが入り交じった、朦朧とした情景を思い浮かべたのであろう。

三　絶海中津の自然観（山水観）――山居十五首と書簡を中心に

絶海は自然をどのように捉え、そして、どのように接していたのであろうか――。

まずは『蕉堅藁』の「山居十五首、禅月の韻に次す」詩（三四）に注目せざるを得ないだろう。山居詩とは「（自然に囲まれた）山中に隠棲すること」を詠んだもので、初期の禅僧の作品には、比較的よく見られる詩材である。三十四番詩は、絶海が中天竺寺で修行している時に詠作したものである（本章第二節第三項参照）。紙面の都合で、全文を引用することは避けるが、絶海が修行目的以外に、山居した動機の一端については、以下の詩句から推察することができる。

①人世由来行路難　　人世、由来、行路の難。
閑居偶得占青山　　閑居、偶々青山を占むるを得たり。（第一首目、一・二句目）

②幽居日々心多楽　　幽居、日々、心、楽しみ多し。
城市醺々人未醒　　城市、醺々として、人、未だ醒めず。（第九首目、七・八句目）

③空王住処堪依止　　空王、住する処、依止するに堪へたり。
回首人間事々乖　　首《かうべ》を回らせば、人間、事々、乖《そむ》く。（第十二首目、七・八句目）

④嬾拙無堪世事労　　嬾拙、世事の労に堪ふる無く、
沈冥高臥興滔々　　沈冥、高臥して、興、滔々。（第十三首目、一・二句目）

⑤久知簪組為人累　　久しく知る、簪組の人の累《わずら》ひと為るを。
製得荷衣勝錦袍　　荷衣を製し得て、錦袍に勝れり。（第十三首目、五～八句目）

山中とは対極に位置する人間世界（俗世間）は、元来、渡り難く、やる事なす事、思い通りに行かないことが多

い（①・③）。高位高官が人の煩いとなることなどは十分承知している（⑤）、と絶海は言う。②では、都市に住む人々を評して、酒に酔っぱらっていて、まだ目覚めていない、と詠じているが、『三体詩』所収の張祜「金山寺」詩には、「因って悲しむ、城市に在りて、終日、酔うて醺醺たるを」という句があり、『素隠抄』に、

コノ二句ハ、張祜ガ情思ヂヤホドニ虚ゾ、言フハ、コノ寺ノ実景ヲ見聞セシニ因ツテ、我ガ身ノ城市ニ在リ、毎日朝ヨリ暮ニイタルマデ、飲酒シテ、ウチ酔フテ酒気ノ醺醺トサカクサキニマヒレ（ママ）テ、出世間ノ法ヲ聞カザル事ノカナシサヨトゾ、

という抄文が付されている。要するに絶海は、④にもあるように、俗世間における煩わしさに拘泥することを避けるために山居した、と考えるのが妥当であろう。他の禅僧の山居詩を概観すると、「久しく人間を捨《す》てて愛惜無し」（『永平広録』[10]巻第十・「山居十五首」）、「悠々たる世事、栄辱多し」（『南遊集』・「草庵首座の山居に和す」）、「浮世の豪華、隣りと作すに懶《ものう》し」（『閻浮集』・「霊江の山居の韻　十首」）、「豈に是非、名利の間に入らんや」（『閻浮集』・「山居の韻に和す」）、「人間、十事、九功名」（『漁庵小藁』・「山中（春）十首」）等の詩句があり、具体的に禅僧を煩わしく感じさせるものとして、愛惜、栄辱、豪華、是非、名利、功名など、現象的、相対的なものが挙げられている。『中華若木詩抄』には、「コノ桃ニ限ラズ、世上ノ栄ト云モ辱ト云モ、悲コトモ歓コトモ、朝暮ニ変リテユク物ゾ」（九十四番詩の抄文）という記述も見られる。なお、絶海は当該詩以外でも、「応世、今、夢無し」（二番詩第一首目）、「身を観ずれば、渾《すべ》て夢に似たり。世に在りて、澹として営み無し」（七番詩第一首目）、「世上の険夷、何ぞ論ずるに足らん」（五十六番詩）、「世事、従来、変態多し」（九十七番詩）と述べている。

再び絶海の山居詩に戻る。第五首目に「無数の峯巒、梵宮を囲む。自然に世と相通ぜず」、第八首目に「幽栖、地僻にして、人の知ること少《まれ》なり」、第九首目に「此の地、由来、俗駕無し。移文、何ぞ必ずしも山霊に託さん」とあるように、実際に絶海が隠棲した中天竺寺は、無数の山々に囲まれていて、世間との交わりも無く、俗人も尋

ねて来ないし、回し文を山霊に託して、人を立ち寄らせないようにする必要もないという（「北山移文」参照）。つぎに、このような環境にあって、絶海がどのように日々を過ごしていたのか、を問題としたい。

⑥壺中風景四時兼　　壺中の風景、四時兼ね、
山色渓光共一簾　　山色、渓光、共に一簾。（第三首目、一・二句目）
⑦静者襟懐久曠夷　　静者の襟懐、久しく曠夷。
白頭嬾剃雪垂々　　白頭、剃るに嬾し、雪垂々。（第四首目、一・二句目）
⑧有山何処能如此　　山有るも、何れの処か能く此くのごとからん。
憶得蓬莱碧海東　　憶ひ得たり、蓬萊、碧海の東。（第五首目、七・八句目）
⑨身安心楽在無求　　身安く、心楽しきは、求むる無きに在り。
自是麁人不肯休　　自《おのづか》ら是れ麁人、肯《あ》へて休せず。（第十首目、一・二句目）
⑩問我山居有何好　　我に問ふ、山居、何の好きことか有る、と。
此中即是四禅天　　此の中、即ち是れ四禅天。（第十四首目、七・八句目）

はじめに⑦と⑨について。「静者」という語は、『論語』雍也第六（中国古典選）に「子曰わく、知者は水を楽しみ、仁者は山を楽しむ。知者は動き、仁者は静かなり。知者は楽しみ、仁者は寿《いのち》ながし」とあるのを踏まえており、静かに山を楽しむ者、すなわち、ここでは絶海自身を指している。山中における絶海の胸の内は、広くて平らかであった。身体が安らかで、心が楽しいのは、求めるものが無いからだという。また、先掲の②では、静かな住まいは、毎日、心に楽しみが多いこと、④では、ひっそりと世間の煩いを避けて暮らしていると、興味が尽きないことが述べられていた。『中華若木詩抄』には、李太白「山中問答」詩（一五三）の「余に問う、何の意ぞ、碧山に栖む、と。笑って答えず、心、自から閑なり」という句に対して、

一二ノ句、世上ノ俗人ガ山中へ来テ李白ニ問ゾ、「此山中ノ寂寞タル処ニハ、何トシタル意ニ居住アルゾ。人間外レタルコトカ」。李白ガ一笑シテ、一向ニ俗人ニ取リ合ワズ、口ニ風ノ引ニ返事シテノ用ハト云タル顔ヲシテイタゾ。ソコデ、弥《いよいよ》心中ガ涼シク閑ニ覚エタゾ。

という注が付されている。きっと絶海の心中も涼しくて、閑かだったはずである。

ところで、絶海は、如上のように、自身の心と身体を解き放たせてくれた山中を、ある時は「壺中」⑥、また、ある時は「蓬莱」⑧、「四禅天」⑩等と称している。「壺中」には、費長房の故事が踏まえられている。費長房が市場で出会った薬売りの老翁（仙人）は、商売が終わると、壺の中に跳び入ったが、そこには、美しい宮殿やうまい酒、よい肴が満ち溢れていたという話である（『後漢書』方術伝）。要は「壺中」とは、仙境や別天地を意味していよう。「蓬莱」も東海の東にあって、仙人が住んでいたという仙山である。『袖中秘密蔵』（『五山文学新集』第四巻所収）には、「蓬壺嶋」という詩題のもと、宗曙以下七人の禅僧の詠作が収められている（全八首中三首、恣意的に挙げる）。

門外蓬莱興不レ窮、神仙長護梵王宮、一十有五巨鰲首、戴二宝壺一来献二主翁一　曙（宗曙）

寺前小嶋是蓬莱、自使二神仙意不レ埃、好是壺中秘霊薬、巨鼇万歳駕レ山来　暐（朝暐）

寺前一嶋是蓬宮、路。勢自二金鼇背上一通、瑤草琪花無数景、四時留秘二玉壺中一　繁（茂伯栄繁）

「四禅天」については、『岩波仏教辞典』に、

色界の四種の禅定・〈四静慮〉ともいう。〈色界〉は三界のうち〈欲界〉を超えた清浄な世界であるが、〈無色界〉より下で、未だ物質性が残っている。禅定によって到達する境地を象徴するものと考えられる。〈初禅〉は欲望から離れることによる喜び（離生喜楽）、〈二禅〉は禅定から生ずる喜び（定生喜楽）、〈三禅〉は通常の喜びを超越した真の喜び（離喜妙楽）、〈四禅〉は苦楽を超越した境地（非苦非楽）をそれぞれ特徴とする。四

禅のそれぞれによって到達される世界が〈四禅天〉である。（三五五頁、「四禅」の項より抜粋）

と説明されている。『竺僊和尚語録』巻中に「身は四禅に在りて、正楽に居す」（「禅居和尚の東山建仁に赴くを送る二首」）、『空華集』巻第四に「四禅天の楽しみは、人間に在り」（「屋漏に因りて衆に示す」）、『乾峰和尚語録』巻之五に「楽しみは三禅に在りて、四禅に及ぶ」という用例があるように、「四禅天」には、楽しみが伴っている。それは、「禅定」（心静かに瞑想して、真理を考えること）によって心身ともに動揺することがなくなり、安定したことから来る喜び、楽しみであり、絶海が山居することにより獲得した心身の状態と相通ずる部分があったものと思われる。とにかく絶海にとって山中は、「壺中」や「蓬莱」の如く、俗世間から離れていて、静謐かつ清浄な所であり、それ故に「四禅天」に達したが如く、自身の心身が安定し、そのことに喜びや楽しみを感じる所でもあった。彼が「餘生、まま、山林に向かひて老ゆ。山林を除却して、何れの所にか之《ゆ》かん」（第四首目）と詠じたのも、成程首肯できる。

最後に、絶海の山居詩を考察し終えるに当たって、他の禅僧の山居詩には描かれていて、絶海のそれには描かれていないものを指摘しておきたい。それは、寂寞感や寂寥感である。山中は物静かで、人の往来も無く、いくら禅僧と言えども、その胸に去来する寂しさ、心細さを吐露せずにはいられなかったようである。先に引用した『中華若木詩抄』百五十三番詩の抄文にも「此山中ノ寂寞タル処ニハ、何トシタル意ニ居住アルゾ」とあったし、同書には「世上ニアレバ山居ヲ思ヒ、山居ナレバ又世上ノ念アルハ、常ノ習也」（百五十五番詩の抄文）という記述もある。その他、『永平広録』巻第十に「幾ばくか悦ぶ、山居、尤も寂寞たるを」（「山居　十五首」）、『閻浮集』に「山中、寂歴にして、人の問ふ無し」（「霊江の山居の韻　十首」）、『黄龍十世録』に「寂寞たり、道人の家」（「明極老人の山中雑言十章、韻に倚りて志を言ふ」）等の詩句も見られる。また、つぎに挙げる寂室元光（一二九〇～一三六七）のものなどから、西行の和歌を想起してしまうのは、わたくしだけであろうか。

山居

不求名利不憂貧　名利を求めず、貧を憂へず、
隠処山深遠俗塵　隠処、山深くして、俗塵に遠ざかる。
歳晩天寒誰是友　歳晩、天寒くして、誰か是れ友、
梅花帯月一枝新　梅花、月を帯びて、一枝新たなり。

（『永源寂室和尚語録』巻之一、『国訳禅学大成』第二十五巻）

絶海には「寒山、拾得、高風邈《はる》かなり。物外の清遊、誰と与《とも》にか同じからん。」（第十五首目）という詩句もあるが、これは、山中での暮らしが寂しくて詠んだものではなく、寒山と拾得の高風に憧れ、彼らに匹敵する禅僧にならんとして詠んだものであろう。

つぎに稿者が注目するのは、絶海の書簡類（『蕉堅藁』百四十六～百五十四番書）である。これらは、絶海が近江や甲斐（恵林寺）に赴いている時にしたためたものである。各書簡に目を通すと、近江の住居に関しては「所居、僻陋にして、世と接せざること知りぬべし」（百四十八番書）、甲斐の住居（恵林寺）に関しては「跡を荒棘に竄《かく》す」「幸ひに荒山僻郡の中に在りて」（百五十番書）、「居処、僻遠にして」（百五十三番書）と記されており、絶海が両地を、京都から遠く離れた片田舎と認識していたことがわかる。しかし、絶海は、辺境の地における、言わば、隠者的な生活に満足し、自ら楽しんでいたようである。と、いうのも、「某、丘壑の埜情、世に求めて、未だ嘗て達官貴遊の門に趍謁せず」（百四十七番書）、「某、以って巌穴に竄伏して」や「人生は未だ尽きず。只だ太平の逸民たるを得ば、其れ亦た足りなん」（百五十二番書）、「巌穴は余が楽しみなり」（百五十四番書）という記述があるからである。「丘壑」とはおかとたにであるが、転じて隠者の住居、またその楽しみを言う。『永源寂室和尚語録』巻之一に「餘生、贏《か》ち得たり、丘壑に安ずることを」（「再び震巌和尚の韻を用ふ」）、『乾峰和尚語録』巻之五に「最も愛す、丘

栖鼇処の地」（「高野十韻に和す」）という用例がある。「巌穴」とはいわあなであるが、転じて世間を離れた所を言う。「巌穴ノ隠者」や「巌穴ノ士」ということばもある。『中華若木詩抄』には「上古ニハ、イマダ屋宅ト云コトモナクシテ、巣居・穴処トテ、人皆巣作リ穴ヲ掘リテ、禽獣ト同居スルゾ。其時ハ欲念・忘念モナク、ソノマ、ニテ、心ノ造作モナク無為無事ナルゾ」（百六十六番詩の抄文）という記述がある。これを参考にすると、絶海が巌穴を楽しみとしたのは、そこに居る時は、欲念や妄念が無く、心中に煩わしさも無く、平穏無事だったからであり、この心身の解放感は、中国の山居時代におけるそれと相通ずるのではないだろうか。以下、自然の中で行動する絶海の様子を確認する。

⑪某遠託二鴻庥一。息二影此地一。晨禅夜誦。一遵二旧規一。暇則倚レ軒嘯傲。以陶二写乎雲樹猿鳥之趣一。

（「一四七　与二光禄相公一書」）

⑫雖レ然時時逢二山水幽勝之処一。披レ衣散レ策而陶二冶於猿鳥雲樹之趣一。悠然如レ遊二乎物化之元一。

（「一五二　答二椿庭和尚一書」）

⑬春秋二時。乗レ閑拉二一二衲子一。一舸北渡拜二謁林下一。参学之暇。登レ山臨レ水。陶二冶乎雲鳥之趣一。以極二旬月之歓一焉。

（「一五四　答二常光古剣和尚一書」）

⑪について。近江における絶海は、朝は座禅、夜は読経というように、ひたすら古くからの規則を遵守することに努めていた。そして、暇ができると、軒端に寄り掛かって超然とし、雲樹猿鳥の様子に「陶写」していたという。「陶写」という語は、楽しんで憂いを払うという意味である。『晋書』列伝第五十には、つぎのような用例がある。

羲之既去レ官。与二東土人士一尽二山水之遊弋一釣為レ娯。又与二道士許邁一共修二服食一。採二薬石一不レ遠二千里一。偏游二東中諸郡一。窮二諸名山一泛二滄海一。歎曰。我卒当二以レ楽死一。謝安嘗謂二羲之一曰。中年以来。傷二於哀楽一。与二親友一別。輒作二数日悪一。羲之曰。年在二桑楡一。自然至レ此。須下正頼二絲竹一陶写上。恒恐三児輩覚二其楽歓之趣一。

（百衲本二十四史所収本）

⑫について。絶海は、山水の静かで美しい景色に出会うと、くつろいだ格好をして散策し、雲樹猿鳥の様子に「陶治」して、ゆったりとして「物化の元」に遊んでいるようだったという。「陶治」という語は、生まれつきの性質や才能を、円満に育て上げることを意味するが、『淮南子』巻二・俶真訓の用例を挙げておく。参考までに通釈（根津幸男氏執筆）も付しておいた。

有二有者一、言下万物摻落、根茎枝葉、青葱苓蘢、萑扈炫煌、蠉飛蝡動、蚑行噲息、可二切循把握一、而有中数量上。有二無者一、視レ之不レ見二其形一、聴レ之不レ聞二其声一、捫レ之不レ可レ得也、望レ之不レ可レ極也、儲与扈冶、浩浩瀚瀚、不レ可二隠儀揆度一、而通二光燿一者。有下未二始有レ有レ無者上、包二裹天地一、陶二治万物一、大通二混冥一、深閎広大、不レ可レ為レ外、析レ豪剖レ芒、不レ可レ為レ内、無二環堵之宇一、而生二有無之根一。有下未四始有三夫未二始有レ有レ無者上、〜

（「有」とは、万物が盛んにむらがり、根茎枝葉は青々と茂り色どりも鮮やかに、飛ぶもの、這うもの、足で行くもの、嘴で息するもの（生きとし生けるものすべて）は、なでたりこすったりつかまえたり、まさに千様万態をなしているさまである。「無」とは、じっと視てもその形は見えず、じっと聴いてもその声は聞こえず、手でとらえようとしても手ごたえがなく、はるかに見わたしてもはてを見きわめられず、のびやかでなみはずれて広大であり、思いはかることも計量することもできず、それで光燿の境に通達しているさまである。「無無」とは、天地を包み、万物を化育し、大いに混冥の境に通達し、深く広大なので何物もその外側に出られず、豪（毫・けさき）や芒（のぎ）を細分したよう（に微少）なので何物もその内側に入れず、また狭いすき間も占有していないのに有無の根源を生ずるさまである。「無無無」とは、〜）

（新釈漢文大系）

「物化」という語は、『荘子』内篇・斉物論第二の、つぎの箇所に基づいている。

昔者、荘周夢為二蝴蝶一。栩栩然蝴蝶也。自喩適レ志与。不レ知レ周也。俄而覚、則蘧蘧然周也。不レ知下周之夢為二蝴蝶一与、蝴蝶之夢為レ周与上。周与二蝴蝶一、則必有レ分矣。此之謂二物化一。（新釈漢文大系）

これは、有名な「蝴蝶の夢」である。荘周が蝶になった夢を見て、覚めた後、自分が蝶になった夢を見たのか、蝶が自分になった夢を見たのか、区別が付かなかったという話であるが、五山禅僧はこの故事を好み、例えば、『蕉堅藁』にも、「春夢」詩（九〇）に「蝶は南華に入りて、曽て栩栩たり」という句が見える（「南華」とは荘子のこと）。「物化」は、「周と蝴蝶とは、則ち必ず分有り。此を之れ物化と謂ふ」とあるように、物の変化を意味している。そして「物化の元」とは、物の変化の根源、すなわち「栩栩然として蝴蝶たり。自ら喩しみ、志に適するかな。周たるを知らざるなり」とあるように、荘周が夢で見た蝶が、ひらひら飛んでいて、楽しそうにのびのびとしていて、自分が荘周であることに気付かないような状態を指していよう。絶海は、雲樹猿鳥の様子を楽しんで憂さ晴らしをすると同時に、雲樹猿鳥の生命や性質に共感し、物我の分別を忘じた境地、天地万物の根源を逍遥するような感覚を覚えていたのだろう。⑬は、じつは⑪、⑫の懐古談である。よって、ここでは触れない。本章第二節第五項参照。

四　中国の詩人（杜甫等）との比較——森野繁夫氏「杜甫と自然」に導かれて

さて、ここまでは、絶海の自然描写や自然観を追ってきたが、つぎの作業としては、それを他の禅僧や、平安朝の貴族、江戸の儒者、本場中国の詩人のものなどと比較し、相対化して行かねばならないと思う。が、稿者の現在の力量では、それは到底適わない。したがって今回は、対照する詩人を、研究が進んでいる杜甫に絞り、森野繁夫氏のご論考「杜甫と自然」（『国語国文論集』〈安田女子大学〉第二十九号別冊、平一一・一）に拙論との接点を見付け、その作業の一階梯としたい。

森野氏は「杜甫の詩における自然は、目に触れる山川草木や鳥魚の姿形、耳に聞こえる自然の音を、ただ単に詠っているというのではなく、それらは全て自然についての杜甫の思想を背景としての表現であるように思われる」という考えをもとに論を展開されている。そして、宇宙や自然を成り立たせている「理（真・道）」に注目し、王羲之・陶潜・謝霊運とその現れ方、対応の仕方の違いを明らかにして、つぎのようにお纏めになっている。

> 杜甫は既に見てきたように、自然の「理」の存在を確認し、人間も含めて全ての生き物がその道理に従って生きていくはずのものであると考えていた。この点については王羲之ら六朝の三人と同じであるが、杜甫は更に、自然は万物それぞれの性を全うさせようとしており、「理」には自然の愛情、恵みが含まれていると考えていた。また「理」に対する対応の仕方について見ると、王羲之、陶潜、謝霊運は自分一身のことしか考えなかったが、杜甫は常に人間全体のことを、更には鶏や蟲、魚のことまで心配していた。時には自分の不遇について、どうしてこうまで辛い目に偶わねばならないのかと歎きを漏らすことはあったが、何よりも他の人々のことが気になった。（中略）
>
> 同じ頃の人である李白や王維と比べても、杜甫のこの考え方は特別である。李白は仙道修業に精を出し、王維は仏教に安らぎを求めていたが、どちらも自分の悟りだけが問題であって、他人のことには思いは及ばなかった。おそらく杜甫ほど世の人々のことを心配した人はいなかったに違いない。杜甫が「詩聖」と称される理由もそのあたりにあるのであろう。

絶海の詩偈には、「理」の用例が三例見出せる。

（a）真理融玄境　　真理は玄境に融し、
　　微言滋道根　　微言は道根を滋《うるほ》す。
（『蕉堅藁』・「二一　湛然静者に呈し、并せて画を謝す　三首」〈第二首目〉、五・六句目）

（b）幽栖誠所愛　　幽栖、誠に愛する所、
　生理却無聊　　生理、却って無聊なり。
　一笑問真宰　　一笑して、真宰に問ふ。
　百年何寂寥　　百年、何ぞ寂寥たる、と。　（『蕉堅藁』・「一一二　冬日、中峰の旧隠を懐ふ」、九〜一二句目）

（c）神理精通玄又玄　　神理、精通して、玄又た玄、
　幽棲占得白雲辺　　幽棲、占め得たり、白雲の辺。　（『絶海録』巻下・「二四八　妙菴」、一・二句目）

これによると、絶海も、宇宙・自然を成り立たせている道理や、天地の主宰者、造物主の存在を認識していたことがわかる。ただし、彼が禅僧であることが、その現れ方において、杜甫と異なる様相を呈する根本的な原因となっているように思われる。

（a）の「玄境」という語は、直訳すると、奥深い境地、もしくは玄妙な境界とでもなろうが、いま一つ意味が判然としない。絶海は義堂の示寂後、掩土の仏事において法語を挙唱したが（『空華日用工夫略集』[11]嘉慶二年四月四日条）、その中で「這裏是れ慈氏の宮殿、這裏是れ大寂定門、龍盤虎踞、至人の玄境を拓き、瑞草異花、自己の田園に開く」とも述べている。「至人」は十分に道を修めた人、「至人ハ物ヲ遺ル」や「至人ハ己無シ」や「至人ハ夢無シ」ということばもあるので、「玄境」とは、端的に言うと、物我一如の世界を意味するのではなかろうか。（c）の「玄又た玄」ということばは、『老子』体道第一（新釈漢文大系）に「玄の又た玄、衆妙の門」とあり、（道が）幽遠で測り知れない状態を意味する。

さて、（a）では、まことの道理が、奥深い境界に融けると言い、（c）では、霊妙な道理は、奥深い上にさらに深い所まで精通していると言っているが、要はこの二つの主旨は同じで、（宇宙や自然を成り立たせる）道理が、（天地万物の根源にある）物我一如の世界に、すでに存しているということを述べているのではないだろうか。絶海は、

俗世間から韜晦して中天竺寺に山居したり、近江や甲斐に隠遁することによって、心身の解放感を獲得し、山中を「壺中」「蓬莱」「四禅天」に感じたり、雲樹猿鳥を見て「物化の元」に遊んでいるような感覚を覚えた。この時、彼は自然（山・雲樹猿鳥）と一体化して、物我一如の状態に在ったのであろう。少しく曖昧な物言いになるが、物事の現象（外相）を客観的に見るだけでなく、その本質を、それと共感する心の働きの中において捉えるのが、禅僧の物の観じ方と言えようか。なお、（b）には、静かな住まいは、まことに愛する所、生物が死んだり、生きたりする道理は、却って退屈だ、とあるが、絶海は自然と一体化し、また一方で手持ち無沙汰だったので、このような発言をしたのであろうか。

五　『蕉堅藁』の序と跋——むすびにかえて

以上、絶海の詩偈に見られる、自然を描写した句に注目して論を進めてきたが、最後に『蕉堅藁』の序文（道衍）と跋文（如蘭）とを振り返りつつ、本章を擱筆したい。

道衍は『蕉堅藁』の詩風を、「清婉峭雅にして、性情の正より出づ」と評した。「清婉」とはきよくて、やさしいこと、「峭雅」とはけわしく、きびしくて、みやびなこと、「性情の正」とは「性」（本性）と「情」（心情）がともに正常な状態にあることを言う。「性」が正常な状態（「静」「中」）にある時、「情」は発動し、「情」に節度がある時にそれらは正常な状態（「和」）にあると言える。性理学（理気学、宋学とも言う）に基づく。中巌円月『中正子』性情篇巻之四・内篇一参照（『五山文学新集』第四巻所収）。『蕉堅藁』の序文には、他に二例、「性情の正」ということばの用例がある。

（ア）詩之去ㇾ道不ㇾ遠也。蓋其繫二風俗一。関二教化一。興亡治乱。足二以有ㇾ徴。勧善懲悪。足二以有ㇾ誡。故閭巷思婦之賦。田埜小子之作。其言出二於性情之正一者。而孔子亦取焉。況夫郊廟朝廷会盟燕享。賛二頌功徳一。被二之於

絃哥一。奏二之於金石一者哉。以レ斯論レ之。

（イ）吾浮図氏於レ詩。尚レ之者猶衆。晋之湯休。唐之霊徹皎然道標斉己。宋之恵懃道潜。皆尚レ之而善鳴者也。然其処二山林草沢之間。烟霞泉石之上一。幽閑夷曠。以レ道自楽。故其言也出二乎性情之正一。而不レ墜二於庸俗一。誦レ之読レ之。使下人清二耳目一而暢中心志上也。蓋亦可レ羨矣。

特に（イ）に着目する。晋代の湯休、唐代の霊徹、皎然、道標、斉己等、仏教徒には詩を尊ぶ者が多く、その名声は世間に鳴り響いている。しかし、彼らは、山林草沢の間や、烟霞泉石の上に住んでいて、静かで奥床しく、広々とした心で、道（理、真）にしたがって自ら楽しんでいる。彼らの発することばは「性」「情」の正常な状態から出たもので、決して凡俗に陥っていない。詩を歌ったり、読んだりすると、聞く人や読む人の耳目を清めて、その志を遠大にさせる、とあるが、湯休以下の生活態度は、絶海の中国山居時代、近江・甲斐隠遁時代における生活を想起させる（序・跋とも道徳的詩文観に基づくため、多少の違いはあるが）。『蕉堅藁』の跋文には、先に触れた「時に山水幽勝の処に逢へば、衣を披《ひら》き、策を散じて、猿鳥雲樹の趣きに陶冶し、悠然として物化の元に遊ぶがごとし」⑫という一文を引用した後、

此皆楽レ道之至言。豈可乙与下詩人留二連光景一。玩レ物喪上レ志。比擬甲哉。

と、これはすべて道を楽しむ至言であること、詩人が風景に心奪われ、無用の物を弄んで、その本心を失うのとは比べられないことが述べられている。

絶海は自然（絵画、扇面、盆石等を含む）と接すると、その生命や性質（この場合、万物を生成化育する「元気」と表現する方が適切か）と交感して、自然と一体化し、その根源に存する物我一如の世界に遊んでいた（五山禅僧が『老子』や『荘子』を愛読していたことを鑑みると、彼らは「物我一如の世界」に悟境に近いものを感じていたのかも知れない）。したがって、風景に捉われることもなく、「性」と「情」も常に安定していたように思われる。詩偈に見ら

れる自然描写が的確で、あたかも眼前にあるかのように描かれているのも、また、例えば、山居詩に寂寞感や寂寥感が詠まれなかったのも、彼と自然（山）との間が非常に近く、自余の感情の介在を許さなかったのではなかろうか。寂室の「風、飛泉を攪《かい》て、冷声を送る。前峯、月上りて、竹窓明らかなり。老来、殊に覚ゆ、山中の好きことを。死して巌根にあらば、骨もまた清し」（『永源寂室和尚語録』巻之一・「金蔵山の壁に書す」）などに比べると、絶海の詩には、ある種の物足りなさを感じるが、実は、これこそが、彼の持ち味の一つであることを、稿者は本節で力説したいのである。

注

（1）芳賀幸四郎氏『中世禅林の学問および文学に関する研究』（日本学術振興会、昭三一）・「第二篇　中世禅林の文学」・「第一章　禅僧の文学観」、二五四〜二五五頁。

（2）引用は『大正新修大蔵経』第八十巻「続諸宗部」による。

（3）引用は五山版、作品番号や詩の総数は、蔭木英雄氏『蕉堅藁全注』（清文堂、平一〇）による。返り点は、江戸の版本（寛文十年版か刊年不明版）等を参考にして、私に施した。なお、和韻詩の総数は、現段階で把握し得るものであって、今後の調査により変動する可能性があるので、数値は目安程度に考えていただきたい。

（4）諸書では「真寂山」を不明とするが、西尾賢隆氏『中世の日中交流と禅宗』（吉川弘文館、平一一）の「第九章　室町幕府外交における絶海中津」（旧題「室町幕府外交における五山僧――絶海中津を中心に――」、『日本歴史』第五三七号、平五・二）には、以下のような記述がある。

洪武六年（一三七三）絶海は、清遠が退居している杭州の真寂山中に訪ねている。ここは「笑隠訢公行道記」（『蒲室集』巻一五付）、「鳳皇山禅宗大報国寺記」（『金華黄先生文集』巻一一）、それに清遠の碑銘からすると、笑隠（大訢、朝倉注）・清遠ともかつて住持であった報国寺（甲刹）における笑隠門下が、師の遺歯爪髪を奉じて鳳

皇山に塔した地を梁渚といっていて、ここに庵居して真寂といったものといえる。（二一六頁）

（5）引用は『大正新修大蔵経』第八十巻「続諸宗部」、作品番号や詩の総数は梶谷宗忍氏訳注『絶海語録』二（思文閣出版、昭五一）による。訓読は梶谷氏・前掲書を参考にして、私に施した。

（6）引用や詩の総数は『五山文学全集』第二巻による。訓読は同書を参考にして、私に施した。なお、和韻詩の総数は、現段階で把握し得るものであって、今後の調査により変動する可能性があるので、数値は目安程度に考えていただきたい。

（7）引用は『五山文学新集』第四巻による。訓読は増田知子氏『中巌円月　東海一漚詩集』（白帝社、平一四）を参考にして、私に施した。

（8）福原麟太郎、吉川幸次郎氏『二都詩問』（新潮社、昭四六）・「東への手紙」、八六〜八七頁。

（9）寺田透氏は、「連立って帰った留学僧のひとりと別れるに当って詠じた作だったろう」（『義堂周信・絶海中津』、日本詩人選24、筑摩書房、昭五二、二四五頁）と指摘されている。

（10）引用は大谷哲夫氏『訓註　永平広録』下巻（大蔵出版、平九）による。

（11）引用は蔭木英雄氏『訓注　空華日用工夫略集』（思文閣出版、昭五七）による。

※引用本文に関しては、特に表記していない場合、『五山文学全集』『五山文学新集』所収本による。また、句読点、訓読（一部）、傍線、記号、番号は私に施した。旧字体や異体字を私に改めた箇所もある。

第四節　霊松門派の詩風について

第一項　『花上集』抄訳稿――絶海中津詩

緒言――『花上集鈔』の活用

本項は、『花上集』に収録される絶海中津〔一三三六～一四〇五〕の七言絶句詩の注釈を試みたものである。『花上集』は横川景三〔一四二九～九三〕撰『百人一首』と並んで、五山文学における代表的な詩選集（アンソロジー）であり、安定したクオリティーを誇っている。同集には京都五山の、詩僧として有名な義堂周信・絶海中津・太白真玄・仲芳円伊・惟忠通恕・謙岩原冲・惟肖得巌・鄂隠慧奯・西胤俊承・玉畹梵芳・江西龍派・心田清播・瑞巌龍惺・瑞渓周鳳・東沼周嚴・九鼎竺重・九淵龍賝・南江宗沅・如心中恕・希世霊彦の七言絶句詩を各十首ずつ、合計二百首収められており、長享三年〔一四八九〕の成立である。童蒙や少年僧の文筆修業のために編纂された、言わば、作詩の教科書もしくは参考書としての性格をも有していると解されており、稿者は特にこの点に留意して、『花上集』に収録される作品を解釈した上で、味読することが肝要であると感じる。

絶海中津は法兄義堂周信〔一三二五～八八〕と共に「五山文学の双璧」と称揚せられており、稿者は今回、『花上集』所収のオーソドックスな絶海詩の注釈作業を通して、いずれはそのように称揚される所以に迫ってみたいと考える。ちなみにこの十首は、絶海の詩文集である『蕉堅藁』にも収録されている。現在刊行されている、『蕉堅藁』の注釈書類は、以下の通りである（番号は私に施した）。

①梶谷宗忍『蕉堅藁　年譜』三（相国寺、昭五〇）
②寺田透『義堂周信・絶海中津』（日本詩人選24、筑摩書房、昭五二）
③玉村竹二『日本の禅語録』第八巻（五山詩僧、講談社、昭五三）
④入矢義高校注『五山文学集』（新日本古典文学大系48、岩波書店、平二）
⑤蔭木英雄『蕉堅藁全注』（清文堂、平一〇）→私家版『蕉堅藁全注』（昭五二）を増補改訂。

①の梶谷氏は、相国寺派管長を務められた方である。本書では、巻頭に寛文十年〔一六七〇〕版本の本文を一括して掲げ、その後、各作品ごとに訓読と口語訳と語注が施されている。典拠の指摘は、古注（『蕉堅藁考』『蕉堅稿考』『蕉堅藁別考』）を参考にされたようである。

②の寺田氏は文芸評論家であり、本書で毎日芸術賞を受賞されている。本書は義堂編と絶海編から成っており、絶海編では、著者が『蕉堅藁』から秀作と思われるものを選び、まず本文を掲げて、その後に語釈、訓読、解釈、鑑賞を、状況に応じながら記している。

③の玉村氏は歴史学者であり、五山文学研究の第一人者であった。昭和四十八年、『五山文学新集』（東京大学出版会）の刊行により日本学士院賞を受賞されている。本書は、義堂・絶海・中巌円月・虎関師錬・雪村友梅の作品を抜粋抄録しており、各作品ごとに上段に読み下し文、中段に現代語訳、下段に脚注が施され、原文は巻末に一括して収められる。絶海編には、詩九首と疏一首が収録される（今回の注釈と重複しない）。

④の入矢氏は漢文学者であり、中国禅、とりわけ唐代の禅の研究の第一人者であった。本書は絶海の全詩作品を収め、各作品ごとに訓読文を掲出して、その後に原文を付し、脚注も施されている。

⑤の蔭木氏は絶海のみならず、五山文学の、主に作品研究における第一人者であった。本書は、『蕉堅藁』所収の全作品を対象としている。基本的には、まず本文を掲げて、その後に訓読と語注が施されるが、詩偈に限っては、さらに口語訳が付されている。著者の校注態度の特徴としては、中世の口吻を少しでも理解するために、語注や補注に抄物（『碧巌録抄』『中華若木詩抄』『詩学大成抄』等）を引用していることが挙げられる。抄物の抄者の大半は禅僧なので、非常に有効な方法と思われる。

以上、バラエティーに富んだ校注者による注釈書類は、当然参照にさせていただくとして、今回の絶海詩注釈の特徴は、国立公文書館内閣文庫蔵『花上集鈔』（室町末期写）を全面的に活用する点にある。『花上集鈔』は『花上集』の抄物で、当時の禅僧たちの発想や表現理解（素材・典拠等）を知ることができるので、『花上集』収録作品を解釈する際に大いに手助けとなる。なお、『花上集』の抄物にはもう一本、宮内庁書陵部に『義堂絶句講義』が所蔵されている。柳田征司氏は、「伝本二本の中、内閣文庫本は室町時代末期写本、書陵部本は江戸前期の写本である。本文も前者の方が原形に近いと見られる。後者は、抄文を省略したところがまま あり、誤写も相当に多い(1)」と指摘されている。

なお、今後の見通しとしては、『花上集』に収められる、絶海に嗣法した鄂隠慧奯（一三六六～一四二五）・西胤俊承（一三五八～一四二二）の所収作品をも注釈し、絶海を派祖とする門流（霊松門派）の文芸活動をまとめて考察、追究する足がかりにしたいと考える。

注

（1）亀井孝『語学資料としての中華若木詩抄（系譜）』（清文堂、昭五五）の研究篇第二節―一「『花上集鈔』について」参照。

注　釈

〔凡例〕

一、底本は、寛永八年（一六三一）版本を用いた。『花上集』の本文は、基本的に同一系統と考えられる。拙稿「五山文学版『百人一首』と『花上集』の基礎的研究――伝本とその周辺――」（岩波書店『文学』第十二巻第五号〈特集＝五山文学〉、平二三・九）参照。→第四章第七節

一、本文の校異には、内閣文庫本Ⅰ（写本、特一一九―一五）【内閣】、慶應義塾大学図書館本Ⅰ（岡田眞旧蔵本）（写本、一一〇X―八一―一）【慶應】、東福寺霊雲院本（東京大学史料編纂所蔵マイクロフィルムによる）（六一一四―一〇二―六三）【霊雲】、内閣文庫蔵『花上集鈔』【鈔】を用いた。

一、訓読は寛永八年版本を参考にして、私に施した。江戸の版本に見られる訓点は、同時代のみならず、室町時代から江戸時代にかけての五山詩読解を集大成したものと考えられる。

一、『花上集』の作品番号は、拙稿「五山文学版『百人一首』と『花上集』の基礎的研究――伝本とその周辺――」（前掲）の「表2　『花上集』の諸本対照表」による。

一、本文、校異、他書所伝、語釈、試訳、余滴の項目に分かち、作業した。余滴には、主に『花上集』撰者が当該詩を取り上げた意図に関して、『花上集鈔』鈔者がどのように理解した上で解釈しているか、稿者の見解を述べた。

一、『蕉堅藁』の作品番号は、蔭木英雄『蕉堅藁全注』（清文堂）による。また、『翰林五鳳集』は大日本仏教全書本、建仁寺両足院蔵『村庵集』（卍元師蛮自筆写本）は『五山文学新集』第二巻所収本（「希世霊彦拾遺」）、建仁寺両足院蔵『東海璚華集（絶句）』は『五山文学新集』第二巻所収本、『中華若木詩抄』は岩波・新日本古典文学大

系本を用いた。

一、『花上集鈔』の引用は、拙稿「国立公文書館内閣文庫蔵『花上集鈔』乾巻の本文（翻刻）」（『広島商船高等専門学校紀要』第三十四号、平二四・三。→第五章第三節）、「国立公文書館内閣文庫蔵『花上集鈔』坤巻の本文（翻刻）」（『広島商船高等専門学校紀要』第三十五号、平二五・三。→第五章第四節）による。なお、『花上集鈔』の鈔文を注釈中に引用する際は、特に書名を記さない。

◎絶海中津

1　折枝芙蓉

楚妃酔困倚西風
曾侍君王宴渚宮
鳴佩帰来秋淡々
残粧影落玉屏中

折枝の芙蓉

楚妃　酔困して　西風に倚《よ》る
曽て君王に侍して　渚宮に宴す
鳴佩　帰り来りて　秋淡々
残粧　影落つ　玉屏の中

【校異】 倚―傍（慶應・霊雲・鈔）

【他書所伝】 蕉堅藁92、翰林五鳳集巻19・秋部、建仁寺両足院蔵 村庵集

【語釈】 **○折枝**　「枝ヲリテハナイソ。マキル、コトソ。題ニアル時ハ畫ニ出タコトソ」とあるように、詩題における「折枝」は、画に描かれていることを示す。**○楚妃**　楚国の后妃。美人を芙蓉に喩える。**○西風**　秋風。「西風ハ芙蓉ノ故吏ソ」とある。芙蓉は秋に開く花であり、東風（春風）に対したことがなく、いまだ咲いたことがないことを怨む故事がある。「天上碧桃和レ露種。日辺紅杏倚レ雲栽。芙蓉生在二秋江上一。不レ向二東風一怨二未開一」（『聯珠詩格』巻一、高蟾「上二高侍郎一」詩）**○渚宮**　湖北省江陵県に存した楚の別宮。「楚王ノ美女ヲ集宴シタ処ソ」と記されている。**○鳴佩**　酒宴が終わって帰る際、腰に下げるおびたまが音をたてる。**○秋淡々**　「淡々ハス、シイコトソ」とある。**○残粧影落玉屏中**　「残粧」は色香を残す、褪せながらも色香を保っていること。「屏風ノ影ニウツ、タソ。コ、テミヘタ畫チヤソ」とある。韓偓「已涼」詩に「碧闌干レ外繡簾垂、猩色屏風畫二折枝一」句あり。

【試訳】 楚妃は酔い疲れて、秋の風に寄りかかっている。どうやらこれまで君王に侍して、渚宮で酒宴に顔を出していたらしい。佩玉を鳴らして退出してくると、秋気が辺りに満ちて涼しくて、残った色香が、（当季に相応しい折枝芙蓉が描かれる）立派な屏風の中に影を映している。

【余滴】 鈔者は、屏風に描かれる折枝の芙蓉を、楚妃に比して詠出した艶詩として解するべきであると説いている。「西風ハ芙蓉ノ故事」の例証として引用する高蟾詩については、活用された上限は定かではないが、禅林における作詩指導書の一つ『聯珠詩格』に収められる。

2　春夢

蝶入南華曽栩々
相逢欲語意綢繆
一従宋玉賦成後
暮雨朝雲捴是愁

春夢

蝶は南華に入りて　曽て栩々たり
相逢ひて語らんと欲するに　意《こころ》綢繆たり
一たび宋玉が賦成りてより後
暮雨　朝雲　捴《す》べて是れ愁ひ

【校異】　詩題の下に「雲或作風非歟」という注がある（内閣）。

【他書所伝】　蕉堅藁90、翰林五鳳集巻9・春部、建仁寺両足院蔵 東海璚華集（絶句）

【語釈】　**○蝶入南華曽栩々**　『荘子』所収の「胡蝶の夢」故事を踏まえる。荘周が胡蝶になった夢を見て、ふと目が覚めると、自分が胡蝶になった夢を見たのか、胡蝶が自分になった夢を見たのか疑ったという、夢と現実とが定かではない喩え。「昔者、荘周夢為二胡蝶一。栩々然胡蝶也。自喩適レ志与。不レ知レ周也」（斉物論）。「南華」は、荘子の別名。「栩々（然）」は、喜びながら飛ぶさま。「栩々ハ、忻暢《チャウノ》皃」と記されている。**○綢繆**　取りまとめるさまを表す畳韻の語。「綢繆ハ毛詩ノ字ソ。分明ニナイ。タテヌキニ糸ナトノアルヤウニ、ムサ〳〵トシタナリソ」とある。「綢繆束薪、三星在レ天」（『詩経』唐風）**○宋玉**　前二九〇～前二二三。戦国時代の楚の人。屈原の弟子。『文選』に「神女賦」「高唐賦」が収められる。**○暮雨朝雲**　夕暮れの雨と朝の雲、男女の契りをいう。楚の懐王の夢で契った女性が、私は巫山の南にいて、朝には雲、夕暮れには雨になると言った故事。「王曰、何謂二朝雲一。玉曰、昔者先王嘗遊二高唐一、怠而昼寝、夢見二一婦人一。曰、妾巫山之女也。為二高唐之客一。聞三君遊二高

唐一。願薦二枕席一。王因幸レ之。去而辞曰、妾在二巫山之陽、高丘之阻一。旦為二朝雲一、暮為二行雨一、朝朝暮暮、陽台之下。旦朝視レ之如レ言。故為立レ廟、号曰二朝雲一。」（『文選』高唐賦・序）

【試訳】蝶は荘周の夢の中に入り、かつて嬉しそうにひらひら飛んでいたが、夢醒めて、ともに逢って語り合おうとしても、心はもつれ合ってしまった。ひとたび宋玉が「高唐賦」を賦してより後に、夕暮れの雨を見ても、朝の雲を見ても、すべて愁いの種となるように。

【余滴】鈔者は、当該詩の場合、冒頭に「題ニ心ヲツケテ、此詩ヲ見ソ」として、前半部と後半部にそれぞれ、詩題の「夢」に関わる代表的故事を用いて作詩しているのが特徴であると指摘する。作詩法＝解釈法の典型であることを示す。ただし、「一二ノ句ニ故叓ヲ作ルニ、別ノ故叓ヲ三四ノ句ニスルコトハ、今ハセヌソ」と注意を喚起している。後半部に別の故事を改めて用いることは、今時においてはしないことを説く。絶海にして認められるということか。前半部の『荘子』胡蝶の夢の故事については、「マキレノアルコトソ」「マキレカアルト心得ヘシ」（「マキレ」は、判別がつかない意に解した）と評している。

後半部については、艶詩としての内容を含んでおり、その解釈については、鈔者の三句に対する「コレハ心得叓ソ」という評言を活用しようと試みた。

3　鐘声

鐘声

清夜沈々群籟収
疎鐘声近月中楼
十年夢断楓橋泊
吟興正逢長楽秋

清夜　沈々　群籟収まる
疎鐘　声近し　月中の楼
十年　夢断つ　楓橋の泊
吟興　正に逢ふ　長楽の秋

【他書所伝】 蕉堅藁115（詩題「鐘声近」）、翰林五鳳集巻42・雑 食器部、建仁寺両足院蔵 東海璚華集（絶句）

【語釈】 **○沈々** 静まりひっそりとしたさま。夜の更け行くさま。「夜カ深テイカニモシツマリキツテ、イカニモ静ナコトソ」とある。**○群籟** 多くの響きや声。「籟ハ風ト云心〈天籟 人ー北ーアリ。〉ソ。風ノヲトモシン〳〵トシタ」とある。**○疎鐘** まばらにつく鐘。**○十年** 絶海の十年前の曽遊を指す。「十年ハカリコシカタ、楓橋ノ辺ニ宿ヲ借テイタカ」とする。**○夢断** 夢に見ない。「今ハ引カヘテ、十年ハカリ夢タヘテ、今ハ面白都ノ鐘ヲキイタソ」とする。**○楓橋** 江蘇省蘇州の郊外にある橋の名。唐の張継の「楓橋夜泊」詩で名高い。封橋。「月落烏啼霜満レ天。江楓漁火対二愁眠一。姑蘇城外寒山寺。夜半鐘声到二客船一」（『三体詩』、張継「楓橋夜泊」詩）**○吟興** 詩歌を作りたい興味。詩興。**○長楽** 宮殿の名。秦の興楽宮を漢の高祖が修理した。「高祖七年ニ長樂宮ヲ立ラレタ。鐘ノアル処ソ。惟肖ノ高祖七年成レ此宮ト作ラレタカ、名誉ソ」とある。惟肖得巌〔一三六〇～一四三七〕の佳句は、『花上集』所収「長楽鐘声」詩の起句である。

【試訳】 清夜は更けて、ひっそりと静まりかえり、あたり一面の風の音も収まった。まばらに鳴る鐘の音が近くに聞こえ、楼閣は月光に照らされている。かつてこの十年間、楓橋に夜泊して鐘声を聞いた夢も見なくなり、今や拙僧の詩興は、まさに我が相公（足利義満）に比される漢の高祖の宮殿・長楽宮の秋の風情に逢ったかのように沸き立ってくる。

【余滴】鈔者は、詩題「鐘声」が二字題であることを注意喚起し、その作詩法について説く。詩中に「題ノ字」義そのままに詠出しないものであるが、「其詩カトンタ詩ナレハ、分テヲクヤウナコトハアルソ」とする。「鐘声」のままでは不可であったが、「疎鐘（の）声近し」であれば可であるとする。

鈔者は触れていないが、『蕉堅藁』115の当該詩の三首前に配される、112「山家」詩の詩題注記には「以下五首相府席上作」とある。115の当該詩も、「相府」が指すところの将軍足利義満（一三五八～一四〇八）と同席、その命によって詠作した一首として解釈した。

4

花下留客　　花下に客を留む

千里佳期一夕同　　千里の佳期　一夕を同《とも》にす

花辺開席坐春風　　花辺に席を開きて　春風に坐す

明朝花落客帰去　　明朝　花落ちて　客　帰り去らば

門径縁誰掃落紅　　門径　誰に縁《よ》りてか落紅を掃はん

【校異】帰―還（内閣・慶應・霊雲・鈔）。詩題の下に「帰或作還」という注がある（内閣）。

【他書所伝】蕉堅藁91（承句「花辺開席坐香風」）、翰林五鳳集巻5・春部、建仁寺両足院蔵　東海璚華集（絶句）

【語釈】○**千里佳期一夕同**　『三体詩』所収の李益「写情」詩の承・転句「千里佳期一夕休。従レ比無レ心レ愛二良夜一」に拠る。李益詩は、愛人霍小玉の死を悼んで作ったとされる。李益は初め霍小玉と契り、後に必ず迎えに来ると約束して帰省しながらも、親の勧めによって他に妻を迎えてしまった（『太平広記』）。「佳期」は、美人と日時を約束して会うこと。「コノトメマラセタ御客人ハ、千里ハカリヘタ、ツタカ、平生知音テ、千里同風ノ客ソ。佳期ハ、約束申タヨ。風流ナ約束ソ」と記されている。○**坐春風**　『古文真宝（後集）』所収の李白「春夜宴二桃李園一序」の「開二瓊筵一以坐レ花、飛二羽觴一而酔レ月」句を引用して、「坐春風ト云カキヤシヤテ、面白ソ」とする。○**門径縁誰掃落紅**　一句に対し、「我ト共ニサウ嘆スル者モアルマイソ」「其時、御ナツカシカラウスヨ」と解説する。

【試訳】千里の彼方からの珍客とのかねての約束通り、一夕を共にする。花のほとりに席を設けて、春風の中に座る。ふと明くる朝《あした》、花が落ちて、この客が帰り去ったならば、門前の小道に散り落ちた赤い花びらを、いったい誰のために掃うことになるのだろうかと思い遣る。

【余滴】鈔者の当該詩に対する評語で留意されるのは、「キヤシヤ」（華奢・花奢・花車ほか。細やかな情趣が表現などに反映されているの意）と「セウシ」（笑止。当事者にとって不本意な事態を、第三者が気の毒だと心を痛める心情の意）である。前者・華奢の評語は「坐春風」措辞に対し、後者・笑止の評語は、風雅の花宴の盛りの前半部から明朝別離後の落花の後半部への、盛↓衰 への急展開した発想の妙に対して用いている。笑止の展開は、佳き客人、風雅の会であったと、「其時、御ナツカシカラウスヨ」という余情を一首に添えることになる。

当該詩の起句は、鈔者は触れていないが、『三体詩』所収の李益「写情」詩の承句と一字（押韻字）を除いて一致している。意識的な作句であることは明らかであるが、李益詩の佳期が「休《やむ》」であるのに対し、作者・絶海は「同《ともにす》」とした点が工夫である。

当該詩は、遠来の「客」を少年僧として解し、広義艶詩として解する可能性もある。また、幼童・少年僧必読のテクスト『三体詩』の活用法をも示している作品として注目されよう。

5

僧窓移蘭　　僧窓に蘭を移す

蘭生幽谷独開花　　蘭は幽谷に生じて　独り花を開く
藹々国香堪自誇　　藹々たる国香　自《みづか》ら誇るに堪えたり
寂寞楚江無逐客　　寂寞たる楚江　逐客無し
孤芳移入野僧家　　孤芳　移して野僧の家に入る

【校異】 藹々—他本により校訂、底本は「靄々」。

【他書所伝】 蕉堅藁89（詩題「移蘭」、結句「孤芳移在野僧家」）、翰林五鳳集巻19・秋部（詩題「秋蘭」）、同巻41・雑生植部（詩題「僧窓移蘭」）、建仁寺両足院蔵 村庵集

【語釈】○蘭生幽谷　「幽蘭」は、奥深い谷に生ずる蘭。ゆかしく気高い蘭。「幽谷ノ蘭ト云テ、カスカナ谷ニ生スル物ソ。人遠イ処ノ深谷ニ独リ開テ香イ物ソ」とある。**○藹々**　樹木の繁って暗いさま。『広韻』巻第四に「藹　晻靄樹繁茂」とある。**○国香**　国中で最も佳い香り。蘭の別名。「國香ハ比類モナイソ。我カヤウニ香イ物ワナイト、ホコリサウナソ」とある。**○楚江**　岳陽楼の前で洞庭湖に入る、岷江を言う。「寂｜｜、楚江ノ辺ニアル物チヤソ。屈原カソコヲアルク時、ヲビカナイホトニ、蘭ヲナウテ、帯ニスルト云叓カアルソ」とある。『楚辞』離騒に「紉二秋蘭一以為レ佩」句がある。**○逐客**　ここでは、屈原を指す。楚王の一族である屈原は、懐王に信任されて、左徒、三閭大夫になったが、頃襄王のとき、中傷にあって江南に追放流謫され、時世を憂えて悩み苦しんだ末に、汨羅の淵に身を投じた。**○孤芳**　ひとりぼっちで超然として世俗に交わらない高潔な人の喩え。屈原を指す。『楚辞』離騒に「朝飲二木蘭之墜露一兮　夕餐二秋菊之落英一。苟余情其信姱以練要兮　長顑頷亦何傷」という記述がある。**○野僧**　いなかの僧。僧が自分のことを謙遜して言う。「不思議ナル僧」と記されている。「不思議」は、なみなみでなく粗末なさま、卑しいさま。

【試訳】蘭は奥深い谷に生じて、ただ独り花を開く。さかんに香る国で最も佳い香りは、自ら誇るにふさわしい。ひっそりとした楚江に、今や（蘭にも比される）祖国を放逐された屈原の姿はなく、その孤高の芳香は、拙僧の家の窓辺に移入されている。

【余滴】禅僧にとって、「蘭―屈原」の結びつきは強固であり、屈原作とされる「離騒」「九歌」をはじめとする諸編を収める『楚辞』は、禅林における必読書の一つであった。就中、「漁父（辞）」一編は、幼童・少年僧のテクスト『古文真宝（後集）』にも収められ、屈原の放逐流謫の生涯は広く知られていた。鈔者は、作者・絶海がこの点に留意した上で典拠・故事活用を果たしている作詩例として、解説しようとしたものか。

6
読杜牧集　　杜牧集を読む
赤壁英雄遺折戟　　赤壁の英雄　折戟を遺《のこ》し
阿房宮殿後人悲　　阿房宮殿　後人悲しむ
風流独愛樊川子　　風流　独り愛す　樊川子
禅榻茶烟吹鬢絲　　禅榻の茶烟　鬢絲を吹く

【他書所伝】　蕉堅藁84、翰林五鳳集巻60・支那人名部

【語釈】　**○杜牧集**　晩唐の詩人、杜牧（八〇三～五二）の『樊川文集』を指すか。**○赤壁英雄遺折戟**　「赤壁」は湖北省嘉魚県の東北、長江に臨み、建安十三年（二〇八）、呉の孫権と蜀の劉備とが連合して、魏の曹操の大軍を撃破した古戦場である。「一ノ句ハ、三体詩ニアル叓ソ。周瑜カ曹公ト戦タコトソ。瑜カ将黄蓋《ガイ》ト云者カ、舩ニ柴ヲツンテ、曹公カ舩ヲ焼タ叓ソ」とある。『三体詩』所収、杜牧「赤壁」詩は「折戟沈レ沙鉄半銷。自将ニ磨洗一認ニ前朝一。東風不与ニ周郎一便。銅雀春深鎖ニ二喬一」。「英雄」は「英雄ハ武者スルケナケ者トモト云心ソ」。「折戟」は、折れた戟（ほこ）。**○阿房宮殿**　秦の始皇帝が築いた宮殿。今の陝西省西安市の北西、渭水の南に位置した。**○後人**　杜牧を指す。**○樊川子**　杜牧の号。**○禅榻茶烟吹鬢絲**　「禅榻」は、禅寺にある椅子。年老い

て、鬢毛の薄らいだ時に寺に遊び、茶の煙の淡く立つのを見て、昔日壮年の頃を思い出し、感慨に耽ることを「茶烟鬢絲之感」と言う。「三体詩ニ有ソ」は、「觥船一掉百分空。十歳青春不レ負レ公。今日鬢糸禅榻畔。茶煙軽颺落花風」（『三体詩』、杜牧「酔後題ニ僧院一」詩）を指す。また、「東坡詩ニ」以下の引用は、蘇軾「将レ之ニ湖州一戯贈ニ莘老一」詩の「鬢絲只可対ニ禅榻一。湖亭不レ用張ニ水嬉一」句である。

【試訳】赤壁で戦った英雄勇士は、折れた戟を残し去り、かつて栄えた秦の阿房宮の跡を見て、後代の詩人・杜牧は悲しむばかりであった。風流にして、ただ独り愛すべき樊川子よ、禅寺の椅子のあたりに茶の煙が立ちのぼり、白髪の鬢毛を吹いているなか、しきりに往時を偲んでいる。

【余滴】杜牧は若い時に風流才子としての評判が高く、本朝禅僧もその作品を愛賞している。鈔者が指摘するがごとく、当該詩は『三体詩』所収の杜牧詩をふんだんに活用している。文筆を志す初心者にとっては、一の模範作例となり得る。

7　春夜看月

春夜看月　　春夜に月を看る
高人招友会春亭　　高人　友を招きて　春亭に会し
花影闌残月一庭　　花影　闌残　月一庭
満袖香風吹靄々　　満袖の香風　吹きて靄々

良宵何必負衰齢　　良宵　何ぞ必ずしも衰齢に負《そむ》かん

【校異】靄々―藹々（内閣・慶應）

【他書所伝】蕉堅藁101（転句「満袖香風吹藹々」）、翰林五鳳集巻2・春部（詩題「春夜月」）、建仁寺両足院蔵 東海璚華集（絶句）

【語釈】〇高人　身分の高い人。「高人トサスハ、其時ノ将軍カ接［摂］政カノ類テ有《アラウ》ソ」とある。〇花影闌残「闌残ハ花ノコ、ナツタナリソ。月移花影上欄干ナトノ心ソ」とある。「闌残」は、凋み固まる意。王安石「春夜作」詩（『錦繡段』所収）の転・結句に「春色悩レ人眠不レ得。月移二花影一上二欄干一」とある。〇満袖香風　後村「贈二輝書記一」詩（『聯珠詩格』巻二十所収）に「携二得清詩一満レ袖来」句がある。〇靄々　「靄々ハ小雨《サメ》ナトノフツテフツテ、ウル〳〵トシタ体ソ」とある。〇良宵何必負衰齢　「良宵」は晴れた夜、眺めの良い夜。「良ー、春到人間無棄物ト云ニ合タソ」とある。開仲見「春日作」詩（『錦繡段』所収）に「春到二人間一無二棄物一。人心安得レ似二東風一」句あり。後半二句は、春の風が人間の世界に吹き来たり、野草や山花に至るまで棄てられる物は一切なかったのであり、衰老人の自己の意にそむきなどしていないという意。

【試訳】高貴の人が友人達を招き、春亭で会を催されたが、花の影には衰えが見えるものの、月光が庭一面を照らしている。折から袖一杯の風は、香しく吹き渡っており、このかえって風情豊かな今宵は、どうして必ずしも衰老人の自己の意にそむきなどしていようか（いや、そむきなどしていない）。

【余滴】「闌残」の景を眼前に呈しながら、「何必負衰齢」と、これを肯定したところに作者・絶海の工夫がある。いわゆる「風流ならざる処、これまた風流」と見なす、禅的発想法が発揮された作詩である。

表現面においては、当該詩の典拠には『錦繍段』所収の詩句が指摘される。が、作者・絶海の当時にあっては、『錦繍段』はいまだに編集・編纂されていないので、絶海自身が参照した可能性は無い。ただし、鈔者の時代にあっては、文筆の業を志す初心者の必読テクストであったか。

なお、鈔者は冒頭に「三字四字アル題ニハ、字ヲ、イテ作ルソ」と説いている。「春夜看月」の四字題の場合、起句に「春亭」、承句に「月一庭」と、春と月の字を置いて作詩していることを指摘したものと解される。三字題や四字題の詩作の作詩法に関し、初心者への注意喚起である。

8

喜行人至　　行人の至るを喜ぶ

渓辺古木弄残暉　　渓辺の古木　残暉を弄す
千里行人初到時　　千里の行人　初めて到るの時
自説三年征役恨　　自ら説く　三年　征役の恨み
誰能双鬢不成絲　　誰か能く双鬢　絲を成さざらんと

【他書所伝】 蕉堅藁82（詩題「行人至」）、翰林五鳳集巻38・雑 人倫部

【語釈】〇**行人**　出征の兵士。杜甫「兵車行」に「行人弓箭各在レ腰」「行人但云点行頻」句がある。〇**残暉**　沈もうとする夕陽の光。〇**征役**　徴発されて労役（力仕事・戦争）に行く意。「征役ハ、公方役ニ行コトソ。陣タチナトスルヤウナコトソ。杜カ北《ホク》征ト云公方コトニ行ソ。南征トモ西征トモ云ソ。京ニヱイヽテ、田舎下リヲシタ様ヲ語ソ」とする。「陣タチ（立）」は、陣備え。〇**誰能双鬢不成絲**　行人の会話。「田舎ハ、面白コトハ一モナイ、タ、カナシイハカリ■《チ》ヤ程ニ、丈夫ノ心ナリ共、シラガニナラヌコトハアルマイソ」とある。

【試訳】谷川の古（枯）木に、沈みかけの夕陽が照りかかる、はるばる千里の彼方に出征していた兵士がちょうど到着したその時。（遠く下向していた当人が）自ら三年間の、命がけの労役の恨み言を説く。「一体誰が左右の鬢が白髪にならないでいられようか」と。

【余滴】当代の世相をも反映した一首。武家と禅宗・禅僧との関わりは密接であった。死に直面しながら生きる武家にとっての精神的な支えの一つが禅宗宗旨であり、そのために信奉（庇護）されるのが禅僧であった。当該詩は、その一端をも示している。

9　梅花野処図

淡月疎梅野水湾
何人把筆写荒寒

梅花野処の図

淡月　疎梅　野水の湾
何れの人か筆を把りて荒寒を写す

一枝影痩清波上
応是孤山雪後看

一枝　影痩す　清波の上
応に是れ　孤山　雪後の看なるべし

【他書所伝】蕉堅藁124（詩題「題梅花野処図」、承句「何人注意写荒寒」）、翰林五鳳集巻6・春部（詩題「梅花野処園」）、建仁寺両足院蔵　東海璚華集（絶句）（詩題「題梅花埜処」）

【語釈】**○淡月疎梅野水湾　何人把筆写荒寒**　「疎梅」は、まばらに生える梅。「野水湾」は、野の流れの隅。林逋「山園小梅」詩の「疎影横斜水清浅　暗香浮動月黄昏」句は、梅の代表的佳句として著名。「ヲホロ夜ノ体ソ。（中略）山居ノス、シイ水ノチリ〳〵ト流ル、処ニ、月ノ朦朧トカ、ツタ体ノノ(ママ)面白サハ、サテ誰ニカナ畫ニカ、セウソ」とする。**○一枝影痩清波上　応是孤山雪後看**　「孤山」は西湖にあり、北宋の詩人・林逋（九六七〜一〇二八。字は君復、諡は和靖先生）の隠棲した地。林逋は梅を愛し、鶴を養い、時人は梅妻鶴子と称した。「一枝ソトデタカ、ヱコラヱヌソ。水ノ上ヘ出タ一枝ヲハ写サセタイソ。是ハ孤山ノ雪后ニ梅ヲナカメタニ、サナガラ似タソ。チトモヲトルマイソ」と解す。林逋「梅花」詩に「雪後園林纔半樹　水辺籬落忽横枝」句がある。

【試訳】朧月の光が、疎らに梅の木が生える小川の隅を照らしているが、一体誰に筆を把らせて、この荒れ果て、寒々とした風景を写させたものであろうか。そんな中でも一枝が梅特有の痩影を、清らかな波の上に映しているのは、これこそまさしく孤山の雪後の情景にほかならない。

【余滴】【試訳】においては、鈔者の「サテ誰ニカナ畫ニカ、セウソ」「（略）一枝ヲハ写サセタイソ」に拠ったために、作者・絶海が、「梅花野処の図」中の景を原図作者以外の第三者にさらに描かせたいとの発想から作詩したという訳になっている。が、通常の解釈法に従い、原図の作者の画枝を称揚した「一体誰が筆を把って、この荒れ果て、寒々とした風景を写したのだろうか」と訳するのが妥当であろう。

当該詩は画図に対する賛詩であり、その作詩法の一類型を示そうとした選詩であろう。図柄に描かれる中心素材は梅一枝であり、梅―林逋「疎影横斜水清浅　暗香浮動月黄昏」佳句を代表とする詩句は、禅林文筆僧の常識であった。結句の「孤山雪後看」を証するために、林逋の佳句の影響が看取される詩語を各所にちりばめているのが工夫である。

10　鵲

月夜繞枝無可依
翩々隻影只南飛
朝来偶向晴檐噪
此日行人帰未帰

鵲

月夜　枝を繞《めぐ》りて　依るべき無く
翩々たる隻影　只南飛す
朝来　偶々晴檐に向かひて噪《さわ》ぐ
此の日　行人　帰るや未だ帰らざるや

【校異】 偶―偏（内閣）　繞―遶（霊雲）

【他書所伝】 蕉堅藁128、翰林五鳳集巻39・雑 気形部、建仁寺両足院蔵 東海璚華集（絶句）

【語釈】○鵲　かささぎ。烏鵲はその別称。曹操「短歌行」の「月明星稀　烏鵲南飛　繞レ樹三匝　何枝可レ依」（『古詩源』）に拠る。「（曹操「短歌行」句引用と解説）其ヲ以テ作タソ。トマラウガナイ程ニヱトマライテ、南ニ飛タソ」とする。**○朝来**　朝早くから。**○向晴檐噪**　『西京雑記』に「乾鵲噪而行人至。蜘蛛集而百事喜」とある。「乾鵲鳴行人至、蜘蛛下吉事見。此詩ヲ以テミレハ、我身ハ不満テ、三四ノ句ハ人ノタメニヨイソ」と評する。「行人」は、絶海8番詩の詩題参照。

【試訳】（曹操の「短歌行」よろしく）鵲は月夜に枝の回りをめぐっても、身を寄せるところが無かったために、ひらひらとたった一つの鳥影を残し、ただ南方へと飛んでいった。今朝は朝早くから珍しく晴れた軒先で鳴きさわいでいるが、（俗信のごとく）この日、遠く出征した人が晴れて帰還するというのだろうか、それとも、まだ帰れないのだろうか。

【余滴】当該詩は、一字題「鵲」を詠出するにあたり、前半部では曹操「短歌行」、後半部では吉事の前兆とされる鵲喜・鵲噪の俗信を詠出する。なお、前者については、『古文真宝（後集）』にも収録される、蘇軾の名文「赤壁賦」中において、曹操の風流を偲んでの述懐「客曰、月明星稀、烏鵲南飛、此非二曹孟徳之詩一乎。（下略）」句によっても有名である。

（当該詩は『花上集鈔』のみ収録）

11　輦寺看花　　輦寺に花を看る

寺近皇居多貴遊　寺は皇居に近くして　貴遊多し
看花却愛一庭幽　花を看て　却って愛す　一庭の幽
禅心未必負春色　禅心　未だ必ずしも春色に負かず
院々珠簾半上鉤　院々の珠簾　半ば鉤に上す

【他書所伝】 蕉堅藁120、翰林五鳳集巻4・春部、中華若木詩抄242、建仁寺両足院蔵 東海璚華集（絶句）。（以上、いずれも承句「看花還愛一庭幽」、結句「院々珠簾捲上鉤」）

【語釈】 **○輦寺**　輦轂下の寺の意で、天子のお膝元の寺・京師の寺。起句に「寺近皇居」ともあり、具体的には、万年山相国寺を指す。蘭坡景茝『雪樵独唱集』絶句ノ一（『五山文学新集』第五巻所収）の「和二万年旭岑試筆一」詩に「寺近二皇居一気色新」句、天隠龍沢『黙雲藁』（『五山文学新集』第五巻所収）の「和二万年檀渓韻一」詩に「寺近二皇居一気象繞」句等とある。**○寺近皇居多貴遊**　当時の禅僧と貴族の交流の模様を描く。「内裏ノ御近所ニアル寺チヤホトニ、貴人タチカ来テ、遊ル、ソ。談義ヲモキ、、或ハ詩ヲモ作リナトシヨウト思フテ、遊ル、ソ」とある。**○看花却愛一庭幽**　「一庭幽」は、相国寺庭園の枯山水を指すか。「アノ僧ノ処ヘイタレトモ、面白吏ハナイ。イカニモサヒ〳〵トシテアル、是カ面白サニ来ラル、ソ」とある。**○禅心**　禅定の静かな心。心を一つの対象に集中して乱れない状態、座禅を修している時の心の状態を言う。**○珠簾**　珠玉で飾ったすだれ。美しく彩ったすだれ。**○上鉤**　簾を巻き上げて鉤にかけること。『中華若木詩抄』には、「上レ鉤ニトハ、簾ヲバ鉤ニテ巻クホドニ、鉤ト云テ巻クト心得ルゾ。鉤レ簾ト使ウ也」とある。

【試訳】 寺は皇居に近くて貴人の来遊も多く、花を見て、かえって庭の幽趣を愛でておられる。抑も禅の心は、いまだに必ずしも春の景色に背を向けて無視などしたことはなく、あちらこちらの寺院の玉の簾も、半ば巻き上げられている。

【余滴】 中華詩人と本朝禅僧の詩を精選して解説した『中華若木詩抄』には「三四ノ句、イカナル座禅ハタトシチギリテ一座シ不レ立セ二当位一モ花ニハ負カヌト見ヘテアルゾ。其故ハ、イカナル寺院ニモ珠簾ヲ巻上ゲテヲク也。コレハ、花ニ負カジトノ心ゾ。春色ヲ一段ト賞ジテ作ラレタル也」とあり、只管打坐の座禅ながら、春色の代表としての花に背を向けて無視することはできないとばかりに、寺院の庭園の幽趣が格別であることを賞賛する詩として解釈している。一方、『花上集鈔』には「禅ノコ、ロハ、心地ノヨウチヤカ、ソノ工夫ト云物モ、面壁シテイタハカリテハアルマイソ。月[redacted]花ヨノ上コソ、則禅心ヨ。去程ニ春色ニハ負《ソム》クマイソ。月花ヲナカメタ上カ、則禅心テアラウ程ニ、トコニモスダレヲマキアケテ詠ムルソ。」とあり、禅心に到る工夫として、（達磨のように）壁に向かって座禅をするだけではなく、春景色に背を向けて無視せず、無心に月や花を眺める用心が指摘され、それ故に寺院の簾が巻き上げられていると解釈する。

ここに「柳は緑　花は紅」という、蘇軾の詩句に基づく禅語がある。自然のありとあらゆるものが、それぞれ真実相であるという意であるが、そのような物の見方ができる境地・心位に達するためには、厳しい修行・鍛錬が要されるであろう。絶海の、禅僧としての境地・心位を慮ると、当該詩の解釈は、『中華若木詩抄』の抄者のものに近く、庭院の春色・花色が格別であることを、真実相として素直に認めつつも、絶海自身はそこに拘泥していなかったのではないだろうか。拙稿「絶海中津の自然観照（上）」（『禅文化研究所紀要』第二十八号〈加藤正俊先生喜寿記念論集『日本における禅宗の史的展開』〉、平一八・二）参照。↓本章第三節

なお、鈔（抄）の作者の先後関係が未詳であるために、一つの推論にほかならないが、鈔者が当該詩を特別に『花上集鈔』にのみ採り上げた動機の一つとして、『中華若木詩抄』に本朝を代表する作品の一篇として採り上げられていることの反映・影響（一種の対抗心）が存したかも知れない。本朝禅僧の詩作を対象とした抄物の代表としての両集を比較した上で、その相関関係について吟味することは、稿者が今後取り組みたいと考える課題の一つである。

第二項　『花上集』抄訳稿――鄂隠慧奯詩

緒言――『花上集鈔』の活用と、霊松門派の詩風

本項は前項に引き続き、五山文学における代表的な詩選集（アンソロジー）である『花上集』の抄訳稿であり、今回は鄂隠《がくいん》慧《え》奯《かつ》（一三六六～一四二五）に注目し、その七言絶句詩の注釈を試みたものである。鄂隠は筑後の人、法諱は初め梵奯、後に慧奯と改める。道号は鄂隠、中ごろ大歳と改め、その後、再び鄂隠に戻った。幼い時から絶海中津（一三三六～一四〇五）に従って出家し、宗旨や詩文も絶海に学ぶ。至徳三年（一三八六）に入明し、在明十年、その間に承天寺の仲銘克新等に参じた。帰国後、絶海より夢窓疎石説法の法衣を授けられ、附法印可されて、その法を嗣ぐ。その後、足利義持（一三八六～一四二八）の帰依を受け、応永中頃から等持寺（十刹）、相国寺（五山）（第十九世）、阿波宝冠寺と歴任し、応永二十一年（一四一四）六月、相国寺鹿苑院の塔主に就任、僧録の業務を司った。同二十四年二月には天龍寺（五山）（第六十一世）を兼任したが、同年九月五日に義持の意にさからって、土佐に逐電した。同国では吸江庵（寺）（高知市吸江百三十二番地）に住し、堂宇を修補増築し、悠々自適の生活を送った。その寮舎を蘆花深処、書斎を景蕉という。応永三十二年二月二十八日、同庵にて示寂。六十九歳。称光天皇より仏慧正続国師の号を生前に特賜された。鄂隠は、その師絶海の語録及び詩文集『蕉堅藁』を編し、主に自身の四国在住中の作品を『南游稿』に纏める。玉村竹二氏『五山禅僧伝記集成 新装版』（思文閣出版、平一五）参照。

こうして見ると、鄂隠は、絶海を派祖とする霊松門派に属し、絶海の宗風や学芸を色濃く受け継いでいると考え

られる。換言すると、鄂隠の作品に着目することにより、絶海が義堂周信（一三二五〜八八）とともに「五山文学の双璧」と称えられる、新たな理由に辿り着き、五山文学の真髄・魅力に迫り得る可能性があると言えるであろう。

鄂隠に関する先行研究は驚くほど見当たらず、先日亡くなられた、五山文学研究の第一人者であった蔭木英雄氏の著書『中世禅林詩史』（笠間書院、平六）においても、項目が立てられていない。本項では、『花上集』に収載されることからもすでに明白であるが、その作品を訳注することにより、鄂隠が、義堂・絶海の次世代を代表する文筆僧の一人であったことを証したい。次いで、高知県立歴史民俗資料館・特別展「今を生きる禅文化―伝播から維新を越えて―」（平成二十九年十月十四日〜十一月二十六日開催）においても、夢窓の来高による吸江庵開創や、義堂・絶海（ともに高岡郡津野出身）の輩出と業績については喧伝されているが、鄂隠の吸江庵隠棲・示寂、とりわけ五山文学史上における業績については無いに等しい。そこで、ささやかではあるが、本項が、高知県の文学史上に鄂隠を正確に位置付けるための参考になりはしないかという思いを抱いた次第である。

なお、今回の鄂隠詩注釈においても、国立公文書館 内閣文庫蔵『花上集鈔』（室町末期写）を全面的に活用する。『花上集鈔』は『花上集』の抄物で、当時の禅僧たちの発想や表現理解（素材・典拠等）を知ることができるので、『花上集』収録作品を解釈する際、大変参考になる。

注　釈

〔凡例〕

一、底本は、寛永八年（一六三一）版本を用いた。『花上集』の本文は、基本的に同一系統と考えられる。拙稿「五山文学版『百人一首』と『花上集』の基礎的研究――伝本とその周辺――」（岩波書店『文学』第十二巻第五号

〈特集＝五山文学〉、平二三・九）参照。→第四章第七節

一、本文の校異には、内閣文庫本Ⅰ（写本、特一一九―一五）【内閣】、慶應義塾大学図書館本Ⅰ（岡田眞旧蔵本）（写本、一一〇X―八一―一）【慶應】、東福寺霊雲院本（東京大学史料編纂所蔵マイクロフィルムによる）（六一一四―一〇二―六三）【霊雲】、内閣文庫蔵『花上集鈔』【鈔】を用いた。

一、訓読は寛永八年版本を参考にして、私に施した。江戸の版本に見られる訓点は、同時代のみならず、室町時代から江戸時代にかけての五山詩読解を集大成したものと考えられる。

一、『花上集』の作品番号は、拙稿「五山文学版『百人一首』と『花上集』の基礎的研究――伝本とその周辺――」（前掲）の「表2　『花上集』の諸本対照表」による。

一、本文、校異、他書所伝、語釈、試訳、余滴の項目に分かち、作業した。余滴には、主に『花上集』撰者が当該詩を取り上げた意図に関して、『花上集鈔』鈔者がどのように理解した上で解釈しているか、稿者の見解を述べた。

一、鄂隠慧奯の詩文集『南游稿』は、『五山文学全集』第三巻所収本による。また、『翰林五鳳集』は大日本仏教全書本、『中華若木詩抄』『湯山聯句鈔』は岩波・新日本古典文学大系本を用いた。

一、『花上集鈔』の引用は、拙稿「国立公文書館　内閣文庫蔵『花上集鈔』乾巻の本文（翻刻）」（『広島商船高等専門学校紀要』第三十四号、平二四・三。→第五章第三節）、「国立公文書館　内閣文庫蔵『花上集鈔』坤巻の本文（翻刻）」（『広島商船高等専門学校紀要』第三十五号、平二五・三。→第五章第四節）による。なお、『花上集鈔』の鈔文を注釈中に引用する際は、特に書名を記さない。

◎鄂隠慧奯

1　山水小舟図

水緑山青雪尽時
中流帆影去遅々
蛟鼉出没波如屋
日暮蘭橈何処移

山水小舟の図

水緑に　山青し　雪の尽くる時
中流の帆影　去ること遅々たり
蛟鼉　出没して　波は屋のごとし
日暮　蘭橈　何れの処にか移らん

【他書所伝】　南游稿250

【語釈】　**○山水小舟図**　図柄の説明として「ソトシタ小舩テ、シカモ山水ノ境ニウカウタソ」とする。**○水緑**　黄山谷の「演雅」に「江南野水碧㆓於天㆒、中有㆓白鷗㆒閑似㆑我」とある。**○中流帆影去遅々**　「中流ト云ハ、海ノマン中ノコトソ。此舩カハヤウモ行イテ、ユウ〳〵トシテアルソ」とある。**○蛟鼉出没波如屋**　「蛟鼉」は亀の一種。「蛟ｰハミツチソ。五十尋ナカアルソ。足カナイ者ソ。鼉ハカメソ。出ハ上ヘウカフ、没ハ下ヘシツムチヤソ。其住ミ処ハ水チヤホトニ、波ハ屋ノ如クナソ。此様ナ大叓ノ渡ヲモ、小舟テトヲルト云カ語勢ソ」とある。「ミヅチ（蛟）」は龍の一種。想像上の動物で、一般に蛇に似て角と四脚を有し、毒気で人を害したと言われる。「鼉《ダ》」はワニの一種。**○蘭橈**　木蘭で作った舟の櫂。「蘭橈ハ、ランノカチト云心ソ。カツラノサヲ、ランノカヂト、キヤシヤニ云タソ」とある。

【試訳】　水は緑色に澄みわたり、山は青々としている、雪がすっかり消え去った時分。海の真ん中で掲げる帆影は、悠々と去っていく。まるでみずちが海面に浮かんだり沈んだりして、屋内に住んでいるかのようである。夕暮れ時に蘭の舵で水を掻いて、一体いずれの処に移るというのだろうか。

【余滴】 山と水と小舟という、極めて単純で平凡な図柄の山水図に対する賛詩である。したがって、典拠を見出して詩作することが困難で、そこに作者の創意・工夫が要求される。編者の某僧が本詩を選んだ理由は、この点にあるのではあるまいか。鄂隠は図中の景を、自身が隠棲した土佐国の五台山山麓にある吸江庵より臨んだ浦戸湾、さらには太平洋など、スケールの大きい光景に重ね合わせて詠出していると想像する。一方、「蘭橈」という詩語を用いるなど、繊細で「キャシャ」（華奢・花奢・花車ほか。細やかな情趣が表現などに反映されている意）な一面も窺われ、図中の小舟には、京都の禅林社会を離れた自身を投影していたのかも知れない。

2

除夜有所思

灯花的々照心紅
一歳分時又一重
四十明朝残臘夢
松風吹入五更鐘

除夜に所思有り

灯花　的々　心を照らして紅なり
一歳　分かつ時　又一重
四十　明朝　残臘の夢
松風は吹きて　五更の鐘に入る

【校異】 花―火、「火」字に「花」という傍注アリ（鈔）。

【他書所伝】 南游稿251、百人一首35、翰林五鳳集巻23・冬部

【語釈】 **〇除夜有所思** 「節分トモ云、大晦日トモ云ソ。心ニ思フ所カアッテノ作ソ」とある。**〇灯花的々照心紅** 「灯花」は、灯火の灯心の先にできる燃えかす（丁字頭）が花の形に固まったもの。これができると、縁起が良いという。「的々」は、明らかなさま。「キヤシヤニ作リタソ。灯ニチ〔テ〕ウジカシラノアルヲ云ソ。的々ハ、其コトソ。吉コトノアラトテハ、灯花カアル物ソ。思フ処ヲ照タソ。紅灯ト云テ、紅ナ物ソ。是モ心ト云字ニカケテ見ソ。題ノ所思ト云心ソ」とある。**〇一歳分時又一重** 「分ハ春分秋分ノヤウニ、年カワカル、ホトニソ。所思ノ字ニカケテ、又一重所思カアルソ」とある。「一重」は、程度が一段と進むさま。いっそう。**〇四十明朝残臘夢** 「是カ卅九ハカリノ時ノ作欤ソ。又大晦ハ残臘ソ。ハヤク年カ移ルト云テ嘆スルソ。守歳ト云テ、ネヌ夜ナレ共、夜ハナカシ。ソト夢カアルソ」とある。**〇五更** 日没より日の出までを五更に分ける。三更が真夜中、五更が明け方。

【試訳】 灯心の先の丁字頭はくっきりと盛え上がり、我が心をも照らして、炎は紅色に燃えている。今年一年が改まる時、またいっそう思いは深まる。明朝、四十を迎えるにあたり、今夜の夢については、さぞかし松を吹く風の声が、夜明けを告げる五更の鐘の響きに入り、眠りを覚まされることであろう。

【余滴】 新年を迎えるに当たっての心構えを示すために選ばれた例作が本詩であろう。鄂隠が、明朝には「不惑」とも称される四十歳の区切りを迎えるに当たっての感慨を述べている。鄂隠が入明したのは至徳三年（一三八六）、三十歳の時であり、彼地には十年間滞在したとされるので、この詩は、彼が日本に戻ってからすぐに詠ま

れたか。帰朝後、しかも大晦日に鄂隠の胸に去来する「所思」とは、一体どのようなものだったのであろうか。鄂隠に関しては、その作品に渡明の形跡が殆ど認められないものの、在明中に仲銘克新・行中至仁等に師事したり、帰国後に絶海の法を嗣いだことを勘案すると、彼は仏道修行に精進し、日本の禅林社会に貢献することを強く心に誓っていたのではないだろうか。

3

送人之伊陽　　人の伊陽に之《ゆ》くを送る
君去秋山蕙帳空　　君去りて　秋山　蕙帳空し
伊陽千里信難通　　伊陽　千里　信　通じ難し
多情最是長江水　　多情なるは　最も是れ長江の水
故為愁人流向東　　故《ことさら》に愁人の為に流れて東に向かふ

【他書所伝】 南游稿252

【語釈】 **○送人之伊陽**　詩題。「伊勢ノ人カイヌルソ」とある。「伊」はここでは伊勢国、「陽」は山の南面の地を指す。　**○君去秋山蕙帳空**　「君ハ人ソ。北山移文ニモ山人去テ蕙帳空シト《ナ》云テ、カチヤウツルヤウニ、帳ヲ、ロイテ居物ソ。其如クニ蕙帳モ空ウテアラウスヨ、アラヲナコリヲシヤ」とある。「北山移文」（『古文真宝後集』巻之五所収）には、「至ニ於還飆入レ幕、写霧出レ楹、蕙帳空兮夜鶴怨、山人去兮曉猿驚」と記されている。「蕙帳」は、蕙草（香草）でつむぎ編んだ垂れ幕。**○信難通**「サアラハ、マウ文ノヲトツレモアルマイヨト云ハ、名残ヲ、シムト云心ソ」とある。「信」は、便り・音信。**○多情最是長江水**「昔カラ水ハ無情ナ物チヤト人ハ云カ、サハナイヨ。水ホトナ多情ナ者ハナイソ。東ヘムケテツレタツテ行ル程ニ、〈流水無情慕落花。古ー〉水ホト多情ナ者ハナイソ。人間水無不東朝云句ヲ下ニヲイテ云タコトソ」とある。『禅林句集』に「落花有レ意随ニ流水一、流水無レ情送ニ落花一」句が載る。典拠は『万松従容録』等。**○故為愁人流向東**「故」は「ことさらに」と訓ず。「人間水無不東朝云句ヲ下ニヲイテ云タコトソ」とある。「人間水無不東朝」句については、『句双紙』『禅林句集』に「天上有レ星皆拱レ北、人間無ニ水不レ朝レ東」句が載る。典拠は『禅林類聚』『圜悟録』他。「人間 水ハ（トシテ）東ニ朝セズトイフコト無シ」と訓じている。

【試訳】 君が去ってから、秋山に臨んで香り高い草で編まれた帳は、空しく垂らされている。伊勢国は千里も離れているので、手紙を交わすことも難く、君との別れがいよいよ名残惜しい。多情であるのは、長江の水の流れがこの上ないことで、わざわざ心に愁い事を抱く私のために、流れて東の方に向かっているのではないか（ぜひとも私の便りを、君の許に届けてほしいものだ）。

【余滴】 送行詩の作例として選ばれたものである。『花上集』が成立した頃、送行詩の典型は、少年僧を対象として、その郷寺への帰還を惜しむという惜別の艶詩と考えられる。本詩の場合、伊勢国に去っていく「人」を少年僧と解し、広義艶詩として解するのが妥当ではあるまいか。

4　上林聴鵑　　上林に鵑を聴く

杜宇呼名不露形　　杜宇　名を呼びて　形を露《あら》はさず
上林烟雨昼冥々　　上林の烟雨　昼冥々
君門鎖断深於海　　君門　鎖断して　海よりも深し
啼血何曽関帝聴　　血に啼くとも　何ぞ曽て帝の聴に関《あず》からむ

【他書所伝】 南游稿137（承句「上林花木昼冥々」、転句「君門鎖断深如海」）

【語釈】 **〇上林聴鵑**　詩題の「上林」は、秦・漢代の天子の庭園の名。「内裏ニ林ヤナントヲシテヲク物ソ。サウシテ、ソコニ虎ヤ熊《クマ》ナトヲ、イヲリヲシテ、イレテヲクソ。コナタニハ小国チヤホトニナイソ。、コニナイタ鵑ソ」とある。**〇杜宇呼名不露形**　「杜宇」は、ホトトギスの別名。蜀王の杜宇（望帝）が位を譲った後、ホトトギスに化したとか、死ぬとき、ホトトギスが鳴いたとかいう四川省地方の古い伝説による。杜魄。「杜宇ハ、ホト、キスノ名ソ。蜀ノ望帝ソ。杜宇呼名語ト云句カラソ」とある。『三体詩』所収の李遠「送㆓人入ㇾ蜀」詩に、「杜宇呼ㇾ名語、巴江学ㇾ字流」句がある。杜宇の化身のホトトギスは、蜀を懐かしんで、「不如帰去」（帰り去るに如かず）と鳴くと言われる。**〇冥々**　暗いさま。奥深いさま。「冥々ハ、雨ノフツタナリソ」とある。**〇啼血何曽関帝聴**　「啼血」は、血を吐くほどに声を絞ってなくこと。「啼血ハ血ノ涙トモ云、又ハ口カラ血ヲ出ストモ云ソ。是カヨキナリ。蜀へ行タカツテナクソ。是ハ不如歸去ノ心ナレトモ、天下太平ノ時分チヤホトトニ、天子ノ御耳ニハヱ入マイホトニ、ナイタラウカ損ソ」とある。

【試訳】ホトトギスは、しきりに名を呼んでも、形をあらわさない。天子様の広い庭園には霧雨が降りかかり、昼間でも暗い。この太平の御世に、苔むした御門は閉ざされて、外界より隔絶していて、海よりも奥深い印象である。そこで、「不如帰去」と、ホトトギスが口から血を流すほど啼いても、どうしてこれまで一度でも天子様の耳に入ったことがあるだろうか（空しいだけだろうに）。

【余滴】本詩は、四字題の述懐詩の典型として選ばれたものと思われる。しかしながら、その述懐の内容について理解するのは容易ではない。渡明中の自己の望郷の念を、杜鵑の叫び声に託したとして鑑賞することもできようか。あるいは、「上林」は天子（将軍）の治めるこの天下太平の世、血を吐いて「不如帰去」と叫び鳴く「鵑」「杜宇」に作者・鄂隠を擬え、恨みの情を述懐したと鑑賞するのも一興であろう。ついには将軍義持の意に逆らって土佐国吸江庵に逐電するなど、鄂隠は反骨の人ではあったが、地方に隠遁の折には、心中都下における晴れやかな日々のことを想い起こすこと頻りではなかったか。なお、鄂隠とは法系の上で兄弟の西胤俊承の作品で、本集や『中華若木詩抄』にも収められる、「遠山帰鳥図」詩の転句に「上林雖レ好非二栖処一」とあるのも興味深い。

5　家童放鶴図　　家童　鶴を放つ図

知是先生不在家　　知らんぬ　是れ先生　家に在らざることを
家童放鶴日西斜　　家童　鶴を放ちて　日は西に斜めなり

詩人若到豈労待　　詩人　若し到らば　豈に待つに労せんや
門有寒梅数樹花　　門に寒梅数樹の花有り

【校異】樹―枝（内閣）

【他書所伝】南游稿144（詩題「西湖放鶴図」、承句「雪餘放鶴日西斜」）

【語釈】○家童放鶴　詩題。「童鶴トモツカウソ。面白字ソ。對ナトニ入字ソ。林和靖カ湖水ナトテ船ヲ浮ヘテ遊時、我所ヘ客人ノ至時、童子ヵ鶴ヲ放セハ、和靖カイル処ヘイテ舞ヘハ、サテハ客人ノ至ト思フテ皈ル、其コトソ」という記述がある。北宋の詩人・林逋（九六七～一〇二八。字は君復、諡は和靖先生）は西湖の孤山の麓に廬・放鶴亭を結んで隠棲し、梅を愛し、鶴を養い、時人は「梅妻鶴子」と称した。「家童」はしもべ、召使い。○知是先生不在家　「先生」は林逋を指す。「推量申ニ、和靖トノハ御畄守ァアル物ソ。客人カアル、御皈リアレト云心テコソ有ラウソ」とある。○詩人若到豈労待　「人ヲ待ハマチカネテ、久イ物テ候カ、詩人ナラハ待カネハセマイソ」とある。

【試訳】これと言うのは和靖先生が留守で、家に不在であることが知られることだ。家童は鶴を放ち、客人があることを知らせるが、日はすでに西に傾いている。詩人がもしかして尋ねてきたとして、どうして帰廬を待つのに苦労することがあろうか。なぜなら、門には、先生寵愛の寒梅数樹の花が咲き誇っているからだ（眺め入るうちに時間がたつことを忘れてしまう）。

【余滴】本詩は、著名な故事を題材とした画図に対する賛詩の典型として選ばれている。西湖の孤山の麓にある放鶴亭に隠棲した林逋と、浦戸湾に面した五台山の麓にある吸江庵に逐電した鄂隠には、心境的に通じ合う部分が認められる。吸江庵での製作か否かは別にしても、親近感を抱いて製されたのではあるまいか。なお、林逋―梅の連想については、九番目の「梅影」詩にも認められるように、詩作を製する際の常識であったことが知られる。

6　茅舎燕

燕子不嫌茅舎低
孤村烟雨帯芹泥
王公第宅逐時変
一度尋巣一度迷

茅舎の燕

燕子　茅舎の低きを嫌はず
孤村の烟雨　芹泥を帯ぶ
王公の第宅　時を逐ひて変ず
一度は巣を尋ねて　一度は迷ふ

【校異】茅―茆（内閣）　第宅―茆宅。「茆」字に「茅カ」という傍注アリ（内閣）。

【他書所伝】南游稿145（詩題「村舎燕」、起句「乳燕不嫌茅舎低」、承句「孤村細雨帯芹泥」、転句「王侯第宅逐時改」）、覆簣集5

【語釈】 **〇茅舎**　茅葺きの家。 **〇燕子不嫌茅舎低**　「燕ト云者ハ、農人ノ家ナトニ巣ヲカク物ソ。結搆ナ家ナトニハカケヌソ」という記述がある。 **〇孤村**　他の村から遠く離れてぽつり存在する、寂しい村。「孤村ハ、ソトシタ一在処ノ村ソ」とする。 **〇芹泥**　「ツカウ物ハ、セリ泥ハ、巣ヲツクラウ用ソ」とある。杜甫「徐歩」詩に「芹泥隨二燕觜一、蕊粉上二蜂鬚一」句がある。 **〇王公第宅逐時変**　『聯珠詩格』所収の劉禹錫「烏衣巷」詩の「旧時王謝堂前燕。飛入二尋常百姓家一」句に拠る。「王謝堂前燕」は、晋の名家王導・謝安の堂前に飛ぶ燕。「第宅」は屋敷・邸宅、「結搆ナ家ニ巣ヲクワウスカ、大名高家ハ変化カアル者チヤ程ニクワヌソ」とある。「スクウ（フ）」は「巣くふ」で、巣を作る意。鈔では「王謝堂裏。詩学大成ナトテミヨ。燕ノ故叓ソ」とあるが、『詩学大成』については未見。王榭の烏衣国に至った故事については、宋・蔡正孫撰『詩林広記』劉禹錫項に「烏衣巷」詩が載る。鈔の傍書の注「風流ハ晋王謝、言語ハ漢雛［鄒］枚古ー、鄒衍［陽］枚乗コトソ」は、王謝とともに、言語・遊説の代表として、鄒陽と枚乗を紹介する。 **〇一度尋巣一度迷**　「去年巣ヲクウタ処ニ、今年ハナイホトニ、山野ニマヨウソ」とある。

【試訳】 ツバメは茅葺きの屋舎の低いのを嫌わない。ぽつんと寂しい村では、煙のように雨が降りそぼり、ツバメは巣を作るために、せっせと芹の根付いた泥を運ぶ。王公高家の大邸宅は、時代を逐って変化するものである。そこで、ツバメは、一度は去年の巣を尋ね、（すでにそこには無いので、）やがて一度は山野に迷うことになる。

【余滴】 本詩は、ツバメに関する代表的な故事である「烏衣巷」詩を踏まえている（中華若木詩抄58、湯山聯句鈔23・257参照）。なお、故事の主人公については、「王榭」と「王謝」とがしばしば混同される。正しくは「王榭」。本詩は、鄂隠が四国隠棲中の景を詠出したと考えられるが、特に転・結句では、一度は、京都五山において、鹿苑僧録として権門に接近しつつも、将軍足利義持の意に反して没落した罷隠自身の姿を、ツバメに投影して詠出しているのかも知れない。

7　残雪

山陰残雪照梅坡
光透夜窓寒尚多
応有東風吹得尽
思君白髪竟如何

残雪

山陰の残雪　梅坡を照らす
光は夜窓を透りて　寒は尚ほ多し
応に東風の吹き得て尽くす有るべし
思ふ　君が白髪　竟に如何《いかん》

【他書所伝】中華若木詩抄38

【語釈】○**山陰残雪照梅坡**　「山陰ハ雪ノ熱〔熟〕語、載〔戴〕安道カ故叓ソ。春ノ時分、殘夕雪カ、梅坡ヲテライテ、ノコツタヨ。知音チヤホトニソ」という記述がある。『蒙求』「子猷尋戴」には、「嘗居二山陰一、夜雪初霽、月色清朗、四望皓然。独酌レ酒詠二左思招隠詩一、忽憶二戴逵一。時逵在レ剡。便夜乗二小船一詣レ之、経レ宿方至。造レ門不レ前而反。人問二其故一。曰、本乗レ興而行。興尽而反。何必見二安道一邪。官至二黄門侍郎二」とあり、王徽之（字は子猷）が戴逵（字は安道。「戴逵破琴」の主人公）と親しく、雪の降った月夜に、はるばる戴逵を尋ねたが、興尽きて会わずに帰った話が記されている。「梅坡」は梅の植えてある堤。○**光透夜窓寒尚多**　「孫康カコトニタヨリテ云ソ。窓含二西嶺千秋雪一ナト杜カ作タ程ニソ」とある。『蒙求』「孫康映雪」には、孫康が雪明かりで読書した話が記されている。杜甫「絶句四首（其三）」詩に、「窓含西嶺千秋雪。門泊東呉万里船」句がある。○**応有東風吹得尽　思君白髪竟如何**「東風カ吹テ、只今ニ此雪ヲハ消ス。御前ノアタマハ、春風テモ消マイ。タトヒ春風ヲ得トモ、又不レ消ノ心ソ」とある。

【試訳】 山陰に残った雪が、梅花の咲く堤を照らしている。雪明かりの光は窓を透り、寒さはなおまさっている。が、まさしく東風が吹き得て、この雪を消し尽くすに到るはずである。その時、貴君の頭の白髪（雪）がついにいかがなるのか（消えるのか、気になるところだ）。

【余滴】 詩題「残雪」が二字題である。前項で扱った絶海中津の三番詩も、詩題「鐘声」の二字題であったが、鈔には「二字題ヲクニモ、ヨノ二字題ノ時ハ、其ノ題ノ字ヲハヲカサヌ物ソ。サレトモ、其詩カトンタ詩ナレハ、分テヲクヤウナコトハアルソ。二字ツ、ケテハヲカヌソ」という記述がある。したがって、当該詩は、起句に「残雪」と二字続けて用いられているので、例外であり、破格ということになる。

本詩は『中華若木詩抄』にも収録されており、『花上集鈔』の記述と比較すると、山陰の残雪よりも相手の君の頭上の残雪（白髪）に転じた点、すなわち発想・視点の転換に着目する姿勢は共通している。典拠に関しては、『蒙求』「孫康映雪」は両書とも指摘するところであるが、さらに『花上集鈔』は、『蒙求』「子猷尋戴」と杜甫の詩句を指摘しており、いずれも文筆を志す初心者の参考になるだろう。

8　有待　　待つこと有り

有約無来暮景斜　　約有り　来たること無くして　暮景斜めなり
山雲染翠映窓紗　　山雲　翠を染めて　窓紗に映ず
相思不寝芭蕉雨　　相思ひて寝《い》ねず　芭蕉の雨
浪喜寒灯又欲花　　浪《みだ》りに喜ぶ　寒灯　又た花ならんと欲することを

【校異】有待—有約（鈔）　欲—落（霊雲）。「落或本作欲」という注がある（霊雲）。詩題の下に「落或作欲」という注がある（内閣）。

【他書所伝】南游稿253

【語釈】**○有待**　鈔は詩題を「有約」とし、「大ヤウナ題ソ。人ト約束シテコヌコトソ。詩ニ見ヘタリ」とするが、意味的には「有待」と大差ないと考える。**○山雲染翠映窓紗**　夕方になって、山にあおい雲が集まってきたが、私が待ちあぐんでいる人（恋人）がまだ来ないことを言う。『文選』巻第三十一に収められる、旅にある夫が、故郷の妻をおもう情を述べた、休上人（湯恵休）「怨レ別」詩の「日暮碧雲合。佳人殊未レ来」句に拠る。**○相思不寝芭蕉雨**　「雨ニナツタ物ウサハ、何トアラウソ。庭ニハ、芭蕉ハハヤ何モ有マイヨ。サヒシイナリソ」とある。葉枯れの芭蕉と解するのは、結句の「寒灯」語による。**○浪喜寒灯又欲花**　「寒灯」はさびしげな灯火、冬の夜の灯火。灯心の先にできる燃えかす（丁字頭）が花の形に固まると、縁起が良いとされた。ここでは、約束を交わした人との再会を暗示していると喜んでいる。「灯ニ丁子頭カアルホトニ、サテハ今夜コソ来ラストモ、明夜ハ来ラレウソ」とある。

【試訳】約束があるにもかかわらず、あの人は来ることなく、陽は傾いて夕暮れの景になっている。山にかかった雲はみどり色に染まり、空しく窓のうすぎぬに映っている（やはりあの人はやって来ない）。互いに相手のことを思って寝ない夜は、庭にある葉枯れの芭蕉を打つ雨音を物寂しく聴くばかりで、訳もなくさみしげな灯火の灯心の先に咲きそうな花（丁字頭）を眺めて喜んでいる（明日の夜こそは会える吉兆と）。

【余滴】前詩に続き、二字題。ただし、伝本により詩題に異同があり、鈔の詩題であれば、起句にも「有約」と二字続けて用いられることになるので、破格である。当該詩は艶詩の風情も感じるが、鄂隠隠棲中の五台山下にある吸江庵の風情もある。なお、鈔には「紅烛焼殘待ㇾ人夜、一宵王母カ九千ノ桃。桂林ノ詩ソ。面白詩ソ」と桂林徳昌の詩句が引用されているが、未詳。鈔の作者が、桂林の交友圏に在ったかも知れない可能性を思わせる。

9　梅影

不弁紅花与白花
紗窓残月写横斜
羅浮仙子夢相見
腸断春衣隔彩霞

梅影

紅花と白花とを弁ぜず
紗窓　残月　横斜を写す
羅浮の仙子　夢に相見る
腸は断つ　春衣の彩霞を隔たるることを

【他書所伝】　南游稿161（承句「紗窓暁月写横斜」）

【語釈】　**○不弁紅花与白花**　「影ハカリミエタ程ニ、紅白ヲハ不知ソ」とある。　**○紗窓残月写横斜**　「暁方ニモナツタカ、放翁詩、還依二灯死《花欹》一得レ奇観、山月半窓梅影横。暗香不［浮］動月黄昏ト同ソ」とある。林逋「山園小梅」詩の「疎影横斜水清浅。暗香浮動月黄昏」句は、梅の代表的佳句として著名。また、陸游「夜坐燈滅戯作」詩（『剣南詩藁』巻三十一所収）には、「忽因二燈死一得二奇観一、明月満レ窓梅影横」句がある。「紗窓」はうすぎぬを張った窓。　**○羅浮仙子夢相見**　「羅浮」は広東省増城県の北東にある山。東晋の葛洪が仙術を得た所として伝えられる。山麓は、梅の名所として古来名高い。隋の趙師雄が羅浮の梅花村に宿し、夢寝の間に梅花の精に会したという「羅浮之夢」という故事がある。「仙人ノスム面白処チヤソ。卅六洞天ノ上云ソ。又梅ノアル処ヲ、梅ヲ仙人ニ比シタソ。仙人ヲ夢ニミタカ、イカニモウツクシイ、タヨ〳〵トシタ、仙人チヤソ」とある。「仙子」は仙人に同じ、主として仙女をいう。　**○春衣隔彩霞**　「（仙人を、稿者注）マツト、シタシウヨリアウ《ワ》ト思フタレハ、春霞ニヘタテラレタ。口惜コトカナト作タカ、影ヲヨウ作タソ。春衣。宿《夜》ス杜ノ陵花。杜句カラ也」とある。「彩霞」は美しいもや・かすみ。『三体詩』所収の韓翃「贈二張千牛一」詩には、「急管昼催平楽酒、春衣夜宿杜陵華」句がある。

【試訳】　影しか見えないために、紅い花か、白い花かを見分けることができない。うすぎぬを張った窓越しに見える、夜明け方の残月が、斜めに横たわる梅の枝を写している。昨晩は、羅浮山の仙人（梅）と夢の中で対面したことである。が、仙人の春衣（梅花）が、五色の霞に隔てられて、寄り添えなかったことが口惜しくてならない。

【余滴】松・竹・梅は、中国では、「歳寒の三友」として、恰好の画の題材であった。冬（歳寒）の松竹梅（三友）は、寒さの中でも色を変えずに花を咲かせる、その厳寒に耐える力強さと高雅な態度を称えられている。

本詩は、詩題「梅影」の二字題であるが、詩中には「梅影」を詠出していない。前半には、梅の代表的な佳句「疎影横斜水清浅。暗香浮動月黄昏」（林逋「山園小梅」詩）、後半には「羅浮之夢」という故事が踏まえられている。絶海の二番詩「春夢」の鈔文には「一二ノ句ニ故叓ヲ作ルニ、別ノ故叓ヲ三四ノ句ニスルコトハ、今ハセヌソ」という記述があり、佳句は故事とは言い難いが、あまりに著名な佳句は故事に準ずるとすると、当該詩は古風の詩で、今風ではないことになる。

10　竹影

渓月斜時侵戸寒
墻頭知有両三竿
佳人翠袖遮銀燭
与可入精描得難

竹影

渓月　斜めなる時　戸を侵して寒し
墻頭　知らんぬ　両三竿有ることを
佳人の翠袖　銀燭を遮る
与可　精に入るとも　描き得ること難からん

【他書所伝】南游稿162

【語釈】〇竹影　詩題。「竹影金鎖［瑣］碎、月ノコトソ。韓文ソ」とある。韓愈『韓昌黎詩集』所収の聯句「城南聯句」の第一句（第唱句）が、孟郊「竹影金瑣砕」である。**○渓月斜時侵戸寒**　「斜ハ光横《ヨコサマ》ナコトソ。月ノ中ナ時ハ、窓へ月カサ、ヌソ。月ノ斜ナ寒カラント云テ、影ヲモタセタソ」とある。**○墻頭知有両三竿**　黄庭堅「題二也足軒一并序」詩（『山谷内集注』巻第十三所収）には、「簡州景徳寺覚範道人、種二竹於所レ居之東軒一、使君楊夢貺題二其軒一曰二也足一、取二古人所謂但有二歳寒心一、両三竿也足者也一」という序文や、「道人手種両三竹」句があり、これらを典拠としている。「古人云々」には、司馬光の種竹詩を引用する。鈔では序文を引用後に、覚範道人について「洪覚範ト人《ヒト》〈斉州ノ覚範道人ト云ハ、谷カ他人也。〉ガ心得ル。サデハナイソ。」として、臨済宗黄龍派の禅僧、覚範慧洪〔一〇七一～一一二八〕とは別人であることを注記する。「墻頭」は、垣根のほとり。**○佳人翠袖遮銀燭**　「竹ハミトリナ衣裳ヲキタ美人ソ。美人ハ物ハツカシカリヲスルカ、此竹モハツカシイホトニソ。月ニ烛ヲタトへタソ」とある。「銀燭」は、明るく光る灯火。**○与可入精描得難**　「精描《メウ》ト云テ、妙ナ処ヲ得タリトモ、此ウル〳〵トシタ影ヲハ、ヱウツシ出スマイソ」とある。「与可」は文同〔一〇一八～七九〕。梓州梓潼（四川省）の人、字は与可、号は笑笑先生・石室先生・錦江道人等。北宋の官僚であり、博学で、詩文・書を能くして、『丹淵集』という詩文集がある。また、蘇軾と交わりがあり、同じく墨竹を描いて墨竹図の基をつくり、湖州竹派の祖とされ、文人画家に大きな影響を与えた。「ウル〳〵ト」は、物の表面が、濡れたようなつやがあって、美しいさま。

【試訳】　渓の月の光が横ざまな時分、戸を侵して寒々と照らし、間垣のほとりに、竹の二三竿が植えられていることを、影によって知ったことである。あたかも美人（竹）が恥ずかしさのあまり、緑色の袖で銀燭の光（月光）を遮るかの風情であり、いかに竹の画の名手・文与可が精妙の域に達していようとも、これを描き尽くすことは難しいであろう。

【余滴】本詩も二字題で、詩題の字を詠出していない。竹は歳寒三友の一であり、ここでは、前詩と一対になっている。絶海の七番詩の鈔文には「靄々ハ小雨《サメ》ナトノフツテフツテ、ウル〳〵トシタ体ソ」と記され、「ウル〳〵ト」は、（小雨等が降って）水気を帯びて、潤いのあるさまを形容している。一方、当該詩の鈔文では、竹影を「ウル〳〵ト」と形容しており、竹の表面が（濡れたような）つやがあって美しく、名手・文与可でも描き尽くせないと訳している。

第三項　『花上集』抄訳稿――西胤俊承詩

緒言――『花上集鈔』の活用と、霊松門派の詩風

本項は、五山文学における代表的な詩選集（アンソロジー）である『花上集』の抄訳稿であり、今回は西胤《せいいん》俊《しゅん》承《じょう》（一三五八～一四二二）の入集作品を対象にして、その七言絶句詩の注釈を試みる。

西胤は筑後の人、法諱は俊承、道号は西胤、地名《ちみん》を関西《かんせい》という。『満済准后日記』に「清胤」という宛字が記されていることから、道号は「セイイン」とよんだと考えられる。法を絶海中津（一三三六～一四〇五）に嗣ぐ。はじめ遠江平田寺（諸山）に住し、応永二十一年（一四一四）八月には、相国寺（五山）（第二十三世）に昇任した。その後、将軍家の家刹である等持院に住したが、病を得て退き、まもなくして玉泉寺の住持に迎えられた。応永二十九年（一四二二）十一月五日に示寂。六十五歳。西胤は相国寺勝定院内に雲巣軒をはじめ、嵯峨にあった塔所を雲松軒という。外学を絶海・観中中諦（一三四二～一四〇六）より学び、杜詩や『古文真宝』にくわしく、しばしばこれを講じた。「四六太白（真玄）、詩西胤」（『蔗軒日録』）と評されるように、詞藻も豊かで、その詩集を『真愚稿』という。鄂隠慧奯（一三六六～一四二五）とは「絶海の双翼」と称され、絶海の語録を編纂した。玉村竹二氏『五山禅僧伝記集成　新装版』（思文閣出版、平一五）、『日本古典文学大辞典』「西胤俊承」項（今泉淑夫氏執筆）参照。

こうして見ると、西胤は、前項で取り扱った鄂隠と同様、絶海を派祖とする霊松門派に属し、絶海の宗風や学芸を直接に受け継いでいると推察される。一方、鄂隠同様、西胤に関する先行研究は皆無に等しく、蔭木英雄氏『中

世禅林詩史』（笠間書院、平六）においても、項目が見受けられない。本項では、その作品を訳注することにより、西胤が、義堂・絶海の次世代を代表する文筆僧の一人であったことを証するとともに、霊松門派の文芸活動をまとめる一階梯としたい。

なお、今回、西胤詩を注釈するに際しても、国立公文書館 内閣文庫蔵『花上集鈔』（室町末期写）を全面的に活用する。『花上集鈔』は『花上集』の抄物で、当時の禅僧たちの発想や表現理解（素材・典拠等）を知ることができるので、『花上集』収録作品を解釈する際、大変役に立つ。

注　釈

〔凡例〕

一、底本は、寛永八年（一六三一）版本を用いた。『花上集』の本文は、基本的に同一系統と考えられる。拙稿「五山文学版『百人一首』と『花上集』の基礎的研究――伝本とその周辺――」（岩波書店『文学』第十二巻第五号〈特集＝五山文学〉、平二三・九）参照。→第四章第七節

一、本文の校異には、内閣文庫本Ⅰ（写本、特一一九――一五）【内閣】、慶應義塾大学図書館本Ⅰ（岡田眞旧蔵本）（写本、一一〇X―八一―一一）【慶應】、東福寺霊雲院本（東京大学史料編纂所蔵マイクロフィルムによる）（六一一四―一〇二一―六二）【霊雲】、内閣文庫蔵『花上集鈔』【鈔】を用いた。

一、訓読は寛永八年版本を参考にして、私に施した。江戸の版本に見られる訓点は、同時代のみならず、室町時代から江戸時代にかけての五山詩読解を集大成したものと考えられる。

一、『花上集』の作品番号は、拙稿「五山文学版『百人一首』と『花上集』の基礎的研究――伝本とその周辺――」（前掲）の「表2 『花上集』の諸本対照表」による。

一、本文、校異、他書所伝、語釈、試訳、余滴の項目に分かち、作業した。余滴には、主に『花上集』撰者が当該詩を取り上げた意図に関して、『花上集鈔』鈔者がどのように理解した上で解釈しているか、稿者の見解を述べた。

一、西胤俊承の詩文集『真愚稿』は、『五山文学全集』第三巻所収本による。また、『翰林五鳳集』は大日本仏教全書本、『中華若木詩抄』は岩波・新日本古典文学大系本を用いた。

一、『花上集鈔』の引用は、拙稿「国立公文書館 内閣文庫蔵『花上集鈔』乾巻の本文（翻刻）」（『広島商船高等専門学校紀要』第三十四号、平二四・三。→第五章第三節）、「国立公文書館 内閣文庫蔵『花上集鈔』坤巻の本文（翻刻）」（『広島商船高等専門学校紀要』第三十五号、平二五・三。→第五章第四節）による。なお、『花上集鈔』の鈔文を注釈中に引用する際は、特に書名を記さない。

◎西胤俊承

1　秋扇

製巧斉紈宮様新
高堂六月主恩頻
一朝秋至寵還断
恨在西風不在人

秋扇

巧みに斉紈を製して　宮様新たなり
高堂　六月　主恩頻《しき》りなり
一朝　秋至りて　寵　還って断つ
恨みは西風に在りて　人に在らず

【校異】 製巧—巧製（鈔・内閣・霊雲・慶應）　斉—斎（鈔）

【他書所伝】 真愚稿4（起句「巧製霜紈宮様新」）、翰林五鳳集巻20・秋部（起句「巧製霜紈宮様新」、承句「高臺六月主恩頻」）、中華若木詩抄2

【語釈】 **○秋扇**　詩題。扇は秋涼しくなると用いられなくなることから、失寵の婦人を喩えていう。班婕妤「怨歌行」から出た語であり、「新裂二斉紈素一、皎潔如二霜雪一。裁為二合歓扇一、団団似二明月一。出二入君懐袖一、動揺微風発。常恐秋節至、涼風奪二炎熱一。棄二捐篋笥中一、恩情中道絶」（『文選』楽府上）と詠じられる。班婕妤は成帝の寵愛を得た美人、後に趙飛燕に寵を奪われて、王太后の長信宮に仕えることを求めて退いた。「秋ニ扇ト云ヘハ、ヤカテ班婕妤カ恨ノ心カアルソ。秋ワ扇ハイラヌ物ソ」とある。**○製巧斉紈**　「斉紈」は斉国から出る白絹。「製」は裁断して仕立てる意。「巧ハ妙ニ扇ヲ織ナイタソ。斉ノ國ノウス物ソ。絹テハルコトソ。斉紈ト云ハ扇ソ」とある。なお、『中華若木詩抄』には、「天子ノ扇ナレバ、イカニモウツクシク、巧ヲ尽シテ作也」とある。**○宮様新**　天子が扇を持つと、内裏の様子が目新しくなることをいう。『中華若木詩抄』には、「常ノ者ノ持ツ様デハナイゾ。内裏ニ持タル、ヤウニスルゾ」とある。**○高堂六月主恩頻**　「高堂」は高く立派な家。ここでは、皇居・内裏を指す。「主恩」は天子の恵み・思し召し、君主の恩。「六月テ秋扇ノ心ソ。ムス天気ニハ天子モ召出テ、召ツカハル、ソ。扇ノ上ソ」とある。**○一朝秋至寵還断**　「ス、シウナレハ、ヤカテ打ステラル、ソ。寵扇ナト章句ニモスル物ソ」とある。「一朝」はわずかの時間。**○恨在西風不在人**　「西風」とは秋風を指すが、趙飛燕や新たな美人の出現を喩える。「昨日今日マテ、御用ニ立タガト云恨ノ人ヲ、恨ムルコトテハナイソ。秋熱カアラハ、用ラレウソ。是カ仁人ノ心ソ。天子ニハクモリハナケレトモ、人カヘタツルト云心ソ」とある。

【試訳】斉の白絹を巧みに織りなして作られた扇を手になさり、宮中のご様子は面目が一新されたかのようであり、高くて立派な御殿では、天候の蒸し暑い六月には、特に天子様の恩恵を被ること頻りであります。いつの間にか秋になって涼しくなるや、扇は不必要になり、天子様のご寵愛はかえって絶えてしまいましたが、（その有様は、成帝の寵愛を失った班婕妤の秋扇の故事さながらであるが、）恨み事は秋風に在るのであり、決して天子様に在るのではありません。

【余滴】本詩は、美人失寵を主題とする広義の艶詩題。『花上集鈔』では、第一首詩題「秋扇」下の作者名表記「西胤」に対する評として、「西胤ハ相國寺僧ソ。一段ノ詩人ソ。乍レ去此十首ノ内ニハヨイ詩ハイラヌソ」と記されている。が、「秋扇」詩に限っては、『花上集』西胤俊承の部の第一首目に配される一方で、『中華若木詩抄』に採られる本朝禅僧（若木）の詩の第一首目に配されていることから、西胤の代表作として人口に膾炙していたと推察される。二書の抄者が艶詩として注釈する際の相違点としては、『花上集鈔』が作者の感慨として解しているのに対して、『中華若木詩抄』は「コレハ、宮女ガ吾身ノ上ノコトヲ扇ニヨセテシタ心也。（中略）天子ニハ御咎モナイト云心ゾ」と結んでいることから、作者が宮女に代わって作詩していると解している。

2　帰燕

社燕飛々帰意忙
安巣不復恋花堂

帰燕

社燕　飛々　帰意　忙《いそが》はし
巣を安んじて　復た花堂を恋《した》はず

殷勤好去刷疎翮　　殷勤に好しく去りて　疎翮を刷《かひつくろ》へ
海国秋深残夜霜　　海国　秋深し　残夜の霜

【校異】 殷勤—慇懃（内閣・霊雲・慶應）

【他書所伝】 真愚稿141、翰林五鳳集巻18・秋部

【語釈】 **○帰燕**　詩題。燕は、秋になると南方へ去っていき、春になると戻ってくる。**○社燕飛々帰意忙**　つばめは春の社日（春分及び秋分に最も近い戊の日）に来て、秋の社日に去るので、「社燕」という。「飛々」は飛び回るさま。「烏衣國ヘイヌル程ニイソカシイソ。春社ニ来々秋社ニ皈ルカラソ」とある。『聯珠詩格』用二自是字一格 所収の劉克荘「燕」詩に「一年一度客二天涯一、春社来来秋社帰」とある。**○安巣不復恋花堂**　「復ノ字ハ、重復ノ心ソ。前ニアツタ亊ソ。又云程ニヲクソ。、レヲ何トシテ知ソナレハ、古人ノ語ヲ其マ、ヲケハヨイソ。ハヤ烏衣國ヘイヌル程ニシタワヌソ」とある。「古人ノ語」の指すところは、『聯珠詩格』用二旧時字一格 所収の劉禹錫「烏衣巷」詩の「旧時王謝堂前燕、飛入二尋常百姓家一」句か。「王謝」は、晋の王導・謝安を指す。「烏衣（巷）」は江蘇省江寧県の東南。両晋時代、王氏・謝氏等の貴族の住んでいた所。「花（華）堂」は、美しい堂、立派な家。**○殷勤**　ねんごろ。丁寧。**○疎翮**　「翮」は、羽の茎を指す。「マタ羽カ思フマ、ニハナイ程ニ、踈翮トシタソ」とある。**○海国秋深残夜霜**　「秋末ニナツテ、サノミ寒クナラヌ前ニ、早々御皈リナサレイトス、メタソ」とある。「海国」は、本朝・日本のことと解した。

【試訳】秋社を前にツバメは飛び回って烏衣国に帰る用意に忙しく、巣はそのままの状態にしておくが、再び立派な家屋への帰還を恋い慕うようなことはない。ちょうど良い頃合いに巣を去って、念入りにまばらな羽の身繕いを整えなさいよ、ここ島国の日本では秋が深まるに連れて、夜明け前に霜が降りてくるので（寒くなる前に早くお帰りなさい）。

【余滴】禽鳥の代表の一つ「燕」を素材に取り上げて、模範例として示すか。西胤の直前に配される鄂隠慧奯の部にも「茅舎燕」詩（六番詩）が採られている。その折、「燕ノ故事」として『花上集鈔』に取り上げられ、中心的話題になっていたのが劉禹錫「烏衣巷」詩の詩句である。

3　凍鶴

凍羽摧頽口似瘖
蓬莱夢断海雲深
誰憐窮壑三冬雪
不鎖丹霄万里心

凍鶴

凍羽は摧頽として　口は瘖に似たり
蓬莱　夢断へて　海雲深し
誰か憐れまむ　窮壑　三冬の雪
丹霄万里の心を鎖さず

【校異】憐―怜（霊雲・慶應）

【他書所伝】 真愚稿200（結句「未鎖丹霄万里心」）、翰林五鳳集巻36・雑　乾坤門

【語釈】 **○凍羽摧頽口似瘖**　「摧頽」はこわれくずれること。「ツントノ寒スル夜、雀ノ羽モイテ、、クダケクヅル、ヤウナ。坡カ兩雀摧頽《トシテ》病《テ》不㆑言。年来相續又乗㆑軒。誤聴《テ》㆓九成㆒聊飛舞《ス》。可㆑得《ケンヤ》㆔徘徊爲《メニスルコトヲ》㆓啄呑《ノ》㆒。与㆑子由侍㆓迩英㆒時ノ詩ソ。羽ノクタヒレタ体ソ。其《レ》ハカリテモナイ。モノユウ叓《コトモ》ヱセヌソ。晨鶏凍不歌ノ類ソ」とある。蘇軾「軾以㆓去歳春夏㆒侍㆓立邇英㆒、而秋冬之交、子由相繼入侍、次韻絶句四首、各連㆓所懐㆒」（其三）詩には「兩鶴摧頽病不㆑言、年來相繼亦乘㆑軒。誤聞九奏聊飛舞、可㆑得㆔裴回為㆓啄呑㆒」とある。また、蘇軾「答㆓子勉㆒三首」（其一）詩に「君不㆑登㆓郎省㆒、還應㆑上㆓諫坡㆒。才高殊未㆑識、歳晩喜㆑無㆑他。櫪馬羸難㆑出、鄰㆑鶏凍不㆑歌。寒爐餘㆓幾火㆒、灰裏撥㆓陰何㆒」とあるが、黄庭堅も「次㆓韻高子勉㆒十首」詩を製し、其四に同詩を詠んでいる。「晨鶏」は朝早く鳴く鶏。**○蓬萊夢断海雲深**　「蓬萊マテハヱイカヌソ。弱水三万里チヤホトニ思タヱタソ」とある。「蓬萊」は神仙が住むという想像上の島で、渤海にあるという。蓬萊山ともいう。**○三冬**　冬の三ヶ月。三年。**○丹霄**　夕焼けなどで赤い空。

【試訳】 寒さのために凍えた羽は砕け崩れんかのようであり、口は物を発することもできず、蓬萊まで飛ぶという夢を断つかのごとく、海の遙か彼方にまで深い雲が遮っている。一体誰が憐れむことだろうか、冬の三ヵ月もの間、奥深い谷に雪が降り積もった中で、やはり夕焼けの空のはるか万里の彼方を、独り蓬萊を目指す心を閉ざさないでいることを。

【余滴】 禽鳥の代表の一である「鶴」を対象とした作詩例の模範。鄂隠には、図賛詩題ではあるが、「家童放鶴図」

詩（五番詩）があった。なお、絶海中津を派祖とする霊松門派という括りでみると、禽鳥を主題とした詩作として、絶海には「鵑」詩（十番詩）、鄂隠には他に「上林聴鵑」詩（四番詩）が採られている。以上のことから、『花上集』における選詩の基準の一つとして、禽鳥類の模範作例に着目されていたことが窺われる。

4　栖雲楼

幽人搆閣倚雲栖
万畳青巒面々低
長嘯夜深心似水
星河声在小欄西

栖雲楼

幽人　閣を搆へて　雲に倚りて栖む
万畳の青巒　面々低《た》る
長嘯　夜深《ふ》けて　心は水に似たり
星河の声は　小欄の西に在り

【校異】 搆閣—樓閣（鈔）　倚—傍、「倚」字の傍注アリ（霊雲）

【他書所伝】 真愚稿13、翰林五鳳集巻37・雑乾坤門（詩題「棲雲楼」）

【語釈】 **○幽人搆閣倚雲栖**　「幽人」は人里離れて静かに暮らしている人。「出仕モセイテ、隠遁シテイル人チヤカ、亭ヲ作テ、イカニモ高ウ雲ニ入ル程ニ作タ処ソ」とある。**○万畳青巒面々低**　「青巒」は青々とした山。「面々」は各方面、めいめい、おのおの。「面々トナラウタヤウニ、トチムキニモ雲カアルソ。此樓閣カラミレハ、トノ山モヒキイヤウナソ」とある。○**長嘯夜深心似水**　「長嘯」は声を長くのばすようにして詩を吟じる。「夜半ニ嘯タソ」とある。「心カ水ノ如クナソ。シツマリキツテ、水ノスミキツテ、浪ノタ、ヌヤウナソ」とする。○**星河声在小欄西**　「星河」は天の川。銀河。「アマノ川、サツ〳〵トナル音カキコユルカ、マツハ高イカナ。西ノ方ヘカタムイタソ。是ハマアタリニキコユルソ」とある。

【試訳】宮仕えをせず、人里離れて静かに暮らす世捨人が高所に楼閣を構えて、あたかも雲に寄りかかり棲まっている。幾重にも重なる青々とした山々は、いずれもが低く感じられる。夜更けに及んで長く詩を吟じると、心は静かに水のごとく澄み切ってきて、天の川の流れる音が、小さな欄干の西の方角に向かっているのが聞こえてくる。

【余滴】詩題「栖雲楼」からは、楼台名に対する賛詩と想像される。詩会における題かも知れない。ただし、詩の内容は、水墨画への賛詩であり、無声の画中に声音を聞くという作法を示す。ちなみに『翰林五鳳集』巻37で楼台に対する賛詩は、本詩を含めて、三首採られている。

5　曲肱亭
寵辱驚人易白頭
誰知陋巷百無憂

曲肱亭
寵辱　人を驚かして　白頭なり易し
誰か知る　陋巷　百《もも》憂ひ無きことを

暁趨不踏官街雪　　暁趨　踏まず　官街の雪
一臥能軽万戸侯　　一臥　能く万戸侯を軽んず

【他書所伝】 真愚稿36（結句「一睡美軽千戸侯」）、翰林五鳳集巻37・雑 乾坤門（結句「一睡美軽千戸侯」）

【語釈】 ○曲肱亭 詩題。「隠者作ソ。侖吾ノ字ソ」とある。「曲肱」は、貧しくて枕がなく、肱を曲げて枕とすること。『論語』述而第七に、「子曰、飯ニ疏食一、飲レ水、曲レ肱而枕レ之。楽亦在ニ其中一矣。不義而富且貴、於レ我如ニ浮雲一」とあるのに基づく。「曲肱之楽」は、清貧に安んじて道を行い楽しむこと。○寵辱驚人易白頭 「寵辱」は、ほめられることとそしられること。名誉と恥辱。「寵ハ、天子ニ召仕ハレテ、御寵愛アルカタソ。辱ハ恥辱ノ方ソ。遇ト不遇ト何レモ心ヲ動スソ。喜怒ノ間ニアルコトハ、コト〳〵ク白髪ノモトイソ」とある。○誰知陋巷百無憂 「陋巷」はせまい街路、路地裏。鈔には「顔回カ陋巷ニアツテテ、（ママ）世上ニチトモ喜怒ニ移サレヌ心ヲハ、誰モ知マイソ」とあり、『論語』雍也第六に「子曰、賢哉回也。一箪食、一瓢飲、在ニ陋巷一。人不レ堪ニ其憂一。回也不レ改ニ其楽一。賢哉回也」とあるのに基づく。○暁趨不踏官街雪 「官街」は官府の街路。「三ノ句カラ出ソ。朝廷へハシツテ出仕申者チヤソ。此ヤウナコトハ、チトモナイソ」とある。○一臥能軽万戸侯 「一臥」は、一度臥すの意で、「臥す」には、潜む・隠れる・隠棲するの意があるが、ここでは、（曲肱亭の主人が）床に寝る意。「万戸侯」とは、漢代、住民一万戸の領土を有する列侯（大名）。小さい列侯は三、四百戸ぐらいであった。「イソカシサウナレトモ、隠者ハ日ノ出ルマテネテイルソ。此一臥｜｜ノ中ニハ、万戸侯ヲモ輕スルソ。千首詩ノ輕ニ万戸侯一ト云タコトソ。ケニモ千戸侯ハ、早々カラ出仕セイテカナワヌ程ニソ」とある。杜牧「登ニ池州九峯楼一寄ニ張祜一」詩の「誰人得レ似ニ張公子一。千首詩軽ニ万戸侯一」句では、世俗を捨てて詩作に打ち込んでいる張祜の孤高の生き方を褒めている。

【試訳】 天子様からの名誉と恥辱による喜怒哀楽の情は、臣下の人々の心を驚かせて、白髪の原因となり易いものであるが、顔回よろしく、むさ苦しい巷には多くの憂い事など無いことを、一体誰が知っていようか。夜明け方に忙しく走り、官庁街に降る雪を踏むようなことなどなく、（曲肱亭主人の自分は）一度臥すと、日が出るまで寝て、全く万戸を領有する諸侯さえも軽んじている次第です。

【余滴】 試訳は、鈔が詩題に対して注した「隠者作ソ」について「隠者ノ作ゾ」の意に解し、隠者の述懐として訳した。本詩は、住居・屋敷としての亭（名）に対する賛詩の作例の一つとして選ばれる。亭の命名に関して、代表的な典拠として選ばれるのが『論語』である。ちなみに『翰林五鳳集』巻37で亭（名）に対する賛詩は、本詩を含めて、三四首採られている。

6　西湖晴雪図

一幅新図湖面開
碧波晴雪共悠哉
只今誰是梅花主
鶴与逋仙去不回

西湖晴雪の図

一幅の新図　湖面開け
碧波　晴雪　共に悠なるかな
只今　誰か是れ　梅花の主
鶴は逋仙と去りて回らず

【校異】幅―面（慶應）

【他書所伝】真愚稿15、翰林五鳳集巻22・冬部

【語釈】**〇一幅新図湖面開**　「一幅」は、書や絵の掛け物を数える単位。「娥溪一幅ノ絹ト云テ、畫キヌソ。新ク畫ヲカイタ。何ヲカイタソナレハ、西湖ヲカイタソ」とある。**〇碧波晴雪共悠哉**　「碧波」と「晴雪」は、一句中で対に用いられる。「晴雪」は、雪の降った後で晴れていること。**〇只今誰是梅花主　鶴与逋仙去不回**　「逋仙」とは、北宋の詩人・林逋（九六七～一〇二八。字は君復、諡は和靖先生）。西湖の孤山の麓に廬・放鶴亭を結んで隠棲し、梅を愛し、鶴を養い、時人は「梅妻鶴子」と称した。「サテ其主人ハ誰ソヨ。光陰ハヲシ移テ、雪後景ヲ愛シタ林和靖モ隺モ去テ皈ラヌ。其後ハ誰カ主テアルソヨ。梅花ト云字ヲ、四ノ句ノ後ヘナイテ評論セハ、詩カ面白カラウソ」とある。

【試訳】新しい一幅の絵の図柄は、広々と開かれた西湖の湖面であり、青々とした波の様子や、雪後の晴れ渡った様子が、ともに悠々と描かれている。しかしながら、只今、誰が梅花の主人なのだろうか。この梅と共に愛された鶴は、林和靖と一緒に去ってしまい、再びは帰ってこない（梅よ、どうか教えて下さい）。

【余滴】画図賛詩の作例を示す。本詩の特徴は、「西湖晴雪図」と題されながら、図中には湖と梅のみで、鶴・林逋が描かれていないことである。これをいかに西湖の景図として製詩して読者（依頼者）を納得させるかに、作者の力量が問われていた。

霊松門派という括りにおいて、林逋――西湖・梅・鶴の関連した詩作として、すでに絶海には「梅花野処図」詩（九番詩）、鄂隠には「家童放鶴図」詩（五番詩）が認められた。

7　東坡墨竹　　東坡が墨竹

玉局奉祠違素心　　玉局の奉祠　素心に違ふ
南遷万里雪盈簪　　南遷　万里　雪　簪《かんざし》に盈つ
蛮烟瘴霧恨如許　　蛮烟　瘴霧　恨み許《か》くのごとく
写在数竿風雨深　　写して数竿　風雨の深きに在り

【校異】　盈―満（慶應）　在―有（鈔・霊雲・慶應）

【他書所伝】　真愚稿124、翰林五鳳集巻61・支那人名部

【語釈】　**○東坡墨竹**　詩題。蘇軾（一〇三六～一一〇一）は北宋の詩人で、字は子瞻、東坡と号した。眉山（四川省）の出身。紹聖四年（一〇九七）、六十二歳の時に儋耳（儋州・昌化軍）に流謫される。儋耳は、現在の海南島の西海岸に位置する。墨竹画とは、水墨で描いた竹をいうが、文同（一〇一八～七九）が草書法と竹のシルエットを結びつけたことにより新しい様式を獲得し、これに従弟の蘇軾が理論的な根拠を与えて、文人の墨戯として急速

に流行するにいたったという。**〇玉局奉祠違素心**　「玉局」は、①宋代、祠官の名。祭祀を掌る。②蘇軾の異名。玉局観提挙となったからいう。「奉祠」は、①神をまつる。②宋代、祠禄の官を設け、老患疲者の職にたえないものを罷め、宮観に仕える職を与えて余生を送らしめた特典。「素心」は、飾り気のない心。平素の心。「東坡ヲ玉ーート云ソ。韓〔翰〕林学士テイタ程ニ、其コトヲ天下ノ奇才ト云テ、肩ヲ■《双》フル人モナイカ、サアラハ、三公ニモナラウスカト思タレハ、サハナウテ、結句流タ程ニ素心ニ違トシタソ」とある。**〇南遷万里雪盈簪**　「南遷」は、南方に左遷・流謫される意。ちなみに蘇軾が嶺海に居た時、陶淵明・柳宗元の二集を喜び、これを「南遷ニ友」といった。「南方ノハテへ、流サレタソ。ソコテモ人カ用ルホトニ、坡ト物ヲユウタラハ、曲吏チヤト云テ、アチコチへ流タソ」とある。**〇蛮烟瘴霧恨如許**　「蛮烟」は蛮地に漂うもや。人体に害を与えるものとして恐れられた。蛮は、もともと南方の野蛮人をいうが、ここは蛮人の住む地方をいう。烟は、靄・霧など、空中に浮動している水蒸気。「瘴霧」は瘴気（山川に生ずる毒気）を含んでいる霧。厳羽「醜ニ故人見ㇾ贈」詩（『詩人玉屑』巻十九・中興諸賢部所収）に、「湘江南去少ニ人行ㇾ、瘴雨蛮烟白草生」句がある。「南方ハアツイホトニヱシラヌ。土用ノ中ニムスヤウナソ。瘴霧ト云テ、キリノカ、ツタヤウニシテナヤマス程ニ、此辛労ニ白髪トナツタソ。恨如許ト云ヲ、南方へカケテ見ソ」とある。**〇写在数竿風雨深**　「風雨トナイテ、竹ニキメコソヲイタレソ」とある。「風雨」は、ここでは蛮烟・瘴霧の化したものを指す。「キメ」は、木目・肌理のことで、表面に現れる細かなあやの意。

【試訳】　老患疲者のための玉局観提挙（宋朝官僚の引退後の職）として神に奉仕するのは、そもそも蘇軾にとって本意ではないが、はるか南方の彼方にまで流謫され、その辛労であたかも雪が簪に満ちるほどに白髪頭になってしまった。未開地に漂うもやや、瘴気を含んだ霧への恨みは、まさしくこの画図のごとくであり、数竿の竹がそれらの化した深遠な風雨に曝されている様態が写されています。

【余滴】中国人名題（植物題・図賛詩）。蘇軾の栄と辱の中の、辱の話題である南遷を取り上げる。
霊松門派という括りでみると、竹を素材とする詩は、鄂隠に「竹影」詩（十番詩）がある。また、植物を中心素材とする詩として、絶海には「折枝芙蓉」詩（一番詩）、「僧窓移蘭」詩（五番詩）、鄂隠には「梅影」詩（九番詩）がある。

8　松軒対雪　　　　　　松軒に雪に対す

松如図画雪如簁　　　　松は図画のごとく　雪は簁《ふる》ふがごとし
洞口深扉半没時　　　　洞口　深扉　半ば没する時
有待帰来千里鶴　　　　待つこと有り　帰り来たる　千里の鶴
黄昏恐失旧栖枝　　　　黄昏　恐らくは旧栖の枝を失はん

【他書所伝】真愚稿3

【語釈】○**松軒対雪**　詩題。「主人コソ雪對シテイウラウ。軒擧《キヨ》[渠]ト云ハ笑皃、又車ニ用《モル》ソ。コ、ハノキノ心ソ」とある。「松軒」とは、具体的には、西胤が嵯峨に構えていた退居寮・雲松軒を指していると解される。○

松如図画雪如篵　「篵」はふるいの意で、篩に同じ。「サナカラコ、ニアル松ハ畫ニカイタヤウナ、又雪ノフルハ物ヲフルウヤウナソ」とある。○**洞口深扉半没時**　「洞口」はほら穴の入口を指すが、ここは仙洞の入口の意か。「半ハ屋ヲヤフリ、ウツマレタソ」とある。○**有待帰来千里鶴　黄昏恐失旧栖枝**　「千里万里飛テイナレタカ、此鶴カ枝ヲフリウツマヌサキニ皈ラレイカシ。此様ニアラハ、枝ヲフリウツンテ、天下ノ巣ヲ失ソ。坡ヵ旧蹈ノ松枝雨露新」とある。蘇軾「次三韻蔣頴叔・錢穆父従二駕景靈宮一二首」（其一）詩に「歸來病鶴記二城闉一、舊踏松枝雨露新」句がある。

【試訳】眼の前の松はまるで図に描いたようであり、これに雪が物を篩《ふるい》にかけたように降りかかり、仙人の住居にも比されるこの寮舎（雲松軒）の入口の奥深い扉が、半ば埋没している時分である。千里の彼方より帰ってくる鶴を待っているのですが、このままでは、黄昏時になると、降り積もった雪が、恐らく古巣のある枝をすっかり隠して、分からなくなってしまうだろう。

【余滴】詩会題。西胤が自己の退居寮・雲松軒で雪の日に詩会を催したら、このような詩題になるのではないか。雲松軒は西胤が嵯峨に構えた退居寮であるが、『花上集』に選ばれた西胤の詩には、彼の履歴を反映している作品は少なく、この点、本詩は珍しいと言える。

9　春初思郷

春初に郷を思ふ

老去郷情猶未忘　　老い去りて　郷情　猶ほ未だ忘れず
天涯春色鬢蒼々　　天涯の春色　鬢蒼々
当門悔種垂楊樹　　門に当たりて　種ゑ《う》しことを悔ゆ　垂楊樹
悩乱東風惹恨長　　東風に悩乱して　恨みを惹きて長し

【校異】　思郷—思皈（鈔）　樹—柳（鈔）

【他書所伝】　真愚稿26、翰林五鳳集巻1・春部

【語釈】　**〇老去郷情猶未忘**　「老去」は年をとること。「郷情」は故郷に対する思い。「若時ハ、可然友モアツテ、忘ル、コトモアルカ、老去ハ、イヨ〳〵郷念カ深ナルソ。友モナシ。狄着モ深ウナルソ。孔子サヘ去レ魯遅々ト我(行)ト云レタソ」とある。『孟子』尽心章句下に「孟子曰、孔子之去レ魯、曰、遅遅吾行也、去二父母国一之道也」とある。　**〇天涯春色鬢蒼々**　「天涯」は天のはて、きわめて遠地。「春色」は春の景色。「蒼蒼」は、草木の生い茂っているさま。頭髪の白髪交じりのさま。「春ニナツテ万物ハ若《ワカ》ヤケ共、我ワ天涯ニ白ガボウケニナツタマデチヤソ」とある。　**〇当門悔種垂楊樹　悩乱東風惹恨長**　「垂楊」は枝垂れ柳。「東風」は春風。「無思案ナ叓ヲシテ柳ヲウヘタカ、後悔ナソ。我心ヲハ知イテ、此柳カ春風ニアチヘヒラヽ、コチヘヒラ、トスルヲミレハ、アレカ我恨ヲ引タイテ長ソ。柳ハ送レ人物チヤカ、送ラウ人モアラハヤ、サワナウテ、只イタツラニ柳ヲウヘテ、恨ヲコソ長ナイタレソ」とある。

【試訳】老いを重ねるに連れて故郷への思いは募るばかりで、やはり未だに忘れることなどなく、ここ遠く離れた地でも春が訪れて、万物は若やぐけれども、私の耳際はすっかり白髪交じりである。今では門の傍らに枝垂れ柳を植えたことを後悔することで、故郷に人を送るための柳の長い枝が春風に吹かれているのを見ると、帰るあてのない我が心を悩乱して、恨みを長く惹き起こすことです。

【余滴】詩会詠か。自己の述懐の詩。西胤の生国は筑後。なお、鈔では『孟子』よりの引用句「孔子サヘ去レ魯遅々我《ト》（行）ト云レタソ」については、孔子が故郷である魯の国を去る折の心境であり、本詩の解説にはそぐわない。

10　遠山帰鳥図
独鳥去辺山似眉
天低水濶影遅々
上林雖好非栖処
一任千枝与万枝

遠山帰鳥の図
独鳥　去る辺り　山　眉に似たり
天低く　水濶くして　影遅々
上林　好しと雖も　栖処に非ず
一任す　千枝と万枝とに

【他書所伝】真愚稿17（起句「獣鳥去辺山似眉」）、翰林五鳳集巻39・雑 気形部、中華若木詩抄30

【語釈】**○遠山帰鳥図**　詩題。水墨画図に対する賛詩。『中華若木詩抄』には、「遠山へ鳥ノ帰ル処ヲ画ニカキタル賛也」とある。**○独鳥去辺山似眉**　「独鳥」は連れのない鳥、友無し鳥。「遠山へトマリ、鳥カイヌルカ、友モナウテ、只一羽イヌルソ。其目アテニイヌルハ、遠山ノ眉ノ如クカスカナヲ、目アテニシテイヌルソ。山谷カ窓中遠山是眉黛。又云、文君淡掃《ク》遠山■《黛》《マユ》。是《コレカ》遠山ノ心ソ」とある。黄庭堅「記レ夢」詩に「窗中遠山是眉黛、席上榴花皆舞裾」句がある。「文君淡掃遠山黛」句については典拠未詳ながら、「文君」は前漢の文人・司馬相如の妻の卓文君を指し、「遠山黛」は美しい眉を遠山に喩えた語。卓文君の眉は、遠山のごとく美しかったという。『中華若木詩抄』では、「一鳥ノ帰ル辺ハ山色ガ眉ヲ細〳〵ト掃タヤウナ也。似眉ト云ガ、遠山ノナリゾ」とある。**○天低水潤影遅々**　『中華若木詩抄』には、「水ト天ト一ツノヤウナゾ。水ノ上ノ天ハ、一段闊キヤウナゾ。下ヘ低レタヤウナゾ。水ハ闊キヤウナルゾ。其上ヲヒラ〳〵ト急ギモセズ、遅ク飛ゾ。水ノ上ハ必鳥モ遅ク見ユルゾ。帰鳥ノ体、言外ニ現レタリ」とある。**○上林雖好非栖処　一任千枝与万枝**　「上林（苑）」は、宮苑の名。秦の始皇帝が造り、前漢の武帝が整備拡張した。その古跡は、今の陝西省西安市の西にある。「内裏ノ上林園ハヨイハヤシナレトモ、我スミカテハアラハヤ、千枝万枝アラウトマヽヨ。独鳥ナトノ居処テハナイソ。鸚鵡チヤ、白鷴チヤナト云ハ、用ラルヽ。独鳥ナトノ居処テハナイホトニ、其レハ何トアラウトマヽヨソ。一任ハ、打マカスルト云コトソ」とある。

【試訳】ただ一羽で鳥が飛び去る辺りの遠山は、まるで美人の眉を描いたかのようであり、天は低く垂れて、水はどこまでも広がっており、その天と水と一体になっている間を悠々と飛ぶ鳥の影が眺められる。内裏に設けられた上林御苑はまことに好風情ではあるけれど、名もない連れ無し鳥の住処などではなく、千の枝と万の枝が在ろうとも無縁であり、どうぞご勝手にである。

【余滴】画図賛詩。『中華若木詩抄』では「然レバ、上林ニヨキ栖ミ処ノ千枝モ万枝モアル、ソレハサモアラバアラウマデ、更々一枝モ孤鳥ノ用ニハ立タヌホドニ、遠山へ遙〳〵帰ゾ。ソコニ述懐ノ心アリ」と結んでいる。どうやら一首に「独鳥」の「述懐ノ心」を読み取っているらしい。西胤も自己を独鳥に擬し、「上林」にも相当する幕府将軍に庇護された一部の禅僧に対する反抗心を籠めようとした意図が存したのかも知れない。霊松門派の祖・絶海中津、その代表的法嗣・鄂隠慧奯は、それぞれ時の将軍の意に逆らい、隠遁・逐電したことでも知られている。西胤についても、山名時熙・細川満元・大内盛見といった当時の代表的武人と深く交遊したことが指摘される（玉村竹二『五山禅僧伝記集成』西胤俊承項参照）。これらの交遊を可能としたのは、一方的に迎合するのではなく、節を曲げない気骨を有していたからこそであろう。西胤も、霊松門派の気風を形成した重要な一人であったと考えている。

第五節　五山文学における禅月の受容——『蕉堅藁』を起点として——

はじめに

稿者は、主として絶海中津（一三三六〜一四〇五）の伝記を中心に研究をはじめた（第二章参照）。彼の詩文集である『蕉堅藁』[1]には、「山居十五首、禅月の韻に次す」詩（三四）や、五十三番詩に「偶々府を辞するに当たりて禅月に似」という句があり、合計百七十二首中（他作を七首含む）、禅月大師（徳隠貫休、八三二〜九一二）に関連した詩が十六首もある。したがって、絶海の禅月受容を見ることは、絶海の詩風や文学観を追究してみたいと考えている稿者にとっては、非常に有意義なように思われる。

さて、夢窓派の休翁普貫（一に普寛、または普観）の名字相応は、禅月の法諱（貫休）に由来するという（玉村竹二氏『五山禅僧伝記集成』、講談社、昭五六）。また、芳賀幸四郎氏や蔭木英雄氏は、『禅月集』が五山文学僧の間で愛読されていたことを指摘しているが[2]、その実態・様相までは明らかにされていない。例えば、杜甫や白居易に関しては、堀川貴司氏「中世禅林における白居易像」（『国語と国文学』第七十八巻第五号、平一三・五）や太田亨氏「日本禅林における杜詩受容——禅林初期における杜詩評価——」（『中国中世文学研究』第三十九号、平一三・一）という論考もあり、詳細な調査結果が報告されている。『中華若木詩抄』には、杜甫と白居易がともに三首採られているのに対して、禅月は一首も採られていない（最多は陸游の八首）。また『翰林五鳳集』（以下、『五鳳集』と略す）には、釈教（巻第五十七）や支那人名部（巻第五十八〜六十一）があり、杜甫関連詩は五十二首、白居易関連詩は五首収められている。禅月に関連するものは、全く見受けられない（最多は陶淵明の七十七首。『蕉堅藁』三十四番詩は、『五鳳集』巻第二十六～三十一・雑和部、『蕉堅藁』五十三番詩は、『五鳳集』巻第三十三・送行分韻部に収録されている）。いったい禅月は、五山禅僧の間でどのように認識・理解されていたのであろうか。本節では、絶海の『蕉堅藁』を起点として、五山文学における禅月受容の実態・様相を明らかにしてみたいと思う。知名度という点では、所謂〝特A級〟の杜甫や白居易に遠く及ばない、禅月をはじめとした、所謂〝B級〟の中国の詩人が、五山禅僧にどのように捉えられていたのか――。これも、稿者にとっては、興味深い問題の一つである。なお、小林太市郎氏の名著『禅月大師の生涯と芸術』（創元社、昭二二）を、参考にさせていただくこと多大であった。

一　禅月の生涯の概略――『禅月集』後序

本論に入る前に、禅月の生涯のあらましを確認しておきたい。小林氏も「第一章　『禅月集』及びその他の貫休伝記資料」「一　貫休伝記資料」において指摘されているように、禅月の伝記資料の中で最も古く、記事の信頼性が高いのが、門人曇域による『禅月集』の後序である。これは蜀の乾徳五年（九二三）、禅月の示寂後十一年目にしての作であり、禅月の遺命によって撰述されたものである。ついで、宋の賛寧が撰した『宋高僧伝』巻第三十・「梁成都府東禅院貫休伝　処黙曇域」[3]が挙げられるが、これは、その大部分が、曇域の禅月伝に基づくものである。以下、かなりの長文であるが、『禅月集』の後序から抄出する。

先師名貫休、字徳隠、婺州蘭渓県登高里人也。俗姓姜氏、家伝二儒素一、代継二簪裾一、少小之時、便帰二覚路於和安寺一、請二円貞長老和尚一為レ師。日念二法華経一千字一。数月之内、念二畢茲経一。先師為二童子一時、与二隣院童子法号処黙一、偕年十餘歳、同時発心念レ経。毎二於精修之暇一、更相唱和。漸至二十五六歳一、詩名益著。遠近皆聞。年二十歳、受二具足戒一。後於二洪州開元寺一、聴二法華経一。不二数年一間、親敷二法座一。広演二斯文一。邇後兼講二起信論一。

可レ謂三冬渉レ学、百舎求レ師、尋二妙旨於未一レ伝、起二微言於将一レ絶。于レ時江表之士庶、無レ不レ欽レ風。年歯漸高、属二天下喪乱時一、処黙和尚謂レ師曰、吾師抱二不羈之才一、懐二自然之道一。時不二我与成一無レ傷哉。復為二先師一曰、分レ袂無二血涙一、望レ処空二闌干一。後隠二南嶽一。□□不□先聃為備者曰、吾聞、岷峨異境、山水幽奇。四海騒然、一方無事、遂乃過二洞庭一、趨二渚宮一、歴二白帝一。旋聞、大蜀開レ基創レ業、奄二有坤維一。歎曰、不レ有二君子一、寧能レ国乎。遂達二大国一、進二上先皇帝詩一。其略曰、一瓶一鉢垂垂老、万水千山得得来。高祖礼待。膝レ之前レ席。過下秦王待二道安一之礼上、踰下趙王迎二図澄一之儀上。特修二禅宇一、懇二請住持一。尋賜二師号一曰二禅月大師一。曲加二存恤一。優異殊レ常。十年已来、迥承二天睠一。無レ何、壬申歳十二月、召二門人一謂曰、古人有レ言。曰、地為レ牀兮天為レ蓋。物何小兮物何大。苟愜レ心兮自忻泰、声与レ名兮何足レ頼。吾之住世、亦何久耶。然吾啓二手足一、曽無レ愧レ心。汝等以二吾平生一、事レ之以レ倹。可下於二王城外一、藉レ之以レ草、覆レ之以レ紙、而蔵上レ之。慎勿二動レ衆而厚葬一焉。言訖、奄然而絶レ息。遂具レ表聞レ天。先帝蹙然久レ之。乃命二所司一、備二一期葬事一。于レ時在城士庶無レ不二悲傷一。曇域遂以二先師遺言一上奏、請レ以二薄葬之礼一。帝曰、朕治命可レ行焉。勅令三四衆共助二葬儀一。特竪二霊塔一、勅諡二白蓮之塔一。以二癸酉年三月十七日一、於二城都北門外十餘里一、置二塔之所一。地号二昇遷一。葬事既周哀制斯畢。暇日或勲賢見レ訪。或朝客相尋。或有レ念二先師所レ制一篇両篇一。或記二三句五句一。或未レ閑二深旨一。或不レ暁二根源一。衆請三曇域編二集前後所レ制詞詩文賛一。曰、有二見聞不レ暇二枝梧一。遂尋二撿藁草及暗記憶者一。約一千首乃雕刻版レ部。題号二禅月集一。曇域雖レ承二師訓一、藝学無レ聞。曽奉二告言一、輒直二序事一。時大蜀乾徳五年癸未歳十二月十五日序（下略）

禅月――名は貫休、字は徳隠――は婺州蘭渓県登高里（浙江省金華市の北）の出身で、俗姓は姜氏、儒者の家に生まれ、家は代々、簪裾を継いでいた。幼少の時に和安寺で出家し、円貞長老和尚に師事した。一日に『法華経』一千字を念誦して、数ヶ月のうちに、そのすべてを暗記し終えたという。童子の時、隣院の処黙という法号を有する童子と、ともに十余歳で同時に発心し、経を念じた。また、仏道修行の余暇ごとに、互いに詩を相唱和し、漸く

十五、六歳になって詩名が益々あらわれ、近くの者も、遠くの者も知らない者はいなかったという。二十歳で具足戒を受けて後、洪州（江西省南昌県）の開元寺で『法華経』を聴き、数年も経たない間に、自ら法座を敷いて、広くその内容を説いた。その後は『起信論』も兼ねて講義したという。その後、禅月は、各地に遊んで緇素と交わったのだが、最後の安住の地を蜀国に求めた。先皇帝の王建に「一瓶一鉢、垂垂として老ひ、万水千山、得得として来たる」の詩を献上すると（禅月は得得来和尚とも称せられた[4]。『禅月集』巻第二十・「陳㆑情献㆓蜀皇帝㆒」）、王建は礼を以って禅月をもてなし、特に東禅院の禅宇を修して、懇請して住持せしめた。ついで禅月大師という師号を賜った。永平二年（九一二）十二月、禅月は、枕頭に門人を召して、古人の言を引用しながら遺戒を述べて、奄然と息絶えた。なお、引用文では引き続き、禅月の葬儀や『禅月集』編纂の経緯などが記されているが、今は詳述しない。

二　五山文学における禅月の受容

さて、これから実際に禅月の受容の用例を見ていくのであるが、一概に「禅月の受容」と言っても、それには様々なレベルがある。今回は研究の一階梯として、仮に「作品の受容」「伝記の受容」「その他」の三つに分類して、絶海の『蕉堅藁』を中心に論を進めて行きたい。なお、五山文学作品の引用は、『五山文学全集』（以下、『全集』と略す）、『五山文学新集』（以下、『新集』と略す）、『続群書類従』（以下、『続群』と略す）、『大正新修大蔵経』（以下、『大蔵経』と略す）等による。

（Ⅰ）作品①――山居詩

五山僧は禅月の作品をどのように読み解いていたのだろうか――。

まずは『蕉堅藁』三十四番詩について。これは詩題に「山居十五首、禅月の韻に次す」とあるように、禅月の「山居詩　并序」（『禅月集』巻第二十三所収、二十四首連作）のうちの十五首に、絶海が次韻したものである。紙面の都合上、ここで両者の山居詩をすべて引用することは憚られるので、取り敢えずその様相を表に纏める。なお、「次韻」とは「和韻」の一種で、特定の詩（本韻詩と言う）の文字およびその順序をそのまま用いる作詩法を言う。

絶海山居詩	禅月山居詩	韻字
第一首目	第一首目	難・山・間・潺・攀（上平十五刪）
第二首目	第二首目	頭・遊・楼・流（下平十一尤）
第三首目	第五首目	兼・簾・嫌・厭・纎（下平十四塩）
第四首目	第八首目	夷・垂・枝・池・之（上平四支）
第五首目	第十首目	通・風・中・東（上平一東）
第六首目	第十二首目	馨・苓・缾・寧（下平九青）
第七首目	第十四首目	紗・霞・槎・花・麻（下平六麻）
第八首目	第十五首目	扉・帰・暉・稀（上平五微）
第九首目	第十六首目	冥・青・経・霊・醒（下平九青）
第十首目	第十七首目	休・鷗・頭・柔（下平十一尤）
第十一首目	第十九首目	畦・西・斉・啼・渓（上平八斉）
第十二首目	第二十首目	諧・堦・崖・乖（上平九佳）
第十三首目	第二十二首目	滔・濤・高・袍（下平四豪）
第十四首目	第二十三首目	前・年・眠・天（下平一先）
第十五首目	第二十四首目	同・宮・空・窮（上平一東）

禅月の山居詩の詠作状況は、その序文で知ることができる。

序曰、愚、咸通四五年中、於ニ鍾陵一作ニ山居詩二十四章一。放レ筆。藁被ニ人将去一。厥後、或有下散ニ書於屋壁一、或吟ニ詠於人口一、一首両首時時聞上レ之。皆多ニ字句舛錯一。洎三乾符辛丑歳避ニ寇於山寺一、偶全獲ニ其本一。風調野俗、格力低濁、豈可レ聞ニ於大雅君子一。一日抽レ毫改レ之。或留レ之除レ之修レ之補レ之、却成ニ二十四首一。亦斐然也。蝕木也。概山謳之例也。或作者気合、始為一朗ニ吟之一可也。

禅月は咸通四、五年（八六三、四）、鍾陵（江西省）で一旦、山居詩二十四章（草稿）を作ったのだが、誰かに将ち去られてしまう。その後、一、二首は時々、或いは家の壁に走り書きされているのを見たり、或いは人口に吟詠されるのを聞いたりしていたが、字句が間違っていることが多かった。乾符八年（中和元年、八八一）に黄巣の乱を毘陵（江蘇省武進市）の山寺に避けたところ、偶々散佚した草稿本を得、詩の調子が俗っぽく、品格が低かったので、いま一度推敲し、山居詩二十四首を完成させたという。

　対する絶海の山居詩については、本章第二節第三項で言及し、絶海が中国に留学している時、すなわち応安元年（洪武元年、一三六八）〜永和三年（洪武十年、一三七七）、主として禅道修行に精進した中天竺寺において詠作したと結論付けるに至った。

　稿者は、第七十四回和漢比較文学会東部例会（平成十四年一月二十六日、於大東文化大学）の席上で、「五山文学における「和韻」について――絶海・義堂を中心に――」という題目のもと、口頭発表をさせていただいた。そして、絶海・義堂の和韻詩の詠作状況を、（A）贈答・唱和にともなって詠作する場合と、（B）本韻詩が契機となって詠作する場合、（B）はさらに、（a）本韻詩が中国の詩人のもの、（b）本韻詩が先輩僧のもの、（c）本韻詩が自身の旧作、と大きく分類した（本章第六節参照）。

　この分類によると、絶海が、禅月の山居詩に次韻した状況は、（B）（a）のパターンに当てはまる。当時の禅僧が多くの漢籍に精通していたことはよく知られているが、彼らはある作品と対峙して、その作品内容に共感し、興に乗じた時に作詩していたと思われる。『五鳳集』巻第五十八〜六十一の支那人名部には、「〜ヲ読ム」という詩が散見される（例えば「読㆓伯夷伝㆒」「読㆓逍遙遊篇㆒」「読㆓孔明出師表㆒」「読㆓東坡試院煎㆑茶詩㆒」「読㆓和靖詩㆒」等）。したがって、このような状況で和韻詩を作った場合、その詠作内容は、おのずと本韻詩と同趣のものになってしまう。おそらく絶海も、中天竺寺に山居していたからこそ、禅月の山居詩に心惹かれて、次韻したのであろう。どこか禅月の山中における心境（禅境）に対置する心が存したのかも知れない。ちなみに絶海が次韻する際、二十四首から十五首を選んだことに関しては、今のところ、あまり深い意味はなかったのではないか、と考えている。本章第六節参照。

ここで、恣意的にではあるが、両者の山居詩を各一首ずつ抜粋し、味読してみたい。

三四　山居十五首、禅月の韻に次す（第十四首目）　絶海中津

一庵無事只蕭然　一庵、事無く、只だ蕭然。
栢子焼残古仏前　栢子、焼《た》き残る、古仏の前。
電露身心真暫寓　電露の身心、真に暫く寓す。
鶢鶋栖息尽餘年　鶢鶋の栖息、餘年を尽くす。
緑蘿窓外三竿日　緑蘿、窓外、三竿の日。
黄鳥声中一覚眠　黄鳥、声中、一覚の眠り。
問我山居有何好　我に問ふ、山居、何の好きことか有る、と。
此中即是四禅天　此の中、即ち是れ四禅天。

【通釈】 庵の中は、何事もなく、ただひっそりとしている。栢の実が、古仏の前に焼け残っている。稲妻や露のようなはかない身心を、この庵にほんのしばらく宿してみる。みそさざいが棲息するように、静かに余生を送る。緑色の葛が絡む窓の外に、朝日が三竿ほどの高さにまで昇り、鴬の声の中で、一度眠りから覚める。ある人がわたしに「山居にはどのような良い点がありますか」と尋ねたならば、わたしは「ここそが、すなわち四禅天である」と答える。

＊　＊

山居詩（第二十首目）　禅　月

自休自了自安排　自ら休し、自ら了して、自ら安排す。

常願居山事偶諧　常に願ふ、山に居して、事、偶諧することを。
僧採樹衣臨絶壑　僧は樹衣を採りて、絶壑に臨み、
金華山出樹衣僧多採為蔬菜味極美也　金華山より樹衣を出だす。僧は多く採りて蔬菜と為す。味、極めて美なり。
狖争山果落空堦　狖は山果を争ひて、空堦に落つ。
閑担茶器縁青嶂　閑かに茶器を担ひて、青嶂に縁り、
静納禅袍坐緑崖　静かに禅袍を納めて、緑崖に坐す。
虚作新詩反招隠　虚しく新詩を作りて、招隠に反す。
出来多与此心乖　出で来たれば、多く此の心と乖《そむ》く。

【通釈】わたしは好きな時に休み、好きな時に終えて、物事の移り変わりに身を任せている。山の中に隠居して、身の回りで起こる出来事が、偶然うまく行くことを、いつも願っている。僧侶は樹衣を採るために、深く険しい谷を見下ろし（金華山で樹衣は採れる。僧侶はたくさん樹衣を採って、野菜として食用している。味は極めて美味しい）、黒色の猿は山の果物を奪い合って、人気のない階段を落ちて行く。わたしはのどかに茶碗を持って、青い峯に身を寄せ、静かに僧衣を着て、緑色の崖のところで坐禅する。虚しく新しい詩を作って、隠者を招こうとする考えに反す。出来た詩を吟じてみると、甚だ今の自分の心に背いている。

両詩からは、煩わしい俗世間を離れて、静謐な山中で自然や動植物に囲まれながら、自己と向き合い、修行に励む真摯な仏者（禅者）の姿が垣間見える。ただし、絶海は「山居」を「四禅天」と評している。「四禅天」とは、色界の四種の禅定（心静かに瞑想して、真理を考えること）を四禅（「初禅」…離生喜楽、「二禅」…定生喜楽、「三禅」…離喜妙楽、「四禅」…非苦非楽）と言い、四禅のそれぞれによって到達される世界を言う（『岩波仏教辞典』参照）。

義堂周信〔一三二五～八八〕の『空華集』巻第十には、「但得三此心無二所在一。一庵中有二四禅天一」（「題二通玄菴一并叙」詩）という用例も見られる。一方、禅月は「山居」して、身の回りの出来事が、偶然うまく行くことを望んでいる。別の山居詩（五首目）では「居レ山別有レ非二山意一」と詠じており、「山居」自体を別段、意識していない。このあたりに絶海と禅月の、仏者（禅者）としての微妙な心位（心境）の違いが出ているように思われる。

ところで、他の五山文学作品に目を向けてみると、以下のような記述が見られる。

①某、眼飽二支笁一、名喧二夏夷一、禅月有二山居詩一、嘲三錦衣之遊二龍華寺一、趙州無二柏樹話一、指二鉄觜一以呼二獅子児一、（下略）

（『翰林葫蘆集』第一・「霖父住二相国一」、『全集』第四巻）

②某、洛下名緇、山東望族、雄深文如レ読二張無尽僧堂記一、鼻咲二諸方一、高古句似レ詠二陶貫休山居詩一、足称二独歩一、（下略）

（『流水集』二・「春起龍住二東福一」、『新集』第三巻）

③蔵叟和尚、跋二慶雲谷録尾一云、南堂説法、或誦二貫休山居詩一、或唱二柳耆卿歌一、謂レ非二説法一可耶、磵陰師祖所謂順レ朱朱順、亦此意也、如今諸方長老、以二明日上堂一、一夜思量得、花蔟〔簇〕々、錦蔟〔簇〕々、不レ直二半文銭一、只是業識増長耳、

（『東海一漚集』四・「藤陰瑣細集」401、『新集』第四巻）

【注】「趙州」とは趙州従諗、「鉄觜」とは光孝慧覚、「霖父」とは霖父乾逍、「張無尽」とは張商英、「春起龍」とは起龍永春、「蔵叟和尚」とは蔵叟善珍、「慶雲谷」とは雲谷懐慶、「南堂」とは南堂元静、「柳耆卿」とは柳永、「磵陰師祖」とは敬叟居簡。

①・②は入寺疏である（①は山門疏）。斯くの如き、住持が新たに任命された時に宣読される文書の中で、禅月の山居詩が触れられるということは、この詩が当時、禅林社会においてかなり人口に膾炙していたことを示す一証左

となろう。②によると、その句風は、気高くて俗と離れていると見なされていたようである。③では、中巌円月〔一三〇〇～七五〕が、甚だ否定的ながらも、南堂元静が説法に際して、禅月の山居詩を口ずさんだことを伝えている。ちなみにこの南堂の逸話は、『雲谷和尚語録』跋（蔵叟善珍執筆、『禅宗集成』第二十四冊所収）においても確認することができる。

（Ⅱ）作品②――商山一皓等

惟肖得巌〔一三六〇～一四三七〕の『東海璚華集』二には、つぎのような文章がある。

沼碧字説

東山佳少、諱曰二宗仁一、以二能仁氏一為二宗當〔黨カ〕一矣、就レ予需二別称二字一、禅月詩云、道人優曇華、沼々遠山碧、摭二沼碧一以命焉、伝曰、仁者楽レ山、弗レ謀而合而已、（中略）子克護二其宗一、脱二略凡近一、比二遠者大者一、高自標置、若二雪後諸峯、窓中列岫一、則使二彼仮服徒、望レ焉而知レ慚、仰レ焉而取レ則、寔叔季優曇華矣、（『新集』第二巻）

これは、建仁寺の少年僧――法諱は宗仁――の字（道号）の由来を説いている。惟肖は、禅月の「道人、優曇華、沼々として、遠山碧なり」という詩句に基づき、「沼碧」と命名したという。少年僧の法諱と道号は、謀らずも「仁者は山を楽しむ」（『論語』雍也第六）ということばと照合していた。引用された禅月の詩は、『禅月集』巻第三に収録されている「閑居擬二斉梁一四首」のうちの一首である。

夜雨山草滋

夜雨山草滋。爽籟生二古木一。閑吟竹仙偈。清レ於レ嚼二金玉一。蟋蟀啼二壊牆一。苟免悲二跼促一。道人優曇花。沼沼遠山緑。

また、建仁寺両足院蔵『東海璚華集（絶句）』（『新集』第二巻所収）には、「五絶」という類題のもと、六十四首の俗詩が掲げられているが、その中には、東方虬・高適・李嗣宗・劉言史・鄭惜等とともに、禅月の詩も一首採られている。この詩は、『全唐詩』巻八百三十七・貫休十二にも見える。

晩望　　貫休

落日碧江静、蓮唱清且閑、更尋二花発処一、借レ月過二前湾一

玉村氏は「俗詩は惟肖が諸本渉猟の際書留めておいた覚え」（「惟肖得巌集解題」）と指摘しておられる。

彦龍周興（一四五八〜九二）の『半陶文集』三・「半陶庚戌藁　延徳二年」には、つぎのような文章がある。

829　扇面　代二桃源一

余読二禅月集一、有二商山一皓之語一、可レ怪矣、今也、非レ山非レ洞、又非二枯松流水之間一、而碁者二人、隅坐観者一人、三皓在レ此、留在二商山一者、必一皓也、使二人思而得一レ之、絵事之妙也、曰二四皓一曰二一皓一、隠二于橘一隠二于竹一、皆一皓也、扇兮々々、有二三皓一哉、

（『新集』第四巻）

【注】「桃源」とは桃源瑞仙。

これは扇面図に対する賛詞である。「商山四皓」とは、秦末に世乱を避けて商山に隠れた四人の鬚眉が白い老人（東園公・夏黄公・甪里先生・綺里季）を指し（『漢書』王貢伝序等）、禅僧が好んで用いた詩の素材である（『五鳳集』巻第五十九・支那人名部には、「商山四皓図」「扇面四皓」「四皓囲碁図」等の詩が見られる）。彦龍の眼前にある扇面には、碁を打つ者が二人、それを隅の方に座って見る者が一人の、計三人の老人が画かれていたようである。と、すると、商山には、残りの老人が一人留まっているはずで、「人をして思ひて之を得せしむるは、絵事の妙なり」と彦龍は賞讃している。彼は『禅月集』を読んでいて、書中に「商山一皓」という語があることを知っていたのである。

遇二道者一

鶴骨松筋風貌殊。不レ言二名姓一絶二栄枯一。尋常黎杖九衢裏。莫二是商山一皓一無。身帯二煙霞一浮二汗漫一。薬兼二神鬼一在二胡蘆一。只応二張果支頤輩一。時復相逢酔二海隅一。

（『禅月集』巻第二十一）

なお、『蕉窓夜話』にも、以下のような記述がある。

393 商山一皓　禅月集ニアルソ。常ニハ商山四皓トコソ云ニ面白ソ。四人ノ名ハ東園公、夏黄公、季理《ママ》綺、甪《ロク》里先生也。常ニ角ハ甪ト同ソ。人ノ名ニナル時ニ、ロクノ音ソ。人カ常ニカクト読テ愧ヲカクソ。

（鈴木博氏「蕉窓夜話（校）」一・二、『滋賀大学教育学部　紀要』第二七号・第二八号、昭五二・五三）

（Ⅲ）　作品③——詩評

五山僧は禅月の作品をどのように評価していたのであろうか——。

（Ⅰ）（Ⅱ）とも関わってくると思われるが、『東海一漚集』四・「藤陰瑣細集」から抄出する。

353 唐僧能レ詩者多、而以二貫休・斉己一、尤為レ称レ之、則固是也、宋以二参寥・覚範一為レ称、以レ予論レ之、（中略）貫休少年行、五言二首云、自拳二五色毬一、迸二入他人宅一、却捉二蒼頭奴一、玉鞭打一百、面白如レ削レ玉、猖狂曲江曲、馬上黄金鞍、適来新賭得、

【注】「参寥」とは永明道潜、「覚範」とは覚範慧洪。禅月の「少年行」詩は、『禅月集』巻第一収録。

唐代の僧の中には詩の上手な者が多いが、禅月と斉己が最も上手だった、と中巌は述べているが、この禅月に関する評価は、わが国の禅僧の間では一般的な理解だったようである。

①孜々壮業豈違レ時、乃是才名天上姿、已伴二子雲一親問レ字、何曾禅月独能レ詩、（下略）

（『雲巣集』・「次下賀二友人書室一之韻上」、『新集』第四巻）

②尊師也則洛下詩壇之翹楚、而今代蒲室之流亜也、亦寒山子・禅月老之古風、可二以見一レ之、標・昼之輩、不レ可
レ企二於此一矣、

（『雲巣集』）

③（上略）某。篤学而華。孤標以レ雅。法灯為二染衣相一。鹿門旧隠未レ忘。禅月称二能詩僧一。龍興新題可レ想。（下略）

（『雪樵独唱集』三・「利渉住二万寿一道旧」、『新集』第五巻）

④禅也詩也、非下具二頂門一隻一者上、難レ言レ之、詩道伝二吾徒一者久矣、（中略）至二東震一則宋恵休殊未来之句、唐貫
休何曾見之嘆、今猶以為二口実一、二休之後、清涼国師・大覚禅師・参寥・覚範諸師、以二詩頌一動三人主傾二権臣一、
（下略）

（『翠竹真如集』二・「蒙庵百首　明応八季秋」235、『新集』第五巻）

⑤儒釈兼通実且華、使二公如レ志幾興一レ家、子雲容貌不二奇異一、禅月詠歌堪二歎嗟一、（中略）

（『心華詩藁』・「次レ韻答二大伝蔵主一」、『新集』別巻二）

【注】「子雲」とは楊雄、「蒲室」とは笑隠大訢、「標」とは道標、「昼」とは清昼（皎然）、「利渉」とは利渉守湊、「清涼国師」とは清涼文益、「大覚禅師」とは大覚懐璉、「大伝蔵主」とは大伝有承。

②や④では、寒山、道標、皎然、恵休、清涼文益、大覚懐璉、永明道潜、覚範慧洪らと並び称されている。一方、中国の詩話に目を遣ると、つぎのような記述を見付けることができる。

⑥釈皎然之詩、在二唐諸僧之上一〈唐詩僧有二法震、法照、無可、護国、霊一、清江、不特、無本、斉己、貫休一
也。〉

（『詩人玉屑』巻之二一・詩評・「滄浪詩評」、中華書局、〈 〉内は割注を示す）

⑦石林詩話云・・『唐諸僧、中葉以後其名字班班為二時所一レ称者甚多、然詩皆不レ伝、（中略）陵遅至二貫休、斉己之
徒一、其詩雖レ存、然無レ足レ言矣。中間雖下皎然最為二傑出一、故其詩十巻独全上、亦無二甚過レ人処一。（下略）』

（『苕渓漁隠叢話前集』巻第五十七・「僧詩無二蔬筍気一」、中華書局）

『詩人玉屑』、『滄浪詩話』、『漁隠叢話』、『石林詩話』、いずれもわが国の禅僧によく読まれた書物である。(5)⑥では、禅月は、唐の詩僧の一人として数えられており、⑦では、「然れども言ふに足ること無し」と、かなり辛辣な評価がなされている。

（Ⅳ）伝記①――銭鏐との親交、不和、決裂

五山僧は禅月の生涯のどのあたりに興味を持っていたのだろうか――。『蕉堅藁』五十三番詩の本文を掲げる。

五三　将に近県に往かんとして、観中外史に留別す　時に臨川復位の訴へに因りて、宇治より江州に如《ゆ》く

客路無多冬日暖　客路、多きこと無く、冬日暖かなり。
出郊徐歩散幽襟　郊を出でて、徐《しづ》かに歩《あゆ》んで、幽襟を散ず。
偶当辞府似禅月　偶々府を辞するに当たりて禅月に似、
未即買山同道林　未だ即《ただ》ちに山を買ひて道林に同じからず。
勁草有誰憐晩節　勁草、誰有りてか晩節を憐まん。
甘棠空自恋春陰　甘棠、空しく自ら春陰を恋ふ。
白漚江上旧盟冷　白漚、江上、旧盟、冷ややかに、
老鶴何妨万里心　老鶴、何ぞ万里の心を妨げん。

【通釈】近江への旅路はそれ程遠くなく、冬の日差しは暖かい。宇治の郊外を出て、ゆっくりとしずかに歩き、沈鬱とした気分を晴らす。たまたま都を去るに当たって、その行動は禅月（が銭鏐の許を去ったの）に似ており、いまだ

に、すぐさま山を買って、支遁と同じようなことはしていない。勁草（の如きわたし）の晩節を、誰がいったい、慈しんでくれようか。（善政を施した周の召公がその下に宿ったという）甘棠は今は空しく、わたしは春の木陰を思い慕うばかり（夢窓派の「甘棠道場」たる臨川寺は「五山」に昇位してしまい、わたしは元の「十刹」に復位することを望んでいる）。江上の白鴎（の如きあなた（観中中諦））との古くからの忘機の交わりは、今もなお健在。老鶴（の如きわたし）が万里の大空を飛ばんとする志を、どうして妨げることができようか。

この詩の詠作状況も、すでに本章第二節第三項で言及した。永和三年（一三七七）、細川頼之（一三二九～九二）が臨川寺を「十刹」から「五山」に昇位させた。夢窓派の中でも春屋妙葩（一三一一～八八）を中心とした一派は、同寺が夢窓派の「度弟院」から「十方刹」になることを恐れ、これに激しく反対し、「十刹」に復位させるように幕府に提訴した。そして、春屋一派に属していた絶海は、この動きに連動し、宇治に客居した後、永和四年の冬頃、近江に行かんとして、この詩を詠出したのである。

さて、三句目に「偶々府を辞するに当たりて禅月に似」とあるが、諸注では、禅月に関する故事を未詳としている。先に結論から述べると、わたくしは、銭鏐との逸話を典拠にしているのではないか、と考えている。ただし、この逸話は、少し複雑な様相を呈している。

まず、先に引用した『禅月集』の後序には、該当する記事は見当たらない。『宋高僧伝』には、

乾寧初齎レ志謁二呉越武粛王銭氏一。因献二詩五章一。章八句。甚愜レ旨遺贈亦豊。王立二去偽功一。朝廷旌為二功臣一。乃別樹レ堂立レ碑記二同レ力平レ越将校姓名一。遂刊二休詩于碑陰一。見レ重如レ此。（『大蔵経』第五十巻）

とあり、禅月が乾寧（八九四～九七）の初め、呉越の銭鏐（字は具美、謚は武粛）に謁見し、毎章八句の詩五章を献じたところ、大いにその意にかない、遺贈を十分に受けたと記されている。

これに対して、『唐才子伝』巻第十の「貫休」項には、

初、昭宗以下武粛銭璆平二董昌一功上、拝二鎮東軍節度使一、自称二呉越王一。休時居二霊隠一、往投レ詩賀、中聯云：「満堂花酔三千客、一剣霜寒十四州。」武粛大喜、然僭侈之心始張、遣二諭令一改為二「四十州」一、乃可二相見一。休性躁急、答曰：「州亦難レ添、詩亦難レ改。余孤雲野鶴、何天不レ可レ飛？」」即日裹二衣鉢一払レ袖而去。（文津出版社）

とある。禅月が霊隠寺に居た時、鎮東軍節度使であり、自称呉越王の銭璆に詩を奉ったところ、頷聯に「満堂、花のごとく酔ふ、三千の客。一剣、霜のごとく寒し、十四州」とあり、銭璆は内心、大喜びだった。しかし、奢侈の心に流されて、「十四州」を「四十州」に改めるならば対面してもよい、という訓令を出したので、躁急な禅月は、「州も亦た添へ難く、詩も亦た改め難し。余、孤雲、野鶴、何《いづ》れの天にか飛ぶべからざらん」と答えて、すぐに衣鉢を纏めて、決然として去って行ったという。同様の話は、『唐詩紀事』や『瀛奎律髄』等でも確認できる。

一方の『宋高僧伝』では銭鏐との親交を、もう一方の『唐才子伝』では銭鏐との不和、決裂を伝えている。両書とも、わが国の禅僧によく読まれた書物なので(6)、彼らの間では、二通りの理解がなされていたようである。例えば、景徐周麟（一四四〇～一五一八）の『翰林葫蘆集』第六には、

蔭凉軒主以レ事赴二江左軍営一、有二途中八詠一、予一日過二軒下一、出レ之見レ示、予乞而帰、諷詠渉レ日、吁今代無二此作一、求二之古詩僧之間一、有二事実粗相類者一、[a]禅月謁二呉越王一、因賦二詩五章八句一、以頌二平レ越之功一、王喜レ之、軒主出二入大将軍油幕一、（下略）

【注】「蔭凉軒主」とは亀泉集証、「大将軍」とは足利義尚。

という文章がある。傍線部aは『宋高僧伝』に拠っていると思われる。景徐は、蔭凉軒主（亀泉集証）が、近江国にある大将軍（足利義尚、一四六五～八九）の軍営に赴く途中、律詩を八首詠じたことを知って(7)、権力者・呉越王（銭鏐）と詩僧・禅月の親交を想起している。また、祖渓徳濬の『水拙手簡』に収められている大昌院衣鉢侍者禅師の書簡の中には、

雖二吾土一而変非レ故。水為二兵塵一而流不レ清。況又袈裟非二轅門之具一。鉢盂非二牙帳之器一。b孤雲野雀慚二禅月一者不レ少。鴻慈不二以為レ怠。（下略）

（『続群』第十三輯下）

というくだりがある。**傍線部b**「孤雲、野雀（雀ノ誤字カ、朝倉注）、禅月を慚ずる者少なからず」には、『唐才子伝』に見られる、禅月が銭鏐と決裂する際に発した言（「余、孤雲、野鶴、何れの天にか飛ぶべからざらん」）が踏まえられていると思われる。正宗龍統（一四二八～九八）の『禿尾鐵苕集』には、「野鶴孤雲自在飛」（正宗和尚住二東山建仁禅寺一語録）という用例もある。なお、『蕉堅藁』五十三番詩の八句目「老鶴、何ぞ万里の心を妨げん」にも、この禅月の言が影響しているのではないか、とわたくしは考えている。[8] 西胤俊承の『真愚稿』には「未レ応三銭氏留二禅月一」（「再用二前韻一寄二鄂隠上人一」詩）という詩句があるが、これも基本的には、禅月と銭鏐の不和、決裂を下敷きにして詠出されたものだろう。

再び『蕉堅藁』五十三番詩に戻る。絶海は春屋一派の一員として、臨川寺をめぐる幕府の政策に反発し、京都から近江に隠遁した。その際、絶海は自身の姿を、権力者・銭鏐の意に逆らい、彼の許を去った詩僧・禅月の姿に重ね合わせていたのではないだろうか。なお、この解釈のほかにも、稿者の読解には、諸注と異なる箇所があるので、**【通釈】**を参照していただけるならば幸いである。

（V）伝記②――石霜慶諸との師弟関係、禅月闍等

虎関師錬（一二七八～一三四六）の『済北集』巻第十一・詩話には、

夫斉已（己）者唐末人。為二鄭谷詩友一。謂禅月斉已（己）也。二人共参二遊仰山石霜会下一。禅書中往往而見焉。

（『全集』第一巻）

【注】「仰山」とは仰山慧寂、「石霜」とは石霜慶諸。

という記述があり、禅月と斉己が、仰山慧寂や石霜慶諸の会下に参遊したことが記されている。文中には「禅書の中に往往にして見ゆ」とあるが、無学祖元（一二二六～八六）の『仏光国師語録』巻第二・仏光円満常照国師台州真如禅寺語録二の、

張拙秀才。因禅月大師指参二石霜一。霜問秀才何姓。張云名拙。霜云覓レ巧尚不レ可レ得。拙自レ何来。公忽有レ省。乃呈レ偈曰。（下略）

（「潙山養レ子。恩威並行。只是二子。向背有レ異。且道。諸訛在二甚麼処一。喝一喝」、『大蔵経』第八十巻）

【注】「潙山」とは潙山霊祐。

という箇所は、『五灯会元』巻第六の張拙秀才の条からの抜粋である。ここでは、禅月が張拙に、石霜の許に参じるように指図している。禅月と石霜の師弟関係に関して、禅書以外に目を向けてみると、『唐詩紀事』『瀛奎律髄』『苕渓漁隠叢話前集』等に記述があり、『禅月集』巻第十三には「送三僧入二石霜一」という詩も見受けられる。『禅月集』後序や『唐才子伝』には記述がない。

○赤旃壇塔六七級、白菡萏花三四枝、禅客相逢只弾指、此心能有二幾人知一。石霜問云、如何是此心。休不レ能レ答。石霜云、汝問我答。休即問レ之。霜云、能有二幾人知一。

（『唐詩紀事』巻第七十五・「僧貫休」項、四部叢刊）

○方回：斉己、潭州人、与二貫休一並有レ声、同師二石霜一。二僧詩、唐之尤晩者。己詩如下「夜過二秋竹寺一、酔打中老僧門上」、最佳。此詩起句自然、第六句尤好。

（『瀛奎律髄』巻之十二・秋日類、僧斉己・「新秋雨後」、上海古籍出版社）

また、蘭坡景茝（一四一九～一五〇一）の疏の一節には、

（上略）久聞高風之激貪。俄為二群生一而出世。昔貫休徒〔徙〕二万寿一。抜二毛遂於三千人一。今円照住二五峰一。覩二君実於八九分一。（下略）

（『雪樵独唱集』三・「仙英住二天龍一諸山」）

【注】玉村氏は「徒」字に、「尊経閣本「徒」ヲ「徙」ニ作ル。採ルベシ」という注を付されている。「円照」とは法空宗本、「君実」とは司馬光、「仙英」とは仙英周玉。

とあり、禅月が万寿寺（江蘇省蘇州市の東北）に徙居したとあるが、『中呉紀聞』巻第三の「禅月大師」項には、

万寿寺有二禅月閣一。禅月者。唐僧貫休也。生二於婺之蘭渓一。（下略）（『筆記小説大観』第九冊）

という記述があり、万寿寺に彼の寓跡があることが知られる。『扶桑五山記』一・大宋国諸寺位次の「万寿　蘇州平江府報恩光孝禅寺」項にも、景致の一つとして禅月閣が挙げられている。『空華集』巻第十九の「嶽岱宗住二相万寿一道旧疏」に「升二禅月堂一。則一気撥二転如来蔵一」とあり、『雪樵独唱集』三の「利渉住二万寿一道旧」に「禅月称二能詩僧一」（前掲）とあるのも、このことを踏まえてのことだろう。

この他、清拙正澄（一二七四～一三三九）の『禅居集』に「缾鉢垂垂白髪而来。禅月受二知於蜀主一」（「明極和尚住二建長一諸山疏」）とあるのは、禅月が蜀国に入り、先帝の王建に「一瓶一鉢、垂垂として老ひ、万水千山、得得として来たる」の詩を献上したことを、『松山序等諸師雑稿』に「一身瓶錫行李、想必如二禅月之浮游一」とあるのは、禅月が各地に遊んで緇素と交わったことを、それぞれ踏まえていると思われる（『禅月集』後序等参照）。また、『翰林葫蘆集』第一に「禅月有二山居詩一、嘲三錦衣之遊二龍華寺一」（「霖父住二相国一」、前掲）、『雪樵独唱集』三に「禅月称二能詩僧一。龍興新題可レ想」（「利渉住二万寿一道旧」、前掲）とあるのは、禅月が龍華寺（四川省成都市）や龍興寺（湖北省十堰市房県）に滞在したことを踏まえているのだろう（『宋高僧伝』『太平広記』等参照）。

（Ⅵ）その他――十六羅漢図

こういう自由に羅漢図を画く画家のなかにあって、禅月大師貫休は、まさに画期的な画家といわれる。彼はこの羅漢図の一つのスタイルを確立した。羅漢といえば禅月、禅月といえば羅漢といわれるようになる。

（梅原猛氏『仏像・羅漢』、『梅原猛著作集』2所収、集英社、昭和五六、三三八頁）

禅月で忘れてはならないのが、彼が十六羅漢図の名人だったことである。羅漢図はその作風や、羅漢の相貌の表現などによって、一般的に「和様」「禅月様」「李竜眠様」に分けられる（田中義恭氏・星山晋也氏『目でみる仏像6羅漢・祖師』、東京美術、昭六二）。試みに彼の事跡を追ってみると、以下のような記事がある。

①乾寧初齎レ志謁二呉越武粛王銭氏一。（中略）休善二小筆一得二六法一。長二於水墨一形似之状可レ観。受二衆安橋強氏薬肆請一。出二羅漢一堂一云。毎レ画二一尊一必祈三夢得二応真貌一。方成レ之。与二常体一不レ同。

（『宋高僧伝』）

②王氏建国時。来居二蜀中龍華之精舎一。因縦レ筆。用二水墨一画二羅漢一十六身并一仏二大士一。巨石縈レ雲。枯松帯レ蔓。其諸古貌。与二他人画一不レ同。或曰。夢中所レ覩。覚後図二（図原作レ円。拠二明鈔本一改。）之一。謂二之応夢羅漢一。門人曇域、曇弗等。甚秘重レ之。（下略）出二野人間話一

（『太平広記』巻第二百一十四・「貫休」項、中華書局）

①からは、禅月が呉越を流浪していた頃、衆安橋の強氏薬肆に頼まれて羅漢一堂を描いたこと、②からは、王建が蜀を建国した時、龍華寺に来居していた禅月が、同寺の水墨画羅漢十六身並びに一仏二大士を描いたことが知られる。文中に「一尊を画くごとに、必ず夢に応真の貌を得んことを祈る。まさに之を成す。常体と同じからず」とか、「其の諸古貌、他人の画と同じからず。或るひと曰ふ、夢中に覩る所、覚むる後に之を図す、と。之を応夢羅漢と謂ふ」とあるように、禅月は、夢中に見た容貌をそのまま描いていたらしく、その羅漢図は、他人の作と異なっていたという。田中・星山両氏は、禅月様の特徴を「胡貌梵相（インド・西域の顔形）という奇怪な容貌をしていて、点景人物を配さず、中央に尊者を大きくあらわすのを特色とし、墨線を主体として古様な作風で描く」（三二一頁）と説明されている。

瑞渓周鳳（一三九一～一四七三）の『臥雲日件録抜尤』長禄二年（一四五八）二月廿九日条には、以下のような記事がある。

廿九日、赴二建仁寺方丈府君相伴一、点心罷、府君登二慈視閣一、斎罷、登レ閣、々中有二蔵経一、皆黒漆函、今春自二高麗一来、壁掛二十八羅漢像一、蓋十六羅漢外、加二慶友尊者・禅月大師一、為二十八一也、凡十八之設、古人有レ評、常以二賓頭盧、梵語有二増減一、誤為レ両、而加以二慶友一、亦非也、今雖レ无二賓頭盧両人之誤一、而有下加二慶友一之非上、又以二禅月一補レ之、恐非歟、（下略）　（大日本古記録）

【注】「府君」とは足利義政。

この日、瑞渓は建仁寺の方丈に赴いた。足利義政の相伴だった。斎会が終わって慈視閣に登ると、そこには高麗将来の大蔵経とともに、壁に十八羅漢像が掛けてあったという。十八羅漢とは、十六羅漢に二尊者（尊名は不定）を加えたものである。二尊者に関しては、『法住記』の説者である慶友尊者と、第一尊者の賓頭盧尊者とを当てはめる場合が少なくないが、当該記事では、慶友尊者と禅月大師になっており、興味深い。ただし、瑞渓は疑問視している。

また、『天隠和尚文集』（『新集』第五巻所収）には、「454　禅月大師十六羅漢画像記」がある。長文なので、引用は避けるが、赤松政則が天隠龍沢（一四二二～一五〇〇）に命じて、禅月大師作（おそらく模本）の十六羅漢画像の顛末を記さしめている。

三　詩僧ということ——結びにかえて

以上、甚だ大雑把ではあるが、五山文学における禅月受容の実態・様相に迫ってみた。この作業を通じて、改めて五山禅僧の膨大な読書量、広大な読書圏を実感した。例えば、禅月の作品に関しては『禅月集』、詩評に関しては『詩人玉屑』『滄浪詩話』等、伝記に関しては『宋高僧伝』『唐才子伝』『五灯会元』等から知識を得ていたことがわかる。また、当然と言えば当然であるが、禅月の受容の傾向に、五山禅僧の性格や興味、当時彼らが置かれていた社会的な立場・境遇等が如実に反映されていることに気付いた。それは絶海の場合も、決して例外ではない。

例えば（Ⅰ）の山居詩は、作者（禅僧）が実際に山居して詠ずるものである。絶海以外にも、初期の禅僧の作品集には比較的よく見られ（道元『永平広録』、夢窓疎石『夢窓国師語録』、龍山徳見『黄龍十世録』、鉄舟徳済『閻浮集』等）、彼らが好んだ詩（偈）のテーマの一つと言える。彼らは厳しい修行の合間を縫って、自己の心境（禅境）をストレートに吐露していたのだろう。（Ⅱ）では、「商山一皓」という語が言及されていた。禅僧は詩文を作成するために、まず中国の古典を講学、注釈する必要があった。抄物はこのような背景のもと、あのように大量に生産されたものと思われる。（Ⅲ）に見たように、五山文学僧は、やはり中国の、特に詩（偈）の上手な文筆僧に心惹かれたようである。（Ⅳ）の、権力者・銭鏐と詩僧・禅月との関係は、そのまま幕府（将軍）と五山禅僧との関係に移行させて考えることができよう。禅宗寺院は幕府の管理下にあり、五山禅僧にとって、幕府との交渉事は、日常的に直面した難題の一つだったに違いない。（Ⅴ）では、禅月と石霜の師弟関係について触れられていた。抑も禅宗は師資相承を重んずる宗派で、玉村氏は「それを語る時には、常にその法系を脳裏にえがきつつ話をすすめなければならない」（『五山文学』「はしがき」）と述べておられる。（Ⅵ）の羅漢に関して、田中・星山両氏はつぎのように説明されている。

（上略）五百羅漢図や十六羅漢図は禅宗寺院で山門の楼上に木造の十六羅漢像を安置したのに始まって、それは各宗にも及んで仏法の護持者として羅漢が祀られた。

画像の羅漢は、禅堂に掲げられた。近世になると禅寺で、羅漢会が盛んに催され、多くの参詣者を集め、民間では羅漢まわしの遊戯などが行われ、羅漢の名は親しまれている。（三五頁）

最後に本章を締め括るにあたって、中国の詩僧について付言しておきたい。（Ⅲ）や（Ⅳ）からも推察されるように、五山文学僧は、文筆僧という立場が共通することもあって、彼らに対して一種の親近感を抱くとともに、彼らから多大な影響を受けていたと思われる。例えば『空華集』巻第十一には、つぎのような文章がある。

古之高僧居㆓岩穴㆒。修㆓戒定慧㆒。而餘力及㆑詩。寓㆓意於諷咏㆒。陶㆓冶性情㆒者。固多矣。而視㆓其詩㆒。則率以㆓道徳㆒為㆑主。章句為㆑次。枯澹平夷。令㆓読者思慮洒然㆒。若㆓唐皎然霊徹道標三師㆒。以㆑詩鳴㆓於呉越之間㆒。故諺美㆑之曰。霅之昼。能清秀。越之徹。洞㆓氷雪㆒。杭之標。摩㆓雲霄㆒。（下略）（「築雲二隠倡和詩叙」）

昔の高僧の詩は、道徳を主とし、章句は二の次だった。高僧の「枯澹（淡）」で「平夷」な詩風は、読者の心をさっぱりとさせたという。「枯澹（淡）」や「平夷」は、五山文学を読み解くキーワードになり得るだろうか。今後は、今回の禅月に関する結果を踏まえながら、他の中国の詩僧の、五山文学における受容にも注目してみたいと考えている。

注

（1）引用は五山版、作品番号は蔭木英雄氏『蕉堅藁全注』（清文堂、平一〇）による。返り点は、江戸の版本（寛文十年版か刊年不明版）等を参考にして、私に施した。

（2）芳賀幸四郎氏『中世禅林の学問および文学に関する研究』（日本学術振興会、昭三一）、蔭木氏・前掲書。

（3）引用は四部叢刊（徐氏本）による。ただし、内閣文庫蔵『禅月集』（毛晉本、漢書番号三四二一二）で改めた箇所もある。

（4）『湯山聯句鈔』では、「103 得々、和尚を呼ぶ」という句について、「得々和尚ト云テ、老僧ノ名デアルゾ。千山万水得々《として》来《る》ト云句作タヲ、其人ヲ得得和尚ト云ゾ」（引用は岩波・新大系本）という抄文が付されている。

（5）芳賀氏・前掲書「第二編　中世禅林の文学」「第二章　大陸文学の鑑賞と研究」に詳しい。川瀬一馬氏『五山版の研究』（日本古書籍商協会、昭四五）によると、『詩人玉屑』には五山版も存する。

（6）芳賀氏・前掲書、第二編、第二章に詳しい。『宋高僧伝』は『普門院蔵書目録』（『東福寺史』所収）にも記述がある。『唐才子伝』には五山版も存する（川瀬氏・前掲書）。

（7）義尚は長享元年〔一四八七〕九月、近江守護の六角高頼を討伐するため、同地に赴いた。亀泉は蔭凉軒主として、屡々、将軍義尚の陣中に伺候したが、『蔭凉軒日録』によると、この時の訪陣は、翌二年十月九日のことである。朝倉尚氏「景徐周麟の文筆活動——長享二年（三）——」（『地域文化研究（広島大学総合科学部紀要Ⅰ）』第二〇巻、平六）参照。なお、氏は「景徐が指す貫休の詩作と逸話については存疑。『全唐詩話』では、貫休は呉越国の王・銭鏐に詩を投じているが、この詩の語句をめぐって対立している。その結果、貫休は蜀に去る」と指摘されている。『全唐詩話』は、後人が『唐詩紀事』から抜粋して編したものである。

（8）蔭木氏・前掲書、入矢義高氏校注『五山文学集』（新日本古典文学大系48、岩波書店、平二）、梶谷宗忍氏訳注『蕉堅藁　年譜』（相国寺、昭五〇）では、杜甫の「遺興」詩の「老鶴万里心」という句が挙げてあり、稿者もこれには異論がないが、禅月の言の影響も、少なからずあると考えている。

※引用本文に関しては、特に表記していない場合、『五山文学全集』及び『五山文学新集』所収本による。また、句読点、返り点、傍線、記号、番号は私に施した。旧字体や異体字を私に改めた箇所がある。

【付記】

脱稿後に『禅月大師山居詩略註』（海門元曠注）という書物があることを知った。『国書総目録』によると、元禄三年〔一六九〇〕の序文をもち、元禄十年版と刊年不明の版本が存するという。詳細な検討はこれからであるが、このような本が江戸時代に流布したということは、それ程、禅月の山居詩が人口に膾炙していたということであろう。

第六節　五山文学における「和韻」について
——絶海中津・義堂周信を中心に——

はじめに

「和韻」とは、特定の詩と同じ韻を用いて詩を作る方法を言う。わが国の五山文学作品には和韻詩が非常に多く、代表的な詩の総集である金地院（以心）崇伝（一五六九～一六三三）他編『翰林五鳳集』では、巻第十一・十二は試筆和分韻、巻第二十六～三十一は雑和部となっている。にもかかわらず、管見の範囲では、この作詩法は、従来、あまり注目されていない。五山禅僧の作品を正しく読み解き、研究して行くためには、このような基本的な事柄が明らかにされなくてはならないと思われる。

本節では、「五山文学の双璧」と称せられた絶海中津（一三三六～一四〇五）と義堂周信（一三二五～八八）の作品類を通して、和韻詩の様相の一端を明らかにしてみたいと思う。義堂には『空華日用工夫略集』[1]（以下、『日工集』と略す）という日記が残されているので、詠作状況を知る上で便利である。原詩（特に「本韻詩」と呼ぶ[2]）が判明する場合は、和韻詩との、内容面における関係を考察する。また、和韻詩の作成が、五山文学にとって、あるいは五山禅僧にとって如何なる意味を持つか、も併せて考えてみたい。

一　「和韻」という作詩法

まず、本論に入る前に、「和韻」という作詩法について確認しておきたい。『文体明弁』（明・徐師曽撰）の「和韻詩」項に、つぎのような説明がなされている。

一三　和韻詩　按和韻詩有二三體一。一曰二依韻一、謂丁同在二一韻中一而不丙必用乙其字甲也。二曰二次韻一、謂下和二其原韻一而先後次第皆因上レ之也。三曰二用韻一、謂下用二其韻一而先後不中必次上也、如丁韓愈《昌黎集》有丙《陸渾山火和二皇甫湜一用乙其韻甲》是已。（湜詩今不レ伝、故採二此詩一不レ録。）古人賡和、答二其来意一而已、初不レ為二韻所一レ縛。如三高適贈二杜甫一云。「草《玄》今已畢、此外更何言?・」甫和レ之則云。「草《玄》吾豈敢?・賦或似二相如一。」（中略）中唐以還、元、白、皮、陸更相唱和、由レ是此體始盛、然皆不レ及二他作一、厳羽所謂「和韻最害二人詩一」者此也。今略採二次韻詩一二篇一、以備二一體一、且著二其説一、使二学者勿一レ效レ尤云。（下略）

（『明詩話全編』肆、江蘇古籍出版社）

和韻詩には三種類ある。一つは本韻詩と同じ韻中の文字を用いるが、必ずしも本韻詩の文字を用いなくてもよい「依韻」、一つは本韻詩の文字およびその順序をそのまま用いなくてはならない「次韻」、残りの一つは本韻詩の文字を用いるが、必ずしもその順序通りに用いなくてもよい「用韻」である。元来、古人の賡和は、その来意に答えるのみで、初めは韻に縛られることはなかった。中唐以降、元稹や白居易らが互いに相唱和したことにより、この作詩法が始めて盛んになったという。しかし一方で、後世になると、詩人がいたずらにその出来映えを競い、その才能を誇るとして、この作詩法に対して批判的な意見も提起されるようになった。『文体明弁』中にもその一部（傍線部）が引用されていたが、宋の厳羽が撰述した『滄浪詩話』には、以下のような記述がある。

和韻最害二人詩一。古人酬唱不二次韻一、此風始盛二於元白皮陸一。本朝諸賢、乃以レ此而闘レ工、遂至三往復有二八九和者一。

（『滄浪詩話校釈』・詩評・四一、人民文学出版社）

翻ってわが国の五山文学作品に目を向けてみる。本節を通じても気付かれると思うが、和韻詩の大半は「次韻」である。それは、例えば「韻ヲ用フ」とか「韻ニ依ル」、「韻ヲ借ル」と記されていても、然りである。虎関師錬

〔一二七八〜一三四六〕の『済北集』巻第十一・詩話には、

楊誠斎曰。大抵詩之作也。興上也。賦次也。賡和不レ得レ已也。（中略）至二於賡和一。則孰触レ之孰感レ之孰題レ之哉。人而已矣。出二乎天一猶懼レ状二乎天一。専二乎我一猶懼レ強二乎我一。今牽二乎人一而已矣。尚冀其有二一銖之天一。一黍之我一乎。蓋我未三嘗覩二是物一。而逆追二彼之覩一。我不レ欲レ用二是韻一。而抑従二彼之用一。雖二李杜一能レ之乎。而李杜不レ為也。是故李杜之集無二牽率之句一。而元白有二和韻之作一。詩至二和韻一而詩始大壊矣。故韓子蒼以二和韻一為二詩之大戒一。此書佳矣。然不二必皆然一矣。夫詩者志之所レ之也。性情也。雅正也。若二其形レ言也。或性情也。或雅正也者雖二賦和一上也。或不二性情一也。不二雅正一也。雖レ興次也。（中略）又李杜無二和韻一。元白有二和韻一而詩大壊者非也。夫人有二上才一焉。有二下才一焉。李杜者上才也。李杜若有二和韻一其詩又必善矣。李杜世無二和韻一。故賡和之美悪不レ見矣。元白下才也。始作二和韻一不二必和韻而詩壊一矣。只其下才之所レ為也。故其集中雖二興感之作一皆不レ及二杜李一。何特至二賡和一責レ之乎。（下略）

（『五山文学全集』第一巻）

という文章がある。楊万里（楊誠斎）や韓駒（韓子蒼）の、「和韻」に対する批判的な言が引用されているものの、詩は志の之く所であって、「賦」や「和」であっても、性情や雅正が表われていたら「上」である（性情や雅正が表われていなかったら、「興」であっても「次」である）、元稹や白居易は「下才」だから和韻詩が芳しくなかった（「上才」の杜甫・李白に和韻詩があったら傑作に違いない）、と虎関は（苦しい）フォローをしている。どうして和韻詩は、五山禅僧の間でもてはやされたのだろうか――。

二　絶海・義堂の和韻状況

絶海および義堂の和韻状況を見てみる。

○絶海中津『蕉堅藁』(3)
・五言律詩他（計三〇首、他作四首を含む）…三首（すべて他作）
・七言律詩（計六七首）…二二首
・五言絶句他（計二〇首）…一首
・七言絶句（計五五首、他作三首を含む）…一四首（他作三首を含む）

○絶海中津『絶海和尚語録』(4)（以下、『絶海録』と略す）
・偈頌（計一二〇首、他作一首を含む）…三六首（他作一首を含む）

○義堂周信『空華集』(5)
・巻第一
・古詩（計七首）…二首
・歌（計三首）…一首
・楚辞（計一首）…ナシ
・四言（計一七首）…ナシ
・五言絶句（計五六首）…一首
・六言絶句（計一一首）…一首
・七言絶句（計一三二首）…六一首
・巻第二

☆七言絶句（計二〇九首）…一一一首
・巻第三
☆七言絶句（計二一三首）…一〇七首
・巻第四
・七言絶句（計二三六首）…五六首
・巻第五
・七言絶句（計二一四首、四首は他作か）…六七首
・巻第六
☆五言八句（計一九三首）…一三八首
☆五言排律（計二首）…二首
・巻第七
☆七言八句（計一七〇首）…一四四首
・巻第八
☆七言八句（計一八〇首）…一四七首
・巻第九
☆七言八句（計一五一首、他作三首を含む）…八五首（他作二首を含む）
・巻第十
・七言八句（計一〇〇首）…三六首
・七言排律（計一首）…ナシ

【注】☆印は五割以上が和韻詩であることを示す。なお、和韻詩の総数は、現段階で把握し得るものであって、今後の調査により変動する可能性がある。本来ならば、本韻詩と逐一、照合するのが望ましいが、散佚している場合が殆どで、数値は目安程度に考えていただきたい。

絶海の詩作品は『蕉堅藁』、偈頌作品は『絶海録』に収められている。前者は総数一七二首中四〇首（約二三・三％）、後者は総数一二〇首中三六首（三〇・〇％）が和韻詩である。義堂の詩（偈頌）作品は『空華集』に収録されており、総数一八九六首中、和韻詩は九五八首（約五〇・五％）である。義堂の詩の半数が和韻詩であることが注目される。

三　絶海・義堂の和韻詩の詠作状況

先に結論から述べると、絶海と義堂の和韻詩を概観すると、その詠作状況は、（Ⅰ）贈答・唱和にともなって詠作する場合と、（Ⅱ）本韻詩が契機となって詠作する場合とに大きく分類される。さらに（Ⅱ）は、（a）本韻詩が中国の詩人のもの、（b）本韻詩が先輩僧のもの、（c）本韻詩が自身の旧作、の三つの場合に分けられる。以下、具体的に各々の用例を見て行くことにする。なお、【本韻詩】項には当該詩の本韻詩、【参照】項には当該詩と同じ韻字が用いられている詩をそれぞれ掲げた。傍線、文字囲、番号等は私に施した。

（Ⅰ）贈答・唱和にともなって詠作する場合

①『蕉堅藁』　一　呈㆓真寂竹菴和尚㆒

不レ堪二長仰止一。渚上寄二高踪一。流水寒山路。深雲古寺鐘。香花厳二法会一。氷雪老二禅容一。重獲レ霑二真薬一。多生慶二此逢一。

一A　和　豫章老謬懐渭

絶海蔵主力究二本参一。禅燕之餘間事二吟詠一。吐レ語輒奇。予帰二老真寂一。特枉二存慰一。将レ遊二江東一。留レ詩為レ別。有レ曰。流水寒山路。深雲古寺鐘。気格音韻。居然玄勝。当レ不レ愧二作者一。予老矣。無二能為一也。不レ覚有下媿二後生一之歎上。遂次レ韻用答。誠所謂珠玉在レ側。不三自知二其形穢一也。

三韓辞二海国一。五竺訪二霊踪一。洗レ盋龍河水。焼レ香鷲嶺鐘。安居全二道力一。段食長二斎容一。特枉留レ詩別。何時定二再逢一。

洪武六年。歳在二癸丑一。冬十二月廿日。書二真寂山中一

一B　豫章蒲菴来復

東遊二呉越寺一。雲水寄二行蹤一。晴曬花間衲。寒吟月下鐘。鴻飛誇二健翮一。鶴痩識二清容一。別去滄洲隔。榑桑幾日逢。

一C　延陵夷簡

絶海蔵主。嘗依二今龍河全室宗主一。於二中天竺室中一参二究禅学一。暇則工二於為レ詩。又得二楷法於西丘竹菴禅師一。故出レ語下レ筆。倶有二準度一。将丁遊二上国一観丙人物衣冠之盛。与乙夫吾宗碩徳禅林之衆甲。有レ詩留二別竹菴一。菴喜而和レ之。茲承レ見レ示。復徴二於予一。遂次レ韻一首。奉二答雅意一云。

問レ道金陵去。因求二勝地踪一。光飛舎利塔。声動景陽鐘。燕塁懐二王榭一。鷹巣謁二鏡容一。龍河禅席盛。聖代喜二遭逢一。

【注】「竹菴和尚」「懐渭」とは清遠懐渭、「蒲菴来復」とは見心来復、「夷簡」とは易道夷簡、「全室宗主」とは季潭宗泐。

②『蕉堅藁』

八〇　応レ制賦二三山一

熊野峰前徐福祠。満山薬草雨餘肥。只今海上波濤穏。万里好風須二早帰一。

八〇A　御製賜レ和　大明太祖高皇帝

熊野峯高血食祠。松根琥珀也応レ肥。当年徐福求二僊薬一。直到二如今一更不レ帰。

【注】「高皇帝」とは洪武帝（朱元璋）。

③『空華集』巻第四

観中寄二示南陽艸廬図詩一。予読レ之怱憶。昔観中訪二予南陽旧業一過レ冬。煨レ芋戯擬二老坡餅笙一作二芋笙詩一。今観中在レ里予縻二官寺一。屡乞レ退未レ許。有レ感次レ韻二首謝二観中一曰。

披レ図想レ聴二臥龍吟一。艸舎天寒雨雪深。一出聊酬二三顧重一。英雄割拠本無心。

新詩読了一長吟。旧隠南陽落葉深。尚記三冬風雪夜。蹲鴟撥出地爐心。

【注】「観中」とは観中中諦。

【本韻詩】『青嶂集』（観中中諦著）

九七　南陽艸廬図

隴畝夕陽梁甫吟。中原消息乱雲深。輟レ耕初起鬢如レ雪。不レ愧二刘郎鼎心一。

（梶谷宗忍氏訳注『観中録　青嶂集』、相国寺、昭四八）

④『空華集』巻第九

奉レ呈二准后大相公一

幾年林下望二雲霄一。今夕那期辱レ見レ招。東閣華筵披二宿霧一。西園琪樹戦二涼飈一。座間天近蓬莱闕。簷際秋高河漢橋。慙我疎才非二賦鼎一。謾聯二拙句一答二璚瑶一。

答二管《（菅）》翰林学士見レ和

翰林珠玉下二青霄一。喚二起吟魂一不レ待レ招。工部逸才詩似レ史。謫仙豪気筆凌レ飈。送迎毎見雲随レ馬。来往時愁水断レ橋。応三是交情無二貴賤一。武夫勿レ怪厠二琚瑶一。

【注】「准后大相公」とは二条良基、「菅翰林学士」とは東坊城秀長。

【参照】『日工集』康暦二年（一三八〇）八月十四日条

十四日、二條殿使下菅秀長送二一緘一来上、其詩叙曰、謹依二来韻一、奉二答建仁義堂和尚座右一、致二日外垂訪之謝一云、

老禅昂気自籠レ霄、甚喜来遊応二我招一、雅韻驚レ人歌二白雪一、霏談洗レ耳起二清飈一、関河曾隔幾千里、雲月今隣第五橋、何日得丁過二方丈室一、重聴丙新句戛乙琅瑤甲、（下略）

⑤『蕉堅藁』・「宝冠精舎次二韻大亨西堂見レ訪一」（九九）

⑥『蕉堅藁』・「次二允修小生歳旦韻一」（一二七）

⑦『絶海録』巻下・「和レ韻謝二天寧天倫禅師上竺一菴講師過訪一」（二七六）

【参照】『青嶂集』・「和二天倫和尚韻一」（二一二）

⑧『絶海録』巻下・「将レ往二近県一。次レ韻奉レ別二元章和尚一（三首）」（二八三）

⑨『空華集』巻第二・「素中上人所レ蔵銭舜挙自賛牡丹芙蓉梅竹同幅之画蓋天下絶品也。予欲二借一観一。上人戯レ予曰。子若和二吾詩一当三以レ画為レ報也。喜不二自勝一。連和二二章一。幸勿レ食レ言云レ爾（二首）」

【本韻詩】『空華集』巻第二・「観二諸友淵明采レ菊図詩巻一戯題二其尾一」

⑩『空華集』巻第三・「次レ韻悼二大喜和尚一三首」

⑪『空華集』巻第七・「器之蔵主畳二和三首一見レ寄。意在二以レ文挑一レ戦。予倒レ旌而退。復和二三首一以納レ款云（三首）」

【本韻詩】『空華集』巻第七・「和レ韻答二古庭訓蔵主一」、「次レ韻再酬二古庭一」、「次レ韻答二義田了蔵主一」等

【参照】『空華集』巻第七・「黄梅塔下値レ雪有レ懐寄二古庭一。兼簡二諸友一以促レ駕云」、「和二答璣叟璇蔵主一以述二昔

遊之情二」、「和二酬古庭見レ索二先師之語一」等

⑫『空華集』巻第八・「寄二答京城諸友一各次二来韻一〔六首〕」

⑬『空華集』巻第八・「次レ韻賀三石室住二建長一」

⑭『空華集』巻第九・「次レ韻戯謝二無外袖レ茶見レ訪」

⑮『空華集』巻第十・「次レ韻答二明室一并叙」

序文に「明室侍者家世天潢。年尚少性最敏。昨於二慈聖老人筵中一。和二余茶鼎詩唐律八句者一。食頃而成。時観者如レ堵。咸駭歎曰。未曾有也。余老且遅鈍。不レ勝二健羨一。重用二前韻一為レ詩張レ之而自嘲云」とある。

【本韻詩】『空華集』巻第十・「某蓄二小茶鼎一。寔今左丞相源君所レ賜。珍愛之佳器也。顧二余陋室一雖レ欲二私蔵一可レ得哉。遂送上二慈聖龍湫和尚一。少補二客筵茗具之闕一云」、「龍翁和二前偈一且以レ鼎見レ還復和再献」

①〜④は詩の全文、⑤〜⑮は詩題と序文のみを掲げた。詩の贈答や唱和は、複数の禅僧間（時に公家も含む）で行われるのが一般的なので、本韻詩が複数あったり、自身の作だったりする場合もある。まずは②、『蕉堅藁』からの引用である。この二首の詠出経緯は、『仏智広照浄印翊聖国師年譜』（以下、『仏智年譜』と略す）永和二年〔一三七六〕条で知ることができる。

永和二年丙辰。師四十一歳。大明洪武九年春正月。太祖高皇帝召二見英武楼一。問以二法要一。奏対称レ旨。又召至二板房一。指二日本図一。顧問二海邦遺跡熊野古祠一。勅賦レ詩。詩曰。熊野峯前云云。御製賜レ和曰。熊野｜。又賜以二僧伽梨・鉢多羅・茶褐裰・榔栗杖・并宝鈔若干一。詔許レ還レ国云云。（下略）　（『大正新修大蔵経』第八十巻）

これによると、絶海は永和二年（洪武九年）、四十一歳の時に、高皇帝（一三二八～九八）に金陵（南京）の英武楼に招かれ、法要を問われて、その答えは皇帝の気に入るものであった。また、皇帝に書籍の部屋に招かれて、日本の地図を指しながら熊野の古祠を尋ねられ、勅命によって熊野三山（熊野三社、本宮・新宮・那智）の詩（八十番詩）を賦すと、御製の和（八十番詩A）を賜った。また、皇帝からたくさんのご褒美（僧伽梨等）をいただき、日本に帰ることを許されたという。

再び②に戻る。「御製の和を賜ふ」とあるが、両詩とも一、二、四句目の韻字が「祠」「肥」「帰」なので、八十番詩Aは、八十番詩に次韻していると言えよう。韻字に注目しながら、少し内容面に目を向けてみる。「徐福」は始皇帝の命令で、童男童女を率いて海上に入り、不老長寿の仙薬を求めたのだが、その後、行方不明になり、熊野に到着したという伝説もある。[6] 両詩はこのことを踏まえている。まずは一句目。絶海が「熊野の峰前、徐福の祠」と詠じているのに対して、「祠」を韻字に用いなくてはならない高皇帝は「熊野の峰高し、血食の祠」と詠じ、ともに徐福の祠を詠じている。続いて二句目は、絶海は「満山の薬草」、高皇帝は「松根の琥珀」がそれぞれ「肥」えると詠じている。四句目の韻字は「帰」であるが、高皇帝は「不帰」と用いており、三句目から四句目にかけて、その昔、徐福は仙薬を求めたが、今に至るまで帰って来ない、と詠んでいる。対する絶海は、只今（天子の御威徳で）海上は波が穏やかで、万里の好風を受けて、徐福は（仙薬を持って）早く帰って来るでしょう（わたしも早く帰国したい）、と詠んでいる。一方は希求を詠み、一方は現実を詠んでおり、好対照である。なお、この絶海と高皇帝のエピソードは、広く流布していたらしく、度々他の禅僧の詩文集や抄物（『補庵京華前集』『翰林葫蘆集』『中華若木詩抄』等）に指摘されている。

①は、序文や詩後の自注によると、洪武六年（応安六年、一三七三）十二月二十日、真寂山において、これから江東地方（金陵）へ赴かんとする絶海が、清遠懐渭に留別詩を贈呈し、それに対して清遠、見心来復、易道夷簡がそれぞれ送別詩を唱和したことがわかる。絶海が「多生、此の逢を慶ぶ」（一）と、清遠に逢えた喜びを詠じているのに対して、清遠は「何れの時か再逢を定めん」（一A）と詠じ、再会を期している。見心も「樽桑、幾日か逢はん」（一B）と、日本での再会を望み、易道は「聖代、遭逢を喜ぶ」（一C）と、絶海に逢えたことを喜んでいる。③は義堂と観中中諦（一三四二～一四〇六）、④は義堂、二条良基（一三二〇～八八）、東坊城秀長の詩の応酬であるが、いずれも内容面では、本韻詩と和韻詩がよく呼応していると思われる。③に関しては、徐庶が諸葛亮を臥竜と評したこと、劉備が三度、諸葛亮の草廬を訪れ、出廬を請うたことなど、使用されている故事まで呼応している（『三国志』諸葛亮伝、『蒙求』「孔明臥龍」・「諸葛顧廬」参照）。

さて、これまでと少し視点を変えて、『日工集』を見ることによって、禅僧の日常生活における和韻詩の在り方を確認してみたい。永徳二年（一三八二）正月十一日～廿日条を挙げる。

十一日、晴、赴二東光古剣之招一、時会者玉堂・将〔匠〕作・土岐宮内少輔・山名民部、古剣出二新年試筆七言八句詩一、和者十九人、将作問二金剛経四句偈等事一、余略答レ之、又問曰、俗人可レ得レ悟否、余曰、悟無二真俗一、安有二不レ悟之理一哉、又曰、或云〔日イ〕不レ悟如何、余曰、悟不悟、是什麼椀、只貴二自黙契一耳、因挙二荘子輪扁一云々、
十二日、陰、和二胡字八句一、寄二東光古剣一、
十三日、雨、元章和二余湯字・華字各二首一見レ呈、
十四日、雨歇而陰、午後晴、連二和胡字三首一、戯答二古剣一、

十五日、古剣復和二胡字三首一、余又和二三首一、是夜以レ無レ油故、戯及二東壁隣光一云々、

十六日、晴、不遷・元章来賀、余与二僧録・太清一参二下府一、々君出接、略賀而退、人事、銀剣一腰・杉紙十刀、伴二僧録一抵二通玄寺一賀歳、尼長老母子三人々事、一襲十刀、余独先帰、与二不遷・元章一相看、不遷出乙和下余賀二首座一君字上八句詩甲、余出二胡字唱和之什一、元章・不遷写取而去、就二于管領宅一賀歳、人事、青磁爐瓶・一襲十刀、時令弟将作在焉、次過二赤松宅一、他之不レ面、

十七日、晴、大御所、次大方殿、次無等局賀歳、次建仁方丈・諸塔菴巡賀、南禅蘭洲及古剣至、不レ値、古剣復和二胡字一、留而去、余亦和者三首、

十八日、晴、府儀、請二南禅長老蘭洲及僧九人一、例也、余先与二蘭洲一人事、十刀一襲、時古剣復至、戯話商二権胡字和章一、古剣又出二昌普省レ母八句者一、予和レ之、予与二古剣一以レ詩戦、且云、足レ成二十偈一而止可也、古剣挙二旧作一曰、塔前班〔斑〕竹今朝泪、壁上苺苔旧日詩、龍湫所二歎伏一也、

十九日、晴、作レ詩寄三謝雲門太清和尚送二古尊宿録一、小師宗儔侍者持来、故有二香林抄底独雲門之句一、

廿日、晴、太清和二門字一者二首、為二南子一也、古剣至、以二胡字諸作一、与レ余講明、余改二数十字一、万里小路・侍従中納言殿賀歳、話及二旧年雪詩唱和一、人事、十刀一襲、右京大夫殿・月心和尚来礼、

【注】「古剣」（十一日条）とは古剣妙快、「玉堂」（同上）とは斯波義将、「将（匠）作」（同上）とは斯波義種、「土岐宮内少輔」（同上）とは土岐詮直、「山名民部」（同上）とは山名氏清、「元章」（十三日条）とは元章周郁、「不遷」（十六日条）とは不遷法序、「僧録」（同上）とは春屋妙葩、「太清」（同上）とは太清宗渭、「府君」（同上）とは足利義満、「尼長老」（同上）とは智泉聖通、「首座」（同上）とは鏡湖以宗、「管領」（同上）とは斯波義将、「赤松」（同上）とは赤松義則、「大御所」（十七日条）とは渋川幸子、「大方殿」（同上）とは紀良子、「蘭洲」（同上）とは蘭洲良芳、「昌普」（十八日条）とは天心昌普、「龍湫」（同上）とは龍湫周沢、「宗儔侍者」（十九日条）とは友岩宗儔、「香林」

（同上）とは香林澄遠、「雲門」（同上）とは雲門文偃、「南子」（廿日条）とは浦雲周南、「万里小路」（同上）とは万里小路嗣房、「侍従中納言殿」（同上）とは三条西公時、「右京大夫殿」（同上）とは細川頼元、「月心和尚」（同上）とは月心慶円。

十一日条。義堂は古剣妙快に招かれて、斯波義将（玉堂、一三五〇～一四一〇）や義種（将作）等と東光寺を訪れた。古剣は新年の試筆七言八句詩を作り、その詩に唱和する者が十九人いた。翌十二日、義堂は胡字八句に和韻して、古剣に寄せた。十四日にも胡字三首に連和し、戯れに古剣に答えている。翌十五日には、古剣がまた胡字に三首和すると、義堂もまた三首和した。この夜は油が無かったので、「東光寺」に因んで、戯れに「東壁の隣光」という語句を詩に詠み込んだという。十六日、不遷法序と元章周郁が義堂の許を訪れ、一連の古剣との胡字の唱和詩を写し取って去って行った。十七日にも、古剣が胡字に和してその詩を残して去った後、義堂もまた三首和している。そして十八日、古剣がまた義堂の許を訪れ、戯れに胡字の唱和のことを話題に出したので、義堂は、古剣と詩を以って戦っている現状を省察し、「十偈を成すを足れりとして止むれば可なり」と言って、一連の詩の応酬（詩戦）に終止符を打ったのである。なお、二日後の二十日、義堂と古剣は、胡字の諸作について説き明かし、義堂は数十字を改めている。義堂の詩は、『空華集』巻第十に収録されている。古剣の詩に関しては、彼の詩文集である『了幻集』にも見当たらない。

古剣新年試筆偈和二第二十韻一十首 有レ叙

余少時耽レ詩。嘗在二関左一用二城雷峯三韻一為二八句詩一和二答友人一者殆乎百篇。好事者雅為二詩戦一。逮二年稍長一鋭気銷磨。乃痛悔二前非一慎防二口業一不三復従二於戦事一矣。会庚申春来二輦下一後三年。壬戌歳首一夕。忽被下東光古剣老禅将以二胡字韻一為二突騎一。襲中我不備上。其鋒不レ可レ当。而避レ之無レ計。窘不レ奈。掲レ竿為

レ旗。剡レ蒿為レ矢。三戦三北而乃降矣。遂収二其遺矢堕鏃一。束為二一包一奉レ納。呵呵

甲子推窮到二大初一。笑他水牯老二於吾一。相蓬(逢)且問年多少。特地休レ論法有無。画餅充レ饑円レ似レ月。燃燈授記験

同レ符。伽陀写出虚空紙。字字看来説不レ胡。

（三　首　省　略）

上元座向二暝鐘初一。東壁隣光喜レ及レ吾。祖室千鐙従レ此続。油餅一滴弗レ憂レ無。詞章麗レ似二宜春帖一。号令厳

レ於二玉帳符一。莫下放二神鋒一軽出上レ匣。邇来識レ剣少二風胡一。

（以　下　五　首　省　略）

【注】「古剣」とは古剣妙快。

ここで注意したいのは、『日工集』永徳二年正月十八日条にも見られたが、義堂が、古剣との詩の応酬を「詩戦」と表現（認識）していたことである[7]（⑪の詩題には、「意は文を以って戦ひを挑むに在り」と記されている）。序文の「たまたま庚申の春、輦下に来たりて後三年」以下の文章は、例えば古剣を「老禅将」に喩えていたりして、非常にユニークである[8]。義堂が詩の唱和を、より文学的、遊戯的に捉えていたことが端的に表われていよう。

先に挙げた『日工集』の引用において、義堂と古剣の詩の応酬以外にも、「和韻」に関する記事は散見した。こうして見ると、詩の贈答や唱和は、禅林社会において日常的に行われており、「和韻」という行為は、社交の一手段として半ば習慣的に、時として遊戯的に行われていたことが知られる（和韻詩の詩題にもよく「戯」字が見られる。⑨・⑭参照）。それ故、例えば、唱和の場などでうまく立ち振舞えるように、常日頃から義堂の許に和韻詩の添削を求めてやって来る禅僧や公家が跡を絶たなかったのであろう（『日工集』貞治六年追抄七月九日条、応安三年八月七日条、永徳元年十一月十三日条等参照）。

（Ⅱ）詩作の契機になる場合――（a）本韻詩が中国の詩人のもの

①『空華集』巻第六

二月二十四夜大雨。次早余病少間。偶閲三唐高僧無可贈二詩僧一。有下曰二病多身又老。枕倦夜兼長一之句上。遂感二于心一和二其全篇一付二侍僧曰レ某者一誦レ之。曰

雨声喧二竹屋一。風響撼二松堂一。幾夜吟欹レ枕。三春病臥レ牀。停レ鉏二階草蔓一。懶レ鑷二頷髭長一。今古亡羊者。豈惟穀与レ臧。

【本韻詩】『全唐詩』巻八百十三・無可一

贈二詩僧一

寒山対二水塘一〈一作レ廊〉。竹葉影侵レ堂。洗レ薬氷生レ岸。開レ門月満レ牀。病多身又老。枕倦夜兼長。来謁二吾曹者一。呈レ詩問二否臧一。

（明倫出版社印行。〈　〉内は割注を示す）

②『空華集』巻第六

和二皎然詩一送下中竺道者赴二叡山一受戒上　并序

不三肯資二章甫一。勝衣被二木蘭一。今随二秣陵信一。欲レ及二蔡州壇一。埜寺鐘声遠。春山戒足寒。帰来次第学。応レ見二後心難一。此乃唐高僧霅之昼公。送下志公沙弥赴二上元一受戒上詩也。永和丙辰二月。小師中竺季（季）十三。以二道者一。自二福山一。将下赴二比叡山一。登壇受戒上也。特来告レ辞。且需二餞詩一。則告レ之曰。夫登壇受戒。寔仏祖之権輿。禅智之基本也。而邇季贋浮図之輩。冒レ名竊レ服。辱二戒壇一者皆是也。汝其慎也哉。遂書二昼公

詩於前一。歩二其韻於後一。示為二受戒之資一云。

剪レ髪為二童子一。安レ名配二法蘭一。試経須レ得レ度。稟戒要レ登レ壇。岳雪粘レ鞋湿。江風掠レ面寒。青春看易レ暮。海路莫レ愁レ難。

【注】「昼公」とは皎然（俗姓は謝、字は清昼）。

③『蕉堅藁』・「山居十五首次二禅月韻一（十五首）」（三四）

【本韻詩】『禅月集』巻第二十三・「山居詩　并序（二十四首）」

④『空華集』巻第一・「自書二夢山説後一」

序文に「余既為二噩上人一作二夢山説一。後数月一日閉レ戸午睡。睡中有レ若下人引レ余径帰二半雲旧隠一。盤中桓乎烟霏空翠間上。忽聴二剥啄一。覚而眂レ之。乃夢山上人也。手二茲巻一求レ書レ後。拭二睡目一和二蘇詩一。以塡レ之曰。」とある。

【本韻詩】『蘇軾詩集』巻二十三・「初入二廬山一三首」

⑤『空華集』巻第九・「謝三永相山恵二扇面蘇李泣別図一次二元朝楊氏賛韻一」

①・②は詩の全文、③～⑤は詩題と序文のみを掲げた。①の『空華集』巻第六からの引用に注目する。序文によると、ある年の二月二十四日夜、外は大雨が降っていた。翌朝、義堂は少しく病気が癒えた。偶々唐の高僧である

無可の「詩僧に贈る」詩を目にして、「病多くして、身も又老ゆ。枕に倦みて、夜兼ねて長し」の句に感じ入り、その詩全編（①**【本韻詩】**参照）に和して、侍僧に誦せしめたという。義堂の詩には、「幾夜吟じて、枕を欹《そばだ》つ。三春病んで、牀に臥す」という句が見受けられる。

芳賀幸四郎氏『中世禅林の学問および文学に関する研究』（日本学術振興会、昭三一）などを見ても、当時の禅僧が多くの漢籍に精通していたことが知られる。彼らはある作品と対峙して、その作品内容に共感し、興に乗じた時、詩を詠出していたと思われる。『翰林五鳳集』巻第五十八～六十一の支那人名部には、「～ヲ読ム」という詩が散見される。

・「読㆓伯夷伝㆒」（巻第五十八、江西・三益）
・「読㆓宋玉風賦㆒」（同右、琴叔・梅陽）
・「読㆓逍遙遊篇㆒」（同右、琴叔）
・「読㆓金銅仙人辞漢歌㆒」（巻第五十九、心田・琴叔）
・「読㆓孔明出師表㆒」（同右、春沢・熙春）
・「読㆓蘭亭記㆒」（同右、蘭坡）
・「読㆓淵明帰去来辞㆒」（同右、瑞渓・月舟・村庵）
・「読㆓李白清平調詞㆒」（巻第六十、瑞岩・万里・月舟・仁如・天隠・蘭坡）
・「読㆓杜甫洗馬行㆒」（同右、春沢）
・「読㆓杜牧集㆒」（同右、絶海）
・「読㆓東坡試院煎㆑茶詩㆒」（巻第六十一、瑞岩・春沢）
・「読㆓和靖詩㆒」（同右、南江）

したがって、このような状況で和韻詩を作成した場合、その詠作内容は、おのずから本韻詩と同趣のものになってしまう。それは②に関しても同様で、義堂は永和二年〔一三七六〕二月、唐の高僧である皎然の「至洪沙弥の上元に赴きて受戒するを送る」詩（②**【本韻詩】**参照）に和して、中竺道者が比叡山に赴いて受戒するのを送っている。

（b）本韻詩が先輩僧のもの

①『空華集』巻第五

同㆓諸友㆒和㆓禅居詩㆒題㆓三嶋廟亭壁㆒　并叙

信毎歎㆓生晩不㆑及㆑識㆓禅居師㆒。故游㆓名山勝槩㆒。得㆑見㆓其遺題㆒。則雖㆓片言隻字㆒。皆収而宝㆑之。丁未秋九月。予及福鹿両山諸友。志㆓諸古㆒者若干人。偕登㆓斯亭㆒。拝㆓観禅師泊諸老倡和之什㆒。想㆓見前朝人物之盛㆒。乃属㆓同遊者㆒賡歌。以告㆓後来君子㆒。庶乎継㆓述厥美㆒云

禅居妙偈筆通㆑霊。満壁龍飛霧雨腥。後四十年滄海変。山神猶護㆓旧氈青㆒。

禅居和尚題㆓三島廟壁㆒偈附

瀬戸行宮古最霊。魚龍舞㆑浪海風腥。浙江亭上多㆓疑似㆒。隔㆑岸越山相対青。

【注】「禅居」とは清拙正澄。

②『空華集』巻第九

題㆓温泉広済接待菴㆒　并叙

応安甲寅春。余以㆓湯医㆒与㆓九峰禅師㆒会㆓于斯菴㆒。一日九峰出㆓故梅洲老人旧題及自和者㆒。命㆓余泊同遊者㆒

和レ之。後四年戊午春。九峰主二於正続一。余尸二黄梅一。隣牆往反話及二温泉旧遊一。遂探二諸故紙中一得二其旧藁一。仮二筆遵用中一書レ版而刊レ之。九峰眎レ之曰。剣已去矣。子尚刻レ舟何也。余笑而不レ答。遂書為レ叙。

中宵夢破響浪浪。応三是巌根涌二熱湯一。筧筧伝レ泉煙遶レ屋。家家具レ浴客賖レ房。海涯地暖冬無レ雪。山路天寒午踏レ霜。遠嶼朦朧雲霧黒。江潮送レ月落二微茫一。　梅州

山開二三面一一滄浪。上有二霊神一惟走レ湯。潮怒雷声高二暁枕一。沙堆雪色護二雲房一。青松一樹何年墓。紅葉千林昨夜霜。勝槩無二詩収拾尽一。多情遠客転蒼茫。　九峰

温泉乱浴汗淋浪。接得知消二幾杓湯一。宿客毎分鰲店榻。詩人偏愛賛公房。陶二成什器一軽レ於レ土。煮二出官塩一白レ似レ霜。暫借二僧窻一同二遠眺一。東南目断水茫茫。

【注】「九峰禅師」とは九峰信虔、「梅州老人」とは中巌円月、「遵用中」とは用中昌遵。中巌の詩は、『東海一漚集』一に「熱海」と題して収録されている。

③『蕉堅藁』・「次二韻壺隠亭一」（六三）

【参照】『空華集』巻第八・「留二題能叟居士壺隠亭一二首」

④『絶海録』巻下・「永徳壬戌春清白寺賞レ花。謹奉レ追二和先国師韻一」（一九三）

⑤『絶海録』巻下・「次二韻篩月軒一」（一九四）

【参照】『空華集』巻第四・「追和二篩月軒旧韻一。賀二臨川古剣一」、『了幻集』（古剣妙快著）・「建武甲戌歳　吾先
國師憩二乎臨川一之日。栽二竹於東軒一。軒扁二篩月一。説レ偈賞レ焉。従而和者。凡三十有四人。皆江湖英衲。卓犖
瑰偉之士也。後四十年。庚申夏。予来在レ此。数下其人之在二于今一者上。不レ過二三四輩一爾。掩レ巻浩嘆不レ已。
而此君固自若也。追和二厥韻一。聊寄二仰慕之意一。且記二歳月一云。」

①・②は詩の全文、③〜⑤は詩題のみを掲げた。①の『空華集』巻第五からの引用に注目する。「禅居師」とは中国渡来僧の清拙正澄（一二七四〜一三三九）のことである。序文によると、義堂は遅く生まれたため、清拙と面識がなく、そのことを常々嘆いていた。それ故に名山や勝景を訪れ、清拙の遺題を発見すると、それがたとえ片言隻字であっても、すべて手に入れて宝物にしていたという。貞治六年（一三六七）秋、義堂は、建長寺や円覚寺の諸友等とともに三島廟（三島大社、静岡県三島市大宮町）の四阿に登り、清拙や諸老の唱和詩を拝観して、前代の人々の盛んな様子を想像した。そして、同遊の者たちとその詩に唱和し、後世の人々に、眼前の美しさを語り継ごうとした。『五山文学新集』別巻一には「詩軸集成」があり、『三嶋廟亭詩』（東福寺霊雲院蔵の『亀鑑集』という古写本の雑録の中に在る）も収められている。これによると、清拙が同廟に遊んだのは元徳元年（一三二九）春、義堂がこの詩軸を作成したのは応安二年（一三六九）秋七月朔のことである。こうして見ると、禅僧が名勝地や寺院の境致、塔頭、寮舎などを訪れた際、風景の素晴らしさや古跡（旧跡）の奥床しさ、以前に同地を訪れ、詩を吟詠した先輩僧に対する尊敬の念などが相俟って、彼らをして和韻せしめていたと言えるだろうか。義堂の詩には、「禅居の妙偈、筆、霊に通ず」という句も見受けられる。

②は、義堂が応安七年（一三七四）二月十八日に、湯治先の熱海広済庵で中巌円月（一三〇〇〜七五）の旧題に和したものである（『日工集』）。ここでは、同じく中巌の詩に和した九峰信虔のものと同様、主として眼前の風景が

詠じられているようである。

なお、つぎのような用例もある。『空華集』巻第七に「次二韻春屋首座一四十首」という詩があり、その序文には、

辛卯春。吾兄春屋首座有二病中作一。同病諸公遞相賡和。或五首。或十首。乃至二三十首。愈出愈奇。一時之盛作也。周信亦効二其顰一。凡四十首。此内或贈答。或時事。或題詠。或紀行。余時有二温泉之行一。遂及レ之云。

と記されている。これによると、春屋妙葩（一三一一～八八）には、観応二年（一三五一）春に病中の作（虫字韻）があり、同じ病気に罹った諸公と、或いは五首、或いは十首、乃至二、三十首、互いに相賡和したという。義堂もそれにならって、機会を別にして四十首も次韻したのだが、[9]その詠作内容は、贈答、時事、題詠等と多岐に渡っており、病中の作から離れていることも注目されよう。

（C）本韻詩が自身の旧作

①『空華集』巻第四

人日過二亀山一訪二無求首座一不レ値。追和二旧韻一留二題屋壁一

人日尋レ人不レ在レ山。童児一笑指二他山一。梅花処処開応レ遍。不二是雲間一即水間。

【注】「無求首座」とは無求周伸。

【本韻詩】『空華集』巻第四

仏成道日送三無求首座帰二西山一

瞿曇曾出雪中山。首座今帰雪外山。等是応レ難レ忘二熟処一。睦州房在二万松間一。

②『空華集』巻第二・「十八日府命屡至再帰二瑞泉一自和二旧偈一」

【本韻詩】『空華集』巻第二・「已酉二月十三日因レ事謝二事瑞泉一有レ偈留二別道人一」

③『空華集』巻第八・「癸卯分歳自和二前韻一」

【本韻詩】『空華集』巻第八・「謝二東谷西堂恵レ柑一」

【参照】『空華集』巻第八・「甲辰歳旦試レ筆併二前和一答二向陽谷一」、「用二柑字韻一詠レ雪」、「人日偶読二杜詩一有レ感
　復用二前韻一呈二陽谷一」

①は詩の全文、②・③は詩題のみを掲げた。①は『空華集』巻第四からの引用である。この詩の、より詳しい詠出経緯は、『日工集』で知ることができる。

七日、赴二西山一、三会・雲居上香展拝、両院主・臨川・天龍方丈人事、次過二無求房一、々主它之、因用二旧韻山字一作レ詩、留二付恵珙童子一、即絶海度弟也、候二無求帰一呈似、詩曰、人日尋レ人不レ在レ山、童子［児］一笑指二他山一、梅花処々開応レ遍。不二是雲間一即水間、楷中和二山字一曰、北斗維南有二此山一、峥嵘秀気圧二群山一、陽崖多産玉芝草、雨露恩従二霄漢間一、（下略）　（永徳三年正月七日条）

【注】「無求」とは無求周伸、「恵珙童子」とは元璞恵珙、「楷中」とは楷中□模。

永徳三年（一三八三）正月七日、義堂は、西山の臨川寺や天龍寺を挨拶回りしたついでに、無求周伸（一三三二

～一四一三）を訪ねたが、あいにく不在だった。よって、旧韻の山字――『日工集』によると、前年の十二月八日（仏成道日）に無求が西山に帰るのを送って作った自身の偈（①【本韻詩】参照）の韻を用いて、この詩を作り、絶海の徒弟である元璞恵珙に預けておいたという。両詩の内容面での関わりは、それ程ないように思われる。

○補　足

本節を終えるに当たって、論の進行とは別に、気付いたことを四点、以下に述べておきたい。

第一点は、禅僧が韻に和（次）す時の意識について。（Ⅰ）③で義堂は、観中の詩一首に次韻して、二首詩を作っている。また、（Ⅱ）（a）③で絶海は、禅月大師（徳隠貫休、八三二～九一二）の山居二十四首のうちの十五首に次韻している。この他、『空華集』には「次レ韻答二厳密室剣南江一七首」詩（巻第三）や、「和三立季成再住二信陽安国一四首」詩（巻第五）があり、前者は、結句の韻字が「盃」字四首と「風」字三首、後者は、結句の韻字が「来」字三首と「幽」字一首から成っている。それぞれ本韻詩は未詳であるが、前者は盃字韻一首と風字韻一首の計二首、後者は来字韻一首と幽字韻一首の計二首と推測される。以上のことから、彼らは、かなりアトランダムに韻字を選んで、詩を詠作していたのではないか、と思う。

第二点は、幼童や少年僧との詩の唱和に関して。『蕉堅藁』には、（Ⅰ）⑥に挙げた「允修小生の歳旦の韻に次す」詩（一二七）の他にも、「人日、剣童の韻に和す」詩（一二二）や「霑童の韻に和す」詩（一二三）があり、幼童や少年僧との唱和詩を確認することができる。『空華集』には見当たらない（『日工集』には、義堂が少年僧の作品（試筆詩）を添削したり、少年僧に詩作を促す記事が見受けられる。永徳二年正月一日条、同五日条、嘉慶二年正月二日条等参照）。

室町時代の後期になると、禅林社会では、試筆詩やその代作詩、唱和詩が盛んに作られるようになった（横川景三（一四二九〜九三）や景徐周麟（一四四〇〜一五一八）の作品集には、試筆代作詩や唱和詩がよく見られる）。元来、試筆詩は誰でも製することができたのだが（（Ⅰ）で引用した『日工集』永徳二年正月十一日条では、古剣が製した試筆詩に対して、そこに居合わせた者が唱和詩で応えている）、この頃になると、主として幼童や少年僧によって製せられるようになった。幼童や少年僧が独力で作詩することが不可能な場合は、師僧が代わって作ったという[10]。これらのことを勘案して、稿者は『蕉堅藁』に試筆唱和詩、言い換えれば艶詩の濫觴（萌芽）を認めたいと考えている。

第三点は「前韻ニ和ス」という表現について。この場合の「前韻」とは、作品集において、当該詩の直前に位置する詩の韻を意味するのではない。例えば、（Ⅰ）⑮に挙げた『空華集』巻第十所収の「次レ韻答二明室一并叙」詩の序文には、「重ねて前韻を用ひて」とある。この詩の八句目の韻字は、「鐺」であるが、鐺字韻は、当該詩よりも三、四首前に、二首並んでいる。（Ⅰ）⑮**【本韻詩】**参照。要するに、「前韻」とは、唱和の場において、当該詩を詠出する以前に自身（もしくは他者）が詠んだ詩の韻を意味するのであろう。

第四点は「〜字韻ニ和ス」という表現に関して。（Ⅰ）で引用した『日工集』永徳二年正月十一日〜廿日条には、「胡字八句に和す」とか「胡字三首に連和す」とあり、「胡字」とは七言律詩の八句目の韻字を指している。また、（Ⅱ）（c）で引用した『日工集』永徳三年正月七日条には、「因りて旧韻山字を用ひて詩を作り」とあり、「旧韻山字」とは七言絶句の一句目もしくは二句目の韻字を指している。『空華集』全体に目を配ると、「和二頻字韻一与二諦叔真一」詩（巻第八）、「重二和昏字韻一酬二海東暉一」詩（同上）、「和二朋字韻一答二介然上人村居一云二首」詩（同上）では、「頻」「昏」「朋」字はすべて、八句目の韻字に用いられている。また、「春日和二素中秋字一」詩（巻第二）で「秋」字は二句目、「復用二橋字韻一寄二陽谷義山二上人一」詩（巻第八）で「橋」字は四句目、「用二柑字韻一詠レ雪」詩（同上）で「柑」字は一句目にそれぞれ用いられている。以上のことから、一般的に「A字韻ニ和ス」と言えば、絶句ならば四句目（結句）、律詩ならば八句目の韻字が「A」字である詩に和（次）したように考えがちであるが、現実には必ずしもそうではないように思われる。

おわりに

以上、絶海と義堂の和韻詩の詠作状況を、大まかに分類した。詩によっては曖昧なものも存するが、数量的には「(Ⅰ)贈答・唱和にともなう場合」が圧倒的に多く、ここに、五山禅僧の、いわゆる「同社」「友社」の繋がりと、その中で詩作に興じる彼らの有様とを見ることができよう。彼らは、中国において「和韻」が否定される向きがあることを知っていながらも、やはり沸き立つ衝動を自制し難かったのだろう。義堂の詩の半数が和韻詩だったのは、彼が当時、禅林社会の中枢的な役割を担っていたことも理由の一つとして挙げられると思う。夢窓疎石（一二七五〜一三五一）や春屋に和韻詩が多いことも、同様の理由で説明できるだろう（意外と思われるのが、あの一休宗純（一三九四〜一四八一）に和韻詩が極端に少ないことである。この事実は、これまでの一休像を見直す契機になるかも知れない。伊藤敏子氏編「考異狂雲集」に一例のみ）。作品解釈が大雑把であるため、五山禅僧の禅心や悟境の交流までは捉え切れていないが、和韻詩の作成に、彼らの、文学活動へ傾斜する一面を、稿者は読み取りたいと思っている。

今回は、絶海と義堂の作品類を中心に、五山文学における和韻詩の有様を概観したが、残された問題は、大小様々である。例えば、大きいものでは、座の文学、特に聯句文芸との関連は、いずれ明らかにしなくてはならないだろう(11)。また、和韻詩が詩軸に纏められて行く過程などにも興味がある。吉川幸次郎氏は、福原麟太郎氏との共著『二都詩問』（新潮社、昭四六）の中で、中国詩の「一韻到底」という原則に関して「この外国人からは面倒そうに見える詩法を、本国の人には、所要の行き先と合致するバスを、町角で待っているほどの面倒としか感じさせないのではないか」（東への手紙・一二三頁）と指摘されているが、やはり外国人である五山文学僧が詩を作成する際、最も苦しんだのが「韻」の問題であろう。そのことが「和韻」のどのあたりに影響しているか――。これも今後、探ってみたいと思っている。

注

（1）引用は辻善之助氏『空華日用工夫略集』（太洋社、昭一四）による。また、返り点は蔭木英雄氏『訓注空華日用工夫略集』（思文閣出版、昭五七）を参考にして、私に施した。

（2）『五山文学全集』や『五山文学新集』を繙くと、以下のような用例が見られる。

○『空華集』巻第十二・「敬序下仏光師祖留二題清見関一唱和板首上」

応安戊申。無二一公。適主二茲山一。有二祖風烈一。得二名徳和章真染者若干篇一。将下附二本韻一而板中刻之上。遂続二乃韻一。自題二板尾一。且空二其右一。以俟二後之随レ得而塡一焉。

（『五山文学全集』第二巻）

＊　　　＊

○『東海瓊華集』（惟肖得巌著）

梅屋以レ詩留別、歩レ韻奉レ寄、〈本韻詩云、堂上慈親髪已霜、春未レ帰覲二揖鴛行一、茆簷竹屋田園日、却可二長安是故郷一〉

顔筋柳骨挟二風霜一、十襲華牋字数行、藁底新吟添二幾□一、江山信美況吾郷、

（以下二首省略）

（『五山文学新集』第二巻。〈　〉内は割注を示す）

（3）引用は五山版、詩の総数や作品番号は蔭木氏『蕉堅藁全注』（清文堂、平一〇）による。また、返り点は、江戸の版本（寛文十年版か刊年不明版）等を参考にして、私に施した。

（4）引用は『大正新修大蔵経』第八十巻「続諸宗部」、詩の総数や作品番号は梶谷宗忍訳注氏『絶海語録』二（思文閣出版、昭五一）による。また、返り点は梶谷氏・前掲書等を参考にして、私に施した。

（5）引用や詩の総数は『五山文学全集』第二巻による。また、返り点も同書等を参考にして、私に施した。

（6）原田稔氏「徐福の熊野来住とその日本古代文化に及ぼした影響」（『追手門学院大学文学部紀要』第三号、昭四四）

参照。

（7）「詩戦」という語は、『日本国語大辞典　第二版』に「漢詩を応酬すること」と説明されている。『日工集』には他に二例ある（康安元年条、貞治元年夏条）。なお、『空華集』には、漢詩の応酬を「闘鶏」に喩えている箇所があるので、参考までに一部、引用する。

及二已酉夏一。余帰二石屏一。古庭之徴又至。且急。余驚乃索二行李之中一。出而視レ之。裱褙烟二熏之一矣。払而披二閲之一。詩凡百首。古庭倡二其首一。天鑑和二厥後一。次焉者十七人。酬答往復。妙尽二鶏字一矣。而皆雌二伏於古庭之雄一。有レ似二乎闘鶏之戯一。余嘗游二于洛之滸一。方二三月上巳。天気乍快一。有下都人好二闘鶏一者上。会二于城東爽塏之地一。而角二厥技一。余方年少。迫而観レ之。一人籠二赤鶏一者。擅レ場而出。是赤鶏也。尾禿翎疎。痩如二柴栫一。殆若下不二自立一者上。於レ是会者皆易レ之。各出二其養者一。而踢レ之而啄レ之而刺レ之。而赤者柴立弗レ動。而後群者皆自失而退矣。余私問二其故一。乃曰是鶏也無二他伎一。惟知二其雄一而守二其雌一。所以克制レ敵耳。今之倡和也類焉。古庭之才固雄矣。而雌二其唱一以挑レ之。而天鑑及十七人者。亦皆雄者也。固欲二闘死決レ勝。或淬二乃鋒一。或礪二乃戈一。掎レ之角レ之。而古庭不レ血二寸刃一。承使三皆帰二於吾麾下一矣。是亦無レ他。惟強之知而弱之守。所以克先鳴耳。若下夫馳二強辯一争二雄気一。闘二筆鋒之捷一。貪中詞場之功上。惟勝是務焉。則其先鳴也未レ可レ知矣。（下略）

（巻第十二・「序二闘鶏詩巻一」）

【注】「古庭」とは古庭子訓、「天鑑」とは天鑑存円。

（8）本文中に「忽ち東光の古剣老禅将、胡字韻を以って突騎と為して、我が不備を襲はる。其の鋒当たるべからずして、而も之を避くるに計無し」とあるが、これは「劉白唱和集解」（巻六十・2930）の「彭城の劉夢得は詩の豪なる者なり。其の鋒森然として、敢へて当たる者少なし」という箇所を明らかに踏まえているだろう。三木雅博氏「平安朝における「劉白唱和集解」の享受をめぐって」（『白居易研究年報』第二号、平一三・五）等参照。白居易は五山文学僧にあまり受容されておらず、その理由はいまだに明確になっていないが、この『空華集』の記事を踏まえてもう一度、考えてみたい。

（9）蔭木氏は『義堂周信』（日本漢詩人選集3、研文出版、平一一）において、同詩を「制作年代の最も早いものと見られるものは、『空華集』巻七の虫韻の七言律詩四〇首である」（一一頁）として、観応二年〔一三五一〕春、義堂が湯治のため、有馬温泉に向かった時の作とお考えのようだが、稿者もこの意見に賛成である。と、いうのも、『日工集』永徳元年三月三日条で、有馬温泉に赴いた義堂が、「詩を作りて旧を懐ふ。叙に云く、余、辛卯の歳（観応二年）、上巳を以て茲の山に遊ぶ。転眄の間、已に三十一年なり。云々」と往事を偲んでいるからである。また、次韻詩四十首中に「二月十六日、まさに温泉に赴かんとす。乱に因りて未だ遂げず。偶々此の作有り」詩（十七首目）や「乱後に興を遣る二首」詩（二十六、二十七首目）があるが、「乱」とは、具体的に言うと、氏もご指摘の如く、観応の擾乱（一三五〇～五二）のことを指すだろう。この年の二月二十六日、高師直は武庫川付近で、上杉能憲によって斬殺された（『園太暦』等）。後詩に「乱後に」とあるのは、このことを踏まえてのことと思われる。四十首中には「上巳前の一日、武庫渓に宿して、亀山の諸友に寄す」詩（二十八首目）や、「武庫山に過ぐ」詩（二十九首目）も見られる。この他、「地動に因りて友人に答ふ」（二十五首目）という詩があるが、『皇年代略記』の「崇光院」項には、この年の二月十九日に京都に大地震があり、将軍塚が鳴動したことが記されている。

ただし、稿者は、本論中の「機会を別にして」という箇所を強調しておきたい。すなわち、その和韻状況は「(I)贈答・唱和にともなう場合」ではなく、本韻詩と詠作時期がずれる可能性がある、ということである。春屋詩と義堂詩の詠作時期は（偶々）近接していたものの、例えば、慈氏門派の竺関瑞要（義堂――大基中建――竺関）などは、義堂の寂後に、機会を別にして義堂詩に和韻している。玉村竹二氏『五山禅僧伝記集成』（講談社、昭五八）の「竺関瑞要」項には、以下のように記されている。

（竺関は）南禅寺慈氏院の徒で、文明六年（一四七四）には、義堂が嘗て観応二年（一三五一）春、病臥中の法兄春屋妙葩の作の韻を和すること四十首（虫字の韻の七言律詩）があるのに、またその韻を和し、同時代の文筆僧・月建令諸・季弘大叔・太極・横川景三等をして、またその竺関の韻の追和の詩を製せしめ、太極は五十首の和韻を製したという。それを軸装して、竺関は大切に襲蔵していたという。（二五八頁）

和韻詩の詠作時期を特定する際にも、注意を要する場合がある。

(10) 朝倉尚氏「禅林における試筆詩・試筆唱和詩について」（『国文学攷』第六十五号、昭四九・一一。後に『禅林の文学―詩会とその周辺』〈清文堂、平一六〉所収）参照。

(11) 朝倉尚氏には「禅林聯句略史――義堂周信とその前後――」(『中世文学研究』第二十二号、平八・八。後に『抄物の世界と禅林の文学―中華若木詩抄・湯山聯句鈔の基礎的研究―』〈清文堂、平八〉所収) というご論考がある。

【付記】

成稿後に内山精也氏に、蘇軾の次韻詩に関するご論考があるのを知った。「蘇軾次韻詩考」(『中国詩文論叢』第七集、昭六三・六)、「蘇軾次韻詩考序説――文学史上の意義を中心に――」(『早稲田大学大学院文学研究科紀要』別冊・第一五集〔文学・芸術学編〕、平元・一)。氏によると、蘇軾は、現在伝わる詩の、約三分の一が次韻詩である (本韻詩が確認できるものに限る)。そして、それらを原篇 (本韻詩、朝倉注) の提供者 (作詩者) で分類すると、「A 同時代の他者から寄せられた原篇に次韻した作品」「B 過去に詠んだ自己の詩に自ら次韻した作品」「C 古人の詩に次韻した作品」に分けられ、特にB、C類は、蘇軾が新たに確立した次韻の形態らしい。

本節では、日本中世においても異質な、禅林社会における和韻詩の様相に迫ってきた。内山氏の言うB類やC類は、本節においても確認できた。また、義堂の和韻詩は、総詩数の半分以上を占める (本韻詩が確認できないものも含む)。『空華集』には蘇軾の詩に和したものがあるし (第三項 (Ⅱ) (a) ④参照)、『日工集』には「東坡、海上に在りて、陶淵明詩に和す」(貞治六年追抄八月八日条) というくだりも見受けられる。これらの現象は、いったい何を意味しているのだろうか――。他日を期したい。

第七節　伝絶海中津作「題太寧寺六首」について

はじめに

稿者は平成十六年八月二十六日（木）、現在は横浜市金沢区片吹町に位置する太寧寺を訪れた（当初は瀬ヶ崎一七二番地〈現在の関東学院小学校の校内〉に存したのだが、昭和十八年、追浜《おっぱま》飛行場拡張工事に伴い、現在地に移転したという）。住職の山本浄月尼は、突然の来訪にもかかわらず、心暖かく迎えて下さり、同寺の歴史や、同寺を取り巻く現状を懇切丁寧にお教え下さった。同寺には、源範頼のお墓や位牌が祀られていたり、黒沢明監督作品『赤ひげ』のモデルとなった、小石川養生所の小川笙船の歯骨塔があり、また、「へそ薬師」でも有名である。稿者が同寺を訪れる契機となったのは、『新編鎌倉志』巻之八（『大日本地誌大系』二十一に、『鎌倉攬勝考』とともに収録されている）の「太寧寺」項に、絶海作として「題太寧寺六首」という詩が掲載されているからである。この六首は、いずれも絶海中津（一三三六～一四〇五）の詩文集である『蕉堅藁』や、『絶海和尚語録』には未収録であり、大変興味深い。じつは当該詩の存在を知ったのは、野川博之氏（黄檗宗研究家、博士〈文学、早稲田大学〉）のご示教による。山本尼と稿者の橋渡しをして下さったのも、野川氏である。本稿は、野川氏のお勧めもあって執筆した次第である。当該詩を紹介し、考察することから顕在化する、作者の詩境（禅境）や履歴について、何かしら言及してみたい。

一　伝絶海作「題太寧寺六首」

『建長寺史　末寺編』によると、太寧寺の山号は海蔵山、本尊は薬師如来、開山は大興禅師（葦航道然）、開基は源範頼、開創年月は不詳、世代は一世大興禅師和尚（正安二年〔一三〇〇〕二月六日入寺）と二世孝叔教公和尚（寛永二年〔一六二五〕二月二九日入寺）との間にかなり時間的な隔たりがあり、不審（前掲書の記述は、明和五年〔一七六八〕提出の什物帳に基づくという）。また、「もと薬師寺《でら》と称して居たが、何時建長寺末になったか不詳である。蒲冠者範頼の開基となっているが、定かではない」という記述も見られる。

そして『新編鎌倉志』巻之八の「太寧寺」項には、

○太寧寺　太寧寺《タイ子イジ》は、瀬崎村《セガサキムラ》の南にあり。海蔵山と號す。蒲御曹司源範頼菩提寺也。開山は千光國師、今建長寺の末寺なり。本尊薬師・十二神、是をへそ薬師と云ふ。【勸進帳】の略に云、（「へそ薬師」の伝説省略）鶴岡の鳥居前より、此寺まで關東路十里あり。

という記述（ここでは、開山が千光国師〈栄西〉となっている）の後、絶海の「太寧寺に題す　六首」が掲げられる。なお、返り点および数字は、私に施した。

題二太寧寺一六首　　絶　海

①寺樓一抹晩江煙。潮送二鐘聲一落二釣船一。
老矣身心機事外。閒鴎容二我社中眠一。
②殘曉香消柏子煙。老來無レ夢邇二漁船一。
聞君去借二江村宿一。一夜鴎邊看レ月眠。
③六浦遙連二三浦煙一。邇レ風随レ岸幾移レ船。

興來撈レ棹窮二佳處一。　月落二前灣一猶未レ眠。

④山銜二夕日一水籠レ煙。　雪後二蘆花一月滿レ船。
蓋世功名身外事。　幾人能得二一菴眠一。
晩興遲留江上寺。　三山翠映白頭眠。

⑤衲衣懶レ惹二御爐煙一。　還愛華亭載レ月船。

⑥功名蓋世畫二淩煙一。　失墜危二於灩澦船一。
一錫歸來楓外寺。　白沙翠竹閉レ門眠。

まず気付かれるのが、六首とも韻字が同じということである（「煙」「船」「眠」字）。連作でもあるし、詩の内容や、そこで用いられる素材が、似通って来るのは仕方の無いことだが、絶海は、見事にそのマンネリズムに陥ることを打破しているように思われる。

第一首目と第二首目には、「鷗」が登場する。実際に太寧寺の眼前に広がる六浦の海岸には、鷗が群棲していたことだろう。『列子』黄帝第二の、有名な海上の人と鷗の話に基づいて、中国文学では「鷗」に機心を忘れた人の友という観念が付与され、それがわが国の五山文学にも影響を与えたとされる。[1]「鷗盟」や「鷗社」という語もある。第一首目において絶海は、起・承句で靄のかかった寺の楼閣から、入り江に浮かぶ釣り船へ視線を移し、転句において自分自身に目を向ける。私は年老いてしまい、身心ともに世間の俗事から離れている。波間に静かに浮かぶ鷗たちも、仲間として眠ることを許してくれた、と彼は詠じる。また、第二首目では、年を取って夢を見ることも無くなり、夜明け前に勤行を終えた絶海は、転句から結句にかけて、太寧寺で一緒になった僧に対して、あなたはこの寺を去って、入り江にある村に宿を借りるということであったが、昨夜一晩、鷗と一緒に月を見ながら眠ったことであろう、と詠じる。

ところで、第一首目の承句「潮は鐘声を送り、釣船に落つ」には、張継の「楓橋夜泊」詩（『三体詩』(2)上所収）の結句が踏まえられているのではないだろうか。

楓橋夜泊　　楓橋夜泊　　張　継
月落烏啼霜滿㆑天　　月落ち 烏啼いて 霜 天に満つ
江楓漁火對㆓愁眠㆒　　江楓 漁火 愁眠に対す
姑蘇城外寒山寺　　姑蘇城外の寒山寺
夜半鐘聲到㆓客船㆒　　夜半の鐘声 客船に到る

また、第三首目の「月は前湾に落つるも、猶ほ未だ眠らず」、第六首目の「一錫、帰来、楓外の寺」にも、影響を認めても良いかも知れない。ただし、これら三箇所は、「先行作品（「楓橋夜泊」詩）の内容を踏まえないと、当該作品（絶海詩）を理解できない」というレベルではない。五山文学僧は「ことば」より「心」を優先するが故に、模倣や盗作、剽窃に対する意識が薄く、しばしば彼らの作品には換骨奪胎が見受けられるが、「先行作品の語句をさりげなく借り、その雰囲気を当該作品に添える」というレベルと思われる。ここでは、夜の船着き場で感じる愁いの情を加味する効果があるのではないだろうか。なお、絶海の『蕉堅藁』(3)にも、「鐘声近し」詩（一一五）など「楓橋夜泊」詩の影響が見られるものが存するし、また、堀川貴司氏も指摘されていたが(4)、『三体詩幻雲抄』によると、絶海が厳中周噩らに「楓橋夜泊図」への画題詩を命じたことが知られる。

第四首目と第六首目には、「蓋世」という語が、「功名」という語とセットで用いられている。「蓋世」という語からは、「四面楚歌」の故事における、項羽の「力は山を抜き、気は世を蓋《おほ》ふ。時、利あらず、騅逝かず。騅の逝かざる、奈何《いかん》す可き。虞や虞や、若《なんぢ》を奈何せん」という詩が想起されるが、ここでは、太寧寺に纏わる範頼の生涯が踏まえられていよう。範頼は、源平の争乱で義経とともに活躍し、平家討伐の原動力となったのだが、後、頼朝によって伊豆に配流されたことは、周知の通りである。ただし、その後の記録は存在せず、伊豆の修禅寺で自害に追い込まれたという説が有力であるが、相模湾から船で逃げ、太寧寺で自害したという説もある。第四首目の転・結句では、その時代を覆い包むような（範頼公の）功名も所詮、（彼）自身とは無縁のものになってしまったが、古来、一体どのくらいの人が、庵室で落ち着いた眠りにつくことができたのだろうか、第六首目の起・承句では、（範頼公の）功名が世の中をおおい、太宗の凌煙閣に画かれようとしたが、その失墜は、かの長江下りの難所、灩澦堆を通り過ぎる船よりも危険であった、と詠まれている。「凌煙（閣）」とは、唐の太宗が二十四人の功臣の像を画かせた高殿の名。「灩澦堆」とは、四川省奉節県の西南、長江の瞿唐峡の口に屹立する大巌石、その付近は水流、激湍をなし、舟の難所とされている。なお、『蕉堅藁』には、「赤間関」（五二）という、源平の争乱をテーマにした詩があり、中でも「英雄、骨朽つ、干戈の地、相憶ふ、欄に倚《よ》りて、白鴎を看る」という句が印象的である。

第五首目に注目する。稿者は、この時、絶海の脳裡には、船子徳誠の姿が有ったと考える。船子の禅修行に対する真摯な態度、彼の性情、心位、生き様に、絶海は共感していたのではないだろうか。『五灯会元』[5]巻第五によると、船子は薬山惟儼の会下に在って、道吾宗智や雲巌曇晟らと修行し、薬山の許を離れるに及び、二人に「公等、応に各々一方に拠り、薬山の宗旨を建立すべし。予、率《おほむ》ね性、疎野にして、唯だ山水を好み、情を楽しみて、自ら遣り、能くする所無きなり。他後、我の所止の処を知り、若《も》し霊利の座主に遭はば、一人を指し来たれ。或ひは雕琢に堪へ、山の生平の所得を授け、以って先師の恩に報ぜん」と言って、秀州の華亭に至り、薬山の大法を伝えるべき弟子の出現を待ちながら、渡し守として生計を立てていたという。

まずは起・承句「衲衣、御爐の煙を惹くに慵《ものう》し。還って愛す、華亭、月船を載するを」について。「衲衣」とは僧衣、または僧自身。「御爐」とは天子（宮中）の香炉。「華亭」とは、上海市松江区の大湖に臨んだ地名で、船子徳誠と夾山善会の師資の機縁が契《かな》った地として知られる。弟子の出現を待ち侘びた船子の偈には、「夜静かに、水寒くして、魚食わず。満船、空しく月明を載せて帰る」という句がある（絶海は傍線部を踏まえていよう）。わたしの僧衣は、（都の）天子様の香炉の煙をひきつけるのは面倒だ。かえって、華亭で月が照らす船にのる方が好ましい、という訳になるかと思われるが、ここでは、京都で官寺へ入院し、煩わしい毎日を送るより、この鎌倉の地で（かつて船子がそうであったように）安閑無事な日々を送る方が望ましいという旨が述べられているのかも知れない。さらに想像を逞しくすると、これは、範頼の波瀾に満ちた一生を想起しての詠かも知れない。結句の「三山」とは、仙人が住んでいるという渤海中の蓬莱・方丈・瀛洲の三神山を言う。絶海には中国留学中（洪武九年〈永和二年、一三七六〉正月）、金陵（南京）の英武楼で明の太祖高皇帝（洪武帝、朱元璋。一三二八～九八）と唱和した、有名な「制に応じて三山に賦す」（八〇）という詩がある。結句において絶海は、伝説の三神山は、白髪頭の眠りの中で緑に照り映えている、と述べているが、太寧寺での安眠は、彼にとって仙境や別天地を感じさせるものだったのであろう。

二　『新編鎌倉志』と、絶海中津の関東再遊

『新編鎌倉志』に関しては、『国史大辞典』第七巻に纏まった記述があるので、それを引用する。

しんぺんかまくらし　新編鎌倉志　徳川光圀が延宝年間（一六七三―八一）に臣下の河井恒久・松村清之・力石忠一らに命じて編纂させた鎌倉に関する地誌。貞享二年（一六八五）刊。八巻十二冊。延宝二年に来鎌した光圀は名勝旧跡を歴覧して見聞したことを家臣に記録させ、同四年には河井恒久を遣わし、鎌倉を中心に現在の江の島・逗子・葉山・横浜金沢地域の古社寺の由緒・名所旧跡をことごとく調査させた。これをもとに松村・力石が考訂・補正し完成させている。延宝時の記録は、『鎌倉日記』二巻（原本は水戸彰考館蔵）で、本書の母体をなすとされる。『万葉集』はじめ多くの史料を渉猟し、絵図も挿入するなど『新編相模国風土記稿』

とともに鎌倉に関する基本的な文献として貴重である。活字本は『大日本地誌大系』に収める。
（三浦勝男氏執筆、九二五頁）

徳川光圀（一六二八～一七〇〇）は、数ある鎌倉の古社寺の中でも、建長寺には相当、関心を持っていたらしく、家臣の額田久兵衛信通が代々、開山の大覚禅師（蘭渓道隆、一二一三～七八）の法衣や墨跡等を蔵していたのを、「是れ宜しく貴寺に在るべき者なり」として寄付せしめている（巻之三の「建長寺」項、「頑室和尚に与ふる書」）。したがって、当然、その末寺にも注目していたと考えられ、今回扱っている絶海の「太寧寺に題す　六首」も、そのような状況の中で発見、報告されたものではないだろうか。なお、『新編鎌倉志』には、『関東五山記』、『建長寺過去帳』、『元亨釈書』（虎関師錬著）、『竺仙録』、『空華集』『日工集』（義堂周信著）、『梅花無尽蔵』（万里集九著）等、禅寺や禅僧に関する書物や、禅僧の記した作品集、日記などが多数、引用されており、光圀らの禅宗や禅寺に対する興味の程が窺われる。

『仏智広照浄印翊聖国師年譜』（以下、『仏智年譜』と略す）によると、絶海は貞治三年（一三六四）、二十九歳の時に関東に赴いた。南陽山報恩寺の義堂周信（一三二五～八八）を省し、建長寺の青山慈永（五山）（第三十八世）の教化を助け、ついで大喜法忻（五山）（第三十九世）の会下に在ったという。その後、応安元年（一三六八）十一月中旬以降に汝霖妙佐や如心中恕等と同船で入明するのであるが、「太寧寺に題す　六首」は、この関東修行期に詠出されたものではない。と、いうのも、詩群の中に自己を省察し、自身の老いを吐露した箇所が散見するからである。絶海と関東の関わりについて、『仏智年譜』を根拠にして、彼が入明前に関東へ赴いたことを指摘する研究者は多いが、稿者はそれに加えて、帰朝後に関東へ再遊していたとする説を提唱している（第二章第三節参照）。時期は永徳二年（一三八二）十二月頃～翌三年四月頃、絶海四十七～四十八歳の時である。絶海は康暦二年（一三八〇）十月八日、怏川和尚が後年、兵火に包まれながら山門で「心頭を滅却すれば火自ら涼し」と唱えた甲斐の恵林寺に入寺し、住持の仕事を全うした後、関東（常陸国古河、下野国小山を含む）を経由して、永徳三年九月五日には帰京していた、と稿者は考える。そして、彼の「太寧寺に題す　六首」は、この関東再遊期に詠出されたと見なすのが妥当であろう。年齢的に見て、絶海が「老いんたり」①とか「老来」②、「白頭」⑤と口にしても不自然ではないからである。実際、『蕉堅藁』でこの時期に詠まれたと考えられる詩の中には、「白髪、頭《かうべ》を回らす、江上の客」（六十六番詩）や「長安、如《も》し故人の問ふ有らば、白首、綸《いと》を碧海の前に垂る、と」（六十七番詩）という句がある。

おわりに

今回は、徳川光圀がその編纂を命じた『新編鎌倉志』巻之八に掲載されている伝絶海作「題太寧寺六首」を、絶海の実作として紹介、検討した。この六首は、稿者が提唱する、絶海中津の関東再遊を裏付ける有力な史料の一つになり得よう。ただし、江戸時代の史料なので、後人の偽作という可能性も残っている。『蕉堅藁』や『絶海和尚語録』に収録されていない詩偈は、この他、建仁寺両足院蔵『東海璚華集（絶句）』（『五山文学新集』第二巻所収）、『中華若木詩抄』、相国寺長得院蔵『拾遺記』（梶谷宗忍氏訳注『絶海語録』二所収）に確認できる。『翰林五鳳集』に発見した『蕉堅藁』未収載詩は、じつは他の禅僧のものだった。これに関しては、後日、報告するつもりである（本章第八節参照）。今後は、後人の偽作という視点も持ちつつ、絶海の人や作品を考える際、この「太寧寺に題す六首」も考察対象に加えて行きたいと思う。

注

（1）中川德之助氏「「白鷗」考―禅林文学の詩想についての一考察―」（『日本中世禅林文学論攷』所収、清文堂、平一一）。

（2）引用は、村上哲見氏『三体詩』上（中国古典選第十六巻、朝日新聞社、昭四一）による。

（3）作品番号は、蔭木英雄氏『蕉堅藁全注』（清文堂、平一〇）による。

（4）堀川貴司氏「『三体詩』注釈の世界」（『日本漢學研究』第二号、平一〇・一〇。後に『詩のかたち・詩のこころ―中世日本漢文学研究―』〈若草書房、平一八〉に再収）。

（5）引用は、今枝愛眞氏監修『五燈會元』（琳琅閣書店、昭四六）による。また、芳賀洞然氏『五燈会元鈔講話―中国禅界の巨匠たち―』（淡文社、平八）を参考にした。

第八節　『翰林五鳳集』所収の絶海中津の作品について
――清書本としての国立国会図書館蔵　鶚軒文庫本――

はじめに

『翰林五鳳集』（以下、『五鳳集』と略す）は、元和九年（一六二三）に後水尾天皇（一五九六～一六八〇）が金地院（以心）崇伝（一五六九～一六三三）らに命じ、代表的な五山詩僧の詩偈を撰集、書写せしめた、五山文学唯一の勅撰漢詩集である。同集には禅僧の散佚作品が多数収められていることから、研究者からは特に注目されている。一方、伝本によって差異があるが、全六四巻で収録作品数（一六〇〇〇～一七〇〇〇首）や作者数（二〇〇名弱）も膨大であり、その収集源や収集態度は、未だに判然としないところを残している。本節では、絶海中津（一三三六～一四〇五）の作品に注目して、如上の研究状況に一石を投じてみたい。なお、稿者が『五鳳集』に関して論及した拙稿は、以下の通りである。

ア、「「少年老い易く学成り難し」詩の作者は観中中諦か」（『國文學攷』第一八五号、平成十七年三月）
↓第四章第一節

イ、「国立国会図書館蔵　鶚軒文庫本『翰林五鳳集』巻第五十一の本文（翻刻）」（『広島商船高等専門学校紀要』第三〇号、平成二十年三月）　↓第五章第二節

ウ、「『翰林五鳳集』の伝本について」（『汲古』第五三号、平成二十年六月）　↓第四章第六節

エ、「国立国会図書館蔵　鶚軒文庫本『翰林五鳳集』巻第十・試筆の本文（翻刻）」（『広島商船高等専門学校紀要』

第三一号、平成二十一年三月）→第五章第一節

オ、「国立国会図書館蔵 鶚軒文庫本『翰林五鳳集』巻第十・試筆和分韻の本文（翻刻）」（『広島商船高等専門学校紀要』第三二号、平成二十二年三月）→第五章第一節

一　大日本仏教全書本における絶海作品

稿者は**論文ア**においても、『五鳳集』の編集方針を探るために、同集に収録されている絶海の作品を調査した。絶海の詩文集『蕉堅藁』の伝本は同一系統で、いずれも五山版から派生している。詩文の取捨による異同も無く、配列順序も殆ど同じであり、詩の総数も少ないので（計一七二首、他作七首を含む）、調査対象に適していると考えた。**論文ア**では、以下のことを指摘した。なお、これに用いた『五鳳集』の本文は、現在、唯一翻刻されている大日本仏教全書本（以下、全書本と略す）である。

（1）『蕉堅藁』収載詩は、『五鳳集』に全一七二首のうち一四五首が収められていて、『蕉堅藁』に未収録の詩は、『五鳳集』巻第48に三首確認できる。

（2）『蕉堅藁』八十九番詩は、『五鳳集』の巻第19と巻第41に重複して収められていて、後者は『花上集』から採られたものである。

本節では、特に（1）に関して、**論文ア**では紙数の都合上、説明し切れなかった部分や、**論文ウ**において新たに得た『五鳳集』の伝本に関する知見から明らかになることを言及したい。まずは全書本『五鳳集』における『蕉堅藁』収載詩の分布状況を、本項末尾に示す。

『蕉堅藁』収載詩で全書本『五鳳集』に収められていない詩は、五言律詩部（一～二十二番詩）では三〇首（うち四首が他作）中八首（うち他作が二首）、七言律詩部（二十三～六十八番詩）では六七首中三首、五言絶句部（六十九～七十九番詩）では二〇首中一三首、七言絶句部（八十～百二十八番詩）では五五首（うち三首が他作）中三首（すべて他作）である。

他方、全書本『五鳳集』巻第48に見られる、『蕉堅藁』に未収録の絶海詩三首を掲げる（詩番号は、私に施した）。

110　憶昔開元全盛時。殿前奉詔舞權奇。君恩一夢馬官語。沙苑晩風吹蒺藜。　畫馬障子　二首　　同

111　伯樂難逢馬易逢。風鬃霧鬣爲誰容。一鳴騎出長楸暮。十二天閑無此龍。又　　同

＊　　＊

160　春江西過緑於苔。四面窗扉快意開。晨鵲楂々無浪證。果有詩客策驢來。畫　　絶海

109番詩の詩題は「海図の障子」、作者名は「絶海」とあり、同詩は『蕉堅藁』にも確認することができる（百十九番詩）。したがって、それに続く連作「画馬の障子　二首」詩の110・111番詩は、作者名が「同」とあることから、絶海作と見なされるはずである。ところが、両詩は、絶海の『蕉堅藁』には見当たらず、横川景三（一四二九～九三）の『小補東遊集』（『五山文学新集』第一巻所収）に見出されるのである。一体この現象をどのように説明したら良いのであろうか――。稿者は**論文ア**発表時に、大変困惑してしまった。

『蕉堅藁』の詩番号	『五鳳集』の巻数
〈五言律詩他〉	
一	26セa
A＊（清遠懐渭）	26セa
B＊（見心来復）	ナシ
C＊（易道夷簡）	ナシ
二①	ナシ
②	ナシ
③	ナシ
A＊（仲銘恵鑑）	[48]
三	33
四	35
五	ナシ
六	ナシ
七①	25
②	25
八	ナシ
九	33
十	32
〈七言律詩〉	
二十三①	27セc
②	27セc
二十四	32
二十五	2
二十六	25
二十七	42
二十八	54
二十九	25
三十	24
三十一	23
三十二	ナシ
三十三	17
三十四①	28
②	31セd
③	31セd
④	26
⑤	26セe
⑥	31セd
⑦	ナシ
⑧	27
⑨	31セd
⑩	31セd
⑪	27
四十五	33
四十六①	24
②	25
四十七	32
四十八	33
四十九	32
五十	33
五十一	33
五十二	54
五十三	[33]
五十四	[8]
五十五	[32]
五十六	24
五十七	29
五十八	[32]
五十九	33
六十①	54セf
②	54セf
③	54セf
④	54セf
⑤	54セf
六十一	24
六十二①	29セg
②	29セg
②	ナシ
③	ナシ
④	ナシ
⑤	ナシ
⑥	ナシ
⑦	ナシ
七十五	41
七十六	26
七十七	ナシ
七十八①	ナシ
②	ナシ
③	ナシ
④	ナシ
七十九	7※
〈七言絶句〉	
八十	27
A＊（洪武帝）	ナシ
B＊（天倫道彝）	ナシ
C＊（一菴一如）	ナシ
八十一	61
九十五	30
九十六	27
九十七	31
九十八	31
九十九	29
百	39
百一	2
百二	46
百三	35
百四	34
百五	41
百六	14
百七	52
百八	2
百九	37
百十①	49セi
②	49セi
③	49セi
百十一	28
百十二	35
百十三	64
百十四	35
百十五	42
百十六	17

十一	32
十二	21
十三	64
十四	54
十五	48
十六①	18セb
②	18セb
十七	32
十八	48
十九	32
二十	48
二十一	48
二十二	24
⑫	27
⑬	29
⑭	29
⑮	26セe
三十五	64
三十六	32
三十七	61
三十八	58
三十九	ナシ
四十	32
四十一	33
四十二	24
四十三	34
四十四	34
六十三	29
六十四	26
六十五	33
六十六	32
六十七	33
六十八	25
〈五言絶句他〉	
六十九	35
七十	62
七十一	18
七十二	ナシ
七十三	46
七十四①	ナシ
八十二	38
八十三	52
八十四	60
八十五	61
八十六	25
八十七	53
八十八	6
八十九	19・41
九十	9
九十一	5
九十二	19
九十三①	7セh
②	7セh
九十四	21
百十七	40
百十八	28
百十九	48
百二十	4
百二十一	8
百二十二	28
百二十三	30
百二十四	6
百二十五	41
百二十六	32
百二十七	12
百二十八	39

【注】『蕉堅藁』の詩番号は、蔭木英雄氏『蕉堅藁全注』（清文堂、平一〇）に基づく。＊印は作者が絶海以外の作品、「セ」はセットで『五鳳集』に収録されている作品群（a～jの記号は作品群の別を表す）、文字囲は『五鳳集』に作者名が記されていない作品であることを示す。なお、『蕉堅藁』七十七番詩は、全書本及び鶚軒本『五鳳集』では作者名が「横川（景三）」となっており、誤謬である。

二　国会図書館蔵　鶚軒文庫本の存在

右の状況を打破するきっかけとなったのが、**論文ウ**で『五鳳集』の諸本を整理したことである。同論文では、『五鳳集』の伝本の本文系統を、巻第10における一五〇首に及ぶ詩の脱落や、巻第51における一一〇首もの詩の省略に注目することにより、以下のように分類した。

○部類本系統Ⅰ（巻第10の脱落、巻第51の省略あり）
・国会図書館蔵　相国寺雲興軒旧蔵本（大日本仏教全書本）
・尊経閣文庫本
・京都府立総合資料館（現　京都府立京都学・歴彩館）本
○部類本系統Ⅱ（巻第10の脱落、巻第51の省略なし）
・国会図書館蔵　鶚軒文庫本
・内閣文庫蔵　旧修史館本
○部類本系統Ⅲ（巻第10の脱落あり、巻第51の省略なし）
・内閣文庫蔵　和学講談所本
○分韻本系統
・宮内庁書陵部本

【注】　平成二十三年度　東京古典会　創立100周年記念　古典籍展観大入札会（十一月十一〜十四日　展観会場は東京古書会館）に出品された『翰林五鳳集』一四冊（目録番号754、江戸初期写、大型本、奥書「恵山光璘書焉判」）は、分韻本系統に属する。また、花園大学国際禅学研究所のホームページ（http://iriz.hanazono.ac.jp/index.ja.html）にて公開されている今津文庫本『翰林五鳳集』は、巻第33までしか残っておらず、巻第10の脱落が見られる。

全書本は相国寺雲興軒旧蔵本を底本としており、部類本系統Ⅰに属する。雲興軒旧蔵本は最も古く、由緒正しき伝本ではあるが、巻第10や51に大量の詩の脱落や省略が存する。一方、部類本系統Ⅱの伝本には、巻第10や51に大量の詩の脱落や省略がなく、例えば鶚軒文庫本（以下、鶚軒本と略す）を調査すると、全書本では省略されがちな小序・長序・左注の類が丁寧に記されている。稿者は、雲興軒旧蔵本が最も古い写本であることに違いはないが、鶚軒本等の方が、現在は散佚してしまった清書本（原本）により近い形態を留めているのではないか、という結論を抱くに至った。

三　鶚軒文庫本における絶海作品

さて、第一項で全書本『五鳳集』巻第48における、『蕉堅藁』に未収録の絶海詩を確認、引用したが、本項では、鶚軒本における状況を、改めて確認してみたい。

まず「画馬の障子 二首」詩（全書本では110・111番詩）であるが、この二首の前の詩が絶海の「海図の障子」詩であることは、両本に変わりはないものの、鶚軒本では一首目の作者名が無記名、二首目の作者名が「同」となっており、当該二首が絶海作ではない可能性も出てくる。実際、『小補東遊集』に両首が見出されることにより、横川の作品と認定するべきであろう。

次に「画」詩（全書本では160番詩）であるが、これは両本で前後の詩の配列順序が異なっている。全書本では、天隠龍澤〔一四二二～一五〇〇〕の連作「画に題す」五首（すべて五言絶句）、驢雪鷹灞の「四季の花鳥」詩（五言絶句）に続いて、当該詩（七言絶句）が位置する。そして当該詩の後には、「山水の図に賦して、無外の瑞鹿に帰るに贈る」詩、「千里明月の画軸に題して、濡侍者に寄す」詩、「白雲山房の画軸に題す」詩、「出塞の図」詩と絶海の作品が纏まって収められている（すべて七言絶句）。翻って鶚軒本では、当該詩は、天隠の「画に題す」五首に続いて収録され、作者名は「同」と表記されており、天隠作ということになる。すなわち、天隠の作品が、五言絶句五首（「画に題す」）と七言絶句一首（当該詩）の計六首、一括して収録されている。当該詩の後には、驢雪の「四季の花鳥」詩（五言絶句）、絶海の「山水の図に賦して、無外の瑞鹿に帰るに贈る」詩（七言絶句）と続く。ただし、「画に題す」五首は、天隠の『黙雲藁』（『五山文学新集』第五巻所収）に確認することができるものの、当該詩は、今のところ天隠の作品集に見出し難い。とは言え、先に指摘した鶚軒本の特徴を勘案すると、『五鳳集』の原本は、鶚軒本の配列通りであった可能性が高く、当該詩は天隠作が濃厚である。想像を逞しくすると、全書本の底本である雲興軒旧蔵本の書写者（雪岑梵崟）は、同じく五言絶句である天隠の五首と驢雪詩を纏めて書写した後、七言絶句の当該詩を配して、作者名を「同」から「天隠」に改めるべきであるのを、次の詩の作者である「絶海」と誤写してしまったのではないだろうか。

第一項においては、全書本『五鳳集』における『蕉堅藁』収載詩の分布状況をも確認したが、それらが鶚軒本においてどのような状況か、ここに付言する。『蕉堅藁』収載詩の分布状況は、基本的に全書本と変わらないが、やはり全書本に大量の詩の省略が認められた巻第51を中心に、全書本には採られていない絶海詩が散見される。以下にそれを示す。

『蕉堅藁』の詩番号	『五鳳集』の巻数
〈五言絶句他〉	
七十二	59
七十四①	51セj
②	51セj
③	51セj
④	51セj
⑤	51セj
⑥	51セj
⑦	51セj
〈七言律詩〉	
三十二	40

おわりに

現在最も流布しており、唯一の翻刻本でもある全書本『五鳳集』巻第48に見られる、『蕉堅藁』に未収録の絶海詩三首は、『五鳳集』の清書本（原本）により近い形態を留めていると考えられる鶚軒本を参照すると、詩の配列順序の違いから絶海の作品ではないであろう。また、全書本には、詩の出入りや、大量の脱落・省略も認められ、鶚軒本には、全書本には見られない『蕉堅藁』収載詩が、九首確認できた（前項末尾の表参照）。

結果、『五鳳集』所収の絶海の作品に、彼の詩文集である『蕉堅藁』に未収録のものは見当たらず、『五鳳集』の収録作品は、絶海の場合、基本的に『蕉堅藁』が主な収集源であることが確認された。ただし、**論文ア**でも触れたように、『蕉堅藁』の八十九番詩が重複して採られていたり、『五鳳集』の跋文にその作品名が引用されていたことから、絶海の作品も採られている、五山文学における代表的な詩選集（アンソロジー）である横川撰『百人一首』（二〇〇首所収、すべて七言絶句詩）や『花上集』（二〇〇首所収、すべて七言絶句詩）も収集源として数えられよう。

今回、『五鳳集』所収の絶海作品を精査することによって、まことにささやかではあるが、しかし、確実な『五鳳集』の収集源の一側面を照射することができた。今後は、遅々たる歩みであるが、他の作者の調査結果も積み重ねて、『五鳳集』の収集源を体系化してみたいと考える。

それにしても、今回痛感させられたのが、鶚軒本を視野に入れると、やはり全書本には、詩の出入りや配列順序の違いがあり、全面的に信頼して利用できないということである。『五鳳集』を利用する際には、鶚軒本をはじめとする部類本系統Ⅱの伝本も併せて利用する必要がある。

第四章　絶海中津の周辺に関する研究

第一節　「少年老い易く学成り難し」詩の作者は観中中諦か

はじめに

偶成　　朱熹

少年易老学難成　　少年老い易く 学成り難し
一寸光陰不可軽　　一寸の光陰 軽んずべからず
未覚池塘春草夢　　未だ覚めず 池塘春草の夢
階前梧葉已秋風　　階前の梧葉 已《すで》に秋風

この、漢文入門の教材として人口に膾炙し、はたまた起承句が慣用句として親しまれている「偶成」詩が、実は朱子（朱熹、一一三〇～一二〇〇）の作ではなく、和製で、しかも近世初期以前の禅林僧侶の手に成るか、とセンセーショナルなご発表をされたのは、柳瀬喜代志氏である。さらに、岩山泰三氏は、当該詩の作者として、室町前期の代表的な五山詩僧の一人である惟肖得巌〔一三六〇～一四三七〕を指摘された。それらの反響は大きく、例えば『広辞苑』や、小学館の『日本国語大辞典』は版を新しくするに当たって、両者の意見を取り入れ、以下のように「少年老い易く学成り難し」項に改訂を加えている。傍線は私に施した。以下同じ。

○『広辞苑』第四版第一刷（岩波書店、一九九一年一一月）

少年老い易く学成り難し〔滑稽詩文、寄二小人一詩。一説に、朱子の作とされる偶成詩の句〕月日がたつのは早く、自分はまだ若いと思っていてもすぐに老人になってしまう。それに反し学問の研究はなかなか成しとげ難い。だから、寸刻を惜しんで勉強しなければならない。

○『日本国語大辞典』第二版 第七巻第一刷（小学館、二〇〇一年七月）

しょうねん老（お）い易（やす）く学（がく）成（な）り難（がた）し　若いと思っているうちにすぐに年老いてしまい、志す学問は遅々として進まない。年月は移りやすいので寸刻をおしんで勉強せよということ。補注 朱熹の偶成詩「少年易レ老学難レ成、一寸光陰不レ可レ軽、未レ覚池塘春草夢、階前梧葉既秋風」からとされているが、朱熹の詩文集にこの詩は見られず疑問。近世初期に五山詩を集成した「翰林五鳳集―三七」には、「進学軒」の題で、室町前期の五山僧惟肖得巌の作としてこの詩が収録されている。

双方の記述を見ると、実は出典の認定が異なっており、この作者問題はいまだに流動的で、決着が付いていないような印象を受ける。

稿者は現在まで、絶海中津（一三三六～一四〇五）に関して研究を進めて来た。絶海は室町前期に活躍した禅僧で、義堂周信（一三二五～八八）とともに、その漢詩文を「五山文学の双璧」と讃えられているのだが、この度、彼らと交流のあった観中中諦[1]（一三四二～一四〇六）の詩文集である『青嶂集』の中に、「少年老い易く」詩を発見した。本節では、同詩を紹介するとともに、「少年老い易く」詩の作者や内容に関して再検討を加えてみたい。

一　柳瀬氏、岩山氏の説

はじめに先行研究を整理しておきたい。この「偶成」詩の作者（出典）問題について言及されているのは、先に触れた柳瀬氏と岩山氏のお二人である。番号は私に施した。

①柳瀬喜代志氏「いわゆる朱子の「少年老い易く学成り難し」（「偶成」詩）考」（『文学』一九八九（平成元）年二

月号）

②柳瀬喜代志氏「教材・朱子の「少年老い易く学成り難し」詩の誕生」（『国語教育史に学ぶ』〈早稲田教育叢書2〉所収、一九九七〈平成九〉年五月）

③岩山泰三氏「「少年老い易く学成り難し…」とその作者について」（『しにか』一九九七〈平成九〉年五月号）

柳瀬氏の②は、①に新資料を加えて補筆訂正したものである。また、岩山氏が③で発表予定の内容を、事前に行われた研究会（平成五年一一月、和漢比較文学会月例会「幼学書を読む会」）の席上で、柳瀬氏が知り得たということは注意される（②の注4による）。したがって、②と③はほぼ同時期に発表されてはいるものの、当然、内容的に重なっている箇所が存する。

さて、朱子の作として伝わっている「偶成」詩が、彼の詩文集に収められていないことは、早くから諸氏の気付かれるところではあった。この詩が、同一の題名と作者名とを伴って登場するのは、わが国の明治期の漢文教科書が最初になるという（①および②に詳しい）。例えば、水元日子氏らは、朱子の詩風や詩論、哲学の性格を勘案すると、「これが果たして詩人朱子の代表作と言えるかどうか、実は疑問も残る」と述べておられる。(2) 柳瀬氏も疑問をお持ちになられた一人で、朱子の学問観とは異質であることや、表現上の稚拙さ——未熟な用語が見えたり、初学書でよく見られる典語故事ばかりを詩語に用いていること——を、その理由に挙げておられる。後者に関して詳述すると、第一句の「少年」が「老い易」いと言うのは伝統的な詩語の用い方に合わないこと、第三句において謝霊運の故事、すなわち夢に従兄弟の謝恵連を見て、「池塘春草生ず」という佳句を思い付いたという故事（『蒙求』「霊運曲笠」等）がうまく機能していないことを指摘されている。

柳瀬氏が当初、当該詩の出典として報告されたのは、先に見た『広辞苑』の記述の中にも引用されていたように、『続群書類従』巻九百八十一　雑部百三十一収載の『滑稽詩文』である。ただし、題名は「寄小人」、作者名は記されていない。

寄小人

少年易老學難成。一寸光陰不可輕。禾（未 水）覺池溏芳中（艸 水）夢。堦前梧葉已秋色。

【注】「水」字は水戸彰考館本を示す。第四句の「色」字は、「声」の異体字「⿱士巴」の誤読か。

『群書解題』第二十二によると、同書は「室町時代末期から江戸時代初期にかけての禅林僧侶の詩文集。一巻」と解説されている（副島種氏による）。艶詩艶文や滑稽詩を集めた作品である。

詩題の「小人」は、禅林では若い僧、起句の「少年」は寵童、または若衆（男色関係にある少年の称）を表す特殊な措辞である。転句の「春草」が「芳草」となっているが、これは解釈上、問題は無く、どちらの詩語を採る場合も、謝霊運の故事は想起される。謝霊運の故事に関しては、「当時の詩文には、典故がそれ本来の意味を伝えずに、それぞれの語が有している原義を組み合わせただけの意に使っている例はしばしば見える」①という。参考までに氏の解釈を引用する。

「若い僧に贈る」詩であったとすれば、一篇の趣意は、「少年」は老けやすく、君の学業成就は難しい、だから片時もうかうかと過ごしてはいけない。池の堤の芳しい草のうちに結んだ夢から覚めやらぬうちに、階のまえに生える梧桐の葉は既に秋を告げて散っている。②

一方、岩山氏は、『大日本仏教全書』の第百四十四～百四十六巻に翻刻されている『翰林五鳳集』（以下、『五鳳集』と略す）巻第三十七・雑　乾坤門の中に、当該詩の出典を見出された。先に見た『日本国語大辞典』の記述の中にも引用されていた。ただし、題名は「進學軒」、作者は「惟肖」となっている。

少年易老學難成。一寸光陰不可輕。未覺池塘芳草夢。階前梧葉已秋聲。　進學軒　惟肖

同書は、後水尾天皇〔一五九六～一六八〇〕が、金地院（以心）崇伝〔一五六九～一六三三〕らに命じて、代表的な

五山詩僧の詩偈を書写集録させたものである。元和九年（一六二三）成立。「進學軒」とは寮舎の名称である。同書には、『扶桑五山記』や『蔭凉軒日録』でその存在を確認することができる寮舎〈栖鳳軒〈南禅寺〉、栖雲軒〈建仁寺〉、睡足軒〈相国寺〉等〉を詠じた作品も見受けられるので、「「進学軒」は五山の寮舎の一つであった可能性が強い」（③）とも、また「韓愈の「進学解」を踏まえた名称であろう。この賛も「進学解」に倣った勧学の詩意を成していると解すべきであり、ここに男色の寓意を読み取るのは無理である」（③）とも、氏は指摘される。作詩事情に関しては、「寮舎の主に乞われて、その軒に掲げた扁札に寄せた題壁、或いは詩（画）軸に記した賛かも知れない」（③）と推測されている。

「惟肖」とは惟肖得巌のことである。彼は備中の出身で、草堂得芳や蔵海性珍に師事し、摂津の棲賢寺（諸山）、山城の真如寺（十刹）、万寿寺（五山）、天龍寺（五山）（第六十九世）、南禅寺（五山）（第九十八世）の住持を務めた。また、夢巌祖応や絶海に学び、絶海からは、特に四六文の作法を学んだという。(2) 彼の語録詩文集である『東海璚華集』は、『五山文学新集』第二巻に収録されている。ただし、そこに「進學軒」詩は見当たらない。このことに関して岩山氏は、つぎのように述べておられる。

ただ応永期を中心に流行した詩画軸にも惟肖の賛を記したものが目立つが、それらも多くは詩文集に未収録のものである。また『翰林五鳳集』は他の五山僧の散逸作品をも多数含むが、それらの作者についての信憑性は割合高い。（中略）「進學軒」詩も惟肖の作であることを特に疑うべき理由は見当たらない。少なくともこの詩を朱子の作だとする資料が、明治期の教科書までしか遡ることができない現状では、朱子の作の誤認もしくは剽窃であると考えるのは困難である。（③）

結局、②・③を総合すると、「少年老い易く」詩は室町前期に、惟肖によって勧学詩（「進學軒」詩）として誕生し、その後異なった伝流過程を経て、近世初期において、一方は滑稽詩（「寄小人」詩）に翻案されて『滑稽詩文』

に収録され（詩の主題を、勧学から男色へ転換させるところに面白味を狙った。五山文学において、時代がくだるとともに、男色を扱った艶詩が流行したことが背景にあるだろう。『滑稽詩文』には、「題少年易老」詩〈古柏和尚作〉という句題詩も収められている）、もう一方はそのまま『五鳳集』に収録された。ここまでは、両氏の共通理解である。さらに柳瀬氏は、明治期の教科書編纂者が、『滑稽詩文』所収の「寄小人」詩を、詩題を変え、謝霊運の故事による「芳草」をわざわざ「春草」に改めて、再び勧学詩に取り戻して、作者を大儒朱熹（朱子）に仮託して権威化を図ったと指摘される（「進學軒」詩を見て、教材に採択したならば、詩題が学問を勧める言辞になる）。もしも「寄小人」詩が、朱子の「偶成」詩をパロディー化したものであるならば、当時、「偶成」詩も含めて、朱子の作品が広く読まれていた必要がある。室町五山の禅林においては、新しい学問として受容されていたとは言え、朱子学（宋学）が、正統な学問として公認され、流行したのは、江戸時代になってからのことである。

二　観中中諦作「進学斎」詩

柳瀬、岩山両氏の説はダイナミックかつ緻密であり、示唆に富んでおり、稿者の説とも少なからず関係があるので、上記の如く、その整理にかなり紙面を費やしてしまった。ここからが本題である。稿者が「少年老い易く」詩に邂逅したのは、観中中諦の『青嶂集』（梶谷宗忍氏訳注『観中録・青嶂集』、相国寺、昭和四十八年）においてである。ただし、題名は「進学斎」、さらに転句にかなり大きな異同が見られる。

〔一四〇〕進学斎

少年易老学難成、一寸光陰不可軽、枕上未醒芳艸夢、堦前梧葉已秋声

観中は阿波の出身で、観応元年〔一三五〇〕、九歳の時に上京し、夢窓疎石〔一二七五～一三五一〕に面謁したのだが、翌年夢窓の示寂にあい、その後は関東、京都、阿波を往来し、義堂や春屋妙葩〔一三一一～八八〕に師事し

た。途中、応安六年（一三七三）、義堂の勧めにより入明したが、時恰も紅巾の乱の一派の青巾の乱に遭い、帰国している。嘉慶元年（一三八七）七月に阿波の補陀寺（諸山）、明徳二年（一三九一）七月十八日に等持寺（十刹）に住し、その後、相国寺慶讃の十高僧の一人に列せられ、応永七年（一四〇〇）三月八日には相国寺（五山）（第九世）に入寺した。相国寺内に乾徳院（後に普広院と改称）をはじめ、嵯峨には永泰院を開いた。応永十三年（一四〇六）四月三日、永泰院にて寂す。寿六十五。後、性真円智禅師と勅謚せられた。『碧巌集』抄を『青嶂集』と言う説と、語録・詩文集を『青嶂集』と言う説がある。『大日本史料』第七編之七・応永十三年四月三日条、玉村竹二氏『五山禪僧傳記集成』参照。

「青嶂集」に関しては、ここでは、仮に後者の説に従う。こうして見ると、観中と惟肖は、大体、同時期（室町前期）に活躍しているが、惟肖の『東海璚華集』には「少年老い易く」詩は収録されておらず、『滑稽詩文』も『五鳳集』も近世初期に成ったものなので、現段階では、『青嶂集』が、当該詩の出典として最も古い作品ということになる。ただし、永泰院は廃寺となって久しく、乾徳院（普広院）は再三灰燼に帰しているので、観中関連の作品は皆無に等しく、『青嶂集』は孤本である。それは、上村観光氏蔵本を大正三年（一九一四）六月に書写したもので、東京大学史料編纂所に所蔵されている。梶谷氏は、相国寺山内の普広院にある、その写しを底本にされている。

三　張耒「進学斎記」の存在

「進学斎」詩の内容を垣間見る。まずは転句が「枕上、未だ醒めず、芳艸の夢」となっていることについて。柳瀬氏も引用されていたが、例えば『新刊錦繡段抄』[4]巻一・節序　節亭之詩三十有二首には、冠平仲の「春日の作」という詩があり、「白晝、偶々芳草の夢を成す。起き來たれば、幽興、新詩有り」という起承句に対して、「謝靈運カ。弟ノ。謝恵連ニ。永嘉ノ西堂ニテ。夢中ニ逢テ。池塘春草生ス卜云句ヲ得ル故事也。未謝靈運ノ墓ニ有レ之。新詩ハ。池塘芳草生スノ句歟。（下略）」という抄文が付してある。すなわち、当時は「芳草の夢」からだけでも、謝霊運の故事は想起されたようである。と、すると、わざわざ「池塘芳（春）草の夢」と作るのは、少しばかりまわりくどいような気がする（それこそ稚拙な印象を受ける）。しかも、当該詩では「典故がそれ本来の意味を伝えずに、それぞれの語が有している原義を組み合わせただけの意に使っている」ので、ここで謝霊運の故事を強調することに、首を傾げざるを得ない。ただし、解釈はそれ程大差は無く、枕元で、池の畔でよい香りのする草が生えるという夢から、いまだに醒めやらないうちに、とでもなろうか。

つぎに詩題の「進学斎」について。これは書斎の名称である。『青嶂集』には、この他にも寮舎や書斎を詠じた作品が含まれ（「無為軒」〔六三〕、「嵐光軒」〔一二九〕）、「進学斎」は観中周辺、例えば乾徳院や永泰院の中にあった彼の書斎を言うのであろうか。

ところが、横川景三（一四二九～九三）が撰した、五山文学版『百人一首』には、つぎのような詩がある。同書は文明年間（一四六九～八六）の後半成立、中世禅林の詩僧を百人選び、各一首（すべて七言絶句）を挙げた詩選集（アンソロジー）である。

　　読張父讃進學齋記　　　　梅室

澹泊汪洋碎語道。　蘇公門下抜其尤。

若陳進學齋中力。　隻手須回元祐舟。

（『続群書類従』第十二輯上）

【注】讃―神宮文庫本・国会図書館鶚軒文庫本等「潜」、汪―鶚軒文庫本「班」、碎―神宮文庫本・慶安三年（一六五〇）九月刊本等「辞」、道―神宮文庫本・鶚軒文庫本等「遵」、尤―版本ナシ、齋―京都大学附属図書館平松文庫本「蔵」。日比野純三氏「校本百人一首」（島津忠夫氏監修『日本文学説林』〈和泉書院、昭六〇〉所収）による。

この詩によると、「進学斎の記」という文章が、当時、五山禅僧の間で読まれていたことがわかる。『続群書類従』の翻刻本には誤植が多く、「梅室」は梅（旃）室周馥（夢窓疎石――大亨妙亨――玉潭中湛――梅室。玉村氏『五山禪林宗派圖』〈思文閣出版、昭六〇〉による）。日比野氏のご報告によると、「父」字に関する注記は無いが、実は「張父讃（潜）」は「張文潜（張耒）」の誤謬である。張耒〔一〇五四～一一一四〕、号は柯山、字は文潜、宋の楚州淮陰（江蘇省淮陰）の出身である。蘇門四学士（張耒の他は、黄庭堅・秦観・晁補之）の一人。ちなみに梅（梅）室詩の承句「蘇公門下に其の尤を抜く」は、このことを踏まえての表現であろう。また、起句の「澹泊、汪洋、語道（遵）を碎く」は、中華書局本『蘇軾文集』巻四十九所収の「張文潛縣丞に答ふる書」に「故に汪洋澹泊、一唱三嘆の聲有りて、其の秀傑の氣、終に没すべからず。」とあるのに拠るだろう。張耒は徽宗の時、太常少卿になり、後に潁州・汝州の長官となった。詩は平淡であることにつとめて白居易にならい、楽府は張籍にならったという。著作に『宛丘集』『両漢決疑』『詩説』がある。『宋史』巻四百四十四、『張耒集』（中華書局）(5)の「附録一　年譜」、筧文生・野村鮎子氏『四庫提要北宋五十家研究』（汲古書院、平一二）参照。

さて、義堂をはじめとして、多くの禅僧が閲覧し引用している(6)、宋の祝穆の編した類書『事文類聚』の中に、張耒の「進学斎の記」を見付けることができる。ここにその全文を掲げる。なお、『張耒集』巻五十においては、題名が「進齋記」となっており、本文は一部、欠落している。

進學齋記　　張文潜

古ノ之君子ハ。無シ二須臾トシテ而不ト云コトレ學ハ。故ニ其ノ爲ルレ德、無シ二須臾トシテ而不ト云コトレ進マ。鷄鳴テ而興テ、暮夜ニシテ而休ス。一日ノ之間。出テハ則泣ミレ官ニ治シテレ民ヲ、事ヘ二師友ニ一、對ス二賓客ニ一。入テハ則事ツリ二其ノ親ニ一、撫テ二其ノ家ヲ一、教ヘ二其ノ幼賤ヲ一、振ト二其ノ族姻ヲ一。與ニシテ四夫ノ誦二説講三辯スル上世聖賢ノ之言語文章、制度服物ヲ一。而燕樂スルトキハ則御シ二琴瑟ヲ一、布シキ二樽俎ヲ一。拜府升降、酬酢相侑。勉勉汲汲トシテ、無シ丁須臾ノ之間モ、不丙習ト云コトヒ二其ノ事ヲ一、學ヒ二其ノ理ヲ一、通シテ二其ノ曲折ヲ一、而服セ乙其ノ訓戒ニ甲。蓋シ其ノ學無三頃刻トシテ而去ルコト二其ノ心ヲ一。非ス二特リ其ノ迹然ルノミニ一也。安居

無事。精思而深念。矯揉其心志。調服其血氣。觀天地之道。察萬物之理。以究道德之微妙。而通性命死生之始終者。亦未始有頃刻之休。是故其德日進而不可止。蓋自其不息而察之、則豈特日進也哉。晝之所達、過其旦。夜之所得、加於晡。豈特旦暮晡夜之別哉。一語一默、一起居、而新故不相襲矣。自其爲士而至聖人。如日之運於天。小之爲旦夜中晨之變。大之爲寒暑春秋之異。然微細而察之、則雖求毫釐絲忽之間而不可得。嗚呼、士之欲進於道。其勤苦勉強。蓋必如是而後至、則亦已勞矣。後世之士、其不至於聖人也、亦可知矣。古之君子、飲食游観疾病死生之際、未嘗不在於學。士會食而問殽蒸、則飲食之際未嘗不在學也。曾晳風乎舞雩、詠而歸、則游觀之際未嘗不學也。曾子病而易大夫之簀、則疾病之際未嘗不學也。今之所謂學者、既剽盗其皮膚、攘掇其土苴。比於古之人大可愧矣。然少而習之。未幾見而自以爲業成者十九也。冠而仕、則冠而棄之。壯而仕、則壯而棄之。以其滅裂苟偸之習。而亟捨於既仕之日。故後世之君子、大抵從仕數年、則言語笑貌嗜慾玩習之際。比之進取之初。以儒自名者。固已大異矣。古之君子、其学也。内以脩身、外以治人。所學愈高。所治益脩、而成功愈崇。是故君子立於世、則天下被其福。嗚呼、三代之衰。儒者之功不大見於世。而生民之望於君子者。未能厭滿其欲。豈非士之學未至而道未立哉。嗟乎、民之休戚。係於道學之成否。則夫之爲士者可不勉歟。元豊之乙丑。余官於咸平。治其所居之西。即其舊而完之。既潔以新矣。於是悉取詩書古史。陳於其中。有誦習之牖。有休偃之席。暑則啓扉。寒則塞向。朝夕處乎其中。取書而讀之。其甚憊也則卽席以休。以深思其平日之所得。無一日而不在是也。余惰者也。故取古之道而名之曰進學。而書其説。庶朝夕得以自警焉。

（『和刻　古今事文類聚　別集〈国文学研究資料文庫11〉』巻之一・学術、ゆまに書房、昭和五十七年）

傍線部（『張耒集』では欠落している）に注目すると、張耒は元豊八年（一〇八五）、三十二歳の時に、役人として咸平（河南省開封府）に赴き、その住居の西側をきれいにして、詩書や古史を取って、悉くその中に陳列した。誦習するための窓や、休むための席が有り、暑い時は扉を開き、寒い時は北窓を塞いだ。朝から晩までいつもその書斎の中に居て、書物を手に取って、これを読んでいた。ひどく疲れた時は席に着いて休み、平日得る所を深く反芻して、一日としてこの書斎にいないことは無かったという。彼は怠惰なので、古人と同様の方法を取り、この書斎を「進学」と名付けて、その説を書した。願わくは、朝夕に自らをいましめることを望んでいるという。と、いうのも、古の君子は、須臾として学ばないことは無く、それは例えば、飲食、遊観、疾病、死生に際しても、いまだかつて学ばないということは無かった。それ故に、その徳も、須臾として停滞することは無く、士人が聖人に至るのは、太陽が天をめぐるが如きことだったという。それに引き換え、後世の君子、今の所謂、学者は、聖人になることができない。それは、本気で学ぼうとする姿勢が無いからである。彼らは大抵、数年間従仕すると、言語、笑貌、嗜慾、玩習のいずれを採っても、進取の気象があって、儒教で以って自らを言い表している者に比べると、大いに異なっている。古の君子の学びの姿勢は、内に対しては我が身を修め、外に対しては人民を治め、学ぶ所はいよいよ高く、治める所はますます修めて、功を成すことはいよいよ崇高である。したがって、君子が世に立つ時は、天下がその幸福を被っている。ところが、夏・殷・周の三代以降、儒者の功績が世にあらわれておらず、人民の望みを満たしていない。それは、士人の学がいまだに至らず、道が立たないからである。人民の喜憂は、道学の成否にかかっている。

観中が、張耒の書斎である「進学斎」を念頭にして、「少年老い易く」詩を作ったことは、確実に言えると思う。言わば、「進学斎」の斎号頌とでも言えようか。ただし、「進学斎の記」の中に、関連記事が殆ど見られない。「進学斎の記」は、儒家の立場に基づいて論が進められていると思われるが、張耒が同時代の儒者の態度に危機感を抱き、進学斎において一日として休むことなく、真摯な態度で学問に精進したことに深く共感して、観中は「少年老い易く」詩を詠出したのであろう。勿論、これは勧学の詩である。

四　『翰林五鳳集』の編集方針管見、惟肖得巌のメモ癖

ここまで来ると、一つ大きな問題点が残されていることに気付かれるだろう。「少年老い易く」詩を観中中諦の作と仮定すると、それが一体どうして、惟肖得巌の作として『翰林五鳳集』に収録されているのだろうか。この問題点をクリアできなければ、当該詩を観中の作と断定することはできない。

『五鳳集』に収められている惟肖の作品で、彼の外集である『東海璚華集』に確認できないものは、「進學軒」詩の他にも、多数存在する。ただし、今のところ他人の作が、惟肖の作として『五鳳集』に収録されている用例は、見出し得ていない。『五鳳集』に関しては、蔭木英雄氏に一連のご労作があり、[7]「成立の事情」や「撰者」、「書写」、「構成及び作者」について綿密に言及されているが、全六十四巻で収録作品数や作者数（二〇四名）が膨大なためであろう、残念ながら収集源や編集態度についての記述は無い。大日本仏教全書本『五鳳集』[8]は「誤字誤植の多い悪本」であるが、試みに絶海の作品に注目することで、『五鳳集』の収集源や編集態度の傾向を探ってみたい。絶海の『蕉堅藁』の伝本は同一系統で、いずれも五山版から派生している。当然、詩文の取捨による異同も無く、配列順序も殆ど同じである（第三章第一節参照）。加えて、詩の総数も少ないので（計一七二首、他作七首を含む）、調査するのに非常に便利である。

紙数の都合上、ここで調査結果の全貌を紹介することは避けるが（第三章第八節参照）、題名や作者名が無い詩が散見したり、七言律詩（『蕉堅藁』三十五番詩）を絶句二首分として収録する（巻第六十四）など、『五鳳集』のかなり杜撰な編集態度が露呈された。同集に『蕉堅藁』収載詩は、全一七二首中一四五首収められていて、『蕉堅藁』に未収録の詩は、『五鳳集』巻第四十八に三首確認できる。そのうち「畫馬障子 二首」は、横川景三の『小補東遊

集』（『五山文学新集』第一巻所収）に確認することができる。岩山氏は、『五鳳集』の作者の信憑性は割合高いといった旨のことを述べられていたが、同集所収の「進學軒」詩を、無条件に惟肖作と断定するのは、聊か危険なようである。

また、『蕉堅藁』八十九番詩は、『五鳳集』の巻第十九と巻第四十一に重複して収められている。ただし、少しく異同がある。

○蘭生幽谷獨開花。藹々國香堪自誇。寂莫楚江無逐客。孤芳移在野僧家。秋蘭　　絶　海　（巻第十九）

○蘭生幽谷獨開花。藹々國香堪自誇。寂莫楚江無逐客。孤芳移入野僧家。僧窓移蘭　　絶　海　（巻第四十一）

これは明らかに編集ミスであろうが、ミスから明らかになって来る事柄があるのは面白い。じつは、『蕉堅藁』の八十九番詩は、『花上集』（『続群書類従』第十二輯上所収）にも採られていて、『五鳳集』の巻第四十一収載詩は、これによるものと思われる（巻第十九収載詩は『蕉堅藁』による）。なぜなら、異同が認められる詩題と結句が一致しているからである。(9)『花上集』は『百人一首』と同じく、室町中期の五山禅僧二十名の七言絶句を各十首ずつ、合計二百首集めた詩選集である。某僧が建仁寺の少年僧文挙契選のために編集し、横川が命名した（彦龍周興（一四五八～九一）の序文による）。長享三年（一四八九）成立。また、『五鳳集』の跋文に、

本邦所二選纂一。有二百人一首。花上集之兩帙一。近代風騷耆宿賦レ之。取下有レ補二於詩道一者上。盡擇二其精一錄レ之。然則禪必通レ詩。詩必通レ禪。禪詩共有二妙悟一。豈不レ快乎。（訓点は私に施した）

という文章があることからも、『五鳳集』の収集源の一つとして『花上集』を指摘することができると思う。合わせて『百人一首』も収集源の一つに数えることができるだろう。と、いうのは、『五鳳集』に一首しか採られてい

ない禅僧の詩の大部分、例えば汝霖妙佐「梅花帳」詩（巻第六）、鄂隠慧奯「除夜有所思」詩（巻第二十三）、古剣妙快「招人」詩（巻第二十五）、無求周伸「寄故人」詩（巻第三十八）、中岩円月「壇浦」詩（巻第五十三）、寂室元光「書金籠（蔵）山壁」詩（巻第五十四）等、それから観中中諦の「賛王荊公」詩（巻第五十四）も『百人一首』に採られているからである。なお、すでに堀川貴司氏が指摘された(10)「等持院屛風賛」（『五山文学新集』別巻一・「詩軸集成」所収）から採った一首（夢窻疎石「諸大老十二景之眞跡在北山等持院／瀟湘夜雨」詩〈巻第五十二〉、無悳至存（孝）「山市晴嵐」詩〈同上〉、乾峯士曇「題名ナシ」〈巻第四十六〉等）もある。以上、稿者は、現段階では、『五鳳集』の収集源として各禅僧個人の外集（散佚したものや、未発見のものもあるだろう）、「等持院屛風賛」に加えて、『百人一首』、『花上集』を考えている。さらに精査を重ねれば、新たな収集源を追加できるものと思われるが、それは他日に期したいと思う。

稿者は、これまでに何度も拙稿で取り上げたことがあるのだが、建仁寺両足院蔵『東海璚華集（絶句）』は、非常に興味深い本である。本の構成は、少々複雑である。玉村氏の「解題」を参考にして纏めると、以下の通りである。

一、惟肖得巌の七言絶句。二〇九首。

二、惟肖の五言絶句。二二首。

↓一、二は、史料編纂所本『東海瓊華集』所収のものと多少出入りがある。文言にも多少の相違がある。

三、江西龍派（一三七五～一四四六）の七言絶句および七言律詩。一〇〇首（実際は八五首）。

↓先輩僧惟肖に呈示して、添削を求めたもの。

四、俗詩（五言絶句）。六四首。**【例】**東方虬・司空圖・韋應物（蘇州）・貫休（禪月大師）・陸龜蒙・李商隠（義山）等。

五、惟肖の先輩五山僧の七言絶句。一〇六首。【例】義堂周信・絶海中津・無求周伸・雲溪支山・觀中中諦・中巖圓月等。

そして玉村氏は、以下のように指摘される。

この本は、江戸時代の寫本であるが、その親本となつた本は、或は惟肖の草稿本であつたかとも思はれる。その故は、この本に収められてゐる所の惟肖の作品以外のものは、一見雜然と書きつづけられてゐるやうに見えて、實はいづれも惟肖に關係のあるものばかりで、江西龍派の作品は惟肖に呈似《ママ》されたもの、俗詩は惟肖が諸本涉獵の際書留めておいた覺え、義堂・絶海等の詩は、作品がいづれも惟肖に關係の深い人のものばかりであるから、惟肖が先輩の作品を勉學のために抜萃して座右に備へたものと考へられないこともない。して見ると、この本は惟肖自筆手澤の草稿本の俤をつたへるものとして貴重である。（以下略）　（一三〇一頁）

これによると、惟肖には、いわゆる〝メモ癖〟とでも呼べるような性質があったのではないだろうか。この本には、中国の詩人や、江西龍派、五山の先輩僧の詩がメモされているが、例えば観中に関しては、「許由乘瓢圖」（a）、「中秋前一日寄穎川」（b）、「淵明種柳圖」（c）、「送行」（d）という四首が記されている（記号は私に施した）。このうちc詩は、先の梶谷氏の『観中録・青幃集』に見受けられず、残りの詩は、題名や、詩句の文字に異同がある（a詩は「棄瓢圖」（八〇）、b詩は「八月十四夜寄人」（九二）、d詩は「話別」（八九））。さらに想像を逞しくすると、惟肖は、勉学の際、先輩僧観中の「進学斎」詩をメモし、それがいつの間にか惟肖の作品と混同してしまい、『五鳳集』に採集されたのではなかろうか。そしてその際、詩題の「進学斎」が「進学軒」に、また転句の「枕上未醒芳艸夢」が「未覺池塘芳草夢」に書き改められたのであろうか。ただ、前者に関して言えば、たしかに「書斎」と「寮舎」は、時代がくだるとともに同義になって来るが、ここでは改めるべきでは無かっただろう。張耒や、彼の「進学斎」の存在が、全く想起できず、見失われてしまうからである。

おわりに

以上、「少年老い易く」詩の作者（出典）問題に終止符を打つまでには至らなかったが、新たな出典候補として、観中中諦の『青嶂集』を紹介した。今まで出典として報告されてきた、どの作品よりも古い出典である。詩題は「進学斎」となっており、観中の周辺に「進学斎」という書斎が存在したのであろうが、もともとは張耒の「進学斎」を詠じた斎号頌のようなものだったのではないだろうか。したがって、稿者は結果的に、同詩が勧学詩になり得たと考える。また、転句は「枕上未醒芳艸（草）夢」となっており、これが後世への伝流過程において、「未覚池塘芳草夢」→「未覚池塘春草夢」と変遷したことが推測される。稿者は、同詩が『翰林五鳳集』において惟肖得巌作となっていることについて、『五鳳集』の編集態度が杜撰なこと（作者名も全面的に信用することはできない）、惟肖の〝メモ癖〟故に混同したのではないかということを指摘した。個々の作品間における伝流状況に関しては、柳瀬氏や岩山氏の説を出るものは何も無く、推測に推測を重ねることになるので、ここでは、あえて言及しない。

ともあれ、五山文学は、従来から「傍流の文学」とか「学界の孤児」という汚名を被って来た。これは、ひとえに我々研究者の責任であろう。本文、注釈、作者、成立、用語・語法、内容・特質、いずれの研究もあまり進んでおらず、五山文学研究の第一人者であった玉村竹二先生も、平成十五年十一月に逝去され、つねに五山文学研究者の周りには、「憂鬱」が渦巻いている。[11] しかし、柳瀬氏の言われるように、それは「近代日本が学校教育に課していた有為な人材を養成するという目標に沿って」（③）、朱熹（朱子）に仮託して明治期の漢文教科書に掲載されたためであろうが、我々に相当馴染みが深く、日本人の精神へ多大なる影響を与えた「少年老い易く」詩の作者が、じつは、五山の禅僧としてはそれ程名前が知られた存在ではない観中中諦の可能性が高いという事実は、わたくしにロマンを感じさせるとともに、わたくしの五山文学研究に対する情熱を掻き立てるのである。

注

（1）絶海中津との交流に関しては拙稿「『和韻』から見た絶海・義堂」（『古代中世国文学』第二十号、平成十六年一月。→第二章第五節）、『臥雲日件録抜尤』宝徳元年〔一四四九〕七月十一日条、『碧山日録』寛正元年〔一四六〇〕五月二十二日条等参照。義堂周信との交流は、義堂の日記である『空華日用工夫略集』（以下、『日工集』と略す）に描かれている。

（2）水元日子・鷲野正明・宇野直人氏「哲学者の横顔――朱子の詩と詩論」（『漢文教室』第一六〇号、昭六三・五）。

（3）玉村竹二氏『五山禪僧傳記集成』（講談社、昭五八）、中川徳之助氏「惟肖得巌年譜考」（『安田女子大学大学院開設十周年記念論文集』、平一五・一二）参照。

（4）引用は『癸未版　錦繡段』による。

（5）張耒の現存文集は、『宛丘先生文集』七十六巻、『柯山集』五十巻（『四庫全書』所収）、『張右史文集』六十巻（『四部叢刊』所収）、明の嘉靖三年〔一五二四〕刻本『張文潛文集』の四種に分類され、それらを整理校訂したのが、中華書局本『張耒集』六十五巻である。

（6）『日工集』永和二年〔一三七六〕三月十五日条参照。また、例えば、張耒の作品（巻之七・長短句「磨崖碑後」、巻之八・歌類「七夕歌」）が採られている『古文真宝』（黄堅編）の抄物『古文真宝桂林抄』（『続抄物資料集成』第五巻所収、清文堂、昭五五）にも、『事文類聚』からの引用が多数見られる。

（7）蔭木英雄氏「『翰林五鳳集』について――近世初期漢文学管見――（一）（二）（三）」（『相愛大学研究論集』四・五・六、昭六三・三〜平二・三）。

（8）玉村氏は、「もちろん撰進した原本は失われてしまっているが、現存の諸写本のうちでは国会図書館所蔵の二本のうちの相国寺雲興軒旧蔵本（旧帝国図書館本）が最も古いものである。この本は雲興軒主雪岑梵崟の書写手沢に成る本であり、（中略）『全仏』（『大日本仏教全書』の略、朝倉注）はおそらくこの本を底本にし、諸本を参酌したのであろう」（「解題」）と述べておられる。

（9）『花上集』の刊本は四系統あるが、内容は同一である。また、写本は、①訓点を有するもの、②「幻雲曰」の注を有するもの、③それら以外のもの　に分類できるが、本文に大きな異同はなく、同一系統と見なしてもよい範疇である。本章第七節参照。

(10) 堀川貴司氏「『等持院屛風賛』について」(『国語と国文学』第六十九巻第五号、平四・五。後に『詩のかたち・詩のこころ─中世日本漢文学研究─』〈若草書房、平一八〉に再収)。

(11) 朝倉尚氏は平成十六年度広島大学国語国文学会秋季研究集会(於　広島大学学士会館2Fレセプションホール)の第二日目(十一月二十八日)、「禅林文学研究者の憂鬱─義堂周信の著作物をめぐって─」という題目のもと、公開発表をされた。氏は、義堂の『空華集』や『新撰貞和集』『重刊貞和集』の本文に関する問題点を例に挙げて、禅林(五山)文学研究者が屢々直面する「憂鬱」の実態を説明されるとともに、その中で時折見出せる一縷の「光明」を紹介された。

第二節　「少年老い易く学成り難し」詩の作者と解釈について
――「詩の総集」収載の意味するところ――

はじめに

偶成　　朱熹

少年易老学難成　少年老い易く 学成り難し
一寸光陰不可軽　一寸の光陰 軽んずべからず
未覚池塘春草夢　未だ覚めず 池塘春草の夢
階前梧葉已秋声　階前の梧葉 已に秋声

漢文入門の教材としても広く知れ渡り、起・承句が慣用句として親しまれている、いわゆる「少年老い易く学成り難し」詩（以下、「当該詩」と略称）が朱熹（朱子、一一三〇～一二〇〇）の作ではなく、実は和製であり、我が国の禅僧が作者であったという報告は、近年、最も耳目を集めた文学的話題の一つと言っても過言ではないだろう。そして、稿者が柳瀬喜代志氏、岩山泰三氏のご論に導かれて、当該詩の作者を観中中諦〔一三四二～一四〇六〕ではないかと指摘してから、はや十年以上が経とうとしている。その間にも、刺激的な論考や新資料が提出され、依然として当該詩に対する学界・教育界からの注目度は高いように感じる。本節においては、先行研究を網羅しながら、稿者の新知見をも加え、その作者や解釈など、当該詩に纏わる「最新情報」を確認、整理させていただきたいと思う。

一　当該詩についての先行研究

当該詩の作者や解釈を追究した先行研究を列挙する。なお、番号は私に施した。

①柳瀬喜代志氏「いわゆる朱子の「少年老い易く学成り難し」（「偶成」詩）考」（岩波書店『文学』第五十七巻第二号、一九八九年二月号）
②柳瀬喜代志氏「教材・朱子の「少年老い易く学成り難し」詩の誕生」（『国語教育史に学ぶ』〈早稲田教育叢書2〉所収、一九九七年五月）
③岩山泰三氏「「少年老い易く学成り難し…」とその作者について」（『しにか』第八巻第五号、一九九七年五月）
④花城可裕氏「朱熹の「偶成」詩と蔡温」（『南島史学』第五十四号、一九九九年十一月）
⑤拙稿「「少年老い易く学成り難し」詩の作者は観中中諦か」（『国文学攷』第百八十五号、二〇〇五年三月）
↓本章第一節
⑥加藤一寧氏「所謂「偶成」詩と『雛僧要訓』」（『禅学研究』第八十六号、二〇〇八年一月）
⑦岩山泰三氏「五山の中の「少年易老」詩」（『文学』第十一巻第一号、二〇一〇年一月号）
⑧堀川貴司氏「『覆簣集』について――室町時代後期の注釈付き五山詩総集―」（『文学』第十二巻第五号、二〇一一年九・一〇月号）

稿者の**拙論**⑤は、**論文**①～③を踏まえて立論したものである。**論文**⑥～⑧は、稿者が⑤を発表して後に公表されたものなので、今回、自説を点検、再確認する上でも、非常に興味深く拝読させていただいた。
次に、管見の範囲で、日本禅林における当該詩の伝流過程を辿ると、以下の通りになる。なお、㋐〜㋖の記号及び傍線は、私に施した。（㋕㋖は第三項以降で言及）

㋐観中中諦『青嶂集』第十五章　室町前期成立　**↓論文⑤**

〔一四〇〕進学斎

少年易老学難成。一寸光陰不可軽。枕上未醒芳艸夢。堦前梧葉已秋色。

㋑『覆簣集』天文十一年〔一五四二〕序文成立　**↓論文⑧**

1進学軒

家《ノ》号也。如《シ》二高君素頤《ガ》軒《ノ》一。進学字、退之有《カ》二進学《ノ》解一曰《ク》、「国子先生晨《ツニ》入《テ》二大学《ニ》一招《テ》二諸生《ヲ》一立《ラヘ》二館下《ニ》一、誨《テ》レ之曰《ク》、業精《ハシテ》二于勤《ニ》一荒《スサム》二于嬉《タノムニ》一」云々。又大学曰「王宮国都、以《ヨリ》及《テマテ》二閭巷《ニ》一、莫レ不《ストヱコト》レ有レ学《フ》」。学者学館也。江西

少年易《シテ》レ老学難レ成　杜牧「昨日《ハ》少年今《ハ》白頭」。本朝九淵和《ノ》二少年試筆詩《ノ》一「苦《シメテ》レ心《ヲ》須レ学少年時」矣。江西与《ハ》二

九淵一阮咸阮籍□（虫損。也カ）（2オ）

一寸《ノ》光陰不レ可レ軽《ス》　陶侃曰「大禹《タモ》聖人惜《ム》二寸陰一、至《テハ》二於凡人一当《ニ》レ惜《ム》二分陰《ヲ》一」。淮南子《ニ》「聖人重《シテ》二分寸之陰《ヲ》一而軽《ス》二尺璧《ヲ》一」。論語《ニ》「学《テ》而時《ニ》習レ之」。王粛曰《ク》「時《トハ》者学者以レ時誦習、誦《シテ》習以レ時《スルトキヲ》、学無《カクシ》レ廃《スルコトヲ》レ業」矣。

未《スタ》レ覚池塘芳草《ノ》夢　階前《ノ》梧葉已《ニ》秋声

三句《ノハ》曰レ春、四句《ノハ》曰レ秋。光陰早《キ》也。宋《ノ》謝恵連十歳《ニシテ》能属《クスニ》レ文。霊運云《カク》、毎有《ニレハ》二篇章一、対《シテ》二弟恵連《ニ》一得《タリ》二佳語《ヲ》一。嘗《テ》於永嘉西堂《ニ》一思レ詩不レ就、忽夢見《ニ》二恵連《ヲ》一、即得《チ》下「池塘生《ル》二春草《ヲ》一」句《ヲ》上。大以（2ウ）高宗夢得《タリ》レ説、使《シテ》レ百工《ヲ》一

営《セ》一求《ム》二諸《コレヲ》野《ニ》一得《タリ》二諸《コレヲ》傅岩《ニ》一。又云、若歳《シ》大旱《セハ》用レ汝《ヲ》作《ン》二霖雨《ト》一。

㋒大谷大学図書館蔵『詩集』（大外―3752）
少年易老学難成。一寸光陰不可軽。未覚池塘芳草夢。堦前梧葉已秋聲。　進学軒　江西

㋓『翰林五鳳集』巻第三十七・雑　乾坤門　元和九年（一六二三）成立　→**論文③**
少年易老學難成。一寸光陰不可輕。未覺池塘芳草夢。階前梧葉已秋聲。　進學軒　惟肖

㋔『滑稽詩文』　近世初期成立　→**論文①・②**
寄小人
少年易老學難成。一寸光陰不可輕。禾（未水）覺池塘芳中（艸水）夢。階前梧葉已秋色。

【注】「水」字は水戸彰考館本を示す。第四句の「色」字は、「声」の誤読か。

二　当該詩の作者と収載作品集について

当該詩は朱熹の作品集（『朱文公文集』）には収められておらず、「偶成」という題辞を伴い、朱熹作として登場するのは、我が国の明治期の漢文教科書（明治三十八年一月　国語漢文同志会編纂『新編漢文教科書』明治書院刊）が最初である（①・②）。彼の詩風・詩論・哲学の性格を勘案して、朱熹の代表作であることを訝る声は当初から根強かったようである。（1）柳瀬氏も朱熹の学問観と異質であることや、表現上の稚拙さから疑念を抱き、当該詩の出典として、㋔の『続群書類従』巻第九百八十一　雑部百三十一収載の『滑稽詩文』を指摘された（①・②）。『滑稽詩文』

とは「室町時代末期から江戸時代初期にかけての禅林僧侶の詩文集」（『群書解題』第二十二）であり、艶詩艶文や滑稽詩を集めた作品である。ただし、作者名は記されておらず、題辞は「寄小人」となっている。

一方、岩山氏は、㊈の『大日本仏教全書』第百四十四～百四十六巻に翻刻されている『翰林五鳳集』（以下、『五鳳集』と略す）巻第三十七・雑　乾坤門の中に、当該詩の出典を見出され（③）、そこでは、題辞は「進學軒」、作者は「惟肖」となっている。ちなみに、大日本仏教全書本の底本である国会図書館蔵　相国寺雲興軒旧蔵本は、現存する諸本の中で最も古く、由緒正しき伝本であるが、『五鳳集』の清書本（原本）により近い形態を留めていると考えられる国会図書館蔵　鄂軒文庫本（本章第六節参照）においても、文字の異同はない。『五鳳集』は元和九年（一六二三）、後水尾天皇（一五九六～一六八〇）が金地院（以心）崇伝（一五六九～一六三三）らに命じて、代表的な五山詩僧――上限で虎関師錬や義堂・絶海、下限で希世霊彦・横川景三から、惟高妙安・策彦周良に至るまで――の詩偈を撰集、書写せしめた、五山文学唯一の勅撰漢詩集である。同集は、童蒙や少年僧の文筆修業のために編纂されたという一面を持つとともに、伝存する禅僧の作品集（別集）に認められない作品が多数収められているので、研究者からは重宝されている。全六四巻。伝本によって差異があるが、作者数は二〇〇名弱、収録作品数は一六〇〇〇～一七〇〇〇首と非常に大部な作品集である。

題辞の「進學軒」とは寮舎（塔頭に付属）の名称（所在不明）と目される。岩山氏は「韓愈の「進学解」を踏まえた名称であろう。この賛も「進学解」に倣った勧学の詩意を成していると解すべきであり、ここに男色の寓意を読み取るのは無理である」（③）とも、作詩事情に関して「寮舎の主に乞われて、その軒に掲げた扁札に寄せた題壁、或いは詩（画）軸に記した賛かも知れない」（③）とも推測される。

「惟肖」とは惟肖得巌（一三六〇～一四三七）を指す。彼は備中の出身で、草堂得芳や蔵海性珍に師事した。摂津の棲賢寺（諸山）、山城の真如寺（十刹）、万寿寺（五山）、天龍寺（五山）（第六十九世）、南禅寺（五山之上）（第九十八世）の住持を務める一方、夢巌祖応や絶海中津（一三三六～一四〇五）に学び、特に絶海からは、四六文の作法を学んだという。(2) ただし、彼の語録詩文集としては『東海璚華集』が流布し、『五山文学新集』第二巻に収録されるが、当該詩を見出すことはできず、稿者には、看過できない要点であった。

さて、稿者が㋐の観中中諦『青嶂集』第十五章（梶谷宗忍氏訳注『観中録・青嶂集』、相国寺、昭四八）において、当該詩に邂逅したのは、観中と交流があった絶海中津に関して研究を進めている最中であった。『青嶂集』は孤本であり、その残された一本については、上村観光氏蔵本を、大正三年（一九一四）六月に書写したものが、東京大学史料編纂所に所蔵されている。以下の内容は、**拙稿⑤**に詳述する。

観中は阿波の出身で、九歳で上京し、夢窓疎石（一二七五～一三五一）に見えたが、翌年、夢窓の示寂にあい、その後は関東、京都、阿波を往来して、義堂周信（一三二五～八八）や春屋妙葩に師事した。応安六年（一三七三）には、義堂の勧めもあって入明したが、あいにく青巾の乱に遭い、間もなく帰朝している。阿波の補陀寺（諸山）、等持寺（十刹）に住した後、相国寺（五山）（第九世）の住持に任ぜられた。同寺内に乾徳院（後に普広院と改称。再三、灰燼に帰しているため、観中関連の作品は殆ど残っていない）をはじめ、嵯峨には永泰院（廃寺）を開いた。応永十三年、永泰院に寂す。後、性真円智禅師と勅謚される。観中の語録詩文集を『青嶂集』と称するが、彼の『碧巌集』抄を『青嶂集』という説もある。(3)

題辞の「進学斎」とは書斎の名称であるが、「進学軒」と同様、実際の所在は不明である。「進学斎」は、当初、観中周辺の乾徳院や永泰院に付属する書斎を指すのかとも推測していたが、張耒（張文潜、一〇五四～一一一四）に「進学斎の記」という文章があることに注目した。

張耒の「進学斎の記」は、義堂をはじめとした、多くの禅僧が閲覧、引用している。(4) 宋の祝穆の編した類書『事文類聚』にも採られているし、横川景三撰の五山文学版『百人一首』には「張文潜の進学斎の記を読む」（旆室周馥作）という詩も見受けられる。ちなみに『百人一首』は文明年間（一四六九～八六）の後半に成立、中世禅林の詩僧を百人選び、七言絶句詩を各一首ずつ挙げた詩選集（アンソロジー）である。紙面の都合上、「進学斎の記」の一部ではあるが、『事文類聚』から本文を抜粋する（全文は**拙稿**⑤に引用）。

元豊《ノ》之乙丑《ニ》。余官《タリ》二於咸平《ニ》一。治《メテ》二其《ノ》所《ノ》レ居《ル》之西《ヲ》一。即《テ》二其《ノ》舊《ニ》一而完《ス》レ之《ヲ》。既《ニ》潔《シテ》以新《ナリ》矣。於レ是《ニ》悉《ク》取《テ》二詩書古史《ヲ》一。陳《ス》二於其《ノ》中《ニ》一。有二誦習《ノ》之牖一。有二休偃《ノ》之席一。暑《ニハ》則啓《キ》レ扉《ヲ》。寒《ニハ》則塞レ向《フサクキタマトヲ》。朝夕處《テ》二乎其《ノ》中《ニ》一。取《テ》レ書《ヲ》而讀《ム》レ之《ヲ》。其甚憊《くツカル、トキハ》也則卽《テ》レ席《ニ》以休《シテ》。以深《ク》思《フ》二其《ノ》平日《ノ》之所《ヲ》レ得《ル》。無《シ》二一日《トシテ》而不《ト云コト》レ在《ラ》レ是《ニ》也。余《ハ》惰《ル》者《ナリ》也。故《ニ》取《テ》二古《ノ》之道《ヲ》一而名《テ》レ之《ヲ》曰《テ》二進學《ト》一。而書《ス》二其《ノ》說《ヲ》一。庶《クハ》朝夕《ニ》得《ン》二以《テ》自《ミ》警《ルコトヲ》一焉。

（『和刻　古今事文類聚　別集〈国文学研究資料文庫11〉』巻之一・学術、ゆまに書房、昭五七）

張耒は元豊八年（一〇八五）、三十二歳の時に、役人として咸平（河南省開封府）に赴き、住居の西側をリニューアルして、悉く詩書や古史を取って、その書斎の中に陳列した。誦習するための窓や、休むための席が有り、暑い時には扉を開き、寒い時には北窓を塞いだ。朝から晩までいつもその書斎の中に居て、書物を手に取って、これを読んだ。ひどく疲れた時は席について休み、平日に経験したことを深く反芻して、一日としてこの書斎にいないことは無かった。張耒は怠惰なので、古人と同様の方法を取り、この書斎を「進学」と名付けて、その説を書した。願わくは、朝夕に自らをいましめることを望んでいるという。

「進学斎の記」は、儒家の立場に基づいて論が進められていると思われるが、張耒が同時代の儒者の態度に危機感を抱き、進学斎において一日として休むことなく、真摯な態度で学問に精進したことに深く共感して、観中は「少年老い易く」詩を詠出したのではなかろうか。言わば、当該詩は「進学斎」の斎号頌であると同時に、張耒の文（記）に影響された勧学詩である。

ところで、近年、堀川貴司氏によって報告された㋑の『覆簣集』や、㋒の大谷大学図書館蔵『詩集』においては、当該詩の新たな作者候補として、「江西」こと江西龍派（一三七五～一四四六）の名前が挙がっている（題辞は両書とも「進学軒」）。江西は、「古今伝授」の東常縁の伯父にあたる。建仁寺霊泉院の一庵一麟に参じ、その法を嗣いで黄竜派に属した。聖福寺（十刹）・建仁寺（五山）（第百五十四世）・建仁寺開山塔の興禅護国院・南禅寺（五山之上）（第百四十四世）・東山の歓喜寺の住持を務めた。また、建仁寺霊泉院の塔主となり、続翠軒を創めた。詩文や四六文の作法は絶海の薫陶を受ける。(5) ただし、彼の作品集――『江西和尚語録』『続翠詩藁』等に当該詩は見当たらない。

慶應義塾大学附属研究所斯道文庫蔵『覆簣集』（全文の翻刻は堀川氏『五山文学研究　資料と論考』〈笠間書院、平二三〉に収録）は新出史料であり、この一本しか現存していない禅僧の詩の総集である。著者は守貞性愚（生没年及び伝記未詳）、序文によると、天文九年（一五四〇）の夏に五山での秉払（払子を秉って説法をすること。住持になる試験）を終えて後に執筆したという。全四六首（序文では「五十首」と述べているが、脱落があると考えられる）、そのうち月舟寿桂（?～一五三三）が最も多く作品が採用されている（一二首）。堀川氏は、「本書（『覆簣集』、朝倉注）については、少なくとも第一義的には初心者への啓蒙を意図したものであろう」「配列に関しては特に法則性が見出せないが、冒頭「進学軒」と末尾「書帯草」が共に勧学の詩である点だけは意図的な配置であろう」「すなわち、作品および詩人の選定について、三集（『花上集』『北斗集』『百人一首』、朝倉注）を参照したことはほぼ間違いないであろう」(8) と興味深いご指摘をされている。

翻って、大谷大学図書館蔵『詩集』も孤本であり、その体裁が未整理で雑然としている。五山文学における艶詩の代表的な作者である三益永因の作品を、最多の一一一篇余収める。一方、義堂・絶海・惟肖・心田清播・希世から、古剣妙快・正宗龍統・天隠龍澤・信中明篤、室町末期の月舟・惟高・梅屋宗香・桂林徳昌、林下の一休宗純に至るまで、バラエティーに富んだ禅僧の作品が収録される。加えて、各禅僧ごとに纏めて収録されている部分もあり、抄物の解説に類した書き込みが行間に頻繁に見られたりして、混沌とした様相を呈している。

三 当該詩の解釈をめぐって

当該詩の解釈をめぐっての論及は、禅林の詩をいかに解釈するかの方法論に帰結されるであろう。その際に重要な鍵を握る一つが、禅僧の詩作には必ずと言って良いほどに含まれる典拠の扱いである。典拠は密接な形で作者の創作意図に連関している訳であり、この連関をいかに判断、理解して解釈に反映させるかが肝要となる。作者の創作意図について、詩作の場合、これが端的に示されるのは、何と言っても詩題・題辞であろう。詩題・題辞と典拠の密着性の可否や濃淡を適格に判断することは、作者の創作意図や選者の選集意図に添った、禅詩の解釈法の要訣であると考えるのが、稿者の立場である。

当該詩の解釈については、オリジナルな決定稿一篇に対するに、本文に異同が生じていること、さらには収載作品集の成立時期を勘案することにより、詩句の解釈に変容が生ずる可能性が存するという、特殊な事情が介在している。本文の異同の原因については、作品の流布、伝誦のあり方に起因するであろう。当該詩の収載される作品集の性格を見極めることが肝要になると考える。文壇の文芸思潮の変化に伴った、詩句や典拠の解釈の変容については、そのこと自体を究明することの意義は多大であり、その点、岩山氏の論文⑦は傾聴しなければならないが、当該詩の成立時期、作者の創作意図、作品集の性格を総合する時は、全面的には首肯し難いとするのが、稿者の立場である。

観中中諦「進学斎」詩㋐は、観中の個人の作品集・別集『青嶂集』に収載される。題辞「進学斎」は、斎号

「進学」に因む頌詩であることを示す。禅林での一般的な慣例では、斎号は禅寺（―寺）・塔頭（―院）・寮舎（―軒）における自室・斎室に対して付与され、別号としても称されている（例　江西龍派・豩庵、梅雲承意・歳寒斎）。斎号頌は、付与・命名者に依頼されることも多い。当該詩の解釈としては、張耒の「進学斎の記」に共感した作者が斎主に対して、室内にあってその斎名に恥じることのない、勧学を奨励したものである。ただし、観中詩の「学」は、宗旨究明のための学問である。

江西龍派「進学軒」詩㋑は、一つには、おそらくは初心者向けの啓蒙書として、少数作者の若干詩を選定したと目される作品集・総集『覆簣集』の冒頭作品として収載される。題辞「進学軒」は、軒号「進学」に因む頌詩であることを示す。禅林での一般的な軒号は、寮舎に付与され、別号としても称されている（例　惟肖・双桂軒、江西・続翠軒）。当該江西詩の解釈としては、集の冒頭に配されていることもあり、軒主に対して勧学を奨励しているると解される。

江西「進学軒」詩㋒は、もう一つには、未整理の状態ながら、初学者向けの詩が集められた作品集・総集『詩集』に収載される。集の成立の時代背景を考慮する際は、艶詩との関わりを無視して解釈することはできない。が、艶詩には、いわゆる幼童・少年僧への恋情・性愛を素材とする狭義の艶詩と、幼童・少年僧を対象とした詩作、さらには男女の情愛を対象とする詩作をも含めた広義の艶詩とに大別される。『詩集』には、狭義・広義の両種艶詩が含まれる。一方、勧学の詩は抑もその性格上、幼童や少年僧をも主体とする初学者を対象として詠じられることが多く、広義艶詩の性格を内在していることに留意される。当該江西詩も、詩本文のみを広義の艶詩として解釈することは可能である。が、作者・江西の創作意図と、選者の選定意図が反映されていると見るべき題辞「進学軒」をも勘案する時は、やはり勧学を奨励した詩として解釈するべきである。ましてや当該詩の直前に配されるのは以遠澄期「題惜陰軒」詩で、起句に「人惜分陰禹才陰」とある。『晋書』陶侃伝の「惜分陰（分陰を惜しむ）」

という佳句を典拠とする軒号への頌詩である。分陰・一寸光陰を惜しんだ勧学奨励の詩としての解釈の妥当性が証される。

　惟肖得巌「進学軒」詩㋓は、以心崇伝が選集した詩偈の一大勅撰作品集・総集『翰林五鳳集』の雑・乾坤門に収載される。集の巻六十二・六十三には、特に「恋」の部が部立て、分類されていることもあり、狭義の艶詩として処遇された痕跡は皆無であり、純粋に勧学を奨励した内容の詩として解釈されていたと推量する。

　無名者「寄小人」詩㋔は、漢詩世界における、主として禅僧の滑稽の詩文を集めた作品集・総集『滑稽詩文』に収載される。選者の付する題辞「寄小人」で注目されるのは、「寄―」型題であり、寄せる相手が「小人」である点である。禅林における一般的な用法から言えば、前者は招寄詩の中の「寄人詩」型の詩題であることを示し、遠方に滞在する僧（代表、郷寺に還帰した少年僧）に帰洛を促すのが類型的であるように見える。そして、そのような相手の代表は、「（―）少年」である。この「少年」はしばしば、年の若い僧→有髪の幼童である喝食を指す。後者の「小人」語については、禅詩でもやはり、君子に対する語、徳の無い人、修養の劣る人の意味に用いられるのが一般的であろう。稿者にとっては、禅僧が付与した題辞とは考え難い。次に、詩本文の起句冒頭の「少年」語については、禅林でも、前述の口語的用法として詩題に用いられる（―）少年とは区別され、結果的には幼童の喝食などを指すことも有ったが、やはり文語・伝統的詩語としての少年、年の若い者、若者の意に解されていたと考える。

　さらに、当該無名者詩を解釈する上で留意すべきは、集名「滑稽詩文」である。編者の編纂意図が「滑稽」に存することである。近世、江戸時代に入って、旧来より存在した禅林における男色の慣習や艶詩が急速に滑稽の対象になり易くなったことは事実であるが、それは俗界、巷間における反応、処遇であり、禅林が自己の男色・衆道から発した所為や作品を、自らの手で「滑稽」と命名して一集を編纂するとは考え難い。稿者は、『滑稽詩文』の編者は、禅林の文学の内情には精通しない、俗界・巷間においてその道の通人であった人物と推量する。この編者の選定にしてはじめて、当該詩は広義艶詩の性格を内在する勧学奨励の詩内容の域を大きく超えて、他の収録詩のごとく、小人（遊び人の男。男色に耽る人）・少年（稚児の意。衆道の対象）を素材とした男色の詩にも解し得るのである。

蔡温「無題」詩㋕は、漢詩としては十九世紀初頭の、主に琉球人によって詠作された詩を収載するという作品集・総集『琉球詠詩』（稿者未見。作者名表記の状況未確認）の末尾に収載される。**論文④**に拠れば、蔡温の作ではないが、当該詩の作者に擬された理由が推測され、その上で琉球の読者の解釈が提示されている。稿者としては、蔡温「無題」詩は題辞が欠落・不明であるために判然としないが、やはり若者に対する勧学を奨励した詩であると解釈するのが基本である。

朱熹「偶成」詩は、明治期以来、漢文入門期の教科書に教材として収載されてきた。広く人口に膾炙している、勧学奨励の漢詩・佳句・格言・諺の代表の一つである。

まとめ――「詩の総集」収載の意味するところ

当該詩の分布状況について、一覧表化して示す（次頁）。

一覧表で編者が最も注目するのは「類型別」欄である。「別集」は個人の作品集であり、しかも㋐の場合は、他と比べて成立時期が最も早い。当該詩の原作者が観中中諦であったと判断しても憚らないのではないだろうか。

大半を占めている「総集」については、複数・多数の作者の作品が収められているところから、大なり小なり伝承性を伴うのが一般的である。別集や詩軸・屏風詩といった纏まりのある書き物のほかに、伝誦・口承による作品も存したことであろう。伝誦・口承による詩作の特徴は、時代が経過するにつれ、当事者にとって、詩本文が最優

(当該詩分布一覧表)

先される結果、それに付与された題辞、あるいは作者名は副次的存在として、曖昧化される命運を辿る傾向にあるのではないだろうか。馴染みのない作者の場合、遂には忘れ去られてしまっても不思議ではあるまい。そして、総集への入集作品として編集される段になって、再び題辞、作者名が大問題になるという訳である。そこでは、改めて詩内容と総集の編纂意図とが勘案され、相応しい題辞や作者名が選ばれることになる。具体的に、㋑～㋓の場合、原作の㋐から比較的短時間の経過であり、しかも流布範囲が、対象読者が禅僧である、禅林であったと推測されるところから、原作と較べて題辞の変容の差は大きくない。作者名として選ばれた江西・惟肖については、堀川氏の**論文⑧**で指摘されるごとく、義堂周信・絶海中津の学問・文学を継承した室町前期の代表僧であり、「東福寺の学統を除けば、以後の五山の学問や文学において、おおよそこの二人を経由していないものはないと言ってもよいような、重要な存在」であった。勧学を奨励するに値する、恰好の作者名と言えよう。稿者は、禅林における詩の総集の流布・普及と艶詞(詩)の量産については、喝食や少年僧の文筆修業という共通目的のもとに緊密に連携していると指摘したことがある(本章第八節参照)。広義とは言え、抑も艶詩の性格を内在する勧学奨励の当該詩が、㋑～㋓の各総集に選集される妥当性は首肯されるだろう。㋔の場合は、当該詩が誕生した禅林から巷間に流出し、勧学奨励の詩が内在する広義艶詩としての性格、さらにはそれとは表裏の滑稽性が誇張、強調された解釈下で伝誦・口承された結果、題辞・作者名への関心は低下してしまい、忘れ去られていたのではあるまいか。俗の世界

	作者名	題辞	収載作品集名	類型別	成立時期	流布範囲
㋐	観中中諦	進学斎	青嶂集	別集	室町前期	禅林(孤本)
㋑	江西龍派	進学軒	覆簣集	総集	室町末期	禅林(孤本)
㋒	江西龍派	進学軒	詩集	総集	江戸初期	禅林(孤本)
㋓	惟肖得巌	進学軒	翰林五鳳集	総集	江戸初期	禅林
㋔		寄小人	滑稽詩文	総集	江戸初期	一般
㋕	蔡温		琉球詠詩	総集	十九世紀中葉	琉球(孤本)
㋖	朱熹	偶成	(漢文教科書)	教科書	明治期以来	教育界

（儒教）の視点より、君子に対する「小人」に寄せる詩として題される。㋕の場合、原詩の成立より遙かに時期・場所を隔てて伝誦・口承されていたことを如実に示している例と言えるだろう。当代、琉球の地にあって、当該詩の題辞・作者名はすでに忘失されている。編者が権威付けのために選んだ作者名が、後世、琉球第一の政治家と称揚される蔡温（琉球名、具志頭文若）であった。

「教科書」については、学問的に裏付けがあり、しかも、入門期のそれの場合、初心者にも容易に理解可能の平明な内容であることが必須条件である。㋖の場合、原詩から遠く時代を隔てた時期に、一部の漢学者・教育者の間に伝誦・口承されていた当該詩を、教材として採用したものである。題辞がすでに忘失されていたことは、採用当初は「七絶」「逸題」「詩」等と流動的であり、やがて「偶成」に定着することからも明らかである。ただし、作者名について当初より朱熹（朱子）であったのは、江戸期以来の朱子学の影響と強く関わるであろう。

収載作品集の性格を分析することにより、当該詩の原詩が観中「進学斎」詩であり、後に編纂された集（書）により作者名と題辞が変化・変容を遂げたのは、伝誦・口承されたことに起因するという観点より略述した。『青嶂集』は孤本であり、広く流布した痕跡を欠く。したがって、不幸にして禅林における観中の詩名は高くない。が、唯一と言っても過言ではないほどに、当該詩のみは作者や別集の許から離れて単独で、主として佳詩・佳句として伝誦・口承が重ねられたことになる。伝誦・口承は時代が降るにつれて、禅林から俗世界・巷間へ移動したかに見える。が、これは禅林の衰退により実状が知られなくなったためであり、**論文⑥**には『雛僧要訓』第五十九条に当該詩の起・承句のみの引用例が指摘されている。十九世紀中葉の禅林においても、少年僧に対する勧学奨励の警句として伝承されていたことが知られる。

「少年老い易く学成り難し」詩（当該詩）の作者と解釈について、原詩が観中中諦「進学斎」詩であると考えられる以上、朱熹「偶成」詩とする従来の説は誤りである。が、両詩ともに勧学奨励の内容であり、解釈上からは大きな変化は認め難い。

付言ながら、当該詩を収載する作品集先における作者名、題辞の変化・変容の検討を通じて明白になった点として、総集における題辞と作者名表記の曖昧性が、集が具有する伝誦性・口承性に由来するということがある。禅林に流布した詩の総集を検討するに際しての留意点として、肝に銘じた次第である。

注

（1）水元日子・鷲野正明・宇野直人氏「哲学者の横顔――朱子の詩と詩論」（『漢文教室』第百六十号、昭六三・五）。

（2）玉村竹二氏『五山禅僧伝記集成』（講談社、昭五八）、中川徳之助氏「惟肖得巌年譜考」（『安田女子大学大学院開設十周年記念論文集』、平一五・一二）他参照。

（3）『大日本史料』第七編之七・応永十三年四月三日条、玉村氏『五山禅僧伝記集成』参照。

（4）義堂周信『空華日用工夫略集』永和二年（一三七六）三月十五日条参照。

（5）玉村氏「江西龍派集解題」（『五山文学新集』別巻一所収）、玉村氏『五山禅僧伝記集成』他参照。

第三節　義堂周信『空華日用工夫略集』の主題に関する覚書

はじめに

恩師位藤邦生先生の数ある御業績の中で、稿者が最も影響を受けたのは、『看聞日記』をはじめとした漢文体の日記に文学性を追究されたことである。稿者は、五山文学を研究の対象として来た関係上、禅僧が記した日記を繙く機会が多い。禅僧の日記は勿論、漢文で記されている。そこで今回、僭越ながら試みに禅僧が記主である漢文体の日記を、文学的な視点を以て読み進めてみたい。なお、本節中で引用する先生のご論考はすべて、『伏見宮貞成の文学』（清文堂、平三）による。

一　『空華日用工夫略集』について——成立・諸本・体裁・翻刻・注釈等

本節で取り上げる禅僧の日記は、義堂周信（一三二五～八八）の『空華日用工夫略集』（以下、『日工集』と略す）である。義堂は土佐の出身で、早くから夢窓疎石（一二七五～一三五一）に師事し、後に関東に下向して、常陸勝楽寺・善福寺・瑞泉寺・円覚寺黄梅院に住し、また、報恩寺を開いた。晩年は上洛し、建仁寺・等持寺・南禅寺等に住した。五山派の中で最大派閥である夢窓派の中心人物で、公家や武士とも親交が厚く、文学にも秀でており、絶海中津（一三三六～一四〇五）とともにその漢詩文が「五山文学の双璧」と称されていることは有名である。詩文集は『空華集』。

稿者は、長らく絶海の履歴や作品を研究してきた。したがって、義堂の『日工集』は、研究に際しての、言わば、座右の書と言っても過言ではない資料である。ここで、敢えて「資料」と記したのは、飽くまでも、主として自身の意見を援用する形でしか活用してこなかったからである。しかし、一方で『看聞日記』に遜色が無いほどの「面白さ」を覚えたことも、また事実である。今回はその辺りを追究したいと考え、『日工集』に注目した。勿論、義堂が、五山禅僧の中で最重要人物であることも、注目した大きな理由の一つではある。

『日工集』の成立に関しては、玉村竹二氏「空華日工集考――別抄本及び略集異本に就て――」（『日本禅宗史論集』下之一所収、思文閣出版、昭五四）に詳しい。『空華日用工夫集』即ち原日記（現在は散佚）は、初め四十八冊あったらしく、そこから著者義堂が自分の年譜を作成するのに適当な部分を抄出したものを、義堂が示寂した後、その門弟が一応の形に纏めたという。さらに氏は、複雑な過程を想定されているが、今は省略する。現在では、書き入れ補遺の処理方法によって、二系統の伝本が報告されている。一方は南禅寺慈氏院本や相模瑞泉寺本や内閣文庫本等の流布本、一方は建仁寺両足院所蔵の異本系統本である。なお、両足院には、『日工集』とは全く別に、瑞渓周鳳が原日記から記事を抄出した『刻楮』や、『空華日用工夫集別抄』とも言うべき『日功集』という書物もある。

玉村氏は、『日工集』の流布本の体裁を、四分類されている。失礼を顧みず、大胆に要約すると、次のようになる。

一、正中二年より暦応四年迄。義堂の手に成らざる部分。義堂の逸事を記すが、古老よりの聞書と思われる箇所が多い。

二、康永元年より貞治五年迄。義堂の手に成る事は明らかであるが、いまだ日記体ではなく、自暦譜体の追憶記である。

三、貞治六年より嘉慶二年三月十一日の條の前半迄。義堂の真の日記であり、大体日々記し続けて、その病篤くして執筆不可能に陥る日迄に及ぶ記事の抄出である。

四、嘉慶二年三月十一日の條の後半より同年四月四日迄。義堂危篤により、恐らくはその門弟が後に書き加えたと思われる部分である。葬送仏事・遺旨及び略伝の附記がある。

また、『日工集』の翻刻や注釈は、以下の通りである。なお、番号や記号は、私に施した。以下同じ。

①『續史籍集覧』第三冊（近藤出版部、昭和五年）

→校訂の方針は詳かならず。巻末に「明治二十七年十月　近藤瓶城　校點」という注記がある。

②辻善之助氏『空華日用工夫略集』（太洋社、昭和十四年）

→一旦は瑞泉寺本を底本として作業が進められたが、結局、一定の底本を定めず、流布本系の諸本を相互に参看しながら校訂した。当時、両足院所蔵の異本三本は未発見。

③蔭木英雄氏『訓注 空華日用工夫略集――中世禅僧の生活と文学――』（思文閣出版、昭和五十七年）

→内閣文庫本を底本とし、南禅寺慈氏院本（太洋《マ》社より刊《マ》行）によって校訂し、建仁寺両足院所蔵別抄本（『日功集』、朝倉注）により適宜補う。原漢文を書き下し文に直す。

稿者は今回、本文の引用は、③の書き下し文に拠る（傍線や波線は、私に施した。また、送り仮名や句読点等を、私に改めた箇所がある）。結論から先に述べると、稿者は、次項以下で『日工集』を文学作品としても読み得ることを提唱したいと考える。ついては、『日工集』の主題を明らかにする方向で論を進めて行くが、その読解にあっては、原文を示すよりも、公刊された訓読文を示す方が、むしろ効率的であると考えたからである。なお、『日工集』の二系統の伝本には、作品の読解に支障を来すような差異は無い。

二　『日工集』を文学作品として読むためには

位藤先生と福田秀一氏の間には、「日記文学観論争」と言うべきものがあった。日記文学の条件として、両氏とも、「一、年月を追って記してあること」「二、自己の体験・見聞とそれに伴う感情・思想を吐露したもの」という二点においては同意見のように思われるが、三点目として福田氏が「三、文学としての意識をもって創作されたもの」とされるのに対して、先生は「日記文学とは、日記であって文学になっているもの」（傍点は私に施した）と規定される。さらに、「文学作品には必ず主題があ」り、「a、『作者が意図した主題』と『読者が読みとる主題』が存在する場合」と「b、『読者が読みとる主題』が存在する場合」の二つの場合が考えられるが、基本的に日次の記録である漢文日記に認められるとしたならば、専らbのパターンであり、漢文日記の作者に、自分の日記を文学作品にしようという「文学意識」は無かったとされる。

さて、以上のような経緯を踏まえて『日工集』の主題について考えてみる。『日工集』は、一個の作品としての体裁（完結性）を保持しているが、前掲の如く義堂が実質的に記したのは、貞治六年（一三六七）から嘉慶二年（一三八八）三月十一日条の前半までで（分類三）、死に臨んで擱筆したのである。

義堂には、中国留学の経験が無い。禅僧としての義堂の生涯を、大まかに区分すると、「A京都修行期」「B関東在住期」「C京都大寺院住持期」とでもなろうか。『日工集』の主題に言及して行く際、まず各時期における主題を明らかにした後、それらの底辺を流れる大きい主題（作品全体の主題）を発見するのが順当であろう。特にB期とC期とでは、義堂を取り巻く環境も、また彼の社会的立場も大きく異なり、それが自ずと日記の記事内容や文体に影響を及ぼすと考えられる。これは、先生が、『看聞日記』の主題を追究された時に用いられた手法と同じである。ただし、A期の記事は極端に少なく、今回は、主題を導くには至っていない。

三　関東在住期の主題——仏法の衰微や禅林の堕落に対する危惧と、法灯を護持せんとする使命感

『日工集』における、義堂の関東在住期の記事は、春屋妙葩の命令を承けて関東に赴いた延文四年〔一三五九〕八月条から、板輿にて相陽を出発した康暦二年〔一三八〇〕三月三日条あたりまでである。義堂の年齢は三十四〜五十六歳、住院歴等は本節の冒頭に記した通りである。先に稿者の考えを述べると、この時期の『日工集』には、仏法の衰微や禅林の堕落に対する危惧と、法灯を護持せんとする使命感とが描かれているように思う。例えば、『日工集』応安三年〔一三七〇〕正月七日条から抄出する。

坐罷り、諸道人と方丈に会して茶を点じ、因りて説く、「今時の仏法淡薄にして、諸方、皆、名利斗争の場と為る。本寺は宜しく坐禅を以て務と為すべし。飢寒甘苦、古人、生死の為には皆、之を忘る。青銼和尚、南陽国師の風葉擁趺、楊岐の満床雪霰、是れ其の様子なり。千万諸公、今より去《のち》、生死を以て念となせ。漸々修行せば則ち他《か》の古人と肩を斉しくすること、未だ晩《おそ》からず」と。（以下略）

夜の坐禅を終え、義堂が諸々の道人に説いている場面である。「今時の仏法淡薄にして」というくだりでは、最近の禅僧が仏道修行を怠けて（禅林の堕落）、そのせいで世間の仏教熱が冷め、仏教が衰え滅びつつあることを述べていよう。『日工集』には、「是を以て魔俗、益々盛んにして、仏法衰微す」（応安三年二月二十五日条）とか「勤行精進せば則ち道業を成就し、嬾堕懈怠せば仏法滅亡す」（応安八年五月十九日）などの表現が散見できる。

義堂は仏法の衰微した理由を、諸方で皆が「名利」を追求したからとしている。『日工集』を繙くと、以下のような文章も見出せる。

六月一日　慶譚、一僧を帯し来る。洞下の人なり。改名を求むれど、余、肯んぜず。其の人に対して云く、「凡そ今時の改名は、多く名利の為なり。仏法の衰微、皆、是に由り、然《ここ》に致る。（以下略）

そして、斯くの如き現状の打開策として、義堂は「本寺（瑞泉寺）は宜しく坐禅を以て務と為すべし」と強く主張する。坐禅の奨励は、『日工集』において、この時期にしばしば説かれているところである。例えば、応安三年九月晦日条を挙げる。（応安三年六月一日条）

晦日　開山忌。禅より起ち、衆に告げて曰く、「今夜、四更、坐禅に僧無し。凡て禅院は大小と無く、坐禅を以て務と為す。況んや当寺は先師の開基にして、専ら坐禅を為すなり。諸兄弟、各々安禅静慮せば、則ち他日出て知識と為り、自利々他、其の益、莫大なり。特に是の日は例に随って長坐し、宜しく自策すべし。余の言を待つ毋れ」と。

【注】夢窓が示寂したのは、観応二年（一三五一）九月晦日。

一見すると、「釈迦に説法」のような提唱であるが、それ程、当時の禅林に堕落、頽廃のムードが漂っていたのであろうか。『日工集』を通読すると、禅僧が兵器を所持していたり、世俗に流されて行く様を、義堂が叱責したり、悲嘆する記事に頻繁に出会う。

応安三年正月七日の記事に戻る。これは『日工集』の文体的特徴の一つとして掲げることができるかも知れないが、『日工集』には「今時」という語がかなり目立ち、しかも、ネガティブな内容の記事（仏法の衰微、禅僧の世俗化等）において用いられている。ここに義堂の老婆心を読み取ることも可能と思うが、それ以上に、禅宗を取り巻く現状に対する並々ならぬ危機感と、古人が伝えて来た法灯を次世代まで守り抜こうとする強い意志力とを感じずにはいられない。南陽慧忠をはじめとした古人は、生死事大を明らかにするために飢寒甘苦に耐えて修行した。諸君も今から後、生死究明の心を以て懸命に修行すれば、古人に肩を並べることができる――義堂の後進指導の眼差しは、厳しい中にも暖かさを含んでいる。夢窓派の教線拡大の使命を帯びて関東に下向した、義堂の切実な実践でもあった。

四　京都大寺院住持期の主題――権力に拘泥しない態度

京都大寺院住持期の記事は、彼が相陽を発して入洛した康暦二年三月十七日条から巻末までである。義堂の年齢は五十六〜六十四歳（享年）、建仁寺や南禅寺等の大寺院の住持を務める傍ら、禅林の主導者という立場上、上級武士や貴紳と交流する頻度が増した時期でもある。この時期の『日工集』は、「将軍足利義満との交流日記」と言い換えても良いであろう。足利義満〔一三五八〜一四〇八〕は頻繁に『日工集』に登場し、あたかも日記の進行役の如き扱いと言っても過言ではない。義満は禅林の外護者であったので、当然と言えば当然である。試みに至徳〔一三八六〕三年二月三日条から抄出する。

二月三日　府君を奉迎す。官伴は二条摂政殿・日野兄弟・坊城秀長・御子左、御剣は管領玉堂、僧伴は性海・太清・空谷・無求・相山等なり。倭漢聯句一百句罷り、余、姑らく座を去る。何人の白す所か知らざれど、府君、余の帯の年を経て、段々結続せるを聞き、互ひに相交易せんと欲す。所謂帯引なる者なり。余、辞すれど、君、必ず相換へんと欲す。蓋し府君、余の帯と引き換へんと欲するや、座中、皆、和会す。然るに余、独り知らず。紙を剪り、各帯端を繋ぎ、両々曳き出す。先づ性海と日野と相当たり、余も皆、両人、相引く。末上に紙を探れば、果たして君と余と相合ふ。君、先づ御帯を出し畢はり、余に帯を出さしめんと欲す。余、固辞すること再三なり。太清、余の左偏に在りて、手を以て余の帯を曳き出す。是に及び、君、御帯を余に賜ひ、而る後、余の帯を乞ふ。余、亦た辞す。清、復た余の帯を奪ひ、直ちに君の手に伝ふ。君、余の帯を擎げ、普く座人に示す。大笑一場。遂に辱なくも余の帯を服す。（以下略）

和漢聯句会が終わった後、「帯引き」が行われた。「帯引き」とは、多人数が集まった席で、各自の帯の端にこよりを結びつけ、これを引いて当たった帯を、自分の物として交換する遊戯である。ただし、この日行われた帯引きは、所謂「遣らせ」であった。義堂の知らないところで、義満の計らいによって義満と義堂の帯が交換されるように仕組まれていたのである。と、いうのも、義満は、義堂の帯が古くなって、次々と繋ぎ合わせているのを聞いて、帯の交換を申し出たのであるが、義堂に断られたためである。帯引きの経緯の詳細は、さて措いて、「大笑一場」とあるように、場の雰囲気は非常にリラックスして、和気藹々としている。

『日工集』を見ると、義満は、義堂らと一緒に道話や坐禅をする他、漢籍の講学や宗教上の工夫、相国寺の建立などについて、幾度となく義堂に尋ねている。そしてその都度、両者の間の遣り取りは、終始和やかであった。これには、夙に臼井信義氏も「この『空華日用工夫略集』などにみる義満のいかにも純真な信仰と、当時の政治面にあらわれた傍若無人の態度との相違には甚だ理解に苦しむものがある」（人物叢書『足利義満』〈吉川弘文館、昭三五〉・二一三頁）と疑問を呈しておられた。ただし、相手が権力者（将軍・外護者）であるからと言って、必要以上に媚び諂うような態度を、義堂に認めることはできない。義堂と義満の蜜月状態は、義堂の控え目な性格（謙遜・謙譲）に起因するのが大きいのではないだろうか。義満も「君、笑ひて曰く、〝義堂の性、毎事謙遜す。今法衣と雖も、亦辞す〟と」（至徳二年三月九日条）と評しているし、義堂自身も「余、少《わか》きより稟性謙譲にて、超進を喜ばざるなり」（嘉慶元年七月十九日条）と述懐している。禅林と幕府の関係を考慮すると、義堂が義満らとの付き合いを避けることは不可能と言ってよい。むしろ、そのような環境や社会的立場にありながらも、権力に拘泥することなく、禅林の発展に寄与したことを特筆するべきではないだろうか。なお、この期の『日工集』にも、筆致は地味ながら、坐禅を推奨したり、禅僧の世俗化を嘆く記事が散見される。

五　『空華日用工夫略集』の主題――義堂周信の禅僧としての真摯な生き方、結びにかえて

以上、『日工集』の関東在住期の主題を「仏法の衰微や禅林の堕落に対する危惧と、法灯を護持せんとする使命感」、京都大寺院住持期の主題を「権力に拘泥しない態度」と読み解くに至った。前者は禅林内部、後者は禅林外部に対してのものであるが、環境や社会的立場が変化しつつも、義堂は、禅僧としての生き方を追究し、燃焼していたように推察される。両者を統合すると、『日工集』の主題は、「義堂周信の禅僧としての真摯な生き方」とでもなろうか。勿論、これは、位藤先生が言われるところの「読者が読みとる主題」である。『日工集』応安四年正月二十六日条には、次のような文章がある。

余、因りて話す、「年譜は則ち人々一生の中、毎日の行住坐臥の際に作る所の事なり。日本、之を日々記と謂ふ」と。余、乃ち曰く、「日用の工夫をば毎日自ら記し、自ら好悪二事の何《いか》に多く、何に少なきかを撿し、此を以て自ら警策すと云々」と。

元来、注目されてきた箇所で、玉村氏は「即ち年譜編纂の基礎としての日記、人に見せる爲の日記を作製せんという意識が強い事が察せられる」と指摘し、蔭木氏は「自分自身の警めとしたい」という箇所を、『日工集』の執筆目的と指摘される。なるほど他の箇所にも「故に是の時に於いて之を記し、以て自ら警め怠らざらしめんことを要す」（貞治六年十月十三日条）や「故に特記して以て自ら警め、且つ後の見る者に告げて、古人の出処容易ならざりしを知らしめんと云ふ」（応安五年十一月十日条）という記述がある。これらに拠れば、義堂は『日工集』を記す際、「作者が意図した主題」を有していたことはないが、自己警策の意識を持ち、合わせて読者をも想定していたために、『日工集』の読者（稿者）に「義堂周信の禅僧としての真摯な生き方」という主題を読みとらせるに至った、と稿者は考える。ただし、「この自己警策の目的は貫徹しておらず、時に稀薄になっているのではないか」

「日々の日記に自己反省の語が見えぬ」との厳しいご意見もあるが、これは、基本的には日次の記録であり、仮名日記に見るような自照性に乏しい漢文日記の性格上、致し方無いところであろう。義堂は、日々の出来事を記録する中で、自己を省察し、自己のいましめとしていたはずである。

第四節　「薔薇」発掘——五山文学素材考——

はじめに

「薔薇」は我が国の古典文学において、それ程注目されている素材ではない。が、五山文学作品にはかなりの頻度で出現し、豊饒な世界を描きだしている。「五山文学」とは、鎌倉・室町時代に五山派の禅僧によって作成された漢詩文や、漢籍の注釈を核とする文学・学問活動を言う。本節では、まず五山文学における「薔薇」の用例を整理し、当時の禅林社会周辺での、薔薇を対象として形象化された世界（観念的世界）を明らかにすると共に、その過程で浮上してくる諸問題を追究したい。そしてそれらの様相が、中世文学史或いは日本文学史において何を意味するか、五山文学の特質や性格と照らし合わせながら言及したい。なお、本節で考察対象として取り扱う「薔薇」には、刺のある木の総称として用いる「いばら（茨）」や「うばら」は含まない。

一　コウシンバラ（庚申バラ）

専門書を参考にすると、当時の禅僧達が目にしたのは、中国からの渡来種であるコウシンバラと想定される。日本では、江戸時代以前、日本原産（ノイバラ等）及び中国原産のバラがわずかに栽培されていたに過ぎない。コウシンバラ（別名チャイナ・ローズ、長春花、月季花等）に関して特筆すべき事柄は、四季咲きという性質で、ヨーロッパのバラは、コウシンバラと交配することによって、本格的な四季咲きの性質を獲得し、今日のように多様・

多彩になったことである。日本へは、遣隋使や遣唐使を通じて齎されたとされる。

二　『翰林五鳳集』巻第十四・夏部

『五山文学全集』や『五山文学新集』を繙くと、詩や偈頌から疏や法語に到るまで、「薔薇」の用例をかなり見付けることができる。それらの中からどの作品を選択するかが問題であるが、今回は、薔薇の世界の総体、全体像を把握することを主目的とした。この目的を達成するに当たって想起されるのが、徳川家康（一五四二～一六一六）に特別に愛顧された南禅寺金地院の以心崇伝（一五六九～一六三三）が中心となり、当代の代表的文筆僧が総力をあげて編集した、詩の総集『翰林五鳳集』の存在である。全六四巻、一万七千首弱所収。その編纂方針や収集源はいまだに詳らかになっていないが、鎌倉・室町期の文筆僧の詩作品を対象とし、それらの中の特徴的な作品が収載、網羅されているかに見える。薔薇についても、結果的に、禅僧が脳裏に形象した世界（観念的世界）の最大公約数的な実態が示されているのではないか、と判断した。如上の考えに基づき、巻第十四・夏部に一括して収められている、薔薇に関する詩偈二十七首を全文、ここに列挙する。本文は国会図書館蔵　相国寺雲興軒旧蔵本を底本とする「大日本仏教全書」本により、同鴉軒文庫本で校合した（本章第六節参照）。なお、異同は括弧内に示し、旧字体や異体字を私に改めた箇所がある（以下同じ）。(1)～(27)の詩番号や返り点は、私に施した。

(1) 憶昔謝公携レ妓遊。薔薇洞口彩霞流。山川一屬二卯金一後。烟蘂露香都是愁。　謝安薔薇洞圖　瑞岩

(2) 洞口薔薇紅似レ霞。謝公携レ妓竹絲譁。合淝百萬付二兒輩一。醉眼愛看無邊花。　又　琴叔

(3) 三處東山一色春。薔薇紅映對レ棋人。晩從下誤爲二蒼生一起上。無レ力花成二洞裡塵一。　又　梅陽

(4) 洞口花開書錦明。謝公此地寄二閑情一。只將二一滴薔薇露一。洗得淮淝百萬兵。　又　雪嶺

(5) 薔薇洞靜住多時。晉室安危欲レ付レ誰。白首風流被二花惱一。東山一出十年遲。紫薇洞圖　瑞溪

(6) 謝傅平時何所レ樂。薔薇洞裡問レ春頻。閑華自作二風流伴一。小草未レ醫二天下人一。南渡諸賢千慮策。東山獨臥萬全身。功名入レ手白頭日。一戰淮淝清二虜塵一。薔薇洞　同

(7) 四海蒼生公一人。東山高臥不レ終レ身。圍碁聲中淮淝破。洞口薔薇幾度春。又　横川

(8) 幹與レ木同蔓草同。短籬高架占二芳叢一。春風豈有二兩般意一。怪得一枝白紫紅。薔薇　虎關

(9) 東山近下半間雲。雨後薔薇滿院薫。洞縱屬レ君花屬レ我。一般春色合二平分一。古洞薔薇　天隱

(10) 一夜連レ村稡綠新。薔薇院々露香匂。石榴五月洞門雨。猶可二斯花落後春一。又　惜二芳春落髪一　月舟

(11) 薔薇雨灌滿庭馨。釀得臙脂露一瓶。無三復人遺二雲錦字一。只分二殘滴一點二羲經一。薔薇露　仲芳

(12) 花裏（佳）位名比二玉妃一。風流態度揔相宜。籓籬扶起嬌無レ力。春雨恰如二賜レ浴時一。雨中薔薇　虎關

(13) 謝公一起老二風塵一。洞口薔薇少二主人一。昨雨壓レ花如レ有レ意。曉枝堅臥半叢春。雨後薔薇　彥龍

(14) 香度二水精一簾外風。曉枝壓レ架雨餘叢。少游唯道臥無レ力。不レ見二深紅一作二淺紅一。又　村菴

(15) 一院薔薇春不レ加。逐レ晴曝三錦向二庭除一。東山宰相台恩重。衣紫二於花一雨露餘。又　横川

(16) 滿架薔薇市上家。出レ門紫陌入レ門霞。一遊蹈遍雞林雨。晝錦知二君衣被レ花。又　主人近自二高麗一歸　宜竹

(17) 縹緲東山又在レ茲。風香滿レ架雨晴時。醉來堪レ愧與レ花似。露重薔薇無レ力枝。又　春澤

(18) 洞口薔薇雨霽晨。開時明媚尚留レ春。風前如レ佩會稽印。花亦錦衣朱買臣。又　同

(19) 薔薇紅綻半籬間。裁レ錦風前露爛斑。滿院雨薫花幾度。却疑此地變二東山一。又　同

(20) 落二盡群花一雨洒レ窻。薔薇滿院獨無雙。却疑此地變二西蜀一。滴滴流紅濯二錦江一。又　同

(21) 滿架薔薇風露新。嬋娟曝レ錦尚留レ春。枝々無レ力雨過後。花似二東山高臥人一。又　同

(22) 露壓二薔薇一臥二曉枝一。誰歟修レ架欲レ扶レ之。蒼生渴望非レ難レ慰。花似二謝公徵起時一。修二薔薇架一　策彥

（23）修レ欄修レ架立多時。奈三此薔薇委二曉枝一。心緒縱横收不レ得。幾回吟斷季蘭詩。又　同

（24）蜀錦燕脂蔑二以加一。薔薇掩映小肪紗。縱然修レ架深調護。獨許憂鶯來弄レ花。又　同

（25）院落薔薇點不レ塵。多君修レ架待二佳辰一。好將二一霎一欄露一。染出明朝萬架春。又　同

（26）薔薇綻處露斑々。誰作二紅衣一粉里還。好以二斯花一裁二晝錦一。會稽亦自有二東山一。薔薇錦　英甫

（27）畫裡風光謝洞春。媚レ晴泣レ雨數枝新。如何只寫二花多態一。不レ著二東山縹緲人一。畫二薔薇一　九鼎

【注】「瑞岩」は瑞岩龍惺（一三八四～一四六〇）、「琴叔」は琴叔景趣（?～一五〇七）、「梅陽」は梅陽章杲、「雪嶺」は雪嶺永瑾（一四四七?～一五三七）、「瑞溪」は瑞渓周鳳（一三九一～一四七三）、「横川」は横川景三（一四二九～九三）、「虎關」は虎関師錬（一二七八～一三四六）、「天隱」は天隠龍沢（一四二二～一五〇〇）、「月舟」は月舟寿桂（?～一五三三）、「仲芳」は仲芳（方）円伊（一三五四～一四一三）、「彦龍」は彦龍周興（一四五八～九一）、「村菴」は希世霊彦（一四〇三～八八）、「宜竹」は景徐周麟（一四四〇～一五一八）、「春澤」は春沢永恩（一五一一～七四）、「策彦」は策彦周良（一五〇一～七九）、「英甫」は英甫永雄（一五四七～一六〇二）、「九鼎」は九鼎竺重。

引用本文を一読して気付くのは、**8**・**12**番詩の虎関師錬と、**11**番詩の仲芳円伊を除いて、作者が室町中期以降に活躍した禅僧に集中していることである。横川景三の**15**番詩や、景徐周麟の**16**番詩は、『蔭凉軒日録』によると、長享二年（一四八八）四月二十一日に催された詩会で、桃源瑞仙（一四三〇～八九）等と詠み交わしたものである（第六項③参照）。また、詳細は次項に譲るが、東晋の名臣謝安（謝公、謝傅とも。三二〇～八五）が、東山の薔薇洞に妓女を伴って遊んだ故事を踏まえるものが、圧倒的に多い（**1**～**7**・**9**・**10**・**13**・**15**・**17**～**19**・**21**・**22**・**26**・**27**）。薔薇洞を描いた画図も流布していたようである。(1)

三　謝安の故事―東山の薔薇洞に妓女を伴って遊ぶ

まず5番詩から見ていく。当該詩は瑞渓周鳳の作品集（『臥雲藁』、詩題は「薔薇洞図」）の他にも、詩の総集（アンソロジー）である『花上集』に採られており、その抄物である『花上集鈔』によって当時の禅僧の解釈を窺い知ることができる。

（5）紫薇洞の図　瑞渓

薔薇洞　静かにして 住すること多時、
晋室の安危 誰にか付さんと欲す。
白首 風流 花に悩まさる、
東山 一たび出づること 十年遅し。

○　薔薇洞

薔薇洞静《ニシテ》住《コト》多時。晋室《ノ》安危欲《ギス》レ付《ント》レ誰。白首風流被《ル》二花《ニ》悩《セ》一。東山一《ヒ》出《ルコト》十年遅《シ》。東山不《ニ》レ至《コト》久。薔薇幾回春ソト、李白カ作タソ。世上ハシツカニナイカ、謝安ハ名人チヤカ、縹《ヒヨウ》緲《ノ》佳人ヲツレテ、薔薇洞《テ》酒ヲ飲テ遊タ。是ハモツタイナイソ。今ハ乱ル、ヲ、救《スク》ハイテ、誰ニ付セントスルソ。白ー、年ハヨツタカ、美人トヲトナケナウ遊タソ。是ハ花カ面白サニナヤマサレタソ。十年ヲソウ出タハ、是ハ花《ノ》ワサソ。摠シテ、洞ヲ出タ叓ヲハソシツタソ。在東山時ハ遠志、出《ル》時ハ小草ト云タコトソ。（『花上集鈔』[2]。傍線は私に施した。以下同じ）

抄文に指摘されるように、5番詩には、謝安の故事が踏まえられている。起句から承句にかけては、世上は乱れているものの、謝安が長らく美女を連れ立って、酒を飲みながら遊んだ薔薇洞は静かで、晋室の安危を、（謝安を除いて）一体誰に任せたらよいのか、と尋ねている。そして転句では、白髪頭（謝安）で風流に耽り、花（美女）

に悩まされたと言い、そのせいで東山を出るのが十年遅れたと、結句で非難している。薔薇の咲き誇る洞穴へ妓女を伴って韜晦し、言わば酒池肉林さながらの生活を送った謝安を、抄文に「謝安ハ名人チヤカ」と断った上で、「是ハモツタイナイソ」や「年ハヨツタカ、美人トヲトナケナウ遊タソ」と記しているように、当時の禅僧は看過できなかったようである。5番詩以外にも「憶昔　謝公　妓を携へて遊ぶ。薔薇洞口　彩霞流る」（1）、「洞口の薔薇紅　霞に似たり。謝公　妓を携へて　竹絲　譁《かまびす》し」（2）、「如何か只だ花の多態を写して、東山縹緲の人を著けざる」（27）等の詩句が散見される。これらの用例における薔薇は、謝安が妓女と隠れたユートピア（理想郷）の背景を彩る、重要な舞台装置の役割を担っていると言えよう。《隠遁》と《美女》をイメージさせる花である。

　謝安の伝記は、『晉書』列伝第四十九で知ることができるが、紙数の関係上、『蒙求』「謝安高潔」の本文を抄出する。

　晉書、謝安字安石、陳國陽夏人。（中略）初辟除、並以レ疾辭。有司奏、安被レ召歴レ年不レ至、禁二錮終身一。遂棲二遲東土一。常往二臨安山中一、放二情丘壑一。然毎二遊賞一必以二妓女一從。時弟萬爲二西中郎將一、總二藩任之重一。安雖レ處二衡門一、名出二其右一、有二公輔望一。年四十餘始有二仕志一。征西大將軍桓溫請爲二司馬一。朝士咸送。中丞高崧戲レ之曰、卿屢違二朝旨一、高二臥東山一。諸人毎相與言、安石不レ肯出、將下如二蒼生一何上。今蒼生亦將レ如レ卿何。安有二愧色一。（後略）

（新釈漢文大系）

　謝安、字は安石、陳国陽夏（河南省）の人である。幼いときから評判が高く、しばしば朝廷から任官の話もあったが、すべて病気を理由に辞退したので、役人たちに反感を買う結果となった。そこで彼は、ついに東方の地に移住し、のんびりと暮らした。つねに臨安（浙江省杭州市）の山中に行き、気儘に丘や谷に遊んだ。そして、いつも山川に遊んで風景を眺めるときは妓女を従えた。謝安は四十歳を過ぎてからはじめて、仕官の志を持ち、征西大将軍の桓温は、彼を請うて司馬にした。

右の引用で留意されるのは、『蒙求』には「薔薇洞」という地名が見当たらないことである。ちなみに『晉書』にも欠く。「薔薇洞」に関しては、管見の範囲では、『方輿勝覧』、『嘉泰会稽志』、『排韻増広事類氏族大全』（以下、『氏族大全』と略す）、『大明一統志』に記述がある。『嘉泰会稽志』の記述は、以下の通りである。[3]

東山在二縣西南四十五里一。晉太傅謝安所レ居也。一名謝安山、巋然特二立於衆峰間一、拱揖蔽虧、如二鸞鶴飛舞一。其巓有二謝公調馬路白雲明月二堂址一。千嶂林立、下視二滄海一。天水相接、蓋絶景也。下レ山出二微徑一、為二國慶寺一。乃太傅故宅、傍有二薔薇洞一。俗傳、太傅携二妓女一游宴之所。（下略）

東山は上虞県（浙江省紹興県の東）の西南四十五里にあり、晉の太傅謝安が居した所である。一に謝安山と名付く。山頂から下りて小道に出ると、中腹に国慶寺がある。これは太傅の旧宅で、薔薇洞はその傍らに在ったという。中国で薔薇洞が知られるようになった経緯は、今後さらなる調査が必要であるが、前掲、瑞渓の5番詩を解釈する際に引用した『花上集鈔』にも指摘される李白（七〇一～六二）の「東山に向かはざること久しく、薔薇 幾度か花さく」という詩句が、当該説話を生成する役割の一端を担っていたのかも知れない。

翻って我が国の禅僧は、渡来僧や中国に留学した僧の口承や、『方輿勝覧』『会稽志』『氏族大全』によって薔薇洞の存在を知ったのではないだろうか。これら三書は、清原宣賢の『蒙求抄』にも記述がある。『方輿勝覧』は当時、禅僧の詩文趣味と結合した地理書として最も普及していたようである。[4] また、これらの可能性に加えて、天隠龍沢が東山建仁寺山内の大昌院に、「薔薇洞」という寮舎を構えていたことが、その名を世間に知らしめた大きな要因ではないか、と稿者は考える。『東山塔頭略伝』大昌院項から抜粋する。引用は史料編纂所謄写本による。また、〈　〉内は割注を示す。以下同じ。

天隠名龍澤　別號黙雲。歴二住真如、建仁〈第二百十八世〉、南禅〈第二百三十一世〉一。居室曰二薔薇洞一。（下略）

天隠、法諱は龍澤、別号は黙雲、応永二十九年〔一四二二〕に播磨国に生まれ、真如寺、建仁寺（五山）（第二百十八世）、南禅寺（五山）（第二百三十一世）と歴住し、室町中期以降に活躍した禅僧である。第二項で指摘したように、天隠と同時期に謝安の故事を踏まえた、薔薇に関する詩偈が集中的に出現したのは、彼が薔薇洞を営んでいたことと深い関係があるだろう。万里集九〔一四二八〜一五〇七?〕の『梅花無尽蔵』三下（明応六年丁巳）には「藤の金吾、含笑の老髯、甲賀の金山に遊び、初めて眉毛を竺渓禅翁に結ぶ。兵馬以前、洛の薔薇洞に寓す。洞も亦、閑ならずして去る」（引用は『五山文学新集』第六巻）とあり、薔薇洞が応仁の乱以前から存したことが知られる。

四　朱買臣の故事―薔薇を昼錦に喩える

つぎに18番詩を見てみる。

（18）又（雨後の薔薇）　　同（春沢）

洞口の薔薇　雨霽るるの晨、
開く時　明媚　尚ほ春を留む。
風前　佩《お》ぶるが如し　会稽の印、
花も亦た　錦衣の朱買臣。

起句の「洞口」という語には、謝安の故事が響いていよう。雨の上がった早朝、洞穴の出入り口に薔薇が咲いている。花が開くと、鮮やかで美しく、やはり春の風情を留めている。転句以下は、結句にその名が記されているように、漢の武帝の臣下朱買臣〔?〜前一一五〕の故事が踏まえられている。買臣の伝記は『漢書』巻三十四上で知られるが、買臣がはじめ貧乏で、薪を売って暮らしていたが、妻が去らんとしたとき、自分は五十歳になったら富貴になるだろうと言い、実際に会稽の太守等に出世したという、「朱買臣が五十の富貴」という故事も有名である。

買臣が郷里の会稽太守となったとき、帝は買臣に「富貴にして故郷に帰らざるは、繍を衣《き》て夜行くが如し」と述べている。当該詩の転句以下は、風前において会稽太守としての印綬（官職を示す印と、その紐）を帯びているかの如くであり、薔薇の有様もまた、錦の衣の朱買臣さながらである、の意となる。

ところで、『漢書』の記事には、買臣と薔薇の接点が見当たらない。が、先述の帝の発言を踏まえて、買臣の「昼錦」（昼間行く際、着飾る錦。出世して晴れ晴れしく故郷に帰る喩え、「錦を着（衣）て昼行く」という故事成語による）に薔薇を見立てて詠んだ詩が、『聯珠詩格』[5]に存在する。

薔薇　　張祐（祜）唐人

暁風抹破燕支顆。夜雨催成蜀錦機〈以二胭脂蜀錦一喩二薔薇一〉。當レ晝開時正明媚。故郷疑是買臣帰〈朱買臣云、富貴不レ帰二故郷一、如二衣レ錦夜行一〉。

（巻之一・起聯物喩レ物對格）

割注では臙（胭）脂色の蜀錦を薔薇に喩え、朱買臣の伝記で武帝が「富貴にして故郷に帰らざるは、錦を衣て夜行くが如し」と述べた故事を引く。転・結句では、昼になって花が開くと、その有様はまことに鮮やかで美しく、故郷では、さぞかし錦を着飾った朱買臣が帰ったのかと疑うであろう、と詠じている。18番詩の他、4・11・15・16・19・20・21・24・26番詩も、張祜（張祐は誤り）の「薔薇」詩を踏まえている。4・16・26番詩には、「昼錦」という語が見受けられる。これらの用例における薔薇には、《立身出世》というイメージが付加されている。なお、張祜の作品は『張祜集』や『全唐詩』にも収められているが、禅僧は『聯珠詩格』を愛読していた。

五　五山禅僧が好んだ中国の薔薇作品

五山文学の特徴として、禅僧の宗教的活動を基盤とする「価値の転換」（「禅的発想」とも言える）と、文学的活動を基盤とする博引傍証（禅僧の脳裡に「観念形象」「観念的世界」を形成）の二点を指摘されるのは、朝倉尚氏である。(6) そして後者に関して言えば、我が国の禅僧の観念的世界は、大半は中国文学の土壌で形成されたものを継承しており、結果的に中国の著名な逸話・故事・佳句等が引用されることになる。それは、これまで見てきたように、「薔薇」を対象として形象化された世界に関しても同様である。ちなみに井上一之氏によると、中国で薔薇が文学作品に登場するのは意外と遅く、六朝時代後半、すなわち斉や梁の頃である（謝朓「薔薇を詠む」詩等）。そして、文学的素材として浸透して来るのは、白居易（七七二〜八四六）を中心とする中唐以降のことという（白居易十二例、杜甫ナシ、李白四例等）(7)。管見の範囲では、中国に「薔薇洞」を題した詩は見当たらない。

以下、現段階で把握している、五山禅僧が詩文に踏まえたり、抄物や韻書に引用した中国の薔薇作品を、箇条書きに列挙する。なお、番号は、第二項で引用した『翰林五鳳集』の詩番号を表し、（a）〜（t）の記号は私に施した。また、【例】には五山文学作品における用例の所在、（　）内には典拠の所在を示した。

（a）謝安が東山の薔薇洞に妓女を伴って遊んだ故事（『蒙求』「謝安高潔」、『晋書』列伝第四十九、『方輿勝覧』巻之六、『大明一統志』巻之四十五等）

【例】(1)〜(7)、(9)、(10)、(13)、(15)、(17)〜(19)、(21)、(22)、(26)、(27)等

（b）李白「林壑久已蕪。石道生二薔薇一」句（『李太白集』巻十四・「贈三別王山人帰二布山一」詩）

【例】建仁寺両足院蔵『増禅林集句韻』第五・微五　上平・「薇」字項

（c）李白「不レ向二東山一久。薔薇幾度花」句（『李太白集』巻二十二・「憶二東山一二首」詩）

【例】(7)、(19)、『花上集鈔』「薔薇洞」詩（瑞渓）、『蕉窓夜話』108項

（d）『孟東野詩集』巻第九・「和二薔薇花歌一」詩

【例】『梅花無尽蔵』第一・254詩

（e）杜牧「夏鶯千囀弄二薔薇一」句（『全唐詩』巻五百二十二・杜牧三・「斉安郡後池絶句」詩）

【例】（24）、『金鐵集』「同（仏誕生）」詩、『湯山聯句鈔』虞韻・113項等

（f）賈島「破二却千家一作二一池一。不レ栽二桃李一種二薔薇一」句（『全唐詩』巻五百七十四・賈島四・「題二興化園亭一」詩）

【例】両足院蔵『増禅林集句韻』第五・微五　上平・「薇」字項

（g）高駢「水精簾動微風起。満架薔薇一院香」句（『全唐詩』巻五百九十八・高駢・「山亭夏日」詩、『禅林集句』・七言）

【例】（14）、（16）、（17）、（21）等

（h）皮日休「可レ憐細麗難レ勝レ日。照得深紅作二浅紅一」句（『全唐詩』巻六百十五・皮日休八・「重題二薔薇一」詩、『新編集』・草木・「薔薇」詩）

【例】（14）

（i）李治「経時未二架却一。心緒乱縦横　季蘭五六歳時。其父抱二於庭一。令レ詠二薔薇一云云。父恚曰。必失行婦也。後竟如二其言一。」句（『全唐詩』巻八百五・李冶・句）

【例】（23）

（j）黄山谷「体薫二山麝臍一。色染二薔薇露一」句（『豫章黄先生文集』第五・「戯詠二蝋梅一二首（其二）」詩）

【例】『翰林葫蘆集』第三・「読二魯直蝋梅詩一八首」詩

（k）秦観「有レ情芍薬含二春涙一。無レ力薔薇臥二暁枝一」句（『淮海集』巻第十・「春日五首」詩）

【例】（3）、（12）～（14）、（17）、（21）～（23）等

（l）王十朋「天衣杜鵑。東山薔薇」句（『梅渓王先生文集』後集巻第一・「会稽風俗賦并叙」詩）

【例】両足院蔵『増禅林集句韻』第五・微五　上平・「薇」字項

（m）柳宗元が韓愈の詩文を添削する際、まず薔薇の露で手を洗った故事（『雲仙雑記』巻之六・「大雅之文」）

【例】(11)、『空華集』巻第十二・「泉上人留別唱和詩序」文、『梅花無尽蔵』第一・253詩、『水拙手簡』「与二仙英一手簡」文等

(n) 張祐(祜)「暁風抹破燕支顆。夜雨催成蜀錦機。当レ昼開時正明媚。故郷疑是買臣帰」（『聯珠詩格』巻之一・「薔薇」詩）

【例】(4)、(11)、(15)、(16)、(18)～(21)、(24)、(26)等

(o) 蒙斎「千紅万紫都狼藉。猶有二薔薇落後花一」句（『聯珠詩格』巻之四・「春暮」詩）

【例】(10)

(p) 陶弼「桃紅李白薔薇紫。問二着東風一総不レ知」句（『聯珠詩格』巻之十二・「対レ花有レ感」詩）

【例】(8)、(15)、『梅渓集』「三教吸酸図」詩、『南陽稿』「祖師」詩等

(q) 徐寅「長養薫風払レ暁吹。漸開二荷芰一落二薔薇一」句（『聯珠詩格』巻之十七・「初夏」詩）

【例】(9)、(19)、『黄龍十世録』「明極老人山中雑言十章、倚レ韻言レ志」詩等

(r) 高憲「抹利(莉)花心暁露。薔薇萼底温風」句（『全遼金詩』中・高憲・「焚香六言（四首）」詩）

【例】『蕉窓夜話』59項

(s) 陶淵明「薔薇葉已抽。秋蘭気当レ馥」句（『古文真宝前集』巻之一・「問二来使一」詩、『苕渓漁隠叢話前集』巻第四・五柳先生下項、『滄浪詩話』・考証等）

【例】『梅花無尽蔵』第三上・256詩、同第六・12詩、同第六・53詩等

(t) 林和靖「疎影横斜水清浅、暗香浮動月黄昏」句（「山園小梅」詩）を野薔薇の評価とする（『苕渓漁隠叢話前集』巻第二十七・林和靖項等）

【例】『半陶文集』二・「470　松影」詩、同三・「771　又（扇面）薔薇」詩、『蕉窓夜話』359項

【注】『半陶文集』は『五山文学新集』、『蕉窓夜話』は鈴木博氏「蕉窓夜話（校）」一・二（『滋賀大学教育学部紀要』第二一

七号・第二八号）、『梅花無尽蔵』は市木武雄氏『梅花無尽蔵注釈』（続群書類従完成会）、『湯山聯句鈔』は新日本古典文学大系の作品番号を用いた。

現在、確認し得るものは、合計二十作品である。先に見た謝安の故事（a）に加えて、東山に赴かなくなって久しいが、その間に（洞の名にし負う）薔薇は幾度の花を咲かせたのだろうか、と時間の経過を薔薇で表現した李白（c）、天衣を纏った杜鵑と対比させて「東山の薔薇」と詠じた王十朋〔一一一二～七二〕（l）の詩句も、五山禅僧は引用している。また、謝安や朱買臣の故事の他に、柳宗元〔七七三～八一九〕が韓愈〔七六八～八二四〕の詩文添削に先んじて薔薇の露（香水）で手を洗った故事（m）も見受けられる。

叙景句の素材としては、夏鶯が千度囀りながら薔薇を弄んだり（e）、千軒の家を打ち壊して池を作る際、桃李ではなく、薔薇を植える（f）という発想や、「桃は紅　李は白く　薔薇は紫」（p）という慣用句が注目されている。（p）の詩句は、例えば『碧巌録』第十則にも用例があり、飯田利行氏編『禪林名句辭典』（国書刊行会）を参考にすると、桃が紅に、李が白に、薔薇が紫に色とりどり咲くけれども、その理由は、春風に尋ねてもわからない。なぜなら、紅、白、紫と各々異なっているが、それが本来の面目の絶対の姿だからである。すなわち、ここにおける薔薇には、紫色という表層的なイメージだけではなく、《深遠なる悟境》の一側面を見出している。

また、ささえ棚一杯に薔薇が咲き誇り、院一面に香りが漂っていたり（g）、力の無い薔薇が夜明けの枝に臥している（k）というイメージは、第二項に列挙した詩偈にも、度々踏まえられている。（g）の高駢〔?～八八七〕の「満架の薔薇　一院香《かうば》し」は、『禅林集句』にも収録されており、広く流布していたことが知られる。（k）の薔薇には、《たおやかな女性》が喩えられているだろう。なお、14番詩の転句「少游　唯《た》だ道《い》ふ　臥して力無しと」の「少游」とは、（k）の作者秦観〔一〇四九～一一〇一〕である。21番詩を見てみる。

（21）又（雨後の薔薇）　同（春沢）

満架の薔薇 風露新たなり、
嬋娟たり 錦を曝し 尚ほ春を留む。
枝々 力無し 雨過の後、
花は東山高臥の人に似たり。

起句の「満架の薔薇」は高駢詩、転句の「枝々、力無し」は秦観詩に基づいていよう。また、承句には、先に見た朱買臣の故事、結句には、謝安の故事が響いている。

（s）に関して、『梅花無尽蔵』第三上（延徳四年壬子）には、

賦二薔薇一寄レ人〈是時京子十六、始赴二洛之東山一、淵明舎中有二薔薇一、又淵明責レ子詩云、阿舒已二八云々、〉

256 雨打二薔薇一陶令籬、阿舒十六始相離、勤唯洒掃若餘力、莫レ忘床頭責レ子詩、

という詩があり、陶淵明（陶潜）の自宅に薔薇が植えてあったことを注記している。これは、つぎの『古文真宝前集』[13]巻之一・五言古風短篇に収められる「来使に問ふ」詩に基づくと思われる。

問二来使一

爾従二山中一来。早晩発二天目一。我屋南山下。今生二幾叢菊一。薔薇葉已抽。秋蘭気当レ馥。帰去来山中。山中酒応レ熟。（新釈漢文大系）

この詩は、宋代から今日に至るまで偽作と目されており、『陶淵明集』諸本の中でも、収録されていないテキストがある。なお、万里以外で、淵明と薔薇に関して述べている禅僧は見当たらない。

六　日記における薔薇――『蔭凉軒日録』を中心に

禅僧は日常生活において、どのように薔薇と接していたのか――。本項では、禅僧が記主である日記の中でも、『蔭凉軒日録』（季瓊真蘂・亀泉集証筆録）を採り上げる。同日記は永享七年（一四三五）から明応二年（一四九三）にかけて記され、禅僧により薔薇がよく詠出された時期と重なっている。「薔薇」の用例をすべて抜粋する。なお、引用は『増補続史料大成』により、①～⑩の番号は私に施した。

①午後奉レ屈二鹿苑院惟明和尚一有レ宴。蓋庭前杜鵑花盛開爲二一覧一也。（中略）及レ晩歸矣。鹿苑歸院後。小補以下相留。對レ花聯二十句一歸。東雲破題云。躑躅雨添レ色。愚續云。薔薇露浥レ香云々。

（文明十八年三月十九日条）

②齋前招二昨夜聯衆一。（中略）自二曇花院之慈泉庵理珍首座一白薔薇七枝見レ恵レ之。及レ晩刺二之庭畔一。

（文明十八年四月廿六日条）

③（上略）横話云。昨日之會月翁。桃源。景徐。其餘者皆少衆也。以二雨後薔薇一爲レ題。兼日所二我出一也。以レ故我臨二彼詩場一也。私會之故欠二春陽及愚一也。云々。秉筆秀峯美少。季昭。東雲。誠叔。梅叔。小喝一人。六人也。愚問云。公詩如何。答曰。

一院薔薇春不レ如　　逐レ晴晒レ錦向二庭除一　　東山宰相台恩重　　衣紫二於花一雨露餘

（長享二年四月廿二日条）

④（上略）三獻了。妙嚴先歸。秀峰云。花紅松獨醒。桃源云。鬓綠柳能梳。藤云。小雨春成レ夢。小補云。薫風夏有レ初。功叔云。薔薇今拜レ相。愚云。翡翠舊爭レ虚。不レ書レ之口言レ之。（下略）

（長享三年四月十日条）

⑤芳洲。茂叔。春湖殘二於意足室一。又擧レ盃。茂云。綠勝二看レ花昨一。洲云。草逢二采レ藥時一。萱云。寵風今入レ扇。

愚云。瑞露日盈レ巵。湖云。王（主カ）寔僧中鳳。愚云。賓皆天上麒。又云。依レ松紅躑躅。茂云。隔レ竹紫薔
蘼。又云。有レ雅座無レ俗。洲云。聽レ言門視レ師。（下略）（長享三年五月四日条）

⑥亭乾仲住二建仁一。同門。（中略）閏歳牡丹添レ紅。冬日薔薇箸レ紫。考二佛果佛眼於三傑一。緇素欽レ風。配二僧肇僧
叡於四依一。弟兄憾レ舊。延德二年庚戌十一月十六日入寺。樹茂叔製レ之。（延徳二年十一月十一日条）

⑦九峯延二予於參雨齋一有レ宴。叔龍云。近レ夏薔薇院。予云。留レ春芍藥軒。聯三十句。予秉筆。（中略）一時快
也。（延徳四年三月廿五日条）

⑧於二南榮一有レ宴數獻。々々了。予云。延レ賓殘躑躅。茂叔云。宜レ我埜薔薇。聯二十句一。及二昏黑一歸。（延徳四年四月朔条）

⑨參雨齋有二聯會一。仍招二悅・萱・昌一。予書下寄二薔薇洞主人一之題上。傳二參雨主人一云。邇來聯會頻々。結二詩會一可
也云々。（中略）薔薇三章賦レ之。一首予戲出レ之。二首者代レ人作也。夜來維俊詩清書持レ之來。十三章有レ之。
點レ燭於二蚊幬中一點レ之者十章。一時之佳會也。悅。萱。湫俊秉筆云々。（中略）予薔薇詩云。

紅薔一朶奈レ難レ攀　古洞春過猶レ駐レ顔　只仗二人賢一花亦好　風流老主謝二東山一

（延徳四年五月九日条）

【注】十日条に「九峯来請二薔薇詩之添削一。乃加二意見一。勧以レ盃」とある。

⑩萬松壽千行者秋衣沈水之單尺持レ之來。乃一見レ之。（中略）

銀葉煎香細雨勻　薰籠晝靜九衢塵　秋衣半濕薔薇水　一炷烟中別置レ春　繼翁

（明応二年八月三日条。十五首省略）

「薔薇」の用例は、梅・桃・桜・躑躅・水仙・仙翁花等に比べれば、極端に少ない。①・④・⑤・⑦・⑧は聯句

会、③・⑨・⑩は詩会、②は贈答、⑥は同門疏における用例である。

聯句会で詠じられた用例から見ていく。記事の季節（三〜五月）や、聯句の当座性に注目すると、これらは座景、すなわち一座を取り囲む実景を詠んだもので、当時の禅院に薔薇が見られたことが推測される。②によると、亀泉は、曇花院慈泉庵の理珍首座から白い薔薇を七枝もらい、（雲頂院の）庭の畔に挿し木している。④の「薫風」と「薔薇」の寄合には前掲（q）の「長養の薫風は暁を払ひて吹き、漸く荷芰を開きて薔薇を落とす」、⑦の「薔薇」と「芍薬」の寄合には前掲（k）の「情有る芍薬は春涙を含み、力無き薔薇は暁枝に臥す」、①・⑤・⑧の「躑躅」と「薔薇」の寄合にも何かしら典拠があるのかも知れない（未詳）。

第二項で少しく触れた③や、⑨・⑩には、各々「雨後の薔薇」「薔薇洞の主人に寄す」「秋衣沈水」という詩題で詩会が催されたことが記される。③によると、横川は前日の長享二年四月二十一日、月翁・桃源・景徐・年少衆らと、「雨後の薔薇」という題で詩を詠み交わし、秉筆衆は秀峯美少・季昭・東雲・誠叔・梅叔・小喝の六人であった。横川の起句「一院の薔薇、春も如かず」は勿論、実景の詠であろうが、一方、次代の友社を担うために実地教育の一環として選ばれた秉筆衆（主として「美少」「美丈」「喝食」と呼ばれる有髪の童僧）を「薔薇」に喩えており、その華やかな有様は春も到底及ばない、と詠じている。いわゆる「艶詩」である。なお、「薔薇洞の主人」とは、雲頂院塔主として幼童・少年僧をも指導する内衆の詩会での詩題であり、謝安その人とともに自己・亀泉をも比していよう。

⑤の「竹を隔つ紫薔蘼」や、⑥の「冬日の薔薇は紫を著《き》る」には、前掲（p）の「桃は紅 李は白く 薔薇は紫」が踏まえられている。

七　五山文学以外の「薔薇」

五山文学以外の古典文学ジャンルに、「薔薇」の用例は非常に少ない。国語辞典や百科事典の類では、以下の三例が、その代表例と言える。なお、（ア）〜（カ）の記号は、私に施した。

（ア）『古今和歌集』巻第十・物名・四三六（新日本古典文学大系）

薔薇　　　　　　　　　　　　貫之

我はけさ初《うひ》にぞ見つる花のいろをあだなる物といふべかりけり

（イ）『源氏物語』賢木（新潮日本古典集成）

二日ばかりありて、中将まけわざしたまへり。ことことしうはあらで、なまめきたる檜破籠ども、賭物などさまざまにて、今日も例の人々多く召して文など作らせたまふ。階のもとの薔薇けしきばかり咲きて、春秋の花盛りよりもしめやかにをかしきほどなるに、うちとけ遊びたまふ。（下略）

（ウ）『枕草子』第七〇段・草の花は（日本古典文学全集）

さうびは、ちかくて、枝のさまなどはむつかしけれど、をかし。雨など晴れゆきたる水のつら、黒木のはしなどのつらに、乱れ咲きたる夕映え。

まずは（イ）に注目する。三位の中将（頭中将）が、源氏のいる二条院を、負態に訪れた場面である。院の殿舎の正面から降りる階段のもとには、薔薇が少しばかり咲いている。（ウ）については、薔薇は近くで見ると、枝の様子がむさ苦しいけれど、面白い。雨などが晴れ渡った後の水辺や、黒木の階段などのあたりに、薔薇が咲き乱れる夕映えの有様は面白い、と清少納言は述べる。そして、（イ）の「階のもとの薔薇」や、（ウ）の「黒木のはしなどのつらに」という箇所が、白居易「薔薇正《まさ》に開き、春酒初めて熟す。因って劉十九・張大夫・崔二十四を招きて

同じく飲む」詩の冒頭二句、

　甕頭竹葉経春熟　甕頭の竹葉は春を経て熟し、
　階底薔薇入夏開　階底の薔薇は夏に入りて開く。　（続国訳漢文大成）

に基づくことは、諸注が共通して指摘する通りである。この二句は『和漢朗詠集』に採られているので（巻上・首夏・147）、人口に膾炙していたと見え、他にも『栄華物語』「つぼみ花」、『堤中納言物語』「逢坂越えぬ権中納言」、『本朝無題詩』四八〜五〇番詩など[8]に踏まえられている。また、（ア）の貫之歌は物名歌で、「さうび（薔薇）」が隠題として詠み込まれているが、「けさ初にぞ見る」という箇所に関して、前掲白居易詩の七句目、

　明日早花応更好　明日 早花 応《まさ》に更に好かるべし。

と照応するのではないか、と指摘されている[9]。すなわち、五山文学を除いた古典文学における薔薇の代表的描写は、大略この白居易詩の影響下にあると言っても過言ではない。

　以上の検討を踏まえ特記しておきたい点は、管見の範囲では、当該白居易詩の影響が、五山文学作品に及ぼされていないことである。他方、逆の視点、前掲の「五山禅僧が好んだ中国の薔薇作品」（以下、「薔薇リスト」と略す）の影響が、はたして五山文学以外の古典文学に認められるのかと言うと、わずかであるが、それは『再昌草』に認められる。引用は『圖書寮所藏　桂宮本叢書』第十一巻による。

（エ）　愚亭月次詩　兩月分　雨後薔薇　題二陽明一
　滿架薔薇醉暈粧。深紅帶レ雨臥二斜陽一。何人爲盥二新詩手一。一掬洒衣風露香。　（第八・永正五年）

（オ）　（四月）廿九日　公宴　雨後薔薇
　片雨晴來朝露殘。薔薇枝重臥二欄干一。美人半醉謝公席。一掬羅裙染未レ乾。　（第九・永正六年）

（カ）　（九月）廿五日　愚亭詩　薔薇菊

菊似二薔薇一倚二小欄一。一籬秋色訝二春殘一。他時若欲レ要二詩思一。香露窓前盥レ手看。（第九・永正六年）

『再昌草』は三条西実隆（一四五五～一五三七）の日次家集で、和歌・発句・漢詩を合わせて、七千四百余首が収められる。実隆は漢詩文にも造詣が深く、彼の日記『実隆公記』を繙くと、天隠龍沢・月舟寿桂等、五山の禅僧とも親密な交流があったことが知られる。ちなみに『実隆公記』に「薔薇」の用例は確認できない。（エ）の「満架の薔薇」は（g）の高駢詩、（オ）の承句「薔薇 枝重く 欄干に臥す」は（k）の秦観詩に基づいている。また、（エ）の転句「何人か為に新詩の手を盥《あら》はん」、（カ）の「他時 若《も》し詩思を要せんと欲せば、香露 窓前 手を盥ひて看む」には、（m）の柳宗元の故事が響いていようか。（オ）の転句「美人 半酔す 謝公の席」は（a）の謝安の故事を踏まえており、（カ）詩の発想は、（s）の陶淵明詩（全文参照）の存在無くしては生まれなかったであろう。

おわりに

五山文学における「薔薇」の用例を整理し、当時の禅林社会周辺での、形象化された薔薇の世界を明らかにしてきた。以下、これらの結果をもとに五山文学の特質や性格について考え、擱筆したい。

まず禅僧が謝安の故事を愛用したのは、建仁寺に薔薇洞という寮舎が存在したことにもよるであろうが、抑も第三項で触れたように、謝安が引き連れた妓女の存在も大きかったのではなかろうか。五山文学史を概観すると、義堂周信（一三二五～八八）の『空華集』や、絶海中津（一三三六～一四〇五）の『蕉堅藁』あたりをその濫觴（発芽）として、室町中期頃から艶詩が次第に作られるようになった。謝安の故事の多用も、艶詩の流行と相俟ってのものと考えられる。詩会や聯句会において「薔薇」に、秉筆役の年若い童僧（喝食）を喩える用例も確認した（第六項参照）。天隠が自身の居室を「薔薇洞」と命名することに関しては、他の禅僧とはかなり異色で、彼のハイカラな一面と、当時の禅林社会に流れる頽廃的なムードを窺うことができる。

また、五山文学以外の古典文学ジャンルでは、「薔薇」の用例が極めて少なく、しかも、その表現描写の多くが、白居易の「階底の薔薇は夏に入りて開く」句に基づく。『源氏物語』や『枕草子』等、五山文学以前の「薔薇」の用例は白居易詩を踏まえてはいたが、第五項に掲げる「薔薇リスト」には含まれていない。五山文学が鎌倉・室町時代の間に新たに移入・発生し、それまでの古典文学の流れとは一線を画することを示していよう。また、和漢聯句会等を通して禅僧と交流があった連歌師の作品に、「薔薇」の用例は確認できない。『連珠合璧集』など連歌の作法書にも記述はない。これらは、連歌の母胎となった和歌作品に、「薔薇」の用例が少ないことにもよるであろうが、五山文学が、周囲の同時代の文学と交渉を持ちにくい状況にあったことに起因しよう。リスト・アップされた薔薇作品の影響が、五山文学以外の作品集に確認できたのは、今のところ三条西実隆の『再昌草』所収の漢詩三首であるが、実隆が多くの禅僧と交流があり、また、漢詩という文体を用いていることから、当該三首は、広義の五山文学に該当すると考える方が妥当かも知れない。

五山文学とそれ以外の文学とで対照的な「薔薇」受容の様相を呈するのは、一つには、作家の中国文学に対する意識の違いに起因すると思われる。我が国の禅僧が漢詩文を作成するためには、経書・史書、経典・禅書、中国の禅僧や俗人の詩文集、詩話、韻書、類書等を鑑賞、研究する必要があった。結果、あのように抄物も大量生産されたのである。「薔薇」の用例も、その過程において自ずから禅僧の観念裡に蓄積されて行ったのであろう（博引傍証）。第五項の「薔薇リスト」を概観すると、李白・黄庭堅詩の尊重、白居易詩の退潮、『聯珠詩格』『漢書』『蒙求』の尊重、詩話の尊重等、中世禅林における学問や文学の傾向が顕著に現れている。そこで、時代を遡るが、同じく漢詩文を作成した平安時代の搢紳貴族の作品集（『本朝無題詩』等）に「薔薇」の用例が少なく、その典拠が白居易詩に限られることを考慮すると、この博引傍証の徹底という性格が、日本の漢詩文作家に共通するものではないことが知られる。禅僧の観念的世界の構造は特殊で、そこから紡ぎ出された五山文学は、やはり他の文芸ジャンルとは相容れない一面を有していたと言えよう。

斯くして、薔薇は、五山文学特有の素材であった。ただし、五山文学において、禅僧が薔薇を対象として形象した世界は、例えば、同じく中国から移植された「海棠」と比べてみても、その典拠のインパクトは弱く、中世の禅院の中に埋没してしまった。本節を草した因由は、忘れ去られている、薔薇が齎したかに見える豊饒な世界に改めて光を当てたいという、強い思いに駆られたからである。

注

（1）平成十一年十一月二日から十二月十二日までの期間、サントリー美術館で開催された「井伊家伝来の名宝―近世大名の文と武」の展示図録には、「56―四季図　四幅」の一つとして「謝安石東山雅会図」（四二頁）が掲載されている。

（2）引用は、亀井孝氏『語学資料としての中華若木詩抄（系譜）』（清文堂、昭五五）所収の内閣文庫蔵本の影印による。

↓第五章第三節、第四節参照

（3）引用は『四庫全書珍本』七集による。

（4）芳賀幸四郎氏『中世禅林の学問および文学に関する研究』（日本学術振興会、昭三一）、三三一頁。

（5）引用は『和刻本漢詩集成　總集篇』第九輯（汲古書院、昭五四）による。

（6）朝倉尚氏『禅林の文学　中国文学受容の様相』（清文堂、昭六〇）。

（7）井上一之氏「『陶淵明集』所収「問来使」詩に関する一考察―詩的言語における時代性―」（『中国文学研究』第二十一期、平七・一二）。

（8）番号は、本間洋一氏注釈『本朝無題詩全注釈』（新典社）による。

（9）中島輝賢氏「紀貫之の〈薔薇〉の歌―漢詩文の影響と物名歌の場―」（『国文学研究』第百三十五集、平一三・一〇）。

第五節　瀬戸内海と五山文学

はじめに

現在の勤務校が位置する、この風光明媚な大崎上島は、瀬戸内海中部に浮かぶ芸予諸島の一つで、ミカン栽培と造船業が、特に盛んである。稿者は島に移住したので、瀬戸内海が、以前よりも格段に身近に感じられるようになった。海は、我々に様々な「顔」を覗かせてくれる。そしてそれらを眺めると、気分が爽快になったり、癒されることもあれば、人恋しくなったり、暗澹たる気持ちに陥ってしまうこともあるだろう。勿論そのような感情の生起は、その時、当事者が置かれている状況に、最も左右されると思われるのだが。

さて、勤務校の竹原サテライト・オフィスにおける「週末 瀬戸内海学 講座」や、広島商船高専文化セミナーにおいて講演をさせていただく機会を得た際(1)、その場を借りて、稿者は、これまで研究してきた「五山文学」の中から瀬戸内に関連する作品を抜き出し、若干の考察結果を報告させていただいた。

「五山文学」とは、鎌倉・室町時代に五山派の禅僧によって作成された漢詩文や、漢籍の注釈を核とする文学・学問活動を言う。「日本中世の禅宗の僧侶が記した漢文の作品」ということで、その作品群を正確に読み解くためには、日本文学・中国文学・日本史・中国史・仏教学等の多方面の知識が要求され、非常に難解と言えよう。国文学の分野においては、それを専門とする研究者は極めて少なく、研究状況は低調であり、いまだに「傍流の文学」とか「学界の孤児」という汚名を返上するには至っていない。

瀬戸内を舞台とする古典作品は、『源氏物語』須磨・明石巻、『平家物語』、『とはずがたり』、今川了俊（一三二六〜一四一四?）の『道ゆきぶり』等をはじめとして、かなり確認することができる。したがって、それらの諸作品と、今回概観する五山文学作品との関連性を、表現面や思想面において綿密に言及して行けば、中世文学もしくは日本文学における五山文学の正確な位置（ポジション）が浮かび上がって来て、非常に有意義な結果が期待できるのであるが、今回は、残念ながらそこまでには至っていない。今後の方向性として見据えながら、本節では、その一階梯として、基本的には講演内容に添いながら、五山文学において瀬戸内が詠じられた詩（偈頌）作品を中心に概観した後、そこに認められる傾向を述べてみたい。当時の禅僧の目に、瀬戸内海は一体どのように映っていたのだろうか——。

禅僧と瀬戸内海

鎌倉・室町時代になると、平安時代に比べて、各階層にわたり日本各地を旅する人が増加した。その理由を、稲田利徳氏は、以下のように分析しておられる。

旅が頻繁に行われたのは、鎌倉幕府の設立により、政治・文化の中心が東西に分離、その間を往復する機会が増えたこと、それにともない道路や宿場の整備・充実が施行されて旅が容易になったこと、地方都市の武将が高次の文化を志向し、京洛の文化人を招待したこと、戦乱の頻発した時代で、武士の出陣や文化人の地方への疎開が多かったこと、さらに寺社参詣の流行、廻国修行など、宗教的な問題などといった、種々な現象が原因になっているだろう。(2)

禅僧が瀬戸内を旅する理由は、強いて言うならば「宗教的な問題」に依るのであろうか。二、三の補足説明が必要である。

当時、多くの禅僧は、京都や鎌倉の他に、中国にまで留学して仏道修行に精進した。このため、筑前や豊後の地においては、中国への渡航船を待ったり、あるいは帰国後に静養のために滞在していた。言うならば、筑前や豊後は、京都と中国とを連ねる交通の要衝であり、中国渡航の中継地と言えよう(3)。そして瀬戸内海は、彼らにとって、これからの異国での修行生活に闘志を漲らせたり、不安を募らせたり、また、何年かぶりの京都を目前に控え、知人との再会などに胸を躍らせながら眺める風景であったわけである。

また、西国の禅宗寺院の住持として赴任する際、瀬戸内を往来する場合もある。このことに関しては、主に日本史をご専門とされる伊藤幸司氏に、つぎのような興味深いご指摘がある。

海陸交通の結節点であった港町では、多様な禅宗勢力が流入して禅寺を誕生させていた。しかも、各地の港町の禅寺同士は、おのおの門派内で行なわれる活発な人的交流によって、港町相互が各門派のネットワークを通じて網の目のように結びついていた。しかも、このネットワークは、禅僧以外にモノや情報までも伝達することができた(4)。

禅僧は、自身の属する門派内の人的交流に従って、瀬戸内の各港町（に位置する禅寺）の間を行き来していたのである。

東福寺大機院の梅霖守龍（？～一五六七）には、『梅霖守龍周防下向日記』（『山口県史　史料編　中世1』所収）がある。同書は漢文体の日記（紀行文）で、梅霖が東福寺領徳地保の年貢収納を大内氏に要請するために、周防国山口に下向した時のものである（「史料解題」）。

この他、例えば京都の禅宗寺院等で催された詩会において、さらには瀬戸内に関する画図や扇面に題するに際して、各僧の想像力や観念で以って詩を詠出した場合も考えられる。これらに関しては、以下で具体的に検討してみたい。

瀬戸内の五山文学作品概観

実際に禅僧が瀬戸内の各地を詠じた詩（偈頌）作品に対して、順次検討を加えて行きたい。先に紹介したように、梅霖が瀬戸内を旅した際にしたためた文章も残っているが、同書は多くの漢文日記がそうであるように、記主（梅霖）が体験・見聞した事柄を、年月を追って記録する方に重点が置かれているので、今回は、考察の対象にしない。なお、本節で用いる「瀬戸内海」とは、本州・四国・九州に囲まれた内海、厳密に言うと、紀淡海峡・鳴門海峡・豊予海峡・関門海峡よりも内側の海を指す。「瀬戸内」とは、瀬戸内海およびその沿岸地方を言う。詠作場所に関しては、恣意的とのご批判を免れ得ないと思うが、該当作品自体が極めて少なく、また、今後、他の古典作品と比較、検討をして行く際、円滑に作業が進行するよう考慮して選定した。具体的には、著名な歌枕や、繁栄した港町、紀行文の類によく出てくる地名などに注目した。

引用本文に関しては、特に表記していない限り、『五山文学全集』全四巻、『五山文学新集』全六巻および別巻二巻、『大正新修大蔵経』第八十巻、『続群書類従』第十二、十三輯の上・下、『大日本仏教全書』所収の『翰林五鳳集』による。また、訓読、傍線、波線、番号は私に施した。旧字体や異体字を私に改めた箇所もある。

◎須磨（兵庫県神戸市須磨区）・明石（兵庫県明石市）

①『翰林五鳳集』巻第五十三

制に応じて、須磨浦を賦す　蘭坡（景茝、一四一九～一五〇一）

闗路迢々傍浦斜　関路 迢々として 浦に傍〈そ〉ひて斜めなり、
瑤琴響處是誰家　瑤琴 響く処 是れ誰が家。

廊纔葺葦是誰家（ママ）（墻編竹）　廊は纔かに葦を葺〈ふ〉き 墻は竹を編み、
月色如霜映白沙　　月色 霜の如く 白沙に映〈は〉ゆ。

【注】『文明年中応制詩歌』、横川景三〔一四二九～九三〕編『百人一首』にも所収。（　）内は両書にて補う。ただし、蘭坡景茝の『雪樵独唱集』には見当たらない。

②『梅花無盡藏』第三下（万里集九〔一四二八～一五〇七？〕著）

人麻呂の賛

余、曽て西遊し、人麻呂の塚を拝し、明石の浦を看る。夢の如く、相似るなり。人有り、彼の賛を需〈もと〉む。故に茲に及ぶと云ふ。

扶桑翰墨若分評　扶桑の翰墨 若し分評せば、
歌道彌高詩却輕　歌道は弥〈いよいよ〉高く 詩は却つて軽し。
朝霧未晴明石浦　朝霧 いまだ晴れず 明石の浦、
行舟隔島棹無聲　行舟 島を隔てて 棹に声無し。

①は『文明年中応制詩歌』（『続群書類従』第十五輯下所収）に採られていることから、文明十二年〔一四八〇〕に蘭坡景茝が後土御門天皇の求めに応じて、須磨浦を詠じた作であることが判明する。須磨と言えば、『源氏物語』の光源氏流謫の地として知られている。源氏が右大臣家との政争に敗れ、退居した須磨の住居の有様を説明する箇所に、以下のようなくだりがある。

おはすべき所は、行平の中納言の、藻塩垂れつつわびける家居近きわたりなりけり。海づらはやや入りて、あはれにすごげなる山中なり。垣のさまよりはじめてめづらかに見たまふ。茅屋ども、葦ふける廊めく屋など、をかしうしつらひなしたり。所につけたる御住ひ、やうかはりて、かかるをりならずは、をかしうもありなましと、昔の御心のすさびおぼし出づ。[5]（以下略）

（『源氏物語』須磨）

源氏の住まいは、海辺から少し入り込んだところにあり、しみじみとしていて物寂しげな山中にある。垣根のしつらいをはじめ、茅葺きの建物とか、葦を葺いた渡殿（建物と建物をつなぐ廊下）などが、風情があるように飾りつけがしてある（傍線部参照）。①の転句は、この箇所を踏まえていよう。また、起・承句にも典拠がある。高校の古典の教科書などにも頻繁に抄出される箇所である。

須磨には、いとど心尽くしの秋風に、海はすこし遠けれど、行平の中納言の、関吹き越ゆると言ひけむ浦波、夜々はげにいと近く聞こえて、またなくあはれなるものは、かかる所の秋なりけり。御前にいと人少なにて、うち休みわたれるに、ひとり目をさまして、枕をそばたてて四方の嵐を聞きたまふに、波ただここもとに立ちくるここちして、涙落つともおぼえぬに、枕浮くばかりになりにけり。琴をすこしかき鳴らしたまへるが、われながらいとすごう聞こゆれば、弾きさしたまひて、

恋ひわびて泣く音にまがふ浦波は
　思ふかたより風や吹くらむ

と歌ひたまへるに、人々おどろきて、めでたうおぼゆるに、忍ばれで、あいなう起きゐつつ、鼻を忍びやかにかみわたす。

須磨には、いよいよ心尽くしの秋風が吹き、海は少し遠いけれど、かの行平の中納言が「関吹き越ゆる」と詠んだという浦波が、夜ごとに大変近く聞こえる。「行平の中納言」とは、『伊勢物語』の主人公として知られる在原業平の兄、行平（八一八～九三）のことである。平安初期の歌人で、須磨に隠棲した。波線部には、「津の国須磨とい

ふ所に侍りける時、よみ侍りける」という詞書を持つ「旅人は袂涼しくなりにけり関吹き越ゆる須磨の浦風」（『続古今集』巻十・羇旅八六八）という行平の歌が踏まえられており、①の起句にも、これらが響いているだろう。ちなみに前掲引用箇所の波線部「行平の中納言の、藻塩垂れつつわびける家居」には、同じく行平の「わくらばに問ふ人あらば須磨の浦に藻塩垂れつつわぶと答へよ」（『古今集』巻十八・雑下九六二）が踏まえられている。

さて、源氏は、御前に人が大変少なく、誰もみな寝静まっている中、ひとり目を覚まし、独り寝の寂しさを紛らわすために琴を少し掻き鳴らした。しかし、我ながらとても物寂しく聞こえたので、途中で弾くのを止めて、都（に残した女性）を懐かしむ歌（「恋ひわびて～」）を詠んだところ、まわりの人々は目を覚まし、素晴らしいと思うと同時に、我慢できなくて、一人また一人と鼻を噛み渡したという（傍線部参照）。①の承句は、この逸話に依る。したがって、源氏の家を念頭に置きながら「是れ誰が家」と問うているのである。試みに訳出する。都へと通じる関所への路ははるかに遠く、浦にそって斜めになっている。美しい琴の音が響いているが、これは一体誰の家なのだろうか（言わずと知れた光源氏の謫居）。廊下にはわずかに葦が葺いてあり、垣根には竹が編んである。月の光は、霜さながらで、白い砂に映っている。

②の序文にあるように、万里集九は相国寺に修業した三十代の頃、時期にすると、応仁の乱が勃発する直前の頃に、奈良・宇治・須磨・明石に遊んだという[6]。その折、万里は柿本人麻呂の墓を参拝し、明石の浦を眺めたのだが、ある人が人麻呂の賛詩を求めたので、それに応じて詠じたのが、②の詩である。

起・承句においては、わが国の文学を区分、批評し、和歌の道が、漢詩よりも優位にあることを述べている。そして、転句から結句にかけては、「歌の聖」である人麻呂の「ほのぼのと明石の浦の朝霧に島隠れ行く舟をしぞ思ふ」（『古今集』巻九・羇旅歌四〇二）を漢訳している。なお、万里には、他にもこの人麻呂歌を踏まえた作品が散見する（「人丸の画像の賛　岸日向守、之を需む」等）。

◎一ノ谷（兵庫県神戸市須磨区）・屋島（香川県高松市）

③『雲壑猿吟』（惟忠通恕〔一三四九～一四二九〕著）

一ノ渓の懐古　平氏敗績の地（南遊七首の一）

赤旗何去雲迷浦　赤旗 何〈いづく〉にか去らん 雲は浦に迷ひ、
王輩無歸日落西　王輩 帰る無く 日は西に落つ。
野客不知興廢事　野客は興廃の事を知らず、
惟看沙上鳥双栖　惟だ看る 沙上 鳥の双栖するを。

④『翰林五鳳集』巻第五十三

一ノ谷城の図　天隠（龍沢、一四二二～一五〇〇）

萬騎下山源平兵　万騎 山より下る 源平の兵、
平家運盡出堅城　平家の運 尽き 堅城より出づ。
長江不洗英雄恨　長江は英雄の恨みを洗はず、
日夜風濤戰鼓聲　日夜 風濤 戦鼓の声。

⑤『策彦和尚詩集』（策彦周良〔一五〇一～七九〕著）

八島の戦場

招箭代君堪碎身　招箭 君に代はりて 砕身に堪ゆ、
源平如若此忠臣　源平 此の忠臣を如若〈いかん〉せん。

千古功名一麟足　　千古の功名 一麟に足り、
漢有紀信倭繼信　　漢に紀信有り 倭に継信あり。

③と④は播磨国の一ノ谷、⑤は讃岐国の屋島を詠じているが、両所は海を隔てて隣国にあり、ともに源平の古戦場なので、ここでは、一括して扱うことにした。

まずは③から見て行く。同詩は、「南遊七首」のうちの一首である。七首の中には、「丁卯の秋、京より往き、山崎に到る。途中、雨に値《あ》ふ」、「淡路道中」、「琴引八幡宮」、「善通寺に遊ぶ」という詩も見られるので、③は、惟忠通恕が嘉慶元年（一三八七）、京都から讃岐国の琴弾（引）八幡宮や善通寺に遊んだ時に詠出した作であることがわかる。ちなみに、源義経（一一五九～八九）は屋島合戦の後、平家追討にあたり、琴弾八幡宮（香川県観音寺市八幡町）に名馬と木の鳥居を奉納している。詩題によると、惟忠は実際に一ノ谷を訪れ、屋島へ敗走した平氏を懐古した。起句の「赤旗」は平氏のシンボル、承句の「王輩」とは平氏が擁した安徳天皇（一一七八～八五）や公卿、女官等を指すのであろう。起句と承句からは、落日の平家のイメージと、往時の「奢る平家」からの凋落ぶりに、世の無常を観取せざるを得ない。赤い（平氏の）旗はどこに去ったのであろうか。雲は浦に迷い込み、天子様（安徳天皇）の一族は帰る場所も無く、太陽は西に沈む。一方、転句の「野客」とは野に住む人、また、仕官しない人を言うが、ここでは、惟忠自身と考えて良いだろう。野に住む自分（惟忠）は、僧侶として世間の興廃とは無縁で、ただ砂のほとりの鳥が、仲睦まじく並んでいるのを見るだけだ。結句に描き出されている「鳥」は、（白）鴎であろう。「（白）鴎」は、中国文学において機心（いつわりたくらむ心）を忘れた人の友という観念が付与され、それがわが国の五山文学にも影響を与えたとされる。[7] 惟忠は出家して、移ろいやすい俗世間の状況に疎く、海辺の鴎を捕らえんとする気持ち（機心）も無いので、二羽の鴎はじっとしていたのである。

つぎは④である。詠作状況（時期・場所等）は詳らかではないが、天隠龍沢が一ノ谷城の画図に題したものであることは、確かである。源平一ノ谷の戦と言えば、源義経の「鵯越の逆落し」や「敦盛最期」がすぐさま想起される。前者に関して付言すると、当時、平家の陣地は、前面の須磨浦の沖は制海権を完全に掌握し、背後は鉄拐山・鵯越・鉢伏山等の険しい山地が断崖となって連なっており、非常に堅固な構えであった。(8) しかし、義経は「鹿も四つ足、馬も四つ足」と言って、鵯越の急坂を駆け下りて平家を奇襲し、源氏を勝利に導いたのである。④の起・承句は、この逸話に依るだろう。源氏の万騎が、山から下りて来て（鵯越の逆落し）、源平の兵が入り交じる。平家の運は尽き、堅城を明け渡した。図柄が不明なため確証は無いが、転句にある「長江」とは、ここでは瀬戸内海を指すのではないだろうか。また、中国三国時代に曹操軍（平家）と、蜀の劉備・呉の孫権連合軍（源氏）が長江の赤壁（現在の湖北省）で激突した赤壁の戦を重ねていよう。長江（瀬戸内海）は、英雄（曹操・平家）の恨みを洗い流さない。昼夜を問わず、風が吹き、波がたち、戦争に用いる太鼓の音が聞こえる――。最初は画図の鑑賞者であった作者天隠は、結句において画中に入り込み、戦いの臨場感を味わっている。

⑤の詠作状況もよくわからない。作者である策彦周良は、三度も中国に渡航しているので、その道中に実際に現地を訪れて詠んだのであろう。屋島の戦で最も有名な話は、那須与一の「扇の的」であろうが、佐藤継信が義経の矢面に立ち、身代わりとなって戦死した話も印象的である。結句にある日本の「継信」とは、その佐藤継信である。中国の「紀信」とは前漢の紀信で、高祖に仕えてその将軍と為り、河南の滎陽で高祖が楚の項羽に囲まれた時、高祖になりすまして敵をあざむき、代わりに焼き殺されたという（『蒙求』紀信詐帝等）。すなわち、結句には、主君の身代わりとなった、献身的で忠義の厚い人物が列挙されているということになる。翻って起句「招箭、君に代はりて、砕身に堪ゆ」について考える。「招箭」とは、的の側に立って矢が当たったかどうか確かめる人の意で、ここでは、那須与一の登場を想定しているのではないだろうか。与一は、義経が矢面に進んで敵に狙われたらいけ

ないので、主君に代わって、扇を射落とすという大役を仰せつかり、その重圧（プレッシャー）に身を砕くほど苦労している。結果、承句にあるように、源氏側にも平家側にも、（与一や継信や紀信のような）忠臣がたくさんいて、主君のために骨身を削り、しばしば落命していた。それに対して、策彦は、とこしえの功名は、一匹の麒麟（一日に千里も走るという駿馬。神獣の一）に値する、と転じ、その例として中国の紀信と、わが国の継信の名前を出して結んでいる。[9]

◎鞆（広島県福山市）

⑥『東海一漚集』巻之一　（中巌圓月（一三〇〇～七五）著）

鞆の津　備後の州

楸梧風冷海城秋　　楸梧 風は冷〈すず〉し 海城の秋、
燹火煙《烟》消灰未收　　燹火の煙り 消ゆるも 灰は未だ収まらず。
遊妓不知亡國事　　遊妓は知らず 亡国の事、
聲々奏曲泛蘭舟　　声々 曲を奏して 蘭舟を泛〈うか〉ぶ。

中巌圓月の『東海一漚集』に収録されている、⑥の詩を含む一群には、「右十首、元弘の乱後、博多より上京する道中の作なり」という跋文が付されている。中巌は正中二年（一三二五）に入元し、古林清茂・竺田悟心・東陽徳輝等に参じて、元弘二年（一三三二）に帰国した。博多に上陸した後、多々良の顕孝寺で年を越し、翌三年五月に鎌倉幕府が滅亡した時は、豊後万寿寺の西方丈に在った。秋には博多に帰り、その冬、大友貞宗に随って上京している（『佛種慧濟禪中岩月和尚自歴譜』）。そして京都に戻る道中、備後の州の鞆の津にて詠んだのが、⑥の詩ということになる。なお、これら十首を、仮に「瀬戸内詠詩群」と名付けておく。

さて、増田知子『中巌圓月　東海一漚詩集』（白帝社、二〇〇二年）を参考にして、試みに⑥を訳すと、以下のようになる。ヒサギとアオギリに吹く風は冷たい海城（海辺の城）の秋に、戦火は消えたが、灰はまだそのままだ。遊女たちは国が滅びた事を知る由も無く、声々に音曲を奏でながら蘭舟（木蘭で作った美しい舟）を浮かべている――。当該詩の転句の「遊妓」と、③の転句の「野客」は、同じ機能を果たしていよう。源氏と平家が争っていようと、鎌倉幕府が倒れ、後醍醐天皇〔一二八八〜一三三九〕の建武の新政が始まろうと、俗世間から一定の距離をとって生活する人々（野客〈禅僧〉・遊妓）には、全く影響が無く、中巌は、彼らの自在な生き様と対比させて、眼前の世間の興廃や、亡国の有様を描くことによって、世の中の無常を浮き彫りにさせている。なお、『遊女の文化史　ハレの女たち』（中公新書八五三、一九八七年）の著者である佐伯順子氏は、同書の中で、

遊女――彼女たちこそは、今や俗なるものの領域へおとしめられてしまったかにみえる「性」を「聖なるもの」として生き、神々と共に遊んだ女たちであった。その舞い、歌う姿の中に、今日、音楽といわれ、あるいは演劇、文学といわれる「文化」の営みの多くが、まだ「文化」とは自覚されぬままに、若々しい姿をあらわしていたのである。

しかし、自ら遊ぶ女として、聖なる力を宿していた遊女たちは、やがて遊郭の中に囲いこまれ、さげすみと憧憬というアンビバレントな社会感情を身に受けつつ、ついには遊芸と売淫との分離によって、もっぱら前者を担う「文化」人と、後者に専念する娼婦へと二極分解してゆく……

（「序章　遊女―その文化史的意義」より抜粋）

という興味深いご指摘をされている。遊女はその昔、「聖なる存在」として神々と交流し、歌舞や色恋を生業としていたという。また、『とはずがたり』には、作者の後深草院二条が厳島神社へ参詣に行く途中、鞆から少し離れ

た「たいか（が）島」（大可島か。現在は福山市鞆町と繋がっている。陸繋島）に立ち寄った記事があるのだが、その小島には、遊女が遁世して、庵を並べて住み着いており、二条は、遊女の長者の発心談にいたく感激している。そもそも鞆ノ浦は、古くから港町として栄え、多くの遊女が集った。屋島の戦で敗れた平家方の上臈女房が零落して女郎（遊女）になったという話もある。この大崎上島近辺でも、近世以降であるが、御手洗（豊町）や木江や鮴崎が遊女の港町として繁栄したことは、よく知られている。彼女らが相手を探すために乗った船を「オチョロ船」と言うが、「オチョロ」とは「女郎」が訛ったのではないか、という説もある。[10]

◎厳島（広島県廿日市市宮島町）

⑦『東海一漚集』巻之一

厳島　二首

（Ⅰ）　其一

翠髪〔髻〕紅糚淡掃眉　　翠髪　紅糚　淡く眉を掃き、
仙裾翳々櫂瑠璃　　仙裾　翳々として　瑠璃に櫂〈あら〉はる。
我來爲問龍宮裏　　我　来りて　為に龍宮の裏を問ひ、
早晩獻珠成佛時　　早晩　珠を献ぜん　成仏の時。

（Ⅱ）　其二

神游勝境示靈踪　　神　勝境に游びて　霊踪を示し、
怪異峰巒涌海中　　怪異なる峰巒　海中に涌く。

月照廻廊潮又満　　月　廻廊を照らし　潮は又た満ち、
夜深誰在水晶宮　　夜深くして　誰か水晶の宮に在らん。

この二首も、先に触れた中巌の「瀬戸内詠詩群」に含まれる。厳島神社は、平清盛（一一一八～八一）をはじめとする平家一門に信仰された。市杵島姫命を主神とし、田心姫命・湍津姫命を合祀することは、第二首目の起句において、擬人化して述べられている。「勝境」とは、景色の素晴らしい場所、「霊踪」とは不思議な来歴があったあとを言う。論の進行上、このまま第二首目から見て行く。起句で神社の起源に触れた後、中巌のカメラ・ワークは、海中に浮かぶ怪しい峰々から、月が照らし、潮が打ち寄せる幻想的な回廊へとズーム・インしている。そして社殿を「水晶の宮」に見立てて、夜深くに一体誰が参籠しているのだろうか、と思いを馳せて結んでいる。ちなみに厳島には、「水晶石」という大きな石があり、『藝州　嚴島圖會』巻之四には、「**水晶石**〔割註〕二王門と大日堂の間にあり。丈余の大石にして中央に穴あり、これよりうかがへば石中こと〴〵く水晶なり。[11]」という記述がある。

続いて第一首目を見る。起・承句は、厳島全体をを天女に見立てており、非常にダイナミックである。もしかしたら市杵島姫命以下の女神、あるいは神前に奉仕する緋袴の巫女達にたとえているのかも知れない。緑色の髪、紅色の化粧にうっすら眉を描き、仙衣の裾のあたりは、翳って暗く、瑠璃色の海に洗われている。島を「仙人（女）が住む異郷（ユートピア）」と見なす発想は、五山文学作品の中にもよく見られる。転句から結句にかけては、社殿を「龍宮」に見立てて、私はここに来て、龍宮の裏を尋ね、いつか悟りを開いた時には、珠を献上しよう、と中巌は言う。惟肖得巌（一三六〇～一四三七）の『惟肖巌禪師疏』には、つぎのような文章がある。

厳島神社修造幹縁の疏、并びに序

世傳、嚴島大明神、乃娑婆竭龍王季女降跡、在推古垂簾之間、尓來灵異甚多、惜哉無信史可徴、聽説云々而已、其島截然在巨浸中、四方斗絶、而秘殿脩廊、周遭列置、烟波縹緲、上下輝映、殆宇宙勝絶也、春之三、秋之九、盛行祀事、東西萬里、舟陸麋臻、泉貨貿迁、復資於此神之護國恤人也、不一而足、可不敬乎、(以下略)

世に伝ふ、厳島大明神は、乃ち娑婆竭龍王季女の降跡なり。推古垂簾に在るの間、尓来、霊異、甚だ多し。惜しきかな、信史の徴〈ただ〉すべき無く、云々と説くを聴くのみ。其の島は截然として、巨浸中に在り。四方斗絶、而して秘殿脩廊、周遭列置し、烟波縹緲として、上下輝映し、殆ど宇宙の勝絶なり。春は之れ三、秋は之れ九、盛んに祀事を行ふ。東西万里、舟陸、麋のごとく臻〈いた〉り、泉貨、貿迁し、復た此の神の護国を資〈たす〉け、人を恤〈あはれ〉むなり。一ならずして足る。敬はざるべけんや。(以下略)

「其の島は截然として、巨浸中に在り。四方斗絶、而して秘殿脩廊、周遭列置し、烟波縹緲として、上下輝映し、殆ど宇宙の勝絶なり」というくだりも看過できないが、稿者が注目するのは、冒頭の「厳島大明神は、乃ち娑婆竭龍王季女の降跡なり」である。「娑婆竭龍王」とは八代龍王の一、護法の龍神であり、降雨の龍神である娑迦羅龍王(娑竭羅・娑羯羅・娑竭とも)のことではないか。娑迦羅龍王の娘(龍女)は、八歳の時、法華経によって悟りを開き、釈迦の前で男子に変成して成仏したことで有名である(『法華経』提婆品)。「世に伝ふ」とか「信史の徴すべき無く、云々と説くを聴くのみ」とあるように、記事の信憑性には聊か疑問が残るが、少なくとも当時の禅林周辺に、厳島大明神は、娑迦羅龍王の娘が降って現れた仮の姿であるという伝承が広まっていたことは確かであろう。また、娑迦羅龍王の頭上には、燦然と如意寶珠(あらゆる願いを叶える不思議な珠)が輝いていたが、閻浮提の一切衆生を貧窮から救うためという我が子能施太子の申し出に応じ、快くその寶珠を手渡している(『大智度論』第十二)。これらのことを勘案すると、中巌は、「龍宮」に見立てた厳島神社にすむ娑迦羅龍王の娘に対して、自身も成仏したら如意寶珠を献上しよう、と詠出したのであろう。

◎赤間関・壇ノ浦（山口県下関市）

⑧『蕉堅藁』（絶海中津〔一三三六～一四〇五〕著）

赤間関

風物眼前朝暮愁　　風物　眼前　朝暮に愁ふ、
寒潮頻拍赤城頭　　寒潮　頻りに拍つ　赤城の頭〈ほとり〉。
佐岩奇石雲中寺　　佐岩　奇石　雲中の寺、
新月斜陽海上舟　　新月　斜陽　海上の舟。
十萬義軍空寂々　　十万の義軍　空しく寂々、
三千劍客去悠々　　三千の剣客　去りて悠々。
英雄骨朽干戈地　　英雄　骨は朽つ　干戈の地、
相憶倚欄看白鴎　　相憶ひて欄に倚りて　白鴎を看る。

【注】『翰林五鳳集』巻第五十三にも所収。

⑨『東海一漚集』巻之一

檀の浦

晩浦煙《烟》横日影斜　　晩浦　煙は横たはり　日影は斜めに、
漁歌送恨落蘋花　　漁歌は恨みを送り　蘋花落つる。
封侯能有幾人得　　封侯　能く幾人の得ること有らん、
戰骨乾枯堆白沙　　戦骨　乾枯し　白沙に堆〈うづたか〉し。

【注】横川編『百人一首』、『翰林五鳳集』巻第五十三にも所収。

壇ノ浦と言えば、言わずと知れた源平最後の決戦が行われた場所であり、平家が滅亡した場所でもある。安徳天皇は、二位尼時子（清盛の妻）に抱かれて入水し、三種の神器のうち神剣は失われてしまった。赤間関とは、関門海峡を隔てて九州と相対し、古来、関門海峡の関が置かれていた。⑧・⑨とも当然、源平の合戦が色濃く詠み込まれている。

⑧は永和三年（一三七七）の春頃、中国留学から帰国した絶海中津が、しばらく九州で静養した後、翌四年二月に京都へ向かう船中にて詠んだ作である（第三章第二節第三項参照）。源平の合戦に纏わる風物は眼前に広がり、朝夕人々を愁えさせ、寒潮は頻りに赤間関のほとりに打ち寄せる——。首聯において目前の風景を詠じた絶海は、一転して、頷聯では、雲の中に見える寺院（阿弥陀寺）の怪岩や奇石、新月と夕陽が海上の舟を照らす有様など、遠景を描写している。そして頸聯において、今は亡き源氏（十万の義軍）や平家（三千の剣客）の人々にまで思いを巡らし、英雄の骨が古戦場に朽ち果てた現実を直視し、昔を偲びながら欄干にもたれて、無心に白鷗を眺めている。

⑨は注するまでも無く、中巌一連の「瀬戸内詠詩群」の一首である。夕暮れの入江に靄がかかり、日影が斜めにさしている、と寂寥感や哀感の漂う起句からはじまり、承句では、漁夫の歌は、平家滅亡の恨みを送り、ために浮き草の花が散る、と言う。転・結句からは、⑧の詩の後半同様、中世の壮絶な日常茶飯の一齣が垣間見えるとともに、その底辺に脈々と流れる無常観が読み取れる。諸侯に封ぜられた者は幾人か分からないが、戦死者の死骸や骨は干からびて、白い沙の上に積み重なっている。

なお、「瀬戸内詠詩群」には、今回触れた四首の他に、「阿観島」「中宵に築紫の津を発す」「亀山　赤間関に在り、八幡大神を祠《まつ》る、阿弥陀寺の東」「須恵の洋　末の御崎は、赤間の東に在り」「竈戸の関」「兵庫」という詩が含まれる。

まとめ

こうして見ると、瀬戸内海がその主たる舞台となったことにも起因すると思うが、源平の合戦を題材（典拠）にする作品（③・④・⑤・⑧・⑨）が多く見られる。換言すると、禅僧の観念裡では、瀬戸内海に源平の合戦のイメージが重ねられていたのであろう。また、武士出身の禅僧が多かったことや、檀越（檀那）が武士であったことも、彼らが当時の政治（鎌倉、室町時代とも武士政権）や、過去の戦乱に興味を惹き付けられた要因の一つと言えるかも知れない。源平の合戦に関する情報源は、『平家物語』そのものか、もしくは琵琶法師が琵琶に合わせて語った平曲が考えられる。「祇園精舎の鐘の声、諸行無常の響あり」という一文で始まる『平家物語』に題材を求めたとなれば、上記の五山詩に無常観が色濃く描出されるのも、首肯できる。『平家物語』『徒然草』『方丈記』など、中世文学の中には無常観を、重要なキー・ワードとして読み解いて行く作品が数多くあるので、五山文学作品にこれが認められるということは、いま一度、中世文学における五山文学の位置を考え直す必然性や意義も出てくるはずである。

ところで、①・②のように、『源氏物語』や『古今集』を典拠とする作品も見受けられる。漢詩文という表現形態に注目すると、中国の古典や経典なら頷けるが、わが国の物語や和歌に典拠を求めることには、一見すると、かなり違和感を覚える。しかし、例えば公家の三条西実隆の『実隆公記』を繙いても顕著であるが、室町時代の後半になると、禅僧と公家の交流が盛んになる。頻繁に一緒に詩歌会を開催するようになり、相手側（公家側）の題材に精通したり、また相手側の題材で漢詩を製作する機会が、自然発生的に生じたようである。①や②は、そのような過程において産出された作品である。

最後に、本節を擱筆するに当たって、付言しておきたいことがある。それは、今回概観した諸作品における禅僧らしさに関してである。坐禅や悟りの境地が、作品に反映されるか否かは、なかなか難しい問題である。本節の最初でも触れたが、五山文学の性格や特徴、それに適した研究方法については、未だに明らかになっていない部分がかなりある。ただし、現時点においてわたくしは、以下のように考える。自然の風景や事物に心を奪われること無く、無駄な感情を吐露せず（これこそ修行の成果）、対象と一体化して、それを的確に表現する（これこそ悟りの境地の反映）のが、彼らの文学の特徴の一つではないか。例えば、彼らは中国における修行や、帰京を目前にした心境について、全くそのことに触れていない。⑥の詩においては、遊女を淡々と登場させる。僧侶という立場上、それを特別避けるという風でも無く。これらのことは、一個の人間レベルで考えた場合、なかなか簡単に到達できる境地ではないように思われる。わたくしは当初、五山文学作品にある種の「物足りなさ」を覚える時もあったが（感情の起伏に乏しい等）、最近では、この「物足りなさ」に、この文学の謎を解く鍵（キー）があるのではないか、と考えるようになった。今後も諦めず、研究を続けて行きたい。

注

（1）「瀬戸内海と五山文学」（週末 瀬戸内海学 講座、平成十八年十月一日、於 竹原サテライト・オフィス）、「禅僧の目に映った瀬戸内海」（平成十八年度文化セミナー、平成十八年十月十九日、於 大崎上島町東野文化センター）。

（2）稲田利徳他校注『中世日記紀行集』（新編日本古典文学全集48、小学館、平六）所収の「古典への招待　中世日記紀行文学の諸相」より抜粋。

（3）玉村竹二『五山文学　大陸文化紹介者としての五山禅僧の活動』（日本歴史新書、至文堂、昭四一）、七三頁参照。

（4）伊藤幸司「中世日本の港町と禅宗の展開」（シリーズ 港町の世界史③　歴史学研究会編『港町に生きる』〈青木書店、平一八・二〉所収）。

（5）本文の引用は、石田穣二・清水好子校注『源氏物語』二（新潮日本古典集成）による。
（6）中川徳之助『万里集九』（人物叢書、吉川弘文館、平九）、二三〜二四頁。
（7）中川徳之助「『白鷗』考――禅林文学の詩想についての一考察――」（『日本中世禅林文学論攷』所収、清文堂、平一一）。
（8）森本繁『源平　海の合戦――史実と伝承を紀行する』（新人物往来社、平一七）等参照。
（9）『源平盛衰記』巻第二十「紀信高祖の名を仮る事」をはじめとして、紀信の逸話は、わが国の古典文学の中でもよく引用される。
（10）福本清『図説　大崎島造船史』（木江地区造船海運振興協議会、昭六三）参照。
（11）本文は『藝州　嚴島圖會』（宮島町、昭四八）による。

第六節　『翰林五鳳集』の伝本について

はじめに

『翰林五鳳集』（以下、『五鳳集』と略す）とは元和九年（一六二三）、後水尾天皇（一五九六～一六八〇）が金地院（以心）崇伝（一五六九～一六三三）らに命じて代表的な五山詩僧――上限で虎関師錬（一二七八～一三四六）や義堂周信（一三二五～八八）や絶海中津（一三三六～一四〇五）、下限で希世霊彦（一四〇三～八八）や横川景三（一四二九～九三）から、惟高妙安（一四八〇～一五六七）や策彦周良（一五〇一～七九）に至るまで――の詩偈を撰集、書写させたものである。すなわち、五山文学唯一の勅撰漢詩集であり、また、多くの「詩の総集」がそうであったように、童蒙や少年僧の文筆修業のために編纂されたという一面を持ち合わせていたと考えられる。全六四巻。収録作品数や作者数は膨大で、その収集源や収集態度は明らかになっていないにもかかわらず、『五鳳集』が、殊に研究者から重宝されている、その最大の理由は、禅僧の散佚作品を多数収めている点にあると思われる。例えば、『五山文学新集』第五巻に収載されている瑞渓周鳳著『臥雲藁』には、底本が残闕本のためか、七言絶句以外は見当たらない。一方、『五鳳集』には、瑞渓の七言律詩が夥しく見受けられ、玉村竹二氏は同集第六巻において、「瑞渓周鳳集補遺」として、『五鳳集』から瑞渓の作品を抄録されている。

さて、現在、『五鳳集』は唯一、「大日本仏教全書」（以下、「仏教全書」と略す）に翻刻されている。したがって、『五鳳集』を利用する際は「仏教全書」本によるのが一般的なのであるが、残念ながら同書には誤謬が少なくない。

「仏教全書」本の底本は、解題（玉村氏執筆）にも指摘されているように、国会図書館蔵　相国寺雲興軒旧蔵本である。『五鳳集』の利用頻度や、五山文学研究における重要度を勘案すると、この事態をみすみす見過ごすことはできないだろう。本節では、いま一度、『五鳳集』の伝本の本文系統を整理し、『五鳳集』をテキストとして利用する際の方法を提示してみたい。

一　『翰林五鳳集』の伝本紹介と、「大日本仏教全書」本に対する疑義

まず『国書総目録』や「仏教全書」の解題をもとに、その所在を確認した伝本を紹介する。なお、各本の書誌の箇条書きは、後者を参考にするところが大きかった。また、A～Cの記号や、①～⑧の番号は、私に施した。

（A）国会図書館蔵

①相国寺雲興軒旧蔵本（旧帝国図書館本）　241―20―1

・現存する諸本の中で最も古い。
・相国寺の雲興軒主、雪岑梵崟の書写手沢に成る。
・目録二冊、本文一八冊、合計二〇冊。
・各冊の巻頭の表葉の右端中程に「雲興」又は「雲興軒」の墨書があり、その下に「雪岑」の朱印が押されている。
・各冊の巻末の裏表紙の裏には、「共弐拾筞　雲興」の墨書があり、その下に「梵崟」の朱印が押されている。
・毎半葉一一～一三行、行二一字。朱点、朱引きは施されている。

②鶚軒文庫本　詩文514―34

・明治・大正時代随一の皮膚科の泰斗土肥慶蔵（鶚軒）氏の旧蔵本。氏の没後、三井文庫を経て、国会図書館に所蔵された。

・目録二冊、本文三二冊（各冊二巻ずつ）、合計三四冊。

・巻第三十四の巻末に「享保六年辛丑十二月日　龍菖写之」という識語がある。

・各冊に「靖齋藏書之記」の朱印があり、最終冊の末尾に、

五鳳集六十四巻并目録二冊。天保十三年九月九日。これを買得て文庫に納む。

久囦岡田啓

という識語がある。

・毎半葉一一行、行二一字。朱点、朱引きはない。

③端本（高木家旧蔵本）　862―108

・第一冊（巻第一～三）、第二冊（巻第四～六）、第三冊（巻第七～九）、第四冊（巻第十～十二）、第五冊（巻第十八～二十）。

・各冊の巻頭に「高木家藏」の朱印が押されている。「高木文庫」とは、明治から昭和初期にかけての新聞記者、高木利太氏の蔵書。高木文庫の蔵書は、古活字版の多くは安田文庫や阪本龍門文庫、地誌は天理図書館に移ったという（『日本古典籍書誌学辞典』）。第一冊の見返しに、

九條侯爵家舊藏ナリ。第十三ヨリ十七巻マテ中一二冊

ヲ逸ス。可惜。昭和五年新春求之。　高木利太
という識語がある。なお、国会図書館は、昭和二十三年三月十八日に購入。
・毎半葉一二行、行二一字。朱点、朱引きは施されている。

（B）内閣文庫蔵

④旧修史館本　31698—36—204　277
・目録上下二冊、本文三二冊（各冊二巻ずつ）、『山林風月集』二冊（上中二巻一冊、下巻一冊）、合計三六冊。
・各冊の巻頭に「修史館圖書印」の朱印が押され、最終冊の終わり（『山林風月集』の第二冊巻末）に「西荘文庫」の朱印が見える。
・もとは伊勢の蔵書家小津久足（桂窗）の蔵書であり、後に修史局（館）、内閣文庫へと引き継がれた。
・毎半葉一三行、行二一字。朱点、朱引きは施されている。

⑤和学講談所本　18379—15—204　278
・目録と序文一冊、本文一四冊、『山林風月集』一冊、合計一六冊。
・享保二十年（一七三五）頃、水丘子なる者が、順闍梨なる者をして書写せしめた。
・各冊の巻頭に「書籍館印」「淺草文庫」「和學講談所」の朱印が押されている。
・毎半葉一一行、行二一字。朱点、朱引きはなし。

（C）その他

⑥尊経閣文庫本　14―410
・目録一冊、本文一九冊、合計二〇冊。
・各冊の巻頭に「金澤學校」「學」「石川縣勧業博物館圖書室印」の朱印が押されている。
・毎半葉一一行、行二一字。朱点、朱引きは施されている。

⑦宮内庁書陵部本　4978―14―506　30
・脚韻により分類がなされている。
・全一四冊で、第一冊（東・冬・江）、第二冊（支）、第三冊（微・魚・虞）、第四冊（斉・佳・灰）、第五冊（真）、第六冊（文・元）、第七冊（寒・刪）、第八冊（先）、第九冊（蕭・肴・豪・歌）、第十冊（麻）、第十一冊（陽）、第十二冊（庚）、第十三冊（青・蒸・尤）、第十四冊（侵・覃・塩・咸）となっていて、大略、韻別の部類は、上下の平声にとどまっている。
・毎半葉一一行、行二一字。朱点、朱引きは施されているが、印記はない。

⑧京都府立総合資料館（現　京都府立京都学・歴彩館）本
・目録一冊、本文一〇冊、合計一一冊。
・各冊の巻頭に「慈照院」の蔵印が押されている。
・毎半葉一四行、行二一字。朱点、朱引きは施されている。

①の相国寺雲興軒旧蔵本が「仏教全書」本の底本であり、現存する諸本の中で最も古く、「本書（『五鳳集』、朝倉

注）が後水尾院の勅撰であるから、同じく後水尾院の眷顧のあつかった雪岑（梵崟、朝倉注）の書写手沢であるこの本は、素性のよい本というべき」という玉村氏のご意見に、稿者は全く異論はない。が、「仏教全書」本や①の書写状況に、どうしても首を捻らざるを得ない箇所が存する。その一つが、巻第五十一の巻末識語の解釈であり、「亀山の玄慎、之を書す。五言詩百十首、之を略す」と記されている。蔭木英雄氏も「第五十一巻は、第四十九・五十巻と共に「扇面部」で、収載作品数は、（中略）他の二巻に比して半分以下である」とか、「これ（横川景三作「唐扇。以絹裁之。有梅花」、朝倉注）以外の五言詩百十首を、誰が、なぜ、省略したかが分らない。書写担当の玄慎が省略の権限を有していたとは考えられず、天皇か撰者か、それとも版本の刊行者か、全く不明であり、その意図も推測しかねる」[1]と指摘されている。一体、省略された五言詩百十首というのは、どのような作品だったのであろうか。もはや現代の我々には、知る術は無いのであろうか――。

二　『翰林五鳳集』の伝本系統

ところが、「五言詩百十首」の所在は、意外に呆気なく、とは言っても劇的に発見された。②の鶚軒文庫本においては、巻第五十一に「五言詩百十首」の省略が無かったのである。さらに調べてみると、④の内閣文庫蔵 旧修史館本や⑤の和学講談所本にも、省略は見られない。一方、⑥の尊経閣文庫本や⑧の京都府立総合資料館本には、「仏教全書」本や①同様、省略がある。ここに、稿者は、『五鳳集』の伝本本文を系統立てる、一つの大きな指標を認めることができると考える。結論から先に述べると、管見の範囲では、『五鳳集』の伝本系統は、次のように大きく分類できるのである。

・部類本系統Ⅰ（巻第十の脱落、巻第五十一の省略あり）

①国会図書館蔵　相国寺雲興軒旧蔵本（「大日本仏教全書」本）
⑥尊経閣文庫本
⑧京都府立総合資料館本

・部類本系統Ⅱ（巻第十の脱落、巻第五十一の省略なし）
②国会図書館蔵　鶚軒文庫本
④内閣文庫蔵　旧修史館本

・部類本系統Ⅲ（巻第十の脱落あり、巻第五十一の省略なし）
⑤内閣文庫蔵　和学講談所本

・分韻本系統
⑦宮内庁書陵部本

『五鳳集』の伝本は、大きくは部類本系統と分韻本系統の二つに分けられる。分韻本系統の⑦宮内庁書陵部本は、初心者が作詩する際、より利用しやすいようにという教育的配慮から派生したものと推察される。次いで稿者は、部類本系統を三つに分類する。「仏教全書」本・①・⑥・⑧の部類本系統Ⅰ、②・④の部類本系統Ⅱ、さらに部類本系統ⅠとⅡの中間的な性格を持つ、⑤の部類本系統Ⅲである。部類本系統間の異同に関しては、論の進行上、これまで巻第五十一にしか注目していないが、いま一度、部類本系統Ⅲの性格を考慮した上で、部類本系統のⅠとⅡ

の大まかな異同を、全巻に渡って俯瞰してみたい。

三　「大日本仏教全書」本と鶚軒文庫本の比較

部類本系統Ⅰの代表としては、現在最も流布している「仏教全書」本、部類本系統Ⅱの代表としては②の鶚軒文庫本を、それぞれ便宜的に選択した。将来的には、双方の系統内における、各伝本の明確な位置付けも必要になって来よう。なお、各巻の詩の総数は、収録作品数量が膨大なため、あるいは認定を誤解した場合があるかも知れないが、両本比較の目安にはなるはずである。

巻	部立て	「仏教全書」本の詩の総数	鶚軒文庫本の詩の総数	備考
目録				**仏**・**鶚**とも巻第十～十二、二十四～三十四、四十五～五十一、五十六、六十二、六十三を省略する。
一	春部	三五五	三五五	**鶚**68、70の小序は、巻端に見える。**仏**は略す。
二	春部	二〇六	二〇七	
三	春部	二七八	二七八	
四	春部	三一二	三一二	
五	春部	二四三	二四三	**鶚**237の長序は、巻首に記す。**仏**は略す。
六	春部	二八六	二八六	
七	春部	二二八	二二八	**鶚**47、67、99、160の序は、巻首に記す。**仏**は略す。
八	春部	二七三	二七三	

九	春部	二五三	二五三	
十	試筆（試筆和分韻）	一〇一	二五一	**鶚**13の長序は、巻端に記す（**仏**は略す）。**鶚**104の左注には「此二詩以別本考加」とあり、105から試筆和分韻となる。東韻は105～172、冬韻は173～180、江韻は181、支韻は182～251。なお、この部分に相応する箇所は、**仏**には無い。
十一	試筆和分韻	二五五	二五三	**鶚**は微韻・魚韻・虞韻・斉韻・佳韻・灰韻・真韻・文韻・元韻・寒韻・刪韻と分韻別を明記するが、**仏**は無い。配列は、基本的に同じ。
十二	試筆和分韻	三九一	三九一	**鶚**は先韻・蕭韻・肴韻・豪韻・歌韻・麻韻・陽韻・庚韻・青韻・蒸韻・尤韻・侵韻・覃韻・塩韻・咸韻と分韻別を明記するが、**仏**は無い。配列は同じ。
十三	夏部	一九四	一九四	
十四	夏部	二六〇	二七〇	
十五	夏部	二一九	二一九	**鶚**136、174の序は、巻首に記す。**仏**は略す。
十六	夏部	二二三	二二三	**鶚**221の長序は、巻第十五の巻端に記す。**仏**は略す。
十七	秋部	二八二	二七一	**鶚**94、97、118、184、214の序は、巻首に記す。**仏**は214を除いて、省略する。
十八	秋部	三二一	三二二	**鶚**106、107、170、173、176、177、192の序は、巻首に記す。**仏**は170を除いて、省略する。**鶚**160と161の行間には、「此間三益長篇逸詩有之 記于巻首」という記述がある。**仏**には、三益詩なし。
十九	秋部	三六一	三六四	**鶚**44、57、135、241、259、352、358、359の序は、巻首に記す。**仏**は略す。**鶚**197と198の行間には、「此間二首脱落記于巻首」という記述がある。**仏**には、この二首（雪嶺詩）は無い。
二十	秋部	三三〇	三三一	**鶚**87、119、120、171、178の序は、巻首に記す。**仏**は略す。**鶚**114と115の行間には、「此間五言律脱落西胤作記于巻首」という記述がある。**仏**には、西胤詩なし。
二十一	冬部	二六六	二六六	

二十二	冬部	二九三	二九三	
二十三	冬部	三五九	三五九	
二十四	招寄分韻	三二八	三二九	**鶚**は平声上平の韻の分類を明記するが、**仏**は無い。配列は、基本的に同じ。
二十五	招寄分韻	三一七	三一七	**鶚**は平声下平の韻と仄韻（三首）の分類を明記するが、**仏**は無い。配列は同じ。
二十六	雑和部	二六五	二七七	**鶚**は当該巻の目録を有するが、**仏**は無し。**鶚**は東韻・冬韻・江韻・支韻と分類するが、**仏**は東韻と冬韻のみ。配列は、基本的に同じ。
二十七	雑和部	一七三	一七四	**鶚**は当該巻の目録を有するが、**仏**は無し。**仏**・**鶚**とも微韻・魚韻・虞韻・斉韻・佳韻・灰韻と分類する。
二十八	雑和部	二五三	二五八	**仏**・**鶚**とも真韻・文韻・元韻・寒韻・刪韻と分韻別を明記し、韻別に七言絶句・七言八句・五言八句と配列する。
二十九	雑和部	一八五	一八五	**仏**・**鶚**とも先韻・蕭韻・肴韻・豪韻・歌韻と分韻別を明記し、韻別に七言絶句・七言八句・五言八句と配列する。
三十	雑和	二四九	二四九	**仏**は麻韻・陽韻・庚韻と分韻別を明記するが、**鶚**は麻韻のみ。配列は同じ。
三十一	雑和部	二一五	二一四	**仏**・**鶚**とも韻による分類を明記しない。
三十二	送行分韻部	三三八	三三七	**仏**・**鶚**とも平声上平の韻の分類を明記する。
三十三	送行分韻部	二七三	二七三	**仏**・**鶚**とも平声下平の韻の分類を明記する。**仏**は「肴」という表記が脱落。
三十四	悼並和付哀傷但分韻	二四二	二四二	**仏**・**鶚**とも平声の韻と仄韻（三首）の分類を明記する。
三十五	雑　乾坤門	二六六	二八〇	**仏**118、210の序や、**仏**24、75の左注は省略する。**鶚**は記す。
三十六	雑　乾坤門	二二四	二三五	
三十七	雑　乾坤門	二一九	二二二	**仏**66、76、82、95、115、152、208の序や、**仏**192の左注は省略する。**鶚**は記す。

三十八	雑 人倫 雑 気形門	三四九	三五八	**仏**13、41、42、43、144、295、296の序は省略する。**鶚**は記す。
三十九	雑 気形部	三〇六	三一二	**仏**39、49、50、161の序は省略する。**鶚**は記す。
四十	雑 生植部	一八三	一八四	**仏**120、124、181の序は省略する。**鶚**は記す。
四十一	雑 生植	一七一	一七〇	
四十二	雑 食器部	二三二	二三四	**仏**14、64、85、86、140、186の序は省略する。**鶚**は記す。
四十三	雑 器部	二一〇	二一一	**仏**50、51、58、70、79の序は省略する。**鶚**は記す。
四十四	雑 器部	一七四	一八〇	**仏**53、63、97、150の序は省略する。**鶚**は記す。
四十五	画図	一八〇	一八二	**仏**205の序は省略する。**鶚**は記す。
四十六	画図	三一八	三一八	
四十七	画図	一八三	一八三	
四十八	画図	一七四	一八三	**仏**89、162の序は省略する。**鶚**は記す。
四十九	扇面	二五一	二五五	**仏**6、213、219の序は省略する。**鶚**は記す。
五十	扇面	二六〇	二六〇	**仏**190、241の序や、**仏**204、234の左注は省略する。**鶚**は記す。
五十一	扇面	一〇八	二一九	**仏**44、93、108の序は省略するが、**鶚**は記す。**仏**の巻末には、「五言詩百十首略之」という記述がある。
五十二	八景	二五三	二五七	
五十三	本朝名区部	二〇三	二一〇	**仏**36、55、65、66、67、71、82、84、89、97、99、100、101、126、135、146、179、195、198、200の序は省略する。**鶚**は記す。
五十四	本朝名区部	一八三	一八三	
五十五	本朝人名部	一六七	一六八	**仏**49、52、101、102の序文は省略する。**鶚**は記す。

五十六	道号部	三五五	三五四	
五十七	釈教	三三一	三一九	
五十八	支那人名部	一九七	一九八	
五十九	支那人名部	二八四	二八八	**仏**198の序は省略する。**鶚**は記す。
六十	支那人名部	二五八	二六〇	
六十一	支那人名部	三一九	三二二	**仏**96の序は省略する。**鶚**は記す。
六十二	恋	一七〇	一七〇	**仏**13、32の序は一部、省略する。
六十三	恋	一八一	一八一	
六十四	錯雑部	二六六	二六六	
合計		一六六〇三	一六九六九	**鶚**の方が、**仏**よりも三三六首多く収録する。

まず巻第五十一に注目する。「仏教全書」本の詩の総数が一〇八首であるのに対して、鶚軒文庫本のそれは、正確には一一一首多い二一九首である。また、44・93・108番詩の序文とも解される題詞が省略されているのに対して、鶚軒文庫本においては丁寧に記載されている。抑も小序・長序・左注の類は、全巻を通して、「仏教全書」本では省略されがちなのに対して、鶚軒文庫本においては、全く省略されることなくそのまま記されたり、巻端や巻首に記されたりしている。序でながら言えば、鶚軒文庫本の巻第十八の160番詩と161番詩の行間には「此の間、三益（永因）の長篇逸詩、之有り。巻首に記す」、巻第十九の197番詩と198番詩の行間には「此の間、二首（雪嶺永瑾詩、朝倉注）脱落す。巻首に記す」、巻第二十の114番詩と115番詩の行間には「此の間、五言律、脱落す。西胤（俊承、朝倉注）の作、巻首に記す」という記述があり、いずれの詩も、「仏教全書」本には見当たらない。これらのことは

一体、何を意味するのだろうか。

ここに、巻第五十一に匹敵する程の異同が認められるのは、巻第十である。「仏教全書」本の詩の総数が一〇一首であるのに対して、鶚軒文庫本のそれは二五一首で、「仏教全書」本よりも一五〇首も多く収載されている。この点に関しては、備考欄に記しているように、「仏教全書」本に大胆な省略、と言うよりは脱落があったことに起因する。

巻第十一の試筆和分韻が微韻からはじまっていることに気付けば、直前に東韻・冬韻・江韻・支韻が置かれるべきであることは、容易に理解できたはずである。が、「仏教全書」本は分韻の別の明記を欠いたために、巻第十は試筆詩の巻として独立してあるべきで、試筆和詩が加わるのは集の統一を欠くとばかりに、それらが試筆和分韻の東韻・冬韻・江韻・支韻であることに気付かず、脱落するに至ったのかも知れない。巻第十に試筆と試筆和分韻が並存することには、部立てとして違和感を覚えなくもないが、初歩的な過失として責められよう。なお、この巻第十の諸本の異同については、巻第五十一の異同と突き合わせる時に、部類本系統Ⅰの書写者と、Ⅱの書写者とは別の規準で書写した伝本の存在を示唆する現象が明らかになる。すなわち、⑤の和学講談所本は、巻第五十一に関しては、部類本系統Ⅱの如く「五言詩百十首」を省略しないが、巻第十に関しては、部類本系統Ⅰの如く百五十首もの詩の脱落があるのである。かくして稿者は、部類本系統ⅠとⅡの中間的な性格を持つ部類本系統Ⅲを設定した次第である。

まとめ——『翰林五鳳集』のテキストの選定と利用

続いては、実際に「仏教全書」本と鶚軒文庫本の本文異同を瞥見したいところであるが、紙数の都合で省かざるを得ない。巻第十と巻第五十一の本文対照は、第五章第一節及び第二節を参照していただければ幸甚である。

本節を擱筆するに当たって、『五鳳集』のテキストを選び、利用する際の目安を提示したいと思う。『五鳳集』の伝本の本文系統は、部類本系統Ⅰ・Ⅱ・Ⅲ、及び分韻本系統の四つに分類できる。分韻本系統は、童蒙や少年僧が作詩する際に、簡便に利用できるようにという教育的配慮から編纂されたと考えられる。現在最も流布している、唯一の翻刻本である「仏教全書」本は、①の相国寺雲興軒旧蔵本を底本としており、部類本系統Ⅰに属している。①は最も古く、由緒正しき伝本であるが、百五十首もの脱落があったり、百十首もの省略がある巻が存在する。また、このことは本節の中では触れていないが、「仏教全書」本に散見される誤字・誤植は、①をほぼ忠実に翻刻した結果であり、単なる翻刻ミスではないようである。と、なると、「仏教全書」本や①に対する信頼性は、大きく揺らいで来るように思われる。我々は、安穏に「仏教全書」本を利用できなくなる。ここでクローズアップされてくるのが、部類本系統Ⅱの伝本である。今回は恣意的に②の鶚軒文庫本を取り上げたが、「仏教全書」本と比較してみると、これまで述べたように看過できない点に気が付く。以下に再度記す。

一、「仏教全書」本の巻第十における百五十首もの詩の脱落、巻第五十一における百十首もの詩の省略がない。

二、「仏教全書」本では、小序・長序・左注の類が省略されがちであるが、これらが丁寧に記されている。

後者に関して補足すると、本節の中でも触れたが、②には「此の二詩、別本を以って考え加ふ」とか「此の間、三益の長篇逸詩、之有り。巻首に記す」という記述があり、より正確に書写せんとする意思、姿勢を感じずにはいられない。「別本」という注記に注目すると、親本以外の別の伝本を参照する機会があったものと考えられる。

さて、以上二点を勘案する時、稿者は、①相国寺雲興軒旧蔵本が最も古い写しの伝本であることに異論はないが、②の鶚軒文庫本らの方が、現在は散佚してしまった原本（清書本）により近しい形態を留めているのではないか、という結論を持つに至る。したがって、『五鳳集』を利用する際は、最も書写年代の古い伝本を翻刻した「仏教全書」本のみならず、部類本系統Ⅱの伝本――②の鶚軒文庫本か、④の旧修史館本も併せて利用する必要があることを、稿者は力説したい。それでなくてもさらに新たな禅僧の散佚作品が見付かる可能性は十二分にあるし、逆に、例えば、玉村氏が散佚作品として指摘された瑞渓の七言律詩が、詩の出入りや配列順序の違いなどから、実は他の禅僧の作品だったという場合も出てくるかも知れない。今後は、さらに精緻な調査を重ねてそれらを明らかにするとともに、原本と、部類本系統Ⅰ・Ⅱ・Ⅲの伝本、さらに分韻本系統の伝本との関係も明確にしてみたいと考える。

注

(1) 蔭木英雄氏「『翰林五鳳集』について―近世初期漢文学管見―(三)」(『相愛大学研究論集』第六巻、平三・三)。

第七節　五山文学版『百人一首』と『花上集』の基礎的研究
──伝本とその周辺──

はじめに

稿者は、「横川景三撰『百人一首』及び『花上集』の全注釈」という研究課題名のもと、科学研究費補助金（若手研究B、平成22～24年度）をいただいた。『百人一首』（一〇〇首所収）と『花上集』（二〇〇首所収）は、ともに本朝禅僧の七言絶句詩のみで構成された、五山文学における代表的な詩選集（アンソロジー）であり、童蒙や少年僧のために作詩の教科書・参考書として編纂されたことや、特に前者は室町後期の代表的な五山文学僧である横川が代表的一首と判断した作品群であることを勘案すると、安定したクオリティーを保っていたと考えられる。

一方、近年、様々な専門分野の研究者が交流して、五山文学作品に取り組まんとする気運、すなわち各専門分野を跨いだ五山文学研究ブームとでも言えるような風潮が認められる。様々な研究者が意見交換をスムーズに行うためにも、また、多方面の知識を集めるという作業を、能率良く、正確に行う上でも、作品集の注釈に対する学界並びに世間一般の読者のニーズは高まっているように感じる。

以上のような経緯により、両書の全注釈化を志向するに至った。願わくば、両書の全注釈が完成された暁には、①各禅僧作者の作品集を読みすすめる契機となったり、②マイナーな五山文学に注目が集まり、研究者人口や一般読者（文学愛好者・中国漢詩ファン）が、たとえ少数でも増加されることを期待する次第である。

さて、本節では、その全注釈化を見据えて、『百人一首』と『花上集』の基礎的研究として、両書の伝本研究と、そこから派生する諸問題の若干に関して言及したい。なお、「五山文学版『百人一首』」という呼称については、当該作品集を対世間にアピールするという狙いを持って、各種「百人一首」と一線を画するために、稿者が用いるものである。

一　五山文学版『百人一首』について

五山文学版『百人一首』は、横川景三（一四二九〜九三）が中世禅林の詩僧を百人選び、各一首を収めた詩選集で、その人選は、京都五山を中心に雪村友梅・中巌円月・義堂周信・絶海中津など室町初期の代表的な詩僧から、希世霊彦・正宗龍統・了庵桂悟など中・後期の詩僧に及ぶ。中には伝記未詳の禅僧の作品も含まれる。全て七言絶句詩である。成立時期は、日比野純三氏が指摘されるように(1)、巻末十首が文明十二年（一四八〇）十一月に後土御門天皇の命を奉じて製した『文明年中応制詩歌』から採られたものであり、横川の没年が明応二年（一四九三）十一月十七日であることを考え合わせると、文明年間の後半ではないか、と考えられる。また、序文を欠くため、明確なことは指摘できないが、編集意図に関しては、後掲の『花上集』の序文を参考にすると、初学者のための漢詩実作の指南書として編集されたのであろう。

さて、管見の範囲で五山文学版『百人一首』の伝本を列挙すると、次の通りになる。なお、各伝本間における作品配列の異同は、後に一覧表を付す。ここでも、日比野氏の論考を参考にさせていただくところが大であった。

（A）写本

①神宮文庫本　三門―2573

・一冊、全一三丁。外題は「横川百人一首　全」、内題は「百人一首」。

・巻頭に「林崎文庫」（二種）、巻末には「天明四年（一七八四）甲辰八月吉日奉納　皇太神宮林崎文庫以期不朽　京都勤思堂村井古巌敬義拜」の蔵書印が押されている。「林崎文庫」は神宮文庫の前身。
・毎半葉八行（一首二行）。校合・訓点あり。朱線・朱点なし。

②国会図書館本（『続群書類従』三百二十）　わ919—17
・一冊、全二九丁（『花上集』を含む）。表紙中央に「續羣書類従　三百二十」という題簽があり、右肩に同じく「續群書類従三百二十」、左肩には「花上集」「横川和尚百人一首」という墨書きがある。ただし、『花上集』は途中で、書写を中断している。内題は「百人一首」。筆者、増山正謨。
・原装の表紙には「温故堂文庫」、巻頭には「東京圖書館藏」の朱印が押されている。
・毎半葉一〇行（一首三行）。校合・訓点・朱線・朱点なし。
※③内閣文庫本（『続群書類従』三百二十）、④宮内庁書陵部本（『続群書類従』三百二十）。

⑤国会図書館　鶚軒文庫本　詩文—3168
・一冊、全一七丁。外題は「百人一首詩集」、内題は「百人一首」。江戸後期写。
・巻頭に「國立國會圖書館藏書」の朱印がある。
・毎半葉九行（一首三行）。三丁表まで訓点あり、校合はなし。朱線・朱点なし。

⑥京都大学附属図書館　平松文庫本　平松　第八門　ヒ—2
・一冊、全三七丁（『唐詩仙』『薮林風月六々僊』を含む）。外題は「百人一詩」、内題は「百人一首」。江戸後期

写。
・巻頭に「京都帝國大學圖書印」の朱印がる。
・大愚性智「水竹佳処」詩と誠中中欵「古寺聴雨」詩が混同して一首となっているので、九十九首しかない。
・毎半葉八行（一首三行）。校合・訓点はなく、朱線及び朱点あり。

⑦お茶の水図書館　成簣堂文庫本Ⅰ（伝横川景三自筆本）
・一冊、全一五丁。外題は「横川真筆　百人一首　完」、内題は「百人一首」。
・川瀬一馬氏によると、室町中期写。(2)
・巻頭には「報国寺」「天下之公寳須愛護」「成簣堂」「徳富」等、裏表紙には「蘇峰清賞」「徳富護持」「成簣堂主」の蔵書印が押されている。また、巻頭には、蘇峰が明治三十九年二月二十一日夕に報国寺より当該本を入手した由、「此書或属横川手稿歟。其清飄洒脱之韵致溢于紙表」という記述が見られる。巻末には森大狂による手跋あり。
・巻末詩、益之宗箴「應制志賀都」詩を欠落する。
・毎半葉一三行（一首三行）。校合・訓点はなく、朱線及び朱点あり。
・慶安三年（一六五〇）刊の『百人一詩』という小本（↓⑪）と、明治四十二年民友社出版部発行の三百部限定複製本の第一号（↓⑭）を添付。

⑧成簣堂文庫本Ⅱ（澤庵和尚旧蔵本）
・一冊、全一四丁。外題は「本朝百人一首詠詩」、内題は「百人一首」。

・川瀬氏によると、室町末期写、澤庵以前の筆である。

・巻頭に「臨川禪院」の黒印と、「明暗雙々」の朱印が押されている。また、巻頭扉には蘇峰の手記があり、「蘇峰珍蔵」の朱印が押されている。巻末には「澤菴先師毫痕也」という記述が見られ、「(阿部)無佛」の蔵書印がある。

・毎半葉九行（一首二行）。校合はなく、訓点・朱線・朱点あり。

⑨慶應義塾大学図書館本（竹中重門旧蔵本）110X―262―1

・一冊、全三三丁（『花上集』を含む）。外題・内題はなく、「花上集　足利末期古寫本　竹中重門舊蔵」という箱書あり。「竹中重門」は近世初期の武将、一五七三～一六三一。

・巻頭に「慶應義塾圖書館藏」の朱印が押されている。

・毎半葉一〇行（一首二行）。校合はなく、訓点・朱線・朱点あり。

（B）刊本―慶安三年〔一六五〇〕版―

⑩刈谷市中央図書館　村上文庫本　W1742

・一冊、全二〇丁。外題・内題とも「百人一詩」。

・巻頭に「刈谷圖書館藏」「幡」の朱印が押されており、巻末には「旹慶安庚寅菊月吉日　野水軒黙鴎浸出今井兵衛門開板之」という刊記がある。

・毎半葉八行（一首三行）。校合・訓点はなく、朱線及び朱点もなし。

※⑪成簣堂文庫本

（C）複製本

⑫花園大学　禅文化研究所本

・一冊、全四五丁、渡邊爲藏氏の解題に「此の鈔は傳に横川手鈔なりと云ひ、尤も舊き物に屬す。（中略）兎にかく五山の名匠が筆に成りたるを疑はず。蓋し成簣堂珍襲本の一なり」と記されているように、⑦成簣堂文庫本Ⅰの複製部と、「百人小傳」から成る。外題は「百人一首詩」、内題は「百人一首」。

・本文前の遊び紙に「是書刊行三百部之内　第二百十九号　明治四十二年二月十二日　蘇峰主人」とあり、「蘇峯」の朱印が押されている。巻頭には「禪文化研究所藏書印」や「福島藏書」、巻末には「福島藏書」の藏書印もある。明治四十二年二月、民友社出版部発行。

・毎半葉一三行（一首三行）。一首（巻末詩）欠落。校合・訓点はなく、朱線及び朱点の跡がある。

※⑬国会図書館本（第百三十九号）、⑭成簣堂文庫本（第一号）、⑮岩瀬文庫本（第七十二号）。

日比野氏は①・②・⑤・⑥・⑩・⑮を調査した結果、「どの一本をとってみても誤りを指摘でき、善本として前面に推すことができない。また百人百首の排列に大きな差異があり、現在のところ排列の原形態を決定することもできない」と結論付けておられる。氏が未見という相国寺蔵本・三都古典連合会目録掲載本に関しては、稿者も未だに所在を掴んでいない。とは言え、全注釈化へ踏み切るためには、底本を定めて、それを基に本文の異同を調査し、校本を作成しなければならない。便宜的に江戸の刊本である慶安三年版本を基準にして、各伝本の作品配列を一覧表に纏めてみる。

表1　五山文学版『百人一首』の諸本対照表

詩番号	詩題名	作者名	法系	神宮	続群書	鶚軒	平松	伝横川	澤庵	竹中
1	應制三山	絶海（中津　一三三六～一四〇五）	夢窓—絶海	1	1	1	1	1	1	1
2	子陵釣臺	義堂（周信　一三二五～八八）	夢窓—義堂	2	2	2	2	2	2	2
3	水滴紅梅	夢岩（祖応　?～一三七四）	円尓—潜溪—夢巖	7	3	3	3	3	3	3
4	壇浦	中巖（円月　一三〇〇～七五）	東陽—中巖	8	4	4	4	4	4	4
5	書金蔵（籠）山壁	寂室（元光　一二九〇～一三六七）	蘭溪—約翁—寂室	9	5	5	5	5	5	5
6	待故人帰	大本（良中　一三二五～六八）	一山—東林—大本	10	6	6	6	6	6	6
7	曝背	雪村（友梅　一二九〇～一三四六）	一山—雪村	11	7	7	7	7	7	7
8	寄故人	無求（周伸　一三三三～一四一三）	夢窓—無求	3	8	8	8	8	8	8
9	梅花帳	汝霖（妙佐　?）	夢窓—春屋—汝霖	12	9	9	9	9	9	9
10	春山烟雨圖	別源（円旨　一二九四～一三六四）	直翁—東明—別源（曹洞）	13	10	10	10	10	10	10
11	鶴夢	大周（周奝　一三四八～一四一九）	夢窓—大照—大周	14	11	11	11	11	11	11
12	招人	無記名（古剣妙快　?）	夢窓—古剣	4	12	12	12	12	12	12
13	賛王荊公	観中（中諦　一三四二～一四〇六）	夢窓—観中	5	13	13	13	13	13	13
14	楓橋夜泊	厳中（周噩　一三五九～一四二八）	夢窓—春屋—厳中	16	16	16	16	16	16	16
15	琴高生騎鯉圖	少林（如春　?～一四一一）	直翁—東明—少林（曹洞）	6	14	14	14	14	14	14
16	送人之兵庫	約之		15	15	15	15	15	15	15
17	老馬	謙岩（原冲　?～一四二一）	円尓—東山—虎関—日田—謙岩	17	17	17	17	17	17	17
18	贈樵者	物先（周格　一三三一～九七）	夢窓—物先	18	18	18	19	18	18	18
19	初春過故人居	心華（元棣　応安・永和頃示寂）	蘭溪—約翁—拍巖—頑石—心華	19	19	19	18	27	19	19
20	春漲	太白（真玄　一三五七～一四一五）	一山—雪村—太清—太白	20	88	20	20	88	20	20
21	寓意軒	惟肖（得巌　一三六〇～一四三七）	明極—草堂—惟肖	21	20	21	21	28	21	21
22	鶏冠花戯効陳宮怨	竹庵（大縁　一三六二～一四三九）	円尓—南山—乾峰…登叔—竹庵	22	21	22	22	29	22	22

23	寄海西故人	惟忠（通恕　一三四九～一四二九）	大休―鉄庵―無涯―惟忠	23	22	34	23	30	23	23
24	鵖	玉畹（梵芳　一四二〇年以降示寂）	夢窓―春屋―玉畹	24	23	35	24	31	24	24
25	經俊寛僧都墓	如心（中恕　一四一一年以降示寂）	夢窓―古剣―如心	25	24	36	25	32	25	25
26	四皓囲碁圖	慶中（周賀　一三六三～一四二五）	夢窓―春屋―慶仲	26	25	37	26	33	26	26
27	廬山瀑布	海門（承朝　一三七四～一四四三）	夢窓―無極―空谷―海門	27	26	38	27	34	27	27
28	毘舎門谷紅葉	雲渓（支山　一三三〇～九一）	一山―雪村―雲渓	28	27	39	28	35	28	28
29	子昂畫馬	曇仲（道芳　一三六七～一四〇九）	夢窓―無極―空谷―曇仲	30	29	40	29	37	29	30
30	苔	仲芳（円伊　一三五四～一四一三）	蘭渓―約翁―南嶺―仲芳	29	28	41	30	36	30	29
31	雨宿	天錫（成綸　一三七五～一四六六）	夢窓―絶海―天錫	31	30	42	31	38	31	31
32	兩髯観瀑	叔英（宗播　?～一四四一）	一山―雪村―太清―叔英	32	31	43	32	39	32	32
33	水竹佳処	大愚（性智　?～一四三九）	円尓―癡兀―嶺翁―大海―大愚	33	32	44	33	40	33	33
34	古寺聴雨	誠中（中欵　一三八六～一四三〇）	夢窓―春屋―誠中	34	33	45	33	41	34	34
35	除夜有所思	鄂隠（慧奯　一三六六～一四二五）	夢窓―絶海―鄂隠	35	34	46	34	42	35	35
36	賦桜花送人	無巳（無己道聖　?～一三九一）	夢窓―無極―無己	36	35	47	35	43	36	36
37	寄遠	仰之（□岱　?）		37	36	48	36	44	37	37
38	題扇	岐陽（方秀　一三六一～一四二四）	円尓―白雲―虚室…霊源―岐陽	38	37	49	37	45	38	38
39	題太乙真人蓮葉圖	東漸（健易　?～一四二三）	円尓―白雲―通叟―華峰―東漸	39	38	50	38	46	39	39
40	馬上續夢	与可（心交　?）	円尓―双峰―洞天―与可	40	39	51	39	47	40	40
41	三咲圖	大有（有諸　?）	一山―雪村―太清―大有	41	40	52	40	48	41	41
42	護花鈴	子建（浄業　?）	東陽―中巖―子建	42	41	53	41	49	42	42
43	乱後村居	野夫（□田　?）		43	42	54	42	50	43	43
44	梅塢残雪	天章（澄彧　?）	夢窓―無極―空谷―天章	44	43	55	43	51	44	44
45	假山冨士	攸叙（承倫　?）	夢窓―無極―空谷―攸叙	45	44	56	44	52	45	45
46	春初思郷	西胤（俊承　一三五八～一四二二）	夢窓―絶海―西胤	46	45	57	45	53	46	46
47	燕外晴絲	叔衡（覚権　?）	無門―無本―孤峰―叔衡	47	46	58	46	54	47	47

48	松下讀書圖	愚極（礼才　一三七〇～一四五二）	円尓—無為…平川—愚極	48	47	59	47	58	48	48
49	故宮草色	江西（龍派　一三七五～一四四六）	栄西…寂庵—龍山—天祥—江西	49	48	60	48	55	49	49
50	越女浣紗圖	心田（清播　一三七五～一四四七）	夢窓—青山—柏庭—心田	50	49	62	49	56	50	50
51	謝恵蕉苗	雲澤（通広？）		51	50	61	50	57	51	51
52	山市晴嵐	景南（英文　一三六五～一四五四）	円尓—双峰—大方—景南	52	51	63	51	23	52	52
53	遠浦帰帆	竺雲等連　一三八三～一四七一）	夢窓—黙翁—大岳—竺雲	53	52	64	52	19	53	53
54	無題（漁村夕照）	無記名（雲章一慶　一三八六～一四六三）	円尓—奇山—雲章	54	53	65	53	20	54	54
55	遠寺晩鐘	瑞岩（龍惺　一三八四～一四六〇）	栄西…寂庵—龍山—天祥—瑞巌	55	54	66	54	21	55	55
56	洞庭秋月	東岳（澄昕　一三八八～一四六三）	夢窓—無極—空谷—東岳	56	55	67	55	22	56	56
57	瀟湘夜雨	瑞溪（周鳳　一三九一～一四七三）	夢窓—無求—瑞溪	57	56	68	56	24	57	57
58	平沙落鴈	東沼（周曮　一三九一～一四六二）	夢窓—青山—柏庭—遊叟—東沼	58	57	69	57	25	58	58
59	江天暮雪	東旭（等輝　一三九七～一四五七）	夢窓—春屋—巌中—東旭	59	58	70	58	26	59	59
60	岩房聞鵑	信仲（明篤　？～一四五一）	円尓—蔵山—大道—大蔭—信仲	61	60	72	60	60	61	61
61	谿上残梅	花岳（華嶽建冑　？～一四七〇）	円尓—潜溪—龍谷—哲巌—華嶽	62	61	74	61	61	62	62
62	焼葉	存畊（存耕祖默　？～一四六七）	円尓—潜溪—夢巌—少室—存耕	63	62	73	62	62	63	63
63	帳中香	九鼎（竺重　？）	無門—無本…在庵—日岩—九鼎	64	63	75	63	63	64	64
64	洛寺看花	平仲（中衡　？）	夢窓—黙翁—大岳—平仲	65	64	76	64	64	65	65
65	禁鐘	竹香（全悟　？）	夢窓—黙翁—大岳—竹香	66	65	77	65	65	66	66
66	讀范石湖菊譜	南江（宗沅　一三八七～一四六三）	一山—雪村—雲溪—南江	67	66	78	66	66	67	67
67	雪客	春溪（洪曹　？～一四六五）	夢窓—無極—空谷—春溪	68	67	79	67	67	68	68
68	寄人	天与（清啓　？）	清拙—大翁—伯元—天与	69	68	80	68	68	69	69
69	招人遊温泉	勝剛（長柔？　？～一四五六）	円尓—南山—乾峰…伝宗—勝剛	70	69	81	69	69	70	70
70	邵平瓜圃圖	九渕（龍賝　？～一四七四）	栄西…寂庵—龍山—天祥—九淵	71	70	82	70	70	71	71
71	題惜陰軒	以遠（澄期　？）	夢窓—無極—空谷—以遠	72	71	83	71	71	72	72
72	徽宗乾鵲	大圭（宗价　？～一四七〇？）	一山—雪村—太清—叔英—大圭	73	72	84	72	72	73	73

73	長春花	水心		74	73	85	73	73	74	74
74	宿彭城驛	東洋（允澎　?～一四五四）	夢窓—絶海—東洋	75	74	86	74	74	75	75
75	春睡	天澤（宏潤？　?～一三六七）	無学—雲屋—天澤	76	75	87	75	75	76	76
76	山雞畫贊	天英（周賢　一四〇四～六三）	夢窓—龍湫—在中—天英	77	76	88	76	76	77	77
77	溪橋歩月	文叔（真要　?）	一山—雪村—太清—叔英—文叔	78	77	23	77	77	78	78
78	讀張文潛進学斎記	梅室（周馥　?）	夢窓—大亨—玉潭—梅室	79	78	24	78	78	79	79
79	賛李白	梅霖（□球　?）		80	79	25	79	79	80	80
80	雁足燈	綿谷（周瓞　一四〇五～七二）	夢窓—無求—大梁—綿谷	81	80	26	80	80	81	81
81	金井梧桐	邵庵（全雍　?）	西澗—嵩山—少林—邵庵	82	81	27	81	81	82	82
82	賦早梅送人之丹丘	連城（□珍？）		83	82	28	82	82	83	83
83	武昌宮柳圖	玉田		84	83	29	83	83	84	84
84	秋灯話旧	利渉（守溱　?）	無門—無本—孤峰…伯厳—利渉	85	84	30	84	84	85	85
85	訪梅	菊礀		86	85	31	85	85	86	86
86	秋江芙蓉	月翁（周鏡　?～一五〇〇）	夢窓—春屋—厳中—月翁	87	86	32	86	86	87	87
87	山房雨竹	天隠（龍沢　一四二二～一五〇〇）	一山—聞溪—天柱—天隠	88	87	33	87	87	88	88
88	鴻門宴集圖	梅陽（章杲　?）	栄西…龍山—天祥—江西—梅陽	89	89	89	88	89	89	89
89	春雲登（愛）花	宗英		90	90	90	89	90	90	90
90	應制天橋立	希世（霊彦　一四〇三～八八）	清拙—天境—斯文—希世	91	91	91	90	91	91	91
91	應制比叡山	月建（令諸　?～一四八七）	円尓—東山—虎関…邵外—月建	92	92	92	91	92	93	92
92	應制須磨浦	蘭坡（景茝　一四一九～一五〇一）	夢窓—徳叟—大模—蘭坡	93	93	93	92	93	94	93
93	應制難波津	彦材（明掄　?～一四八七）	高峰—元翁—果山—幻住—彦材	94	94	94	93	94	92	94
94	應制神泉苑	正宗（龍統　一四二九～九八）	栄西…龍山—天祥—瑞巌—正宗	95	95	95	94	95	95	95
95	應制冨士山	横川（景三　一四二九～九三）	夢窓—無極—空谷—曇仲—横川	96	96	96	95	96	100	96
96	應制金岡	了庵（桂悟　一四二五～一五一四）	円尓—癡兀…大愚—大疑—了庵	97	97	98	96	97	96	97
97	應制春日社	季弘（大叔　一四二一～八七）	円尓—南山—乾峰…竹庵—季弘	98	98	97	97	98	98	98

98	應制行基	輝春		99	99	99	98	99	97	99
99	應制志賀都	益之（宗箴　?～一四八七）	一山―雪村―太清―叔英―益之	100	100	100	99	×	99	100
100	拏音	慕哲（龍攀　?～一四二四）	栄西…寂庵―龍山―天祥―慕哲	60	59	71	59	59	60	60

【注】略号に関しては、①神宮文庫本は「神宮」、②国会図書館本は「続群書」、⑤鶚軒文庫本は「鶚軒」、⑥平松文庫本は「平松」、⑦成簣堂文庫本Ⅰは「伝横川」、⑧成簣堂文庫本Ⅱは「澤庵」、⑨慶應義塾大学図書館本は「竹中」。また、複製本は「伝横川」と同内容である。詩題名の瑣末な異同は、煩雑になるため明記しない。「平松」の三十三番詩は、二首が混同して一首になっている。「伝横川」は、巻末詩が欠落。

右の一覧表を概観すると、五山文学版『百人一首』の伝本を系統立てるのは難しいようである。一見してまず気付くのは、作者の配列が、大体、生没年の古い順になっているのではないか、ということである。勿論つぶさに見ていくと、些細な出入りは数多く認められるが、「五山文学の双璧」である絶海・義堂を巻頭に配し、夢岩祖応・中巌円月・寂室元光・雪村友梅を別格に、以下、夢窓疎石〔一二七五～一三五一〕晩年の弟子を中心に、撰者である横川と共に『文明年中応制詩歌』を詠じた希世霊彦・蘭坡景茝等に至るまで、その傾向は指摘できると思う。当該作品集に部立が見られないことから、横川は基本的に、先ず百名の禅僧を選出した後、それぞれの代表作を選んだのであろう。ただし、瀟湘八景詩群（五十二～五十九番詩）や『文明年中応制詩歌』収集詩群（九十～九十九番詩）においては、先に作品ありきの人選だったかも知れない。

財団法人水府明徳会・彰考館所蔵『八景詩歌』(3)は、瀟湘八景の各景について、七言絶句詩と和歌が並んで掲載されている。漢詩の作者はいずれも禅僧であるが（和歌八首の作者は、すべて三条西実隆〔一四五五～一五三七〕）、うち六首が、五山文学版『百人一首』収集詩（五十二～五十六番詩・五十九番詩）と一致するのである。稲田利徳氏によると、当該「八景詩歌」は宝徳三年〔一四五一〕の製作と推測されている。(4)瀟湘八景詩は、我が国の禅林社会において、室町時代に入ってから大量に製作されるようになり、その多くは、複数の作者が一景ずつ担当する画賛詩である。(5) 横川も『百人一首』を編纂するに際して、瀟湘八景の画賛詩のセットを参看した公算が高いと思われる。

なお、横川と同時代の著名な禅僧に関しては、『梅花無尽蔵』を著した万里集九〔一四二八～一五〇七?〕や桃源瑞仙〔一四三〇～八九〕、『蔭凉軒日録』を筆録した亀泉集証〔?～一四九三〕、『翰林葫蘆集』や『湯山聯句』を著した景徐周麟〔一四四〇～一五一三〕、『半陶文集』を著し、『花上集』の序文を作製した彦龍周興〔一四五八～九一〕等の名前が見当たらないが、横川は文筆僧を選出するに際して、〔相国寺において〕自身と親交のある者や、自身の門生は、故意に除外したと考えられる。

さて、右の傾向に着目すると、各伝本の作品配列に関して、以下のことが指摘できよう。

一、慶安三年版本の百番詩は、作者慕哲龍攀の没年が応永三十一年〔一四二四〕であり〔内閣文庫蔵『新編集』跋文〕、当該詩が巻末に位置することは、直前の十首が『文明年中応制詩歌』収集詩群であるという点に鑑みても不審である。他本と同じく、康正三年〔一四五七〕に示寂した東旭等輝の五十九番詩の後に配列するのが妥当である。

二、②続群書類従本〔「続群書」〕や⑦伝横川景三自筆本〔「伝横川」〕の八十八番詩は、作者太白真玄の没年が応永二十二年〔一四一五〕なので、他本と同じように、応安・永和年間〔一三六八～七八〕頃に示寂した心華元棣の詩の後に配列するべきである。

三、⑤鶚軒文庫本〔「鶚軒」〕の二十三～三十三番詩は、綿谷周瓞の没年が文明四年〔一四七二〕、月翁周鏡と天隠龍澤の没年が明応九年〔一五〇〇〕であることを勘案すると、作品集の前半ではなく、他本と同じく、後半部、寛正四年〔一四六三〕に示寂した天英周賢の八十八番詩の後に位置するのが妥当である。

四、⑦伝横川景三自筆本の十九～二十六番詩、いわゆる瀟湘八景詩は、作者の没年が大略、寛正～文明の初めに限定されるので、他本と同じように、雲澤の五十七番詩の後に位置するべきである。

他に、各伝本の作者や作品の配列順序を比較しての気付きを、以下に述べる。

五、①神宮文庫本（「神宮」）の冒頭（一～五番詩）には夢窓派、特に夢窓晩年の弟子から列挙していこうという書写者の意図が見え隠れするが、すぐに断念した模様である。

六、⑧澤庵和尚旧蔵本（「澤庵」）の九十一～百番詩、すなわち『文明年中応制詩歌』群は、他本と配列が異なるが、巻末に撰者の横川詩が据えてあるのには、書写者の意図が感じられる。

右に指摘した六点以外にも、些細な誤写に起因する配列の異同を何点か指摘することは可能であるが、ここでは省略する。先に触れたが、日比野氏は五山文学版『百人一首』に関して、（1）伝本の中に善本がない、（2）配列の原形態を決定することができない、と述べておられる。確かにいずれの伝本にも看過できない誤謬が認められ、⑥平松文庫本（「平松」）や⑦伝横川景三自筆本（や複製本）のように一首欠落した伝本も存在するが、稿者は右に掲げた各伝本の作品配列に関する気付きを見るにつけても、⑨慶應義塾大学図書館本（「竹中」）が相対的善本であると判断する。当該写本は近世初期の武将で、黒田長政とともに関ヶ原の戦いで大活躍した竹中重門の旧蔵本である。重門は林羅山（一五八三～一六五七）に師事し、文筆にも優れていた[6]。箱書には「足利末期古冩本」とあるが、あるいは江戸極初期に書写されたものかも知れない。勿論、他本で補わなければならない箇所もあるが、同本は作品配列の原形態を維持していると考える。

二　『花上集』について

『花上集』の撰者は、元来から文挙契選とされているが、今泉淑夫氏が指摘されるように[7]、彦龍による序文には[8]、

一詩巻を袖にして余に示す者有り。曰く、玉府の文挙少年、天資英発、風流の称首なり。其の友を執りて密な

る者、近代諸老の佳作を抄して一編と為して、以て贈る。子《なんぢ》が一語の其の首《はじ》めに冠たらんことを索む。

とあり、文挙少年と風流・文筆の志を同じくする親友が、近代諸老の佳作を抜き書きして一編と為し、作詩の教科書・参考書として文挙少年に贈ったことが知られる（傍線部参照）。具体的には、京都五山の、詩僧として有名な義堂周信・絶海中津・太白真玄・仲芳円伊・惟忠通恕・謙巌原冲・惟肖得巌・鄂隠慧奯・西胤俊承・玉畹梵芳・江西龍派・心田清播・瑞巌龍惺・瑞渓周鳳・東沼周嚴・九鼎竺重・九淵龍賝・南江宗沅・如心中恕・希世霊彦の七言絶句詩を各十首ずつ、合計二百首集めている。序文によると、小補師（横川）が『花間集』に倣って『花上集』と命名し、「花」字の「艸」が「廿」に近いことから作者を二十名にしたという。長享三年（一四八九）成立。『花上集鈔』という抄物もある。

さて、管見の範囲で『花上集』の伝本を掲げると、次の通りになる。なお、五山文学版『百人一首』と同様、主たる伝本における作品配列の異同は、後に一覧表を付す。

（a）写本

①国会図書館本　858—48

・一冊、全二二丁。外題・内題とも「花上集」。
・巻頭に「帝國圖書館」の蔵書印があり、巻末に「岡本保可」の印記がある。昭和二十一年三月七日の購入。
・序文、作者目録、本文の順である。本文はまず一行に各作者名を掲げ、それぞれ以下十首、一首二行書き、詩→詩題の順で列挙するという体裁である（以下、**体裁A**と略す）。毎半葉一二行。訓点・朱線・朱点あり。一部、他本との異同を示す箇所がある。

②内閣文庫本Ⅰ　特119―15
・一冊、全二二丁。外題・内題とも「花上集」。
・巻頭には「浅草文庫」「江雲渭樹」「日本政府圖書」等、巻末には「昌平坂學問所」の蔵書印が押されている。
・作者目録、序文、本文の順である。本文は一首二行書き、詩→詩題の順で、各作者の一首目の詩題の下に作者名を記し、以下九首列挙するという体裁である（以下、**体裁B**と略す）。毎半葉一一～一二行。詳細に他本との異同を示す。また、太白「松間櫻雪」詩、惟肖「鳳雛」詩、江西「長樂宮圖」詩の詩題の下に「幻雲曰」という注がある。訓点・朱線・朱点あり。末尾の遊び紙には、月舟寿桂（幻雲）と親交の深い江心龍岷・春荘宗椿・鸞岡省佐や、三益永因・怡溪永悰等の詩や聯句が記されている（本文と同筆、訓点なし）。

③内閣文庫本Ⅱ（『続群書類従』三百二十）　216―1
・一冊、全五〇丁（『横川和尚百人一首』を含む）。外題は「續群書類従　三百二十」、内題は「花上集」。
・扉・巻末に「大日本帝國圖書印」、巻頭に「日本政府圖書」の朱印が押されている。
・序文、本文の順である。本文は一首三行書き、詩題→詩の順で、各作者の一首目の詩題の下に作者名を記し、以下九首列挙するという体裁である（以下、**体裁C**と略す）。毎半葉一〇行。校合・訓点・朱線はなく、朱点あり。

④宮内庁書陵部本　266―704
・一冊、全一九丁。外題・内題とも「花上集」。

・巻頭に「宮内庁圖書印」の朱印が押されている。
・序文、本文の順である。**体裁A**。毎半葉一二行。訓点・朱線・朱点あり。一部、他本との異同を示す箇所がある。巻末には、南江「賛富士」詩と、月建令諸「桜花成道」詩が記されている（本文と同筆）。

⑤慶應義塾大学図書館本Ⅰ（岡田眞旧蔵本）110X―81―1
・一冊、全四八丁（『幻雲詩藁前集』『同 後集』を含む）。外題はなく、内題は「花上集」。
・巻頭に「慶應義塾圖書館藏」「岡田眞之蔵書」等の朱印が押されている。
・『花上集』は序文、本文の順である。**体裁A**。南江詩を一首多く収録（「白傅香山避暑圖」詩）。毎半葉一三行。校合・訓点はなく、朱線・朱点あり。巻末に「天文廿四乙卯年（一五五五）正月十日於妙興書之」という識語がある。続いて月舟の『幻雲詩藁前集』『同 後集』が収録されており（抄出。『花上集』の本文と同筆）、それぞれ巻末に「天文廿四年正月廿四日　於妙興之清寥庵書之」「天文廿四年正月廿七日　於妙興清寥庵書之（花押）」という識語がある。後者の識語の後には、大休正念と九渕の「讀欧陽秋聲賦」詩が記されている（『花上集』の本文と同筆）。

⑥慶應義塾大学図書館本Ⅱ（竹中重門旧蔵本）110X―262―1
・一冊、全三三丁（横川撰『百人一首』を含む）。外題・内題はなく、「花上集 足利末期古寫本 竹中重門舊藏」という箱書あり。
・巻頭に「慶應義塾圖書館藏」の朱印が押されている。巻末の印、不明。
・序文、本文の順である。**体裁B**。毎半葉一〇行。校合はなく、訓点あり。朱線・朱点あり。

⑦静嘉堂文庫本　18271―1―103 16

・一冊、全三一丁（『北斗集』を含む）。外題は「花上集 北斗集 完」、内題は「花上集」。
・巻頭に「静嘉堂秘藏」等、巻末に「大橋」の朱印が押されている。
・序文、本文の順である。**体裁A**。毎半葉一二〜一四行。校合・訓点はなく、朱線・朱点あり。

⑧京都大学附属図書館　平松文庫本　平松　第八門　カ―2

・一冊、全二一丁。外題はなく、内題は「花上集」。
・巻頭に「京都帝國大學圖書印」という蔵書印がある。
・作者目録、序文、本文の順である。**体裁C**。毎半葉一六行。一部、他本との異同を示す箇所がある。また、太白「松間櫻雪」詩、惟肖「鳳雛」詩の詩題の下に「幻雲曰」という注がある。訓点・朱線・朱点あり。

⑨建仁寺両足院本（慶應義塾大学附属研究所　斯道文庫撮影マイクロフィルムによる）　B3968 B・A1512 B

・一冊、全二三丁。外題は「大雅遺韻」、内題は「花上集」。
・巻頭の蔵書印は不明、裏表紙の見返しには「霊洞院」と記されている。
・序文、本文の順である。**体裁A**。作者の配列が、他本と比べると大きく異なり、料紙の種類・大きさも、前半と後半で異なる。前半は義堂・絶海・太白・中方（芳）・惟忠・謙岩・鶚隠、後半は惟肖・南江・村菴（希世）・九渕・九鼎・東沼・瑞巌・心田・中恕・瑞溪・江西（「長楽宮圖」詩を九渕作と表記）・玉畹・西胤である。前半は毎半葉一〇〜一一行。校合はなく、訓点・朱線・朱点あり。後半は一〇〜一一行。校合・訓点はなく、朱線・朱点あり。巻末には、韻書らしきものからの抜書が散見される（「暑類」「涼類」「晩涼看洗馬」

等の標題がある)。

⑩東福寺霊雲院本　6114―102―63

・一冊、全四〇丁。表紙中央に「花上集全　不二庵」、左肩に「花上集　全」、右下に「共壹冊」という墨書きがある。内題は「花上集」。

・巻頭・巻末に「霊雲院」の蔵書印が押されている。

・序文、作者目録、本文の順である。**体裁A**。惟肖詩を一首多く収録(「湘江暮雨圖」詩)。毎半葉一三行。詳細に他本との異同を示す。また、惟肖「鳳雛」詩、江西「長樂宮圖」詩の詩題の下に「幻雲曰」という注がある。訓点・朱線・朱点あり。なお、『花上集』に続いて、小補(横川)の詩が六〇首、蘭坡詩が二首、九鼎詩が九首掲げられる。さらには、『五山文学新集』第六巻に抄録されている『明叔録』に見られる、陸奥出身の某喝食が詠じた「残臈欝懐依孰開、乍迎高客拂塵埃、再遊使処約時節、雪后江村月在梅」の二十八字を、詩尾と詩首にそれぞれ置いた計五十六首の万里集九詩や、「戀部」という部立のもと、横川や義堂や万里の艶詩が記されていたり、稿者未見の絶海の詩群が列挙されていたりして、ただの雑録として見過ごす訳にはいかない内容を有している。後日の精査を期する。

⑪岡山大学附属図書館　池田文庫本　P919―11―田池

・一冊、全二一丁。外題は「花上集　完」、内題はなし。表紙右下に「可軒秘函」という題簽が貼付されており、池田可軒(池田筑後守長発)の蔵書であったことが知られる。

・見返し、巻頭に「岡山大學圖書」等、蔵書印三種。

・作者目録、序文、本文の順である。**体裁B**。毎半葉一一行。詳細に他本との異同を示す。また、太白「松間櫻雪」詩、惟肖「鳳雛」詩、江西「長樂宮圖」詩の詩題の下に「幻雲曰」という注が付されている。訓点は序文にはあるものの、それ以外にはない。朱線はなく、朱点あり。末尾の遊び紙には、②内閣文庫本Ⅰと同様、江心・春荘・鸞岡・三益・怡溪等の詩や聯句が記されている（本文と同筆）。

（b）刊本

ア、寛永八年（一六三一）版

⑫西尾市岩瀬文庫本　126―79

・一冊、全三五丁。外題・内題とも「花上集」。

・巻頭に「澤殿藏書」「岩瀬文庫」等、蔵書印四種。巻末には「寛永辛未夏五穀旦　四條京極時心堂刊」という刊記がある。

・作者目録（見返しに墨書）、序文、本文の順である。**体裁C**。毎半葉九行。校合はなく、訓点・朱線あり。朱点なし。惟肖「和靖隠廬圖」詩の欄外に「錦繍段ニ主軒詩曰梅太清癯桃太肥」という書き入れがある。

※⑬宮城県図書館　伊達文庫本、⑭島根大学　桑原文庫本（欄外の書き入れ多し）、⑮お茶の水図書館　成簣堂文庫本Ⅰ

イ、承応二年（一六五三）版

⑯関西大学図書館　長沢文庫本Ⅰ　L23―900―1491

・一冊、三五丁。外題・内題とも「花上集」。
・巻末に「承應二巳年林鐘望日　書林中野氏道也新刊」という刊記がある。
・序文、本文の順である。**体裁C**。毎半葉九行。校合はなく、訓点あり。朱線・朱点なし。欄外には、海雲禪師北陸行詩（九丁表）、『錦繍段』所収の「楊貴襪」詩（二五丁表）、僧季潭「明妃曲」詩（二七丁裏）等が引用されている。

ウ、貞享三年（一六八六）版

⑰駒澤大学図書館本　H152.2―W.31
・一冊、全三五丁。外題・内題とも「花上集」。
・巻頭に「駒澤大學圖書館印」、巻末に「駒澤大學圖書館章」という蔵書印が押されている。また、巻末には「貞享三丙寅年三月吉旦　洛陽錦小路永田長兵衛開板」という刊記がある。
・序文、本文の順である。**体裁C**。毎半葉九行。校合はなく、訓点あり。朱線及び朱点なし。
※⑱長沢文庫本Ⅱ、⑲松ヶ岡文庫本（旧積翠文庫本）、⑳成簣堂文庫本Ⅱ

エ、刊年不明版

㉑大東急記念文庫本　41―38―1―3166
・一冊、全三五丁。外題・内題とも「花上集」。
・序文、本文の順である。**体裁C**。毎半葉九行。校合はなく、訓点あり。朱線・朱点あり。八丁と九丁の間に本草関連のメモ、遊び紙に「五種黍稷菽麥稲也」という記述がある。

※㉒国会図書館本、㉓国会図書館 顎軒文庫本、㉔内閣文庫本、㉕花園大学 禅文化研究所本、㉖東京大学文学部インド哲学研究室本（瀧田文庫）

四系統の刊本は内容が同一なので、アの寛永八年版以外は、いづれかの本を覆刻したものと考えられる。また、写本に目を移してみても、（1）訓点を有するもの（①・②・④・⑥・⑧・⑨・⑩・⑪）とそうでないもの（③・⑤・⑦・⑨）、（2）「幻雲曰」の注を有するもの（②・⑧・⑩・⑪）とそれ以外のもの（①・③〜⑦・⑨）等に分類できるものの、基本的には本文に大きな異同はなく、同一系統と見なしてもよい範疇であろう。⑨建仁寺両足院本に関しては、本文の前半と後半で料紙や書写態度が異なっており、書写過程に問題があったと考えられるが、本文には大きな異同が見られない。とは言え、内閣文庫蔵『花上集鈔』[9]を含めて、中には収集詩が他本と若干異なる写本も見受けられるので、便宜的に江戸の刊本である寛永八年版本を基準にして、当該本の作品配列を一覧表に纏めてみたい。

表2　『花上集』の諸本対照表

作者名・法系・生没年・拠地	作品順序と詩題名（寛永八年版本）	内閣	慶應	霊雲院	鈔
義堂周信 夢窓派 一三二五〜一三八八	1 子陵釣臺	1	1	1	1
	2 雨中對花	2	2	2	2
	3 對花懐旧	3	3	3	3
	4 山水軸	4	4	4	4
	5 同	5	5	5	5
	6 送人歸京	6	6	6	6
	7 留別故人	7	7	7	7

南禅、慈氏院	8	夢梅	8	8	8	9
	9	杜甫騎馬圖	9	9	9	10
	10	楓橋夜泊圖	10	10	10	8
絶海中津 夢窓派 一三三六〜一四〇五 相国、勝定院	1	折枝芙蓉	1	1	1	1
	2	春夢	2	2	2	2
	3	鐘聲	3	3	3	3
	4	花下留客	4	4	4	4
	5	僧窓移蘭	5	5	5	5
	6	讀杜牧集	6	6	6	7
	7	春夜看月	7	7	7	8
	8	喜行人至	8	8	8	9
	9	梅花野處圖	9	9	9	10
	10	鵲	10	10	10	11
	※11	韋寺看花				6（※11）
太白真玄 一山派 一三五七〜一四一五 建仁・南禅、雲門庵 大周軒	1	春湖孤舟	1	1	1	1
	2	松間櫻雪	2	2	2	2
	3	盆白菊	3	3	3	3
	4	雨中惜花	4	10	4	4
	5	琴書自樂	5	4	5	5
	6	随月讀書	6	6	6	6
	7	移花	7	5	7	7
	8	春漲	8	7	8	8
	9	看碁	9	8	9	9
	10	露	10	9	10	10
仲芳円伊 大覚派	1	梅窓讀易	1	1	1	1
	2	賛陸放翁	3	3	3	3

一三五四〜一四一三　建仁、長慶院	3	明皇入蜀圖	4	4	4	4
	4	范蠡泛湖圖	5	5	5	5
	5	邵康節像	6	6	6	6
	6	咸陽宮圖	7	7	7	7
	7	六橋烟雨圖	8	8	8	8
	8	覽鏡	9	9	9	9
	9	寄人	10	10	10	10
	10	美人折花圖	2	2	2	2
惟忠通恕　仏源派　一三四九〜一四二九　建仁、永源庵	1	松風磵水圖	1	1	1	1
	2	金莖承露圖	2	2	2	2
	3	謝人恵草花	3	3	3	3
	4	新居移梅	4	4	4	4
	5	贊孟浩然	5	5	5	5
	6	贊王子喬	6	7	6	6
	7	蓬萊圖	7	6	7	7
	8	聞砧	8	8	8	8
	9	市聲	9	9	9	9
	10	鵶	10	10	10	10
謙岩原冲　聖一派　?〜一四二一　東福、永得庵	1	贈漁者	1	1	1	1
	2	夢雪	2	2	2	2
	3	喜雨	3	3	3	3
	4	坡仙泛潁圖	4	4	4	4
	5	潘閬騎驢圖	5	5	5	5
	6	贊王子猷	6	6	6	6
	7	贊王荊公	7	7	7	7
	8	贊鄭子真	8	8	8	8

	9 賛李長吉	9	9	9	9
	10 种放歸華山圖	10	10	10	10
惟肖得岩 絶海派 一三六〇～一四三七 南禅、少林院双桂軒 相国、蘊真軒	1 長樂鐘聲	1	1	1	1
	2 山齋夜雪	2	2	2	2
	3 看春雨	3	3	3	3
	4 翡翠	4	4	4	6
	5 鳳雛	5	5	5	7
	6 睡足軒	6	6	6	8
	7 和靖隠廬圖	7	7	7	9
	8 李白観瀑圖	8	8	8	10
	9 四皓囲棊圖	9	9	9	11
	10 白頭公	10	10	10	12
	※11 湘江暮雨圖			11（※11）	
	※12 夢梅				4（※12）
	※13 蝶				5（※13）
鄂隠恵奯 夢窓派 一三六六～一四二五 相国、大幢院	1 山水小舟圖	1	1	1	1
	2 除夜有所思	2	2	2	2
	3 送人之伊陽	3	3	3	3
	4 上林聴鵑	4	4	4	4
	5 家童放鶴圖	5	5	5	5
	6 茅舎燕	6	6	6	6
	7 残雪	7	7	7	7
	8 有待	8	8	8	8
	9 梅影	9	9	9	9
	10 竹影	10	10	10	10
西胤俊承	1 秋扇	1	1	1	1

夢窓派 一三五八〜一四二二 相国、勝定院雲巣軒	2	歸燕	2	2	2	2
	3	凍鶴	3	3	3	3
	4	栖雲樓	4	4	4	4
	5	曲肱亭	5	5	5	5
	6	西湖晴雪圖	6	6	6	6
	7	東坡墨竹	7	7	7	7
	8	松軒對雪	8	8	8	8
	9	春初思郷	9	9	9	9
	10	遠山歸鳥圖	10	10	10	10
玉畹梵芳 夢窓派 ?〜一四二〇以降 南禅、龍華院知足軒	1	竹逕掃雪	1	1	1	1
	2	清泉濯足	2	2	2	2
	3	焼琴煮鶴	3	3	3	3
	4	春江送別圖	4	4	4	4
	5	丹楓	5	5	5	5
	6	槿花	6	6	6	6
	7	也足軒	7	7	7	7
	8	落梅曲圖	8	8	8	8
	9	江上夕陽	9	9	9	9
	10	鴎	10	10	10	10
江西龍派 黄龍派 一三七五〜一四四六	1	蓬莱雲氣	1	1	1	1
	2	長樂宮圖	2	2	2	2
	3	秉燭夜遊	3	3	3	3
	4	秋夕留客論詩	4	4	4	4
	5	賛林和靖	5	5	5	5
	6	讀淵明責子詩	6	6	6	6
	7	斑竹管筆	7	7	7	7

建仁、霊泉院続翠軒	8	餞燕	8	8	8	8
	9	故宮草色	9	9	9	9
	10	梅舩	10	10	10	10
心田清播 夢窓派 一三七五〜一四四七 建仁、大統院春耕軒	1	天津橋圖	1	1	1	1
	2	多景樓圖	2	2	2	2
	3	春城大雪	3	3	3	3
	4	讀賈至舎人早朝大明宮詩	4	4	4	4
	5	酒星	5	5	5	5
	6	題知足軒	6	6	6	6
	7	淡墨海棠	7	7	7	7
	8	戴逵破琴圖	8	8	8	8
	9	木犀枝上白頭公圖	9	9	9	9
	10	白鷴	10	10	10	10
瑞岩龍惺 黄龍派 一三八四〜一四六〇 建仁、霊泉院	1	賛太公望	1	1	1	1
	2	烟寺晩鐘	2	2	2	2
	3	讀李白清平調詞	3	3	3	3
	4	歳晏小集	4	4	4	4
	5	淵明畫像	5	5	5	5
	6	賛杜甫像	6	6	6	6
	7	松下弾琴	7	7	7	7
	8	官閣看山	8	8	8	8
	9	三友齋	9	9	9	9
	10	釣月亭	10	10	10	10
瑞溪周鳳 夢窓派	1	禁鐘	1	1	1	1
	2	瀟湘夜雨	2	2	2	2

一三九一〜一四七三 相国、慶雲院	3	桃花蒼鷹圖	3	3	3	3
	4	墨菊	4	4	4	4
	5	竹籬野桃	5	5	5	5
	6	桃花馬	6	6	6	6
	7	讀荊公桃源行	7	7	7	7
	8	薔薇洞圖	8	8	8	8
	9	涵星硯	9	9	9	9
	10	讀盧山高	10	10	10	10
東沼周嚴 夢窓派 一三九一〜一四六二 建仁、大統院栖芳軒	1	江天暮雪	1	1	1	1
	2	洞庭秋月	2	2	2	2
	3	瀟湘夜雨	3	3	3	3
	4	君山圖	4	4	4	4
	5	観瀑亭	5	5	5	5
	6	明皇横笛圖	6	6	10	6
	7	賛諸葛孔明	7	7	6	7
	8	山路櫻雪	8	8	7	8
	9	連理梅	9	9	8	9
	10	賛淵明	10	10	9	10
九鼎竺重 法灯派 生没年不明 建仁、大中院	1	美人如春風	1	1	1	1
	2	寒江獨釣圖	2	2	2	2
	3	夜凉會友	3	3	3	3
	4	美花映竹	4	4	4	4
	5	硯屏芙蓉	5	5	5	5
	6	燕子未來	6	6	6	6
	7	竹間移榻	7	7	7	7
	8	單于昭君夜坐圖	8	8	8	8

	9 宮漏	9	9	9	9
	10 畫薔薇	10	10	10	10
九淵龍睬 黄龍派 ?〜一四七四 建仁、霊泉院	1 賛王昭君	1	1	1	1
	2 寒林獨鳥圖	2	2	2	2
	3 湖上春遊	3	3	3	3
	4 山寺晩鐘	4	4	4	4
	5 新陰勝花	5	5	5	5
	6 采蓮歌	6	6	6	6
	7 冬日牡丹	7	7	7	7
	8 山村春意	8	8	8	8
	9 暮春聴夜雨	9	9	9	9
	10 人生識字憂患始	10	10	10	10
南江宗沅 一山派 一三八七〜一四六三	1 韓王堂雪	1	1	1	1
	2 夏山欲雨	2	2	2	2
	3 禁鐘	3	3	3	3
	4 松竹梅圖	4	4	4	4
	5 未開芍薬	5	6	5	5
	6 杜甫酔像	6	7	6	6
	7 讀范石湖菊譜	7	8	7	7
	8 還詩軸	8	9	8	8
	9 畫軸	9	10	9	9
	10 宮槐	10	11	10	10
	※11 白傳香山避暑圖		5（※11）		
如心中恕 夢窓派	1 題明皇芙蓉野雉圖	1	1	1	1
	2 昭君出塞圖	2	2	2	2
	3 秋色歸思圖	3	3	3	3

？〜一四一一以降 天龍、寿光庵	4 送僧遊廬山	4	4	4	4
	5 搗練圖	5	5	5	5
	6 蘭竹圖	6	6	6	6
	7 紅梅	7	7	7	7
	8 蒲菊	8	8	8	8
	9 藍染河	9	9	9	9
	10 思河	10	10	10	10
希世霊彦 大鑑派 一四〇三〜一四八八 南禅、聴松院	1 臥鐘	1	1	1	1
	2 詩燈	2	2	2	2
	3 杜鵑花	3	3	3	3
	4 長春花	4	4	4	4
	5 雪齋留客	5	5	5	5
	6 賈花聲	6	6	10	6
	7 扇面半月	7	7	6	7
	8 佳人覧鏡圖	8	8	7	8
	9 漁樵問答圖	9	9	8	9
	10 明皇貴妃並笛圖	10	10	9	10
	※11 天橋立				11（※11）

【注】 略号に関しては、②内閣文庫本は「内閣」、⑤慶應義塾大学図書館本Ⅰは「慶應」、⑩東福寺霊雲院本は「霊雲」、内閣文庫蔵『花上集鈔』は「鈔」。※印は、各書に本来所収の二百首に加えて収録されている詩であることを示す。詩題名の瑣末な異同は、煩雑になるため明記しない方針であるが、「鈔」所収の瑞岩の十番詩が、「漁人」という詩題の下に「釣月亭　餘本ノ題也」という注が付されていることには注意を要したい。

作者の法系は、夢窓派に属する禅僧が最も多いが（八名）、今泉氏が指摘されるように、多岐に渡っていて門派の範囲を特定できない。作者の配列に関しては、如心については生没年が未詳ということで処理することとして、義堂・絶海を筆頭に大略、生没年の古い順になっていると言えよう。今泉氏が言われるように、「将軍足利義持を中心とする『応永年間の文雅の友社』[10]の有力メンバーと、後続する義政時代の詩僧たち」である。同氏は、希世が巻末に位置するのは『花上集』編者の判断によるとされているが、成立の事情に関しては、稿者も今回の伝本整理が一段落した後、再考したいと考える。また、当時の詩壇は相国寺の友社と建仁寺の友社が中心とされるが、ここでは、後者に属する禅僧が多いようである。

さて、一覧表を概観すると、例えば、寛永八年版本の太白の十番詩が、本来は二番目に位置していたことが推測されるように、配列の異同を指摘できる箇所も見受けられるが、『花上集』の本文は、基本的に同一系統と見なして良いだろう。各写本に関する気付きを、以下に指摘する。

⑤慶應義塾大学図書館本Ⅰ（「慶應」）には南江「白傅香山避暑の図」詩、⑩東福寺霊雲院本（「霊雲」）には惟肖「湘江暮雨の図」詩、内閣文庫蔵『花上集鈔』（「鈔」）には絶海「羣寺に花を看る」詩、惟肖の「夢梅」詩と「蝶」詩、希世「天橋立」詩が、本来所収の二百首詩に加えて収録されている。南江詩は『漁庵小藁』（『五山文学新集』第六巻所収）、絶海詩は『蕉堅藁』（『五山文学全集』第二巻所収）や『中華若木詩抄』に確認することができる。また、惟肖「湘江暮雨の図」詩は建仁寺両足院蔵『東海璚華集（絶句）』（『五山文学新集』第二巻所収）、希世詩は五山文学版『百人一首』や『文明年中応制詩歌』に確認できるが、惟肖の「夢梅」詩と「蝶」詩は、現在のところ『花上集鈔』以外に見当たらない。各詩が『花上集』の他の伝本に収載されていないことから、書写者や抄者が、独自の判断で各禅僧の著名な詩や興味深い詩を書き加えたのではないだろうか。『花上集鈔』に注目すべき記述はなく、各人の判断基準に関しては、今後検討するつもりである。

前掲のごとく、例えば、②内閣文庫本Ⅰには、詩題の下に、

・幻雲曰、此詩院（ママ）南江也。錯在レ此。信仲詩稿載二此篇一。痩雀作二白鶴一。盖詠二永明花一。（太白「松間櫻雪」）

・幻雲曰、九鼎作也。（惟肖「鳳雛」）

・幻雲曰、此篇九渕作。一二句与レ之異。（江西「長樂宮圖」）

という注が施されている。月舟（幻雲）の注がどのような経緯で付されたのか、非常に気に掛かるところであるが、その信憑性は確かである。例えば、『花上集』では太白作とされる「松間櫻雪」詩は、月舟の指摘通り、南江の『鷗巣詩集』（内閣文庫本）に確認することができる（『五山文学新集』第五巻・「南江宗沅作品拾遺」所収）。月舟が言うには、この詩の作者は南江であるが、錯ってここにある、と。元々「信仲（明篤）詩稿」に掲載されており、そこでは、結句の「痩雀（鶴）」が「白鶴」となっている。けだし（信仲と縁故の深い）東福寺永明院の桜を詠じたのであろう。ちなみに『中華若木詩抄』（岩波新大系では作品番号12）や『翰林五鳳集』巻七では太白作となっており、両集の収集源が『花上集』であることを示唆していよう。なお、太白の『峨眉鴉臭集』は四六文集で、詩作品は収録されていない。

また、『花上集』では江西作とされる「長樂宮圖」詩は、以下の通りである。(10)

長樂宮圖

百戦五年心有レ差。宮成一日思無レ涯。叔孫在レ右蕭何左。坐看乾坤遶レ玉階。

この詩もまた月舟の指摘の如く、一・二句は異なるが、『九淵遺稿』（内閣文庫本）の巻頭に確認することができる（『五山文学新集』別集二所収、訓点は私に施した）。

長樂宮

畫棟雕梁雲半埋、天顔有レ喜酒如レ淮、蕭何在レ右叔孫左、坐見乾坤繞二玉堦一、

（以下、九淵の自注があるものの、省略する）

厳密に言うと、転句にも異同が見られる。九淵の自注には、『花上集』にも収録されている、惟肖の長楽宮詩（『花上集』では「長楽の鐘声」）の起句「高祖七年、此の宮を成す」が引用されていたり、江西の長楽宮詩の三・四句「干戈 未だ洗はず 七年の血、愧有らん 揖譲 明堂の風」があちこちの寺で伝誦され、絶唱と持てはやされたことが指摘されている。なお、堀川貴司氏は「『九淵詩稿』について―室町時代一禅僧の詩集―」（『文学』隔月刊、一〇―三、平二一・五）[11]において、『九淵詩稿』（四八首所収）から三首ほど取り上げ、作品解釈に加え、自注を参考にして作品の成立事情や当時の評価まで、同時代の人々の視線から綿密に捉え直しておられる。当該詩もその三首のうちの一首で、氏により詳細な検証が為されているので、ここでは、これ以上触れない。

『花上集』では惟肖作とされる「鳳雛」詩が、九鼎作ではないかという指摘に関しては、今のところ九鼎には纏まった個人の作品集が残っていないので、追跡調査は不可能である。惟肖の『東海璚華集』には、当該詩を見出し得ない。

⑤慶應義塾大学図書館本Ⅰは、その識語から天文二十四年（一五五五）正月二十四日に尾張国の長島山妙興寺の清寥庵にて書写されたことがわかる。『花上集』の写本の中で、唯一書写年代が明らかな伝本であり、『花上集』が成立してから六十年弱しか経っておらず、素性の確かな伝本と言えよう。

⑤は、さらに巻末に『幻雲詩藁前集』と『同 後集』が収められており（抄出。『花上集』の本文と同筆）、その識語から『花上集』と同時期に書写されたものと判明するが、稿者は、月舟の作品集が『花上集』と一緒に収録されていることを見過ごすことができない。②内閣文庫本Ⅰをはじめとして、「幻雲曰」の注を有する伝本が散見されたり、②や⑪池田文庫本の末尾の遊び紙に月舟と親交の深い禅僧の詩や聯句が記されていることを考え合わせる時、月舟は『花上集』を講釈していたのではないか、と想像を逞しくする次第である。

月舟は、学問上の師匠である天隠が初学者のために唐・宋・元の七言絶句詩より選んだ『錦繡段』を継いで、『続錦繡段』を編纂するとともに、『錦繡段抄』及び『続錦繡段抄』において漢文注を施していることでも注目される。両書の仮名抄は、ともに法嗣の継天寿戩。同じく法嗣の如月寿印は、『中華若木詩抄』を編纂している。また、月舟には、他に『三体詩幻雲抄』という抄物があり、杜詩・『史記』・『蒙求』・『三体詩』・『蒲室疏』等の講釈をしたことも知られている。すなわち、月舟及び月舟門下は、当時、初学者のために詩の総集を編纂したり、さらにそれらを容易に学習できるように抄物を作製する動きの中心にあったと推察される。[12]『花上集鈔』の作製者は不明であり、その抄文に月舟関連の記事は見出せないが、抄物を作製する場合、講義の聞書きという体裁を採ることが多く、その序文を寄せた彦龍とも交友関係にあった月舟も、『花上集』を講じていたのではないか。その結果、「月舟が関与した抄物」という形では日の目を見てはいないが、『花上集』の伝本に「幻雲（月舟）曰」という注が付されたり、おそらく月舟への従学者が『花上集』を書写する際、末尾の遊び紙に江心・春荘・鸞岡等、月舟（や自身）と親交の深い禅僧の詩や聯句を書き散らしたり、『幻雲詩藁前集』や『同　後集』を合わせて書写したのであろう。

おわりに

今回の伝本整理は、五山文学版『百人一首』と『花上集』の全注釈化へ向けての一階梯である。両書とも版本まで刊行されていて、作詩に対する初学者の需要が確実であったことが窺われる。そのことは、例えば、『花上集』の⑩東福寺霊雲院本の巻末に、喝食関連の万里他の七言絶句詩が多数列挙されていることとも関連していよう。なお、東京大学文学部国語研究室蔵、仁如集堯・月渓聖澄講『古文真宝抄』（慶長十四年写）には、「花上集ニ江西ノ梅舩ノ詩ニ云ク（下略）」（巻之一抄・「漁夫辞」・閏正月十三日写）という抄文が見られ、『花上集』が読者層（禅僧）へ浸透していた様子が窺える。

とは言え、両書の諸本を特に系統立てることはできず、前者は⑨慶應義塾大学図書館本（竹中重門旧蔵本）、後者も⑤慶應義塾大学図書館本Ⅰ（岡田眞旧蔵本）を相対的善本に選ばざるを得なかった。両書の収集源や、選詩の基準など編集態度に関する考察は、実際に両書の注釈作業が進行・深化しないと見えてこないと思われる。なお、『花上集鈔』には、本稿で利用した内閣文庫本とは別に、宮内庁書陵部に伝存する、「義堂絶句講義」と題する抄物がある。前者が室町時代末期の書写、後者が江戸前期の書写とされている。[13] 稿者は後日、別稿にて前者の翻刻について発表する予定である（第五章第三節、第四節参照）。

本節は、遺憾ながら地味な結論に終始した観があるが、今後解明すべき方向性は提示できたように思う。

注

（1）日比野純三氏「横川景三撰『百人一首』について　及び『校本百人一首（稿）』付排列一覧」（島津忠夫氏監修『日本文学説林』所収、和泉書院、昭六一）。

（2）川瀬一馬氏編著『新修成簣堂文庫善本書目』（財団法人石川文化事業財団　お茶の水図書館、平四）。

（3）朝倉尚氏「『八景詩歌・十二月障子画詩歌・今花集・易然集』寸見―解題と翻刻―」（『中世文学研究』第二十三号、平九）参照。

（4）稲田利徳氏『正徹の研究　中世歌人研究』（笠間書院、昭五三）の第三篇第二章第四節「瀟湘八景歌」参照。

（5）堀川貴司氏『詩のかたち・詩のこころ―中世日本漢文学研究―』（若草書房、平一八）の第七章「瀟湘八景詩について」参照。

（6）『日本古典籍書誌学辞典』（岩波書店、平一一）。

（7）今泉淑夫氏『日本中世禅籍の研究』（吉川弘文館、平一六）のⅡ―一「『花上集』について」参照。

（8）引用は、ここでは、仮に寛永八年版本（⑫岩瀬文庫本）による。なお、傍線は私に施した。以下同じ。
（9）本文は、亀井孝氏『語学資料としての中華若木詩抄（系譜）』所収の内閣文庫蔵本の影印による。
（10）玉村竹二氏『五山文学　大陸文化紹介者としての五山禅僧の活動』（日本歴史新書、至文堂、昭四一）の第七章第三節「應永年間の文雅の友社」参照。
（11）堀川貴司氏『五山文学研究―資料と論考―』（笠間書院、平二三）に再収。
（12）朝倉尚氏『抄物の世界と禅林の文学―中華若木詩抄・湯山聯句鈔の基礎的研究―』（清文堂、平八）の第一部第二章第一節「月舟寿桂小論―一華軒の学風」に詳しい。
（13）注（9）前掲書の研究篇第二節―一「『花上集鈔』について」による（柳田征司氏執筆）。

第八節　東福寺霊雲院蔵『花上集』巻末の附載雑録から見た禅林の文芸
――喝食・少年僧を対象とする文芸の隆盛――

はじめに

本節は、同題による口頭発表（第百二十三回　和漢比較文学会例会〈西部〉。平成二十六年四月二十六日、大手前大学さくら夙川キャンパス）を要約、進展させた論考である。根拠とした『花上集』巻末の附載雑録については、全文を次の紀要に翻刻、発表した。

Ａ「東福寺霊雲院蔵『花上集』巻末の附載雑録の翻刻」（『広島商船高等専門学校紀要』第三十六号、平二六・三）

　※以下、**［翻刻A］**と略称。↓第五章第五節

Ｂ「東福寺霊雲院蔵『花上集』巻末の附載雑録の翻刻（Ⅱ）」（『広島商船高等専門学校紀要』第三十七号、平二七・三）　※以下、**［翻刻B］**と略称。↓第五章第五節

本論考への引用に際しては、紙数の関係上、これを必要最少限度に止め、紀要への翻刻に際して私に整えた体裁に準拠している点をご諒承いただきたい。

1．問題の所在

稿者は、全国に点在する『花上集』の伝本を、管見の範囲で調査・整理した(1)。そして、今回言及するのが、その中でも「後日の精査を期する」と予告しておいた、東福寺霊雲院本・巻末に見られる附載雑録である。当該伝本に

関する記述を、論考中より引用する。

序文、作者目録、本文の順である。体裁A。惟肖詩を一首多く収録（「湘江暮雨圖」詩）。毎半葉一三行。詳細に他本との異同を示す。また、惟肖「鳳雛」詩、江西「長樂宮圖」詩の詩題の下に「幻雲曰」という注がある。訓点・朱線・朱点あり。なお、『花上集』に続いて、小補（横川）の詩が六〇首、蘭坡詩が二首、九鼎詩が九首掲げられる。さらには、『五山文学新集』第六巻に抄録されている『明叔録』に見られる、陸奥出身の某喝食が詠じた「残臈欝懐依孰開、乍迎高客拂塵埃、再遊使処約時節、雪后江村月在梅」の二十八字を、詩尾と詩首にそれぞれ置いた計五十六首の万里集九詩や、「戀部」という部立のもと、横川や義堂や万里の艶詩が記されていたり、稿者未見の絶海の詩群が列挙されていたりして、ただの雑録として見過ごす訳にはいかない内容を有している。後日の精査を期する。

本節では、当該雑録が如何なる性格を有するもので、如何なる作品集から抜粋されたものなのか、また、当該雑録が『花上集』の巻末に記されることの意味や、そこから見えてくる、当時の「禅林の文芸」を取り巻く状況などを考察してみたい。

2. 文芸用語や作品集の説明

本論に入る前に、文芸用語や作品集の説明をしておきたい。まず、鎌倉・室町時代に五山派の禅僧によって作成された漢詩文を「五山文学」と呼称するのに対して、五山派に属さない禅僧（例えば、一休宗純・寂室元光等）の漢詩文をも視野に入れる場合は、「禅林の文芸」と呼称するのが一般的になりつつある。

また、『花上集』とは、本朝禅僧の七言絶句詩のみで構成された、五山文学における代表的な詞華集（アンソロジー）である。具体的には、京都五山における、有名な二十名の詩僧―義堂周信・絶海中津・太白真玄・仲芳円伊・惟忠通恕・謙岩原冲・惟肖得巌・鄂隠慧奯・西胤俊承・玉畹梵芳・江西龍派・心田清播・瑞巌龍惺・瑞渓周鳳・東沼周嚴・九鼎竺重・九淵龍賝・南江宗沅・如心中恕・希世霊彦の七言絶句詩を各十首ずつ、合計二百首集めている。その撰者に関しては、従来から文挙契選とされていたが、今泉淑夫氏(2)が指摘されるように、彦龍周興による序文を丁寧に読解すると、文挙少年と風流・文筆の志を同じくする親友が、近代諸老の佳作を抜き書きして一編と為し、作詩の教科書・参考書として文挙少年に贈ったことが知られる。長享三年〔一四八九〕成立。国立公文書館内閣文庫には、『花上集鈔』という抄物もある。

3．東福寺霊雲院蔵『花上集』の構成

さて、東福寺霊雲院蔵『花上集』の構成と、翻刻公表の状況を示すと、以下の通りになる。

①「花上集」本文　※【未発表】

②横川景三の詩六十首、蘭坡景茝の詩二首、九鼎竺重の詩九首　※【翻刻B】

③雑録　※【翻刻A】

①と②は明らかに同筆で、一面一三行、一行二一字、一首二行書きと体裁も全く同じと言える。それに対して、③は各作品集から抜粋した作品群と考えられるが、各作品群によって文字の大きさも体裁も異なっており、しかも、横川景三や義堂周信や万里集九の艶詩とともに、管見の範囲で稿者未見の絶海中津作とおぼしき詩群も確認される。

「花上集」を作品単位で見た場合、②も附載雑録と捉えられるので、今回題目に掲げる「附載雑録」には、③に加えて、②も考察対象として含めることにする。

一　附載雑録②（［翻刻B］）について

附載雑録②に関しては、前掲のごとく平成二十六年度の勤務校の紀要に翻刻公表している。当該稿**［翻刻B］**では、②の箇所に収載されている詩作一覧を作成した。横川景三作と解される詩に関しては、「小補集・補庵集」『小補東遊集』『補庵京華集』(3)の中のいずれかの家集から抜粋し、製作年がいつかを明らかにした。横川は五山文学版『百人一首』の撰者であり、何よりも作品集名「花上集」の命名者である。また、室町後期の文筆僧の大半が師事した、文壇の大御所的五山文学僧でもある。永享元年（一四二九）に生まれ、明応二年（一四九三）に亡くなっているので、『花上集』に作品が採られる、二十名の作者よりもわずかに生没年が新しいものの、「花上集」本文（①）と同筆であることに着目すると、少年僧の目指すべき文筆僧として、『花上集』に作品が入集されても全く遜色ない、言わば『花上集』二十一人目の作者であるという意識が、書写者の脳裏に存したのではないだろうか。なお、59番詩のように、天隠龍澤の詩が混入しているので、厳密に言えば、「横川景三作と解される詩六十首」と呼称されるのが妥当と判明した。

附載雑録②に記されている、蘭坡景茝（一四四〇～一五一八）の詩に関しては、作品集『雪樵独唱集』に当該二首を見出すことはできない。また、九鼎竺重作と解される詩に関しては、『花上集』に収録されている九鼎の詩十首とも重複していないので、恐らくその十首を補う意味で書き写されたのではないか、と当初は憶測した。ちなみに彼の詩文集は現存していない。元和九年（一六二三）に後水尾天皇が金地院（以心）崇伝らに命じ、代表的な五山詩僧の詩偈を撰集、書写せしめた、五山文学唯一の勅撰漢詩集である『翰林五鳳集』には、本雑録部の九鼎作と解される詩九首のうち二首が収録されており、それ以外にも九鼎の詩が多数収められているところから、『翰林五鳳集』編纂当時までは、九鼎の詩文集が伝存していたことが窺える。拙稿(4)によると、『花上集』の伝本や内閣文庫蔵『花上集鈔』の中には、各作者の収録詩が十首ではなく、それ以上記されている場合も見受けられるが、これも同様の発想で、当該伝本の書写者が、作詩の教科書・参考書レベルとして相応しい詩を付け加えたのではないだろうか。ところが、出典調査を継続するうちに、末尾の一首、9番詩は『九淵詩稿』『中華若木詩抄』『玉塵抄』等、4～8番詩は『九淵詩稿』に収録されている九淵龍賝の作品であることが判明した。九淵も『花上集』入集作者の一人であり、九鼎と同様の意図で付け加えられたと解される。

二　附載雑録③（［翻刻A］）について

次に附載雑録③を、**［翻刻A］**中で稿者が便宜的に各詩群ごとに区分した【I】から順番に見ていく。

1．詩群【I】について

詩群【I】に関しては、一通り見渡して、すぐに気付かれるのは、某喝食が製した㋑の七言絶句（後掲。訓読「残臘、鬱懐、孰《いづ》れに依りてか開かむ。乍《たちま》ちに高客を迎へて、塵埃を払ふ。再遊、処々をして、時節を約さしめ、雪后の紅（江）村、月、梅に在り」）が本韻詩（原詩）で、梅庵・万里集九（一四二八～？）が製した㋺の七言絶句二十八首は、詩題に「字を以て匀（韵）尾に配す」と記してあるように、㋑の二十八字を一字ずつ採って、詩尾の韻字として詠作し、唱和している。また、㋩の七言律詩二十八首は、詩題に「同じく字を以て句韻（頭）に配す」と記してあるように、同じく㋑の二十八字を一字ずつ採って、詩頭の文字として詠作し、唱和している。紙数の都合上、ここに全文を掲げることはできないので、㋺・㋩とも巻頭七首を列挙する。

【I】㋑

喝食作

残臘虧懐依孰開。乍迎高客拂塵埃。再遊使処約時節。雪后紅(江)村月在梅。

㋺

以字配匀尾　梅庵万里

不労鳳馭与鸞驂。自駕坤輿問我安。掣電歡情君去后。西窓月色為誰残。
叢林礼楽未投牒。飄々軽者蹤又葉。懶生想可旧潘郎。二毛猶咲暦左臘。
此地方寸与蠖屈。工夫何敢求作佛。瑞雲峯聳友云遙。佇立回頭松蓊虧。
大海未知坎井蛙。分甘是処卜茅斉。盃其竹葉枕其石。軟飽黒甜忘却懐。
鰥閨閴寂足音稀。風雨一牕雲半扉。欲結沈香亭畔夢。楼鯨百八思依々。
吟取春英与秋菊。恵来蚌《詩也》胎真珠玉。叢社若無詩達磨《山谷也》。一段公案説向誰《孰》。
従聞隠々御車雷。斉語蛮音詩有媒。強被老聃發吾蓋。甕裡醯鶏天地開。
(以下、二十一首省略)

㋩

同以字配句韻　八句

残生誤客幾回春。夜月作賔山作隣。遊学尋師千里路。退居求友五湖濵。不如帰去何為。無復帝問只麼鱗。
鳥遠大於君先意祝。才其梁棟壽其椿。
臘天難耐一絲風。雨笠烟簑到漢宮。月満御庭清話白。花開上苑冶遊紅。五雲辞去羊裘冷。十里皈。鴎席虚《空也》来。
若為子陵傳風詔。江山真美換三公。
虧沈一洗詞源激。懐与氷霜清味加。迎客頻呼樽裡酒。招朋生煮鼎中茶。芳菲入夢恵連草。馥郁適吟東野花。
前度投吾西蜀錦。百年応補破袈裟。

懐　氷又虽擁胸烟。煉句欲差吟佛肩。郷国夢迷胡蝶夜。雲山望断白鴎辺。俗流縦作終年計。人生見来昨日眠。」
（26オ）此景無詩花可咲。請君有意許留連。
依　水對山詩唱工。只愁离合有窮通。数株柳老陶彭澤。千樹梅踈陸放翁。茅屋語唯簾下滴。柴門扣者夜来風。

故人若不耕經史。藝苑欲荒文字叢。

孰　揮筆力敵三軍。天地独播經緯文。妙質愜圖麟閣列。雄胸呑巻石渠勲。藉卿久已持孤節。諸葛何能任二君。

我又陽臺旧神女。生々暮雨与朝雲。

開　闔蛍乾窓継雪。吟眸日々入君親。詩中畫巧王方詰。酔裏顔醒楊太真。明發縦斟桃李月。未来先約海棠春。

多情若有分恩霈。郷梓従教鱸与蓴。

（以下、二十一首省略）


これらの詩群は、極めて珍しい作品であり、『五山文学新集』第六巻に関係分所収の『明叔録』に確認される。これによると、㋑は陸奥出身の某喝食少年の作、㋺・㋩は「梅庵万里」こと、万里集九の作であるが、万里の詩文を収める『梅花無尽蔵』には見出すことができない。『明叔録』とこれらの詩群に関しては、市木武雄氏『梅花無尽蔵注釈』別巻（続群書類従完成会、平一〇）に、以下のように要領良く纏められている。

次に「明叔録」の原本は、飛騨禅昌寺所蔵で、五冊有り、内容は天文・永禄のころの、美濃・飛騨を中心とする地方の妙心寺派の禅僧たちの詩文を雑録したもので、その巻頭に明叔慶浚という禅僧の作品があったので、「明叔録」と題されたのであろうという。この第一冊に万里の作品、絶句・律詩五十六首・四六文十篇があり、これが『五山文学新集』の中に収められている。

この内容は、極めて珍しい作品である。第一は、その絶句・律詩であるが、これは陸奥出身の某喝食少年が詠じた七言絶句の二十八字の一字ずつを詩尾の韻字として詠じた七言絶句二十八首と、またそれを詩頭の文字

> として詠じた二十八首の律詩、計五十六首の詩である。第二は、四六文の啓剳七篇（十篇か。朝倉注）である。啓剳とは、本来は書翰の意であるが、当時にあっては、元日やその他の佳節に、儀礼的にとりかわされる四六文体の美文であり、寺院相互間のみならず、特に美少年僧に贈られる習慣があった。寺院内などで、いわゆる稚児・寵童の風は、まま見られるが、このように堂々たる文学作品としてのこされているのは珍しい。
>
> （序　二頁）

『明叔録』には、万里の関連作として、「七言絶句一首に対して二十八首で唱和するような形態の詩群二つ」の他に、「啓剳《けいさつ》（札）」（四六文体の美文。本来は書簡であるが、特に美少年僧に贈られる習慣があった）が収録されていることにも注目される。なお、これらの万里関連作の合間に、絶海中津の「花下留客」詩（九一）[5]や「葦寺看花」詩（一二〇）、惟肖得巌の「試毫和」詩や希世霊彦の「貴妃学笛図」詩、次項で述べる本雑録部の【Ⅱ】や『翰林五鳳集』巻第六十二、六十三・恋に見受けられるような「戀之詩」「美人睡起図」等の詩題が散見されるのは、甚だ興味深いところである。当地方においても、艶詞文芸への関心が高かったことを示していようか。

2．詩群【Ⅱ】について

【Ⅱ】については、前にも触れたが、巻頭には、和歌の部立である「戀部」とあり、本項末尾に示す《資料1》の一覧表にあるように、1～11番詩までは、「寄君」「有約不来」「寄風恋」「寄瀧恋」という、和歌題による詩題が見受けられる。恋を主題とする詩、いわゆる「艶詩」として遇されているかに見える（あるいは、僧と俗の会した詩歌合での詠作の可能性も存するか）。12番詩以下については、書写の意図がいささか不分明であるが、12・13番詩は「寄瀧恋」に類した詠作、14番詩は釈迦牟尼、15・16番詩は喝食・少年僧に寄せた詠作（広義の艶詩。後述）として理解したものか。

ここで、朝倉尚氏によって提唱された「艶詩（詞）」の定義を確認しておく(6)。

狭義定義

幼年の喝食や若年の美少年僧に対して、密かにわが思慕の情を伝えるために製する詩を「艶詩」、書状を「啓箚」と呼び、これらを総称して「艶詞」と呼称する。

広義定義

喝食や美少年僧を対象に詠じた詩作、さらには男女の情愛を対象とする詩作をも含めて「艶詩」と称することもある。

狭義定義の艶詩は、時代は降るにつれて描写が仰々しく、生々しい表現へと激化する傾向にあった。啓箚については、対句と、禅林独特の技法である機縁の法（和歌における掛詞の技法に類似）を用いる四六文で作成されており、儀礼的な要素が前面に出て、自己の恋愛感情の表白は控え目、淡泊であるのが特徴である。広義定義の「艶詩」は、喝食・少年僧に対する半ば儀礼化した試筆唱和詩・送行詩・招寄詩・惜落髪詩をはじめ、男女の情愛を詠ずる恋愛詩に至るまで、広範囲の詩作を指す。

この定義付けに従うと、先に見た【Ⅰ】の陸奥出身の某喝食が詠じた七言絶句一首に対して、万里が二十八首で唱和した詩群は、おそらく狭義定義における「艶詩」ということになる。また、例えば、冒頭の横川景三の「寄君（君に寄す）」詩は、「別後楼頭月不分。恩雲深覆悩斯生。若吾作涙奈人児。方寸胸中楚雨聲。（別後、楼頭、月、分かたず。恩雲、深く覆ひ、斯の生を悩ますを。若し吾、涙を作すも、人の児を奈《いかん》せん。方寸の胸中、楚雨の声。）」と、年若い喝食に寄せる別離の嘆きを生々しく詠じており、広義定義における、招寄詩に相当する「艶詩」ということになるだろう。

なお、例えば、義堂周信の詩が、詩文を収める別集『空華集』に認められなかったり、横川や万里の詩がそれぞれの別集に見当たらないように、その所在が未確認の作品が、管見の範囲で一六首中一三首とかなり多いことが気に掛かる。艶詩であるが故に別集に収められなかったという理解が可能である一方、雑録ということで、その他の可能性も探る必要性があるだろう。

《資料1》【Ⅱ】恋部に収載されている詩作一覧

	作者名	詩題	備考・所収作品集
1	横川	寄君	（横川景三）
2	義堂	なし	（義堂周信）
3	無記名	なし	
4	横川	なし	（横川景三）
5	万里	なし	（万里集九）
6	義堂	なし	（義堂周信）
7	祖堂	有約不来	（祖堂）
8	謙岩	なし	（謙岩原冲）
9	無記名	なし	
10	無記名	寄風戀	
11	無記名	寄瀧戀	（雪嶺永瑾）梅溪集、翰林五鳳集巻第六十三・恋・4「寄瀧戀 歌題」
12	虚堂	飛雪岩　虚堂作　貞和集	（虚堂智愚）貞和集・巻第三・地理・虚堂・16「飛雪岩 二」
13	無記名	又石門作　同	（石門）貞和集・巻第三・地理・石門・17「無題」
14	無記名	前相国蘭坡景茝於北等持笏室書之。歳日文明十有五年歳舎癸卯仏歓喜日	（蘭坡景茝）
15	無記名	なし	
16	無記名	寄人	

3. 詩群【Ⅲ】【Ⅳ】【Ⅴ】について

【Ⅲ】から【Ⅴ】にかけては、再び、七言絶句一首に対して二十八首で唱和する形態の詩群が列挙されている。

【Ⅲ】については、引用は省略するが（【翻刻A】論考参照）、冒頭の「送金蔵主（金蔵主に送る）」詩に対して、「和前詩廿八首（前詩に和す 廿八首）」という詩題があるように、七言絶句「独倚高楼月上時。一声長笛又生悲。使人何續杜陵句。月在関山説向誰。（独り高楼に倚る、月、上る時。一声の長笛、又た悲しみを生ず。人をして何ぞ杜陵の句を続《つ》がしむる。月は関山に在りて、誰に説かむ。）」が本韻詩（原詩）で、以下の七言絶句二十八首は、金蔵主が本韻詩の二十八字を一字ずつ採って、詩尾の韻字として詠作し、唱和している。

【Ⅳ】は、全文の引用は省略するが（【翻刻A】論考参照）、序文中に「今茲、文明丁酉の元旦、我が宗山君に試筆詩有り。月関美丈、和して之に答ふ。蓋し肩を無咎に拍ち、袂を退斎に把《と》る者か」「余、辱くも一たび平昔を識る。此の佳作を観て、義、黙するべからず。遂に一字を分けて匀と為し、賦する者二十八章」（原漢文省略）と記されており、文明九年（一四七七）正月に、梅雲承意が指導した宗山等貴の、新年の試筆詩に、月関（周透）美丈が次韻し（本韻詩の韻字を、その順序のまま用いなくてはならない）、その七言絶句「五雲深處是楓宸。口誦君詩興更新。村院霜残天咫尺。宮鶯不前野花春。（五雲、深き処、是れ楓宸。君が詩を口誦すれば、興、更に新たなり。村院、霜残、天咫尺。宮鶯は前《すす》まず、野花の春。）」に対して、梅雲が二十八字を一字ずつ採って、詩尾の韻字として詠作し、二十八首唱和したことがわかる（本節の底本には欠字が存するが、後掲の注（7）芳澤勝弘氏論考の［翻刻］篇により補った）。なお、当該詩群は、芳澤氏により注（7）に報告される「小補艶詞（仮題）」に収録され、横川の作品と理解されてきたが、朝倉尚氏により梅雲承意の作品であることが検証され、作品集名も誤解を避けるため、「梅雲差出艶詞集」や「月関宛艶詞集」と命名される方が適しているとされる[8]。

【Ⅴ】に関しては、紙数の都合上、㋑と㋺の巻頭七首を列挙すると、以下の通りになる。

【V】㋑

爰有梅之詩。予寓懐之餘。戯拾廿八字。聊綴廿八絶。述卑臆焉。乃写之、
投藝君少年■帳。兼曰簡貴友懶鴎子之猊右云々。　伏乞月斧　　横川

愛癖依梅痩入肩。沈吟立尽小園辺。一生只被斯花誤。昏■■杳埜水　天。

横斜佳句至今倣。和靖高風猶耐〔耐〕仰。若有精霊可笑■。吟魂苦雪一枝　上。

先度■花往又回。三分春色一分催。窓前雪月夜何奈。餘■■■■■（梅）。』（32ウ）

軟白■■和気嘉。満簾妍暖為梅加。項来匹忍高標格。■■■■■（花）。

离外梅花日々新。吟餘忽喜卜芳隣。多情香衫夢還後。疑是西湖■■　春。

如梅標格世応罕。一見紅粧腸易断。已愛斯花北埜神。曽聞■■■天　■。

姑射真人玉削肌。紅腮一粲自然姿。春来多日不吟尽。只被吾済悩此　枝。

（以下、二十一首省略）

㋺

一日咸〔感〕懐之餘作詩以寄梅、兼呈上藝公少年机下矣。于茲長福主席分其字為勻、以聯廿八篇被投贈焉。其甲于朝于暮吟之誦之。則咸〔感〕懐倍万於恒者也。終不獲黙止、奉依厥勻末、恰学捧心而已。

絶海

要看梅花荷月肩。黄昏携杖倚籬辺。枝頭已是恣春處。無頼東風欲雨　天
林逋幽趣轉難倣。佳句至今教世仰。更為横斜幾往還。履痕晋得緑苔　上
乗月徘徊知幾回。横斜影裏使吟催。黄鳥《鶯乎》莫怪幽人愛。万木叢中何似　梅

詩到离辺自是嘉。暗香吹處興尤加。慇懃寄語梅仙子。孰与待人心待■（花）
一樹梅花朶々影。自然伴竹与松隣。縦来保得歳寒操。氷雪乾坤独■（春）
蛟蝶由来相近罕。袈裟何幸快吟断。黄昏得々立多時。■■■■■■■
只毎倚梅清我肌。氷間雪裡漏春姿。天公私否看花■。聞説■■■■■（枝）

（以下、二十一首省略）

【V】の㋑の詞書には、

爰《ここ》に梅の詩有り。予、寓懐の餘り、戯《たはむ》れに廿八字を拾ふ。聊か廿八絶を綴り、卑臆を述ぶ。乃ち之を寫し、藝君少年の■《几？》帳に投ず。兼ねて曰（以）て貴友懶鴟子の猊右に簡すと云々。伏して月斧を乞ふ　横川

とあり、おそらく㋺の「絶海」とおぼしき禅僧が、藝君少年に贈った梅の詩に対して、「横川」とおぼしき禅僧が戯れに二十八字を一字ずつ拾い、詩尾の韻字として二十八首で唱和し、藝君少年の几帳に投じている。加えて、藝君少年の背後にいる庇護者・懶鴟子の目に留まるように手書を呈している。また、㋺の詞書には、

一日、感懐の餘り、詩を作すに梅に寄するを以てし、兼ねて藝公少年の机下に呈上す。茲《ここ》に長福主席、其の字を分かちて匀と為し、以て廿八萹を聯《つら》ねて投贈せらる。其甲、朝に暮に、之を吟じ之を誦す。則ち感懐、恒よりも倍万する者なり。終《つひ》に黙止するを獲《え》ず、厥《そ》の匀末に依り奉る。恰《あたか》も捧心を学《まね》ぶのみ。　絶海

とあり、作者である「絶海」とおぼしき禅僧が、藝公少年の几下に差し出した、梅に寄せる詩に対して、まず藝公少年の庇護者・長福寺の主席が二十八首で唱和し、ついでそれに対して「絶海」とおぼしき禅僧も二十八首で唱和している。㋑と㋺の本韻詩は、欠損や虫損で判読不能の箇所もあるが、各二十八首の詩尾の韻字を類推しながら辿っていくと、起句が「天上梅花春■枝」（「花」については、一首の韻字より私に判断した。麻韻）ではじまり、承句以下「深衣玉色共相宜。如何説尽横斜趣。一夜朦朧月落時（深衣、玉色、共に相宜し。如何ぞ説き尽くさむ、横斜の趣

きを。一夜、朦朧、月、落つるの時）」と復元できる。

ところで、「『横川』とおぼしき」「『絶海』とおぼしき」と表現したのは、作者名が「横川」「絶海」と明記されているにもかかわらず、両者の別集に当該詩群を見付けることができないからである。絶海とその門流（霊松門派）の活動の調査を続ける稿者にとって、(9) この作品群が絶海中津の新出資料であることが証されることは、非常に望ましいことである。しかしながら、現状では、悲観的にならざるを得ない。すなわち、横川は当時、後輩文筆僧でその指導を受けない者は無かったという大御所的文筆僧であり、絶海は、義堂とともに「五山文学の双璧」と称えられた文筆僧であっただけに、著名な両者の名前は、後人によって仮託される対象だったのではないか、と稿者は考える。その理由は、第一に、絶海中津（一三三六～一四〇五。夢窓疎石―絶海）と横川景三（一四二九～九三。夢窓―無極志玄―空谷明応―曇仲道芳―横川）の活躍した時期が全く重ならないからである。したがって、同一人物の□藝少年を介して詩を唱和することは不可能である。第二に、これらの詩群は、喝食・少年僧に対する唱和詩で、狭義の艶詩に該当すると思われるが、艶詩（詞）は当時、禅林の堕落を象徴する産物として負のイメージがあり、作者名が曖昧だったり、隠蔽したり、仮託する傾向にあったとされているからである。このことは、本雑録部の【Ⅱ】の恋部で、義堂・横川・万里の作品をはじめ、その所在が未確認の作品が大半であったことからも言えるだろう。ただし、だからと言って、艶詞製作が周辺の文壇から排斥された形跡は認められず、かつて差出人として艶詞を製作したことが、以後の住持歴に支障を齎したという痕跡もない。(10)

ここで、朝倉尚氏の注（6）論考の中でも紹介されていた、大谷大学図書館所蔵の大変興味深い一冊―『詩集』（一冊）に注目する。三益永因は、五山文学における艶詞の代表的な作者であり、「続群書類従」所収の『三益艶詞』や、「大日本仏教全書」所収の『翰林五鳳集』でその作品を確認することができる。当該書にも、「三益」や「忘吾」の作として最多の一一一篇余が収められているが、同書には、それ以外の禅僧の作品も数多く収録されている。ただし、体裁は整理されておらず、混沌としている。巻頭は雪嶺永瑾（識廬）の詩が五〇首、ついで三益が二六首、驢雪鷹灞が一七首、河清祖瀏が一八首、横川景三が一五首、江西龍派が一一首、南江宗沅が二九首というように、前半部は、形式的・内容的に見ても『花上集』と類似しており、各禅僧によって収録数に差はあるものの、七言絶句詩が各禅僧ごとに纏めて収録されている。また、抄物の解説に類した書き込みが行間に頻繁に見られることにも注目される。そして、右の冒頭部以降は、まさに文字通り混沌としており、作者は『花上集』にも収録されていた、義堂・絶海、惟肖得巌、心田清播、九鼎竺重、希世霊彦等から、古剣妙快、正宗龍統、天隠龍澤、信中明篤、室町末期の月舟寿桂、惟高妙安、梅屋宗香、桂林徳昌、林下の一休宗純に至るまでバラエティーに富んでいる。もちろん、先に挙げた三益や横川や南江も頻繁に登場する。部立もなく、狭義・広義の艶詩、『花上集』や五山文学版『百人一首』に収録される作品と重複するもの、作詩の教科書・参考書として相応しい作品等を確認することができる。前置きが冗舌に過ぎたが、このような大谷大学図書館蔵『詩集』において、例えば、義堂の広義の艶詩の類に属する詩――「次韻竺心西堂新年六言偈」「送人之三島」「恋」「寄佳人」「寄故人（三首）」は、いずれも別集『空華集』には入集しておらず、この場合も、後人による仮託の可能性を疑ってしまうのである。

4. 詩群【Ⅵ】【Ⅶ】【Ⅷ】【Ⅸ】について

本雑録部の【Ⅵ】は、かなりの分量を占めているが、未だに作品群の性格がよくわからない。詩題に「天子三月」とか「天丑一日」とあることから、天文年間（一五三二～五五）か天正年間（一五七三～九二）に製作されたものかと推測し、主として詩軸や詩会詠を筆録・筆写した雑録詩集であり、冒頭が惟高妙安（一四八〇～一五六八）の詩作である内閣文庫所蔵『惟高詩集』や、策彦周良（一五〇一～七九）の『策彦和尚詩集』、英甫永雄（一五四七～一六〇二）の『倒痾集』等を調査してみたが、現在のところ、芳しい成果は出ていない。

【Ⅶ】には、七言絶句詩が一首二行書きで、一一首雑録される。本項末尾に示す《資料2》の一覧表を見るにつけても、【Ⅱ】と同様、小補（横川景三）や村庵（希世霊彦）など、我が国の室町末期から安土桃山時代にかけて活躍した禅僧から、中国元代の月江正印や、明代の詩人張楷と、幅広くその作品が書き記されている。このような書写態度は、稿者が拙稿で度々取り上げてきた建仁寺両足院蔵『東海璚華集（絶句）』（『五山文学新集』第二巻所収）にも通じるように思われる。同本には、作者惟肖得巌の七言絶句二〇九首・五言絶句二二首の他、江西龍派の七言絶句及び七言律詩八五首、惟肖の先輩五山僧の七言絶句一〇六首、中国の俗詩（五言絶句）六四首が収められている。

【Ⅷ】には、惟高妙安の製した長文の序文によると、天文二十年（一五五一）七月十四日から翌十五日にかけて、京都の相国寺で三好長慶（松永久秀）と細川晴元（第十三代将軍足利義輝）との間で起こった通称「相国寺の戦い」に際して、惟高が詠じた三首が掲げられていることがわかる。

【Ⅸ】には、作者未詳の七言絶句詩二首と、「順蔵主」作の七言絶句「尺八詩」が掲げられている（本項末尾の《資料3》参照）。「順蔵主」とは、「紫」という添え字も見えるので、「紫」野の大徳寺で活躍した一休宗純（一三九四～一四八一）かと思われるが、彼の『狂雲集』や『続狂雲集』には、当該詩を確認できない。先に触れた大谷大学図書館蔵『詩集』にも一休の詩が六首含まれており、そのうち「梅法師」など五首は、管見の範囲での一休の別集には見当たらない。

《資料2》【Ⅶ】に収載されている詩作一覧

	作者名	詩題	備考・所収作品集	製作年
1	小補臾題	船上見楓	（横川景三）補・京・続243「船上見楓　石山道中作、」	文明14年
2	無記名	なし		
3	無記名	なし		
4	無記名	なし		
5	張楷	寄別朱拾遺		
6	村庵賛少■	節迫酔《吹》帽	（希世霊彦）村庵藁・中、補・京・前188「又　岩栖作」	文明6年
7	■龍峰惟高臾	扇面八々鳥	（惟高妙安）	
8	惟高	葉果子	（惟高妙安）	
9	小補	節迫吹帽	（横川景三）補・京・前187「節迫吹帽　九月五日、岩栖来訪、」	文明6年
10	同	廬山瀑布	（横川景三）補・京・外下208	延徳3年
11	育王月江正印	達磨乗芦賛	（月江正印）月江和尚語録・巻下	

《資料3》【Ⅸ】に収載されている詩作一覧

	作者名	詩題	備考・所収作品集
1	無記名	趙暇贈正明府詩	
2	無記名	留別鮑待御云	
3	順蔵主	尺八詩	（一休宗純）

まとめ

最後に本節のまとめをして擱筆したい。『花上集』は、抑も、その序文にも記されているように、喝食や少年僧

（文挙契選）の文筆修業のために編纂されたものである。そして、東福寺霊雲院本の巻末に、作詩の教科書・参考書レベルとして相応しい横川景三の詩群や、絶海中津に仮託された詩群を含む、多くの艶詩とそれに類する作品が書き記されているということは、特に艶詩（詞）の書き込みに関しては違和感を覚えるかも知れないが、結果的に『花上集』の編纂目的や利用目的をより一層際立たせる効果を生み出しているのではないか、と稿者は考える。確かに、艶詩（詞）には、禅林の堕落を象徴する負のイメージもあるが、艶詞の製作は、禅林の公的な性格を帯びた文書の文体である四六文（啓劄）や、詩会活動における詩作の作法の修練に繋がり、若い作者（差出人）にとっては、五山の文壇である「友社」への入社を果たすための重要な文筆修業の一側面を担っていたと思われる。

五山文学史を大局的に概観すると、室町後期から江戸時代にかけて、詞華集（アンソロジー）である「詩の総集」が急速に流布・普及した。主な作品は、本節で取り扱った『花上集』の他、五山文学版『百人一首』、『北斗集』、『錦繡段』、『続錦繡段』、『新選集』、『新編集』、『中華若木詩抄』、『翰林五鳳集』等である。また一方で、霊雲院蔵『花上集』の巻末に見られたような「艶詩（詞）」が、この時期、大量に生産されている。「艶詩（詞）」の量産については、「五山文學はこゝに終焉を告げたのである」と負の方向への発言がある。が、稿者としては、後世の評価は別にして、少なくとも当時においては、この時期の「禅林の文芸」に見られた、二つの重要な文学的傾向（ムーブメント）、すなわち（1）詞華集（アンソロジー）や「詩の総集」の流布・普及と、（2）「艶詞（詩）」の量産が、実は「喝食や少年僧の文筆修業」という共通目的のもと、緊密に連係し、効果的に機能していたのではないか、と考える。そして、そのことを象徴的に体現している例が、現在のところ、本節で取り上げた東福寺霊雲院蔵『花上集』であり、巻第六十二・六十三の恋部を含む『翰林五鳳集』であり、未整理で混沌としているが、大谷大学図書館蔵『詩集』ではないか、と考えている。なお、今後、さらに同種の本が発見される可能性はかなり高いと思われる。

次いで、当該附載雑録が存在する意味について触れたい。禅林で流布した写本に接すると、時代が降るにつれて、本体ともいうべき作品集に書写者が任意の記事・作品を附録する傾向が強まるように思える。特に『花上集』のような、詞華集（アンソロジー）である「詩の総集」においてその傾向は強く、附載どころか、書写の途中、本体に恣意的に作品を補入することも行われていたようである。大部な「詩の総集」においては、書写のたびに補入が繰り返されたのか、詩数の一致する方が珍しいといった具合である。が、このことは、本体への補入には至らないまでも、附載の書写が、何らかの形で本体を補うための目的でなされている可能性が高いことを示していると言えないだろうか。当該附載雑録は、そのことを実証しているものと考える。

筆を擱くにあたり、稿者は以前、「少年老い易く学成り難し」詩を、朱子（朱熹、一一三〇～一二〇〇）の作ではなく、実は和製であり、室町前期に活躍した観中中諦（一三四二～一四〇六）の作であったと指摘した（同詩を観中の『青嶂集』に確認。本章第一節参照）。が、しかし、同詩の作者は、前掲の大谷大学図書館蔵『詩集』や、堀川貴司氏[11]が報告された『覆簣集』（天文十一年〔一五四二〕成立）においては江西龍派（一三七五～一四四六）、岩山泰三氏[12]が指摘された『翰林五鳳集』（元和九年〔一六二三〕成立）では惟肖得巌（一三六〇～一四三七）、柳瀬喜代志氏[13]が指摘された『滑稽詩文』（近世初期成立。艶詩艶文や滑稽詩を集成）に至っては、作者名が記されていない。いずれも、室町後期から江戸時代にかけて成立した「詩の総集」において、作者名に揺れが生じており、しかも、一方で同詩には「勧学詩」と「艶詩（男色詩）」という二つの側面からの捉え方があるところから、今回の発表結果に示される動向を踏まえながら、いま一度、その伝誦・流布の様相・実態を整理し直すと共に、抑も揺れが生じた因由とその意義について再吟味する必要性を感じている（本章第二節参照）。

注

（1）拙稿「五山文学版『百人一首』と『花上集』の基礎的研究―伝本とその周辺」（岩波書店『文学』第十二巻第五号〈特集＝五山文学〉、平二三・九。↓第四章第七節）参照。

（2）今泉淑夫氏『日本中世禅籍の研究』（吉川弘文館、平一六）のⅡ―一「『花上集』について」参照。

（3）「小補集・補庵集」は横川景三が応仁の乱を避けて、近江に東遊する以前の作品を、『小補東遊集』は近江に東遊した時代の作品を、『補庵京華集』は晩年、京都で大寺院の住持を務めた時代の作品をそれぞれ収録したものであり、これらの作品集の中、自筆本系統の諸本では、大略、製作年次順に作品が配列されている。

（4）注（1）の拙稿参照。

（5）『蕉堅藁』の詩番号は、蔭木英雄氏『蕉堅藁全注』（清文堂、平一〇）に基づく。

（6）朝倉尚氏「禅林における艶詞文芸をめぐって―研究の現状と現存作品集（群）」（『中世文学』第五十六号、平二三・六）参照。

（7）芳澤勝弘氏「横川景三の『小補艶詞』と月関周透―室町禅林における男色文化の一側面―」「小補艶詞（翻刻）」（『花園大学国際禅学研究所論叢』第一号、平一八・三）。

（8）朝倉尚氏「「艶詞」考―『東土藋蔔』『小補艶詞』『〔月関宛艶詩集〕』をめぐって」（『国語と国文学』第八十四巻第八号、平一九・八）参照。

（9）研究課題名「禅林文芸における絶海中津とその門流（霊松門派）の存在意義」（科学研究費補助金〈基盤研究C〉、平二五〜二七）。

（10）注（6）の論考参照。

（11）堀川貴司氏「『覆簣集』について―室町時代後期の注釈付き五山詩総集―」（『文学』第十二巻第五号〈特集＝五山文学〉、平二三・九。後に『続　五山文学研究　資料と論考』〈笠間書院、平二七〉に再収）参照。

（12）岩山泰三氏「「少年老い易く学成り難し・・・」とその作者について」（『しにか』平成九年五月号）他参照。

（13）柳瀬喜代志氏「いわゆる朱子の「少年老い易く学成り難し」（「偶成」詩）考」（『文学』平成元年二月号）他参照。

第九節　兼好と禅宗――『徒然草』における禅思想の影響に関する覚書――

はじめに

禅宗がわが国に本格的に伝来したのは、栄西（一一四一～一二一五）が宋から帰国した建久二年（一一九一）のことである。以来、禅宗の、わが国の社会（政治・経済等）や文化（宗教・文芸・芸能・絵画・茶道・建築・庭園等）や生活様式に齎らした、主に精神的な側面における影響には測り知れないものがある。鎌倉・室町時代に五山派の禅僧によって作成された漢詩文や、漢籍の注釈を核とする文学・学問活動を言う、いわゆる「五山文学」は南北朝時代から室町時代初期にわたって最盛期を迎えていた。と同時に、「五山版」も隆昌期を迎えていたようである。

さて、『徒然草』の作者である兼好法師は、この新渡の宗教を、いったいどの程度意識していたのであろうか。夙くから『徒然草』に禅思想の影響はあまり無いように解されてきたが、(1)最近では、当該箇所の出典を求めて唐・宋の浄土教、禅宗また禅浄双修に関わる文献を跋渉された三角洋一氏や、第二百三十五段を中心に禅学や宋学の影響について論じられた荒木浩氏による、すぐれたご論考(2)がある。稿者は現在、両氏のように本格的な論文を執筆する材料を持ち合わせていないが、稿者なりに『徒然草』と禅宗の接点を模索し、新たに禅思想の影響を見出し得る箇所を、覚書風に指摘してみたい。

一　兼好の「心」観

兼好は「心」そのものを、どのように捉えていたのだろうか――。例えば、『徒然草』[3]第二百三十五段の本文を挙げる（傍線部は私に施した）。

ぬしある家には、すずろなる人、心のままに入り来ることなし。あるじなき所には、道行き人みだりに立ち入り、狐・ふくろふやうの物も、人気にせかれねば、所得顔に入りすみ、木霊など言ふけしからぬかたちも、あらはるるものなり。

また、鏡には色・かたちなき故に、万の影来りてうつる。鏡に色・かたちあらましかば、うつらざらまし。

虚空よく物をいる。我等が心に念々のほしきままに来り浮ぶも心といふもののなきにやあらん。心にぬしあらましかば、胸のうちに、若干《そこばく》のことは入り来たらざらまし。

傍線部に注目すると、「心」というものを十全に把握することは難しいが、兼好は「虚空」の如き、実在的なものとして認識していたようである。禅宗には、「菩提、本より樹無く、明鏡も亦た台に非ず。本来無一物、何れの処にか塵埃を惹かん」という有名なことばがある。禅の六祖慧能（六三八～七一三）の偈で、神秀（？～七〇六）も同時に「身は是れ菩提樹、心は明鏡の台の如し。時時に勤めて払拭し、塵埃を惹かしむること莫れ」という偈を詠じたのだが、五祖の弘忍（六八六～七六一）は、慧能に達磨伝来の袈裟と鉄鉢を譲ったという（『六祖壇経』『景徳伝灯録』『五灯会元』等。なお、両句は『徒然草野槌』下之五六にも引用されている）。大略すると、これこそ悟りというものは元来無く、鏡のように澄んだ明るい心というものもまたありはしない。悟りや明るい心というものは、人が用いた名称に過ぎず、本来そのようなものがあるわけが無い、と述べている。兼好も「心」の実在性は認めているものの、存在的には捉えていない。ちなみに『新纂禅籍目録』によると、『六祖壇経』（別に『法宝壇経』とも言う）

には、鎌倉期の写本（金沢文庫蔵、残欠）、室町期の版本（五山版、恵昕本覆刻、京都興聖寺蔵）、伝道元筆の写本（加賀大乗寺蔵）がある。『景徳伝灯録』には、室町初期の写本（正和二年〔一三一三〕写、宗峰妙超筆、大徳寺蔵）や版本（貞和四年〔一三四八〕建仁寺天潤庵刊、延裕本覆刻、京都大学等蔵）のほかに、椿庭海寿〔一三一八～一四〇一〕による抄物（『（景徳）伝灯録鈔』、駒沢大学蔵）が残っている。『五灯会元』にも、室町初期の版本（五山版）――貞治三年〔一三六四〕建仁寺宗応刊（大東急記念文庫等蔵）・貞治五年刊（積翠文庫蔵）、貞治七年建仁寺霊洞庵宗応刊（岩崎文庫等蔵）のほかに、一山一寧〔一二四七～一三一七〕等による抄物（『五灯会元抄』）が存する。また、三書とも、大道一以が文和二年〔一三五三〕十一月に撰述した『普門院経論章疏語録儒書等目録』（『東福寺誌』所収）に記載されており、当時、かなり流布していたと思われる。

第七十五段から抄出する。

　世にしたがへば、心、外の塵にうばはれてまどひやすく、人にまじはれば、言葉よその聞きに随ひて、さながら心にあらず。人に戯れ、物にあらそひ、一度はうらみ、一度はよろこぶ。そのこと定まれることなし。分別みだりにおこりて、得失やむ時なし。まどひの上に酔へり。酔の中に夢をなす。走りていそがはしく、ほれて忘れたること、人皆かくのごとし。

世間に順応すれば、人間の「心」は、色・声・香・味・触・法の六塵に強く引きつけられて迷いやすく（「情」）、他人と交際すれば、人間の発することばは、他人の聞きに抑制されて、真実の「心」（「性」）を偽ってしまう。すなわち、「人に戯れ、物にあらそひ、一度はうらみ、一度はよろこぶ。そのこと定まれることなし。分別みだりにおこりて、得失やむ時なし」とあるように、人間の「情」は、実相に徹しておらず、境界によって左右されてしまう。兼好はその現象的、相対的なさまを、「惑ひの上に酔へり。酔の中に夢をなす」と形容している。なお、『徒然草諸抄大成』[4]巻之七には、「心、外の塵にうばはれ」に「六祖壇經曰。分㆓別一切法㆒為㆓外塵相㆒　參（參考抄）」という注が付されている。

ところで、この抄出部分には、言わば、兼好の性情論が展開されていると言えよう。ここでは、「性」とは心の本体、「情」とは心の動きという意味で用いている。先に挙げた第二百三十五段を考慮に入れると、兼好は「心」を、作用したり、動いたりしてはじめて、それと意識できるようなものと考えていたのではないだろうか。彼は実生活において、「心」と「性」、「心」と「情」とをそれ程分別していなかったように思われる。第二百十一段から抄出する。

身をも人をも頼まざれば、是なる時は喜び、非なるときは恨みず。左右広ければさはらず。前後遠ければ塞がらず。せばき時はひしげくだく。心を用ゐること少しきにしてきびしき時は、物に逆ひ、争ひて破る。ゆるくしてやはらかなる時は、一毛も損ぜず。

人は天地の霊なり。天地は限る所なし。人の性なんぞことならん。寛大にして極まらざる時は、喜怒これにさはらずして、物のために煩はず。

「万のことは頼むべからず」という一文ではじまるこの章段は、「勢ひ」ある人や「財」多き人、「才」ある人や「徳」ある人、「君の寵」を受ける人や「奴」を従える人、「人の志」を大切にする人や「約」を重んじる人を具体例に出して、それぞれ理由を挙げて「頼む」ことを拒絶する。そして、「身をも人をも頼まざれば、是なる時は喜び、非なるときは恨みず」と続くのであるが、ここで兼好は、相対的な判断に捉われることを斥け、境界の偶発性と、それに対処する主体の一貫性、不動性とを説いているように思われる。また、「人は天地の霊なり。天地は限る所なし。人の性なんぞことならん」とあり、天地の無限性と対応させて、「性」の無限性を説いている。「性」に宇宙全体が包み込まれていると言っても過言ではない。「性」が天地の如く、寛大で際限もなく広く静かな時は、喜びや怒りの「情」に妨げられることも無く、他人のために苦しみの「情」を味わうことも無い。

二　中巌円月『中正子』［性情篇］

さて、兼好の性情に関する考え方は、どのようにして形成されたのだろうか――。兼好と同時代に活躍した禅僧に、中巌円月〔一三〇〇～七五〕がいる。彼の『中正子』[5]十篇のなかには［性情篇］があり、「中正子」「叒華子」という架空の人物にそれぞれ仮託された、中巌と彼の弟子との問答体で構成されている。以下に抜粋する（①～③の番号は私に施した）。

①　中正子居り、叒華子侍す。

中正子曰く、叒、女《なんじ》性情の理を知れりや。

曰く、未だし。敢へて問ふ、何如。

曰く、居れ。吾、女に語らん。楽記に曰く、「人生れて静なるは、天の性なり。物に感じて動くは、情の欲なり」と。中庸に曰く、「天の命ずる、これを性と謂ふ」と。また曰く、「喜怒哀楽の未だ発せざる、これを中と謂ふ。発してみな節に中《あた》る、これを和と謂ふ」と。予をもつてこれを言はば、いはゆる中は静なり。喜怒哀楽の未だ発せざるは、性の本なり。天の命じてこれを稟《う》くるものなり。性の静なるは、天に本づくなり。この性や、霊明沖虚なり。故に覚といふ。喜怒哀楽の発するは情なり。情なるものは人心の欲なり。この情や、蒙鬱闇冒なり。故に不覚といふ。人の性情は、なほ天の四時のごときか。

叒華子曰く、何の謂ぞや。

曰く、四時の行、終りて始めに復し、冬至に周《あまね》し。冬至の月は子に建《さ》す。冬とは終なり。子とは始なり。この月や、動は地中に息《やす》み、商旅行かず、后《きみ》方を省《み》ざるは、すなはち天の静なり。然れども春陽の来り、草木の生ずるも、亦た天の命ずるの性をもつてなり。すでに生ずる者は、必ず長養の道を求む。故に夏の草木の蒙鬱闇冒なるは、天の欲なり。欲の長ずること涯るべからず。故に秋殺の気の、彼の草木の蒙鬱闇冒を撃つは、発して節に中るの義なり。然れども冬の至るや、静にして復す。復はそれ天地の心を見るか。この故に曰く、「人生れて静なるは、天の性なり」と。（下略）

② 中正子曰く、静は性の体なり、常なり。感じて動くは、その用なり、変なり。耳目の官は、物を引いてこれを心府に内《い》る。ここにおいて、その性は感動せざること能はず。ここをもつて、善悪・取舎の欲生じ、苦楽・逆順の情発す。惻隠の仁、羞悪の義は、情の善なるものなり。敓斁の暴、驕佚の邪は、情の悪なるものなり。噍殺・怨懟の音は、情の苦なり。寛胖・綽裕の容は、情の楽なり。（下略）

③ 性の本は静なり。静の体は虚なり。虚なるが故に霊あり。霊なるが故に覚あり。覚なるが故に知あり。知つて物に感ず。感ずれば動く。動けば欲す。欲は量るべからず。欲して得れば喜ぶ。喜べば心平らかなり。心平らかなれば善なり。欲して得ざれば怒る。怒つて度なければ暴悪なり。一喜一怒のもつて善なるべく、もつて悪なるべきは、情の混なり。（下略）

「性」の本体は、喜怒哀楽の発せざる状態、すなわち「静」である。この状態は、天から付与されたもので、「常」であり、「虚」であり、「霊」である。「性」は「霊明沖虚」であるので、「覚」とも言い、この状態で真の「知」が機能する。「心」が物に感じ、「知」が働くと、「善悪取舎の欲」や「苦楽逆順の情」が生まれる。「惻隠の仁」や「羞悪の義」は「情」の善い一面、「敓斁の暴」や「驕佚の邪」は「情」の悪い一面、「噍殺怨懟の音」は「情」の苦しい一面、「寛胖綽裕の容」は「情」の楽しい一面というように、この状態は、様々な価値判断の付加される段階で、「用」であり、「変」である。喜怒哀楽の発した状態である「情」は、「蒙鬱闇冒」としており、それ故に「不覚」とも言う。人間の性情は、自然の運行と相応する面があり、このことは①の文中で論じられている。③の文中には「一喜一怒」とあるが、『徒然草』にも「一度はうらみ、一度はよろこぶ」（第七十五段）や、「是なる時は喜び、非なるときは恨みず」（第二百十一段）とあり、本質的な主体と現象的な客体（存在）とが対置して考えられている。『中正子』の記述は、多分に比喩的であるが、わたくしの思うところ、少し抽象的な物言いではあるが、「性」とは「宇宙全体を進行させ、万物を生成化育するエネルギーのようなもの」、「情」とは「根源的なエネルギーの結晶体のようなもの」であって、このことが自然の運行に重ね合わせて論じられているように思われる。

中巌円月は正安二年（一三〇〇）、鎌倉に生まれた。道号は中巌、法諱は初めは至道、後、円月に改められた。正中二年（一三二五）に渡元し、古林清茂・竺田悟心・東陽徳輝等に参じて、元弘二年（一三三二）に帰国した。ちなみに彼は後年、受業の師である東明慧日（曹洞宗宏智派）ではなく、東陽（臨済宗大慧派）に嗣法したので、宏智派の人々から危害を加えられている。建武元年（一三三四）に円覚寺山内で、前年、後醍醐天皇（一二八八～一三三九）に上表した［原民］［原僧］に引き続き、『中正子』十篇を執筆したという（『仏種慧済禅師中岩月和尚自歴譜』）。彼の『藤陰瑣細集』(6)には、つぎのような文章が見られる。

370　予歸國、撰㆓中正子内外十篇㆒、東白（圓曙）自㆑京回、謂㆑予云、京師或人議論、中正子□《別》*人之作、子竊以為㆑己、予笑而曰、（下略）

蠹損や汚損が甚だしいため、後半部は省略した。これによると、『中正子』は京都で非常に評判になったらしく、中巌の作ではなく、別人――おそらくは元人の作という噂まで流れていたらしい。『中正子』が素晴らしい論文であるからこそ、盗作という中傷が生じたのであろう。そして、中川徳之助氏(7)も指摘されているように、この『中正子』を、兼好もまた、目にする機会があったのではないだろうか。兼好は、この類の話題に敏感だったはずである。内容的に見ても、兼好の性情論と中巌の［性情篇］とは、かなり似通う部分が見受けられる。少なくとも、兼好の性情論形成には、宋学の影響を認めても良いであろう。ちなみに、わが国の禅僧と宋学の関係については、市川本太郎氏『日本儒教史（三）中世篇』（汲古書院、平四）などに詳しい。

三　禅思想影響の可能性

さて、再び『徒然草』第九十三段から抄出する。

また言はく、「されば、人、死を憎まば、生を愛すべし。存命の喜び、日々に楽しまざらんや。愚かなる人、この楽しびを忘れて、いたづがはしく外の楽しびを求め、この財を忘れて、危ふく他の財をむさぼるには、志、満つことなし。生ける間生を楽しまずして、死に臨みて死を恐れば、この理あるべからず。人皆生を楽しまざるは、死を恐れざる故なり。死を恐れざるにはあらず、死の近きことを忘るるなり。もしまた、生死の相にあづからずといはば、実の理を得たりといふべし」と言ふに、人いよいよ嘲る。

商取り引きが行われるはずだった牛が、予定日の前日に急死した。一見すると、買い主に利益があり、売り主に損失があるように思われるが、兼好とおぼしき「かたへなる者」は、売り主が生死を身近な問題として実感することができたことを、何よりも重要視する。彼の力説する様子は、「一日の命、万金よりも重し。牛の値、鵞毛よりも軽し。万金を得て一銭を失はん人、損ありといふべからず」という箇所からも窺うことができよう。結局、彼の論説は、強引で飛躍があるため、皆人から嘲笑されてしまう。ところが、右に引用したように、「かたへなる人」は懲りることなく、繰り返し生死の問題を説くのである。そして、「もしまた、生死の相にあづからずといはば、実の理を得たりといふべし」と力強く演説を締め括ったものの、「人いよいよ嘲る」といった次第であった。

さて、兼好は、「生死の相」（相対的な現象）を超越している人があるならば、その人は「実の理」（絶対的な真理）を悟っていると言える、と述べている。この考え方には、天台本覚思想が投影していると見ることもできようが、稿者はかなり色濃く禅思想が反映しているのではないか、と考えている。例えば道元〔一二〇〇～五三〕の『正法眼蔵』第四・身心学道に、(8)以下のような文章がある。

「生死去来真実人体」といふは、いはゆる生死は凡夫の流転なりといへども、大聖の所脱なり。超凡越聖せん、これを真実体とするのみにあらず。これに二種七種のしなあれど、究尽するに、面々みな生死なるゆへに恐怖《くふ》すべきにあらず。ゆへいかむとなれば、いまだ生をすてざれども、いますでに死をみる。いまだ死をすてざれども、いますでに生をみる。生は死を罣礙するにあらず、死は生を罣礙するにあらず、生死ともに凡夫のしるところにあらず。生は栢樹子のごとし、死は鉄漢のごとし。栢樹はたとひ栢樹に礙せらるとも、生はいまだ死に礙せられざるゆへに学道なり。生は一枚にあらず、死は両疋にあらず。死の生に相対するなし、生の死に相待するなし。

本覚思想と禅思想には、おおいに類似した面がある。試みに岩本裕氏『日本仏教語辞典』（平凡社）を見ると、前者は「煩悩と菩提、生死と涅槃、凡と聖、理（本質）と事（現象）というような二元分別的な考え方を超克して、涅槃即菩提・生死即涅槃という相即不二の説を究極まで追及し、絶対的な一元論の哲学を体系づけたもの」（六六二頁）、後者は「妄想・雑念を去って、心を一つの対象に集中して、真理を探求すること」（四七一頁）と説明してある。『正法眼蔵』第五・即心是仏には、霊知の本性に関して「物は去来し、境は生滅すれども、霊知はつねにありて不変なり。此霊知、ひろく周遍せり」や、「たとひ身相はやぶれぬれども、霊知はやぶれずしていづるなり」「これをほとけともいひ、さとりとも称ず」と言った上で、「これすなわち先尼外道が見なり」として、観念的な理解に陥ってしまうことを斥けており、ここに、いわゆる教宗の「如来禅」に対する、禅宗の「祖師禅」の立処を見ることができよう。伝統的な本覚思想が基底にあったからこそ、新渡の禅宗、禅思想がわが国で速やかに流布したと言えるかも知れない。ここで、いま一度、第九十三段に戻る。「人いよいよ嘲る」という表現は、知識層と想定される『徒然草』の読者を含めて、まだこうした論理に納得しかねる多くの人々の存在を我々に想像させまいか。兼好自身も「もしまた」と述べていることから、その論理に共感しかねるところを残していたのかも知れない。このあたりにも、この論理を支える禅思想の斬新さがあったように思われる。なお、『徒然草諸抄大成』巻之八によると、「志、満つことなし」には「五灯會元八。温州佛目禪師傳曰。人心難レ滿。溪壑易レ塡　參」、「生死の相にあづからず」には「大惠書曰。三祇劫空生死涅槃倶寂静　參」という注が付されている。

第七十五段には、

いまだ誠の道を知らずとも、縁をはなれて身を閑にし、ことにあづからずして心を安くせんこそ、暫く楽しぶとも言ひつべけれ。「生活・人事・伎能・学問等の諸縁をやめよ」とこそ、摩訶止観にも侍れ。

とある。『摩訶止観』[9]は天台宗の根本聖典の一つで、巻第四下に、

第四に、息諸縁務とは、縁務は禅を妨ぐること由来はなはだし、（中略）縁務に四あり。一には生活、二には人事、三には技能、四には学問なり。（下略）

と記されている。「生活」「人事」「伎能」「学問」等の諸縁放下を求めるのは、諸縁が精神の統一を阻害し、「禅」の妨げになるためである。この場合の「禅」とは、教宗の「如来禅」を言うのであろう。第七十五段の「摩訶止観にも侍れ」という一文の助詞「も」に注目すると、兼好は同時に、禅宗の「祖師禅」を想起していた可能性もあるのではないだろうか。また、第百五十七段には、

事・理もとより二つならず。外相もし背かざれば、内証必ず熟す。強ひて不信を言ふべからず。仰ぎてこれをたふとむべし。

とある。「事」（相対的な現象）と「理」（絶対的な真理）とは元来別々のものではなく、一体である。外面に現れる行為（「外相」）が道理に反していないならば、内面の悟り（「内証」）は必ず実現するだろう。この考え方には、明らかに本覚思想か禅思想が影響していると思われる。同じ章段中に「縄床」「禅定」という語が用いられていたり、「もとより」ということばに注目すると、新しい禅思想の影響のようにも思われる。

おわりに

従来、兼好と禅宗の関係については、入宋経験を持ち、那蘭陀寺を建立した禅僧、道眼上人の談義を聴聞したこと（第百七十九段・第二百三十八段）、山城国山科小野庄内の名田を南浦紹明（円通大応国師、一二三五〜一三〇八）の塔頭に売り寄進したこと（『大徳寺文書』）などが指摘されている。また、『徒然草』と禅宗の関係については、一部の禅的表現や、思想面や文体面において『臨済録』『正法眼蔵随聞記』と類似する箇所があることなどが指摘されている[10]。が、概して、禅宗は『徒然草』にあまり影響を与えていないと解されてきたようである。本節では、兼好の「心」と、そこに生起した考えのなかに禅思想の影響を指摘してみた。さらに追跡調査を要する箇所が多々あるとは思うが、現在でもその麓の長泉寺に兼好の墓と歌碑が残っている双ケ岡（右京区御室）や、『徒然草』の中で度々話題にのぼる仁和寺（右京区御室大内）の近くに、臨済宗妙心寺派の大本山である妙心寺（右京区花園妙心寺町）があることなどを勘案すると、その当時においても兼好の思想に、ある程度、禅思想の影響を認めても良いのではないだろうか。

注

（1）福田秀一氏『中世文学論考』（明治書院、昭五〇）・「第三篇　徒然草」・「第三章　徒然草の出典と源泉」等。
（2）三角洋一氏「『徒然草』の故事・詩話・諺と唐・宋仏教」（『説話論集　第十三集　中国と日本の説話Ⅰ』所収、清文堂、平一五）、荒木浩氏「徒然草の「心」」（『国語国文』第六十三巻第一号、平六・一。後に『徒然草への途——中世びとの心とことば』〈勉誠出版、平二八〉に再収）。
（3）引用は、烏丸光広本（慶長十八年刊古活字版、宮内庁書陵部蔵本）を底本に据えた稲田利徳氏『徒然草』（古典名作リーディング4、貴重本刊行会、平一三）による。以下同じ。
（4）引用は「徒然草古注釈大成」所収本による。
（5）引用は、日本思想大系16『中世禪家の思想』（岩波書店、昭四七）所収の「中正子」（入矢義高氏校注）による。
（6）引用は『五山文学新集』第四巻による。返り点は私に施した。なお、《　》内は、底本と法常寺本との異同を示し、明らかに底本の文字よりすぐれて採るべきものには、＊印を付している。また、（　）内は、法諱を示す。
（7）中川徳之助氏『兼好の人と思想』（古川書房、昭五〇）、一八七頁。
（8）引用は岩波思想大系本による。以下同じ。
（9）引用は岩波文庫本による。
（10）『日本文学研究資料叢書　方丈記・徒然草』（有精堂、昭四六）の小松操氏の解説〈徒然草の思想〉に詳しい。

第五章　関連資料寸見——解説と翻刻——

第一節　国立国会図書館蔵 鶚軒文庫本『翰林五鳳集』巻第十の本文（翻刻）

緒言

『翰林五鳳集』（以下、『五鳳集』と略す）の伝本については、『国書総目録』や「大日本仏教全書」（以下、「仏教全書」本と略す）の解題（玉村竹二氏執筆）によると、国会図書館蔵の三本――①相国寺雲興軒旧蔵本（全二〇冊）・②鶚軒文庫本（全三四冊）・③端本（五冊）、内閣文庫蔵の二本――④旧修史館本（全三六冊）・⑤和学講談所本（全一六冊）、⑥前田育徳会尊経閣文庫本（全二〇冊）、⑦宮内庁書陵部本（全一四冊）、⑧京都府立総合資料館（現 京都府立京都学・歴彩館）本（全一一冊）、⑨高木文庫本（五冊）が報告されている（①～⑨の番号は、私に施した。また、③と⑨は、実は同一本）。

そして、これらのうち、玉村氏が指摘されるように、①が最も古い伝本であり、「大日本仏教全書」本の底本であることに異論はないが、稿者は調査を進めるうちに、「仏教全書」本の①とは本文系統の異なる、②や④や⑤の存在に気が付いた。特に巻第十の異同は甚だしく、本節では、②の鶚軒文庫本を翻刻してみたい。鶚軒文庫とは、明治・大正時代随一の皮膚科の泰斗土肥慶蔵（鶚軒）氏の旧蔵本で、氏の没後、三井文庫を経て、国会図書館に所蔵された。参考までに、拙稿「『翰林五鳳集』の伝本について」（『汲古』第五十三号所収。→第四章第六節参照）の「三、「大日本仏教全書」本と鶚軒文庫本の比較」に掲げた対照表における、巻第十の備考欄から引用する。

鶚13の長序は、巻端に記す（**仏**は略す）。**鶚**104の左注には「此二詩以別本考加」とあり、105から試筆和分韻となる。東韻は105～172、冬韻は173～180、江韻は181、支韻は182～251。なお、この部分に相応する箇所は、**仏**には無い。

鶚軒文庫本の巻第十は、試筆（1～104）と試筆和分韻（105～251）から成るが、特に後者に関しては、相応する部分が①には無く、同本を翻刻した、『五鳳集』唯一の翻刻本である「仏教全書」本にも見当たらない。したがって、本翻刻の資料的価値は、極めて高いと確信する。

巻第十を含む冊の書誌は、以下の通りである。薄墨色の表紙に題簽は無く、左肩に直接、「翰林五鳳集　九十」と書き込まれている。また、表紙の右上、見返しの右上、奥書の左上に、鶚軒文庫のシールが貼付され、書冊自体の大きさは二六・八×二〇・五センチメートルである。内題（端作題）は「翰林五鳳集巻第九」、第二六丁表には「翰林五鳳集巻第十」とあり、第一丁表には「國立國會圖書館」「靖齋藏書之記」の朱印がある。本冊の紙数は、巻第九が二四丁、巻第十が三〇丁、計五四丁である。本文は半葉一一行二一字。朱点、朱引きはある。

翻刻

一、国会図書館蔵鶚軒文庫本『翰林五鳳集』の巻第十の試筆（1～104）と試筆和分韻（105～251）を翻刻する。その際、参考までに、現在最も流布している「大日本仏教全書」本の本文を、上段に掲げた。

一、底本に使用された古体・異体・略体等の文字は、なるべく正体もしくは通行の字体に改めた。なお、翻刻に際して、句切れを示す句点は付さなかった。

一、行は送らず、原本の丁移りを示すために、一紙の表の末尾に」印を、裏の末尾に』印を付した。

一、詩の番号は、私に施した。また、「仏教全書」本の傍線部は異同箇所を、底本の★印は「仏教全書」本に見当たらない詩を示す。

「大日本仏教全書」本

（13番詩の略長序）

鶚軒文庫本

●予七歳之秋出播入洛十歳佛降誕之日備駆烏之役以隷名東山古刹也中間三十七年毎王正未嘗不在東山也前年乙亥之乱京師燬于兵群緇星散或踏《陥平》賊或逢刑独菴中之徒無恙應仁二祀歳次戊子三元之日諸徒團欒各致祝詞予援筆書曰今年人是旧年人珎重千金各保身只願山林無一事看花共樂太平春於是東山諸友和者数十章實乱理樂叓也及九月之季発京寓播之班鳩村閏十月又奔京臘之二十四日再至播元日猶在班鳩村也播雖旧梓離郷者日久矣無一人可記面者献鶏旦之祝者村僧野氓而已也」25オ予竊追憶帝都。物繁華以試凍毫云。

」25ウ

翰林五鳳集巻第十

試筆

1五十寧非富貴身。詩窮未歇又青春。滿窻柳日禽聲
底。吟破新正一兩晨。丙辰端月二日午窻試筆
南江

2四十殘生一又加。好修隣好接村家。籬邊不問有梅
否。欲趁春晴種菜花。庚子元日試兎。
村庵

3風塵遮莫未平除。村酒迎春一醉餘。睡味只如堯舜
日。傍花茅舎負暄初。元日口號三首
同

4豆飯菜羮常飽睡。酒甌茶鼎又清吟。杜門不識世興
廢。花竹繞村茅舍深。同
同

5賀春無客過山房。雪擁墻陰霜滿床。官柳定應今歳

翰林五鳳集巻第十

試筆

1五十寧非冨貴身　詩窮未歇又青春　滿窓柳日禽
声底　吟破新正一兩晨　丙辰端月二日午窓試筆
南江

2四十残生一又加　好修隣好接村家　籬邊不向有
梅否　欲趁春晴種菜花　庚子元日試兎
村庵

3風塵遮莫未平除　村酒迎春一酔餘　睡味只如尭
舜日　傍花茅舎負暄初　元日口號三首
同

4豆飯菜羮常飽睡　酒甌既茶鼎又清吟　杜門不識
世興癈　花竹繞村茅舍深　同
同

5賀春無客過山房　雪擁墻陰霜滿床　官柳定應今

色。野梅猶是去年香。又　同
6 農甫翁々新好明。春初迎咲祝年登。青衿輩下探花
使。白髪爐頭煨芋僧。癸卯元日　同
7 閑坐擁雲何用眠。只須花夕酔春天。今朝屈指三十
九。四十未盈猶壮年。壬戌試筆　同
8 行年四十鬢蕭疎。暮景飛騰懶讀書。有興卽吟無興
睡。一簾花影日長初。癸亥元旦試筆　同
9 春入池塘草色鮮。新看詩語染華牋。玉昆最羨如康
樂。金第何曾諳惠連。試筆此時法兄南溪共在京師　同
10 飯後負暄書院南。随分春色自堪甘。風花雪月無遺
恨。倒用横拈七十三。甲子年首口號　琴叔
11 白頭要見太平時。十載青春亂裡移。臘雪定應農事
早。好銷兵器作鋤犂。試筆文明丁酉　天隠

歳色」26オ　野梅猶是去年香　又　同
6 農甫翁々新好朋　春初迎咲祝年登　青衿輩下探
花使　白髪炉頭煨芋僧　癸卯元日　同
7 閑坐擁雲何用眠　只須花夕酔春天　今朝屈指三
十九　四十未盈猶壮年　壬戌試筆　同
8 行年四十鬢蕭疎　暮景飛騰懶讀書　有興即吟無
興睡　一簾花影日長初　癸亥元旦試筆　同
9 春入池塘草色鮮　新看詩語染華牋　玉昆最羨如
康樂　金第何曽諳惠連　試筆此時法兄南溪共在京師　同
10 飯後負暄書院南　随分春色自堪甘　風花雪月無
遺恨　倒用横拈七十三　甲子年首口號　琴叔」26ウ
11 白頭要見太平時　十載青春乱裡移　臘雪定應農
叓早　好銷兵器作鋤犂　試筆文明丁酉　天隠

12新年人是舊年人。珍重千金各保身。只願山林無一
事。看花共樂太平春。同　同
13帝里逢春四十霜。未嘗一日在殊方。荊扉竹屋村梅
雪。遙望東山却故鄕。略長序　同
14桃李春風度鯉庭。和鶯吹落讀殘經。非無同隊一龍
志。挑盡燈窻雪後青。試筆代龍子　宜竹
15晉帖唐詩讀且臨。春風花鳥愜人心。開端先喜閏年
曆。添得窻前一月陰。又丁未正月代朝公　同
16紫陌鷄鳴紅日高。詩成春色在揮毫。晴窓滴落硯池
水。激起詞源三峽濤。又代朝童丙午正月　同
17出花宮漏夢初回。已覺春風遍九垓。窻下展書先一
笑。小鶯來上硯池梅。又代現子 丙午稿　彦龍

12新年人是旧年人　珍重千金各保身　只願山林無
一吏　看花共樂太平春　同　同
13●帝里逢春四十霜　未嘗一日在殊方　荊扉竹屋村
梅雪　遙望東山却故郷　■■■(三字分塗抹)長序記于巻端
同
14桃李春風度鯉庭　和鶯吹落讀残經　非無同隊一
竜志　挑尽灯窓雪後青　試筆代竜子　宜竹
15晉帖唐詩讀且臨　春風花鳥愜人心　開端先喜閏
年暦　添得窓前一月陰　又丁未正月代朝公　同
16紫陌鷄鳴紅日高　詩成春色在揮毫　晴窓滴落硯
池水」27オ　激起詞源三峽濤　又代朝童丙午正月　同
17出花宮漏夢初回　已覚春風遍九垓　窓下展書先
一笑　小鶯来上硯池梅　又代現子 丙午■藁　彦竜

18化國日長春到初。燕吟鶯語一窻書。花如人面帶紅
咲。柳與我眉添綠舒。又代豊子　同

19最先春屬讀書窻。成柳成花無等雙。一片氷消硯池
水。波瀾陸海又潘江。又代琢子　同

20鶯語初成鶯亦歌。陶泓蘸筆覺微和。九州四海人皆
喜。風不鳴條水不波。又代盛子　同

21門前車馬賀新正。成柳成花春滿城。曉日隔窻聞好
語。太平有象一聲鶯。又代江州人　同

22將軍汗馬息邊塵。塞外關中從此春。箙矢弢弓無一
事。太平花對太平人。又代琢子　同

試筆辛亥正代昭子　同

18化國日長春到初　燕吟鶯語一窓書　花如人面帯
紅咲　柳与我眉添緑舒　又代豊子　同

19最先春属讀書窓　成柳成花無等双　一片氷消硯
池水　波瀾陸海又潘江　又代琢子　同

20鶯《学イ》語初成鶯亦歌　陶泓蘸。《筆》覚微和　九州四海人
皆喜　風不鳴條水不波　又代盛子　同

21門前車馬賀新正　成柳成花春滿城　曉日隔窓聞
好語　太平有象一声鶯　又代■■璇子　同

★22曉日黄鸝一曲間　将軍迎歳凱歌還　金狨繋馬江
邊柳』27ウ　風不揚波春水閑　又江州人

23將軍汗馬息邊塵　塞外関中從此春　箙矢弢弓無
一吏　太平花對太平人　又代琢子　同

試筆辛亥正代昭子　同

23白雲白何在。青山青又新。百花呈萬福。一鳥報千
春。
同代琢子　同
24曉日浴陶泓。春風入管城。書宜招月讀。句每遇花
成。
25歳旦迎來□獻觴。師翁萬福又千祥。春風得意々吾
馬。一日欲看花洛陽。瑞壽僧童試毫　惟　高
26不數階蓂記歳時。山中寒盡有梅枝。者希加五老無
補。白髪蒼顏愧愁遺。試筆天文廿三甲寅代某人　同
27開歳三元萬物新。面皮依舊黒皺皺。愁遺野老慚無
補。七十四年尸祿身。又　同
28幼學隨師入室來。迎正獻壽寔時哉。硯池涵育春如
海。智惠花從筆下開。又代瑞壽僧童　同

24白雲白何在　青山青又新　百花呈万福　一鳥報
千春
同代琢子　同
25曉日浴陶泓　春風入管城　書宜招月讀　句每遇
花成
26歳旦迎来　献觴　師翁万福又千祥　春風得意々
吾馬　一日欲看花洛陽　瑞壽僧童試毫　惟高
27不数堦蓂記歳時　山中寒尽有梅枝　者希加五老
無補　白髪蒼顔愧●愁 愁ハ俗字遺　試筆天文廿三甲寅代某人
同
28開歳三元万物新　面皮依旧黒皺皺　愁遺野老慚
無補」28オ　七十四年尸禄身　又　同
29幼学随師入室来　迎正献壽寔時哉　硯池涵育春
如海　智恵花従筆下開　又代瑞壽僧童　同

29東皇昨夜駕新回。御柳何唯眉漸開。忽被雛鶯呼萬
歳。祝香燒雪一枝梅。又代人　驢雪
30聖之和者起東方。紫燕黄鸝來待|床。萬物雖新還未
信。梅花猶有去年香。又　同
31昨雪吹殘今日梅。新年何物不詩材。黄鶯傳去東君
詔。鴈爲之歸燕欲來。又代人　同
32元日題詩試管城。千山從此雪初晴。東君付我新年
賜。處々梅花處々鶯。又同　同
33無雨無風雪亦微。新春如此古來稀。雛鶯未出志先
大。千萬里花唯一花。又同　同
34太平有待父兄還。和氣藹然春日閑。不啻門欄|多喜
色。鳥歌花舞萬年山。又代宗省　仁如
35青馭回時萬物新。燕鶯演史又談論。書窻花鳥我吟

30東皇昨夜駕新回　御柳何唯眉漸開　忽被雛鶯呼
万歳　祝香焼雪一枝梅　又代人　馿雪
31聖之和者起東方　紫燕黄鸝来侍床　万物雖新還
未信　梅花猶有去年香　又　同
32昨雪吹残今日梅　新年何物不詩材　黄鶯傳去東
君詔　鴈為之帰燕欲来　又代人　同
33元日題詩試管城　千山従此雪初晴　東君付我新
年賜　処々梅花処々鶯　又同　同　』28ウ
34無雨無風雪亦微　新春如此古来稀　雛鶯未出志
先大　千万里花唯一花　又同　同
35太平有待父兄還　和氣藹然春日閑　不啻門闌多
喜色　鳥歌花舞万年山　又代宗省　仁如
36青馭回時万物新　燕鶯演史又談論　書窓花鳥我

友。驅入毫端天下春。又三朔晨代集|　同

36元旦題詩祝太平。一團和氣滿春城。法華鶯與魯論燕。永日窻閑學語聲。又　同

37新題試筆小窻檽。復|讀唐詩課梵經。輦寺三回賀正再。萬年山裏祝遐齡。又　同

38共賞新正詩一篇。無端春至百花前。身如燕子誦論語。時習儒童志學年。又代宗永　同

39都門遙望隔紅霞。客舍迎正情更加。一樣春風寧易地。他鄉花亦故園花。又代宗賢|　同

40學語小鶯喬木遷。奏春光好賞新年。此聲飜作太平曲。共聽花時郎罷前。又代宗省　同

41造次於詩顚沛詩。吟遊最是與春宜。從今燕日勵勳業。勤學堂前雪盡時。又代友公　江西

吟友　駆入毫端天下春　又三朔晨代集桐　同

37元旦題詩祝太平　一團和氣満春城　法華鶯與魯論燕　永日窓閑学語声　又　同

38新題試筆小窓檽　後讀唐詩課梵經　輦寺三回賀正再　万年山裏祝遐齡　又　同

39共賞新正詩一篇　無端春至百花前　身如燕子誦論語」29オ　時習儒童志学年　又代宗永　同

40都門遥望隔紅霞　客舍迎正情更加　一様春風寧易地　他郷花亦故園花　又代宗■省　同

41学語小鶯喬木迁　奏春光好賞新年　此声飜作太平曲　共聴花時郎罷前　又代宗省　同

○○此間二首脱詩有之加于末

42造次於詩顛沛詩　吟遊最是與春宜　從今燕日勵勳業　勤学堂前雪尽時　又代友公　江西

42相期海晏又河清。一陣春風入管城。諸將征南今報
捷。鶯歌飜作凱歌聲。又　同
43三元下降雪融時。仰祝師翁以小詩。今歳弱齢雖志
學。愧吾勳業著鞭遲。又代喜　同
44千紅萬紫逐時香。揮筆春風吟興長。鳥自歡聲花喜
色。東君無處不恩光。又代童　同
45知是新春勝故年。花開燕外又鶯邊。唯爲君恩多雨
露。朝無棄物野無賢。又代善叔少|　同
46春日煕々雪盡時。無人不道賦新詩。東風寄我登科
信。正月木犀紅一枝。又　同
47東風揮筆氣如霞。吟取青春入碧紗。遮莫兩郷千里
隔。洛園花勝故園花。又　策彦
48日曆開端紀太平。叢規隨例祝新正。惠林有箇少林

43相期海晏又河清　一陣春風入管城　諸將征南今
報捷　鶯歌飜作凱歌声　又　同
44三元下降雪融時　仰祝師翁以小詩　今歳弱齢雖
志学　愧吾勲業著鞭遅　又代喜　同」29ウ
45千紅万紫逐時香　揮筆春風吟興長　鳥自歡声花
喜色　東君無処不恩光　又代童　同
46知是新春勝故年　花開燕外又鶯邊　唯為君恩多
雨露　朝無棄物野無賢　又代善叔少年　同
47春日凞々雪尽時　無人不道賦新詩　東風寄我登
科信　正月木犀紅一枝　又　同
48東風揮筆氣如霞　吟取青春入碧紗　遮莫兩郷千
里隔　洛園花勝故園花　又　策彦
49日暦開端紀太平　叢規随例祝新正　恵林有ケ少

笛。吹起萬年勸舊聲。又　同

49紫詔曾無紫鳳傳。何時啣得落吾前。東風吹斷朝天夢。更使新愁勝故年。試春　同

50人生易老柰年流。秉燭春來須夜遊。欲逐鴆班進無路。扁舟去伴五湖鷗。又代祝英　春澤

51支枕床頭飽看山。柴門流水絶人間。喚醒春草池塘夢。花外提壺忙了閑。又代玩隱　同

52書學柳家新様加。芳聲美譽手難遮。若非坡老有誰識。紅早藏春塢裡花。永源玉峰少年試筆有藏春軒　同

53無聽鷄人報曉籌。木魚鼓板響僧樓。相逢莫怪不相揖。我已白頭公黒頭。試穎　同

林笛　吹起万年勧旧声　又　同

50紫詔曽無紫鳳傳　何時啣得落吾前　東風吹断朝天夢」30オ　更使新愁勝故年　試春　同

51人生易老柰年流　秉燭春来須夜遊　欲逐鴆斑進無路　扁舟去伴五湖鴎　又代祝英　春沢

52支枕床頭飽看山　柴門流水絶人間　喚醒春草池塘夢　花外提嚢《壷》忙了閑　又代玩隠　同

53書学柳家新様加　芳声美誉手難遮　若非坡老有誰識　紅早蔵春塢裡花　同

永源玉峯少年試筆有蔵春軒

54無聴鶏人報暁籌　木魚鼓板響僧楼　相逢莫怪不相揖　我已白頭公黒頭　試頴　同

54鷄狗猪羊次第加。老郷五十二生涯。満山風雪馬蹄
晩。何看長安一日花。王正第四　同
55今是始知皆昨非。醉吟須典宿花衣。年過五十又添
五。酒債尋常似者稀。試穎　同
56逢春不用嘆華年。緩々曳笻尋老禪。茗椀藥爐眞活
計。破蒲團上背花眠。又　同
57鷄狗已過猪又臻。白頭驚看隙駒頻。半醒半醉樊川
子。禪榻徒遊三日春。又　同
58過眼隙駒争得遮。毎春白髪幾重加。愧吾形似老梅
樹。未到人辰落盡花。王正第四　同
59三陽交泰建寅初。屈指今朝鷄狗猪。萬歳無心齢半
百。對花一枕黒甜餘。試穎　同
60湖上新正風雪天。短蓑破笠又經年。野僧不識世間

55鶏狗猪羊次第加　老郷五十二生涯　満山風雪馬
蹄晩」30ウ　何看長安一日花　王正第四　同
56今是始知皆昨非　酔吟須典宿花衣　年過五十又
添五　酒債尋常似者稀　試頴　同
57逢春不用嘆華年　緩々曳笻尋老禅　茗椀薬炉真
活計　破蒲團上背花眠　又　同
58鶏狗已過猪又臻　白頭驚看隙駒頻　半醒半酔樊
川子　禅榻徒遊三日春　又　同
59過眼隙駒争得遮　毎春白髪幾重加　愧吾形似老
梅樹　未到人辰落尽花　王正第四　同
60三陽交泰建寅初　屈指今朝鶏狗猪　万歳無心齢
半百　對花一枕黒甜餘　試頴　同」31オ
61湖上新正風雪天　短蓑破笠又經年　野僧不識世

事。煨芋爐邊伸脚眠。戊辰歳首試筆於江州勝樂寺　熙　春

61四十人生鬢雪加。飛騰從此日西斜。桃紅李白雖春遍。身似病梅癯不花。元旦口號　同

62人生半百二三加。髩髮吹霜眼帶霞。野衲不知殺風景。對花半百二三加。癸亥年春初口號　同

63舊時五十七涪翁。今歳於吾甲子同。|重詠先生丁卯雪。太平春屬半盃中。丁卯歳春初口號　同

老杜詩云。人生七十古來稀。僕是歳齡盈者希。豈無感于懷乎。仍題試春之口號。索傍觀之咲云。

64人生七十馬牛風。多在東漂西泊中。不言今年老將至。半盃蕉葉使顏紅。　同

65到處有花京洛春。東遊千里影隨身。二年斯地解鞍馬。從此青山我故人。試筆於足利　同

間支　煨芋炉邊伸脚眠　戊辰歳首試筆於江州勝樂寺
凞春

62四十人生鬢雪加　飛騰從此日西斜　桃紅李白雖
春遍　身似病梅癯不花　元旦口號　同

63人生半百二三加　髩髮吹霜眼帯霞　野衲不知殺
風景　對花半百二三加　癸亥年春初口號　同

64旧時五十七涪翁　今歳於吾甲子同　童詠先生丁
卯雪　太平春属半盃中　丁卯歳仝　同

老杜詩云人生七十古来稀僕是歳齡盈者希豈
無感于懷乎仍題試春之口號索傍觀之咲云

65人生七十馬牛風　多在東漂西泊中　不言今年老
將至』31ウ　半盃蕉葉使顏紅　同

66到処有花京洛春　東遊千里影随身　二年斯地解
鞍馬　從此青山我故人　試筆於足利　同

66人生四十又三年。事々回頭劒去船。天下太平吾有
象。飢來喫飯困來眠。又　同

67華年加一老生涯。南去北來雙鬢絲。雪裏江頭眞富
貴。白銀世界碧瑠璃。又（六十一歳）　同

68年去年來兩鬢霜。鳥聲午靜睡岩房。松風一鼎茶當
酒。試見人間如醒狂。又（癸酉歳）　同

69家隔江湖萬里天。遙望都下賀新年。咲言我有太平
象。曝背茅簷一醉眠。又　同

70湖上新正風雪時。山桃野杏放江▮遲。若逢洛客吾何
面。春夜有花無一詩。又（代陸▮）　同

71淑氣新時梅未紅。今年成客五湖東。吾家別有醍醐
味。九十青春入睡濃。又（代忠醍醐人事）　同

72春入毫端業日新。從之一氣轉洪鈞。黃鶯出谷爲如

67人生四十又三年　吏々回頭剣去舩　天下太平吾
有象　飢来喫飯困来眠　又　同

68華年加一老生涯　南去北来双鬢絲　雪裏江頭真
冨貴　白銀世界碧瑠璃　又（六十一歳）　同

69年去年来兩鬢霜　鳥声午静睡岩房　松風一鼎茶
當酒　試見人間如醒狂　又（癸酉歳）　同

70家隔江湖万里天　遥望都下賀新年　咲言我有太
平象　曝背茅簷一酔眠　又　同　」32オ

71湖上新正風雪時　山桃野杏放紅遅　若逢洛客吾
何面　春夜有花無一詩　又（代■隆）　同

72淑氣新時梅未紅　今年成客五湖東　吾家別有醍
醐味　九十青春入睡濃　又（代忠醍醐人吏）　同

73春入毫端業日新　從之一氣轉洪鈞　黃鶯出谷為

語。若不言詩花亦塵。又（代眞童。天正十癸未）　同
73一夜東風入紫潭。學詩何日到周南。古來春色有高
下。王勃十三吾十三。又（代珊喝）　同
74初來湖上遇新正。水色山光勝洛城。花柳無私王化
裏。時聞黄鳥喝昇平。又（代玄貞）　同
75餘寒吹霽曉鶯邊。梅柳爭先春色鮮。事業未成花亦
咲。十三王勃我同年。又（代玄貞。天正十二）　同
76官梅御柳欲春初。先問黄鶯催起居。忽遇新正慚業
拙。案頭猶有讀殘書。又（代貞）　同
77三五年加志學辰。愧吾執筆未傳神。朝來花亦日新
業。燕語鶯吟德有隣。又（代貞喝）　同
78東風昨夜入文房。梢覺讀書清晝長。春到鶯邊吟不
盡。紅南紫北一般香。又（代偲君）　同

如語　若不言詩花亦塵　又（代真童 貞　天正十癸未）　同
74一夜東風入紫潭　学詩何日到周南　古来春色有
高下　王勃十三吾十三　又（代珊喝）　同
75初来湖上遇新正　水色山光勝洛城　花柳無私王
化裏　時聞黄鳥唱昇平　又（代玄貞）　同
76餘寒吹霽暁鶯邊　梅柳先争春色鮮　吏業未成花
亦咲』32ウ　十三王勃我同年　又（代玄貞　天正十二）　同
77官梅御柳欲春初　先問黄鶯催起居　忽遇新正慚
業拙　案頭猶有讀残書　又（代貞）　同
78三五年加志学辰　愧吾執筆未傳神　朝来花亦日
新業　燕語鶯吟徳有隣　又（代貞喝）　同
79東風昨夜入文房　稍覚讀書清昼長　春到鶯邊吟
不尽　紅南紫北一般香　又（代偲君）　同

79八十三翁逢歳新。頭顱吹雪不知春。一爐柴火半升
水。百萬何須去買隣。又癸巳在南昌院越年　同

80老去騷遊我豈關。鶯花閑却病床間。朝來先爲國家
祝。天下蒼生安泰山。又天正辰歳　同

81八十人生又一年。飄々行李任天然。誰知貧道又誇
富。黄葉如金苔似錢。又天正十九辛卯歳　同

82九十韶光入客衣。偶逢新歳思依々。春來有待關山
路。梅未飛先須早歸。又代澤君　同

83遊樂何人得立身。從師學道好千（遷イ）隣。唔咿聲渡松窻
下。鶯亦春來擇處仁。又代英君　同

84志學年加學未成。豈圖湖上遇新正。傳聞洛社兵塵
暗。憑仗黄鶯歌太平。又代珊喝　同

85三陽交泰轉洪鈞。夜雨朝晴鳥語新。今日東君後君

80八十三翁逢歳新　頭顱吹雪不知春　一炉柴火半
升水　百万何須去買隣　又癸已在南昌院越年　同

81老去騒遊我豈関　鶯花閑却病床間　朝来先爲國
家祝　天下蒼生安泰山　又天正辰歳　同　」33オ

82八十人生又一年　飄々行李任天然　誰知貧道又
誇富　黄葉如金苔似銭　又天正十九年辛卯歳　同

83九十韶光入客衣　偶逢新歳思依々　春来有待聞（関）
山路　梅未飛先須早帰　又代澤君　同

84遊樂何人得立身　從師学道好迁隣　唔咿声渡松
窓下　鶯亦春来択処仁　又代英君　同

85志学年加学未成　豈圖湖上遇新正　傳聞洛社兵
塵暗　憑仗黄鶯歌太平　又代珊喝　同

86三陽交泰轉洪鈞　夜雨朝晴鳥語新　今日東君後

子。野梅先進舊年春。又　英甫
86面瘦江州郡吏賓。類吾四十四回春。鬂端亦慣暦端
日。歳々年々白髪新。又　同
87朝日和霞異臘天。江山消雪小窻前。莫言春色無高
下。不到殘僧霜鬂邊。又　同
88舊歳迎春暖未些。簷前何日見添花。始知昨夜東風
起。凍雨霏々半作霞。又　同
89擧世皆言迎令辰。霜辛雪苦奈斯身。今朝試屈指頭
看。一夢東山三十春。又　同
90今歳群花開可晩。滿城積雪尚如冬。朝來只欲續殘
夢。三請黃鸝起臥龍。又　同
91樂天四十六新正。嗜酒賦詩慰老生。今我同中還有
異。未曾一醉臥江城。又（我今四十六衰醉臥江城樂天）　同

君子　野梅先進旧年春　又　英甫
87面瘦江州郡吏賓　類吾四十四回春　鬂端亦慣暦
端日」33ウ　歳々年々白髪新　又　同
88朝日和霞異臘天　江山消雪小窓前　莫言春色無
高下　不到残僧霜鬂邊　又　同
89旧歳迎春暖未些　簷前何日見添花　始知昨夜東
風起　凍雨霏々半作霞　又　同
90挙世皆言迎令辰　霜辛雪苦柰斯身　今朝試屈指
頭看　一夢東山三十春　又　同
91今歳群花開可晩　滿城積雪尚如冬　朝来只欲續
残夢　三請黃鸝起臥龍　又　同
92樂天四十六新正　嗜酒賦詩慰老生　今我同中還
有異　未曽一酔臥江城　又（我今四十六衰酔臥江城　樂天）　同

92 豈料千寒萬凍身。又逢歳月日星新。群山假使雪相覆。靄氣溫然別是春。又　同

93 數日臘天雖報晴。雪殘幽谷未聽鶯。檐前昨夜東風暖。都入閑窻作雨聲。又二首　同

94 冬過春現似拋梭。預恐來年老色加。二十四番風在下。梅花未覺鬢先花。又　同

天正歳舍戊寅鷄旦試觚之次。賦野詩一章。此述卑臆云。

95 萬戸祝春斟綠醅。殘僧獨醒擧茶盃。愧吾門巷背春寂。去歳來人今不來。

96 爛柴一辨祝初元。四七二三穿鼻根。紅日掛天圓照道。春行大地盡乾坤。試穎天正甲戌二首　同

同」34オ

93 豈料千寒万凍身　又逢歳月日星新　群山假使雪相覆　靄氣温然別是春　又　同

94 数日臘天雖報晴　雪残幽谷未聽鶯　檐前昨夜東風暖　都入閑窓作雨声　又　同

95 冬過春現似抛梭　預恐来年老色加　二十四番風在下　梅花未覚鬢先花　又　同

天正歳舎戊寅鶏旦試觚之次賦野詩一章此述卑臆云

96 万戸祝春斟緑醅　残僧独醒挙茶盃　愧吾門巷背春寂　去歳来人今不来

97 爛柴一辨祝初元　四七二三穿鼻根　紅日掛天圓照道』34ウ　春行大地尽乾坤　試頴天正甲戌二首　同

97日月星辰不駐蹤。逢春亦是所情鍾。人磨凍硯試揮筆。我擁寒衾數曉鐘。又　同

98飽擧壽盃顔色紅。諸徒相對笑春風。黄鶯一曲先如賀。始迎東君新築中。又不二再造年　集雲

99何道寒梅春到遲。今朝先有暗香來。番風緩度花天下。可貴東君捴不私。又　同

100鷄旦猶欣吟興加。庭前無處不銀沙。早春景似晩春景。微雪看來滿地花。又　同

試筆　策彦

101周道中興日。夏正三統春。自然知閏曆。紅入牡丹新。

翰林五鳳集巻第十終

98日月星辰不駐蹤　逢春亦是所情鍾　人磨凍硯試揮筆　我擁寒衾数暁鐘　又　同

99飽挙壽盃顔色紅　諸徒相對笑春風　黄鶯一曲先如賀　始迎東君新築中　又不二再造年　集雲

100何道寒梅春到遅　今朝先有暗香来　番風緩度花天下　可貴東君捴不私　又　同

101鷄旦猶欣吟興加　庭前無処不銀沙　早春景似晩春景　微雪看来満地花　又　同

試筆　策彦

102周道中興日　夏正三統春　自然知閏暦　紅入牡丹新」35オ

★103。元旦揮毫詩一篇　燕吟鶯語囀花前　自今尤可励勲業　先聖曾言志学年　同代集桐　同

★104。満城無處不春風　燕朶鶯梢共着紅　秉造化權歸
掌握　百花富貴屬吾翁　同（代宗賢）　同
此二詩以別本考加
」35ウ

試筆和分韻

東

★105風流玉府少年中　献歳試詩君獨工　知為新郎春
亦早　曲江人日杏花紅　和伯成年少春首韻　江西

★106浪迹殊方西又東　玄都桃蕚幾回紅　美人一曲芳
春調　誇■與吟翁白髪風　和一岳年少詩毫韻　同

★107嬾日柔風麗景濃　四時莫若一春融　勧君火急辨
行樂　鳥喚花驚一夢中　和養吾試毫韻　同

★108金碧樓臺照半空　人如玉樹倚清風　謭才莫咲攀
高韻　嚴武編詩杜集中　次韻季才《秀平》　瑞岩

★109美人和氣似春風　到處相看襟宇融　孔[redacted]《李通》家有
恩舊」37オ　一譚來對夜燈紅　次韻天章　同

★110衰年無力振頽風　付與神童吾道東　遮莫人呼踈
懶叔　蒲團日永鳥吟中　次韻志林　同

★111春滿秦中和氣融　佳人試筆手生風　天工薄相真
堪笑　推與鶯花悩乃翁　次韻悦雲　同

★112白髪垂々老懶融　任佗花外鳥呼風　酧春只有氍
毹睡　屋角不知清旭紅　和遠岫韻　同

★113清標玉立面春融　群望衆流争向東　為祝李仙年
八百　栖真舘裡碧桃風　次韻慶甫　同

★114一自李膺知孔融　通家來往忘西東　愧將白髪映

青鬟　浮月梅香畫閣風　又　同 」37ウ

★115名在三光交會中　紫微垣畔幾重宮　摘星元自屬
君■手　文采煌々有父風　次韻辰童試筆星岩子
瑞溪

★116餘寒吹雪北林風　春色先皈仙苑中　養得花王開
又早　驚人一朶上元紅　次韻邵童試筆鹿苑用剛子
同

丙辰春萬年瑋童試毫賦詩仍索拙和予時在告
以閑爲樂未可爲和詩忙既而逾月督責不已叨
依押寄呈三絶

★117天公喜子讀書功　吟助倍常春院中　試向牡丹枝
上看　■閏年花片十三紅

★118經世渾無一線功　惟應老境託閑中　青雲已入青
年手　新樣文章剪湘相紅 」38オ

★119 学若不勤争見功　玉成元在琢磨中　青春易過君
須惜　真个花無十日紅
★120 春風入〔下〕賀〔上〕日華東　鵠立侍臣宮錦紅　御筆親題新
帖子　歓情萬口已雷同　和仙隠試筆之韻
九鼎
★121 少年才氣似王融　餘子従今可望風　彩筆賞春■〔写〕
佳句　詞華不讓百花紅　和韻　同
★122 驚破書斎午夢濃　風琴檐外響丁東　草緑君句添
新緑　花與我顔争艶紅　仝　同
★123 洛陽花到狀元紅　秀出朱桃縞李中　春色何縁遽
如許　佳人彩筆有和風　仝　同
★124 小雨天涯■〔裛〕軟紅　逐春衫袖着方空　老年賞節唯
眠臥』38ウ　矧亦聖人時一中　仝　同

★125無限衰懐昨夕融　花前逢著少年公　不知春夢分明否　阿母新衣暁雪紅　次韻少年試筆　南江

★126君屋有花春早融　暖風遅日鳥声中　山村猶覚餘寒重　白未白時紅未紅　次韻惟馨試筆　村庵

★127春自佳人筆下融　詩情應不負東風　海棠西蜀牡丹洛　聞説称花如称公　和悦雲試筆　同

★128寒衲懐難逐暖融　但聞詩出少年中　詩家種得有花樹　漸映簾櫳春欲紅　和文海試筆　同

★129杜員外北謫仙東　憶昔暮雲春樹工　玉色佳人今兩地　新詩傳誦牡丹紅　和璠叔佳少試筆　琴叔」39オ

★130西嶺雪消春早融　少年吟立畫欄風　三千世界花無数　一點驚人莫若紅　和龜阜惟川試筆　同

★131九重春色入吟濃　官様文章換古風　花有簾前人
帳下　新粧相映一般紅　和万年以西試筆
同

★132乃翁知我々知公　情在西嵐潜邸宮　三級岩前飛
瀑雪　一條界破百花紅　和亀阜文楚試筆
同

★133久聞美誉近逢公　洗尽綺紈心更融　為問梅花無
恙否　春陰落雪午簾風　和雪峰春首詩　蘭坡

★134兀坐終朝似懶融　宗門愧我不成功　啣花百鳥去
無信　送雪春陰又晩風　和玉峰佳丈試筆
天隠

★135愧我年老辱宗風　客膝城中地一弓　瞑坐蒲團春
昼永」39ウ　融花啼鳥説空々　和汲古居士試筆
韻　同

★136美人未面信先通　鬱々心追春律融　手把佳■篇消
永日　餘寒花痩鳥聲中　和某年少試筆韻　同

春龍々子（竜乎童乎於義无疑）廼洞春竺源翁所乳哺也稟性聡惠讀
書寫字頗有老成之譽■見者以宗門偉器期之今
春九齢有試頴之詩翁出而示之謾次其韻以寓
規祝云

★137黼黻宗門誰有功　少年叢裡獨期公　颯聲答竹雛
鶯囀　只要書燈徹暁紅

★138老去青春負乃公　鳥啣花落嬾於融　塵労一念誦
君句　字々口香山麝風　次韻雪岑少年試筆
横川」40オ

次韻勢州使君歳旦和歌　初春　同

★139年々行樂是春風　人向扶桑已掛弓　一曲和歌梅
始落　玉欄于外雪飄空

★140父書萬巻夜燈紅　童似雛鶯声始融　不惜唔咿高

遶屋　驚花片落各西東　　次源童試筆韻　宜竹

★141城陰残雪暁來融　君句和於日出東　西嶺峩眉松
獨正　花飛蝶駭片時紅　　次西山亀文試筆韻
同

★142春入公侯池舘融　讀書畫静馬塵風　諸山久稔文
溪字　絲繡平原品藻中　　次文溪韻試筆　同

★143氷窓雪壁一時融　吹落新詩花下風　始識佳人遠
於日　吾西長有夕陽紅　　次西山濂叔試筆韻
同　」40ウ

★144春雨鳴鳩微和宮　閉門不出瓚安融　東風一日鴻
溝割　鬢雪未消花已紅　　次韻鳳林試筆　同

次韻西山文楚少年春芳押　月舟

★145西嶺風光不換公　掖花官柳滿遺宮　春遊若問東
山寺　無力薔薇臥雨紅

★146逕路無媒艸色濃　未看霽月與光風　春花若是似秋葉　應寫多情上落紅　次韻萬年以清（正）試頻　同

★147天竺山從蟾窟通　年々八月木犀風　秋香却入春花去　萬朶吹紅一雨中　和月心雋少韻（諱桂俗譜天竺）　同

★148昔日李膺事孔融　龍門吾亦挹仙風　餘流分否五橋水　三級岩前桃浪（漲）紅　次龍門惟川試輪韻（不審翰乎）　同」41オ

★149雪擁山村春始融　佳人杳々隔西東　吟遊有待龍門寺　三月桃花浪也紅　次西山澄公少年韻　同

★150百歳回頭一霽風　牡丹十日易殘紅　初春急續惜春賦　不耐飛花西又東　和某少年試毫韻　同

★151纔見公詩我意融　縦雖千里亦同風　何時對榻西山雨　夜話焼殘官燭紅　和西山惟川試筆韻
雪嶺

★152少年叢裡獨流風　憶看題詩蓮燭紅　他夜吟遊何處好　春陰月暗海棠東　咊祝仲試頴韻　同

★153佳人掃筆墨雲濃　名振青松十里風　豈意花篇落我手　妙声只合在蓬宮　和惠峰棣叔少年韻
同

★154筆落花牋墨暈濃　愛君詩有一家風　飛騰欲到青雲上」41ウ　學業頻鞭叱撥紅　咊萬年以正少年韻　同

★155笑我懶於安與融　幽禽日永一簾風　夢魂彷彿對君面　又訝看花在霧中　次文溪試毫芳押
彦龍

★156 士龍西與士衡東　難弟難兄有二公　豈料祇林秋暮後　一門桃李起春風　文岳春首和　三益

★157 李膺昔日有仁風　累世通家是孔融　我亦由来欲修好　官梅野杏一般紅　和景刘青春首韻　同

永禄辛酉元日　萬松主盟有試毫尊作謹依尊韻盖　大父尊翁去歳有豊州之行故語及之云　仁如

★158 九州四海一時融　佳境到春花柳濃　人道尊翁如漢帝」42オ　自豊歸日築新豊

芳胤少年有元日試翰佳篇遊其門者擊節和之予亦就其列視物思人對花感旧是所謂情動於中而形於外者也因漏早懐以尋旧盟云伏乞電矚

★159 个老凍儂懐始融　有梅門戸幾香風　此花為把西施比　憶得春風湖面濃 戊午正月四日袖之以投矣　同

謹依元亀尊丈春首試毫芳韻　　同

★160人似通家膺與融　縦雖異姓更同風　新正相賀普
賢外　大智小男顔帯紅

古曰心随萬境轉實知言哉心不轉境々能轉心
故過《遇》花成華遇柳成柳不是境之轉心乎今茲丁』42ウ
已孟正有人傳予曰元亀侍吏《史》有鷄旦佳作翁盍
和焉予也修正持經咒之外無他偶聞其言馳懐
於翰墨境轉心者乎何況侍史風流醞藉和氣藹
然其詩律也如燕鴬語囀苍間其書法也似蚕
吟繭鼠鬚臨蘭帖不堪嘉尚也予特遊老師門
蒙諄々慈誨者年久矣三日拜謁則鄙吝之心
萠于不懐矣嗚呼廣才兼天地之量博識究古
今之奥惟德高於岳瞻泰山以為一毫芒其智闊
於海呑夢澤不屑九芥蔕豈不偉乎所謂観於海
者難為水者也孰不輻湊焉幸辱未熱《契》心爲境所
轉而遂依嚴韻以抒老臆云伏乞咲渦　　同」43オ

★161相逢稍覚老懐融　恰似蒼顔借酒紅　請看東君能
及物　恩風寵露入花濃

★162 如此寒懐何日融　新年自愧旧家風　天涯六十餘
顔色　春亦曽無一點紅　廣叔少年之和　策彦

★163 期君勤得讀書功　時習魯論晞馬融　絳帳他年定
開講　燈花夜々對残紅　岡公髫年試筆之和
岡公時読魯論　同

★164 吟情韶光杲杳東　杲看詩語奪天工　尋梅社裡若
投老　春縦不同心可同　和仲佳少試春之和
同

次月舟禾上歳初之韻
同

★165 天下叢林唯一翁　声名壓倒璉兼嵩　十三刹界現
花蔵　五百丈枚与月宮　終日講筵鐘殷々　毎朝
法會鼓隆々』43ウ　野桃春浅城西寺　不識幾時尋
小紅

依歎公試春之芳韻
同

★166 希年顔色暮　幾日鬢霜融　花若有情緒　借吾頃

刻紅

奉次韻聞公佳髫試毫之和　同

★167 箏班朝北闕　筆底占東風　誰並看花轡　施群叱
撥紅

奉依怡伯髫年試頴之芳韻　淝春

★168 一首佳篇大雅風　誦来稍覚老懐融　少年叢裏抜
其萃　金榜輝春探杏紅

周聞少年試筆和 庭田殿息在天龍真乗院代　伏見入道宮 三首之内一首可被遣也

仁如

★169 宗門沾法霈　帝闕沐恩風　可仰青雲上　扶桑杲
日紅

★170 試筆賞新歳　賦詩写古風　有花芳信早　春色入
顔紅 」44オ

★171 維時逢歳旦　何處不春風　屡待少年至　花妍臉

底紅
雍公髫秀廼南芳主盟膝上文慶度也今茲端月有
試春之華什予與主盟陳雷其交豈可堕諸和之
後乎予時嬰造化兒之戯而踈泓頴者久以故因
循緘口而已主盟顧訊之次屢見督促遂弗獲已
折蜂腰附驥尾尓軒渠惟幸　　策彦
★172開花吟筆上　競秀和扁篇中　鞭後愧吾拙　人皆叱
撥紅 」44ウ

冬

★173我與廼翁情義濃　君如子弟忘形容　新詩最喜傳
家法　吟剪紅燈到曉鐘　和韻竺心　瑞岩
★174弟昆太呂應黄鐘　西有士衡東士龍　可喜吾門未
論墜　庭前荊樹旧陰重　和試筆韻　九鼎
★175浣花小紙百番重　寫尽君詩墨愈濃　又上高楼應

得句　一声撃動夜深鐘　和真香試筆　村菴

★176 兩處同聽一寺鐘　君交雖淺我情濃　不知夜語山房雨　篁竹生孤幾葉重　次韻功岳試筆　同

★177 世事日疎春睡濃　百年何必管■乖逢　野僧不識朝天曉　左掖花深隔禁鐘　次某少年韻　月舟」45オ

★178 御前山色雨餘濃　南北隔雲三四峰　君每擲書我欹枕　燈殘隣寺五更鐘　次龍皐西周試翰韻

同

奉和龍山西周少年試顥之玉韵　雪嶺

★179 寫得新詩墨暈濃　紫潭涵影状元峰　夢殘恐在池塘草　緩打五更楼上鐘

奉和堆雲老人春初高韻　驢雪

★180 回首郷山暮色濃　去年入洛此呉儂　隣家幸有詩尊宿　只可吟花日々逢」45ウ

江

★181好詩標格共難双　君獨兼之傾我邦　回首西山去
城辺　梅花致爽影横窓　次韻昌公試筆　宜竹」46オ

支

★182人天瞻仰大仙僕《儀乎》　一雨所濡諸種滋　昨夜寒岩無
影樹　春香吹上白辺枝　次韻大岳和尚試筆
西胤

★183暁雪成堆七寶墀　老禪定起榻初移　■《寧》馨已識太
平象　先捧王春正月詩　和試筆之韻　同

★184宛駒堕地歩初移　志在籥雲嘲赤墀　莫比帝閑存
老馬　低頭猶終旧青絲　次学童試筆韻　同

★185才違衆望命違時　愧影鎖春亭下池　恐被山花山
鳥咲　劉郎去後又言詩　和南禪喝食試筆韻

江西

★186 憶泛春湖記舊知　來帰剰破一年遲　雅筵無復囊
時會　枝上綿蠻説怨詩　和惟白試毫韻　同 」47オ

和玉芳侍者献歳新製借呈大人博陸殿下俯垂
台覧　瑞岩

★187 三槐宅裡宗〔宋〕三師　不負先人所夙期　更喜賢孫顔
似玉　新篇撩起老仇池

★188 門外紅塵掠面吹　平章芳事日題詩　風流未必居
移氣　吟遍花街與柳池　次韻　同

★189 南溪書閣聴松時　坐挹仙標春溢眉　更問重遊夕
何夕　簷花細雨共論詩　次韻堯年　同

★190 垂虹一道截龍池　夜々思君夢過之　何事向來倍
惆悵　金陵緑字見新詩　次韵康節

★191人才自古出明時　偶為逢君開両眉　襛李夭桃春
滿雒」47ウ　新篇更見継周詩　次韵某人　同

★192白髪逢春更幾時　狂吟賡載玉堂詩　字斜莫笑老
無力　揮洒須彌筆一枝　和春陽韵　同

★193苔上賓堦新緑滋　春来何事且開眉　萬年寺裡美
年少　傳與飛廉七字詩　和韵春甫　同

★194少年才子遇明時　粲々雲霄好羽儀　藻思凋残吾
老矣　猶餘夢錦付丘遲　次韻和中　同

★195賡載佳人官様詩　郊寒嶋痩不容時　官花掖柳春
多態　併入東風筆一枝　次韻月庭　同

次韻龍阜某侍者春首作　瑞溪

★196樂事新年君早知　風傳花信幾番吹　春晴莫恨無
三日」48オ　應是龍山雨亦奇

★197看君標格過於詩　喜滿老懐如泮澌　㬢弟梅兄我
同社　從今来往莫拘時　和朝陽佳丈試筆韻
九鼎

★198元日纔過元夕移　君須行樂莫相疑　桃蹊李徑尋
花處　乞與老人簪一枝　和韻　同

★199逢春樂似得心知　不覚霜花入鬢吹　更有佳人記
予老　紅牋七字寫新詩　同　同

★200愽愛多才人共知　春風和氣盎然吹　筆臨顔柳猶
嫌俗　詩学歐梅不好奇　同　同

★201緑髪迎年事々宜　屡将新賞趂良時　無邊春在揮
毫裡　風月三千世界詩　同　村菴」48ウ

★202脩戟強弓擁洛時　鶯花雖好不宜詩　扁舟夢去春
江上　棹認岸梅殘處移　春首和韻　同

★203 少年瀟洒復能詩　一片襟懐氷雪知　為問梅邉今
夜月　移将踈影入誰池　次韻春和試筆　同

★204 謝家兄弟玉連枝　涷研欲呵窓尚曦　為我報春非
一度　聞鴬語了見君詩　和佐少年試筆　同

★205 行樂無如竹馬時　朱顔難駐老方知　恐君只有迎
春喜　不信年華入鬢眉　和雪庭年少試筆
同

次韻天章年少春日試筆　同

★206 聞有名花兼蝶移　開園許我惜芳時　学君柳緑春
衫色　欲深三千丈鬢絲 」49オ

★207 夢見仙標未睹時　春遊怪底到瑶池　醒来一咲識
其處　西崦紅桃雲壓枝　和西山某年少試筆
琴叔

★208 山村莫若有梅時　處々紫《柴乎》籬香暗吹　安得佳人過

此地　黄昏月下展吟眉　　和萬年秀峰試筆

同

★209 不忍紅塵掠面吹　閉門遣興莫如詩　閑中自是多

閑友　雪月風花十二時　　和継蕭年少試筆

同

依南溪座元春首韻述卑臆云　　同

★210 三千餘丈滿顚絲　無用身如無當巵　莫咲迩来吾

語拙　十篇九是野村詩

★211 一来悔我十年遅　偶《ト》◦芳隣得此時　廼父襟懐花

與月　白鬚杜老在西枝　　和蓀年少試筆　」49ウ

★212 柳遶野橋花禁池　春風無処不新詩　君家故似文

君宅　雨過遠山青上眉　　和霖甫春首詩　蘭坡

和西山春澌年少試筆　　同

★213 餘寒剪々勒花時　無意呼毫掃楮兒　日暮春陰吹

作雪　當窓西嶺自然詩

和秀峰少年試筆詩韻　　横川

★214 来往君家無歇時　不堪夜雨倚床吹　袈裟影落硯
池水　花若有情吾染眉

和西山立英喝食試筆韻　　天隠

★215 瓦硯掃塵吹一吹　春風半過喚毫時　和章笑我落
人後　覔得残花粧旧枝 」50オ

★216 遠山涜緑雨開時　掃出佳人鏡裡眉　好卜春霄来
秉燭　定知標格過於詩　　和南雲試筆韻遠山派
同

文明丁酉之歳次八木長川居士試筆之韻辛丑
之春居士有詩又見需拙話　　同

★217 憶曽酬唱話襟期　五見春花皈旧枝　居士高風攀
不得　参禅日々又参詩

★218 句法傳家春艸池　東風試筆寫新詩　我年若使君
年再　不在翁傍去少時　次韻岱童試筆　宜竹

★219 落筆春風傾座時　其餘碌々數群兒　白頭紅葉去
年會　夙習未除花下詩　次韻春澌試筆　同

★220 強被君催覓句時　硯塵光向案頭吹　病来自覚與
春隔』50ウ　看柳看花眼似眉　次韻秀峰試筆
同

次韻八木長川居士試筆　同

★221 傳聞官暇樂幽期　簾幕晝閑花滿枝　武者居西似
君少　春風横槊更題詩

★222 被花氣泥擲書時　一往春風欺得吹　翠柳黄鸝語
何事　和絲牽恨上人眉　次韻秀峰試筆代人
同

★223 未識青春度玉墀　餘寒思渋和詩遲　王筠十六作

文賦　紅薬翻風一兩枝　　次月江試筆韻　同

★224春色天涯欲遍時　餘霞作綺滿城吹　東風無頼御
溝柳　十五人間兒女眉

★225我閲諸生隨老師　彦竜今古又能詩　春回叢社豈
無日」51オ　桃李園中有此枝　　次彦竜韻

次秀峯佳人試毫韻居養花軒　　月舟

★226人生行樂待何時　風雨蕭々連夜吹　聞説養花遅
日暖　春愁點不上雙眉

★227人生行樂待何時　残雪初消水滿池　又恐明朝春
爛熳　風前花似晩唐詩　　和仁叔雅丈韻　同

暮春次八木長川居士試毫韻　　同

★228東君屈指近皈期　花落村々緑滿枝　啼鳩一声残
夢裡　迎春詩變送春詩

★229家法傳来幾首詩　喜看年少有風姿　詞林落莫秋過後　春色猶留元祐枝　次某少年試翰韻大昌徒　同

』51ウ

★230荊公誇巧谷誇奇　二美相并七字詩　一曲雖高無知者　隔花黄鳥報人知　次龍皐秀岳佳丈春初芳押　同

★231雨過西山爽氣吹　佳人覓句倚樓時　墨池激起天源水　五色波瀾筆一枝　次西山立英佳人試頴韻天源派　同

★232上園不待曉風吹　紅紫爭開恐後時　獨愛祖翁行道地　凌霄三月桂花枝　重應人求次立英髫年春首韻　同

★233東風猶似朔風吹　夜雪漫々與竹宜　羯鼓催花吾耳冷　早回春律只君詩　次春栄試毫韻　同

」52オ

★234玉府真人玉雪肌　鞭鸞来待上方師　還丹一粒願
分我　欲説多情白髪絲　和試筆韻　雪嶺

★235五十三翁雖過時　被君撩起又言詩　文章照世期
他日　赫々金烏若木枝　和廷秀少年試筆韻
同

★236慈恩塔上有新題　寫入咸詔唱不低　只恐詞華照
和龍山希由少年試韻玉韻　同
狂斐　文章光焔似燃犀

★237鳳雛驥子未為竒　已喜鯉庭君学詩　何日飛騰碧
和龍皐秀岳少年試毫韵　同
霄上　深淵只有蟄龍知

★238詩興知君在此時　鳳樓花影月遲々　文章自有青
雲路』52ウ　好入廣寒攀桂枝　和宣渓少年韻
同

和亀阜月岑少年試筆　仁如

★239春風日夜入花吹　望見城西桃笑時　人面夭々相映美　又賡正月酔翁詩

欽依若州英甫少年試翰芳韻以擬来暮歌

★240芳信入花春至時　新詩落手語尤奇　我超北海不能得　請為老人来折枝　同

謹依玉府英甫髫年春首芳韻代景俊　同

★241聞説遠傳書信時　少年艶麗又才奇　春霄待旦相思枕　日上東山若木枝

★242寫一家情入野詩　鶺兄鴒弟共相宜　請君努力日新業」53オ　莫待来年志学時　友公和韻　江心

★243誰料叢林有此枝　乃翁首唱出群時　春風律入小紅去　和寡慚吾不到詩　雍公之和　策彦

奉賛誅公佳少試春之芳韻　同

★244 新年愧我獨違時　冷抱寒懐不到詩　怨入東風花
満鬢　解言老去願春遲
★245 燕子日長莫失時　君知勵学在今宜　若非春榜便
秋試　登第（一字欠）攀丹桂枝　菊齢試毫之和　同
★246 時待人耶人待時　韶光九十為君宜　東風光入迎
春菊　輸一梅花二月枝　又
★247 春雪纔消鬂雪吹　老狂吟断寄君詩　吁吾七十雖
加五』53ウ　慚愧心如年少時　試春之和　同
★248 乃翁辞洛避兵時　為助江山詩愈奇　想到暮春皈
去否　耶溪松月子規枝　同　同
★249 勲業元期少壮時　試看花有短長枝　紛々世事春
如夢　蛍雪工夫参到詩　和浩叔蔵主試筆韻
漑春

★250傳誦忽驚君句奇　諷声晝静百花枝　風流自古出
江左　又看謝家芳草詩　和集雲侍史試毫
同
次大岳和尚元旦尊韻
西胤
★251英檀植福豈無基　鹿苑方鳴法鼓時　象歩便旋隨
禮樂　魚鱗襍襲仰風儀　調元新發崑崙律　破暗
初賔暘谷曦　何事晩生造門下　砭針猶未我遐遺」54オ

翰林五鳳集巻第十
」54ウ

第二節　国立国会図書館蔵　鶚軒文庫本『翰林五鳳集』巻第五十一の本文（翻刻）

緒言

本節は、前節に引き続き、国立国会図書館蔵　鶚軒文庫本『翰林五鳳集』の翻刻を行う。今回は、前節で翻刻した巻第十と同様、最も古い伝本である国会図書館蔵相国寺雲興軒旧蔵本や、それを翻刻した「大日本仏教全書」本との異同が甚だしい巻第五十一に注目した。

鶚軒文庫本『翰林五鳳集』の巻第五十一を含む冊の書誌を記す。薄墨色の表紙に題簽は無く、左肩に直接、「翰林五鳳集　五十一　五十二」と書き込まれている。また、表紙の右上、見返しの右上、奥書の左上に、鶚軒文庫のシールが貼ってある。大きさは、二七・六×二〇・七センチメートル。内題（端作題）は「翰林五鳳集巻五十一」、第二三丁表には「翰林五鳳集巻第五十二」とある。各冊に「國立國會圖書館」「靖齋藏書之記」の朱印があり、最終冊の奥書に「五鳳集六十四巻并目録二冊天保十三年九月／九日これを買得て文庫に納む／久囦岡田啓」という識語がある。このことより、鶚軒文庫本が天保十三年（一八四二）以前に書写されたことがわかる。本冊の紙数は、巻第五十一が二二丁、巻第五十二が二七丁、計四九丁である。本文は半葉一一行二一字。朱点、朱引きはない。

翻刻

一、国会図書館蔵　鶚軒文庫本『翰林五鳳集』の巻第五十一を翻刻する。その際、参考までに、現在最も流布している「大日本仏教全書」本の巻第五十一の本文を、上段に掲げた。

一、底本に使用された古体・異体・略体等の文字は、なるべく正体もしくは通行の字体に改めた。なお、翻刻に際して、句切れを示す句点は付さなかった。

一、行は送らず、原本の丁移りを示すために、一紙の表の末尾に」印を、裏の末尾に』印を付した。

一、詩の番号は、私に施した。また、「仏教全書」本の傍線部は異同箇所を、底本の★印は「仏教全書」本に見当たらない詩を示す。

「大日本仏教全書」本

翰林五鳳集巻第五十一

扇面

1花有長春竹不秋。羨君滿眼揔無愁。那堪風雨二三月。紅紫成塵人白頭。竹間長春花　村庵

2故人有約會江樓。樓下長江天際流。不奈船遲心甚速。晩來同得倚樓不。又　同

3色有山茶香有蘭。不應花草尚春寒。初疑霽自風前

鶚軒文庫本

翰林五鳳集巻五十一

扇面

1花有長春竹不秋　羨君滿眼捴無愁　那堪風雨二三月　紅紫成塵人白頭　竹間長春花　村庵

2故人有約會江樓　々下長江天際流　不奈船遲心甚速　晩來同得倚楼不　又　同

銀簿金簿兩地一面有長春　横川

★3風雨花飛尽　長春有四時　黄金誰所鑄　白地醉西施

4色有山茶香有蘭　不應花草尚春寒　初疑霽白風

過。却訝成群鶴頂丹。山茶蘭　同

4曾見老坡詩句中。山茶少態只深紅。誰知籬落春寒後。開傍梅花便不同。山茶梅花　同

5淡月傾雲疎影斜。誰歟冠者定良家。梅雖官様詩村氣。若有和歌不負花。梅花有公家少年　宜竹

6一樹山茶開雪中。是誰折取上屏風。春愁白髪吾非昨。花月年々鶴頂紅。　同

7去年春雪映山茶。今日相看兩歳華。記得風流陪十客。主人元是水仙花。題仙蕚扇面山茶　村庵

8吾愛江南篁竹家。梅開時節有山茶。葉間相映紅無數。偏覺風光屬此花。山茶爲殊碧雲題　同

9山茶花發待東風。色似久經氷雪中。不有飛來鸞尾

前過　却詩成群鶴頂丹　山茶蘭　村庵

5曽見老坡詩句中　山茶少態只深紅　誰知籬落春寒后」1オ　開傍梅花便不同　山茶梅花　同

6淡月傾雲踈影斜　誰歟冠者定良家　梅雖官様詩村氣　若有和歌不負花　梅花有公家少年　宜竹

7一樹山茶開雪中　是誰折取上屏風　春愁白髪吾非昨　花自年々鶴頂紅　同

8去年春雪映山茶　今日相看兩歳華　記得風流陪十客　主人元是水仙花　題仙蕚扇面山茶　村庵

9吾愛江南篁竹家　梅開時節有山茶　葉間相映紅無数　偏覚風光属此花　山茶為殊碧雲題同

10山茶花發待東風　色似久經氷雪中　不有飛来鸞

白。應無受見鶴頭紅。山茶　同
10山茶同此一春風。不若|野梅（一字欠）碧空。應有姮娥動詩
興。暗香吹到廣寒宮。　同
11山茶鶴頂已紅時。楊柳鵝黄漸欲絲。看畫|便知春早
晩。東風似向扇中吹。柳邊山茶　同
12雪後山茶朶々紅。花開時節與梅同。飛來好鳥太無
頼。蹴落繁英不待|風。　天隠
13自是天工似染家。深紅一點小山茶。晴梢倒掛鳥逾
白。秪道風前雪壓花。　宜竹
14山茶白玉雜深紅。待伴珍禽半岸東。雲路高飛雖有
志。未忘熟處弄春風。花鳥　萬里

尾白　應無受見鶴頭紅　山茶　同」1ウ
11山茶同此一春風　不苦野梅（一字欠）碧空　應有嫣《姮カ》娍《娥カ》動
詩興　暗香吹到廣寒宮　同
12山茶鶴頂已紅時　楊柳鵝黄漸欲絲　看畫便知春
早晩　東風似向扇中吹　柳邊山茶　同
13雪後山茶朶々紅　花開時節与梅同　飛来好鳥太
無頼　蹴落繁英不得風　天隠
14自是天工似染家　深紅一点小山茶　晴梢倒掛鳥
逾《逾カ》白　秪道風前雪厭《壓カ》花　宜竹
15山茶白玉雜深紅　待伴珍禽半岸東　雲路高飛雖
有志　未忘熟処弄春風　花鳥　万里
山茶花　天隠」2オ
★16花似鶴頭丹　与梅約歳寒　美人休摘尽　留向雪

15 昏月吹來千麝香。暖風輕弄萬鵝黃。才看落蘂便飛
絮。不信人間鬢不霜。梅柳　惟肖

16 風絮沙邊西又東。三年光景別離中。何時白髪兩兄
弟。看瀑二林來往同。江西

17 彩雲影裡畫橋横。翠柳陰々沙水清。欄角晩晴人去
後。風修烟葉不勝情。同

18 御柳官櫻動洛陽。春三二月占風光。花飛絮亂漫天
雪。陌上遊塵人似狂。村庵

19 春水初生春柳垂。麴塵波浸麴塵絲。流將九十韶光
去。欲到漫天雪絮時。水柳　同

20 蘆筍圍洲柳遶塘。碧波渺々日初長。城中六月汗如
雨。獨棹扁舟趁午凉。天隠

中看

17 昏月吹来千麝香　暖風輕弄万鵝黄　才看落蘂便
飛絮　不信人間鬢不霜　梅柳　惟肖

18 風絮沙邊西又東　三年光景別離中　何時白髪兩
兄弟　看瀑二林来往同　江西

19 彩雲影裡畫橋横　翠柳陰々沙水清　欄角晩晴人
去後　風修烟葉不勝情　同

20 御柳官櫻動洛陽　春三二月占風光　花飛絮乱漫
天雪　陌上遊塵人似狂　村庵

21 春水初生春柳垂　麴塵波浸麴塵絲　流将九十韶
光去　欲到漫天雪絮晴　水柳　同　』2ウ

22 芦筍囲洲柳遶塘　碧波渺々日初長　城中六月汗
如雨　独棹扁舟迹午凉　天隠

21垂柳陰々春雨纖。一雙新燕認誰簷。風前無力差池
影。知是佳人未捲簾。柳燕　同
22百鳥成群難辨名。賢愚家亦感人生。咬々嘎々柳陰
裡。恐亂黄鶯第一聲。柳陰百鳥　月舟
23燕子飛來遶柳邊。平々仄々欲爭先。烟條想是絲應
重。繫得烏衣萬里天。柳燕　驢雪
24紅塵三伏汗如湯。不及鷺鷥栖柳塘。忽看風前雙照
水。歸歟白髮濯滄浪。　宜竹
25日暖風和紫陌長。不知何處是宮墻。午雞飛上千條
柳。散作垂絲紅海棠。海棠楊柳上有雞　蘭坡
26秋雞生卵羽毛新。丫角童兒相共馴。少學孜々應蚤
赴。養雛心在報霜晨。童子弄雞雛　天隱

23垂柳陰々春雨纖　一双新燕認誰簷　風前無力差
池影　知是佳人未捲簾　柳燕　同
24百鳥成群難辨名　賢愚家亦感人生　咬々嘎々柳
陰裡　恐乱黄鶯第一声　柳陰百鳥　月舟
25燕子飛来遶柳邊　平々仄々欲争先　煙條想是絲
應重　繫得鳥衣万里天　柳燕　駈雪
26紅塵三伏汗如湯　不及鷺鷥栖柳塘　忽看風前双
照水　皈歟白髪濯滄浪　宜竹
27日暖風和紫陌長　不知何処是宮墻　午雞飛上千
條柳」3オ　散作垂絲紅海棠　海棠楊柳上有雞　蘭坡
28秋雞生卯《卵》羽毛新　了《丫》角童児相共馴　少学孜々應
蚤赴　養雛心在報霜晨　童子弄雞雛　天隠

27春霆破蟄黒雲深。變化難圖神特心。水底武侯今傳|
説。旱天用汝要爲霖。龍　　　月舟

28久作泥蟠尺澤中。一朝待雨駕秋風。知渠亦有催詩
意《思イ》。染得千秋楓葉紅。龍上有楓　　蘭坡

29十彪無虎々|逢虎。一馬化龍初有龍。此日風雲看際
會。海波捲雪暗|千峯。龍虎海濤　　天隠

29春霆破蟄黒雲深　変化難圖神特心　水底武侯今
傳説　旱天用汝要為霖　竜　　月舟

30久作泥幡《蟠》尺澤中　一朝待雨駕秋風　知渠亦有催
詩意　染得千秋楓葉紅　竜上有楓　蘭坡

31十彪無虎（一字欠）逢虎　一馬化竜初有竜　此日風雲看
際會　海波捲雪晴千峰　竜虎海濤　天隠

龍驚珠　同

★32額如高祖怒　口有太宗鬢《鬚カ》　弾舌授神咒　酬吾以
宝珠　』3ウ

竜　同

★33今年天不雨　鞭起九渕竜　頃刻烏雲合　村々舞
老農

虎　同

★34菸莵醒肉酔　哮吼逞威獰　揺扇清風起　知渠一

30 坐我楓林楚水涯。飽霜葉々日西斜。山禽不識秋將暮。染出春風二月花。楓有鳥　熙　春

31 横擲疎梅竹外枝。翠禽獨立羽參差。一心都在暗香裏。恰似詩人覓句時。翠羽立梅花枝上　村　庵

32 枝從墻外横抛出。香自風前暗送來。將謂尋常梅一樣。不知傍有水仙開。梅花水仙　（無記名）

33 籬落梅如處七家。夜來和月上窻紗。一枝裝點青松色。何樹逢春不著花。梅松　同

34 冷蘂寒香不入時。認桃辨杏却隨宜。雙禽未宿疑比翼。花亦應開連理枝。紅梅雙禽　同

題師雄醉宿梅花下圖　同

嘯声

35 坐我楓林楚水涯　飽霜葉々日西斜　山禽不識秋将暮　染出春風二月花　楓有鳥　凞春

36 横擲疎梅竹外枝　翠禽独立羽参差　一心都在暗香裏　恰似詩人覔句時　翠羽立梅花枝上　村庵

37 枝従墻外横抛出　香自風前暗送来　将謂尋常梅一様　不知傍有水仙開　梅花水仙　同

38 籬落梅如処七家　夜来和月上窓紗　一枝装点青柗色」4オ　何樹逢春不着花　梅松　同

39 冷蘂寒香不入時　認桃辨杏却隨（随カ）宜　双禽来宿疑比翼　花亦應開連理枝　紅梅双禽　同

題師雄醉宿梅花下圖　同

35氷雪肌膚有美人。參横月落與醒晨。只緣身入羅浮
洞。得識梅花面目眞。
36美人蚤歲種青松。低映朱門春霧濃。今夜空山女蘿
月。帳中獨鶴怨重々。　江　西
37落日舟歸湖寺鐘。東風吹浪綠溶々。春來鶴亦變心
否。只愛梅花不宿松。　鶴有梅松　天　隱
38兩雀飛來語晩晴。寒梅影動碧波清。啾々竹裡藏身
好。花底艷歌應讓鶯。　梅枝二雀　同
39一樹紅梅臨暮江。誰能待月不開窻。夜深恐被鴛鴦
妬。水照横斜影自雙。　梅花鴛鴦　同
40微雪吹晴水滿塘。一雙相對紫鴛鴦。姮娥可羨合歡
約。碧海青天獨夜長。　鴛鴦雪月　月　舟
41北人知雪不知梅。認作杏花尤可哀。風伯焚香薰綠

40氷雪肌膚有美人　参横月落與醒晨　只緣《縁カ》身入羅
浮洞　得識梅花面目真
41美人蚤歲種青松　低映朱門春霧濃　今夜空山女
羅《蘿カ》月　帳中独鶴怨重々　江西
42落日舟皈湖寺鐘　東風吹浪緑溶々　春来鶴亦変
心否　只愛梅花不宿松　鶴有梅松　天隠
43兩雀飛来語晩晴　寒梅影動碧波清　啾々竹裡蔵
身好』4ウ　花底艶歌應讓鴬　梅枝二雀　同
44一樹紅梅臨暮江　誰能待月不開窓　夜深恐被鴛
鴦妬　水照横斜影自双　梅花鴛鴦　同
45微雪吹晴水滿塘　一双相對紫鴛鴦　姮娥可羨合
歓約　碧海青天独夜長　鴛鴦雪月　月舟
46北人知雪不知梅　認作杏花尤可哀　風伯焚香薫

蕚。月娥搗藥染紅臙。紅梅畫扇　天隠
42花從雪後早知春。寂寞何辭野水濱。荊棘叢深攀不
得。一枝雞寄隴頭人。棘梅　同
43紅梅開遍倚斜陽。雨後暗驚芳事忙。幸有垂楊絲百
尺。爲花長可繫春光。梅柳　同
44宰府有梅天下稀。暗香聞説襲人衣。東風何意南枝
上。梅却解飛禽不飛。（略序）　天隠
唐扇以絹裁之有梅花　横川
45此畫江南物。梅花一朶新。莫言生絹薄。中有大唐
春。
46雪後園林春漸融。雀兒來啄一枝紅。孤芳皎潔比巣

緑蕚《蕚カ》　月娥搗藥染紅臙　紅梅畫扇　天隠
47花從雪後早知春　寂寘《寞カ》何辞野水濵　荊棘叢深琴《不審》
不得　一枝難寄隴頭人　棘梅　同
48紅梅開遍倚斜陽　雨後暗驚芳吏忙　幸有垂楊絲
百尺　為花長可繫春光　梅柳　同　」5オ
49宰府有梅天下稀　暗香聞説襲人衣　東風何意南
枝上　梅却解飛禽不飛
或人為関西運公年少寄扇見需一詞畫以双禽
立梅枝之上吁飛梅乃年少郷花也畫工豈無意
者乎因題一絶以索一笑　天隠
唐扇以絹裁之有梅花　横川
50此畫江南物　梅花一朶新　莫言生綃薄　中有太
唐春
51雪后園林春漸融　萑《雀カ》児来啄《啄カ》一枝紅　孤芳皎潔比

許。啣去莫飛宮殿風。有梅有雀　三益

47朝來群卉闘新奇。花似呉王設宴時。碧作徘徊紅會合。何花何草是西施。闘草花　蘭坡

48老對山櫻感慨多。擔薪此地幾經過。三春易暮滿頭雪。只願看花爛斧柯。樵夫看花　天隱

49花木一年知幾般。詩中奇事畫中看。江城五月落梅笛。雪擁藍關詠牡丹。四季花扇　同

一面花鳥官女題花鳥之一方　萬里

50風不鳴條春鳥閑。山茶寫影水流間。一雙白鳥低聲語。咫尺隔霞多玉顔。

51奈此風光易作塵。寸陰可惜少年春。畫工筆意君知否。紫史紅經十二辰。花木十二支圖　熙春

芙蓉烏曰樹々上有鳥　瑞溪

巣許　啣去莫飛宮殿風　有梅有萑《雀カ》　上《三カ》益

52朝来群卉闘新竒　花似呉王設宴時　碧作徘徊紅
會合　何花何草是西施　闘草花　蘭坡』5ウ

53老對山櫻感槩多　擔薪此地幾經過　三春易暮滿
頭雪　只願看花爛斧柯　樵夫看花　天隠

54花木一年知幾般　詩中竒事畫中看　江城五月落
梅笛　雪擁藍関詠牡丹　四季花扇　同

一面花鳥一面官女題花鳥之一方　万里

55風不鳴條春鳥閑　山茶写影水流間　一双白鳥低
声語　咫尺隔霞多玉顔

56奈此風光易作塵　寸陰可惜少年春　畫工笔《筆カ》意君
知否　紫史紅經十二辰　花木十二支圖　凞春

共《芙カ》蓉《蓉カ》烏曰《旧カ》樹々上有鳥《此九字題カ》　瑞溪

52元是人間小牡丹。鶏|邊秋老獨堪寒。霜餘臼葉紅相
似。只恐山禽一様看。

53世上小兒情不濃。愛花只在一春中。獨憐幽鳥戀芳
切。托宿秋江烟雨叢。有芙蓉鳥　雪嶺

54荻花如雪夕陽明。野菊欲荒籬半傾。只爲叢々儲曉
露。一秋留得暗蛩聲。秋萩|菊　天隠

55碧花漸近牽牛夕。白菊先迎典午秋。獨有仙翁顔不
老。豈知歳月去如流。牽牛仙翁花白菊　同

57元是人間小牡丹　谿邊秋老独堪寒　霜餘臼《旧カ》葉紅
相似」6オ　只恐山禽一様着《看カ》

芙蓉双蝶　村庵

★58芙蓉紅一点　露厭《壓カ》半欹斜　可恨双飛蝶　難尋並
蔕花

59世上小児情不濃　愛花只在一春中　独憐幽鳥恋
芳切　托宿秋江煙雨叢　有《不審》芙蓉鳥　雪嶺

芙蓉　月舟

★60初日小芙蓉　一枝秋色濃　瑶臺仙子面　披扇即
相逢

61荻花如雪夕陽明　野菊欲荒籬半傾　只為叢々儲
暁露　一秋留得暗蛩声　秋荻菊　天隠

62碧花漸近牽牛夕　白菊先迎典午秋　独有仙翁顔
不老　豈知歳月去如流　牽牛仙翁花白菊

56巧詐何曾似拙誠。雙鳩相倚話平生。林西分足松枝
上。强向人間管雨晴。松上雙鳩　心田

57亭々巨植歳寒姿。翠色參天雨露滋。料識大夫能種
德。東風吹長子孫枝。聽松軒主扇　同

58春雲才子綺紈家。便面江山歸意賒。千頃玻璆天一
碧。海風吹浪度松丫。　同

59虚籟起松山雨鳴。夜泉觸石玉琮琤。美人何夕來過
我。袖拂雲和譜此聲。　江西

60十里風聲撼半天。寒松月暗女蘿烟。山苗莫抗昇霄
勢。汝保三春我萬年。　同

61紅白梅難定等差。隔籬兩色屬詩家。黄昏不有青松
伴。暗認桃花明杏花。松間紅白梅　村庵

同
」6ウ

63巧詐何曽似拙誠　双鳩相倚語平生　林西分足松
枝上　強向人問《間カ》管雨清　松上双鳩　心田

64亭々巨植歳寒姿　翠色参天雨露滋　料識大夫能
種德　東風吹長子孫枝　聽松軒主扇　同

65春雲才子倚紈家　便面江山皈意賒　千頃玻璆天
一碧　海風吹浪度松了　同

66虚籟起松山雨鳴　夜泉触石玉琮琤　美人何夕未
過我　袖拂雲和譜此聲　江西

67十里風聲撼半天　寒松月暗女蘿烟　山苗莫抗昇
霄勢　汝保三春我万年

68紅白梅難定等差　隔籬兩色属詩家　黄昏不有青
松伴」7オ　暗認桃花明杏花　松間紅白梅

62 蒼髯翠袖節相持。丹頂綠毛年萬斯。珍重諸君開笑
面。以長生壽授吾兒。松竹鶴龜（爲瑞壽童作）　惟　高

63 滿渚菰蒲野水涯。一篷到處卽爲家。高風孤負時人
意。餅挿青松如愛花。篷窻有餅々有松枝　村　庵

64 遠人貢扇月團々。只織松膚無製紈。手裡南薫涼一

村庵

69 蒼髯翠袖節相持　丹頂緑毛年万斯　珍重諸君開
笑面　以長生壽授吾兒　松竹鶴亀（為瑞壽童作）
惟高

白鴎　天隠

★70 白鴎寧択友　何叓不成双　久要皆違約　飄々万
次紅

葦林双鳧　同

★71 黄葦擁沙湾　双鳧相對閑　雪残寒意重　無夢到
鴛社

72 滿渚菰蒲野水涯　一篷到処即為家　高風孤負時
人意　餅挿青松如愛花　篷窓有餅々有松枝
村庵

73 遠人貢扇月團々　只織松膚無製紈　手裡南薫涼

味。仁風元不隔三韓。高麗松扇　天隠

在山圖有松杉無花　彥龍

65 無限松杉山近城。祇園北構寺樓明。雲深不識藏春
處。地主宮｜前一樹櫻。

66 秋雨瀟々萬木凋。青松依舊獨凌霄。山禽欲宿忽驚
起。十里風聲八月潮。松禽　月舟

67 飛來么｜鳳綠毛脩。能記桐花時節不。爲泝西風吹葉

一味　仁風元不隔三韓　高麗松扇　天隠』7ウ

次韻十二歳霊彦杜多扇面白松雪松圖（奉台命二首）　西胤

★74 氷容玉為骨　独立避紅芳　除却林君復　無人愛
淡粧

又

★75 雅松堪雪重　翠自白間濃　願使人々見　塵襟一
照空

在山圖有松杉無花　彦竜

76 無限松杉山近城　祇園北搆寺楼明　雲深不識蔵
春処　地主（一字欠）前一樹櫻

77 秋雨瀟々万木凋　青松依旧独凌霄　山禽欲宿忽
驚起　十里風聲八月潮　松禽　月舟

78 飛来公鳳緑毛脩　能記桐花時節不　為泝西風吹

後。無人相慰雨聲秋。桐花鳳　村庵
68睡思困春紅海棠。爲誰啼鳥怨斜陽。古今不改驚人
色。聖主愛花唯是唐。海棠幽鳥　瑞岩
69朦朧香霧曉籠城。花在短籬疎處明。只爲垂絲雜青
色。海棠成柳々成櫻。海棠柳櫻　蘭坡
70憶昔黄岡蘇玉堂。爲花秉燭照紅粧。松風夜自梅邊
過。人道海棠吹暗香。松梅海棠　天隠
71映日垂絲紅海棠。風繰金縷柳條長。飛來彩羽欲啣
去。知補春皇雲錦裳。海棠柳鳥　同
72海棠鸜鵒竝名齊。花出西川鳥隴西。春睡未醒紅欲
落。夕歸枝上盡情啼。海棠鸜鵒　同
73無頼春光繋得不。海棠院落雨初收。東風未信花催
老。松亦蒼髯鳥黒頭。海棠松樹黒頭鳥　同

葉後」8オ　無人相慰雨声秋　桐花鳳　村庵
79睡思困春紅海棠　為誰啼鳥怨斜陽　古今不改驚
人色　聖主愛花唯是唐　海棠幽鳥　瑞岩
80朦朧香霧暁篭城　花在短籬踈処明　只為垂絲雑
青色　海棠成柳々成櫻　海棠柳櫻　蘭坡
81憶昔黄崗蘓玉堂　為花秉燭照紅粧　松風夜自梅
邊過　人道海棠吹暗香　松梅海棠　天隠
82昳《映》日垂絲紅海棠　風繰金縷柳條長　飛来彩羽欲
啣去　知補春皇雲錦裳　海棠柳鳥　同
83海棠鸜鵒並名斉　花出西川鳥隴西　春睡未醒紅
欲落　夕皈枝上尽情啼　海棠鸜鵒　同」8ウ
84無頼春光繋得不　海棠院落雨初収　東風未信花
催老　松亦蒼髯鳥黒頭　海棠松樹黒頭鳥

74雙禽來囀海棠春。因憶三郎寵太眞。喚覺驪山宮裏夢。紅妝終作馬嵬塵。海棠雙鳥　　熙　春

75桃李紛々吹作塵。一叢芍藥獨留春。風前莫撲穿花蝶。應是思君夢裡身。芍藥蝶　　瑞　岩

76畫花極妙是何人。芍藥纔過杜若新。喚作詩家無盡藏。芳洲夏景廣陵春。芍藥杜若　　雪　嶺

77何山好鳥雪毛衣。似恨春歸一夢非。庭院綠陰初過雨。石榴花上立斜暉。石榴山禽　　村　庵

78風送荷香雨後天。蝦蟆黙坐是何禪。忽然又破殺生戒。欲咬江蝦跳碧團。

蝦蟆坐荷葉上欲啄蜻蜓　　月　舟

79荷葉吹香風露清。炎天我欲逐涼行。驚禽蹈破綠盤

同

85双禽来囀海棠春　因憶三郎寵太真　喚覚驪山宮裏夢　紅妝終作馬嵬塵　海棠双鳥　　凞春

86挑李紛々吹作塵　一叢芍藥独留春　風前莫撲穿花蝶　應是思君夢裡身　芍藥蝶　　瑞岩

87畫花極妙是何人　芍藥纔過杜若新　喚作詩家無尽蔵　芳洲夏景廣陵春　芍藥杜若　　雪嶺

88何山好鳥雪毛衣　似恨春皈一夢非　庭院緑陰初過雨　石榴花上立斜暉　石榴山禽　　村庵

89風送荷香雨后天　蝦蟆黙坐是何禅　忽然又破殺生戒　欲咬江蜓跳碧圓

蝦蟆坐荷葉上欲啄蜻蜓　　月舟」9オ

90荷葉吹香風露清　炎天我欲遂（逐カ）涼行　驚禽蹈破緑

去。夜夜池邊無雨聲。翡翠荷葉　驢　雪

雪裏芭蕉并鬼燈一枝　雪　嶺
80芭蕉經雨葉猶殘。綠蠟糢糊吹雪寒。客到題名恐難曉。請君試點鬼燈看。

芭蕉樹下美人携扇圖　天　隱
81日暮佳人欲待誰。芭蕉樹下立多時。侍兒遮暑携團扇。不覺秋從葉上吹。

82雨過芭蕉綠更滋。在冬亦似與秋宜。欲知摩詰詩中畫。看至荻花成雪時。芭蕉與荻　月　舟

芭蕉爲越之一溪侍者題　蘭　坡
83佳人回首隔天涯。露洒芭蕉情更加。葉上好題名字

盤去　夜々池邊無雨声　翡翠荷葉　駈雪

荷葉鯉魚　同
★91荷塘風度処　隻鯉出頭來　躍上緑盤去　人言得膾材

雪裏芭蕉并鬼燈一枝　雪嶺
92芭蕉經雨葉猶残　緑蠟糢糊吹雪寒　客到題名恐難暁　請君試点鬼燈看

芭蕉樹下美人携扇圖　天隠
93日暮佳人欲待誰　芭蕉樹下立多時　侍兒遮暑携團扇』9ウ　不覚秋從葉上吹

94雨過芭蕉緑更滋　在冬亦似與秋宜　欲知摩詰詩中畫　看至荻花成雪時　芭蕉與荻　蘭坡

芭蕉為越之一溪侍者題　月舟
95佳人回首隔天涯　露洒芭蕉情更加　葉上好題名

去。隨風片々到君家。
84點々飽霜龍膽草。熒々照夜鬼燈花。春遊何似秋吟
好。誇説堯夫小々車。有龍膽鬼燈小車花　天　隱
85越王嘗膽復讎深。司馬灰寒屬卯金。高臥北窻愁未
散。菊花五月慰陶心。龍膽菊二花有之　仁　如
86牽牛花發露初消。淡月猶殘烏鵲橋。綠蔓不長銀漢
遠。秋風約竹上青霄。牽牛竹月　天　隱
扇面當歸奉寄越郷古心契丈　江　西
87佳稱當歸誠異苗。恩光映日露華飄。爲君寫上手中

字去　隨風片々到君家
96点々飽霜竟膽草　关《熒カ》々照夜鬼燈花　春遊何似秋
吟好　誇説尭夫小々車　有竟膽鬼燈小車花　天隠
97越王嘗膽復讎深　司馬灰寒属卯金　高臥北窓愁
未散　菊花五月慰陶心　竜膽菊二花有之　仁如
98牽牛花發露初消　淡月猶残烏鵲橋　緑蔓不長銀
漢遠」10オ　秋風約竹上青霄　牽牛竹月　天隠
竹有牽牛花　横川
★99何処数竿竹　牽牛風露新　相逢勝織女　翠袖有
佳人
扇面當皈奉寄越郷古心契丈　江西
100佳称當皈誠異苗　恩光映日露華飄　為君写上手

扇。第五橋如萬里橋。
88病臥東山人白頭。薔薇洞口憶曾游。一從詩友四方
散。殘雨晩枝花也愁。薔薇　同
題扇面楳花送人之海西　村庵
89從此相臨落月低。楳邊握手惜分携。蒲帆一幅催風
便。載得暗香過海西。
90宮花不管鹿啣時。好子偏知愛茘枝。飢鼠嚼殘風露
顆。朝來驚見可顰眉。鼠食茘枝　同
91微雲半散月如弓。夢落松牕西復東。君縱有諼吾可
忍。雪消何草不春風。俗所謂忍諼艸也　蘭坡
92野菜如雲堪作虀。摘來溪女喜春晴。風前爲愛梅花
好。籃底未盈三曲莖。摘菜　天隱

中扇　第五橋如万里橋
101病臥東山人白頭　薔薇洞口憶曽游　一徒詩友四
方散　残雨晩枝花也愁　薔薇　同
題扇面楳花送人之海西　村庵
102從此相臨落月低　楳邊握手惜分携　蒲帆一幅催
風便　載得暗香過海西」10ウ
103宮花不管鹿啣時　好子徧知愛茘枝　飢鼠嚼残風
露顆　朝来驚見可顰眉　鼠食茘枝　同
104微雲半散月如弓　夢落松牕西復東　君縱有諼吾
可忍　雪消何草不春風　俗所謂忍諼屮也　蘭坡
105野菜《菜カ》如雲堪作虀　摘来溪女喜春晴　風前為愛梅
花好　籃底未盈三曲莖　摘菜《菜カ》　天隠

93王師聞説代西威。恰似秋風偃草時。好爲國家全晚
節。忠心不愧傲霜枝。署序　同
94樹底今無一片紅。夢醒草色綠連空。雨餘最愛芳洲
上。杜若花疎倚晚風。　同
95山石榴開雨霽時。藤花滿架影垂々。惜春欲繫西飛
日。百尺長繩應此枝。躑躅藤花　同
96漁舟歸盡已黃昏。沙觜潮來沒漲痕。一陣涼風吹月
落。只疑白鷺立蘆根。蘆花明月　天隱
爲桃蹊書記題之桃花下有一老翁　月舟
97桃成蹊處引仙翁。豈與世間凡種同。海上春長九千
歲。何人錯恨五更風。
98蒲萄露重半低垂。不掛棚頭不倚籬。碼碯寺僧今化

三隅中書公承命欲征西虜人皆期百勝因出秋
草花畫扇求一章卒書以賀其功業大者云
106王師聞説伐西威　恰似秋風偃草時　好為国家全
晚節　忠心不愧傲霜枝　同
107樹底今無一片紅　夢醒草色緑連空　雨餘最愛芳
洲上」11オ　杜若花踈倚晚風　同
108山石榴開雨霽時　藤花隔架影垂々　惜春欲繫西
飛日　百尺長縄應此枝　躑躅藤花　同
109漁舟皈尽已黄昏　沙觜潮来沒漲痕　一陣涼風吹
月落　只疑白鷺立芦根　芦花明月　同
為桃蹊書記題之桃花下有一老翁　月舟
110桃成蹊処引仙翁　豈與世間凡種同　海上春長九
千歳　何人錯恨五更風
111蒲萄露重半低垂　不掛棚頭不倚籬　碼碯寺僧今

鼠。以鬚爲筆寫斯枝。蒲萄上有鼠　驢　雪

99何處林間得此枝。消腰脚病老尤奇。燕秦大國栗千樹。富類公侯作福基。畫實一枝有之　仁　如

盆積佳果瓜枇杷櫻桃茄子等　同

100人如潘岳有姿儀。珍果盈盛投贈之。想見醉餘吟味美。乘涼快意可題詩。

101琴翁扶醉歩遲々。雁齒橋東欲問誰。上有高山下流水。前村花亦鳳鳴枝。琴翁　月　舟

102萬里海天殘照前。波間揺曳釣魚船。誰知世外官租重。浦浦人忙塩戸圖。漁船塩戸圖　瑞　岩

103射獵暮年聊遣憂。秋風白草故園秋。閑房人道久憔悴。猿臂猶能穿石不。　江　西

化鼠　以鬚為筆写斯枝　蒲萄上有鼠　駈雪

112何処林間得此枝　消腰脚病老尤奇　燕秦大國栗千樹』11ウ　冨類公侯作福基　畫栗實一枝有之　仁如

盆積佳果瓜枇杷櫻桃茄子等

113人如潘岳有姿儀　珍果盈盛投贈之　想見醉餘吟味美　乗凉快意可題詩

114琴翁扶醉歩遅々　雁齒橋東欲問誰　上有高山下流水　前村花亦鳳鳴枝　琴翁　月翁

115万里海天残照前　波間揺曳釣魚舩　誰知世外官租《租》重　浦々人忙塩戸煙　漁舩塩戸圖　瑞岩

116射獵暮年聊遣憂　秋風白草故園秋　閑房人道久憔悴　猿臂猶能穿石不　江西

104 梧桐葉上露花新。龜甲屛風凝碧塵。古往今來團扇恨。何惟長信病夫人。　團扇　　同

105 鑑湖五月水亭秋。一露京塵負此遊。看畫知君增感慨。山前二客喚歸舟。又　　同

團扇 掬水月在手上無月而波底在之　　蘭坡

106 微雲襲月水將波。今夜池邊奈汝何。掬取清光急歸去。風吹恐作兩嫦娥。

107 氣宇如玉|雙桂翁。文章道德冠僧中。唯留一柄曾携扇。千古教人仰下風。雙桂團扇　　瑞岩

---

117 梧桐葉上露花新　亀甲屛風凝碧塵　古往今来團扇恨」12オ　何惟長信病夫人　團扇　　同

118 鑑湖五月水亭秋　一露京塵負此遊　看畫知君増感慨　山前二客喚皈舟　又　　同

團扇 掬水月在手上無月而波底在之　　蘭坡

119 微雲襲月水將波　今夜池邊奈汝何　掬取清光急皈去　風吹恐作兩嫦娥

120 氣宇如王双桂翁　文章道德冠僧中　唯留一柄曽携扇　千古教人仰下風　双桂團扇　　瑞岩

蜻蜓拘畫扇　　同

★121 不向平原従獵騎　逐毚心在小蜻蜓　恢張傲睨水精眼　貪見高飛雲母翎　欸々危哉侵猛勢　狺々壮者触微形」12ウ　江邊湏傍釣絲立　莫認桃花背上馨。

★122千重万重煙樹　一点兩点暮鴉　安得元暉水墨
変成錦様鴬花　彦竜

天隠
★123湘南天下甲　八景一時兼　市罷鐘声遠　漁皈帆
影添　雪平迷落雁　雨過洗残蟾　山水吾攸嗜
看圖心未廉

題扇面畫七首　絶海
★124山路険難履　渓橋危莫過　悠々舟一葉　随意弄
晴波

又　同
★125橋架銀河廻　松栄雨露新　相如題柱後　丁固夢
應頻

又　同」13オ
★126涼露一枝草　輕風半夜秋　香羅舒未搗　何以寄
辺愁

又　　　　　　　　　　　　　　　　同

★127 風吹烏帽欹　覔句扇子頤　對月無佳句　應為月所嗤

又　　　　　　　　　　　　　　　　同

★128 樹色濃於墨　山光雨歇時　扁舟何処客　水闊暮皈遲

又　　　　　　　　　　　　　　　　同

★129 過橋欲何往　破帽走黄塵　不有琴随後　青山合笑人

又　　　　　　　　　　　　　　　　同

★130 煙蔵沙上漚　振鷺旧風流　一夢迷天外　肅々水國秋

瑞岩

★131 欝々風杉外　青巒数点浮　一行何処雁　相喚月西流

」13ウ

雌雄鶏　同

★132 五色映朝陽　毛翎小鳳凰　雌雄相倚処　野屮吐
幽芳

又　同

★133 石竹吐幽芳　麝眠垂夕陽　虞人恐難避　風過四
山香

石榴夏菊　同

★134 榴花開暑日　夏菊又同時　遠道恐凋落　丹青寄
兩枝

又　同

★135 不知何処客　避雨老松陰　樹亦有賢者　曽無愛
爵心

又　同

★136 遠近青山色　莫如舩上看　願隨釣翁去　江海寄
衰残

又　　　　　　　　　　　　　　　　　　　　同

★137 畫中桃與柳　悠久駐春看　清汴緑煙歇　玄都紅雨乾

」14オ

又　　　　　　　　　　　　　　　　　　　　同

★138 荒村煙樹裡　茶店酒旗斜　因記曽為客　晩投野老家

又　　　　　　　　　　　　　　　　　　　　同

★139 櫻葉夜叉髪　萱花児女心　情忌妍醜一　畫手写吾襟

又　　　　　　　　　　　　　　　　　　　　同

★140 素屏兼素几　聞昔賜毛公　此扇今誰贈　譬君清白風

又　　　　　　　　　　　　　　　　　　　　同

★141 山色濃於黛　波光淡似烟　不知誰氏屋　随意買江天

又　同

★142青松堪歳寒　紅薬媚春闌　写上合歓扇　老韓同
傳看

」14ウ

又　同

★143枯木嘯鵂鶹　荒村霧雨愁　流星欹兩眼　晝不見
山丘

又　同

★144梅兄真皃敬　松友亦心親　欲識歳寒約　君其問
水濵

梅花　同

★145寒梅野水湄　的皪兩三枝　咫尺相思意　無花説
向誰

題扇面萱草　同

★146忘憂千古吏　百草一何加　独怪慓陽尉　呼為児
女花

又　瑞岩

★147 数家煙樹間　遙望暮帆還　不識能詩客　貪看遠
近山

又　同

★148 荻芽初緑処　好在野鴛鴦　唯此双々影　教人恐
断腸

」15オ

又　同

★149 竹下雀相闘　黄毛聖得知　飜然未飛散　誰早定
安危

又　同

★150 兩髩誰氏郎　並轡馬蹄忙　若不得詩伴　何堪村
路長

又　同

★151 了《丫》童趨捕蝶　飛入牡丹叢　莫弄花心露　痴狂損
晩紅

又　瑞岩

★152 三鳳翔千仭　来儀答聖明　人間一凡鳥　看畫愧
虚名

又　同

★153 皈路差村遠　頻鞭蹇衛児　回頭山日暮　我僕歩
何遅

」15ウ

同

★154 山長秋靄淡　樹老埜煙孤　遺逸今登用　漁舟猶
泛湖

同

★155 金華仙客去　沙漠使臣皈　不管無人枚　秋原子
母肥

西胤

★156 亭々抜俗標　鳴珮起神飆　一見此君質　今人茎〔塵カ〕
想銷

同
★157 煙濃春雨霽　日落暮山横　隔岸家何在　催舨漁艇輕

同
★158 鷩飛呼友雁　文《天平》晩欲何栖　聲逐断雲遠　行隨落日低

琴叔」16オ

★159 鷺児横野塘　誤被俊鷹傷　祇恨渚花浅　雪[飠+羽]《翎カ》難得蔵

同
★160 脩竹両三梢　来儀有九苞　斯人惟徳美　相伴欲安巣

梅花鴛鴦　同
★161 梅花臨浅水　紅白影斜横　双宿鴛鴦夢　晴香吹不驚

★162晋時賢者七　脩竹自成叢　日暮隔橋語　知渠趣不同　蘭坡

兩翁乗馬其後有携琴童　同

★163翁々行並轡　岳湛一何妍　不用税琴々　松風自入絃　同

★164秋入碧梧枝　留花候鳳兒　簫韶今已矣　喜我々覩来

」16ウ

蘭坡

★165脩竹兩三竿　與梅同共寒　可憐双宿雀カ　置枕泰山安　同

★166老松幾千歳　月掛数朝枝　翠蓋風吹断　氷輪露半規

同

★167 玉立三竿竹　々間梅臥開　若能乗化去　無復送
香来

天隠

★168 得魚忘却筌　到岸不須舩　踢倒水中月　滄浪濯
足眠

同

又

★169 今秋霜未下　点々水花稠　可惜滄波上　不添一
白鴎

同

★170 仙鶴養雛雌伴雄　毛衣雪白海棠風　若分玉兎長
生薬」17オ　夜々同栖月殿中　鶴兎

同

山予入洛五年

★171 白雲青嶂裡　五載寄斯身　京洛今看畫　孱顔我
故人

野草悼月洲居士　同

★172野草誰曽種　閑庭餘碧波　人生兼夕陽　終不待秋風

群児讀書弄水圖　同

★173人間畫児戯　孔跖共塵埃　書巻只遮眼　功名水一盃

又　天隠

★174鞭駈何処去　野色滿吟衣　童子不隨後　憑誰扶醉皈

癸未之冬福可老人来京師臨其別出便面以見需鄙語畫以一老人對月弾琴余題之曰千里共』17ウ看霜夜月知音何必在徴（徽カ）絃乙酉之夏又寄扇曰前年之扇為人奪去願重題一詩披而見之則雲際秋月彷彿也本題其上以还之老人介咲曰余詩即第二月也　同

★175故人無恙否　一別已三年　有約来秋月　相逢照

夜禅

葦間有舟　同

★176 京遊情已倦　入夢暮江舟　有約葦林雨　往将問
白鴎

又　同

★177 山路雨晴時　渓流触石鳴　定知無宿客　万木林
鵑声

独雁　同

★178 雁々皆皈尽　遅留独奈何　遙思掄〔不審〕塞北　春晩雪」18オ
猶多

鶉　同

★179 弱羽戯奔々　秋風日色暄　草深服食足　野鳥亦
天恩

又　天隠

★180可憐双白鷺　諆（謀）食苦斯身　終日碧芦下　未嘗得
一鱗

芦　同

★181芦筍叢々短　春流渺々長　待看来雁白（不審）　花白夜
如霜

又　同

★182沢國毎慳晴　雨来簑袂鳴　維舟黄葦渚　欲聴打
篷声

又　同

★183清朝無隠者　誰老此江于　鴎境紅塵遠　扁舟天
地寛

同　」18ウ

★184除却金焦外　寺如此景稀　漁舟碧波上　載得暮
鐘皈

又　　　　　　同
★185 暑約《署彴カ》無人渡　押《柳カ》陰不繫舟　定知花落後　村舎欠
春遊

墨竹　　　　　　同
★186 此君無恙不　欲理歳寒盟　若有今宵雪　往聴戛
玉声

魚　　　　　　同
★187 小大相忘樂　洋々同隊魚　莫貪漁者餌　須寄故
人書

又　　　　　　同
★188 並轡去何之　兩儒共話詩　敲推吟未穏　一任馬
遲々

又　　　　　　天隠
★189 山行吟又詠　未得一聯詩　貪見前峰月　蹇驢歩
較遲」19オ

満地皆墨雨荻花一叢其色白　同
★190動之風颯々　披則雨蕭々　人道秋初荻　自疑雪
裡蕉

秋草　同
★191庭院秋花満　主人應有情　料知風雨夜　欲聴暗
蛩声

又　同
★192林缺塔尖露　雨晴山色明　暮楼鐘一杵　陣々宿
鴉驚

桃實　同
★193仙菓已三偸　其人今在不　流年誰兎《免カ》老　露冷茂
陵秋

挑《桃カ》鸚鵡　同
★194𨼆《隴カ》禽雖解語　挑《桃カ》笑不能言　為問花成實　仙山春
幾番

藤　　同

★195 紫花兼緑葉　嫋々報春残　願托長松揃　相纏到」19ウ
歳寒

又　　同

★196 飄然一葉舟　風雨暗中流　日暮猶垂釣　漁翁亦
有求

又　　同

★197 断腸餘此草　風葉露初乾　寄語莫披扇　愁人不
忍看

天隠

★198 杜若與紅葵　折来欲寄誰　憑花傳我意　莫怪別
無詩

梅　　同

★199 上天謫白竜　蟄臥閉三冬　似識葉公怖　化斯氷
雪容

紅白梅　　同

★200 可怪滿林雪　紛々落地紅　色雖争兩様　香只一
般風」20オ

雪梅　　同

★201 世皆愛牡丹　誰又問梅寒　清暁枝将折　無人掃
雪看

立春前一日　　同

★202 春自明朝到　雪消池水多　双鴛先有約　相喚浴
新波

一漁吹笛一漁濯足　　同

★203 沙鳥背人去　非驚漁笛声　應嫌塵土足　汚却碧
波清

万里

★204 茅檐三四五　暮烏欲飛時　淅樹遠村暗　行人背
酒旗

雪嶺

★205畫裡佳山水　使人生旅愁　寄言篷底客　舩尾載

吾不

彦竜「20ウ」

★206翠袖歳寒約　紅粧春色佳　願成枝上鳥　託此野

生涯

同

★207四海一人憂　長江万古流　青雲他夜月　白屋此

時秋

仁如

★208風閑波浪平　野渡扁舟横　若有済川手　相随寄

此生

凞春

★209峨嵋雖景美　争若赤城春　一柄生苕帚　無塵処

惹塵

釣魚圖　同

★210 誰歟垂釣者　非呂定應遵　于雨又于月　除鴎無故人

同

★211 古寺聳青嶂　危橋横碧湾　全無塵俗到　誰識主人閑 」21オ

同

★212 溪流橋半断　山靄路無蹤　應是丹青妙　眼開煙寺鐘

篠間有蟹　同

★213 篠間有物　怒目横行　擘出双戟　起何義兵

彦竜

★214 残山数抹　落月一方　迷花野草　觴過風香

同

108崑崙茄紫自仙家。王母蟠桃王母瓜。三種嘉殽風味
別。勸君杯酒祝齡遐。畧序┃　　　　　仁　如

★215水離無魚　天應有鶴　羽毛驚落　一團白雲
彦竜

★216白鬚又白頭　同色鷺兼鴎　九鼎漢家定　百年一
葉舟

★217鳳栖梧老　鷓啼花深　叢篁枯木　付與野禽
同　』21ウ

★218風竹花無色　寒泉月有声　人間何以比　夷寔聖
之清
同

古狩野法眼畫桃瓜茄諏方信濃扇也順照来乞
永禄十二八念五當座書之後改三句作幸有嘉
殽三種藥雖然書以遺矣噬臍而已　　仁如

219崑崙茄紫自仙家　王母蟠桃王母瓜　三種嘉殽風
味別　勧君杯酒祝齢遐

龜山　玄愼書之

五言詩百十首畧之

翰林五鳳集巻第五十一終

翰林五鳳集巻第五十一

」22オ

第三節　国立公文書館 内閣文庫蔵『花上集鈔』乾巻の本文（翻刻）

緒言

本節は、国立公文書館 内閣文庫蔵『花上集鈔』の乾巻の翻刻を行う。『花上集鈔』は『花上集』の抄物であり、同集所収の作品を解釈する際に大いに手助けとなる。『花上集』の抄物にはもう一本、『義堂絶句講義』が、宮内庁書陵部に所蔵されている。冒頭部分の作品が義堂周信の七言絶句詩であるところからの命名である。柳田征司氏は、以下のように指摘されている[1]。

> 伝本二本の中、内閣文庫本は室町時代末期写本、書陵部本は江戸前期の写本である。本文も前者の方が原形に近いと見られる。後者は、抄文を省略したところがままあり、誤写も相当に多い。
>
> 本抄（内閣文庫本、朝倉注）の抄者と成立年とについてはいまだに手がかりを得ない。ただ、助動詞「シム」「ソロ」（候）の例が見える点などから、室町時代の成立かと見られる。

『花上集』は、横川景三（一四二九～九三）撰『百人一首』と並んで、本朝禅僧の七言絶句詩のみで構成された、五山文学における代表的な詩選集（アンソロジー）である。建仁寺の少年僧文挙契選のために、文挙と風流・文筆の志を同じくする親友の某僧が編集し、横川が命名（彦龍周興の序文による）、長享三年（一四八九）の成立である。京都五山の、詩僧として有名な義堂周信・絶海中津・太白真玄・仲芳円伊・惟忠通恕・謙巌原冲・惟肖得巌・鄂隠慧奯・西胤俊承・玉畹梵芳・江西龍派・心田清播・瑞巌龍惺・瑞渓周鳳・東沼周嚴・九鼎竺重・

九淵龍睬・南江宗沅・如心中恕・希世霊彦の七言絶句詩を各十首ずつ、合計二百首集めている。稿者は、「横川景三撰『百人一首』及び『花上集』の全注釈」という研究課題名で科学研究費補助金（若手研究B、平成22〜24年度）をいただいた。『花上集』の作品としての特徴や、注釈の必要性、伝本研究とそこから派生する問題の若干に関しては、拙稿「五山文学版『百人一首』と『花上集』の基礎的研究――伝本とその周辺――」（『文学』第十二巻第五号、岩波書店、二〇一一年九、一〇月。↓第四章第七節）を参照していただけたら幸いである。

さて、今回は、内閣文庫蔵『花上集鈔』の乾巻のみを翻刻する。乾巻の書誌は、以下の通りである。後代のものと思われる、焦茶色の帙あり（題簽は「花上集抄」）。薄茶色の表紙に題簽は無く（坤巻から推察するに、「花上集鈔乾」という題簽が剥落）、右下に「詩文　五ノ三」、内閣文庫（二種）のシールが貼付されている。大きさは縦二四・〇×横一八・三センチメートルである。内題（端作題）は「花上集」、前の遊び紙には「書籍館印」「和學講談所」、第一丁表には「淺草文庫」「日本政府圖書」の朱印がある。本冊の紙数は、前後それぞれ一丁、二丁の遊び紙を含む、計八二丁である。本文は一二行、朱点・朱引きあり。

注

（1）亀井孝氏『語学資料としての中華若木詩抄（系譜）』（清文堂、昭五五）の研究篇第二節一「『花上集鈔』について」参照。

翻刻

〔凡例〕

一、国立公文書館 内閣文庫蔵『花上集鈔』（特119―22）の乾巻を、抄者の意図した内容をできるだけ正確に再現するために翻刻する。その際、宮内庁書陵部蔵『義堂絶句講義』を参照した。

一、詩ごとに一行アキとし、詩の通し番号（1〜92）は、私に施した。

一、行は送らず、原本の丁移りを示すために、一紙の表の末尾に」印を、裏の末尾に』印を付した。

一、底本の朱点・朱線、墨引き・朱引きの類、各作者の巻頭詩の上に付してある○印や△印は省略した。

一、底本に使用された古体・異体・略体等の漢字や片仮名は、活かせるものはそのままとしたが、活字等の制限から、なるべく正体もしくは通行の字体に改めた。なお、原文の「亊」は「叓」の活字を用い、「ヿ」はコト、「𬼀」はシテに改めた。

一、詩の本文の読点は、句点に改めた。抄文中の読点については、適宜省略した上で、句点と読点に分けて表記した。

一、宛字は底本のままとし、明らかな誤字は［　］、脱字は（　）内に正字で示した。

一、踊り字「ヽ」「々」「〱」は、底本のままとした。

一、濁点は、底本のままとした。ただし、後から付された朱の濁点符については省略した。

一、詩題の下の注記・抄文や、詩後の抄文の行間・行末の小字注は〈　〉に入れて示した。

一、本文の見せ消ち「ミ」は底本のままにし、補入の箇所を示す「。」もそのままとした上で添字した。重ね書きについては判読可能の場合も、■印とした。

一、翻刻上注記すべき箇所には＊印を付し、末尾に翻刻注として一括して掲げる。

〔本文〕

花上集

1　子陵カ釣臺

漢家ノ諸將各論レ功。誰問二羊裘ノ独釣翁一ヲ。强テ被三刘郎ニ尋二旧約一ヲ。一絲吹断暮ノ江ノ風。高祖カラシテ、凌烟閣ノ廿八將ナト云テ、功臣トモヲ畫ニカイテ封セラル、ソ。子陵ハ後漢ノ者ソ。カウ論シタカ、此ノ子陵ホトノ見叓ナ者ハナイカ、是ヲハ問ヌソ。羊ノ皮衣ヲキテ居タホトニ、知人カナイソ。强――、刘郎ハ刘氏ノ王ソ。光武ノ叓ソ。殊ニ漢ノ中興チヤソ。王莽カ天下ヲ取タヲ、取返タ人ソ。光武ヲ指シテ云ソ。始ハ不肖テ、厳子陵ト同学テアツタソ。後ニ天子トナツタ。サレトモ、後ニ尋ラレタカ名誉ソ。糟糠ノ妻《メ》ヲハ、堂下ニ不レ置ト云ヤウニソ。尋ハ、ツクトヨムソ。貧ナ時ハ、不思議ノ者ヲ娶《メトル》。後ニ人ニナツテ、大名ヲ」

（1オ）娶《メトレ》トモ、其前ノヲハ、堂下ニハヲカスト云ヤウナソ。巌子陵ハ、王ニマミエラル、心ハナイソ。晩景ニ糸ヲ風ニ吹レテ、居タマテチヤソ。心ハ天下ヲハ糸一筋程ニカロク思フタソ。万叓無心一釣竿。三公不換此江山。平生恨識二刘文叔一。惹二得虚名一満レ世間ニノ心ソ。山谷詩云、平生久要ノ刘文叔。不二肯爲レ渠作一レ三公。能令ハ漢家重レ九鼎。桐江波上一絲風。コレカラ出タソ。是ニ名誉ノ義理カ多ソ。此句ヲ絶海ノ義ト、江西ノ義トヲ唐《カラ》テ問タソ。絶海ノ義ハ、天下ヲ打取テ、九鼎ヨリモ重シテヲカレタソ。禹ノ鼎ハ、九々八十一万人ノ重サソ。カウシテヲカレタ程ニ、マウサウ叓カナイホトニ、一絲ノ風マテソ。江西ノ義ハ、九々八十一万人ノ鼎ヨリモ重シトハ、潔白ヲ尽スハ一絲ノ風ソ。ヨク名聞ノ心カナイ程ニ、カウ重シナイタ、タ、此一絲ノ風ナス処ソ。唐人カ、絶海翁ノハ常也。江《コウ》西翁ノハ勝レリト書テタイタソ。名誉ノコトソ。〈古今詩人作ツイカナワヌ詩ソ。昭君（出塞）——ノ詩ト此詩ト也。〉』（1ウ）

2　雨中對レ花

三年不レ作二禁城ノ遊一。幾度カ東風喚フ二客愁ヲ一。今日暮烟春雨ノ裡。對シテレ花猶認ム旧風流。此二三年田舎ノ方へ下テイラレタソ。禁城ハ内裡都ナトノコトソ。幾度——、春ニナレハ、サソ京ノ方ハ花ノサカリテアルラウト思フ時分ニ、東風カサテ京ノ花ハミタウハナイカト、我客愁ヲ喚ヤウナソ。今日——、春雨ノ中ニサイタ。暮烟ノ時分ニ、コシカタ都テ詩人タチトヨリ合テ、詩作タ叓ヲ思出タソ。

3　對レ花懐レ旧〈紛々誤ルレ秦ハ皆ヲ渠輩レカ、何ソ只王家ノ一寧馨ケイノミナラン。〉衍也

紛々タル世叓乱如レ麻。旧恨新愁只自嗟ス。春夢醒来人不レ見テ。暮烟雨洒ク紫荊《ケイ》花。〈秦地故人成遠夢一ト云々アリ。〉ムタト乱タナリソ。一天下ノナリハ、トコモ乱カハシウテ、麻ノ風ニ吹レテ、乱レタヤウナソ。サル程ニモトノ叓モ恨アリ。又今モ愁カアル。サレトモ無用ノ叓ヲ恨ト云ヤウニ、只ヒトリ心中ニ思テ、居ル」（2オ）マテソ。サルホトニカウアル時ハ、ヌルヨリ外ノ叓ハナイソ。必ス心ニ物ノ叶ヌ時ハ、カウ有物ソ。晩景サマ夢サメテヲキテ見タレハ、人ハナシ。紫荊花ニ雨カソ、イタマテチヤソ。惣シテ紫荊花ハ兄弟ノ間ニ用ル故叓ソ。匂府ニモアラウソ。兄弟ノ中悪ナツタレハ枯タソ。又中カヨク

ナツタレハ生シタソ。コ、モ兄弟ナントヲ思イタイタナリソ。匀府、田真田慶田廣欲レ分レ財、堂前紫荊《ノ》花葉《ハ》茂《モリ》盛《ンナリ》、議斫為レ三、暁即憔悴、真嘆曰、樹本同株、□分也、斫即憔悴、人何不レ如、遂不復分一。斉諧記、排匀、田真兄弟三人、堂前有二紫荊一株一、茂甚、共議破レ之為レ三、未幾枯死、兄弟曰、本因分析而憔悴、況人兄弟孔懐而可離乎、相感復合、荊亦復茂。

4　山水《ノ》軸

彷彿《タリ》江南水竹《ノ》村。落帆何処《ニカ》認《ン》二柴門《ヲ》一。夕陽断岸楓林《ノ》上。数点《ノ》栖鴉酔墨《ノアト》痕。和尚様カナンソノ軸テソ、アツツラウ。此』（2ウ）軸ヲ見レハ、誠ニ江南ノ辺ノ様ナソ。江南江北紙銭飛ナト云カ、叓林廣記ノ古板《ハン》テ一段トヨウ見ヘタソ。水辺ノ竹ナトノ生タカ、江南ノ辺ニヨウ似タソ。帆ノ行ク処ハ柴ヲ以テ門ヲシタ。ア、門ヲトメテ行ケナソ。夕陽──、此ハ秋末ト見ヘタソ。岸モミチカアルカ、其上ニハ、ソ、ト烏ヲカイタソ。此烏ハ、誠ニスミヲ付タニ似タヨウ、シキノ烏ニシナイタソ。モミチニハ烏ノ飛ト云故叓アリ。坡詩ニ夕陽楓葉見レ鴉翻。

5　同

江上何人《カ》把《トル》二釣絲《ヲ》一。欲《シテ》題《ト》二名字《ヲ》一更《ニ》尋思《ス》。若非《ンハ》二厳瀬劉家《ノ》客《ニ》一。定是磻溪帝者《ノ》師。釣ヲ垂テ居タナリソ。是ハ何タル者ソト問テ、三四ノ句テ云ソ。誰テソウ名ヲ書付ウト思テ尋テミツ。又思案シテミツスルニ、推量申タ。厳子陵テアラウソ。若ソレテナクハ、太公房［望］テアラウソ。一定是テアラウソ。厳瀬ト云ハ、所ノ名ナレトモ、子陵カコトニナルソ。磻《ハン》溪トモ、磻《ハ》─トモ云。〈姜子牙ヲ。〉八十テ文王ノヨヒ出テ、師トセラレタソ。」（3オ）

6　送人《ノ》皈京〈是モ田舎ニ居テ作ラレタ詩ソ。〉

輦下《ノ》招提西又東。因ニ君《カ》皈去《ルニ》一思《イ》重々。孤雲海角三年《ノ》夢。落月長安幾《イクハク》夜《ノ》鐘《ソ》。内裡ノ辺ノ叓ソ。天子ノ行幸セラル、ヤウナソ。輦路共云ソ。禁中ソ。其禁中テモ帝王ノ御寺カアルソ。タトヘハ、諸五山ノ西ニハ嵯峨、東ニハ建仁寺・南禅寺ナト云ヤウニソ。南北モ同シイソ。因君──、貴方ノ都ヘ御皈リナサル、カ、我モ皈タイ叓ハ是非モナケレトモ、ヱ皈ヌソ。去程ニ貴方ノ皈ラル、ヲ見テ、皈タイ。《コト》ハ、思重々ソ。義堂ハ四國ノ人テ、文殊ニ祈テマウケタ子ソ。孤―、海角ハ遠國ノスミニイルソ。句中ノ對カ面白ソ。都カナツカシイト夜モ晝モ思ホトニ、夢《ニ》ミルソ。ソノ寺《ノ》晩鐘コソナルラウト夢《ニ》モミルソ。

7　留ニ別故《ス》人《ニ》一

送ニ尽《シテ》飯鴻《ヲ》一客未《タ》レ行《カ》。詩成《テ》何《ノ》処《ニカ》欲《ス》レ尋《ント》レ盟《ヲ》。吟遊留得《タリ》数竿《ノ》竹。』（3ウ）写《シ》出《ス》江東日暮《ノ》情。鴻ハカリカネソ。音信ノ叓ニ用ル程ニソ。詩ヲ作テ、留テヲイテ、別ル、ト云義ソ。厂カイヌルソ。客ハ旅人ソ。文章《ヲ》云イ傳《シ》ナト云コトハ、京カラノ音信ナトヲタトウルソ。詩成―、詩作テアルカ、其人ト申合テ、友フソ。僧中テ申ナラハ、社中《ノ》盟ソ。吟―、吟留《ルコトハ》、数竿《ノ》竹ニ留ラル、ソ。渭北春天樹、江東日暮雲　ハ杜カ句《ソ》。杜《ト》李《ト》知音《シテ》、李ハ酒トモタチ也。詩友也。チヤガ、我ハ渭北ニシマハル。李ハ江東《ノ》辺《ニ》イラル、程ニ、タカイニ日暮ノ時分《ニ》兩方カラ思タイタト云ヲ、コ、テ留タト云カ義《ト》堂ノ新意ソ。

8　楓橋夜泊圖

曽《テ》讀《ム》ニ楓橋夜泊《ノ》詩一。畫圖今《ト》見《レハ》墨淋漓。張公去後無《シ》ニ人《ノ》和《スル》一。夜半鐘声聴者誰《ノハソ》。昔小喝食《ノ》時、字サシテ讀タカ、其後ハ年ヨツテ、ソノヤウナ叓ハヲトナケナイ程ニトリアケモセヌカ、今又畫《ニ》カイ」（4オ）タヲ見ヨ。和尚ヤウニ墨ヲリンリトソ、イタヨ。張―、ソノ昔ノ張継ハ、ソツトハヅイテイラレヌト云カ詩ソ。死タナト云ハ、イヤシイソ。サテ是張継ニ相ツイテ、詩ツクル者ハナイソ。タ、其后ハ鐘カリチヤカ、是モ面白心《ノ》アル者カキイテコソチヤカ、キ、テカ大叓ソ。サテ誰カキクラウソ。

9　墨梅〈畫也。〉

夢《ハ》入《ル》ニ羅浮《ノ》小洞天《ニ》一。幽人引《ヒケハ》レ歩《ヲ》月嬋娟。暁来一覚《カフ》知《ヌ》何処《ソ》。雪後《ノ》梅花浅水辺《ノ》。分明《ニ》作ラヌ夢《ハ》ウトリトシタ者ソ。真実ノシヤウネト――《不実》心トカアルソ。酒ハ鈍《ニ》ナルソ。キカリトハセヌソ。コ、ヲ作タカ面白ソ。サメタ時ハ、イカデ夢《ニ》入タソ。〈―ノ内ニ洞天アルソ。〉羅浮ハ梅ノ道地ソ。小洞天《ト》云ハ、卅六ノ洞天《ト》云《テ》、仙郷カアルソ。此辺ヲ夢《ニ》シマハツタソ。幽人――、我コトヲサイテ云ソ。ソロ〳〵トアチコチシマワルソ。処ハクライ程《ニ》、墨梅ヲ作タソ。長夜チヤ程《ニ》、暁方夢カ覚タソ。ヤレ我ハ夢ニ羅浮ノ边ヲシマハルト』（4ウ）思フタカトコソト思ヘハ、水ノ浅イ処ヲシマハツタヨト作ルソ。凝露堂不［木］犀詩云、夢騎レ白鳳上ニレ青空、徑《タヽチニ》度レ銀河入レ月宮、身在リ二廣寒ノ香世界、覚来ハ簾外木犀風。白鳳青——、句中ノイロヘソ。一句ノシヤウソ。身—、金色光ソ。興カツタ処ヘキタト思フソ。覚——サメタレハ、カツラノ風吹タマテソ。首カ句法ソ。夢ニ来タト云ヘハ、覚来ハト云ハイテカナワヌソ。

10　杜甫騎カレ驢圖〈甫ハ諱《イミナ》ソ。詩ノ上手貧乏シタ者ソ。驢ハウサキ馬ト云者ソ。耳カ長イ程ニ、日本ニ云付タソ。シキノ馬ハナシチヤ程ニ、是《コレ》ニノツタソ。〉

万里橋西一路斜。驢断テ二落日ニ一促二皈家ヲ一。故園合ハレ在キニル二長安ノ外ニ一。韋曲ノ春風二月花。蜀ノ國ソ。草堂ノアル処ソ。家住ニ成都万里橋一ト云処ソ。田舎チヤホトニ、大道ハナイ。山道ノヤウニソトシタカ、一スチアルソ。驢—、ヤセタルウサキ馬ニノツテ、詩ヲ吟シテマワル程ニ、日カ暮ルソ。イニタサウナヲミテ、馬カ皈家ヲモヨヲスソ。故——、桃李ノ故園ナト云モ、」（5オ）故郷ヲサスソ。杜モ田舎人ソ。皈家ノ字カ三四ノ句ヘコタヘタソ。韋—ハ、ソトシタ里ソ。杜曲花無頼ナト云ソ。ソトシタ処ナレトモ、花カアル程ニ詩作ルニハヨイ処ソ。

11　折枝芙蓉〈枝ヲリテハナイソ。マキル、コトソ。題ニアル時ハ畫ニ出タコトソ。コ、モ枝ヲリニシタ様ニシタソ。絶海ハ焦［蕉］堅トモ云。勝定國師トモ云ソ。〉

楚妃酔困傍フ二西風ニ一。曽テ侍シテ二君王ニ一宴ス二渚宮ニ一〈楚王ノ美女ヲ集宴シタ処ソ。〉。鳴《メイ》佩皈来秋淡《タン》々。残粧影落ツ玉屏ノ中。楚國ノ美人ト云ヲ、花ニタトヘタソ。酒ニ酔テ西風ニタヨツテイタソ。西風ハ芙蓉ノ故吏ソ。高瞻カ下第ノ詩ニ、天上碧桃ノ和ハレ露種。日边紅李杏倚ハレ雲栽。芙蓉生在秋江上。不二向東風怨一レ未開ヲ。秋サク物チヤホトニソ。宴スハ、酒モリヲスルコトソ。燕モ同シ。對ナトニヨイソ。鳴佩ハヲヒノコトソ。環ヲ入タカ、酒宴《エン》ハテ、皈ラル、程ニサ、メイタソ。淡々ハス、シイコトソ。残—、ノコリタヨソヲイカ、屏風ノ影ニウツ、タソ。コ、テミヘタ畫チヤソ。』（5ウ）

12　春夢

蝶入《テ》二南華《ニ》一曽栩々《テク》。相逢《テ》欲《レハ》レ語《ント》意綢繆《チウビウ》。一《タヒ》従二宋玉賦《カ》成一後。暮雨朝雲摠《ニ》是愁。題ニ心ヲツケテ、此詩ヲ見ソ。荘子カ故叓、イツモノコトソ。南花ハ荘子カ名也。入南華テ、花ヲモタセタソ。栩々ハ、荘子ノ字ソ。栩々ハ、忻暢《チヤウノ》皃。荘周夢為《ニ》胡蝶、栩々然《トシテ》不レ知レ周《ヲ》一也。俄然《トシテ》覚《ムルトキハ》則遽々然周也。不知周之夢為レ胡蝶。々々之夢為周。々与《ト》胡蝶《ト》必有レ分矣。是謂物化相——夢チヤホトニ、タシカニハナイ。綢繆ハ毛詩ノ字ソ。分明ニナイ。タテヌキニ糸ナトノアルヤウニ、ムサ〳〵トシタナリソ。一従——、コレハ心得叓ソ。一二ノ句ニ故叓ヲ作ルニ、別ノ故叓ヲ三四ノ句ニスルコトハ、今ハセヌソ。宋玉カ高唐ノコトソ。是モマキレノアルコトソ。高唐賦《ノ》ヲ作テカラ、ヨウニモナイコトヲシテカラ、朝ノ雲ヲ見テモ愁へ、夕ノ雨ヲ見テモ愁ニナルソ。楚襄王与宋玉遊レ雲夢、望レ高唐之観、」（6オ）上《カニ》有レ雲気。王［玉］曰首《ハシメ》先生［王］遊レ南［高］堂［唐］昼《ル》寝《ヌル》。夢ニ一婦人一。曰、妾巫山之女也。朝《ニハ》為レ行雲《ト》。暮《ニハ》為《テ》ニ行雨《ト》一。朝々暮々至ニ陽臺之下ニ云コトノアルソ。マキレカアルト心得へシ。

13　鐘聲〈二字題ヲクニモ、ヨノ二字題ノ時ハ、其ノ題ノ字《ヲハ》ヲカサヌ物ソ。サレトモ、其詩カトンタ詩ナレハ、分テヲクヤウナコトハアルソ。二字ツ、ケテハヲカヌソ。〉

清夜沈々群籟収《ライル》。踈鐘声近《シシ》月中ノ楼。十年夢断《フ》楓橋ノ泊。吟興正逢《フ》長楽ノ秋。夜カ深テイカニモシツマリキツテ、イカニモ静ナコトソ。籟〈天籟人—北—アリ。〉ハ風ト云心ソ。風ノヲトモシン〳〵トシタ。鐘キ、サウナ体ヲシタイタソ。近々トキコヘタハ、シツカナソ。十年——、十年ハカリコシカタ、楓橋ノ辺ニ宿ヲ借テイタカ、其モ夢ニナツテ、今ハ引カヘテ、十年ハカリ夢タヘテ、今ハ面白都ノ鐘ヲキイタソ。高祖七年ニ長楽宮ヲ立ラレタ。鐘ノアル処ソ。惟肖ノ高祖七』（6ウ）年成レ此宮ト作ラレタカ、名誉ソ。サテ、詩作テ遊ハウナラハ、面白ソ。

14　花下留《ニ》レ客

千里ノ佳期一夕同《シ》。花辺開《ニテ》レ席坐《ヲース》ニ春風《ニ》一。明朝花落客還《テ》去《ラハ》。門径縁《カ》レ誰掃《ン》ニ落紅《ヲ》一。コノトメマラセタ御客人ハ、千里ハカリヘタ、ツタカ、平生知音テ、千里同風ノ客ソ。佳期ハ、約束申タヨ。風流ナ約束ソ。サテ、トコテアウタソナレハ、花下ニ筵ヲ開イテ、春風ニ座ト云カ面白ソ。古文真宝、李白、桃李園序、開レ《テ》束瓊《筵》。園座レ花、飛羽觴酔レ月ノ心ソ。坐春風ト云カキヤシヤテ、面白ソ。明――、コ、ニセウシナコトカアルヨ。ハヤ離別ノ情カ催スソ。是レカセウシソ。御皈リアツタラウアトニハ、我ト共ニサウ嘆スル者モアルマイソ。去程ニ落花ヲ拂テミル者モアルマイ。其時、御ナツカシカラウスヨ。

15　僧窓移レ蘭ヲ」（7オ）〈――蘭ト云ハ賢人ニ比ス。〉

蘭生《シテ》二幽谷《ニ》一独開《リク》レ花《ヲ》。藹々《タル》國香堪二自誇《ルニ》一。寂寞《タル》楚江無《シ》レ逐客。孤芳移《シテル》入二野僧家《カニ》一。藹々、晻藹《エンアイハ》樹ノ繁茂ノ皃、廣匂ニ暗也。選幽蘭芳藹。幽谷ノ蘭ト云テ、カスカナ谷ニ生スル物ソ。人遠イ処ノ深谷ニ独リ開テ香イ物ソ。國香ハ比類モナイソ。我カヤウニ香イ物ワナイトホコリサウナソ。寂――、楚江ノ边ニアル物チヤソ。屈原カソコヲアルク時、ヲビカナイホトニ、蘭ヲナウテ、帯ニスルト云叓カアルソ。屈原モイヌホトニ、タレモ今ハ、人キレモナイ。湘水へ身ヲ投シテイヌホトニ、帯ニスル者モナイ。サル程ニ、ソノ蘭ヲホツテキテ、不思議ナル僧ノ窓ニ移シテコソ、ナカムレソ。楚辞、紉《テ》レ秋蘭《ヲ》以為レ佩。

16　輦寺看レ花〈諸五山テアラウソ。京ニアル寺ソ。〉

寺近《シテ》二皇居《ニ》一多《シ》レ貴遊。看《テ》レ花却愛一庭ノ幽《ナルヲ》《ユウ》。禅心未《ハ》二必負《ソムカ》一レ春色。院々ノ珠簾半上《ス》レ鉤《ニ》。内裏ノ御近所ニアル寺チヤホトニ、貴人タチカ来テ、遊ル、ソ。談義ヲモキ、、或ハ詩ヲモ作リナトシヨウト思フテ、遊ル、ソ。サテ、ナセニ』（7ウ）寺へ貴人タチハワスルソナレハ、看――、アノ僧ノ処へイタレトモ、面白叓ハナイ。イカニモサヒ〱トシテアル、是カ面白サニ来ラル、ソ。禅ノコ、ロハ、心地ノヨウチヤカ、ソノ工夫ト云物モ、面壁シテイタハカリテハアルマイソ。月■ヨ花ヨノ上コソ、則禅心ヨ。去程ニ春色ニハ負《ソム》クマイソ。月花ヲナカメタ上カ、則禅心テアラウ程ニ、トコニモスダレヲマキアケテ詠ムルソ。

17　読ニ杜牧カ集ヲ一

赤壁ノ英雄遺《ス》二折戟《ヲ》一。阿房ノ宮殿後人悲《ム》。風流独愛《アス》樊川子〈杜牧ソ。〉。

禅榻茶烟吹《ク》二鬢絲《ヲ》一。一ノ句ハ、三体詩ニアル叓ソ。周瑜カ曹公ト戦タコトソ。瑜カ將黄蓋《ガイ》ト云者カ、舩ニ柴ヲツンテ、曹公カ舩ヲ焼タ叓ソ。三体詩ノ時、念比ニ申スコトソ。英雄ハ武者スルケナケ者トモト云心ソ。阿房――、杜牧ハ唐代《ヨ》ノ者テ、以前ノコトヲ推シテ出タホトニ、後人カコナイタコトソ。長恨哥モ目連ノ母ヲ尋ルヤウナ、トシタソ。此賦ヲ見ル者カ、」（8オ）見叓ナ処ヲカイタ物カナト悲シムソ。風流――、コ、テ轉シタソ。唐ノ代テ、尤愛シツヘイ人ハ、杜牧殿テ有ヨ。其ハナンソナレハ、茶―、三体詩ニ有ソ。若時ハ僧キライテイヤカラレタレトモ、年ヨツテハサハナイソ。老僧ノ榻ノ辺ニ入テ、イツモ語ラル、ソ。東坡詩ニ、鬢絲只好對《シスルニ》レ禅榻、湖亭不用張レ水嬉。*年ヨツテ、湖州テ小女約束シタヤウナコトヲシタラハ似合マイカ、茶―テヨイソ。

18　春夜看《ル》レ月《ヲ》

高人招《テ》レ友會《ヲス》二春亭《ニ》一。花影闌殘月一庭。滿袖香《キヤウ》風吹《テ》靄々。

良霄《ハ》何必《シモ》負《カン》レ衰齡《レイニ》。三字四字アル題ニハ、字ヲ、イテ作ルソ。春ノ夜花ノサク時分ニアルイテ月ヲ見タソ。高人トサスハ、其時ノ將軍カ接［摂］政カノ類テ有《アラウ》ソ。招レ友テ春宮ニ會セラレタソ。闌殘ハ花ノコ、ナツタナリソ。月移花影上欄干ナトノ心ソ。滿――、吹風モ香シイソ。靄々ハ小雨《サメ》ナトノフツテ』（8ウ）フツテ、ウル〳〵トシタ体ソ。良―、春到人間無棄物ト云ニ合タソ。良――ハ、花ノアル夜ホトニヨイ夜ハナイソ。其ハ老人チヤト云テ、キライハセヌ程ニソ。

19　喜《フ》二行人《ノ》至《ルヲ》一

溪边《ノ》古木弄《ス》レ殘暉《ヲ》。千里《ノ》行人初到時《キ》。自《ミ》説《ク》三年征役《エキノ》恨。

誰《カ》能双鬢不《ン》レ成《サ》レ絲《ヲ》。ソンジヤウ其旅人ハイツ皈ルト云程ニ、定テ皈リサウナ枯木ノ木陰《コカケ》ニテ待ソ。夕日ノ影カ移タ体ソ。行人ノ漸ク来ラル、時ニ日ハクル、ヲ、自説――、手ヲ取テ、サテモ此ノ二三年遠國ニイラル、時ノカナシサワト語ソ。征役ハ、公方役ニ行コトソ。陣タチナトスルヤウナコトソ。杜カ北《ホク》征ト云公方コトニ行ソ。南征トモ西征トモ云ソ。京ニヱイ、テ、田舎下リヲシタ様ヲ語ソ。田舎ハ、面白コトハ一モナイ、タ、カナシイハカリ■《チ》ヤ程ニ、丈夫ノ心ナリ共、シラガニナラヌコトハ

アルマイソ。我髪ヲ御覧セヨソ。」（9オ）

20　梅花野處《ノ》圖〈花ノアル茅屋也。〉
淡月踈梅野水湾。何人《ニカ》把《テ》レ筆《ヲ》写《ス》レ荒寒《ヲ》。一枝影痩清波《ノ》上《ヘ》。

應《シ》二是孤山雪《セツ》後看《ナル》一。ヲホロ夜ノ体ソ。八重《ヤエ》白梅《リンシ》梅ナトデハアルマイソ。山居ノス、シイ水ノチリ〳〵ト流ル、処ニ、月ノ朦朧トカ、ツタ体《ノ》ノ（ママ）面白サハ、サテ誰ニカナ畫ニカ、セウソ。一枝ソトデタカ、ヱコラヱヌソ。水ノ上へ出タ一枝ヲハ写サセタイソ。是ハ孤山ノ雪后ニ梅ヲナカメタニ、サナガラ似タソ。チトモヲトルマイソ。

21　鵲〈カサ、キソ。烏ノ一對ニ唐ニハ用タソ。〉
月夜繞《テ》レ枝《ヲ》無《シ》レ可レ依《ル》一。翩々《タル》隻影只《タ、》南飛。朝來偶《タマタマ》向《テ》二晴檐ニ一噪《サワク》。此日行人皈《ルヤ》《スヤ》未《タ》レ皈。造作モナイソ。曹操云、月明星稀、烏鵲南飛、回レ木三匝、枝無可依。月夜ニハ星カマレナ物ソ。又月夜ニハカラスナク物ソ。木ヲ三度マテメクツタレトモ、カブロナ木テヨラウズ枝カナイ』（9ウ）ト云タハ、天下ノナリヲ云ソ。其ヲ以テ作タソ。朝来――、夜明ナレハ、軒テサハクソ。サハクハ鳴チヤソ。乾鵲鳴行人至、蜘蛛下吉叓見。此詩ヲ以テミレハ、我身ハ不満テ、三四ノ句ハ人ノタメニヨイソ。

22　春湖《ノ》孤舟　太白〈建仁一山門徒ノ僧也。太白ノ疏、江西ノ談議、惟肖文、心田詩ト云レタ人ソ。南禅雲門菴主盟也。〉
短艇遠従《クリ》二天外一来《ル》。蒲帆満腹《フク》得《テ》レ風開《ク》。篷窓今夜梅花《ノ》渚。欲下傍《テ》二黄昏月下《ニ》一推《サント》上。艇ハ小舟ソ。仄ニシタイ時ハスルソ。ソトシタツリ舟カ、天外カラ来ソ。遠処ハ天ト一ツニ見ユル物ソ。錦繍段ノ春浦ノ皈帆圖詩、疑是桃花源上客《カ》、輕舟天外《ヨリ》得レ春来。蒲――、舩ノ帆ヲハ、蒲テスル物ソ。坡詩ニモ一幅ノ蒲ト云ハ、帆ノコトソ。満腹ハ風ノシハリトナル方ソ。順風ニ帆ヲ挙テ来ル体ソ。篷――、トマニ窓ヲスル物ソ。今夜イソキハヘツイタソ。欲――、月ノ夜ナラハ、ソトヲシアケテ、梅ヲナ」（10オ）カメウトスルヨト云心ソ。

23　松間《ノ》櫻雪

櫻雪《ハク》可《ナリ》レ看《ツ》《ルニ》松《ハシ》可《ナリ》レ聴《ツ》《クニ》。兩株雜《ヘテ》レ色映《ヲス》二窓櫺《レイニ》一。明朝若有《シハ》二洗《フ》レ花《ヲ》去程ニヤウ〳〵晋ノ天下ハナイ程ニ、ヤウ〳〵盆ノ中ニハカ雨一。白雀飛辺一様青《シ》。可ナリトモ、ヘシトモ云ソ。雪ト櫻トハ、ナカメウタメニハ、サリトハ此ノ二ツソ。又風ノ音ヲキカウナラハ、松ソ。一句ノ中ニ見聞ノ二ツカアルソ。兩ーハ、松ト桜トソ。雜レ色ハ青白ヲ合タソ。明ーー、今日ハカウナリ。サテ、明日モシ雨カフツタラハ、洗ト云ハ落花ノ雨ノコトソ。白ーー、雀ハ雪ニ比シテ云ソ。此雀カ飛去タラハ、松ノ色ハカリテアラウソ。造作モナイソ。

24　盆白菊《ノハク》〈盆ノ中ニ菊ヲウエタソ。〉

氷香雪影旧梅魂。一簇《ソクノ》秋叢暁露繁《シ》。不レ覚卯金《ヘハウ》天下改《アラ》《コトヲ》。盆中尺地《セキ》晋《ノ》乾坤。盆山ノ中ニ白菊ヲウヘタホトニ、雪ノカケノ様ナソ。雪ー、白心ソ。大白ノヤウナソ。此菊カ晩梅菊ナト云ヤウニ、梅』（10ウ）ト一ソ。秋叢ハ一ムラカリチヤ程ニ、シゲウ花カツイタソ。タ、ハアルマイソ。不レ覚ーー、卯金ノ治タ時ハ、刀ハイラヌ程ニ、刀ヲ取テノケテ、卯金ト云ソ。渕明ハ司馬氏ソ。此卯金ハ漢テハナウテ、六朝ノ刘氏ソ。晋ハ陶カ全世《セイ》ノ時分ソ。

去程ニヤウ〳〵晋ノ天下ハナイ程ニ、ヤウ〳〵盆ノ中ニハカリ晋ノ地ソ。典午山河無レ寸土、籬辺分得一枝秋ト、墨菊ノ詩ニ僧一初ノ作ラレタ。是カラ作ソ。一二ノ句ハ、陶家ノ旧本偏《アマネシ》レ林丘ニ、野屮無レ端《クハシ》亦姓《ハ》刘。刘寄奴ト云屮カアルソ。菊ナトハ用イラレイテ、野屮カ用ラル、ソ。陶渕明ナトハ、用ラレヌト云心ソ。

25　雨中惜《ニム》レ花

悩ニ乱《セラレテ》風光《ニ》一奈《イ》レ老何《カン》。強《テテ》將レ白髪惜《ヲム》レ春過《ノスルヲ》。尋常只道芭《フ》蕉ノ雨。那《ソン》識《ノ》花時一滴多《モ》《コトヲ》。ア、、セウシナコトカナ。雨カシタ、カニフルヨ。風光ト云ハ、雨ノフル時分ソ。是ヲ思フ程ニ、一夜白髪テカナシイソ。シ」（11オ）カモ又、年光ノ移ルヲモ惜ムソ。尋ーー、世上ヘヨノツネハ秋ノ末ニ芭蕉ノ雨カ悲ト云カ、只カナシイハ、花ノ時ノ雨ソ。一トシツクモ、一段ト悲イソ。芭蕉ノ雨ハ、物ノ数テハナイソ。

26　琴書自樂《ミム》

腐《フ》儒絃誦幾労《カスヲ》レ形。世外ノ幽人骨独醒《ネム》。書在《ハリ》レ床頭《ニ》琴在《ハリ》レ壁《ニ》。

一簾《ノ》残雨暮山青《シ》。クチハテタ當世ノ公家ナト《ノ》ヤウナ儒者ソ。物ヲヨムトテ琴ヲ引ソ。スキニハ身ノナリヲモ忘ルソ。世上――、世上ヲイヤカリテ、山林閑居スルヤウナ人ソ。独醒ハ、サメキツタ者ソ。大酒飲テ、晝寐《ヒルネ》スルツレテハナイソ。書――、琴ヲ壁《ニ》カケテヲク。書ヲハ眠サマシニ見《ミル》ソ。一――、スタレコシニ暮山《ヲ》見ソ。ヒヘキツタナリソ。

27　随レ月讀書〈貧僧《ノ》学問ト見ヘタソ。油《ノ》了簡カナウテ、書《ショ》ヲ讀ソ。史記、斉江泌、随月讀書、月光斜則、握レ書升レ屋、』（11ウ）邀レ月。云々。〉

雪寒《ク》蛍淡《シテ》不レ多《ト》光、随《テ》レ月《ニ》讀《ンテ》レ書《ヲ》情最《モ》長《シ》。想《ニ》合三豪家無二此興一。金《コン》蓮《ノ》官烛照レ華堂《ヲ》。雪ハ孫康カ故叓、蛍ハ車胤カコトソ。誰モ知タコトソ。雪テ讀ムトスレハ、貧僧也。ハダウスナ程《ニ》サムイソ。蛍ハ光カナイ程《ニ》、目カ、スムソ。月《ニ》讀夕程、思出ハナイソ。想――、ブゲン者タチ《ノ》家ニハ、此ノ様ナ興ハ有マイソ。公方蠟燭ノアリアケヲダシスマイテ、大酒飲テイラル、。無道心《ノ》人タチカナト云心ソ。民百姓《ヲ》セメ取《テ》、民《ノ》膏《アフラ》ト云ハ、民《ノ》血ヲ稼穡《ノ》艱難ヲモ不知、学問ヲモセス、世《ヲ》モ治《ヲサメ》ス、道ヲモ知イテ、イタツラニクラスト、鼻《ニ》ノセテ作ラレタソ。

28　移《ス》レ花《ヲ》

本欲三栽《テ》レ花慰《ント》二野生《ヲ》一。飜《テ》憂開落毎《ニ》関《アルヲ》レ情《ニ》。官門幸《ニ》喜《フ》移《シ》レ春《ヲ》去《ルコトヲ》。風雨《ノ》孤窓夢不《ン》レ驚。我ハ学文稽古《ヲモ》セヌ程《ニ》、花《ノ》」（12オ）種ヲモラウテ、ウヘテ、庭セ、リヲシテ、一生涯《カイ》ヲ送スワ、只花チヤヨト思テアレハ、其モ患ヲヱマヌカレヌソ。春《ノ》比ハ、此花カ早《ハヤウ》サケカシト思フ。又サイタレハ、チルヲカナシカル程ニ、是モ却テ憂トナルソ。官――、浮世《ニ》アル人《ノ》花ヲ移スコト、悦フソ。我ラカヤウナ山居《ノ》僧ハ、小窓《ノ》前《ノ》花ハ、サノミ見叓ニアラヌカ、官人ノハ、一度ハ身ニ大叓カ及フ物チヤト云心ソ。不思儀ナ者ハ、難ニモアワヌト作ルソ。

29　春漲〈春ハミナキル物ソ。〉

春水纔《ニ》高数尺強。烟波渺々《トシテ》接《ス》二天光《ヲ》一。落花漲尽江南《ノ》雨。一夜閑鴎夢也香。春ハ、大雨ハフラヌ物ソ。一夜落花雨、滿城流水香。サルホトニ、四五尺ニハスキヌソ。四五尺ツ、流レコメトモ、潮ハ大ニナルソ。落――、江南雨ト云ハ、水ノアル江ノホトリソ。江南野水碧於天、中ニ有白鴎閑似我。イカニモ鴎カ眠テイラル、トモ、花ノ香カ鼻ヘ入テ、香シカラウ』（12ウ）ソ。キヤシヤナ躰ソ。

30　看碁

閑边相對《シテ》奕碁闌《ナリ》。尺地始知ル行路難。劉蹶羸《ケツエイ》〔嬴〕顛《テン》看テ又過《タ》。竹樓ノ残月子声乾《ク》。碁ヲ打者ソ。擾々忩々テハ悪程ニ、心ヲシツメテ、相對シテ打ソ。種々ノ叓カアル程ニ、チトモ油断モナイホトニ、トヲリニクイ道ヲトヲルヤウナソ。蜀ノ桟《サン》道ト云テ、難義ナ道ソ。白雲ニ梯カケテトヲルヤウナト作タソ。其ノ道ノヤウナソ。刘―、刘ハ漢ノ氏ソ。羸〔嬴〕ハ秦ノ始皇ノ姓ソ。カツ貝、ツカル羊、秦ノ姓ハ女トヲホユルソ。刘ツマツキ、羸〔嬴〕ツカルチヤソ。石ノタカイ処テスネヲケカクソ。顛ハサカサマニタヲル、ソ。伐テ取《トツタ》レトモ、アケクニ牢人シナトスルソ。始皇モ高祖ニトラル、ソ。秦漢ノタ、カイニ似タソ。梅ヤ竹ナトノアル処テ、残月ノ時分ニ打ソ。子声ハ碁ノヲトソ。惟肖詩ニ、一被留侯壊全局《局》、二声宜レ竹也天涯。梅ハ對説ニ」（13オ）出タ。竹カ本ソ。

31　露

玉露無レ聲《シテ》下《ヘクル》レ井檐《エンニ》。客衣偏ニ覓暁寒ノ添《コトヲ》。茂陵寂寞《トシテ》秋風老《フ》。不レ有《ラ》ニ金茎一滴ノ露一《イフ》。露ハ雲アル夜ハ無レ露、雲ナケレハ露アルト云テ、天ノ沆瀣《ガウガイヲ》気カ下ルソ。雨ノヤウニヲトハナイソ。秋ノコトナレハ、井ノモトノアタリヘ下ルソ。客衣――、衣ヲモ、タセヌ程ニ、イカウ寒ソ。是ニ付テ思イ出ケニモ露カアル程ニ、道理カナト云ソ。茂陵――、漢武ノ仙道ヲ求ラレタソ。史漢ノ中テハ、上池ノ水ト申ソ。天池ノ水テ清ソ。是ヲ以テ不老不死ノ薬ヲ合テノマレタソ。五丈マテハ土気《ケ》カアル程ニ、五丈上テ、金銅仙人ヲ作テ、手ニ玉盃ヲ擎《サヽケ》テ、露ヲウケタソ。カウシタレトモ、茂陵ニ葬タヨ。ナンノ曲モナイコトソ。西王母カ来タ時ニ、桃ヲ七枚《マイ》マイラセタトキニ、〈ナ、ツト云心ソ。〉其サネヲ取テヲカレタ時、九千年ニ花サキ、ミ』（13ウ）トナルト云テ笑タソ。殺生《セツ》ト不レ養レ生トヲセヌト教タレトモ、胡《エヒス》ヲ七千人キラレタソ。秋風辞ヲ作ラレタソ。其語ヲ以テ見ソ。不有——、葬シテヲイタハ、其露《ノ》長生《ノ》相ヲハ、一モ見ヌソト作タソ。

32　梅窓讀《ム》レ易〈八卦〈前天也。〉ハ伏羲、後《コウ》天ハ六十四卦。易ハカワル心ソ。仲芳《ハ》寂室甥、建仁長慶院御影ソ。伊仲芳《ト》云也。〉

老屋蕭條《トシテ》　傍《フ》二磵陰《ニ》一。滿庭《ノ》積雪碧窓深《シ》。暁来倚《テ》レ月讀《メハ》二周易《ヲ》一。一樹《ノ》梅花天地《ノ》心。フルイ家《ノ》蕭條ハ、シツマリキツテ、サヒキツテ、シカモ谷《ノ》木陰ソ。マツ易ヨマウスル処ヲ云タ。蔵頭《ノ》格ソ。滿——、ミトリナ青紗テハツタ窓ソ。サテ、学文シサウナ処チヤカ、何《ヲ》ヨマウソ。ナレハ、易チヤヨ。此ヒエキツタ処テ、書ヲヨマイテハソ。聖人ノ本意《ヲ》ウツシイタイタ物ハ梅チヤソ。十月有花天地《ノ》心。〈三閭《カ》無語古今恨。〉天地万物ノ心ヲウケタ程ニ、是ハ易ソ。梅ハ天地ノ心ソ。

〈只今死入二無間獄《ニ》一。任運《ニ》相看《レハ》閻羅王。仲芳末期壽像《ノ》賛〉」（14オ）

33　美人折花圖　〈——《ニ》二——《取イ》一半掩《ハ》レ面、不レ令《シテ》三人看一轉《タ》風流、古語〉

宝釵斜《ニヲシテ》壓髩雲垂《ル》。手《ニ》折レ花枝欲《スル》レ寄《ント》レ誰《ニ》。咫尺《ノ》昭陽身未《タ》レ到。羅巾掩涙立《コト》多時。花ヲ折体ヲ云フ。楊貴妃ナトノ鶏頭花《ノ》ホトリニ立タ様ナソ。髪ナトヲワケタ体ハ、誠《ニ》雲ノワキ出ル様ナソ。長イ髪ヲワコリトワケタ程ニ、カンサシニアマツタハ、雲ノハキテタヤウナソ。是カ花ヲ、ラル、ハ、心カアラウソ。人ニ送ラウナラハ、何タル人ニ送《ヲクラウ》トセラル、ソト、先不審シテ。咫尺——、カキ一ツ隔《ヘタヽツ》タレトモ、昭陽ヘハ、ヱイラヌソ。昭陽ハ内裏ソ。ソトヘダ、ツタレトモ到ラヌ程《ニ》、ナクヨリ外ノ叓ハナイソ。去程ニウカリト立テイタマテソ。

34　賛陸放翁〈宋朝《ノ》名人、東坡以来ハナイソ。〉

宋室中原七気衰《ヲフ》。精神独看剣南詩《ノ》。平生《ノ》忠憤許《ユルス》レ君意《ニ》。〈周公旦、天之中ヲ以斗計ツモル。〉空入二梅花一々枝《ノニ》一。中原ハ都ヲサイテ云。〈蜀ソ。〉洛邑従来天地《ノ》』（14ウ）中ト云程ニソ。宋モ微ニナツタ程ニ、諸士《ノ》気モヲトロヘタソ。精——、クワシイコマカナソ。此様ナ衰タ時分ナレトモ、〈剣南詩藁ト云ハ、放翁詩集也。名ハ陸游・陸務観、今ハ両音也。〉剱南集コソ、詩《ノ》精神ハ残タレソ。平——、学問ハカリ　テ居タレトモ、忠節ヲ思フ者ハ一人ニノコツタソト、人ニユルサレタソ。空――、空ノ字ニ心ヲツケテ見ヨ。忠憤アレトモ、宋ヲ盛ニナスコトハナラヌ程ニ、梅ニ精神ヲタシタソ。一樹梅花一放翁、三生骨肉是梅花、清暁山中三尺雪、道人神気似梅花。放翁ハ、此ノ様ナソ。寒徹レ骨ト云テ、百花魁トナツタハ、此辛労ヲスルニヨツタソ。

35　明皇入蜀ニ圖

翠花〈黄屋トモ。〉〈車ノコト、又ハ旌トモ云。〉西ニ幸シテ　避ク二胡塵ヲ一。馬上ニ回シテレ頭ヲ顧ル二太真ヲ一。天下早知今日ノ叓。沈香亭ノ北睡堂ノ［棠］春。明皇ハ玄宗ソ。彔山カ謀反ニヨツテ、蜀ヘ幸ナルソ。西ニアル蜀ヘヲチテ、御座アルソ。ヲチテ御出アルト云ヘハ、悪程ニ幸ト云ソ。胡カ打タ程ニ其塵ヲサケテ、蜀ヘ御座アルソ。蒙塵ト云ソ。馬上――、車テアラウスレトモ、車ニモ」（15オ）馬ヲカクルホトニソ。三郎々當、々々々々ト車ニカ、ツタ鈴カナツタホトニソ。三郎ノヲチブレラレタトナツタト云叓カアルソ。馬嵬テ貴妃ヲハナサレヨト云テ、仏堂〈薬師堂ソ。〉李樹下テ五色系テ、〈百官大臣カコロサレ〉クヒリ殺タソ。天下――ノ安危、今日ノ如クナ叓カアラウトハ、ヤカテマヱカラシツタソ。睡海堂［棠］ハ貴妃ヲタトヘタソ。海堂［棠］睡未レ足ト云ハ、マタ花ノヒラケヌヲ云ソ。イツモツホミトヲシテハナイ物ソ。海堂［棠］ニタトヘタカ、其ハチラウス物ヲ、是ヲ知テ、政ヲセラレヌニ依テ、没落セラレタソ。

36　范蠡泛カレ湖ニ圖〈抉目門、捧心臺暗李花月、抉目門深薜蘿《ヘキレキノ》雲。范蠡ハ始越王ニツカヘテ居タ者ソ。勾銭［践］ノ丹ヲナムルコトハ是ソ。江西、龍丹《リンタウノ》詩ニ、世人若問ニ花家ノ姓ヲ一、莫レ説越王曽ノ所レ嘗《ロトル》。坡詩云、単于若問君家姓、莫道中朝第一人。門地人物人才中朝第一人ト云ハ、唐李程ヲ云ソ。唐ノ一族也。江西ノ龍丹ノ詩ニ、越王ヲ云ハ、飛龍在レ天見ニ大人ニ一有利、天子ハ龍ニ譬也。〉

五湖ノ烟水緑涵《リヒタス》レ天ヲ。月白シテ芦花ニ秋満船。呉越ノ興亡双髩《ヒンノ》雪。功』（15ウ）名不《ハス》三敦テ［敢］到ラ二鴎辺ニ一。面白処チヤヨ。渺々トシタ水ソ。緑ハ水ソ。相映シテ、面白ソ。月白――、アシノ花ト又相映シテ、面白景気ソ。呉越――、轉シタソ。若《ワカウ》カラ辛労シタヨ。越ヲ興、呉ヲホロホシタ。此辛労《ニ》髪ハマツ白《ニ》成タソ。五湖辺ヘヒツコウタレハ、功名ハイタラヌ処カ面白ソ。〈面絮《ニシテワタヲ》呉王死時ノコト、子胥《ショニ》於黄泉逢ンコトヲ恥テ也。王餘魚ト云モ、呉王ノ首ヲウツトテ、半面海ニ入テ、魚トナルト云ソ。〉

37　邵康節《カ》像〈易道ヲ知タ者ソ。天津橋テ杜鵑ヲキイテ、情尽橋トモ云ソ。アラセウシカナト云ソ。南人カ来テ天下ヲハカラワウ相ト云ソ。情尽――ハ、諸國ノ者ニコ、テ別ル、橋チヤホトニ云ソ。〉

胸溷《シテ》皇極《ヲ》掌《ツカル》經綸《ヲ》。陶鑄《チウス》唐虞《ヲ》酔裏春。介甫《ハ》〈荊公ソ。〉凞寧《ノ》名宰相。莫嫌《コト》杜宇《ノ》上《ルコトヲ》天津《ニシュ》。皇極ハ内裡《ノ》コトソ。大才ナ者テ、胸中《ニ》内裏《ノ》叓ヲノミコウタソ。經綸ハ、タテヌキニ天下《ノ》叓ヲスルソ。陶――ト云ハ、尭舜ハシキ《ノ》物テハナイ。瓦テイタ程《ノ》叓ソト荘子カ云タソ。皇極ニ當《アタツテ》（ママ）テ云ソ。〈康節カ像チヤ程ニ、陶越尭舜ト同也。〉酔裡ハ康節カコトソ。天津橋上聴杜鵑《ト》〈無文印ノ作ラレ〉云程《ニ》南方カラ来テ、」（16オ）〈荘子カ心《ハ》尭舜《ノ》〈畢竟攅眉無餘事〉法度《ヲ》置レテカラ賊起ルソ。只天然自然《ニ》治ルカ、虚無自然《ノ》道理ソ。陶越尭舜《ト》荘子《ニハ》アリ。〉■天下カ乱ト云タソ。都《ニ》ナイ鳥カキタ程《ニ》、眉ヲシハメタト云ソ。文章《ニハ》王荊公程《ホトナ》ハ有マイソ。杜鵑ハ荊公カ宰相ノ前表チヤ程ニ、ホト、キスナキラウソチヤソ。〈又古詩云、杜鵑声裡人攅《ヒソムマユヲ》眉。荊公詩云、意態由来畫《トモ》不成、昔時枉殺《テス》毛延壽《ジュヲ》。々々々《ヲハ》諸人悪ムトモ、荊公ハコロスマイ物ヲト云ソ。餘リ昭君カ義ハ筆ニ及ハナンタト云心ソ。此マテ荊公カ仁人ソ。〉

38　咸陽宮圖《ノ》〈一足ノ絹ヲ夫婦シテキル〉

峩々《タル》宮闕厭《スヲ》咸陽《ヲ》。天半《ノ》簫歌樂未《ミ》央《ワウ》。有《レハ》徳匹《ヒツ》夫《モ》皆廟食。一坏［杯］〈故、一人ヲ――云。〉無《シ》客酬《ノル》秦皇《ニ》。〈始皇ソ。〉咸陽宮ハ、峩々ト山ナントノヤウナソ。咸陽ヲシノクルヤウニ、大ナト云心ソ。天――、ウタウツ、酒モリシツセラル、。全盛《ノ》時分ハ、天《ノ》中央《ニ》有ヤウナソ。未央ト云ハ、マツサカリト云心ソ。有――廟《ノ》祭ヲシテ、其ヒホロキヲウケラル、物チヤソ。悪王亡テ、子孫カナイホトニ酒ヲ一盃タムクル者カナイソ。

39　六橋烟雨圖《ノ》〈西湖《ニ》六橋アリ。蘓公堤トテ十里長堤アリ。坡、柳ヲ植ソ。惠州《ニ》アリ。〉

万柳春深《ケテ》鎖《スヲ》六橋《ヲ》。淡烟踈雨意蕭條。蘓公仙去《シテ》無《シ》詩輩。

満目ノ湖光魂欲レ銷ント。春カフカウナルソ。フケテ、モアラウソ。六橋ヲト』（16ウ）サイタソ。淡――、ウスケムリ、コマカナ雨ナントカクタツタソ。蕭――ハ、柳ニカケテ見ソ。蘸――、坡カ死タト云ヘハ、イヤシイホトニ、仙ト云ソ。満――、坡カ去テ后ハ、詩作リカナウテ、空ク見コト、十景モ曲ナイソ。ア、咲止ヤト、嗟嘆スル也。

40　覧ルレ鏡ヲ

壮歳竊《ヒソカニ》期ス天下ノ奇。宗門ノ九鼎欲スレ扶レ危ヲ。朝來笑テ向レ鏡中ニ問フ。白髪蒼顔汝ハ是レ誰ソ。伊仲芳ハアキノ國ノ人テ有ルカ、十六歳テ上ラル、ソ。天下ノ名僧ニナラスハ、二タビ故郷ヘ皈ルマイト云テ、上ラレタソ。アノ如ク、五条ノ橋供養ヲシテ、恒沙ノウロクツカ浮ウタト云コトソ。我ト人ニ云ヘハ、ヲカシイ程ニ云ワスシテ、心ニハサウ思タソ。宗門ハ禅ノコトソ。天下ノヲモシニナラウト思フタソ。朝――、コシカタハカウ思タカ、一向願カムナシウテ、夜カアケテ、鏡ヲ取テ見タレハ、若イ時ノ伊仲芳ヲハトチヘヤラウ、見失ウタソ。ツラハアヲサメテ、白髪ナソ。汝ハサテ誰ソト問タソ。」（17オ）

41　寄人

五雲ノ宮闕隔ツレ仙標ヲ。咫尺ノ情如シ二千里ノ遥カ一。欲ルニレ到ント二洞房ニ一復タ無シレ夢。檐花月白シテ度ル二春宵ヲ一。遠方ノ人ニ詩ヲ作テヤラル、ソ。五雲天上ト云テ内裏ヲ云ソ。仙境ノヤウナ処ソ。紅塵ナト、ハヘタ、ツタソ。咫尺――、田舎ニイタカ、ソトノ間テアラウスレトモ、コイシイト思フホトニ、千里万里ノ如クナソ。洞房モ仙人ノ方カラツカウ字ソ。春ノ時分ナレトモ、貧僧テ夜サムナホトニ、夢ニモイタラヌソ。

42　松風磵水ノ圖〈松風ノ吹体ソ。磵水ヲ畫ニ書タソ。〉

惟忠〈嚴――ト云。〉〈惟忠ハ永源庵ノ開山ソ。相公ノ御意ヨシソ。唐ヘ法衣ヲ織ニ渡テマラセラレタソ。惟忠・大岳・増阿弥ト云テ、鹿苑院殿ノ御意ヨシソ。〉

風吹二磵水一答フレ長松ニ。日夕山房興未レ濃。一句無クレ端坐中ニ得タリ。』（17ウ）秋蟾飛上最高峯。谷河ノ風カ吹タレハ、是カ長松ニコタヘタソ。風カ水ヲ吹タ体ソ。其時分ナラハ、日ノクレカタソ。濃ト云ハ、淡濃ト云テ、畫ナトハ、淡ハウスタミソ。濃ハ着色ソ。眉ナトヲ作タハ濃ナソ。興ト云ヘハ、不《ト云》レ濃カ面白ソ。一句――、詩人チヤホトニ、トコカラトモナウ一句得ソ。秋――、月中ニ三足ノ蝦蟆カアル物ソ。月ノカケガヱソ。コ、テ詩ヲ作ライテハ、何トアラウチヤソ。

43　金茎承露圖ノ〈三体詩テ委ク沙汰アルコトソ。此詩カ名誉ノ詩ソ。〉

満盤ノ秋露気凄《セイ》涼。漢主徒《タヽニ》求《ム》不死ノ方。未レ見三侍臣ノ霑《ヲフヲ》二一滴ニ一。茂陵樹上結《テ》爲《ナル》レ霜《ト》。柏梁臺ヲ作テ露ヲウケタソ。盤一盃キレイナ露カタマツテアルヨ。漢――、不老不死ノ薬ヲウケラル、カ、ナンテモナイコトヲシラル、閑コトソ。民百姓ヲ煩シテ、無用ノツイヘヲセラル、トテモナラヌ、長生不老不死テアル物ヲソ。コ、ニヨイ證拠カ有ヨ。カワキノ病〈渇ノ病ソ。〉ヲヤウタ相如ニ飲セテ、見ラレイカシソ。相如ハ死タヨ。茂――、武帝ハ」（18オ）死シテ、茂陵ノ松柏雨蕭々ト云ヤウニ、ナンテモナイ造作ヲセラレタ。露ハ霜トナルマテチヤソ。文選ニ、露結爲霜。八月一日白《ハ》露節ト云ソ。露従今夜白、月故郷可レ明。露トハユハイテ、爲霜ト云タカ着題ノ妙処ソ。

44　謝三人恵二草花一　頒

秋花《ハ》不《ス》三肯《テ》減《セ》二春英一。爲《ニ》我《ニ》頒《*アカチ》来《ル》数十《ツ》茎。想像《ル》山庭風露ノ夜。旧叢餘《シ》得《テ》タリ候虫ノ声《鳴ケシ》。花ト云物ハ、春カ面白物チヤソ。草花ハ秋アルカ、春ノ盛ニチツトモヲトラヌソ。荊公カ秋花豈比二春花落一。春ニヲトラヌ程ニ惟忠ヱマイラセタソ。数十茎ハ、四五十本モコソマイラセツラウソ。想――、推量申ニ、山ノ深処ニ庭ヲツクラセラレテ、雨ノハレテ、露ノウル〳〵トシタ時キラレタ物テアラウス。日サカリナトニキツタハシホル物ソ。是』（18ウ）ホトニシテクタサレタ程ニ、サタメテソノ辺ハマハラニコソ有ラウソ。サレトモ虫ノ声ヲハ、ヱキツテクダサレヌソ。是ヲハ其方ニノコサレタソ。候虫ハ、日本テハ松虫ソ。伺候スルホトニ待ト云心ソ。

45　新居《ニ》移レ梅

種《ル》レ梅《ヲ》新築可《シ》レ幽尋《ス》。夜月初《テ》明《ニシテ》　雪未レ深《カラ》。想是東風着《ルコト》レ花早《カラン》。一團和気主人心。アタラシウ家ヲタテタコトチヤ程ニ、梅ヲ一本ウエイテハト云テ移タソ。此深居ヲハ尋イテハチヤヨ。幽尋スルニハヨイソ。ウス雪ノ時分テヨイソ。想――、是モヲモイヤル心ソ。花モ早クサカウソ。此主人ハ和気ノアル人チヤ程ニソ、柳下恵ヤ程伯淳カ如クナ人チヤソ。

46　賛孟浩然《ヲ》〈襄陽人。少好節義、隠鹿門山。游京師、王維邀入《ル》二禁署《シヨニ》一。玄宗忽至《チル》、浩然匿《カクル》レ床下《ニ》。維以レ実《ヲ》對《ス》。帝問《フ》二所作《ヲ》一、再拜《シテ》自誦ニ至(二)不才明主弃《スツ》、多病故人䟽《ウトンス》之句《ニ》一。上曰、卿不レ求レ仕《ヲ》、朕未《タ》二嘗弃一、卿奈何誣我《ヲ》。」（19オ）由是失レ意《コヽロヲ》。〉

漁竿掣《ヒキ》断《フシュルヤ》漢江《ノ》頭。北闕雲深《シテ》望未レ休《セ》。一旦坐《ツテ》レ詩《ニ》帰《ルモ》亦好《シ》。蹇駈破帽旧《風》。流。ツリヲタレテ、漢江《ノ》面白処《ニ》居ソ。南方へ流サレテヲチフレタ程ニ、南方《ノ》ハテカラ北闕ヲ望メハ遠イソ。忠臣ハ天子ノ御吏ヲ思フ程ニ、天子ノオクチカウマイライテト望《ミ》ハタヱヌソ。是《ヲ》以テ三ノ句ヲ見ルヘシ。一旦――詩作テ時代ヲソシルト云テ、風流テ罪セラレタホトニ、一旦《ノ》御折檻チヤ程《ニ》召还へサレウソ。又流サレタモ面白ソ。蹇――、ヤセ馬ナトテタヲレ。《タ》頭巾テ面白ソ。結構テ詩《ヲ》吟シタラハ、曲モ有マイカ、ヲチフレタカ風流ナソ。

47　賛王子喬《ヲ》〈仙人ソ。〉

鶴去《テ》二緱山《ニ》一月色荒《ル》。吹《テ》レ笙幾《ヲ》酔《カ》紫霞觴。蒼姫八百年天下《ノ》。不レ及二仙家一日長《ノニ》一。仙人チヤホトニ、鶴ハ仙人ノツカワシメチヤ程ニソ。』（19ウ）緱山ハ王母カスム処ソ。緱嶺登仙子《ト》云心ソ。酒ヲクムト云ニ、霞《ト》云コト、紫ハ仙ニ使フ字ソ。蒼――〈木姓ソ。〉、周ノ代ノコトソ。八百年モツタソ。大唐《ニ》是ホト久タモツタハナイ程ニソ。サレトモ仙家《ノ》一日《ノ》長ニハ及ハヌソ。

48　蓬莱圖《ノ》〈弱水三万里《ト》云テ、水カ弱イ程ニ、舩カチツトモユカヌソ。〉

鼇《カウ》背雲深《シテ》紫翠囲《ム》。倚《ル》レ天樓観《ニ》勢《イ》如《シ》レ飛《カ》。一舩揺曳《ヱイス》風波《ノ》上。知是徐生采《カツテ》レ薬帰《カ》。是ハ舩カヂノト、クト云ヤウニ作タ。鼇《ハ》大ナ亀ソ。十五鼇《ト》云テ、十五《ノ》亀カ。《山ヲ》ヲウタト云コトソ。雲カサツト開ケタレハ、紫色ナ屮木モ翠モ打囲テ面白ソ。倚――、仙郷《ノ》面白サニ、ケント作タ殿閣《カ》飛ヤウナソ。一舩――、舩カ一艘アルヨ。是モ只者《ノ》舩テハアルマイ。サテ、誰カ舩ソウ、推量申《ニ》、始皇《ノ》時、徐福ト云者ヲ薬ヲトリニヤラレタ。五百艘ノ舩ニ五百ノ童子ヲソヘタソ。其ハ或ハ鶴ト成、飛去ト云也。此舩ハ一定徐福カ皈ラル、テアラウソ。佐汝霖・絶海渡唐《シテ》英武樓テ二老ニ詩《ヲ》作ラセラレタレハ、佐――ハ、八句」（20オ）ノ詩ヲ案シラレテ、ヲソカツタソ。絶翁詩云、熊野峯前徐福《カ》祠、満山《ノ》薬草雨餘肥《フ》、只今海上波濤穏《ナリ》、万里好風須《ク》早皈ト作ラレテ、名ヲ發シサシマツタソ。〈海上童外［卯］尚追《ヨヲウ》レ（徐）福《ヲ》。土［坡］〉名誉《ノ》コトソ。

49　聞《ク》レ砧《ヲ》〈我カ国ソ。〉

欲《ホシテ》レ寄《ント》二玉関《ニ》一衣《モ》未《タ》レ成。閨中稍覚暁霜《ノ》清《キコトヲ》。妾情《カハ》不レ似二郎《カ》恩少《ノマレナルニ》一。搗《ウツ》レ月《ニ》千声又万声。天子《ノ》仰付ラレテ遠國へ合戦ニヤラル、程ニ、我夫《ノ》サムカラウス。衣ヲ、リテヤラウスト思ヘトモ、畄守《ノ》吏ナレハテツダイモナシ。ヲソクテクルソ。サテ〳〵暁霜カサムカラウス、夫ニキセイテト思フソ。妾ハ是程ニ夫ノコトヲ思フカ、夫ハ恩カ少《ス》ソ。月夜ニ千声万声打カ、我ハ是程《ニ》思フカ、夫ハ何トモ思ハヌソ。杜詩云、用二尽《ス》閨中《ノ》力《ヲ》一、君聞《ケ》空外《ノ》声。

50　市声』（20ウ）

終《ルマテ》レ身若是謝《セハ》二功名《ヲ》一。雖《トモ》レ在《ト》二塵中《ニ》一夢亦清《シ》。万古山林与《ト》二城市一。松風《ハ》不レ作二兩般声一。人ハ死イテカナハヌ物チヤカ、我所レ作ニ功ヲナサウト思フ。欲心タニナクハ、紅塵ハ町中ソ。功名《ニ》タニ心カナクハ、紅塵《ノ》中モ清カラウソ。塵中《ニ》心カアレハ、夢モムサイソ。万古――、都ト山林トハ隔カアル者ヲ、松風清ハ只同シ物チヤソ。人ノ心モ。松風――、松風《ノ》如《ク》ナラハ、塵中《ニ》アリトモ、ケカサレマイソ。名誉《ノ》詩ソ。

51　鴎

同《シテ》レ盟《ヲ》晩《ニ》泛《フ》蒹葭《ノ》渚。得《テ》レ意《ヲ》晴《ニ》飛楊柳《ノ》湾。世上《ノ》風波嶮《ナリ》レ於《リモ》レ海。莫《レ》下随《テ》二鴛鷺《ニ》一到《ルコト》中朝班《ニ》上。前對ノ詩ソ。一ノ句ニ匀ヲフマヌ物ソ。同盟ヲカタラウテ浮フソ。蒹葭ハ比興ナ物ナレトモ、無心ナ程《ニ》其ヲモ嫌ハヌソ。又チト飛テ、柳《ノ》アル水キハヘ行ソ。世上──、陸地ナレトモ、海波ヨリモナヲ嶮ナソ。鴛班ト云ハ、鷺序鴛班《ト》云テ、次第ヲ位ノ如クニ居ルソ。其ヲ朝庭ニ位階ノア」（21オ）ルトタトヘタソ。カマイテ其ヲハ同類チヤホトニ、其ニ引ソコナワレテ、朝廷ノ辺ヘハシ出ナソ。楊柳ノ湾ナトヲ、朝班ノ字ニカケテ見ハ、面白カラウソ。

52　贈レ漁者ニ　謙岩〈東福寺僧也。〉

生《セイ》来不レ識《ラ》ニ世《ヨノ》興亡《ヲ》一。風雨簑衣兩鬢《ノ》霜。只合《シ》ニ芦花深処《ロノ》夢《ナル》一。一竿釣莫《テ》レ到《ルコト》レ文王《ニ》。生テヨリ以来、世上ノ興亡ヲハ心ニカケヌソ。其上テハ、ナンソナレハ、簑衣テ、白ラ（ママ）カホウケマテ、イタソ。三ノ句テ、世上ノ心ニアル者ハ、夢中ニモ塵労妄想ヲ夢ミルソ。只一釣竿テ、一生ヲハタイタカヨイソ。カマイテ文王ヤナントハシ、到ルナソ。正窽《カウ》蔵主ノ、〈江西ノ弟子ソ。少而死也。〉不レ釣ニ文王ニ（ママ）死不レ休ナト云トハチカウタソ。太公カ渭水テノツリカ、文王ニアウテ、年ヨツテ世上ヘイテタハヲカシイ。贋釣テアルソ。カマイテ世上ヘ出ナト作タソ。

53　夢《ミル》レ雪《ヲ》

竹榻納《テ》レ涼供《ヨス》ニ美睡《ニ》一。槐宮看《ニミテ》レ雪《ヲ》洗《フ》レ煩憂《ヲ》。未レ論《セ》ニ柳絮《ノ》因《テ》レ風起《ルヲ》一。』（21ウ）先問《ツフ》梅花無《シヤ》レ恙不《ヤ》。前對ノ詩ソ。一ノ句ニ匀ヲフマヌソ。睡ラウナラハ、夏ノ時分、竹テシタ榻ノ上テ涼テ、睡ニ供シタ程ナハナイソ。槐宮ハ夏ノ詩チヤソ。未──、晋ノ世ノ謝道韞〈女ソ。〉カコトソ。雪ヲミテ、一人ハ、碧空ニ塩ヲ散スルヤウナト云タソ。今一人ハ、柳絮ノ風ニヨツテ■《ヲ》コルヤウナト云タソ。柳絮ハ尋常ナソ。塩ノ故事ヲハ柳絮ト申サル、ソ。是ヲハ知ズ、マツ柳《梅》花ハツ、カナイカト問ソ。梅ハ衆花ノ首テ、大叓ノ花チヤ程ニ餘ノ叓カ心ニカ、ラス、専一ニ梅花ヲ思フホトニ、サテ問フソ。キヤシヤナソ。梅花未レ覚竹先知トモ作タソ。竹ハソロ〳〵音カスルソ。坐久忽聞《ク》ニ庭竹《ノ》折《ヲ》一、老僧持咒保梅花ナトモ作タソ。

54　喜《フ》レ雨《ヲ》　〈旱天望《ム》ニ──《ヲ》一〉

天地如《クニシテ》レ焦《ルカ》草木黄《ナリ》。雲霓日々幾《カ》相望《ム》。愁人喜《フ》レ聴《コトヲ》今霄《ノ》雨。滴《テ》在《ルモ》ニ芭蕉《ニ》一也不《タ》レ妨《ケ》。大旱《ヒテリ》テ、天地モイリコカル、ヤウナ程ニ、草木《モ》マツ黄ニナツタソ。二ノ句ハ、ドコヤラウ、雲ノ端《ハシ》カ見へ、蜺ナトカミユレハ、是ヲ望ムホトニ、一定ノ叓テハナイソ。天地ノ間ニハ一東坡チヤソ。秋――、」（22オ）万物ヲ養育スルホトニ、是ヲホシカルホトニ、愁人ソ。今霄ノ雨ハヨイ雨カナト悦フソ。。破《芭蕉ハ》レウトマ、ヨ、万木カ黄ニナル程ニソ。四ノ句ハ、一ノ句ニカケテミヨソ。

55　坡仙泛《カ*フ》レ潁ニ圖〈坡ハ仙人ニナツテ、百［白］日青天ニ天へ上タト云叓カアツタソ。又人中テハ第一ノ人チヤ程ニ、仙ト云字ヲ付タソ。東坡ノ一ノ巻ニアルソ。潁水テ遊タコトカアル、其ヲ畫ニ書タソ。〉

玻瓈［瓈］拭《ノコイ》出《イス》潁湖ノ波。意匠經営清気多《シ》。只合《キニ》ニ水中身《ミ》化《スト》レ百。由来天地ノ一東坡。三処西湖一色秋トテ、三処アルソ。コ、ハ潁州ノ西湖ソ。玉ニトラハ、水ハ玻瓈［瓈］ニトルソ。イカニモ天気ノヨイ時分ニ、ハリヲ拭イタテタ様ナソ。二ノ句ハ、物識チヤホトニ、心ニ種々ノ叓ヲタクム人チヤソ。詩ヲ作リ、又胸中ノ清ト、西湖ノ水《ミ》ツ《（ママ）》トカ相映シタソ。坡カ詩ヲ見タラハ、理カスマウソ。水ノハタテ、アチヨレハアチニモ東坡、コチヨレハコ、ニモ東坡カアル程ニ、百アルソ。合ノ字ハ、ベキニトヨムホトニ、一定ノ叓テハナイソ。天地ノ間ニハ一東坡チヤカ、百ト『云』（22ウ）ハ不審ソ。百ト一ト義命シテミヨソ。天下ニ坡程ナ者ハナイト云心ソ。

56　潘閬騎《カル》レ驢ニ圖

蹇驢背上一身閑《ナリ》。落日三峯紫翠ノ間《タ》。却笑先生情《カニ》有レ癖《コトヲ》。華山ノ之外豈《カヤ》ニ無《ン》レ山。隙アル隠士ノ体ソ。ウサキ馬ハ、足ハヤニナイ物ソ。足ナヘタヤウニアル馬ソ。亀ナトノ足ヲフルヤウニアヨムソ。世上ニヒマアル者ハ、只一人ソ。華山ニ三峯ト云カアルソ。紫色ナ処モアリ。青イ処モアリ。見叓ナソ。却笑――、心カセハイ人チヤヨト評シタソ。大善知識ニモ三尺ノ暗アリト云ヤウニ、九分人十分ノ人ナトト云テ、一ツノクセカアル物チヤカ、此潘閬殿ノクセハ、華山ヲ愛セラル、ソ。其ヨリ外ハ、山ハナイカ、其ハ心セハイ叓テハナイカソ。驢背ニウシロムイテノリテ、華山ヲ愛シタ者チヤソ。〈倒載《タイ》ト云也。〉

57　賛レ王子猷ヲ〈義［羲］之カ一族ソ。〉

夜雪《セツ》山陰乗《ル》レ興《ニ》舟。古今人説《ハク》ニ晋ノ風流《ヲト》一。莫《レ》レ言《コト》何《ソ》必《スシモ》見《ント》レ安道ヲ。」（23オ）若シ不ンハ二相逢一意ロ豈ニレ休セン。メツラシウモナイ故叓ソ。剡溪カラ雪ノフルニ、戴安道ヲ尋テ、會稽ノ山陰へ舟ニノツテ行タソ。晋ノ世ノ人ハ常ニカワツタ風流ナ興ガアツタ心カアルホトニ、晋ノ風流ト云ソ。興尽タト云テ、アワイテ皈タハ曲モナイ。内へ入テアワズハ、心ハ休ムマイホトニ、其ハ曲モアルマイソ。風流ナト云ソ。若シ使メハ二過レ門相見了《ヲハラ》一、千年ノ風致チ一時ニ休セン。

58　賛王荊公ヲ〈仁義仁宗・神々宗ノ二代ニ宰相シタ人ソ。是カ將軍ホトノ官ソ。東坡ト中ワルソ。ウタイノ獄ニ入テ、殺サウトシツ。又ハ刕ノ叓ナトニナイタソ。青苗ノ法トシ、ヒルハ一日セメテ、夜ハヨヒトイセメタ物ソ。今モサウスル者ヲハ、荊公カ子孫ト叢林ニ云ル、ソ。荊公ハ夜学文シテ、昼ハセヌフリヲシタソ。〉

〈宋ニシテ而唐ナル者也。〉

先生ハ巨コノ宋股肱《ココウ》ノ臣。法変ニ青苗トヲ一叓々新ナリ。〈不改南山色、其餘ハ叓々新ナリ。古語〉身後ノ声名蔵コト不レ得。杜鵑啼断幾フ回ノ春ソ。先生ト云ハ、物シリニ付テ、学問スル物チヤホトニ、学者ノ方カラ物ヲナラウハ、我ヨリ前ニ生ウレタト云心ソ。唐ノ代ノヤウ』（23ウ）ノ詩作ル人チヤトヨウ云心ソ。マツホメタソ。天下ノタメニハモ、ヒヂノヤウナ人チヤト云心ソ。左傳ニ、周公ハ天下ノ股肱ト云タ字カラソ。法変――、法ハ新法ソ。三皇五帝以来ノ法度ヲチカヘテ、新ラシフスルソ。ウヘタ苗ニ年貢ヲカケツナトスルソ。手作リニ法ヲナヲサレタト云ソ。身――、老后ニハ無レ面目トテ半山寺へ引コマレタソ。哲宗ノ代テ、宣《セン》仁皇后ナトノ時、司馬温公ナトカ宰相シタ時、悪叓カアラワレテ、金陵ノ半山ヘ引コウテ死タソ。其悪叓ハ死后マテカクサレヌソ。毎年、ホト、キスカナク程ニ、ホト、キスタニナケハ、荊公カ叓ヲ人カ云程ニ、死后マテカクサレヌソ。康節カ天津橋テホト、キスヲキイテ、都ニナカヌ物チヤカナイタハ、イカサマ南人カ出テ天下ヲハカラウ前相ソ。南人ハ悪イ物チヤ程ニ、悪カラウト云ソ。アンノ如ク荊公カ南方カラ出テ、宰相シタソ。此故叓ヲ以テ、ホト、キスタニナケハ、荊公カコトヲ人カ云イ、タスソ。

59　賛鄭子真ヲ〈漢代ニ使レタ者ソ。一度ハバチリキニアワウ《ト》云テ、」（24オ）功名モ録モイヤト云テ、隠居シタソ。排匀二、谷口人、耕《テ》于岩石之下、名震京師。漢成帝朝、王鳳以礼聘也不屈。其清風足以激貧厉俗。近古逸民也。揚子〉
怪得《タリ》先生《カ》吏《スルコトヲ》二陰倫《ヲ》一。決然《トシテ》辞《シテ》レ幣《ヘイヲ》独修《リス》レ身《ヲ》。直饒《イ》谷口一犁《ノ》雨《モ》。也是漢家天上《ノ》春。マツナセニ引コウタソト不審シタソ。決然ハ三体詩ニ見タソ。一定皈ト思フソ。幣ハ天子カラ物ヲ下サル、ヲ云ソ。是ヲウクレハ、御用ニタ、イテ。カナ《ハ》ワヌ程ニ、イヤト云テ、引コムソ。谷口ハ、隠居シテイタ処ヲ云ソ。耕作《ノ》吏《ニ》申タソ。山居《ノ》スマイシテイタモ、其天子《ノ》御恩《ヲ》ウケヌトハシ思ハレナ。普天下無レ非レ王土、率土無レ非レ王臣《ニ》チヤ程ニ、サノミ潔白タテニ御恩ウケヌトナ云ソ。二《ノ》句《ノ》幣ヲ辞スルト云字ヘ、三四ノ句ヲカケ見《ミ》ヨソ。

60　賛レ李長吉《ヲ》』（24ウ）〈鬼才本不《ハトス》二人間用《ノニ》一、身後名高白玉樓。〉〈李長吉《ハ》鬼境界《ノ》文字ト云ヲ以テ。謙岩作〉
弱馬奚奴二十秋。三千風月《ノ》一嚢収《ニム》。鬼才《ハ》不二是人間用《ノニ》一。身後名高白玉樓。天子《ニ》召ツカワレテ、高位高官《ニ》居テコソ、毛氈《ノ》クラヲ、イナトハスレ、イカニモヤセタ馬ニソトシタ小者ヒトリツレテ、二十年ハカリイタソ。春《ト》云字、秋《ト》云字《ハ》、常《ニ》ツカウ。夏冬ハ、語路カ悪イホトニ、ツカワヌソ。三千｜、錦嚢《ニ》一首作テハヲサメ〳〵スルカ、三千首ハカリモ作タソ。鬼才——、鬼才《ト》ホメタソ。言ハ鬼神《ノ》上《ノ》才《カ》アルソ。人間ノ上《ノ》オテハナイトホメタ心ソ。コ、ヲ四ノ句云ノフル程ニ、白玉樓《ト》云ヲ、築イテヲイタホトニ、此記ヲカ、セウト云テ、人カヨフト思タレハ、死タコトチヤヨ。名高《ト》云カ高樓《ノ》カタヘカケテ、死シテ後《ニ》名《カ》高ソ。文、史記《ニ》鬼」（25オ）オトシタソ。道理ソ。

61　〈。种放一日往見二陳希夷一、作二樵夫《ノ》拝於庭下一。希夷〉
种放皈《カル》二華山《ニ》一圖〈。挽之而上曰、君豈樵者邪。二十年後當爲顕官。放曰、尓《ソレカシ》爲道義而、未官禄非《所》。願《ケン》也。希夷笑曰、君骨相當尓後《ノ》張斉賢言放《カ》二隠居《シテ》一求二志《ノ》孝友之行一。可レ厲《ハケマス》二薄俗《ヲ》一。〉真宗召《シテ》爲二左司諫一、携レ手《ヲ》登二龍圖閣一、論二天下吏《ヲ》一。賜二第一區《クヲ》一辞《シテ》皈レ山。當時有二閑忙令一曰、世上何人號二最閑司一。掃レ衣皈レ華

山。〉

花山深處ロ一閑人。衣拂ハフ二宋朝天下ノ塵ヲ一。誰カ爲ニ二君王ノ一能ク納ンレ諫ヲ。先生ハ元是不レ忠臣ナラ。名人テアツタカ、奥深イ山ヘ引コウテ、人間カイヤチヤト云テ、塵ニモケガサレマシイト云ソ。宋朝ノイカメイ其名聞テイヤチヤト云テ、衣ニモタメシトテ引コムソ。當時、朝廷ニ居ル人ハ、悉ク媚《コヒ》諂《ヘツラ》ウテ、何叓モマツサウテ候ト云テ居ソ。此种放ハ、朝ニヲイタラハ、チトモヘツラウマイ者チヤホトニ、朝ニヲイテ諫ヲ入サセタイソ。サテ、諫メイカシ、三度イサメテ、其ニキカレヌ時ハ、』（25ウ）國境マテ出テ待時、環ノ玉ヲ下サルレハ皈ル。諫言ヲ用イラレウト云心ソ。其時皈テ諫イルカ法ソ。カウコソアル物テアルニ、我身ハカリ治ヲテ、ヒツコウテ異見ヲモ申サヌハ、サリトテハ、是ハ不忠ナ者ソ。山谷カ江南江北飽見ミトカレ山作トタモ此心ソ。玦ノ玉ヲ賜ヘハ、天下ヘメシカヘサレヌソ。

62　長樂ノ鐘声〈高祖ノ始テタテラレタ宮ソ。惟肖ハ南禅寺ノ少林院ノ僧ソ。万壽寺ダチソ。〉

高祖七年成ス二此ノ宮ヲ一。栖二鐘長樂ニ一冠タリ二秦中ニ一。振二驚シテ千里ニ一示レ雄壯ヲ。百二山河第一ノ功。年号カナカツタ程ニ、高祖七年ト云ソ。即位七年メソ、鐘ヲ、イテ、秦ノ封境ノ地ノ内ニ立ラレタソ。振――、是ヲツケハ、千里万里キコエルソ。是ヲキイテ、ヲチヲソル、様ナソ。イキヲイノ勇気カ十方ナソ。百二――、始皇ノ代ニハ亡ヒナンタソ。子ノ胡亥ノ代テ亡タ也。相人ニ相シサセラレタレハ、胡カホロボサウト云タ程ニ、ヱヒスノ方ヲホツテハ、川ヲキリコ」（26オ）コミ（ママ）〳〵シタソ。ソレカ百二アツタソ。胡ニ亡ト相シタハ、胡亥ノ字ノ心ソ。其ヲ亡タ第一ノ功ハ高祖チヤソ。項羽ト約束セラレタコトハ、先ツ入ンレ関ニ者。王タラント云タソ。キリ入タ初ハ、此ノ鐘ニ有ト云心ソ。雄壯ナ功カ鐘ニアルト云心ソ。

63　山斎ノ夜雪〈山中ニ小庵ヲムスンタソ。山中ノ雪深体ヲ作タソ。〉

山舎雪晴風物奇。扁舟無シ二[三]路ノ截キル二深澌ヲ一。興来取テレ易ヲ梅邊ニ立テハ。一等ノ乾坤太素ノ時。山舎ニ雪フリ積テ、晴タ時ミレハ、風物カマツ白テ、ヱコラヱヌソ。扁――、谷川ヘ舩トモセウ〳〵入タカ、氷テイカニモ行ヌソ。興来――、易ヲ取テタトウトシタレハ、天下ヲシナヘテ、雪テマツ白ナソ。天地ノ始ル時ハ、ナンニモナカツタ程ニ、ソコヲ大素ト云ソ。雪ノ白ヲタトヘタソ。素琴ト云モ、アラキ作リナ琴ソ。素本ト云モ是ソ。ヨク〳〵カンカユレハ、大素時ソ。

64　看春雨〈春雨ハ常ノ字ソ。看ト云字カ大叓ソ。字眼ソ。東』(26ウ)福寺ノ僧ガ、題ヲ惟肖ニ乞タレハ、草色ト云題ヲタサレタ処テ、トコノ僧ソ問ヘト云レタレハ、東福―ノ僧ト云タソ。サラハ呼カヘセ、其ハ色ノ字ハ。作《エ》マイトテ、春草ト出サレタソ。〉

高樓縦《ニホシイマヽシテ》[縦]レ目《ヲ》愜《*カナウ》二春心《ニ》一。細雨如《ニシテ》レ塵《ノ》晴《テ》又陰《ル》。砌下《ノ》花房《ハ》吟裡《ニ》重《ク》。門前《ノ》柳色《ハ》坐来深《シ》。高イ樓ヱ上テ、諸方ヲミマワイタソ。春ノ景ヲミタイマ、ニミテ、快イソ。細――、小雨カソロ〳〵トフツテ、渭城朝雨絶《浥》軽塵ト云ヤウニ、ホコリモタ、ヌソ。又晴ツフツ、スルソ。砌下――、ヤレウル〳〵トシタ雨ニ、ウツクシイト思テ、詩ヲ吟スル時、■《漸》々ニ此花カウツフク程ニ、ナセニウツフクソト思ヘハ、雨《ア》マ露カ重ウナツタ程ニソ。門―、後對ノ詩ソ。樂《染テ》テ無《シ》レ乾ト云ヤウニ、猶々小雨ニ色カ深ウ濃、ウツクシウナツタソ。坐来ハ、ソトノ間ニソ。全篇看ト云心カアルソ。。。《面白ソ。》言ノ不及心也。

65　夢梅」(27オ)

埜橋《ノ》残雪水之《ノ》涯。月《ニ》無《ク》二踈影[二]手《ニ》无《シ》レ枝。入《テ》レ夢《ニ》折《テ》携《フ》氷玉《ノ》姿。一杵鐘边深有《ク》レ恨。夢ニミタソ。雪ヲ夢ミルト云モ、夏ノ題ソ。是モ梅ノナイ時ノ題ソ。思夢ト云テ、思コトヲネコトニスル物チヤホトニ、夢中ニ梅ヲミタソ。木《コ》ツキ面白ヲミタ程ニ、折テモ取ウト思フ程ニ、ウツクシイ氷玉ノ姿チヤソ。一杵―、ナンノ曲モナイコトハ、鐘ヲツキダイタ程ニ、サツト夢カサメテ、是カソカト恨テアルヨ。月―、踈影横斜水清浅、暗香不[浮]動月黄昏ト和靖モ作タカ、誠ノ梅ナラハ折テ翫ラウスカ、二ノ句ニ云タカ、枝ハナイ。サテモ、ナサケナイ鐘ノ声哉。唐人ノ詩ニ、邯鄲道上逢《ニフ》レ和靖《ニ》、胡蝶園中看《ニミル》レ壽陽《ヲ》。和靖ハ梅ノ檀那、邯鄲ハ夢ソ。壽陽公主含*章殿ニヒルネヲセラレタ時、梅カホ。ニチリカ、ツタカ、ホウニツイテヲチナンタ。其カラホウニベニヲツケツナン

トスルト云コトソ。惟肖ノ道具ナシニ作ラレタハ、唐人ノヨリモソクハクマシタト云コトソ。』（27ウ）

66　蝶

友厥《ハレ》蜂兮食厥《ハレ》花。春風影《ノ》裏送生涯。一飛一宿乾坤闊《シ》。処々《ノ》芳園《エン》皆我家。平生ノ御知音ハ蜂ソ。サテ、食物ニハ何ヲキコシメスソト云ヘハ、花チヤソ。食物ト云テイヤシケレトモ、花ト云テキヤシヤナニナツタソ。兮《ケイ》ノ置字ハ、両方コブシアワセナ時ヲク字ソ。初心ナ時ハ、使ハヌ字ソ。春風――、春ノ花ノ有時ハカリデ、サムイ時ハナイソ。一生梅花《ニ》近《ク》不レ得ト云テ、サムイ時ハナイ生涯ソ。一飛――、定タ宿処カナイソ。行ニシタカウテ、アソコナ花ノ上ニハトマリ、コ、ノ花ノ上ニハトマリスルホトニヒロイソ。ア、、思［面］白イ境界カナソ。

67　翡翠〈カワセミノコトソ。此詩ハ三ツ子モヲホユル詩ソ。義堂ノ惟肖ハネチブカイト云テ、点カナイカ、此詩ニハ大ナ点ヲアワレタト云詩ソ。〉

炎海《ノ》弥禽俗眼驚《ク》。翠翎《ノ》影《ハ》映《シテ》ニ小池《ニ》一明。翻然《トシテ》飛去不レ知レ処《ヲ》。荷葉一辺涼露声《ノ》。コ、ニ弥イ鳥カアルカ、イカサマ爰元ノ鳥テハナイ。南方」（28オ）海南ノ辺ニアル鳥チヤケナソ。荊海トアル本モアルソ。南方ハアツイ程ニ、炎ト云ソ。ヤレト云テ、人カ驚クソ。翠―、瑠璃色ナ羽カアル物ソ。蓮ノ有処ニトマツタレハ、水ニウツ、テウツクシイソ。翻――、チヤツト飛テ入タカ、マチツトミタヤト思タレトモ、チイサイ程ニ、トチヘイタヤラミヘヌソ。荷――、此蓮カユルイタレハ、ハラ〳〵ト露カコホレタ。ウ、、サテハアソコヘ飛テイタナト、云ソ。

68　鳳雛〈――チヤ程ニ物シテ人ノミヌ鳥ソ。是ワミタヤウニ作タソ。〉

朝陽《ニ》有《リ》レ鳥止《スム》レ梧桐《ニ》。未《タ》ルニ出ニ層巣《ゾウヲ》一長《タリ》ニ羽虫《ニ》一。稚翮《カク》染成《シテ》花五色。漢周瑞在《ノハ》ニ一鳴中《ノニ》一。几几ハ鳥ノ中ノ王ソ。五灵ト〈羽虫・毛―・甲―・裸―アリ。万物ノ發箅トテ、万一千五百生数、其外萬物ノ数ソ。〉モ云ソ。麟鳳亀龍八［八］王者瑞也ト申テ、鳥ノ王ソ。四灵トモ云ソ。只ノ者ノタメニハ代《ヨ》ニ出ヌ者ソ。朝陽ト云ハ、昆崙山ノアタリニ住ソ。有《リ》レ鳥々々丁令威ノ字ヲ以テ有レ鳥トヲイタハ面白ソ。サテ、何タル処ニスムソナレハ、梧桐ニアラザレハ不レ栖、竹実ニアラサレハ不レ食ソ。

未出——、巣ヲハテヌ前カラ鳥ノ王テアルヨ。』（28ウ）人モ裸虫ノ長ト云ヤウニ、羽ノアル虫ノ中テハ、頭ラタル者ソ。稚—、ツハサノヤウ〱ウソ［フ］ケノヤウナ羽カアルカ、五色チヤソ。イトケナイムクケカ、ハヤ五色ナソ。周漢トヲカウ吏ナレトモ、漢ハ仄声、周ハ平声チヤホトニ、声ニタヨリシテ、漢周トヲイタソ。漢ノ代ノメテタイ、周ノ代ノメテタイト云モ、是カラノコトソ。

69　睡足軒

独リ臥シテ二高軒ニ一春昼長シ。晴雲垂テレ地ニ夢蒼々。詩人観ルレ物ヲ九方カ馬。認作テス二春風ノ睡海堂ト一［棠］。春ノ永イ日ニス、シイ座敷ニヒルネヲシテ、ネクライタソ。晴——、天気モノトカニナツテ、アイ〱トシタカ、座敷ノ前ヘ、雲カワキツルヤウナ、誠ニネムサウナ、リソ。夢蒼々ハ、夢ノ熟シタナリソ。人ヲトモセヌ程ニソ。詩人——、意足不レ求顔色似、前身相レ馬九方皐ト陳去非カ墨梅ノ詩ニ作タソ。心ハマツクロニカイタホトニ、梅テナイトナ云ソ。眼タニ高ケレハ、ツラノ似タコトハイワヌ物テアルソ。九方皐ハ、馬」（29オ）ヲミルニ、肥タウツクシイコト。ヲハ相セヌソ。人ニチカウテ骨骼ヲミルソ。認——、ヌタナネゴイ者ハ、春大ブセリヲシタホトニ、春風ノ睡海棠マテヨソ。我身ヲトラヘテ、睡海棠トナイタソ。秦穆公謂伯樂曰ク、子之年長矣。有レ求レ馬モノ曰、良可キ下以二筋骨ノ相ヲ一形容上也。天下之馬、若没若亡ハ、君失二臣之子一皆村也。臣有リレ所ロ与クミスル。九方皐其ハ於レテ馬ニ非二臣之比カニ一也。穆公使レ求レ馬。三月ケツニシテ而反テ報シテ曰、已得ニレ之ルコト在ヲリ沙丘ニ。牝ヒンニシテ而黄ナリ。往テハ視ルニレ之牡ボニシテ而驪リナリ。公下悦テ召テ二伯樂一曰ク、牝（牡）色物不レ能レ知ルコト、何ソノ馬之能知ン也。伯樂曰、皐之所レ観天機也。得ハ二其ノ精一而忘二其麤一。在テハ二其内ニ一而忘二其外一。馬至二果シテ天下ノ良馬ニ一。

列子

70　和靖隠カ盧ノ圖

東封西祀賀ス二升平《太平》ヲ一。不ルモレ起二湖辺ヲ一心〇也タ自ヲ清シ。梅瘦鶴孤ニシテ山有ニリレ雪。徴《テウ》書何物《ナニモノカ》輟《ヤメン》レ詩情ヲ一。梅ヲ愛シテ居タ者ソ。封禅ノ祭《マツリ》ヲセウトテ』（29ウ）メサルレトモ、詩打吟シテイテ、ヤセタナリテイタト云コトソ。東——、東泰山西花山ヲ祭ルコトソ。百官大臣カ目出ト賀スルソ。ヒトリ賀セイテ、ヒヘキツテイル人カ有ハ誰ソ。湖辺ニイタハ和靖ソ。

チトモ利欲ノ間ニ、心カナイ人チヤソ。梅――、愛スル物ハ梅、召使フ者ハ鶴ソ。梅モ綸旨《リンシ》梅、八重《エ》、白梅ナントテハナイ、ヤセタ梅、雀モ鶴封ナトノヤウニ肥タ雀テハナイソ。ヤセキツタソ。徴――、封禅ヲタスケイト云テ、メサルレトモ、ソモ此詩ヲ吟シテ面白ニカヘウカヨト云テ、封禅ノ叓ハ、三体詩ノ冬夜寓レ懐――ト云詩ニ、念比ニアリ。和靖カ茂凌［陵］他日求《メハ》ニ遺■《藁》一、且《ツ》喜《フ》家《ニ》無《コトヲ》ニ封禅ノ書一ト作タ。名誉ソ。

71　李白観《ル》レ瀑《ヲ》圖

仰《ケハ》レ面《ニ》飛流来処疑《フ》。源頭《ニ》俯《スルモ》レ首《ヲ》亦《タ》如《シ》レ斯。謫仙非レ謫《ニ》降《ル》ニ塵《ス》土《トシテ》一。要《ス》レ見《ト》ニ銀河《ノ》落《ル》レ地《ニ》時《ヲ》一。李白ヲハ謫仙人ト云タソ。神仙通鑑ナトニモ、仙郷ヘ入テ種々ノ異ナコト共アルソ。天上カラ流サレタト云コトソ。」（30オ）飛流ハ瀧ノ流ル、ナリソ。トコカラ来ルヤラ高イ程ニ疑ソ。ミナカミカ知レヌ。源―、ナカル、モ、流カ遠イホトニ、其モ同シ物ソ。一二ノ句ハ、見処ノ景ソ。三四ノ句ハ、見テヲ云ソ。此李白ハ天上テ面目失テ、流サレタト云ハ、大ニウソチヤソ。此銀河ノ流ル、ハテヲ見ントテ、下ラレタ者テアルソ。来処疑ウト云字ヲ以テ四句ヲ作タソ。

72　四皓《カ》囲碁圖〈商山テ橘ノ中テ碁打タ者ソ。〉

兩鬚《ゼンハ》《ヒケ》袖レ手兩鬚《セン》棊《ス》［碁］。不管漢儲《恵帝ノ》安与レ危。一被畄侯壊〈張良カコト〉全局。子声宜レ竹又天涯。仙人カ四人アルカ、白髪ノヒゲドノヂヤカ、フタリハヌキ入デヲシテ、碁ヲミルソ。二人ハ。。《碁ヲ打ソ。》碁ヲ打入テ、一向世上ノ心カナイソ。漢ノ高祖ノ時分ソ。漢高祖ノ戚夫人ノ腹ノ趙王如意ヲ位ニ立テウトセラレタソ。恵帝ハ呂后ノ子ソ。天下カ二ツニワレテアル。當腹ヲ世ニ立ト思ル、程ニソ。此レヲモ何トモヲモハイテ、碁ヲウツテ居』（30ウ）ラル、ソ。漢高祖ノ四皓ヲ細々ニメサレタレトモ、ツイニ出テナンタソ。王土ノスマイヲサセマイナラハ、仙郷ヘ行ト思タ程ニノ所テ、例ノ張良カ、是ハ當腹ヲ世ニ立ラレテハ大叓チヤト思テ、良如レ婦人ト云テ、女ノヤウナソ。謀帷幄中ニメクラシテ、敵ヲ亡タ者ソ。シタカ、四皓ヲ何トシテヤラヨヒタイテ、恵帝ノ御伴ヲサセタ処テ、高祖ノ羽翼已成ト云テ、マウナルマイト云テ、如意ヲ立ント思フ心ヲヤマレタソ。留侯ハ張良カコトソ。斉ノ三万戸ニ封セウト云タレハ、イヤト云テ、峀ト云処ノ小里ヲ所望シタソ。壊レ全局ハ、全ク打ハテ、誰カ勝チヤ負チヤト云コトヲ知ラヌソ。子声——、碁ヲ打石ノ音カヒ、イテ竹モ相映シテ面白カ、天涯ト云ハ、、ツト此面白サヲ打サマイタソ。

73　白頭鳥

人生易キハレ老是レ多情。鳥亦白頭何ンノ不平ソ。雨打テ二梨花ヲ一春似レ夢ニ。斜陽声裡ノ送レ清明ヲ。イカニモ人ノヱニセヌ作リヤウソ。一二ノ句テ」（31オ）力《チカラ》ヲ尽イテ、三四ノ句ヲサットナカイタカ、此流シ様カナラヌ叓チヤソ。人ノヱニセヌ処ソ。人ノ白髪ニナルト云ハ、戀慕ノ情ヨウニモナイ。妄情テカウアルソ。鳥ハ無情ナ物ト申ナカラ、人ノヤウニ患《ウレイ》ハシ有カト、カメテ、戀ノ思ヒ、利欲ノコトヤト思案スルニ、ウ、案シタイタヨ。雨——、雨カ花ヲ打ヲトテ、興モナウナツタヨ。興サメタナリニナツタ程ニ、花ハヱナカメヌ。タ、ナクマテチヤヨソ。清明ノ節ヲハ花ヲ賞セウト思タレハ、興モナウナイテコソ送タレソ。

74　山水小舟ノ圖〈絶海ノ弟子也。〉〈鄂隠ハ開山ノ孫弟子ソ。相国僧ソ。諱ハ奯《クワク》。〉

水緑ニ山青シ雪尽ノル時。中流ルノ帆影去テ遅々。蛟鼉タ出没シテ波如シレ屋ノ。日暮蘭橈《セウ》何処ノニカ移サン。ソトシタ小舩テ、シカモ山水ノ境ニウカウタソ。江南野水碧レ於レ天ト云ヤウニ、水ハミトリナ、又山モ青ソ。中流ト云ハ、海ノマン中ノコトソ。此舩カハヤウモ行イテ、ユウ〳〵トシテ』（31ウ）アルソ。蛟——ハミツチソ。五十尋ナカアルソ。足カナイ者ソ。鼉ハカメソ。出ハ上ヘウカフ、没ハ下ヘシツムチヤソ。其住ミ処ハ水チヤホトニ、波ハ屋ノ如クナソ。此様ナ大叓ノ渡ヲモ、小舟テトヲルト云カ語勢ソ。蘭橈ハ、ランノカチト云心ソ。カツラノサヲ、ランノカヂト、キヤシヤニ云タソ。

75　除夜有ニリレ所思〈節分トモ云、大晦日トモ云ソ。心ニ思フ所カアツテノ作ソ。〉

灯火《花》的々照レ心紅ヲナリ。一歳分ル、時又タ一重。四十明朝残臘ノ夢。松風ハ吹入テル二五更ノ鐘ニ一。キヤシヤニ作リタソ。灯ニチウジカシラノアルヲ云ソ。的々ハ、其コトソ。吉コトノアラトテハ、灯花カアル物ソ。思フ処ヲ照タソ。紅灯ト云テ、紅ナ物ソ。是モ心ト云字ニカケテ見ソ。題ノ所思ト云心ソ。一歳――、分ハ春分秋分ノヤウニ、年カワカル、ホトニソ。所思ノ字ニカケテ、又一重所思カアルソ。是カ卅九ハカリノ時ノ作歟ソ。又大晦」（32オ）ハ残臘ソ。ハヤク年カ移ルト云テ嘆スルソ。守歳ト云テ、ネヌ夜ナレ共、夜ハナカシ。ソト夢カアルソ。シタレハ、松風テ打サマイタソ。所思ニツイテ看《ミヨ》ソ。

76　送ル三人之クヲ二伊陽ニ一〈々々、伊勢ソ。日陽ト云、〈陽ノ出処ソ。〉岐陽トモ云数［類］ソ。唐ノ故吏ニタヨラセウトテカウスルソ。陽ハイラヌ字ヲソユルソ。〉

君去テ秋山蕙《ケイ》帳空シ。伊陽千里信難シレ通シ。多情ナルハ最是レ長江ノ水。故《サラニ》爲メニ二愁人ノ一流レテ向フレ東ニ。伊勢ノ人カイヌルソ。君ハ人ソ。北山移文ニモ山人去テ蕙帳空シ《ナ》ト云テ、カチヤウツルヤウニ、帳ヲ、ロイテ居物ソ。其如クニ蕙帳モ空ウテアラウスヨ、アラヲナコリヲシヤ。千里――、千里ハナケレトモ、遠イトユウ《ワ》用ニ文章ニカクマテソ。サアラハ、マウ文ノヲトツレモアルマイヨト云ハ、名残ヲ、シムト云心ソ。多――、昔カラ水ハ無情ナ物チヤト人ハ云カ、サハナイヨ。水ホトナ多情ナ者ハナイソ。〈流水無情慕落花。古―〉東ヘムケテツレタツテ行ル程ニ、水ホト多情ナ者ハナイソ。人間水無不東朝云句ヲ下ニヲイテ云タコトソ。』（32ウ）

77　上林ニ聴レ鵑〈内裏ニ林ヤナントヲシテヲク物ソ。サウシテ、ソコニ虎ヤ熊《クマ》ナトヲ、イヲリヲシテ、イレテヲクソ。コナタニハ小国チヤホトニナイソ。、コニナイタ鵑ソ。〉

杜宇呼レ名不レ露レ形ヲ。上林ノ烟雨昼冥々。〈紫震［宸］苦［苔］深ノ心ソ。〉君門鎖断シテ深シレ於レ海。啼クトモレ血何ニ曽テン関ニ帝ノ聴ニ一。杜宇ハ、ホト、キスノ名ソ。蜀ノ望帝ソ。杜宇呼名語ト云句カラソ。禁中ニナクホトニ、形ハミヱヌソ。冥々ハ、雨ノフツタナリソ。君門――、時ニ内裏ノ御門ハトサシスマシテ、物フカウミヘタソ。宝殿苦《コケ》［苔］深シナント云ヤウニ、凡夫ハヱイカヌホトニソ。海ノ水ヨリモ深ソ。啼血ハ血ノ涙トモ云、又ハ口カラ血ヲ出ストモ云ソ。是カヨキナリ。蜀ヘ行タカツテナクソ。是ハ不如歸去ノ心ナレトモ、天下太平ノ時分チヤホトニ、天子ノ御耳ニハヱ入マイホトニ、ナイタラウカ損ソ。

78　家童放レ鶴圖〈童鶴トモツカウソ。面白字ソ。對ナトニ入字ソ。林和靖」（33オ）カ湖水ナトテ舩ヲ浮ヘテ遊時、我所へ客人ノ至時、童子《カ》鶴ヲ放セハ、和靖カイル処へイテ舞へハ、サテハ客人ノ至ト思フテ皈ル、其コトソ。〉

知《ンヌ》是《レ》先生不レ在《ルコトヲ》レ家《ニ》。々童放《テ》レ鶴《ヲ》日西《ニ》斜《ナリ》。詩人若到《ハ》豈《ニ》レ労レ待。門《ニ》有二寒梅数樹《ノ》花一。先生ハ和靖ソ。推量申ニ、和靖トノハ御留守《テ》アル物ソ。客人カアル、御皈リアレト云心テコソ有ラウソ。時ハ晩景カタソ。詩人——、人ヲ待ハマチカネテ、久イ物テ候カ、詩人ナラハ待カネハセマイソ。ナセニト云ニ、門——、門ニ色々ノ梅ヲウヱヲキタホトニ、此梅ニナカメ入テイラレウホトニ、待ト云テ、チツトモ労煩ハセラレマイソ。

79　茅《ハウ》舎《ノ》燕

燕子不《ス》レ嫌茅舎低《ノヒキ、コトヲ》。孤村《ノ》烟雨帯《フ》レ芹泥《キンヲ》。王《ノ》公第《ノダイ》宅逐《テ》レ時変《ス》。一度尋《ネテ》レ巣一度迷《フ》。燕ト云者ハ、農人《ノ》家ナトニ巣《ヲ》カク物ソ。結構ナ家ナトニハカケヌソ。孤村ハ、ソトシタ一在処ノ村ソ。ツカウ物ハ、セリ泥ハ、巣ヲ』（33ウ）ツクラウ用ソ。王―、王謝堂裏。詩学大成ナトテミヨ。〈風流ハ晋王謝、言語ハ漢雛［鄒］枚古―、鄒衍［陽］枚乗コトソ。鴬ノ声若ソ。王謝堂前燕トモ古事アリ。〉燕《ノ》故叓ソ。結構ナ家《ニ》巣ヲクワウスカ、大名高家ハ変化カアル者チヤ程《ニ》クワヌソ。変スル処カラ、四句ヲ見ルニ、定ラヌホトニ、去年巣ヲクウタ処ニ、今年ハナイホトニ、山野《ニ》マヨウソ。

80　残雪

山陰残雪照《ス》二梅坡《ヲ》一。光透《リテ》二夜窓《ヲ》一寒尚多《シ》。應《シ》レ有《ル》二東風《ノ》吹得《キテ》尽《クス》一。思《テ》レ君《ヲ》白髪竟《ツイニ》如何《ン》。山陰ハ雪《ノ》熱［熟］語、載［戴］安道カ故叓ソ。春《ノ》時分、殘夕雪カ、梅坡ヲテライテ、ノコツタヨ。知音チヤホトニソ。光——、孫康カコト《ニ》タヨリテ云ソ。窓含二西嶺千秋雪一ナト杜カ作タ程ニソ。應——、東風カ吹テ、只今ニ此雪ヲハ消ス。御前《ノ》アタマハ、春風《テモ》消マイ。タトヒ春風ヲ得トモ、又不レ消《ノ》心ソ。

81　有《リ》レ約〈大ヤウナ題ソ。人ト約束シテコヌコトソ。
詩《ニ》見ヘタリ。」（34オ）〉

有《リ》レ約無《シテ》レ來《コト》暮景斜《ナリ》。山雲染《メテ》レ翠《ヲ》映《ス》二窓紗《ニ》一。相思《テ》不レ寐芭蕉《ノ》雨。浪《リニ》喜《フ》寒燈又《タ》欲《ルコトヲ》レ花《サカント》《ハナセント》。チトサル人ニ御約束ヲ申タカ、必ス御出アラウト思フテ、日《ノ》クル、モヲソウテアルニ、ハヤ日ハクルレトモ、其人ハ来ラレヌ程《ニ》、是ハ来ラレマイカト、ハヤ物ヲ思ソ。山雲——、雲カ有ホトニ、マウハヤコマイト思ソ。湯恵《エ》休カ、日暮碧雲合《ス》、佳人殊《ニス》不レ来《ノ》心ソ。相思——、雨ニナツタ物ウサハ、何トアラウソ。庭ニハ、芭蕉ハハヤ何モ有マイヨ。サヒシイナリソ。サル程ニ、火ヲ［ウ］チカスカニ、トホイテ居タヨ。シタレハ、灯《ニ》丁子頭カアルホトニ、サテハ今夜コソ来ラストモ、明夜ハ来ラレウソ。紅烛焼殘待レ人夜、一宵王母《カ》九千《ノ》桃。桂林ノ詩ソ。面白詩ソ。

82　梅影

不弁三紅花《ト》与《トヲ》二白花《トヲ》一。《紗窓》殘月寫《ス》二横斜《ヲ》一。羅浮《ノ》仙子夢《ニ》相見《ハ》。腸《ハ》断《フ》春衣《ノ》隔《ルコトヲ》二彩霞《ヲ》一。影ハカリミエタ程《ニ》、紅白《ヲハ》不』（34ウ）知ソ。紗カミエスクホトニ、是《テ》窓ヲハルソ。紗——、暁方《ニ》モナツタカ、放翁詩、還依二灯死《花欹》一得レ奇観、山月半窓梅影横。暗香不［浮］動月黄昏ト同ソ。羅—、仙人ノスム面白処チヤソ。卅六洞天《ノ》上云ソ。又梅《ノ》アル処《ヲ》、梅ヲ仙人《ニ》比シタソ。仙人ヲ夢《ニ》ミタカ、イカニモウツクシイ、タヨ〳〵トシタ、仙人チヤソ。マツト、シタシウヨリアウ《ワ》ト思フタレハ、春霞《ニ》ヘタテラレタ。口惜コトカナト作タカ、影ヲヨウ作タソ。春衣。《夜》宿《ス》杜陵《ノ》花。杜句カラ也。

83　竹影〈竹影金鎖［瑣］碎、月《ノ》コトソ。韓文ソ。〉

溪月斜《ル》時侵《シテ》レ戸《ヲ》寒《シ》。墻頭知《ンヌ》有《コトヲ》二兩三竿一。佳人《ノ》翠袖遮《ル》二銀烛《ヲ》一。与可入《モ》レ精《ニ》描《シ》得《ルコト》難《シ》。斜ハ光横《ヨコサマ》ナコトソ。月《ノ》中ナ時ハ、窓へ月カサ、ヌソ。月ノ斜ナ寒《カラン》ト云テ、影ヲモタセタソ。墻——、覚範道人種二竹於所居之東軒一。使君楊夢《ホウキヤウ》睨題二其軒一曰、也足取《ハル》レ古人。所謂、但有《ラハ》二歳寒《ノ》心一、兩三竿也《モ》足《コトヲ》一者也。——、是カラ取タソ。洪覚範ト人《ヒト》ガ」（35オ）心得ル。〈斉州ノ覚範道人ト云ハ、谷カ他人也。〉サデハナイソ。二三本タニア〈谷カ俗甥也。〉ラハ、足チヤソ。山谷《ニ》アルソ。知《ヌ》ト云カ影チヤソ。直ニハ見ヌソ。佳人——、竹ハミトリナ衣裳ヲキタ美人ソ。美人ハ物ハツカシカリヲスルカ、此竹モハツカシイホトニソ。月《ニ》烛ヲタトヘタソ。与可——、精描《メウ》ト云テ、妙ナ処ヲ得タリトモ、此ウル〳〵トシタ影ヲハ、ヱウツシ出スマイソ。

84　秋扇〈秋ニ扇ト云ヘハ、ヤカテ班婕妤カ恨ノ心カアルソ。秋ワ扇ハイラヌ物ソ。西胤ハ相國寺僧ソ。一段ノ詩人ソ。乍レ去此十首ノ内ニハヨイ詩ハイラヌソ。〉

巧《ニ》製《シテ》ニ斉紈《ヲ》一宮様新《ナリ》。高堂六月主恩頻《ナリ》。一朝秋至《テ》寵還《テ》断《フ》。恨《ハ》在《テ》ニ西風《ニ》一不レ在レ人《ニ》。巧ハ妙ニ扇ヲ織ナイタソ。斉ノ國ノウス物ソ。絹テハルコトソ。斉紈ト云ハ扇ソ。扇――、宮様新也。惣ノ詩ノ柱ソ。婕妤カ心ソ。高――、六月テ秋扇ノ心ソ。ムス天気ニハ天子モ召出テ、召ツカハル、ソ。扇ノ上ソ。一朝――、ス、シウナレハ、ヤカテ打ステラル、ソ。寵扇ナト章句ニモスル物ソ。恨――、昨日今日マテ、御用ニ』(35ウ)立タガト云恨ノ人ヲ、恨ムルコトテハナイソ。秋熱カアラハ、用ラレウソ。是カ仁人ノ心ソ。天子ニハクモリハナケレトモ、人カヘタツルト云心ソ。

85　皈燕

社燕飛々皈意忙《イシ》。安《シテ》レ巣《ヲ》不三復恋《タシ》ニ花《ハ》堂《ヲ》一。殷勤好《ニシ》去《テカイツクロヘ》刷ニ踈翮《カクヲ》一。海國秋深《フク》残夜《ノ》霜。烏衣國ヘイヌル程ニイソカシイソ。春社ニ来々秋社ニ皈ルカラソ。安――、復ノ字ハ、重復ノ心ソ。前ニアツタ叓ソ。又云程ニヲクソ。、レヲ何トシテ知ソナレハ、古人ノ語ヲ其マ、ヲケハヨイソ。ハヤ烏衣國ヘイヌル程ニシタワヌソ。慇――、マタ羽カ思フマ、ニハナイ程ニ、踈翮トシタソ。海―、秋末ニナツテ、サノミ寒クナラヌ前ニ、早々御皈リナサレイトス、メタソ。

86　凍鶴

凍羽《ハ》摧頽《トシテ》口似《リ》レ瘖《インニ》。蓬萊夢断《メテ》海雲深《シ》。誰憐《カマム》「窮壑」(36オ)三冬《ノ》雪。不レ鎖ニ丹霄萬里心《ノ》一。ツントノ寒スル夜、雀ノ羽モイテ、、クダケクヅル、ヤウナ。坡カ兩雀摧頽《トシテ》病《テ》不レ言。年来相續又乗レ軒。誤聴《テ》ニ九成一聊飛舞《ス》。可《ケンヤ》レ得三徘徊爲《メニスルコトヲ》ニ啄呑《ノ》一。与レ子由侍ニ迩英一時ノ詩ソ。羽ノクタヒレタ体ソ。其《レ》ハカリテモナイ。モノユウ叓《コトモ》ヱセヌソ。晨鶏凍不歌ノ類ソ。蓬萊――、蓬萊マテハヱイカヌソ。弱水三万里チヤホトニ思タヱタソ。誰人トハ、別処チヤ程《ニ》、誰テマリ憐ム者ハアルマイソ。不――、丹霄《ニ》独歩スル者チヤホトニ、其独歩ソ。心ヲハチトモ、ヱサ「トサ」トスマイソ。

87　栖雲楼

幽人《ノ》樓閣倚《テ》レ雲棲《ニム》。萬疊《ノ》青巒面々低《ル》。長嘯夜深《ケテ》心似《タリ》レ水。星河《ノ》声在《ハリ》二小欄西《ノニ》一。出仕モセイテ、隠遁シテイル人チヤカ、亭ヲ作テ、イカニモ高ウ雲《ニ》入ル程ニ作タ処ソ。面々トナラウタヤウニ、トチ』（36ウ）ムキニモ雲カアルソ。此樓閣カラミレハ、トノ山モヒキイヤウナソ。長嘯―、夜半《ニ》嘯タソ。心カ水ノ如クナソ。シツマリキツテ、水《ノ》スミキツテ、浪《ノ》タ、ヌヤウナソ。星――、アマノ川、サツ〳〵トナル音カキコユルカ、マツハ高イカナ。西ノ方ヘカタムイタソ。是ハマアタリ《ニ》キコユルソ。

88　曲肱亭〈隠者作ソ。倫吾ノ字ソ。〉

寵辱驚《シテ》レ人易《ヲシ》レ白頭《ナリ》。誰知《ル》陋巷百無《ニモ、》レ憂《コトヲ》。暁趨《スウ》不レ蹈《マ》官街《カイノ》。一臥能輕《クス》萬戸侯。寵ハ、天子ニ召仕ハレテ、御寵愛アルカタソ。辱ハ恥辱ノ方ソ。遇ト不遇ト何レモ心ヲ動スソ。喜怒《ノ》間《ニ》アルコトハ、コト〳〵ク白髪ノモトイソ。誰――、顔回カ陋巷《ニ》アツテテ（ママ）、世上《ニ》チトモ喜怒《ニ》移サレヌ心ヲハ、誰モ知マイソ。朝廷ヘハシツテ出仕申者チヤソ。暁―、二ノ句カラ出チトモナイソ。此ヤウナコトハ、「一臥―、」（37オ）イソカシサウナレトモ、隠者ハ日《ノ》出《ル》マテネテイルソ。此一臥――ノ中ニハ、万戸侯ヲモ輕スルソ。千首詩《ノ》輕二万戸侯一《ト》云タコトソ。ケニモ千戸侯ハ、早々カラ出仕セイテカナワヌ程ニソ。

89　西湖晴雪圖《ノ》

一幅《ノ》新図《ツ》湖面開《ク》。碧波晴雪共悠《ニ》哉《ナルカナ》。只今誰《カ》是梅花主《ノ》。鶴与《ハト》二逋仙一去《テ》不レ回《ラ》。娥溪一幅ノ絹ト云テ、畫キヌソ。新ク畫ヲカイタ。何ヲカイタソナレハ、西湖ヲカイタソ。碧――、句中對ソ。只今――、サテ其主人ハ誰ソヨ。光陰ハヲシ移テ、雪後《ノ》景ヲ愛シタ林和靖モ隺モ去テ皈ラヌ。其後ハ誰カ主テアルソヨ。梅花ト云字ヲ、四ノ句ノ後ヘナイテ評論セハ、詩カ面白カラウソ。

90　東坡墨竹
玉局奉祠違《ス》レ素心《ニ》。南遷《セン》萬里。盈《雪ヲカス》《侵イ》簪《ヲ》。蛮烟瘴霧恨《ミ》』（37ウ）恨如《カクノ》レ許。寫《シテ》有《リ》二数竿風雨深《キ》一。東坡ヲ玉——ト云ソ。韓［翰］林学士テイタ程ニ、其コトヲ天下ノ奇才《ト》云テ、肩《ヲ》■《双》フル人モナイカ、サアラハ、三公ニモナラウスカト思タレハ、サハナウテ、結句流タ程ニ素心ニ違トシタソ。南——、南方ノハテヘ、流サレタソ。ソコテモ人カ用ルホトニ、坡ト物ヲユウタラハ、曲叓チヤト云テ、アチコチヘ流タソ。蛮——、南方ハアツイホトニヱシラヌ。土用ノ中ニムスヤウナソ。瘴霧ト云テ、キリノカ、ツタヤウニシテナヤマス程ニ、此辛労ニ白髪トナツタソ。恨如許ト云ヲ、南方ヘカケテ見ソ。写——、風雨トナイテ、竹ニキメコソヲイタレソ。

91　松軒對《ス》レ雪《ニ》〈主人コソ雪對シテイウラウ。軒擧《キヨ》［渠］ト云ハ笑皃、又車ニ用《モル》ソ。コ、ハノキノ心ソ。〉
松如《ク》二圖畫《ノ》一雪《ハ》如《シ》レ篵《シノ》《フルウカ》。洞口《ノ》深扉半没《ハスル》時。有《テ》レ待《コト》帰来《ル》千里《ノ》鶴。黄昏恐《ハン》失《ン》二旧棲《ノヲ》枝一。サナカラコ、ニアル松ハ畫ニカイタヤウナ、又雪ノフルハ物ヲフルウヤウナソ。洞——、半ハ屋ヲヤフリ、ウツマレタ」（38オ）ソ。有——、千里万里飛テイナレタカ、此鶴カ枝ヲフリウツマヌサキニ皈ラレイカシ。此様ニアラハ、枝ヲフリウツンテ、天下ノ巣ヲ失ソ。坡《カ》旧蹈《ノ》松枝雨露新。

92　春初思《ニ》レ皈《ヲ》〈郷同心ソ。〉
老去《テ》郷情猶《ヲ》未《レ》レ忘。天涯《ノ》春色鬢蒼々。當《テ》レ門《ニ》悔《タハ》種《シコトヲ》二垂楊《ノ》柳《ヲ》一。悩《ニ》乱《セラレテ》東風《ニ》一惹《テ》レ恨《ヲ》長《シ》。若時ハ、可然友モアツテ、忘ル、コトモアルカ、老去ハ、イヨ〳〵郷念カ深ナルソ。友モナシ。狄着《モ》深ウナルソ。孔子サヘ去レ魯遅々《ト》我（行）ト云レタソ。天—、春ニナツテ万物ハ若《ワカ》ヤケ共、我ワ天涯ニ白ガボウケニナツタマデチヤソ。當——、無思案ナ叓ヲシテ柳ヲウヘタカ、後悔ナソ。我心ヲハ知イテ、此柳カ春風ニアチヘヒラ、、コチヘヒラ、トスルヲミレハ、アレカ我恨ヲ引タイテ長ソ。柳ハ送レ人物チヤカ、送ラウ人モアラハヤ、サワナウテ、只イタツラニ柳《ヲ》ウヘテ、恨ヲコソ長ナイタレソ。』（38ウ）

〔翻刻注〕

（8ウ）＊嬉…上欄に「嬉」と注記。
（18ウ）＊頒…上欄にも「頒」と注記。
（22ウ）＊泛…上欄に「泛」と注記。
（27オ）＊愜…上欄に「愜《カナウ》」と注記。
（27ウ）＊含…上欄に「含」と注記。

第四節　国立公文書館 内閣文庫蔵『花上集鈔』坤巻の本文（翻刻）

緒言

本節は、前節に引き続き、国立公文書館 内閣文庫蔵『花上集鈔』の坤巻の翻刻を行う。『花上集鈔』は『花上集』の抄物であり、『花上集』の作品としての特徴や、注釈の必要性、伝本研究とそこから派生する問題の若干に関しては、拙稿「五山文学版『百人一首』と『花上集』の基礎的研究――伝本とその周辺――」（『文学』第十二巻第五号、岩波書店、二〇一一年九、一〇月。→第四章第七節）を参照していただけたら幸いである。

内閣文庫蔵『花上集鈔』の坤巻の書誌は、以下の通りである。後代のものと思われる、焦茶色の帙あり（題簽は「花上集抄」）。薄茶色の表紙左肩に「花上集鈔坤」という題簽があり、内閣文庫（三種）のシールが貼られている。大きさは縦二四・〇×横一八・三センチメートル。坤巻の第一丁にあたる第三九丁の表には、「書籍館印」「和學講談所」「淺草文庫」「日本政府圖書」の朱印がある。本冊の紙数は、前後それぞれ一丁、二丁の遊び紙を含む、計八二丁である。本文は一二行、朱点・朱引きあり。

翻刻

〔凡例〕

一、国立公文書館 内閣文庫蔵『花上集鈔』（特119—22）の坤巻を、抄者の意図した内容をできるだけ正確に再現するために翻刻する。その際、宮内庁書陵部蔵『義堂絶句講義』を参照した。

一、詩ごとに一行アキとし、詩の通し番号（93～204）は、私に施した。

一、行は送らず、原本の丁移りを示すために、一紙の表の末尾に」印を、裏の末尾に』印を付した。

一、底本の朱点・朱線、墨引き・朱引きの類、各作者の巻頭詩の上に付してある○印や△印は省略した。

一、底本に使用された古体・異体・略体等の漢字や片仮名は、生かせるものはそのままとしたが、活字等の制限から、なるべく正体もしくは通行の字体に改めた。なお、原文の「亨」は「吏」の活字を用い、「乛」はコト、「〆」はシテに改めた。

一、詩の本文の読点は、句点に改めた。抄文中の読点については、適宜省略した上で、句点と読点に分けて表記した。

一、宛字は底本のままとし、明らかな誤字は［　］、脱字は（　）内に正字で示した。

一、踊り字「ヽ」「々」「〱」は、底本のままとした。

一、濁点は、底本のままとした。ただし、後から付された朱の濁点符については省略した。

一、詩題の下の注記・抄文や、詩後の抄文の行間・行末の小字注は〈　〉に入れて示した。

一、本文の見せ消ち「〻」は底本のままにし、補入の箇所を示す「。」もそのままとした上で添字した。重ね書きについては、判読可能の場合も、■印とした。

一、翻刻上注記すべき箇所には＊印を付し、末尾に翻刻注として一括して掲げる。

〔本文〕

93　遠山皈鳥ノ圖

独鳥去ル邊山似タリレ眉ニ。天低シ水闊シテ影遅ケ々。上林雖レ好トモヨ非レ栖トス処ニ一。一任ニンス千枝与ト万枝ト。遠山ヘトマリ、鳥カイヌルカ、友モナウテ、只一羽イヌルソ。其目アテニイヌルハ、遠山ノ眉ノ如クカスカナヲ、目アテニシテイヌルソ。山谷カ窓中ノ遠山是眉黛。又云、文君淡掃ク遠山■黛マユ。是コレカ遠山ノ心ソ。天――、人倫タヱタ、水ノアル体ソ。水ハヒロシ、ツハサハ短シソ。遅チ々ト云テ、遠山ヘ皈ル、カ遅ソ。上林――、内裏ノ上林園ハヨイハヤシナレトモ、我スミカテハアラハヤ、千枝万枝アラウトマ、ヨ。独鳥ナトノ居処テハナイソ。鸜鵒チヤ、白鷴チヤナト云ハ、用ラル、。独鳥ナトノ居処テハナイホトニ、其レハ何トアラウトマ、ヨソ。一任ハ、打マカスルト云コトソ。

94　竹徑《ニ》掃《フ》レ雪　玉畹〈南禅寺僧也。〉

万竹低垂逕《ミチ》不《ス》レ開《ケ》。瑶《ヨウ》花随《テハウキニヤ、モスレハ》レ箒動　成《ス》レ堆《タイヲ》《ウツタカシ》。慇懃《ニ》掃《テ》向《フ》二黄」（39オ）昏《ノ》月《ニ》一。初《テ》識《ル》清光《ノ》照《スコトヲ》レ紫苔《ヲ》。雪カ深ナツタ程ニ大ヤフノ竹カタレテ有程ニ、道カフサガツタソ。瑶―、瑶ハ玉ソ。雪ノフツタナリカ玉ノ様ニ、又花ノヤウナソ。是ヲハラウ程ニ、下ニハ雪カ堆カウナツタソ。殷［慇］――、万竹ノ字ニカケテ見ソ。一本ヲラサヌヤウニハラウ程ニ、一日拂ウタレハ、黄昏ニナツタソ。是カ苔ノ紫ナニ相映シテ面白ソ。

95　清泉濯《ニアラウ》レ足《ヲ》

世路《ノ》紅塵十丈深。往来爲《ツテ》レ客《ート》恨難《シ》レ禁《シタヘ》。自斟《ミクンテ》二岩下漣漪《ノ》碧《ヲ》一。濯《テ》レ足《ヲハツ》慚《カ》吾不《ルコトヲ》レ洗レ心《ヲ》。世上ノ利欲名聞ノ道ソ。京ノ町小路ノ結搆ニ出シタ、ソコヲトヲツタナリソ。其利欲名聞ノ塵カ十丈ハカリ深ソ。往――、世上ニマシハレハ、恨カ多イ程ニタユルコトカナイソ。タユルト云時ハ平声、禁中ノ時ハ仄声ソ。自――、南禅寺ノ岩下水ノ様ナソ。マツ足アライサウナ体ヲシタイタソ。漣ハ水ノナミソ。斟ハ平声テ使フタソ。水ノコトマテソ。』（39ウ）外相ヲハ洗テノケタレトモ、ハツカシイコトハ、心ノ濁リヲハヱアラハヌソ。易ヲ洗心經ト云カタソ。濯足ハ漁父ノ詞カラソ。父ハホトヨムソ。

96　焼《テ》レ琴《ヲ》煮《ル》レ鶴《ヲ》〈是ハツントノ殺風景ソ。琴ハヒカウ用、観《鶴》ハカワウ用チヤ物ヲソ。〉

千秋《ノ》怨《ミハ》入《ル》二一杯《ノ》羹《ニ》一。三尺爆《ハクシテ》揚《ク》二絃外《ノ》声《エヲ》一。莫《レ》レ管《コト》人間《ノ》殺風景。孤魂和《シテ》レ月落《ツ》レ蓬瀛《エイニ》《ウミ》。千年ハカリノ恨ト云ハ、此一盃《ノ》羹ニアルソ。千秋ト云字ニアタラウソ。此長イキスル鳥ヲ、ソトノ間ニ殺《コロス》ハ恨カナソ。爆―、ハタメクソ。琴ヲタク音ソ。コトハツメナトテコソヒク物ナルニ、コトヂノ緒《ヲ》ノ外ノ音コソキケ。莫――、其モカナシカツタソ。花上ニ褌《コン》ヲ曝シ、對《シテ》レ花茶ヲス、ルナト云コトモ殺風景ソ。人間ノ上ハカリコソカウアルトモ、此鶴ノ魂ハ月ニ和《クワシテ》　蓬

莱《ノ》辺へ行レウスソ。人間ノコトハ、誠ニアサイコトヨソ。三嶋ノコトヲ、方丈モ此内ニコモラウソ。」（40オ）

97　春江《ニ》送《ル》レ別《ヲ》圖

春江底《ナニ》叓《ソ》気如《ナル》レ秋《ノ》。只為《タメニ》レ送《カ》レ人《ヲ》多《シ》レ別愁。風攪《カイテ》レ岸《ヲ》花《ヲ》皈棹急《ナリ》。羨《ミ》看《ル》沙背《ノ》一双鴎。春ノ江ノホトリニ、ソト〳〵トシテ面白カラウスカ、何叓ニノトカニハナウテ、如秋ソ。二ノ句テ其イワレヲ云程ニ、ケニモ道理カナ。別ル、恨カ多ニヨツテソ。人境ノ二ヲ取リマセテ見ソ。風—、風カ吹物チヤ程ニ、水キハニアル花ハ皆フキチラス時、風ニ別ル、舩ハ急ニ行。ア、浦山シイ鴎《カモメ》カナ。誠ニ別離ノ情モナサウニウカウタ。我ハカモメニタニモヲトツタヨト云ソ。

98　丹楓

楓樹秋深《テ》映《ス》レ翠峦《ランニ》。豈知《シヤ》青女《ノ》染《メ》成《ナシテ》レ丹《スコトアカコトヲ》。昔年《ソノカミ》夢作《ニナル》レ南遊《ノ》客《ト》一。勝ニ似《ス》呉江々《ヤマ》上《ノ》看《ニ》一。モミチト云物ハ、秋ノクレカタニアル物チヤカ、是レハトコナツナ木ノ中ニ紅ニマシツテ面白ソ。青女ハ霜ノ神テアルカ、誰ト〳〵ヲ作リアルソナレハ、青女トノ、ワサトハ思モヨラナンタ也。開合カ似合タソ。』（40ウ）昔年——、若カツタ時、渡唐シタヨ。其ヲ南遊ト云ソ。呉竹ノ辺ヨリモミチハヨウマシタソ。呉竹ハ紅葉ノ道地ソ。崔信明カ楓落呉江寒、劉禹錫、十年楚水楓林下、今宵始聞長樂鐘。

99　槿花《木ノアサガホ》〈ムクケノコトソ。蕣《シユン》ハ牽牛花也。〈屮花也。屮ノアサカヲソ。〉〉

槿花初発《ケテ》掃《フ》ニ晨粧《ヲ》一。一日《シツノ》栄衰樂《ミ》不《シ》レ長《ラ》。世態於《テ》レ人《ルモ》毎《ニツ子ニ》如《シ》レ此《ノ》。可レ怜《ム》朝露《ノ》借《スコト》ニ恩光《ヲ》一。初テ開テアシタトクノ粧ハ面白ソ。槿花半照夕陽収《ル》ト云カ此心ソ。一日——、樂《ミ》カ長《ハ》ナイ物チヤソ。世——、アサカヲハカリ《ト》心得ソ。世上モミナマツカウチヤソ。可——、ア、不便ナコト《テ》アルヨ。朝露ハカリウケタレトモソ。

100　也足軒〈覚範道人ノ叓前ニ申タソ。〉

軒前《ノ》脩竹緑《リ》婆娑。玉立《リウ》三竿不レ用レ多《コトヲ》。好《シ》是満山風雨夜《ノ》。虚心相對《シテ》亦《タ》無《シ》レ佗。座敷ノ前ニ竹ヲウエテヲカレタカ、シケツタナリソ。」（41オ）婆娑ト云ソ。二三本アルソ。玉ノ立タ様ナソ。多ク種テハナンノ用ソ。好是—、虚心貞節ト云程《ニ》多ハナイ程《ニ》大ヤフナントテハ曲カナイソ。是ハ風雨ニモチトモイタマヌソ。小欲知足《ノ》方ヲヨソヘテ作ラレタソ。

101　落梅《ノ》曲圖

蓬萊《ノ》烟客出珊《サン》宮《ヲ》。梅下横吹《テ》倚《ル》暁《晩イ》風《ニ》。只合《キニ》暗香難《ル》落尽《シ》。孤根長《ク》托《ス》畫圖《ノ》中。此曲ヲ吹人ハ誰ソト云ヘハ、仙人チヤソ。烟水ノ間テカタメタ人チヤヨ。珊—ハケツコウナ宮カラテラシタソ。横吹ハ笛《ノ》コトソ。横曲トモ云ソ。吹ト云時ハ仄声チヤカ、コ、ハ平声《ニ》ツカハレタハ不審ソ。フクト云時ハ平声、フキ物ナレハ仄ソ。只—、此曲ヲ一声吹ハ、ハラリト梅カチルヨ。サアリトモ暗香ヲハ落尽シカタカラウソ。畫《ニ》アル梅チヤ程《ニ》、イカニ吹トモ落マイソ。長《ク》畫圖《ノ》中《ニ》アルハ、落マイト云心ソ。烟湿《ハフ》落梅《ノ》村　土[坡]。

102　江上《ノ》夕陽〈沙楼春市《ノ》酒。関寺暮天《ノ》鐘。湖南鴎辺歇《ヤミ》。
郷人馬上逢《ニフ》。江南〉』（41ウ）

江上青山多夕陽。芙蓉点破《ス》碧波《ノ》光。鴎辺不待夜来《ノ》月。何叓《ソ》扁舟満意忙《シ》。湖辺《ニ》ヒラノ山ナトノヤウ《ニ》山《カ》アルカ、其ニハ夕陽カテラスソ。芙—ハ、山ノナリヲモタトヘタソ。又水辺《ニ》芙蓉モアル物チヤ程ニソ。点破蕪菁黄世界、一抹《ノ》香雪小梨花。是ヲ点破《ノ》点ト云ソ。ナタ子ノ花《ノ》マツ黄ナ中《ニ》、チヤツト梨花ノマツ白ナヲ点シタソ。君山点破洞庭湖ナトノ類ソ。鴎—、四ノ句ヲ云ヲウ用《ニ》、三ノ句ヲシタソ。四ノ句カラ、ミ子ハ知レヌソ。カモメノ辺〈哥ニ云、花サソウ平ノ山風フキニケリコギ行舟ノアトミユルマテ　自讃哥也。〉テ月《ヲ》ミタラハ面白カラウスカ、四更山吐月ナトノ時分テアラウス。其時分ハヱコラヱマイヲ、何叓ニ扁舟ハイソイテハ皈ルソ。マツハ無風流ナ者カナソ。

103　鷗

世故紛々《トシテ》機巧多《シ》。春江《ノ》白鳥意如何《ン》。知《ヌ》渠《レカ》沙際《ニ》有《コトヲ》餘地。細雨斜風投《ス》緑簑《ヲ》。世上順路ニハナウテ、タクミナコトマテソ。ヲシヲナシテ物ヲトリ、アミヲ張テ鳥ヲ取ソ。春—、アラウラヤマシヤ、無心地テイラル、カ、心中カ不審ナヨ。」（42オ）如何ト云カラ、三《ノ》句《ヲ》御論セラレイ。知—、渠ハ鴎ニカレソ。推量申《ニ》、御座《ノ》処《ノ》沙《ニ》定《テ》、金《余欤》地カアランソ。是モ小雨《ノ》フル時分《ニ》ソノ金《余》地ヲ御意ニカケラレイ。ソコニミノヲキテ、同ハ宿ヲシテイタウスソ。

104　蓬萊雲氣〈三万里アルソ。弱水テ舩モウカマヌ程ニ、飛仙テナウテハ至ラレヌソ。雪残テ鳷鵲本多時、雲起二蓬萊ニ一常五色。江西ハ建仁霊泉院主也。〉

晩望メバ二蓬萊ヲ一五色深シ。吹テハ成二瑞靄ト一洒テハ成レ霖。輪囷抱クレ日ヲ觚稜ノ上。湖海ノ小臣瞻恋ノ心。暁方蓬萊ノ辺ヲ行ニハ、五色ノ雲カ有ホトニ、サナカラ仙境トミヘタソ。暁カ面白ソ。風カ吹ハ小雨トナリ、又本ヨリ久クフレハ霖トナルソ。天下ノタメニ奇瑞ノ雨ニナルソ。傅説カ霖雨トナルツレソ。蓬萊ト云モ、内裏ヲタトヘテ申ス叓カアルソ。輪——、蓬萊宮ノ上ノ輪—トソリマカルト、文選ニヨムソ。雲ノナリソ。觚稜ハ、破風ナトノアタリソ。湖——、遠國波濤ノ末マテモ悉』（42ウ）ク天子ノ臣下チヤカ、上《カミ》一人ヲアカメマウス心カアルソ。瞻仰尊顔ナト仏ニ云モ此心ソ。小臣ノ上テハ、天下ヲアヲキミタイ心カアルソ。時世ノ治テアル体ソ。二ノ句ハ、朝《テウ》不シテレ終雨フルハ、天下泰山雲也ト云心ソ。

105　長樂宮ノ圖〈惟肖ノ詩ニ似ソ。高祖七年ニナツタソ。名誉ノ詩ソ。〉

百戦五年心有ロレ差《シャ》。宮成テ一日思無イシレ涯。叔孫在ハリレ右蕭ニ何ハ左。坐看ラル乾坤ノ遶コトヲレ玉階ヲ《タカウコト》。高祖ノ七十五戦セラレタハ、五年ノ間テ有ルカ、七十二戦テ天下カ定テ、長樂宮ヲ作ラレタソ。思ハ悦《ヨロコフ》方ノ思ト云心ソ。叔——、魯ノ物シリノ名人ソ。蕭何ハ、功臣ノ中ニ第一ハ蕭何ソ。三傑《ケツ》ト云ハ、張良ト韓信ト蕭何トソ。謀カ上手チヤソ。合戦ヲハセヌ者ソ。蕭何殿ハ兵粮ヲヨクツ、ケタ者ソ。是ヨリ以后ハ政ヲセイテハト云テ、叔孫通ヲ呼タサレタソ。魯兩生ナト云テ、名ヲカクイテ、ツイニ出ナンタソ。是マテハ内裏モ作ラレナンタソ。叔孫—カ意見イニマツナハヲハラレイト云テ、其〱ノ殿ト云テ」〈禅ノ百丈ヲ紫衣叔孫ト云也。〉（43オ）政ヲサセタソ。是ヲ綿絶ノ政ト云ソ。一番ニテキタカ長樂宮ソ。坐——、天下ハ掌ノ中ニ握タ物ヨ。日月垂レ秦樹ニ、。《乾坤》遶レ漢宮ヲト杜カ作タソ。玉階ハキサハシソ。玉階ト云カ面白ソ。

106　秉テレ燭ヲ夜遊

七十古稀ナリ休ヘモヨレ問レ天ニ。祇タヽ。須シクニ秉テレ烛ヲ夜留ルスヲ連一。豈将ニテ二白髪ノ三千丈ヲ一。坐ラ待ンヤ二*黄河ノ五百年ヲ一。杜子美カ詩ニ作テカラ者稀《シヤキ》ノ年ト七十ヲ云ソ。古ト云ハ唐ノ代ヲサイタソ。其時サヘ古来稀ト作タソ。天道自然ノ理ニ問叓モ無用ソ。祇――、五十六十マテイルトモ、マウハヤ、カテチヤ程ニ、大寐《子》ナシソ。夜モ遊ヘト云テヲイテ、豈―、三千丈ト云ハ髪ノ熟語ソ。唐ニハ長ウ髪ヲシテソク程ニソ。長イト云心得マテソ。白髪ハ長々トシテアル程ニ、只今ニ死スルハ治定チヤ程ニ、世カ乱テアルホトニ、聖人ノ出ルニハアヰタケレトモ、其レハナラヌ叓ヨ。乱世ナリトモ、只心ヨセナ人ト遊ソ。題ニヨウワウタ詩ソ。』（43ウ）

107　秋夕ニ留メテレ客ヲ評レ詩ヲ〈誰カ詩ハ何トアルナト評スルソ。山谷序ノヤウニソ。〉

点ニ*撿スルニ平生ノ古錦嚢ヲ一。十篇九是写スニ愁腸ヲ一。与トレ君明日又離別。竹院シテノ秋声ニ話ルレ晩唐ヲ。マツ錦嚢ニ三千首ヲ■タクワウルト云カ、江西ノ三千首マテキ、ヲイタヲ、書《カキ》ヲカレタ物テアラウス。シタカ十首ノ中カ九ハ、愁ノ叓ハカリアルソ。与―、是カ愁腸ノ方ソ。夜カアケハ、マタ別レマラセウス。マヘ〳〵モ別レタカ、又ソ。又ノ字ニ心ヲツケイソ。

秋ハ人コトニ物ヲ思《ヲモウ》ソ。粛殺ノ気チヤ程ニソ。愁ノ字ハ秋声ニカケテ見ソ。晩唐ノ論レ詩テアラウスソ。

108　賛スレ林和靖ヲ

夷斉カ名節典刑存ス。吾レハ愛スレ吾盧ヲ湖上ノ村。西祀東封混一ノ外。梅。花ノ世界鶴ノ乾坤。夷斉ハス子タ物テアツタカ、法度カチトモチカワヌ物ソ。ソコハ和靖モチツトモヲトルマイソ。西祀―、西華山東泰山ノ祭ソ。天下ノ大叓ノコトソ。此御伴ヲサセウト云レタレハ、隠者チヤト云テ、遂《ツイニ》」（44オ）出ヌソ。チトモワレニ汚レヌ天下ノ世界ニハイヌソ。梅花アル乾坤、寉ノアル世界ニ心ヲヨセテ居ソ。且喜家フニ無コトヲ下封禅ノ書上ト作タソ。混ハ仄声チヤカ、下三連ナレトモ、カウヲカイテカナワヌ処チヤホトニ、ヲカレタソ。又天下ニユルイテ用イタカ妙ソ。

109　読淵明責《カセムル》レ子ヲ詩

典午ノ山河瓜潰《クワイノ》《ノツイユル》日。長沙ノ門戸菊籬ノ秋。翁應《ヘシ》二自責一子何責ン。濁《タク》酒清詩空白頭。典午ハ晋ノ代ノコトソ。司馬氏チヤ程ニ、其《ソノ》カキカヘソ。山河ハ天下《ト》云心ソ。瓜漬［潰］《ト》云ハ、瓜ノツフル、時ハ、取アクル時、ツ、ケラレヌソ。天下《ノ》亡《ホロ》フル日ト云心ソ。左傳ニ陳カツイユルト云ソ。陳《ノ》ヤフル、ト云心ソ。長｜、懐ニモカケイテ、ソノ亡フルヲモ何共思ハイテ、菊ヲ愛シテ居ラレタソ。翁｜、ヲトナブツテ、子トモシカラストモヲカレイソ。酒ノミタカツテ居タハカリ、学問ハカリシテ、是ホト亡フル晋ヲスクイモセヌハ、ワケナシソ。濁｜、酒ハ濁《コツ》』（44ウ）モノマル、カ、詩ハ清ソト云カ面白ソ。コ、ハカウシタカ、渕明ハヅント忠臣テアツタカ、了蔄［簡］カナサニカウシテイタヲ、カウ作リナイタソ。

110　班［斑］竹管筆《ノ》〈名誉ノ詩ソ。義理ニモヲチカヌルソ。〉

二妃泣《ク》レ竹《ニ》幾《イク》千年《ソ》。双管班［斑］々旧滴《テキ》懸《カヽル》。覩《テ》レ物《ヲ》思《ニ》レ人《ヲ》々不レ遠《ラ》。蒼梧《ノ》落照硯屏《ノ》前。此筆管ノマタラナハナンソト云ヘハ、我［娥］皇・女英ノ南方蒼梧ノ野ニ身ヲナケラレタハ、舜ノ崩御ヲカナシカツタコトソ。班［斑］竹林テナカレタ涙ノトバシリカカ、ツタカ、竹ニ染テマタラニナツタカ、ソレハ、サテ幾千年《ニ》カナルラウソ。サレトモ、ナンダ《ノ》アトハ、マダノコリタヨ。見［覩］レ物｜、幾千年トモ云字カラ、不遠ト云字カミウソ。其物ニ記シテ見レハ、見ルヤウナソ。物ハ班［斑］竹管ソ。南方蒼梧《ノ》野《ノ》辺《ニ》夕日《ノ》カ、ラントスルヲ、思イタスカ、今ニ硯屏《ノ》マヘニアル様ナソ。此詩ナトハ中〳〵義理ヲ付レハ、キタナイト云叓ソ。言語道断ソ。」（45オ）

111　餞《ス》レ燕《ニ》〈名残ヲ惜テ酒ナトマラスルコトソ。酒ハノムマイ、文字テ云ソ。〉

旧國烏衣隔《ツ》レ海天《テンヲ》。簾風半《ハ》捲《テ》惜《ム》レ離筵《ヲ》一。為《メニ》レ君《カ》不レ折都門柳。畄《メテ》待《ツ》レ明年社雨前《ノ》《ヘヲ》一。承及ニ烏衣國ト云ハ、ハルカニ海上《ヲ》ヘタテタカ、私カ家ノ上《ニ》巣ヲカケサセラレテ、馴々シウマイリヤウタカ、人テワカル、ヨ。別ル、筵ヲ惜ト云カ、残ノ心ソ。為｜、人ヲ、クルニハ、柳ヲ、ル物チヤソ。君ハ燕ソ。离別河辺《ニ》綰柳條チヤ程《ニ》、柳ヲ折テマラセウコトナレトモ、クワヘテモヱイヌマイ程《ニ》、マラセヌソ。又別ニマラセヌ子細カアルソ。何ソト云ヘハ、畄｜、明年コナタヘ御出アラウ時、トリ付テ遊レウ時《ノ》タメニヲラヌソ。全惜テハナイソ。

112　故宮草色《ノ》〈名誉ノ詩ソ。江西《ノ》十首ニハ、アダナガナイソ。〉

何《ノ》王《ノ》宮殿《ソ》粉墻乾《ク》。怨《ミ》入《テ》レ東風《ニ》草色殘《ル》。歩輦不レ来春雨暗《シ》。白頭《ノ》阿監隔《テ》レ簾《ヲ》看。トノ御代ノ宮殿ソ。唐ノ代ノカ、宋朝ノカ、白壁ツケタ築地《ノ》ヤウナカ、クツレテ赤土《ノ》ヤウナ。乾ト云字カ、ケ■《ヤ》イ』（45ウ）テ面白ソ。白ツチモアカウナツタソ。怨入――、カナシウ思フ程ニ、草色モ東風ニ入タソ。歩―、天子ノ行幸ナトモナイソ。其レノミカ、雨フツテマツクロテ、物カナシイ、ナカムル物モナイニ、白――、三途川《ノ》ウバゴセノヤウナ者カスタレヲヘタテ、見ルソ。昔《ノ》ナリコソ。故宮《ノ》体ソ。三体詩ニモ、監宮引出《テ》暫開《ク》レ門トアル如クソ。看ト云字ハ、色ト云字ニカケテミヨソ。イツモ色ト云字ニハカウ作ソ。

113　梅舩〈枝作《ハ》二帆檣《ト》一花作《ル》レ蓬、梅舩一棹寄《ル》レ春風《ニ》、騒人有レ恨不レ応レ載《ノス》、似レ待二生陸《ノ》放翁《ヲ》一　謙岩作。雪嶺翁、此詩ヲ平語トテ大ニ話ト也。〉

横斜輕《ク》泛水淙々。載得黄昏《ノ》月一窓。猶有二離騒遺《イ》恨《ノ》在一。風吹《クトモ》不レ到《ラ》汨羅江《ニ》一。泛ト云テ、舟ニナツタソ。作者ソ。是ニハ月ヲ載テ作ソ。离騒ハ廿五篇アル物ソ。梅ヲ入ヌニ付テ、色〳〵ノ義論アル叓ソ。野屮閑花ニ名ヲマシヱシトテ、入レヌナト云義モアリ。色々ニ深フシタソ。サレトモ、コ、ハ梅《ノ》方カラハ、私ヲ入ラレヌト云遺恨カ有程ニ、汨羅江ヘハ此舩ヲハヤルマイソ。中ワルノ屈原殿ノ沈マレタ処ヘハ行マイト、カウ作タソ。」（46オ）

114　天津橋圖《ノ》〈洛陽ソ。邵康節カ郭公ヲキイタ処ソ。〈播《ハ》心コト也。〉心田ハ建仁寺大統柏庭和尚弟子ソ。〈有間殿ノ子也。〉鹿苑院殿ノ御舎弟ソ。〉

彩虹一道接《ス》レ雲衢《ニ》。唐《宋人》。家入《ル》レ畫圖《ニ》。駅子雨昏裴晋國。杜鵑春晩《ル》邵尭夫。サイシイタ様ナ虹ト云ハ、橋ヲタトヘタソ。闌干ナトヲモ彩シイタ程ニソ。阿房宮《ノ》賦カラ云タソ。虹ニタトヘタソ。一道ト云ハ、道ノヤウニ遠々トカケタソ。雲衢ト彩虹トカケヤウカ面白ソ。唐宋――、唐■《宋》カラアツタカ、ソノ間ニアル家ハ結搆ナソ。駅――、後對ノ詩ソ。裴度カコトソ。邵―ハ、宋朝《ノ》人ソ。唐宋ト云カラ出タソ。駟馬ニノツテトヲツタハ裴度ヨ。杜鵑ヲキイタハ、邵堯夫ヨ、トコデアラウソ。誠ニ着題ノ詩ソ。

115　多景樓圖

水怪《ヒ》山奇《ニシテ》詩境開《ク》。眼前《ノ》多景幾《イク》樓臺《ソ》。老来知己半天下。独《リ》愛《ス》歳寒《ノ》松竹梅。水―、多景樓ソ。マツハ面白イ処哉。夏雲奇』（46ウ）峯多ト云心ソ。怪《クワイ》物チヤヨ。水モ曲《マ》テナカレ、山ノヌケテタハ、誠ノ詩景ヲアラワイタヨ。其《ソレ》ハカリカ、眼前―、樓臺ノ多ヲ多景樓ト付タソ。眼――、学問稽古シテ老去タレハ、天下ノ者ハ半分ハカリ死去テ、知音半分ハカリニナツタソ。有レ始無レ終ハ曲モナイソ。歳寒――、歳寒ノヤウナカヨイソ。當世ヤウナ物ハナイソ。マイリ様ナ友ハ、松竹梅ノ様ナカヨカラウソ。歳寒三益友ト云心ソ。

116　春城《ノ》大雪〈都ソ。并汾《ヒンガシ》絶《シテ》レ信《ヲ》、独ニ処《ス》一方《ニ》一。禅話、并州汾州也。〉

滕六〈ヨ［雪］ノ神〉呈《シテ》レ威鞭《ツ》レ玉騮《ニ》〈ヨ［雪］ヲ指テ云。〉。平ニ沈《チンシテ》川陸一尺餘侔《リクヲシヤクヨヒトシ》。風傳《テ》レ捷《セウ》報《ヲ》蔡城破《ル》。春遍《ハシ》山東ノ二百州。捷《セル》報ハ敵ヲ伐《ウチ》平クト云注進状ソ。ハヤ打ノ使《ツカイ》ハ風チヤソ。蔡城ヲ破タト云注進ソ。懸瓠《コ》城トモ云タソ。裴度〈緑野堂ヲ建タキ也。〉ト李愬ト カ責破タソ。其故吏ソ。春――、春雪ノ処カ、ヨウキコヘタソ。山西山東ト云ヘハ、山東ニ二百州アルソ。目出《メテタイ》ソ。一華開天下ノ春ノ心ソ。韵府。呉元済叛《ス》。李愬用《テ》ニ李祐《ユウカ》計《コト》一、夜襲《ヲソイ》會《タハカルコトソ。》至《シテ》レ下《ル》城。有《リ》レ鵝鴨池一撃レ之、以乱《ル》レ軍声《ヲ》。遂《ツイニ》縛《ス》レ元済《サイヲ》。唐史。」（47オ）

117　讀《ム》下賈至舎人《カ》早朝《ニス》二大明宮《ニ》一詩《ヲ》上〈三体詩ノ中巻ソ。早ハ正月朔日ソ。出仕申タト云詩カアルソ。玄宗ノ時、起居舎人ニナサレタ者ソ。〉

大明曙漏競《キヲツテ》朝《スニ》レ天。傳《ルヲ》レ冊舎人栽《サイス》レ此蕭《ヲ》。鼓ニ吹《ス》李唐《ヲ》二三百載《サイ》。陽春和《ノクワハ》入《ル》ニ少陵絃《カニ》一。妙ナ詩ソ。正月ノ朔日ノ朝夕出仕申ス体ハ、暁ノ漏尅《コク》ヲ待テ出仕申スソ。大明宮ノ漏尅ナツテ、暁方ニナツテ、夜カアクル程ニ、諸國カラノ人共カ出仕スルソ。面々ニ祝語ヲ申シアクル程ニ、舎人カ題共ウケ取テ作ラスルソ。截［裁］蕭ト云ハ、賈至舎人カ詩ト心得ソ。鼓吹――、鼓吹カヲ、クキコユルソ。李氏チヤホトニ云ソ。何レ百年ト云ヘハ、三百年ノ間ノ天下ハ詩人タチテ音樂ノ上テ見ソ。独有二鳳凰池上客一ノミ、陽春一曲和皆難ト作タソ。和ト云ハ、ハヤシタテ、人ノウタウヲ云ソ。コトノヲ、ツグハ誰カ、妙ナソト云ヘハ、杜子美殿ニ入テ妙ナソ。鳳凰池上ノコトヲ杜カ作タソ。

118　酒星』（47ウ）

南極ノ老人秋未レ侵。酒星献シテレ壽コト拱スニ天心ニ一。惟應二一醉三千歳ナル一。傾ケ二倒銀河ヲ一北斗斟ニクム。〈天高ケ二東南一、地ハ低シ二西北一。低ヒキシ　古―〉〈福禄壽星トモ云也。〉老人星ト云カ目出星ソ。南極ノコトソ。赤烏カケツテ、老人見ナト云テ、天下ノ目出時〈南極老人朝スニ北斗ニ一。古―〉〈南極老人鼓二天鼓ヲ一。三下　古―〉見《ミユ》ル星ソ。后漢明帝ノ時、仏教カ来トテ赤烏モ来リ。南極モ見ヘタソ。秋未侵ト云ハ、秋ヲ、カサヌト云ハ、酒星作ラウ用ソ。老人星ノサキカケヲスルハ酒星ソ。是モ目出度星ソ。献―、目出千万歳、一ニキコシメサレイトシテ云テ、天ノ中《チウ》へ出テイタソ。惟應―、是ヲ飲ムハ不老不死ノ薬チヤ程ニ、三千歳ハカリヨウソ。千日醉タトコソキイタレ。天ノ酒星ハ、是程モヨハウソ。天河ヲヒツカタムケテ、北斗テクマウソ。アマノ川ノソハニ柄カアル

ホトニク。ツ《ミ》ヘシイト云ソ。

119　題レ知足軒ニ

人生知ルレ足コトヲ是レ安棲。屋認テレ梅花ヲ一路欲スレ迷ント。黐恐テル林逋閑カコトヲ不レ得ルヲエ。徴書日々六橋ノ西。三四ノ句カ、別ノ方へ飛タ人ハ欲ト云物ハ、イタ、キカナイソ。」（48オ）〈仏ヲ度ドヲクセウ沃焦ト云也。〉沃焦ヲクセウ石ソヽクト云カ海中ニアルソ。尾呂石トモ云ソ。是カスンスト、スウ様ナソ。小欲ノ者ハ、知足ナレハ、フケンニナツタ心ソ。道徳経ノ字ソ。小欲ナレハ、トコモヤス〳〵トスムソ。小欲者ハ在地上ニ一有レ餘、多欲者ノヒトハ在ニ天上ニ一テモ不足、古語テ看ヨソ。屋―、梅花タニアレハ、蹈分タ路モナイ処ニスム程ニ、人カマヨハウスヨ。尋ヌル人モナイ程ニソ。和靖ハ隠居シテ居タレトモ、其人モ我眼カラミレハ、静ニアルマイソ。日々ニ封禅ノ御意見ヲ申セナト云テ、其返吏ヲセイナト云ル、程ニ、静ニアルマイソ。我梅ミタニハヲトラウソ。西湖ニ六橋カアルソ。三川ノ八橋ノ類ソ。

120　淡墨海棠〈紅ナ物ヲ墨繪ニカイタニ、心ヲ付ヨ。解

語花ハ楊貴妃ヲ云ソ。物云花ソ。玄宗ノ云レタ叓ソ。〉

蜀艶休《ヨ》レ誇《リヲ》紅玉《ノ》姿。此《ノ》花無《シテ》レ語減《ス》レ臙脂《ジヲ》。未《タ》スレ應二號國主恩重《キナル》一。睡起《ノ》楊妃淡掃《クフ》レ眉《ヲ》。海棠ハ蜀ノ花ソ。欧陽ト云ハ、永叔カコトソ。司馬公ト云ハ、温公カコトソ。是ヲタトヘテ申スニ、海棠ハ蜀テ名ヲ云ヌソ。』（48ウ）牡丹ハ京テ名ヲ云ヌソ。只花トハカリト云ヘハ、ソノコトソ。司馬欧陽カ如クソ。言ハ主ノヤウナ姿チヤト、バシ、ナ慢シソ。ソノ故ハ、墨デカイタソ。此花――、物云ハヌト云テ、無理ナ叓ヲヱカキカシタ物カナ。解語ノ花ト云ハ桃ソ。東坡ニアルソ。虢――、天子ノ御恩カ深カ、ツタソ。三体詩ニアルソ。飜轉シテ作タソ。御恩カ重ハアルマイソ。ナセニナレハ、睡――、楊貴妃カヒル子シテ、物クササウニシテ、ウスケシヤウテ出仕申タニハ、ヨツテモツクマイソ。妃棠トモツカウソ。海棠睡未《ノ》レ■《足》カ如シト云タソ。淡掃眉ト云コトハナケレトモ、カウ云タソ。

121 戴逵《カ》破レ琴《ヲ》圖〈雪ノ故叓ソ。隠居《シテ》居タカ、琴ノ上手ソ。天子カラトコニ居タソ。琴カ上手チヤトキイタカ召出テ、琴ヲヒケ云ヘトテ、勅使ヲ立ラレタレハ、我ハ王者ノ伶《レイ》人テハナイト云テ、琴ヲ打■《ワ》ツテステタ者ソ。〉

懶《シ》ニ謁《シテ》ニ王門《ニ》接《スルニ》レ貴遊《ニ》。破《ルコトハ》レ琴《ヲ》未ス必《カシモ》学《ハ》レ伶優《ヲ》。乾坤回《ハ》レ首《ヲ》知音在《リ》。雪竹堂前旧《ノ》子猷《ユウ》。安道ハ一手《テ》アル物カナ。世上ノ利欲名聞ニ心アル人ハ、」（49オ）朝廷ヘ召出ル、ヲ、望物チヤカ、サヤウノ叓ハイヤチヤト思タ者ソ。人コトニ藝能ヲタシナムハ、俸禄ヲモ取ト思フカ、安道ハタ、ナクサマウ用ニシタカ、天性上手テアツタソ。優ハヲカシソ。李義山ナトカシタコトソ。〈優ヲシタソ。楽人ニナツタ者ソ。〉東坡帽ト云テアル〈狂言ニ東坡帽ヲキテスルコトアリ。是ヲ頭上ノ東坡ト云。短檐高屋ノ帽ト云。〉ソ。乾――、知音カナイカ。何タル者カ、知音テアラウスラウソ。回首ハ、回光反照〈自行ノコトソ。〉シテ案スル時、回首ト云ソ。雪――、是コソ知音ヨソ。雪夜ニ来《テ》、門ノ内ヘモ来ライテ、インタコソ知音ヨソ。知音ハ琴ノ字カラ出タソ。列子ニ伯牙鍾子期カ故叓ソ。雪竹堂ト云故ハ、雪ノ夜行ク子猷ハ、竹スキテ竹ヲ植テ、一日不レ可レ無《ハアル》二此君一ト云タソ。此君ト云ハ、是カラノコトソ。

122　白頭公圖《ノ》〈名誉ノ詩ソ。竜安寺殿ノ御コイアツテ、竜安寺ノ屏風ニ有ソ。江西ニ心田ノ此詩ヲミセラレテ、不足ニソウトテ、是カ六度シテノ詩ソ。江西ノ、ツケニソツテ、マツハ作タリト云タソ。玄関ノ上カラ見送テ、人間ノ人テハナイト云レタソ。〉』（49ウ）
鳥《モ》也流年不レ免《レ》レ愁《ヲ》。木犀枝上白頭秋《ノ》。天長猳《クツバサ》短《シテ》月宮隔《タル》。乞二与《センヤ》姮娥《ノ》灵薬《ヲ》一不《ヤ》。鳥也——、日月ハ遷テ皆白頭ニナルカ、鳥モ白髪ニナツタヨ。天長——、去程ニマ一度ワカウナリタイヨ。鳥カ心ニ長生不死ノ薬ヲノメハ、却老丹ナト云物カアルトキイタ。我レノミナラス、月中ニハ姮娥〈常娥ト同シコトソ。〉不死ノ薬ヲ盗テイツタトキイタ程ニ、月中ヘ飛テイテ、一服モラウテ、是ヲノミタイト思ヘトモ、猳ミシカイソ。短ト云ハ、小鳥ノ方ソ。月宮ハヘタ、ル■《ソ》。アワレ、ソコカラ一服コ、ヘクタサレイカシソ。マ一度若カウナツテ、木犀ノ花ヲコソナカメソロヘソ。何吏ニ月中ノ吏ハ出タソナレハ、月中ニ桂ノ木カアル程ニ、此薬カホシサニカツラニトマツタケナト云心ソ。惟肖ノモ一具ノ詩ソ。、レニモヲトルマイト云吏ソ。

123　白鷗〈謙岩、待《モ》我《カ》秋来《ン》見レ月時〈開レ篭放レ汝豈無レ日《ニシャ》。〉ト作ラレタソ。三体ノ詩ニ委《シク》アリ。イニタカラウト思ヲヨセテ、放サウト云カ、名誉ノ詩ソ。〉
主人偏愛《ニス》越南禽《ノトリ》。影照《ス》二清秋《ヲ》一白雪襟《ノ》〈鳥ノ躰ソ。〉。殘月思《フ》レ皈空夜々《ヲク》。彫」（50オ）篭不《ハ》レ鎖故山心《サノ》。此詩ヲ作ラレタ処テ、謙岩ノ詩カヲトリメニミヘタソ。言ハ、南方ニアツテ遠クカラ来タ鳥チヤ程ニ、秘蔵チヤヨ。稀ナ鳥ソ。影照——、秋ノスンタ気ヲモテラスヤウナ鳥チヤソ。殘月—、毎日毎夜古郷ヘ皈リタイト思フカ、晝ハマタモマキル、カ、夜ハ一段思コトソ。何時最是懐君処、月入斜窓暁寺鐘ト云ヤウニソ。唐代ノ者ハ、白鷗ソ放スト云ヘトモ、アノ鳥モイニタカラウト思フ程ニ、元来トヂヌヨト云処カ面白ソ。謙岩ノハ、理ヲ云タ。是詩ハ一重上ソ。ケタカイソ。空《ク》夜々《モ》、杜子美カ句カラソ。故山ハ故郷ソ。

124　賛ニ大［太］公望ヲ一　瑞岩〈山名ノ奥州ノ子也。〉〈建仁灵泉院ノ僧ソ。江西ノ法。〉
漁隠年終磻水寒《シ》。周文同載《クセテ》鬢凋残《テウ》。清名恐被《ハレン》二首陽笑《ニ》一。苔満《ツ》二磯頭《ニ》一贋釣竿。磻《ハトモ》《ハントモ》。李白ハ三千六百ノ釣ト云タ。三千六百日ツリシテイタト云フソ。歯《ハ》カ二マイアツタソ。子陵《ヲハ》ホムル太公ハ、年ヨツテツカヘタ程《ニ》、名《ヲ》釣タナト云テ、ソシツタコトモアルソ。スナトリヲシテ、八十ニアマリタ』（50ウ）程《ニ》、スサマシイソ。周文―、文王《ノ》西伯テイラレタ時、召《シ》出《テ》、天下《ノ》意見ヲ云ハセウトテ、後車《ニ》乗テ皈ラレタソ。白髪《ニ》シテ髪カミナヌケ《テ》、残リズク■ナニ成タ心ソ。清――、首陽ニ居タ白［伯］夷ハ笑ハウソ。磯頭ハツリタル、イソノコトソ。名ヲツラウ用ニイタホトニ、スクナツリハリテイタソ。直鈎トモ云ソ。大釣元無レ鈎ト坡カ作タモ是ソ。直贋トモツカウソ。

125　烟寺《ノ》晩鐘

烟際《サイノ》招提暮靄寒《シ》。疎鐘杳《ヨウ》々度《ル》二重巒《ヲ》一。何如《ンソシカン》長樂退朝《ノ》後。花外《ノ》斜陽数杵残《ル》。已徙招提境――、杜カ作タモ寺《ノ》コトソ。晩景雨気テスサマシイニ、ハルカナ寺ナレハ、カスカ《ニ》鐘カキコヘタソ。疎――、重ツタ山ヲ渡ツテクルヤウナソ。長樂――、鐘ハ禁鐘カ本チヤソ。鐘ハ、出仕申タ者カ、ヲイトマ申テ皈ルヲ退朝《ト》云。長樂宮《ニ》イタ時ハ、禁鐘ヲキイタカ、ヲイトマ申テ隠居シテ後ニハ、寺鐘ヲキイタカ面白ソ。花外《ノ》声《ト》烟塵《ヲ》絶シタ寺ノ」（51オ）鐘ハ、マサウズルカ、マスマイカト、義命シテミウスソ。

126　讀二李白《カ》清平調《ヲ》一詞《ハ》〈李白カ詩ハ、雅意《テ》豪放《ニ》詩《ヲ》作タ者ソ。杜子美《ト》知音《テ》有タソ。杜カ春日《ニ》懐二李白一詩二、白也詩《ニシ》無レ敵、消［飄］然思不レ群《ナラ》、清新《ナリ》庾開府、俊逸《ナリ》鮑参軍、渭北春天《ノ》樹、江東日暮雲《ルコトハ》、何時一樽酒、重与細論文。細《ニト》云字《ニ》、褒貶カアルソ。豪放ナ程ニ、トテモノ叓ニ、細ニ作ラレイカシソ。数茎《ノ》鬚ヲヒ子リタウト云ヤウナハ杜ソ。吟二案一ケ字《ヲ》一、撚二断数茎《ノ》鬚《ヲ》一杜。李白云、飯裹山頭逢杜甫、頭《ニ》載［戴］笠子《ヲ》一（曰）卓午、借問何為《スレソ》太痩生、只爲《ナリ》二従前作レ詩苦《シムカ》一。〉三斗《ノ》酒腸多似《ハリ》レ泉。錦袍錯《テ》落《ツ》杜［牡］丹《ノ》前。流言《ケン》却《テ》受《ク》二將軍《ノ》力《ラヲ》一。脚《アシ》蹈《ンテ》二鯨魚《ヲ》一月在《リ》レ天《ニ》。大酒ノウテ、泉《ノ》ヤウナソ。錦袍《ハ》、天子ナトノメシ物ノ叓ソ。杜［牡］丹ヲ沈香亭《ノ》前ニ植ラレタソ。清平調ハ、天下太平《ノ》ヤウヲ作レト云レテ、メタト酔テ作ソ。其時ハ、詞《コト》ハヲウタハセウ用ソ。一枝紅艶露凝香、雲雨巫山曲断《テ》腸、借問漢宮何得《ソン》レ似《タルコトヲ》、『可レ憐飛燕依《ルコトヲ》レ新粧《ニ》。』（51ウ）三首アルソ。流言《ケン》ハ、讒言ソ。高力士ト云人ハ將軍ソ。内裏ヘ召レタ時ニ、〈龍巾拭《フ》レ吐《ヲ》。〉玄宗ノ李白カ、ヲヘ水ヲソ《ソ、》、イテ詩ヲツクラセラレタ時ニ、殿上ニ履ヲハイテノホツタ時ニ、クツヲハヌカセラレイト云タ時ニ、高力士カキテアル程ニ、履ヌカセイト云タ時ニ、人前チヤ程ニソコテハヌカセテ、ソレヲ無念ナト思フテ讒言シタソ。飛燕ハヲモイ物チヤヲ、楊貴妃ニ比シタハ、本夫人テアルニ、狼藉チヤソ。サテ、楊貴妃ニ硯ヲモタセテカイタ、是カ緩怠ナト申上テ、夜郎ヘ流サレタソ。カウ讒言シタカ、結句、李白ハサイワイソ。夜郎テ月ヲ見テ舩アソヒヲシテ、月ヲ取ラウト云テ死タカ、是ヲ謫仙人ト云ソ。カウナクハ、月トルコトモ、鯨魚ニノルコトモアルマイホトニ、高力士カ李白ニモ力ヲソヘタソ。硯モテナト云タ者ハ有マイソ。後ニ力士モ五溪ヘ流レタソ。太白。前《花》忤《サカウ》二妃子《ニ》一、將軍詠薺五溪春。一枝――、花ヲハヱツクライテ、ナツナヲ作タハ、ヤウ〳〵ニクツヌカセタヲ、アリガタイトハ思ハイテソ。名誉ノ詩ソ。」（52オ）

127　歳晏《エンノ》小集〈小會ノコトソ。〉
歳晏《ニ》開《テ》レ筵小集新《ナリ》。天將《テ》レ雪月假《ヲカス》レ佳人《ニ》。流年只可《ニ》レ付《ス》二行樂《ニ》一。縁髪花顔不二再《タヒ》春《ナラ》一。今年モクレテ、徂年ノ嘆カアル程ニ、詩ヲ作テ遊スチヤソ。思白詩トモ作タトナリ。天――、雪モフリ、面白ヨ。詩作ラウタメニハ、天ノタスケソ。雪月ヲ以テ美人タチヘカシマラセタヤウナソ。流――、大晦日ニナツタハ、誠ニ水ノ流レタヤウナヨ。何セウソ。其年ノヨルハカナシカツタソ。行樂ハ、ユク〳〵タノシムチヤ。乱世チヤナト云テ、ナカナシカツソ。タ、樂メソ。其子細ハ、緑―、美人タチノウツクシイモ、光陰如レ矢ニシテ、マウ二度花サクマイソ。緑――ハ、二ノ句ヘカケテ見ヨソ。美人達《タチ》ト詩作テ遊タ程、面白コトハアルマイソ。

128　渕明《カ》畫像〈畫。〉
晋鼎《ティ》迁《ル》時宋祚《ソ》新《ナリ》。田園《ノ》勇退是忠臣。宅辺偏愛《ニス》五株《ノ》柳一。

翠似《ハニテ》レ前朝《ニ》不レ換レ春《ヲ》。晋鼎ト云ハ、晋ノ天下ト云心ソ。天下ノ重宝ト云心』（52ウ）ソ。禹ノ九鼎ソ。日本ノ三種ノ神器ナトノ心ソ。晋ノ鼎カ迁《ルト》云ハ、泗《シ》水へ沈タ様ナコトソ。晋ノ代ハナウナルソ。宋―モ天下ヲ治《ヲ》メラル、コトソ。坡ナトカ出タ宋《トハ》、大ニ別ソ。是ハ氏ハ刘テ漢ト同ソ。田―、三徑ノ辺ソ。田園ヲ清《スン》テ讀ソ。皈去来ノ詞ニアルソ。踈廣踈受ト云者カアツタカ、急流勇退ト云タソ。威勢サカリニ隠居ハヱセヌヲ、是非ニ及ハス、隠居シタソ。渕明カ叓テハナケレトモ、借用タソ。酒呑ノ分《ワケ》ナシトハ云ヘトモ、忠臣チヤヨ。宋ニツカヱヌ程ニ、農人ノ中ニウチ混シテイタ程ニソ。サウテ何叓ヲシタソナレハ、宅――、五本柳ヲウヘテイタソ。古文真宝ニ我ト傳ヲカイタソ。翠――、二ノ句ノ忠臣ト云カラ出タソ。晋ノ時ノ色ヲ、チトモカヘイテ、ミトリナソ。翠カ紅ニモナラヌソ。宋モ呼出サルレトモ、チトモヱホシノヲリヲカヱヌソ。誠ニ忠臣ソ。

129　賛杜甫像ニ一

除ニ却《シテ》能《スルコトヲ》レ詩李翰林《ヲ》一。眼空《ジテ》ニ天地《ヲ》一絶《ス》レ知音《ヲ》。憂《ヘ》レ民《ヲ》憂《テ》レ國《ヲ》無《シ》レ」（53オ）由レ写《スニ》。撚《リ》ニ断《タッテ》寒鬢《ヲ》一只酔吟。唐ノ天下テ詩ヲヨクスル者ハ、李白殿スヨ。ソレニツイテハ、天下ニ人ナイト思タヨ。眼界ニ人カナイヨ。知音ハ李白一人マテヨ。憂――、臣下タル者ノワサハ、憂民―カ能チヤカ、此杜子美殿ハ、サヤウナ叓ニハ由《ヨシ》ナイヨ。安危有レ大臣、何必涙鎮流《ニ》。天下ヲハカラウ大臣。チ《タ》■カ有物ヲ、無用チヤト云ハ、鼻ニノセテ云タソ。三ノ句ハ、此句カラシタソ。撚―、一ケ字ヲ吟案シテ、数茎鬚ヒ子リ、断フチヤ程ニソ。

130　松下《ニ》弾《ス》レ琴《ヲ》〈畫テアラウソ。〉

野服乗《ス》レ涼《ニ》野外《ノ》天。弾《シテ》ニ琴《ヲ》松下《ニ》一独悠《リユウ》然。樂《カツ》工零落《シテ》今無《シ》レ譜。欲下写《ツシテ》ニ風声《ヲ》一入《ント》上五絃《ニ》。ソサウニデ、立タナリソ。ソトシタ衣裳ヲキタソ。儒者縫腋《ホウエキ》ノ衣ト云テ、袖ノ大ナヲキル物チヤカ、、ル〱トシタ物ヲキタハ、アツサニ野外ノ辺ヘイテ、、ス、ンタト云ハ、松下ト云ワウ用ソ。ナクサミニ琴《ヲ》弾セウト思テ、以テ行ソ。只ス、ンダバカリテハ、曲モアルマイトテソ。樂――』（53ウ）、樂人ナトカ昔ノヤウニ無《テ》、零落シタソ。琴ノ譜ナトモナイソ。

サテ、ナンノ用ニ松下ニイルソナレハ、松ノ声カ則琴チヤ程ニソ。松風自渡曲、。不レ用レ弾《コトヲ》上我琴。谷句也。

131　官閣《ニ》看《ル》レ山〈大名達ノ作ラレタ閣ソ。名誉ノ詩ソ。〉
門前紅《イ》漲《ル》九衢埃《ノチリ》。高。閣看《テ》レ山酔眼開《ク》。十二《ノ》彫欄霄漢上《ヘ》。暁雲涌出小蓬莱。御所カ細川殿カノ閣ソ。、コテ山《ヲ》ミタソ。、コニハ俗塵ハナイソ。御門外ハ、、ヤ紅塵カアルソ。高閣——、タカイ処カラ山ナトヲミレハ、アヲ〱トシタ景チヤ程ニ、メタト酔タ眼モ醒ムルヤウナソ。十二——、古語ソ。雲スキニアルソ。結搆ナ欄干ソ。暁—、高処チヤ程ニ、雲カソコヘカ、ルソ。此体ハ、サナカラ蓬莱《ノ》ヤウナソ。五色《ノ》雲ナトカアルソ。

132　三友斎〈三益友ノ心ソ。〉」（54オ）
晋有《ニリ》二陶王一宋有《ニ》レ林。三人愛《スル》処《ロ》一人《ノ》心。松風竹雨梅梢《ノ》雪。歳晩同《シテ》レ寒伴《フ》レ老吟《ニ》。ウテヲコイテ作タソ。陶渕明、王義(ママ)之カ子ノ王子猷、友ニセウナラハ、宋ニハ和靖ソ。此三人ハ、心カ一也。松風——、風カ面白ソ。竹ニハ雨、梅ニハ雪カナウテハ、詩人ノ友ニハ是程面白コトハアルマイソ。此三歳寒ヲタモツハ、同シ物ソ。四ノ句ハ、一ノ句テミウソ。渕明ハ松ヲシ、和靖ハ梅、王——ハ竹ヲ愛シタソ。

133　漁人〈釣月亭　餘本ノ題也。〉
身《ハ》是《レ》雲臺《ノ》冠冕旒《リウ》。学《テ》レ漁《ヲ》深処《ロ》小亭幽《ナリ》。一絲九鼎漢家重《シ》。月色《ハ》高《シ》レ於二桐水《ノ》秋一。雲臺ニハ、廿八人ノ功臣ヲ畫レタソ。結搆ニ冕旒ノサカツタ冠ソ。日本ニモ、紫宸殿ニハ、賢聖《ジャウ》ノ障子カアルソ。身ハ、功臣ノ身トミウソ。学漁——、漁ヲソトシテイタソ。一絲ノ上テ、九鼎如ク重フナツタソ。桐水ノ秋ノ如ク高ト云心テアラウソ。瑞岩ノ人生行樂而已《ノミ》ト云題テ、』（54ウ）人生七十駟難追、不二令權娯一待《ン》二幾時《ヲカ》一、唱二徹山前清夜曲《ノヲ》一、小樓《ノ》花影月遅々。樂ム様ソ。三四ノ句ニ作タソ。月ノサヘキツタ夜、一曲ウタウテ遊フ。小樓ノ辺ニ花ノアルカ、ヨイ遊ヒ処ソ。此様ナ処テ、アソハイテハソ。〈江西詩云〉美人三万斛牢愁、欲レ付《セント》二春江万丈流《ノニ》一、待二得夜潮《テ》吹《ノテ》レ月出《ルヲ》一、柳陰歌棹《テサホサス》　木蘭舟。愁ハ、ヤ流レテノケツ。マツ木蘭舟テ遊ハウスソ。夜潮——ハ、愁ヲ流サウヨウソ。

134　禁鐘〈内裏ノ鐘ソ。瑞渓〈荊［刻］楮集ヲシタ人ソ。二百巻ハカリアリ。〉ハ慶雲院ノ開山ソ。相國《ニア》《ル》也。〉
長樂宮前暁色分《ツ》。残声風送出《テツ》レ春雲《ヲ》。刘良今夜耳應《シ》レ熟《ス》。

京舘皈《リ》来《テ》花外《ニ》聞《ク》。鐘《ノ》アル処ソ。暁方《ノ》叓チヤホトニ、夜アケノ鐘テアラウソ。夜分ト云ニヲカレタソ。残―ハ、暁ノ鐘カノコツタソ。春雲《ヲ》出タソ。刘郎ハ一人テハナイ。熟語ソ。高祖テアラウソ。強被刘郎尋旧約。――《ト》云ハ、光武《ノ》コトソ。熟ト云ハ、キ、ナレタコトソ。京舘ハ、都《ノ》タチソ。大裏ナトテアラウソ。皈来《ト》云字ヲ以《テ》ミレハ、光武テアラウカ、中興チヤ程ニソ。高祖ナリトモ、巡狩《シュ》《シテ》皈ラレタ時ハ、」（55オ）耳熟シタホトニ、長楽《ノ》鐘チヤ《ト》云心ソ。

〈（55ウ・紙端注記）東坡二十巻、雲為不行天為泣。注、五行志、無雲而雨為天［雨］泣。〉

135　瀟湘《ノ》夜雨〈十如院《ノ》屏風《ノ》賛ソ。一期一首《ノ》詩ソ。〉
瀟湘《ニ》聴《テ》レ雨《ヲ》宿《ス》二孤舟《ニ》一。滴々分明《ナリ》千斛《ノ》愁。虞舜不レ皈天亦泣《ク》。餘声洒《ク》レ竹《ニ》半江《ノ》秋。今日《ノ》天気《ノ》ヤウナニ、旅人カ雨モフリ、風モ吹程《ニ》トマツタソ。物ウキ物ハ旅ノ雨チヤホトニ、サビシカラ（ウ）ソ。滴――、舩《ノ》トマテ、此雨ヲキイタホト《ニ》、数モカキリモナクウレイタ。《ナリ》ソ。虞舜――、蒼梧《ノ》野《テ》崩御ナツタトウケタマハツタソ。回首叫虞舜、蒼梧雲正愁《ト》杜カ作タ様ニ、明王テ御座アツタホトニ、天道マテナケクトミヘタソ。天《ノ》泣《クト》云カ、瑞渓《ノ》新意ソ。后人カ此様ナコトヲシタラハ、マウ啼唾《ティダ》ヲナメタテアラウソ。

136　桃花蒼鷹圖《ノ》〈東海青トモ、海東青ト云モ、タカノコトソ。東子《ノ》青《ト》云モ、タカヲ夢《ニ》見テ、マウケラレタニ依テ、付ラレタソ。蒼モ同シコトソ。タカノ熟語ソ。〉』（55ウ）
一樹《ノ》桃花春色深《シ》。鷹《タカ》〈野――ト云曲モアリ。〉来《テ》拳《シテ》レ足《ヲ》息《イコウ》二新陰《ニ》一。平蕪《フノ》毛血《ハ》慣《ナラウ》二搏撃《タンゲキニ》一。

紅雨飛辺也《マタ》動《ス》《ウコカス》レ心《ヲ》。春色深ト云ハ、紅ナ叓ソ。此桃ノ木《コ》陰へキテヤスンタソ。野鷹来ト云カ、曲ノ名チヤ程ニ、来《ト》云字モ只ヲカヌソ。鳳凰来儀カト云心ソ。平――、毛血ト云ハ、ウサキテマリ、鳥《テ》マリソ。イタレハ、血カハツトソ、クソ。是ハ常《ノ》所作ソ。搏撃ハウツチヤホトニナラウソ。紅——、桃ノチルヲ、紅ノ雨ト申タソ。平蕪ノ蔓屮ノ辺テ血カチツタカ、ヤレソノ鳥ヲ取タニ似タト驚タソ。一華ノ指南ニ越前カラノ秉拂ノ時、曹洞宗テアツタ程、索話ニ、放《ツテ》ニ會昌鷹《ノヲ》一打《ツ》ニ弥勒兎《ヲ》一、見《ルヤ》桃花乱落如ニ紅雨一、妙ナ索話ソ。會昌ハ東子青ノ居ラレタ処ソ。

137　墨菊

花有《ニリ》ニ隠君一兼《ト》レ俗違《ス》。秋深《ケテ》 蝶亦《モ》往来稀《ナリ》。寒香無《シ》レ恙東籬《ノ》雨《メ》。似レ待《ツニ》ニ渕明解《カトイテ》レ印《ヲ》皈《ルヲ》一。〈金印紫綬［綬］ノコトソ。〉愛蓮ノ詞ニ、菊ハ花ノ隠逸者也トシタ心ソ。俗塵ヲ絶シタ物ノヤウナソ。世俗ト相違シタソ。是カラ次第ニ墨菊ノ処ヲ御覧ゼウソ。」（56オ）秋深—、十日ノ菊ナト■《ニ》モ云タ程ニ、秋深テ、蝶カ飛去テ、往来カマレナリ。寒——、匊采《ヲ》ニ東籬下《ノ》一、悠然見ニ南山一ト渕明モ作タ程ニ、又雨カフレハ、菊ハシホム物チヤカ、チツトモ此菊ハシホマヌヨ。畫チヤホトニ無レ恙ソ。似——、イカサマ是ハ渕明殿ノ印授［綬］ヲトイテ、隠居セラル、ヲ、待ヨウナソ。天子カラノ印ヲ腰ニ帯ルモノソ。其ヲ隠居ノ志ガアレハ、トイテ天子へカヘシマラスルソ。彭澤ノ令ニ成タカ、九十日イタカ、豈爲ニ五斗米一折腰ト云テ、柴桑へヒツコウタソ。是ヲ待テ、此匊ハシホマスアラウト云ニ似タソ。

138　竹籬埜桃〈埜桃含笑竹籬短、坡句カラソ。〉

数朶纔《ニ》紅《ニシテ》惨《サントシテ》不レ言《モ》。竹籬《ノ》風日少《ナリ》レ春恩。周王宴罷亀《テ》山寂《シツカナリ》《セキタリ》。阿母《ノ》仙英老《ウ》レ野村《ニ》。五六七ノ位ヲ数ト云ソ。桃ノ枝カ七八モアツタシ物ソ。桃李不レ言下自成《タ》蹊、不レ言柳〈西湖花柳亦不レ言カラソ。〉使《トモ》ソ。竹籬——、大ナ木テハナイホトニ少レ春恩。十分《ニ》春ヲ受得タテハナイホトニソ。周——、穆王ノコトソ。瑤池テ西王母ト亀山ト云』（56ウ）処テ酒モリヲセラレタ時、王母カ舞ヲマウタソ。定テ面白カラウソ。白雲在天ト云テ舞タリ。八駿ニ乗シテ、穆王瑤池へイカレタソ。崑崙山ニ黄竹居ナト云処カアルソ。白雲在天ト云ハ、上青天ニ雲カ、カツテ、御留守ノマニ謀反人カヲカイタト云心ソ。穆王ノマタ舞レタ時、徐偃《エン》カ謀反ヲコイタリトモ、皈リタラハ治メウト云心ニ合タソ。酒燕ハテタレハ、イカニモサヒ〳〵トナツタソ。阿—、ソノ仙境ノ花ヲハ、野村ニ老ント云ソ。竹ハ黄竹居ノ方、菊ハ仙境ノ花チヤ程ニソ。

139　桃花馬

色帯《テ》レ桃嬌《ヲ》不レ衰《セ》レ塵《ニ》。五花争《ハテカ》似二一花《ノ》新《ナルニ》一。馬中《ノ》潘岳餘妍在《リ》。紅湿《ハフ》河陽小雨《ノ》春。馬《ノ》文カ連銭葦毛《ノ》様ナ程ニ、桃《ノ》花《ノ》ヤウナウツクシイ馬ソ。去程ニ塵《ニ》モ不レ混ソ。頓塵《チリニ》馬《コロヒ打馬ソ。》ト云ヤウニハナイ、アクタヲカツイテイルツレテハナイソ。五―、獅子花、聰花ナト云テ五アルソ。馬《ノ》名ソ。其モ桃花馬ニハ不レ及ソ。題カ本《ニ》ナルホトニ、マシタ吏ヲ別《ノ》ハウヲトツテ作《ル》物ソ。馬―、河陽縣ト」（57オ）云処《ニ》、潘岳ハ居タカ、桃ヲウヘタソ。岳湛連璧《ト》云テ、人物ナ者《テ》玉《ヲ》ナラヘタ様ナソ。二疋アル馬カ、トレモ見吏ナ程《ニ》、二人トシタソ。爰ニハ一疋チヤ程《ニ》、一人ヲノケタカ妙ナソ。紅―、モ、ニハ河陽《ニ》キエンアル程《ニ》、サナカラ小雨ノ様ナト云ソ。桃花馬ノ詩《ニ》、莫下解二離鞍一橋下《ニ》洗上、恐随二流水一泛《ン》二天台《ニ》一。天台ハ桃花《ノ》アル処チヤ程《ニ》、ソコヘムケテ流レテ行ソ。刘玄カ天台《ノ》賦《ニモ》アリ。不レ知八駿皈来《ノ》晩《レ》、紅雨随レ風落満《テ》レ身《ニ》。

140　読《ム》二荊公《カ》桃源行《カウヲ》一〈々ハ歌行《ノ》体《ト》申スソ。ウタハスルタメソ。歌行《ノ》時ハ仄ソ。〉

海内《タイ》皆帰《ス》指《スカ》レ鹿《ヲ》人。武陵《ノ》渓口著《ツク》二遺民《ニ》一。桃花有レ語公聞《クヤ》否《ヤ》。法到《ハテ》二漑寧《ニ》一又《タ》一秦。一天下ノ内《ノ》吏ソ。秦《ノ》蒙恬《ヒテン》《趙高》カ鹿ヲ板《ニ》立テ、馬チヤト申タコトソ。吾威ヲ試ミウタメチヤソ。威勢カナクハ、鹿テソウト云ハウスト思テシタソ。馬鹿《カ》ト云ハ是チヤケナソ。皆秦ノ代ニ皈シタソ。武―、可然物ノハ、皆民ニナツテ、名ヲカクイテ、武―《ノ》辺《ニ》耕シテ居ソ。桃―、桃モ解語花《ト》云程《ニ》ソ。』（57ウ）公ハ荊公ヲサスソ。法―、青苗助役ノ法《ノ》コトソ。荊公ハ新法ヲシタホトニ一秦ヨ。復ノ字チヤソ。ドコテモ悪クハ、秦マテソ。秦始皇ヲ指シテ云ソ。

141　薔薇洞

薔薇洞静《ニシテ》住《コト》多時。晋室《ノ》安危欲《ギス》レ付《ント》レ誰。白首風流被《ル》二花《ニ》悩《セ》一。東山一《ヒ》出《ルコト》十年遅《シ》。東山《ニ》不レ至《コト》久、薔薇幾回春ソト、李白カ作タソ。世上ハシツカニナイカ、謝安ハ名人チヤカ、縹《ヒヨウ》緲《ノ》佳人ヲツレテ、薔薇洞《テ》酒ヲ飲テ遊タ。是ハモツタイナイソ。今ハ乱ル、ヲ、救《スク》ハイテ、誰ニ付セントスルソ。白―、年ハヨツタカ、美人トヲトナケナウ遊タソ。是ハ花カ面白サニナヤマサレタソ。十年ヲソウ出タハ、是ハ花ノワサソ。摠シテ、洞ヲ出タ叓ヲハソシツタソ。在東山時ハ遠志、出ル時ハ小草ト云タコトソ。

142　涵《カン》星硯〈石眼〈活眼石ハ黄也。死眼石ハ涙ノ眼トテウルミ色ナリ。〉ナトノ様ニ、星ノイタ様ナス、リソ。星ヲヒタイタ様ナソ。〉

天遣《シテ》下文星《ヲ》一降《サシム》中九霄《ヨリ》上。老泓涵《ヒタシテ》レ影《ヲ》尚昭《ヲ》々。坡仙揮《ス》レ翰《フテヲ》玉堂ノ上。」(58オ)一点ノ光芒《ハウ》磨《スレトモ》不レ消《セ》。文星ト云ハ、トチヘモサライテ、ハタラカヌ星テアルカ、天ヲ降ルソ。九――、ソラト云ハン物ソ。老――、泓ハミツウミト云ソ。硯ニ取字ソ。陶泓トモ云ソ。老―ハ、古硯ト云心ソ。昭々ハ、星ノ光ノアル体ソ。坡――、名人ノ東坡殿ノモタレタ硯ソ。玉堂ノ上テ、是ヲ磨シテ書レタソ。翰ト云時ハ平ソ。フデノ時ハ仄ナリ。季ヨウ《―鷹》ヲカン《翰》ト云ハ、羽ノ心テ平ソ。翰林ノ時モ平ソ。光芒ハ、ノギメノコトソ。星ノ光ハ、チトモウセヌソ。

143　讀ニ庐山高《ヲ》一〈江州ニアル山ヲ識庐ノ山上ノコトニ用ルハヨウ合タソ。〉

西澗騎《ノル》レ牛《ニ》四十年。世微《ハ》レ六乙執《イツ》知《レカン》レ賢《ヲ》。高《キ》レ於《リモ》レ山者丈《ハ》夫ノ〈歐陽ヲ指テ云。〉節。五老低《テ》レ頭倚《ヲル》ニ半天《ニ》一。一二李カコトソ。六乙ハ、歐陽カコトソ。賢ト云ハ、庐山高哉トカイタレトモ、其ヨリ高イ物ハ、人ノ心テアルソ。マタ庐山ハ、天半ニヨツテアルソ。庐山ノ東南五老峯、李白作ス。庐山ニ五老峯アリ。

144　江天ノ暮雪〈東沼ハ建仁栖芳ノ第二世ソ。京極ノ子孫ト也。〉

〈58ウ・紙奥注記〉〈我慢邪讒増長讒、啼レ月杜鵑落花ノ風。天狗此詩ヲ点ヲ取ニキタト也。〉』(58ウ)

漁舟雲《クモ》暗暮江涯ノ。景到《ハテ》ニ明朝《ニ》一晴後一奇■《ン》。七十二峯波底ノ影。群仙騎《テ》レ鶴《ニ》下《ル》レ瑤池。スナトリノ舟カシマワタカ、雪ノフル最中ハ、景カ面白モナイカ、晴テ後ハ、ヱコラヱヌソ。七十二―、蘊州ニ澗《洞》庭山ト云ハアル。南方ノ洞庭湖ニハ、七十二ハナイソ。蒼梧ナントカアルソ。サレトモ東沼ハ、マ、用ラレタソ。■〈唐ニモカウ用タソ。〉ニモアレ、雪ノフツタ其影ヲミレハ、仙人ノ乗物ハ隺チヤ程ニ、仙人カ隺ニノツテ、瑶〈崑崙山ニアリ。〉池へ下タヤウニアラウソ。定テ西王母カ下ヲハ、群仙モクタラウスト云推ソ。是モ雪嶺ナトハ、アマリトヒスキテ、ヲトナシウハナイトヲシナルソ。

145　洞庭秋月〈十如《ノ》屏風ソ。〉
花《ハ》於《テ》二京洛《ニ》一独《リ》誇《ル》レ古《ニ》。月《ハ》到《テ》二洞庭《ニ》一初《テ》是《レ》秋。八百里《ノ》波風不レ起《ラ》。〈――三冬《ニ》無《ナシ》二髭鬚一ト云句アリ。コ、ニハイラヌソ。〉君山如《シ》レ昼《ノ》岳陽楼。〈洞庭ニアリ。君山点破洞庭湖。〉蜀テハ海棠、都テハ杜［牡］丹ヲ花ト云ソ。日本《テ》ハ桜ソ。牡丹ハ名カ高イ。サリトテハ、月ヲ云コトナラハ洞庭ヨ。京洛《ノ》月ハ、ヨツテツカウ物テハナイソ。八百――、風カフケハヲモハシウモナイカ、風ノシツマツタ時ハ面白ソ。君山ハ、其」（59オ）マン中《ニ》アル。ソコニ岳陽楼カアルソ。誠ニヒル《ノ》如《ク》ナソ。是ニハ、京洛《ノ》花ハ、ヨツテモツカヌソ。サテ、一ノ句《ハ》傍句ソ。々々ト云ハ、題ニアワヌコトソ。東沼《ノ》上テハカウソ。東沼《ノ》コトヲ云デハナイソ。只ノ者カ傍《バウ》句ナトヲハキラウ叓ソ。

146　瀟湘夜雨圖〈――碑アリ。湘娥讀《ム》二夜碑《ヲ》一コトニ用イ、様々マギレアリ。禅話《ニ》モ用ソ。〉〈湘娥《ノ》髻鬟十二峯アリ。娥媓ノ叓ト大《ニ》別也。〉
玉堂天上置《ニク》レ瀟湘《ヲ》。夜雨声《ノ》懸《ハル》二芦葦傍《ノカニ》一。十二《ノ》髻鬟何叓緑《ソナル》。篷窓《ノ》客鬢白《シ》レ於《リモ》レ霜。瀟湘《ト》中処ハ、一向人倫《ノ》栄花ヲ極《ル》人ハイカヌ処ソ。流《ナカサレ》人ナラテハイカヌ処ソ。是ヲ畫《ニ》カイテ玉堂《ニ》ヲイテ、内裏テミルソ。ハラ〳〵ト雨ノフル処ヲ、アリ〳〵トヱカイタソ。十二――、十二鬟［髻］鬟ト云テ、人ノカツラノヤウナソ。美人ノカモジヲ、ワカ子テヲイタヤウナソ。山ノ神《ノ》美人カアルヲ、緑雲《ノ》髪《ハツ》ト申ソ。緑髪《ノ》将軍《ト》申スヤウナソ。何叓ソト、カメタハ、篷窓《ニ》居タ旅人ハ霜ヨリ白カ、ナセニカウ、ツクシウクロイソト、、カメタソ。

147　君山圖《ノ》〈洞庭君山ニ鬚ナシト云古語カアル。冬《ニ》ナレハ草木カナイ程ニソ。水モナウナルコトアリ。〉』
（59ウ）
点二破《ス》玻瓈万項《ノ》間《ヲ》一。波心梳《ケツリ》出《ス》緑雲鬟。媧皇一擲《ツ》〈餅ノコトソ。〉補《ノ》天石。畄《メテ》作《ス》二軒轅御愛山《ノト》一。〈三皇――皇帝也。〉玻瓈ハ緑ナ物チヤホトニ、水《ニ》タトヘタソ。点破ト云ハ、君山点破洞庭湖ト云ソ。マン中ヘ別《ノ》物ノアルヲ、点破《ト》云ソ。又点定《ノ》点ト云コトカアルソ。サテ、点破シタハ何物ソ。八百里《ノ》浪《ナミ》ノ中央ニ、カツラノウツクシイヲケツリ立テヲイタヨ。媧――、女媧ノコトソ。女媧氏錬二五色石《ヲ》一、補二蒼天闕《ヲ》一。断《テ》二鼇足《ヲ》一、立《ツ》二

〈柱《ハシラ》ニタツト也。〉四極《ニ》一。淮南子云、女媧《ハ》者伏義《ノ》妹《イモウト》、吉祥也。〈吉祥天ハ毘沙門ノ妹也。異《アリ》レ此。〉又芦灰ト云ハ、アシノハイテフサカレタト云カ、コ、ハマツ石ノ方ソ。笛——、トコへナケラレタソナレハ、軒轅皇帝《ノ》愛セラル、盆山トナイタソ。

148　観《ハ》瀑亭〈庐山《ノ》瀑布《ノ》吏ソ。李白云、飛流直下三千尺、疑是銀河落レ九天。坡云、爲徐凝二不レ洗二悪詩一。〉

瀑布亭《ノ》前美少年。詩言壓《ケンアツ》倒《ス》玉堂《ノ》仙。翰林《ノ》〈李——、李白ソ。〉白髪三千尺。不二是銀河《ノ》落《ルニ》レ九天《ヨリ》。年ノワカ〳〵トシタ人ヲ、イタソ。詩—、此人ハ、タヾ人テハアルマイ。定テ詩作テアラウソ。東坡ヲモ壓倒スル程《ノ》物テアラウ」（60オ）ソ。翰——、九天ヨリヲツルト作タカ、イヤサテハナイソ。白髪カ三千尺テアルソ。ナイト云カ変《ヘン》体ソ。唐ニハ髪《ヲ》長シテヲクソ。

149　明皇横《ル》レ笛《ヲ》圖

三郎横《レハ》レ笛《ヲ》太真聞《ク》。此日《コノヒ》興亡分《ヤ》不《ルヤ》《スヤ》レ分《タ》《タ》。吹二裂開元《ノ》天下《ヲ》一後。霓裳《ノ》声《ハ》入二海山《ノ》雲一。観世大夫カ能スルヤウナト云評ソ。ザメイタソ。玄宗笛ヲフカルレハ、楊貴妃《ノ》キイタソ。此日《ノ》——、五十年太平天子ト云レタレトモ、貴妃ニ貧着シテ、天下カ破タカ。興亡カ別タカ、別ヌカト云テヲイテ、吹—、アマリ笛ヲフカル、程ニ、天下ヲ吹裂タソ。仏堂梨樹ノ本テ、五色ノ糸テク、リ殺ササレテ、舞処カナサニ、仙宮へチヤツトインタソ。霓裳ハ羅公遠。

150　賛諸葛孔明《ヲ》〈三國《ノ》時《ノ》者ソ。刘備《ヒカ》三度行レタレ共、我ハ農人耕スルト云。サレトモ、三顧頻繁ト云テ呼出サレトモ、時節カ到來セイテ、ツイニナラナンタソ。意長《シテ》日月縮《ル》。古—アリ。〉』（60ウ）

輟《メテ》二耕隴《ヲロウ》畝《ニ》一見《マミユ》二刘郎《ニ》一。一片《ノ》忠臣兩鬂《ノ》霜。渭水《ノ》旌旗星已落《ニツ》。江山從《リ》レ此晋《ノ》封疆。釋レ耜《スキヲ》答二三顧《ニ》一ト谷モ作タソ。耕作スル耜《ヲ》ステ、、刘—ニマミヘタソ。刘—ハ漢ヲ云程ニ、刘備カコトソ。一片ニ忠臣マテチヤ程ニ、白髪トナラレタソ。出師《ノ》表ナトニミヘタソ。渭—、五丈原ニ陣ヲ取《テ》イタソ。渭水《ノ》ホトリソ。司馬仲達ハサソクヲシテ、終ニ合戦ヲセナンタソ。女人《ノ》服《フク》ヲ送ツナトシテ、腹《ヲ》立サセウトシタレトモ、ツイニ合戦ヲセナンタソ。一朝長星落《ツ》、終ニ使下蜀婦鬢《ヲセ》上、坡カ作タソ。営中ニ星カ落テ死タソ。コナタニ人玉カ飛様ナコトソ。死《セル》諸葛生《ケル》走《シム》二仲達《ヲ》一。

151　山路櫻雪

春嶺遥《ニ》瞻《レハ》似《タリ》二白雲《ニ》一。纔《ニユケハ》行二樹底《ヲ》一雪紛々。青鞋非レ湿《スニ》笠非レ重《キニ》。日暮唯愁路不《ルヲ》《ランコトヲ》レ分《タ》。桜ヲ雪ニ譬タ程ニソ。瞻ハ遠ク高クミルヲ云ソ。又近ケハ、雪ノ様ナソ。去程ニ履モウルヲイ、笠モ重カラスカ。サハナイソ、笠重《ハ》呉天《ノ》雪ト云タヤウニソ。カウサテ面白イ程ニ、皈ヲ忘レテ、日カ暮レウスカ笑止ソ。」（61オ）

152　連理梅

沈香亭《ノ》北牡丹開《ク》。一夜風吹度《ル》レ馬嵬《ヲ》。猶泄《シテ》二餘妍《ヲ》一託《ス》レ連理《ニ》。長生《ノ》私語定《ハ》應《シ》レ梅。是カ名誉ヲド［ト］ケタ詩ソ。江西ノ一ノ句ヲ見テ、ヤラ理スマスヤト云テ、一夜風吹度馬嵬ヲキイテ、手ヲ打レタソ。牡丹カ開タト云ハ、アワヌコトソ。コヽニ牡丹カアルガ、チリヤスイ物チヤソ。一夜ノ風ニチツテアルソ。貴妃カ死スルニ譬タソ。猶—、ハヤサツト貴妃ハ馬嵬テ死レタカ、マタ美人ノナコリノユイテ、連理トナラレタソ。長生殿テ、在《ハ》レ天願《ハ》成二比翼鳥一、在《ハ》レ地願《ハ》成二連理枝一《ト》約束セラレタカ、定テ此梅ノ叓テアラウスソ。

153　賛渕明《ヲ》

地《ニ》有《リ》レ酒泉天《ニ》酒星。卯金《ノ》歳月酔中《ニフ》經。阿宣《宜ハ》駑《シ》レ腋《ハキヲ》阿舒《ハ》袂。五柳《ノ》春風吹《トモ》不《ス》レ醒《サメ》。名誉ノ詩ソ。寝テモヲキテモ酒ハカリ愛シタ程ニ、ノメトモ〳〵酒ハ尽ヌト思ヘハ、ケニモ《地ニ》。酒泉カアルソ。天ニモ亦酒星カアルソ。去程ニ尽ヌコソ道理ヨ。卯金—、晋ハ司馬氏チヤカ、漢カ取テ、漢ノ天下カ治タ程ニ刘氏ソ。晋ハ亡』（61ウ）フルチヤ程ニ、世上ノ体ヲキケハ、カシラカイタイ辛気ナト云テ、カウ酔タソ。阿宜［宣］ハ兄（弟）、阿舒ハ弟（兄）ソ。ト、ノ叓ノ外酔ハシマツテ、ケガヲメサレウスト云テ、ヲトナシイハ脇《ワキ》ヲタスクル。弟ハヲサナイホトニ、ヤウ〳〵袖ニトリツイタソ。アリ〳〵ト作タソ。五柳ノ春風カ吹共、陶渕明カ酔ヲハ、吹サマサヌソ。

154　美人如《ハ》レ春風《ノ》〈句題ソ。九鼎ハ重西堂ソ。大中菴主

也。在二建仁一。器重、或時勧進ニ行カシマツタレハ、喝ノ、器《ハ》在《テ》二青雲一重《シ》。重云、蠋如《ハニシテ》二白日一明《ナリ》。名誉ノ吏ソ。〉

吹則《ハナリ》為レ寒嘘《キヨスルトキハ》　則春《ル》。美人盎《アウ》々満腔《コウノ》仁。〈仁人カ胸ニミチタコトソ。〉那知《ソン》顔子《カ》《周ノ世》和風ノ後。又観《ル》河南《カノ》程伯淳。如春風ト云テ、全篇ヲ見ズ《ミウ》ソ。吹ハ風ソ。嘘ハカラウソフクトヨムソ。吹嘘ハフクトアタ、ムルトソ。風ノマサシウ吹トキハ寒シ。嘘スル時ハアタ、カナソ。是用ソ。美——、春風ノヤウナ物チヤソ。二ノ句ヘ一ノ句ヲヤツテ見ルソ。那——、顔ハ春風ノヤウニ和気カアル者ソ。サテソノ後ハ、誰テアラウソ。」（62オ）ナレハ、程伯—テアラウソ。古語ソ。

155　寒江独釣ノ圖

漁翁日暮擲《ツ》レ長竿《ヲ》。凍合《ス》蒼江万里ノ瀾。地《ハ》是孤舟天《ハ》是笠。一身ノ風雪不レ知レ寒《ヲ》。柳文ニ独リ寒江ノ雪ニ釣トアリ。畫譜ニモ此圖カアルソ。徽宗ノ雪江独棹圖《タウ》ノ詩ニ、凄涼《タリ》五國城辺ノ路、得《エン》二似《コトヲ》寒江独棹舨《ノルニ》一。徽宗ノ時、金ノイクサカヲコツテ、金ノ五國城ヘトラヘラレタソ。空ク崩御ナル程ニ、此畫中ニ寒江ヘ漁人独棹《シテ》二于舟《ニ》一舨ニハ不及ト作タソ。徽宗ハツイニ不レ得レ舨ホトニソ。此ノ圖ヲ徽宗ノカ、シムタガ、誠ノ文ニナツテ、カウアツタソト作タソ。漁—、凍—、其時分ハ一段寒イ時分チヤ程ニ、万里ノ浪ヲモトチタヤウナソ。地——、此ノ寒イニアノツリタレテイルハ、人間テハアルマイ。是ハ胸中カホカラカナ者チヤヨ。大地ヲハ孤舟ホトニ思タソ。ソノ胸中カラミレハ、寒イヲハイタマヌソ。是カケウカツタ作リヤウソ。三ノ句ヲ尋常ニシタソ。此ノカ、リカヱテハ、南國梅花篷底雨《ハメ》、』（62ウ）城中山《ノハル》削二白芙蓉《ヲ》一。山ヤ雪都ハ寒キケサノ雨ト近衛殿ノ發句、此心ソ。

156　夜涼會《ニ》レ友《ヲ》〈名誉ノ詩ソ。建仁寺ニ化松石ト云題カ出タ。松カ化シテ石トナルソ。夢窓ノ諱ヲ犯タト云テ、御所カ、〈普光［広］院トノソ。〉皆流サレタソ。江西ナトモ面目ウシナウテ、十年ハカリ社中ノ會合カナカツタカ、西来院テ中ナヲリノアツタ時ノ題ソ。是カ其時ノ詩ソ。〉

金蘭簿上旧ノ*下朋交上。浮議中間生《ス》レ愛憎。今夜風簾官燭ノ下。十年ノ心吏解如レ氷。金——、僧籍ソ。社中ナトハ唐ノヲ帯《ヲフ》ル程ニ、唐ニ進士及第スレハ、結搆ナ金欄ナトニ書付クルホトニ、カウ云ソ。祖師タチヲ鬼神簿ト云ソ。過去帳《ノ》コトソ。旧交―ハ、社中衆ソ。浮―、ユイコトカデキテ、何トヤラウカトヤラウシテ、各僧中《ノ》中カワルウナツタソ。今――、コヨイナカナヲリカアルカ、官燭トテアリアケ《ヲ》トホシタソ。十年―、ソンチヤウソレカ何ト云タ、カト云タトシタコトモ、今夜會シテスキ《ト》、ケテコソアレソ。

157　美花映《ス》レ竹《ニ》

貪二看《テ》寒碧《ヲ》一冶《ヤ》紅《ノ》加《ルヲ》一。小院《ニ》鈎《シテ》レ簾《ヲ》到《ル》二日《ノ》斜《ニ》一。一陣《ノ》東風心楚越。只」（63オ）宜《シテ》レ脩竹《ニ》不レ宜レ花《ニ》。寒碧ハ竹《ノ》コトソ。冶―ハ、花《ノ》コトハ、冶紫匠紅《ト》云ソ。句中ノ對ソ。ヤラ面白ヤト云テ、ナカムルカ、ムサホリミルチヤソ。小院――、小座敷《ノ》前《ニ》アル程ニ、スタレヲカギ《ニ》カケテ、一日晩景《ニ》ナルマテ見タソ。一陣――、風カサツト吹テキタソ。楚ハ南方、越ハ北國テ、ハルカニ隔タソ。遠イ叓ニ云タソ。日本《ノ》東西《ノ》ヤウ《ニ》、唐ハ南北カ長イ國ソ。言ハ、サリトテハ、風ノ吹ハ、竹ニハ面白物ソ。サレトモ、花ニハカタキチヤソ。

158　硯屏《ノ》芙蓉

照《ス》レ眼《ヲ》錦城千朶《ノ》霞。秋風《ニ》栄落《シテ》思無《シ》レ涯。何人《カ》留《ム》レ影《ヲ》硯屏《ノ》上《ヘ》。吟筆又開《ク》初日《ノ》花。芙蓉花重錦管城ト杜カ作タソ。紅花《ヲ》ナカムレハ、テリカ、ヤイテ、照レ眼スヤウナヨ。千朶万朶チヤ程《ニ》、サクモアリ、チルモアル程《ニ》思無レ涯〈多情ソ。〉ソ。何人――、是ヲハサテ誰《カ》畫テ、硯屏ニハヲイタソ。芙蓉ハ初日《ノ》花ト云テ、ツル〱ト朝日《ノ》出時カ面白ソ。吟――、吟シスマイテカイタコトソ。筆《ヲ》云ヘハ、硯屏《カ》アルソ。硯屏ヲヨク作リ出タソ。』（63ウ）

159　燕子未《タ》レ来〈春社来々秋社皈カラソ。〉

近《キ》レ社《ニ》天晴《テ》燕未《タ》レ家《セ》。茅檐《ハウ》待《テ》レ汝《ヲ》思無《イ》レ涯。蜃雲何《ノ》処《ソ》差々《シ》《ノ》影。旧主《ハ》不レ非《ナラ》春入《ル》レ花《ニ》。マタ私カ家《ニ》巣ヲ、カケナイソ。茅―、クズヤナンドニ巣ヲカクル物チヤ程《ニ》、是ヲ待ツテ思無レ涯ソ。蜃―、海國ヲヘタツル程ニ、海上ハ、マクリ《ノ》イキテ雲《ノ》様ナ物チヤソ。蜃樓ナト畫《ニ》カクソ。其《ノ》様ナ処《ヲ》飛スク。毛詩ニ、燕々于飛、其羽《ノヲ》差池スト アル。飛ナリヲ云ソ。早《ク》コイカシト云心《カ》ヨウコモツタソ。旧――、巣ヲカケタ処ヘクル物チヤ程《ニ》、コゾノ主人モ何叓モナイソ。マタ花モサカリナト云ソ。三四ノ句ハ、人ノヱニセヌ体チヤソ。

160　竹下移《ニス》レ榻《ヲ》〈大竹ノ裏へ榻ヲ以テイテス、ンタ体ソ。〉竹間《ニ》移《シテ》レ榻《ヲ》興佳哉《カナ》。殘日啣《テ》レ山未レ放《サン》レ回《コトヲ》。座上《ノ》陳徐好賓主。清風多自《ハ》レ此君来《ル》。榻ニ座シテイタレハ、ヱコラヱヌソ。去程ニ一日ス、ンテ、日カ山ニフクムマテイタソ。不レ放トハ、我カへ《エ》カへラヌソ。友カアル程ニソ。座上――、徐孺《シユ》爲《ニ》二陳」（64オ）蕃《カ》一下レ榻《ヲ》ト、此上へ座セラレイト云ソ。新談ヲシタソ。徐稺、字孺子、南呂人。家貧常自《ニミ》耕稼《ス》。非《レハ》二其力《ツトメニ》一不レ食、恭儉義讓、所レ居服二其徳一。陳蕃薦二五処士一。稺居二其一一。桓帝以《テ》二安車玄纁《クンヲ》一備《テ》レ禮徵《ヲメセトモ》レ之《ヲ》不レ就。大尉莫《ホ》瓊《ケイ》辟《メセトモ》レ之《ヲ》亦《タ》不レ就。郭林宗丁《アタル》二母《ノ》憂《ニ》一。稺往《テ》弔《ス》レ之《ヲツカ》。置二生芻一束一而去《ル》。林宗曰《カ》、此必南州高士徐孺子也《ナラン》。大守陳蕃特設《ニ》二一榻《ニ》一以待《ダイス》レ之《ヲ》。子胤篤行《フ》二孝弟《ヲ》一。隠居《シテ》不レ仕《ヘ》。世上《ノ》者、俗塵《テ》友《ニ》ナラヌ程ニソ。ヨイ友ソ。一義ニハ、竹ヲ友ニシタソ。脩竹不レ受レ暑ト云テ、アツケガナイ程ニソ。〈世間豈《ニ》二有《ン》二千尋竹一、月上《ノ》［落］庭影空《シテ》影許《ソコハク》長《ニシ》。土［坡］〉

161　単于昭君夜坐圖《ノ》

雪覆《テ》二陰山《ヲ》一漢月沈《ム》。觸髏酌《ニテ》レ酒《ヲ》拂《テ》レ二廬《ヲ》一深《シ》《ノフカキ》。戎王半《ハハ》酔《イ》明妃《ハ》醒《ム》。胡越天涯今夜《ノ》心。昭君ハ内裏テサシモ美シイ体テ居ラレタカ、人間トモ云マイ。アラケナイ夷《エヒス》ト夫婦トナツタ処ヲ作《ル》程ニ、モノスコイ体ソ。陰山ハ北チヤ程ニ云ソ。雪カ一丈モ二丈モフツタ程ニ、所カラウタテイソ。』（64ウ）漢《ノ》天下ニ出ル月モミエヌソ。觸――、アマリ雪カ深イ程ニ、昭君カ盃ヲ飲ト云テノム、ソノ盃ハ觸ーソ。昭君〈唐ノ牛僧儒ト云者、昭君カ魂ト逢夕時、雪裏――詩ヲ作ス也。美人トモニ逢タト云也。杜牧カヨリヲヤノ様ナ者ソ。〉魂詩也。雪裏《ノ》穹廬〈ヤ子フカヌ屋也。〉《ヲ》不レ見レ春、漢衣《ハ》虽《ト》レ旧涙痕新《ナリ》。土ノ中ニハイツテイルソ。雪カヲ、程ニヤ子ニハ皮ヲハツテイルソ。戎王ー、単于殿ソ。酒ヲ五盃モ十盃モ、シヤリカウへヲ以テノムソ。昭君ハサスカ結搆ナ盃テノウタ物チヤ程ニ、無興一盃テ、サメキツテイタソ。胡――、イカウチカウタ心チヤ。単于ハ入興テイルソ。胡ハ北、越ハ南方ソ。

162　宮漏

午箭穿《テ》レ花《ヲ》高閣深《シ》。暁籌〈カスソ。〉初《テ》報《シテ》月生《ス》レ陰《ヲ》。多情百刻銅《ハ》篭《ノ》水。

一々滴殘《ス》宮女《ノ》心。漏箭ト云テ、箭カアルソ。ヒル《ノ》ハ花ヲ穿ツヤウナヨ。花《ト》云字テ穿《ト》云字《ヲ》置ソ。由基カ矢ハ、楊葉《ヲ》穿ツナト云字カラソ。暁——、暁ノ何時ニナツテ候ト籌カ報スルソ。陰ヲ生スト云ハ、クモツタソ。前對《ノ》心ナ詩ソ。一ノ句《ニ》匂ヲ蹈ハ、前對トハ云ワヌソ。多——、百尅カ人ノ情《ヲ》ヲコサスルソ。銅——《ト》云ハ、水」（65オ）ヲウクル物ソ。三千人《ノ》宮女《ニ》、御恩《ヲ》ウクルハマレナ程《ニ》、トク〳〵トヲツルマノ長サヨト、恨ヲノコスソ。

163　画薔薇

画裡《ノ》風光謝洞《ノ》春。媚《コヒ》レ晴《ニ》泣《テ》レ雨《ニ》数枝新《ナリ》。如何《ンソ》只写《シテ》二花《ノ》多態《ヲ》一。不レ着《ツケ》二東山縹緲《ノ》人《ヲ》一。何タル上手ノ画工ヤラ。謝安カ洞ヲイキ〳〵ト写タソ。媚晴——、晴ニハ、ニコ〳〵ト笑フ美人《ノ》ヤウナソ。又雨カフレハ、臙脂カウルヲウテ、ナクヤウナヨ。新ニウツクシイソ。如—、一ノ句《ニ》コタヘテ見ソ。此様ニウツクシウウツイタカ、美人達ヲツレテ、謝安カ東山テ遊タ。ソノサテ、タヨ〳〵トシタ美人タチヲハ、ナセニカ、ヌソ。是レラカ山谷ナトニ多ソ。ソハニ人ヲソヘタラハヨカラウト云ソ。

164　賛王《ハ》昭君《ヲ》〈王嬙《シヤウ》、字ハ明妃。〈毛トモ云ソ。〉昭君ハヲクリ名ソ。〉九渕〈霊泉《ノ》三世《ノ》御影ナリ。瑞岩ノ弟子ソ。江西《ノ》俗姪也。〉

御床咫尺隔《ツ》レ香閨《カウケイヲ》。何況《ニヤ》天涯去路迷《フ》。忍《テ》對《シテ》レ氈毬情《ニ》暗動《ニク》。羌《キヤウ》村《ノ》月《ハ》似《リ》二掖花《ノ》西《ニ》一。此詩心ハ、宮中咫尺如レ千里、況復如今万里餘《ト》季潭《ノ》』（65ウ）作ラレタソ。美人ナレトモ幸カナウテ、天子《ノ》御存知ナカツタヨ。障子一重隔《エ》タレトモ、千里《ノ》如《ク》ナソ。御床ハ竜床《ノ》コトソ。天子《ノ》ヲソハトハ、ソトヘタテタレトモ遠ソ。況ヤ胡國へ赴タハ、云《ニ》不及ソ。去路ハ、胡カラ内裏へノミチヲ云ソ。忍——、寒カ深イ程ニ、毛ヲ衣裳《ニ》スルソ。毳《セイ》庐ナト云テ、家《ニ》モ張ソ。暗《ト》云ハ、夷中《ニ》イル程ニ、暗《ニ》ウコクソ。夷中テモ月ヲナカムレハ、都《ノ》コトヲ思出テ、暗《ニ》モヨヲイタソ。暗《ニ》心ハ無ソ。只詩《ノ》熟語ソ。

165　寒林独鳥圖《ノ》

雪《ユキ》洒《イテ》二林端《ニ》一一鳥寒《シ》。如《シ》二人《ノ》落魄《タクトシテ》計《コトノ》レ身《ヲ》難《キカ》一。驪宮《ノ》比翼馬

嵬《ノ》骨。南内《ダイノ》孤衾夢可《シ》レ酸《カル》。雪《ノ》サツ〳〵トフルカ、林ノ内へフリカ、ツタ体ソ。、コニイカニモサムサウ《ニ》シテ鳥カイタヨ。、イ句ソ。落―、落魄ハヲチブレタナリソ。牢人シツナントシテ、世《ニ》出テウストクハタツルカ、大義ナソ。鳥モ其《ソレ》ニ似タソ。驪――、貴妃ト玄宗ト天ニアラハ、願《ク》ハ比翼《ノ》鳥トナラン云タコト、メツラシウモナイ」（66オ）コトソ。玄宗モ胡乱ナコトハ、馬嵬テ死スル時モ、ヱ死ナレヌソ。三ノ句ハ、一モアタナ字カナイソ。馬嵬ト對《タイ》シテ見ヨ。ツヨイ字ソ。馬嵬《テ》死ナスルコトハ、料簡ナサニ放ナサレタソ。南―、安慶処［緒］カ父《ノ》禄山ヲモ殺タソ。カウシテ天下《ヲ》本意《ノ》如《ク》ナシテ、隠居メサレタソ。其御座アツタ処《ヲ》南内ト云タソ。アハレナコトソ。粛宗ハ不孝《ニ》アツタソ。玄宗ハ美人モナカツタホトニ、夢モスカラウソ。ナセニ寒林独鳥圖《ニ》カウ作タソナレハ、孤《カ》独鳥方《ノ》、可レ酸カ寒林ノ方ソ。不尽心ヲ含蓄シタ詩ソ。〈足心酸《スシ》ト云カラ酸ノ字ヲ見ソ。峻嶮ノ処ヲ行時ノコト也。棱ム［嚴］ニアリ。〉

166　湖上春遊

山光淡々水容々。今不《ンハ》二懽《クワンコ》娯《セン》一咲《タノシム》二我慵《モノウキヲ》一。隔《ル》レ岸《ヲ》東西《ノ》三百寺。畈橈欲《ス》レ載《ント》夕陽《ノ》鐘。西湖ノ辺カ面白ソ。山光ハ山色ソ。アリ〳〵トシタソ。今――、此《ノ》面白処テ不レ樂ハ、九渕ハナマツケナシチヤト、人カ云ワウ程《ニ》ト思テ遊ソ。湖亭《ノ》水嬉ナト云心ソ。隔――、杭州《ノ》西湖《ニ》十境アルト云カ是ソ。〈坡カ穎州テ水《ニ》タワムレタコトソ。鬢系唯好對禅榻、湖亭不用*■《コトヲ》二［張］水嬉《ヲ》一。圡［坡］〉三百ハカリ寺《カ》アルソ。五山モ是ニアルソ。畈―、コ、ニトマラウコトテモナシトテ、畈ル舟ニハ夕陽ノ鐘ヲ、アソコノ』（66ウ）モコ、ノモ載テコソ畈レソ。

167　山寺晩鐘

殷々《タル》踈鐘出《ツ》レ暮楼《ヲ》一。満山《ノ》樹色夕陽収《ル》。看《テ》レ雲《ヲ》。欲《ス》レ継《ント》恵休《ヱカ》*雷句。幾《タヒカ》被《ノ》三此声《ニ》催《サレテ》二白頭《ヲ》一。鐘《ノ》ナツタ体ソ。摘《テキ》山《ノ》皷声。殷《タリ》レ空《ニ》〈摘ハ茶也。〉ト申ハ、大皷ノヒ、ク体ソ。踈――ト云ハ、遠イ鐘ノヲホロニキコユルソ。入逢《ノ》鐘ナレハ、夕陽《ノ》時分カラ、ヲホロ《ニ》ナツテキコヘヌソ。収ハ月《ノ》入方ソ。看―、恵休云、山中何《ノ》在処《ソ》、靄々生《トシテ》二白雲《ヲ》一、只須《ミ》二自怡悦《ス》一、持甚贈レ君。物カナシイ鐘《ノ》声ヲ聞ケハ、白頭ヲ催ス様ナソ。

168　緑陰勝花
桃紅李白兩《ラニカス》亡レ羊《ヲ》。花謝《シテ》新陰情更長《ニシ》。爲《ニ》報《シテ》二金衣《ノ》公子《ニ》一道《フ》。錦帷何《イハンソ》似《ニン》二翠帷《ノ》凉《ニ》一。桃紅李白薔薇紫ト云カラソ。亡レ羊《ト》云ハ、伯夷盗跡共亡レ羊、東坡カ句チヤカ、楊朱カコトソ。道ノ多イ処テ亡レ羊タコトソ。又臧《ト》云者《ト》■穀《ト》云者《ト》牧レ羊タカ、兩人ナカラ羊《ヲ》ニカイタソ。臧ハ学文《ニ》シ入テ亡ス。穀ハバク」（67オ）チヲ打入テニカイタソ。善悪共《ニ》一致《ノ》道理ヲ云ソ。是非得喪共《ニ》亡レ羊《ノ》心ソ。花カナウナツタト云義ソ。荘子楊子也。隣人亡レ羊《シテ》追《ヲツテ》レ之既《ニ》反曰《テ》、岐路之《ノ》中《ニ》又有岐路。焉《ソ》吾《レ》不レ知レ所レ之《ク》。所以反《ニ》也。楊子曰、大道以レ多岐亡レ羊。学者以レ多方《ヲ》喪《ニス》レ生《ヲ》　列子。〈本姓ヲ失スル方、生レツキ失シタ也。〉花―、イヤシイ中シ吏ナレトモ、緑ヲナカムレハ、其モ面白ソ。金―――、ウクイスノ名ソ。金色ノ衣服メシタ公子《ニ》申スソ。人ケニ云イナイテソ。其《ニ》意見ヲ申ス。キ、イレラレイト云心ソ。錦―、錦《ノ》ウツクシイ帷帳ト、翠《リ》ノ帷帳トハ、ドチカマシテソウソ。紅ハ花《ノ》方、緑ハ葉《ノ》方ソ。極熱ノアツイニハ、赤イヨリモ水色ハス、シウテ、マシソヲウス物ヲソ。

169　采蓮歌《ノ》〈蓮ヲ采時歌フソ。麦歌蓮唱ト使フソ。西施モ采蓮ヲシタソ。〉
蓮若《ハク》二呉姫《ノ》一々若《ハシノ》レ蓮。香深《シテ》中泛《ニフ》レ木蘭舩《ノヲ》。紫臺《ノ》緩《暖イ》響《テ》命應《シ》レ薄《カル》。艶《エン》曲雲愁《フ》白鳥《ノ》前。呉國《ノ》女ハ如レ玉ナト云ソ。蓮ハ呉國《ノ》美人ノヤウナソ。他年欲レ知二呉姫面《カヲ》一、秉レ燭三更對二此花一。香―――、香シイ池辺《ヘ》』（67ウ）木蘭舟《ヲ》泛テ取ソ。薫シテキヤシヤナソ。紫―――、花ハ薄命ナ物チヤホトニ、短命サウナソ。一ノ句ヘカケテ見ソ。アマリウツクシイカ、ヤカテチラウス、カナシヤト云心ソ。艶―――、五湖烟水鳥鴟《ノ》辺ト云句カラソ。美人ノウタウコトソ。作者カ、リ《ニ》サツト吹ナカイタソ。

170　冬日《ノ》牡丹
魏紫冬開《クモ》也《タ》化工。衆人愛取《シテ》与《ト》レ春同《シ》。三郎若不《シンハ》レ厭《イトハ》二寒素《ヲ》一。定有《テン》三返魂尋《ノヌル》二此叢《ノニ》一。牡丹ノ名ハ姚黄共、姚紅トモ、魏氏《ノ》紫《ムラ》トモ云。詞ノイロヘソ。四月《ノ》時分開クカ冬開タハ、誠《ニ》造化《ノ》工テアルソ。細工者ト同シ物ソ。衆―――、マツハ、奇特ナト云テ人カ賞スル程ニ、春ト同ソ。三——、五十年太平ノ天子ト云レタカ、貴妃ナトハ春ヲホンニセラレタカ、貴妃カ魂ヲハ、羅公遠ニ尋サセラレタソ。冬日ノヒエタヲモキラワレスンハ、コ、ヘモ尋ラレウソ。定ハナイコトヲ云語ソ。

171　山村ノ春意〈意トハ、マタ春ニナラヌヲ云ソ。〉

竹籬短々雪初テ融ス。身在リ二尭封比屋ノ中チニ一。日暮橋声知ル二市ノ」(68オ)散スルヲ一。山花香動ク酒旗ノ風。山里ナレハ、ツイチモナシ。竹ノマカキチヤカ、古墻陰処暁猶多ト云心ニ、吹ダメカ多カ、漸ク消スルソ。身——、尭ノ時カ目出イ御代ソ。比屋可レ樂ト云タ様ニ、イカナル不思義ナ家モ、春ハ恩光ヲノコサヌソ。聖朝ニ無弃物ト云タヤウナソ。鑿《ホッテ》レ井《イ》飲《ミツノミ》耕《シテ》レ田食ト云モ、尭ノ吏ヲ申タ。ソノヤウナソ。春ハ其人ヲハテラスマイト、云ヤウニハナイソ。日暮——、悦タナリソ。夕ニナツタ程ニ、橋カト、〱トスヨ。一日市《イチ》ヘアツマツテカシマシイカ、日カクル、程ニト、メクソ。サラウニハ、市カ散シテイヌルカ、酒ヲノウテドメイテモトルソ。酔中ニナカムレハ、山花カ酒旗ナトニ映シヒラメイテ、香ク面白ソ。橋声春市散ス、——。坡カ句カラソ。

172　春夜聴ニレ雨ヲ

秦城連テレ暁ニ雨浪々。朝日官橋流水香《春イ》シ。一夜膠舟載レ花去。東皇ノ不モレ返ラ也タ昭王。春夜ノ雨ソ。雨浪々ハ、雨ノテイソ。浪《ナミ》ハ仄也。滄浪モ、浪々ノ時モ平ソ。翠浪ト云ハ、東坡カシタハ、麦ノコトソ。其時ハ仄也。秦城』(68ウ)トハナセニカイタソナレハ、奥《オク》テキコヨウソ。秦城テミテ、大雨カ大海ノ浪ノ如クフツタソ。朝—官橋ト云ハ、内裏ノ前后ニカケタ大河ノ橋テアラウソ。一夜落花雨、満——ノ句カラソ。一夜——、一夜ニカワ舟ヲ作テ、花ヲ載テ皈タヨ。春ノ神ヲ、青皇トモ青帝トモ云ソ。ニカワテソクウテヲイタラハ、ヤカテ舩ハクツレテノケウス。三春ノ王モノツテイカレウス。然ラハ、マウヱカヘラレマイソ。是ハ楚ノ昭王ト秦ノ荘襄王トノ故吏ソ。屈原カ異見ヲ云テ、秦ハ狐狼ノ國也ト云タソ。〈昭王ノ一族ソ。〉公子蘭カス、メテ使ヲシテ、秦ヘ行レテ、武関テトサイテ、終ニニカワ舩ニ載テ海ニ沈タコトソ。昭王ノ不レ覆ハラ、君其問水濱ト云タソ。是ハ秦カラ云タ語ソ。吾ハシラヌ、水ニ問ヘト云タソ。夏ニナレハ秦王ハマウ皈ラヌ程ニ、昭王ノニカワ舟ニノツテ皈ラヌト同シ物ヨソ。一ノ句ノ秦城トヲイタカ、トウドコ、へ答タソ。飛タ故叓ソ。重イ故叓ヲ軽〳〵ト使タカ妙ナソ。餘ノ寺ノ衆カヱニセヌカ道理《チヤ》ソ。

173 人生識ハレ字憂患ノ始〈是ハ坡カ句ソ。人生――、姓名畧記以應休。我名ダニ記ハヨイソ。項羽カ生得云タコトソ。坡ホトノ名人カナカツタ程ニ、荊公ヲ始トシテ子タウテ流タソ。江西ノ同宿ニ破書記」（69オ）ト云者アリ。小喝食アル方へ石竹ノ詩ヲ持シテ贈ヲトツテミテ、破書―カ云コトハ、是ハ石竹ノ詩テハナシ。ナテシコノ詩チヤト云タソ。小喝食アリノマ、房主ニツゲタレハ、腹立シテ夜ルラウカヲトヲル処ヲ、ヤマセタソ。其時破―カ詩ニ、十年蹤跡軽ノレ於レ葉、又逐ニ秋風ニ一片飛ト作タソ。人生識字―題モ、破書―カ詩會ノ番ニカウ江西ノタサレタソ。破書―カ失面目《ボク》、寺ヲイヌル時ニ、天地ヲ爲シテレ家ト未レ出レ家、一衣一鉢一生涯、不レ愁昨夜暁風悪《ノアシキコトヲ》、元是東山無力ノ花ト作タソ。〉

蚌割《サカレ》亀焦《サレテ》憂又憂ヘ。結縄ノ上世ニ寄レ身《ンヤミヲ》不《ヤ》。扁舟莫レレ棹《コト》巴江ノ月。聞説ク春波学ハテレ字流ヲルト。面白一ノ句ソ。蚌《ハマ》ハ何トシタ叓ニ破ル、ソナレハ、珠ヲモツタニ依テソ。亀ハ灵ナ物チヤニ依テ、占《ウラ》ヲセウタメニヤカル、ソ。ヲノレト患ヲシ出ト、又憂ト重タカ面白ソ。老蚌胎中――、又云、亀以テノレ灵《ナルヲ》故ニ焦《カル》、雉以ハノレ文故翳《ニマブセラル》〈ヲトリニスルコト也。〉此ノ谷カ句ノ心ソ。結―、蒼頡カ字ヲ作タ其ヨリ前ニハ、縄ヲ結テ、約束ニシタソ。タ、、シヨウノ叓ハ、縄ヲ結タ処へ身ヲヨセテイタイソ。扁―、学文ステ舟《フナ》遊ヲセウナラハ、其ノ字ヲ学テ流ル、巴江ノ辺へハイヤソ。トモエノ』（69ウ）文カ字ヲ学テ流ル、ホトニイヤチヤソ。九渕ノニハ是カ名誉ノ詩チヤカ、雪翁語九尓云、春波――ト云カ手作チヤソ。学者心ヲツケヨソ。三ノ句カ妙ナソ。サレトモ、句ハ九渕ナレハコソナレ。何レニ議論カアツテ候ソ。

174 韓王堂雪〈宋家数百年ノ天下、普第《タイ》両三盃酒ノ中。古―〉〈趙普ハ第宅ソ。〉〈十雪ノ一ソ。風雅集ニ趙普カ処へ宋ノ太祖ノ御幸ナサレテ、御談合有タソ。江南ノ李公主ヲ打タコトソ。玉笙《崔イ》吹徹江南雨、人擁羅中正酔吟。韻府云宋太祖。

南江ハ相國寺雲頂院ノ僧ナレトモ、雲頂ハ建仁大龍〈沅——ト云ソ。〉門ノ徒テ、江西ニ詩ヲ習ハレタソ。漁庵ト云テ、身持カ悪カツタソ。和泉ノ境へ引コマレタソ。江西ノ幃物ヲセラレタ名誉ノ頌ソ。昨夜木蛇飛上レ天、靈蹤《ショウハ》未ニ必《シ》在《ラ》レ灵泉《ニ》、娑婆世界怨憎會、灯雨借窓三十年ト作ラレタソ。是テ江西ノ詩ノ弟子ト云コトハ知レタソ。〉」（70オ）

紫薇垣《エン》畔小星家《ノ》。定《テ》レ策《ヲヒソカニ》竊《ム》停行幸車《ノ》。應《シ》ニ是《レ》御前深夜《ノ》雪《ナル》一。江南《ノ》酔夢看《ニル》レ梨花《ヲ》。韓王堂ノ辺ヲ云ソ。定——、武畧ヲシテ名人達カヨツテ、南方ノ餘黨ヲホロホサウト云心ソ。御前ハ、太祖ノ御前へ大雪カフツテ目出タイ、誠ニ瑞雪チヤソ。此吏ヲハ知イテ、江南ニハ大酒ヲ飲テイタソ。韓王堂ノ瑞ヨ［雪］ノヲソロシイタクミヲハ知イテ、梨花ト思フテイタソ。終ニ梨ト同《スル》レ夢《ヲ》ト云古語カアルソ。此詩ナトハイカニモ学《ミ》トモニセラレマイソ。

175　夏山欲レ雨《ナラント》

勢《イハ》似《リ》三潮《ノ》来《テ》呑《ムニ》二晩汀《ヲ》一。遠山《ハ》已《ニ》暗《ク》近山《ハ》青《シ》。小楼西畔捲《シテ》レ簾《ヲ》見《レハ》。先有《ツリ》ニ清風吹《ノキ》レ暑醒《ヲス》一。此ノムラ雲立タナリハ大夕立《ユウ》ノ〈九禾此句ヲ、一二ノ句、三四ノ句、顛倒スト云テ語ニ大休一。々々ノ云、マヅスタレコシニ見テ、其後簾ヲマイテ、見タ物ソ。九禾ノ心ハ、〉シテ、コウトスルナリハ、ナギサヲハ飲ヤウニスル物ソ。遠——、遠山ハマツクロニナリ、近山ハアヲイソ。〈一二ノ句テ山ヲミスマイテ、又見ルト云カ、顛倒ト云也。大休ノ評妙也。〉日ニテラサルレハサナイガ、陰《クモツ》タレハ青々トミユルソ。小——、簾ヲマイテ見レハ、サキマテアツカツタヲ、スキト吹キサマイタソ。先ツ、サキハシリニ清風カサゞメキ渡テ、暑気』（70ウ）ヲ悉ク以《吹》醒スソ。

176　禁鐘

野寺三年羈《キ》旅《ノ》間《タ》。申鐘《シンハ》零落卯《シ》鐘寒《ハサムシ》。今宵長樂宮辺《ノ》月。花外《ノ》春声夢《ミ》不《耳イ》レ酸《カラ》。二三年不思儀ナ夷中ニ居タカ。申——ハ暮鐘ソ。ナニトヤラウ、物スサマシウ、マハラニツイタソ。卯—ハ、朝ノ鐘ソ。トレモスサマジウ、面白モナイソ。今——、内裏ヲタトへテ申スソ。花ト云ハ、内裏ノ花ノ外へ声ノ出タヲキイタハ、終夜ツクトモ、カシマシウアルマイ、キ、アカヌソ。

177　松竹梅ノ圖

萱《ケン》草《ハ》不レ栽一堂背《ノ》襟。一寒三友共傾《ニク》レ心《ヲ》。寄《ス》レ声《ナヲ》或《ハ》雪或《ハ》風
月。歳晩《ノ》之交《ハ》孰《カ》最深《キ》。ワスレ草ソ。クワンサウ《ノ》叓也。
萱近《シテ》二北堂一穿レ土早ト云テ、母ノ故叓ソ。毛詩ニモアル
ソ。宜男艸ト云ソ。一寒ト云ハ、三友ニタ、カワセテ思
［面］白ソ。寄辰月タノ心ソ。声名ヲヨスルソ。雪月風
月ノ間ニヨスル物ソ。」（71オ）〈名二草《ヲ》忘憂《ト》一々何事、名二花含笑《ト》一々何人。古《ヲカ》―〉人ノ知音モ、ヲハリヲ
ト、ケテ、知音スルカ大叓ソ。能《クスルト》レ終《リヲ》アルコトマレナ
リト云ソ。ソノ如ク松竹梅《ノ》中ニ、イツレニカヲトリカ
ウハアルト云心ソ。〈萱艸ヲ緩草トモ書ソ。忘憂艸トモ
云也。〉

178　未開《ノ》芍藥
〈芍ノ道地也。〉楊州《ノ》風物故人詩。我有《ニ》三一叢添《ノル》二鬢絲《ヲ》一。似《テ》レ待《ツニ》二國家《ノ》賢宰
相《ヲ》一。小欄《ノ》春雨放《ツコト》レ紅遲《シ》。楊州《ノ》風物鬢作レ絲《ヲ》ト杜牧《カ》作タ
ソ。古人ハ杜牧ソ。我有―、カウ杜モ作タカ、我モカ
ウチヤヨ。芍薬ヲナカメテイタレハ、シラカボウケニナ
ツタ程ニソ。似―、國家ハ天下ソ。此《コノ》花カ宰相ヲ待ニ
似タ。黄陵〈南方ニアリ。〉ノ芍薬ハ、宰相《ノ》出時開クソ。只ハ開カヌソ。

是普光［広］院殿■［ヤ］ラノ將軍ニナラレウトスル時ノ詩ソ。

179　杜甫《カ》酔像
驥《キ》子扶《テ》レ皈蹈《ム》二夕陽《ヲ》一。痴々兀《ゴツ》々百相忘《ル》。暫時《モ》不《レハ》レ酔心情
悪《アシ、》。蜀雨秋荒《ル》小草堂。名誉《ノ》詩ソ。ヒラウシテ酔タソ。
駈馬カタスケテ』（71ウ）皈ルソ。ウサギ馬ソ。夕日ノ
影ヲ蹈テ皈ソ。蹈ト云字《カ》面白ソ。只《ノ》人ハエヲクマイ
ソ。痴々―、愚痴〳〵トシタ物ノ様ナソ。何モ忘レタ
ソ。〈暫時《モ》不レ酔字、俗語ソ。然レトモ、蜀雨秋荒ノ字、結構ニナツタソ。只ノ人ハ無用ソ。〉チトモ酔子ハ、機嫌カ悪ソ。蜀ハイツモ雨カフル
カ、シカモ秋ノ時分チヤソ。其レモヨイ屋《イヘ》ニ居タラハチ
ヤカ、草屋ニイタ程ニ、モリタラメクソ。杜カ秋雨嘆ア
リ。

180　讀范石湖菊譜〈叓文類聚ニアルソ。〉
翠華南渡叓怱々。墜《ツイ》緒難《シ》レ尋《ツキ》范蠡《カ》功。花譜虽レ工《ナリト》家譜
拙《シ》。湖亭《ノ》残菊怨《ム》二秋風《ヲ》一。翠華ハ匊《ノ》コトソ。南渡ハ、ヲト
ロヘテ不思議ナ程ニ、見叓ナコトモナイソ。是ハ范蠡カ
如クニハ、ヱツガヌソ。花―、菊ノ賦ハ、サリトテハ
キ、叓チヤカ、家ヲ治スルコトハヘタソ。菊モ疲労メサ

レテ、セウシチヤソ。秋風ヲ恨《ミ》タソ。墜緒ハ、ヲチフレタ由緒ヲ、ツキタカイ方也。

181　還レ詩軸《ヲ》〈誰モ知ル詩ソ。随意《ニ》シテ、堺《ニ》イラレタ時、賛ヲセラレイト云タレハ、叢林《ニ》イタ時（コ■）ソアレ、イヤト云テ、此詩ヲ作テ返サレタ。名誉《ノ》コトソ。〉」（72オ）

玉軸捲《テ》還《ス》君莫《レ》レ嗔《コト》。十年踈懶硯吹《ク》レ塵《ヲ》。江湖手熟《ス》釣竿《ノ》雨。若弄《セハ》二文章《ヲ》一鴎咲《ン》レ人《ヲ》。結構ナ軸ヲ巻テカヘシマラスル。カマイテ腹立ハシアルナ。廢学シテ、筆《ヲ》取叓モ無イ程《ニ》、硯ハホコリハカリソ。江湖――、筆取コトハナウテ、釣スナトリハカリニ手熟シタヨ。モト《ノ》如詩作リタテセハ、鴎カ我ヲ笑フスヨソ。錦鯨巻《テ》還《ス》レ客、始識《シル》意《ロ》和平《コトヲ》、杜カ句カラソ。

182　畫軸

客話蕭々雲遶《クル》レ欄《ヲ》。窮陰三日暮江寒《シ》。雪《ノ》時能《ク》保《テ》堂前《ノ》竹一。要《ス》三待《テ》レ春晴《ヲ》截《ント》二釣竿《ニ》一。客ノキテ語ラレタ時《ニ》、蘭［欄］干《ニ》雲カ、ツタソ。三日ハカリ陰タソ。雪――、雪カフラウ程《ニ》、其時雪折レカセウ程《ニ》折レヌヤウ《ニ》、ヨクタモツテ、釣竿《ニ》セウソ。

183　宮槐〈内裏《ニ》植ル物ソ。山谷ニモ、暁日宮槐影西ストアル如クソ。〉

日華門外緑《リ》婆娑。寵雨恩烟奈《イ》レ遇《アウコトヲ》何《ン》。樹亦培栽須《ク》』（72ウ）擇《ム》レ地《ヲ》。紛［汾］陽《ノ》旧宅夕陽多《シ》。目華門・月華門ト云テ、内裏《ニ》アルソ。茂《タ》木ノアルハ、ナンソナレハ、ヱンシユノ木チヤソ。無心ナレトモ、恩《ニ》ホコルソ。遇ハ偶数ソ。宮―ハ、偶数ヲカウフツタ木チヤソ。〈ツガウタ方ソ。偶ハ陽ソ。偶ヨリ奇ハ出タソ。奇ハ陰ナリ。易ハアトカ残ソ。〉樹亦―、土カイウユルハ、地ヲヨク擇コトチヤソ。汾陽ノ旧〈大極奇偶ト云テ、大極ヨリ偶ヲウミ、偶ヨリ奇ヲウム也。〉宅ニアルハ、サン〳〵ナソ。是ハ奇数ナ槐ソ。内裏ト汾陽トノ地ヲ、ヨクヱラハウソ。

184　題《ス》二明皇芙蓉野雉圖《ノニ》一　〈山河一般属《ス》二陽［源］君《ニ》一、猶平氏餘《ニ》提《タイノ》封土《ヲ》一、苔暗《ハシ》僧都数尺墳。於二硫磺嶋俊寛僧都墳一題〉　忠［中］恕〈天龍開山ノ弟子ソ。筑紫嶋津ノ性［姓］ソ。〉

濯《タク》錦江頭生《ス》二緑波《ヲ》一。芙蓉照《シテ》レ苑《ヲ》得《コトヲ》レ秋多《シ》。銀衣不レ挟《マ》朝飛《ノ》翼。奈《イ》二尓《カ》悲歌牧犢《ホクヲ》一何《ン》。蜀國《ニ》アル江ソ。コ、テハ宇治布ノヤウニ、錦ヲサラスソ。芙蓉作ラウ用ソ。紅ナウツクシイカ、水ニウツ、タハ、言語道断ウツクシイソ。芙蓉生在秋江上ト作タ程ニ、秋開ク物ソ。銀――、飛動《騰》ト云ハ、内裏ニメシタサレタ人ヲハ、飛騰スルト云。奈――、采蓮ヲウタイ、牧童ナトテイタハ不便ナソ。不便ナトハ、天子ヘメシタサレヌヲ云ソ。四ノ句ハ、雉ヲ云ソ。悲――ハ、野―ノ鳴タ聲ソ。出処ハ不レ詳ソ。野雉ハ水鳥カナ■《ソ》テアラウソ。明皇ノ畫《ヱカ、》シマツタト云ソ。」
（73オ）

185　昭君出塞圖《ノ》〈塞ハヱヒストノアワイヲ云ソ。〉
掩《テ》レ泪《ヲ》遅々《トシテ》出《ツ》二帝城《ヲ》一。胡山《ノ》積雪与レ天平《トナリ》。琵琶不《ハ》レ似二君恩《ノ》薄《ニ》一。馬上慇懃《ニ》慰《ス》二妾《ガ》情《ヲ》一。毛延壽ニ畫ナサレ、出テユカイテカナワヌ程ニ、遅々ト出行ソ。胡――、大山ノ境ニ雪カフリツモツタ程ニ、天下斉様ニ雪カフリツモツタ。琵――、天子ノ御恩ニハ似ヌソ。琵琶ノヲトカキ、コトナヨ。是テナクサム程ニ、ナサケノアル琵琶カナ。王ノ御恩ニハチカウタソ。

186　秋声皈思圖《ノ》
郷夢労々《トシテ》天一涯。西風孤泪《ルイ》落《ツ》二清笳《ニ》一。如何《ンソ》楊柳陰中《ノ》月。偏照《ス》二芙蓉露下《ノ》花《ヲ》一。秋カミヘタレハ、古郷カナツカシイハ、張季鷹カヤウナソ。労々ハ、イニタイ心ソ。辛労ナヲ云ソ。一涯ハ、兩天涯ナレトモ、イニタイ程ニ、一ニ思コトソ。孤―、友モナイ程ニ、独リナクハカリソ。ナイタモ道理ヨ。清笳ヲ吹程ニソ。胡國ノ者葦ノ葉ヲ巻テ吹ク。コ、モトニ麦ノ葉ヲ吹クヤウニソ。是ヲ聞ケハ、』
（73ウ）イヨ〳〵泪モセキアヘスナカル、ソ。如――、アノ楊柳ノ影ニアル月ハ、柳ヲコソテラサウス叓チヤカ、江ニアル芙―ハカリヲ照ストミヘメヨ。我ハコ、ニイレトモ、心ハ古郷ニアルヤウニ、月ハ。柳《楊》ニアレトモ、芙蓉ヲ照スヤウナソ。

187　送《ル》三僧遊《フヲ》二庐山《ニ》一〈不至二庐山《ニ》一非僧ト云ソ。〉
庐山何《ノ》処《カ》不レ勝レ情《ニ》。蓮社無《シテ》レ人芳草生《ス》。君去《テ》能聴《ケ》虎溪《ノ》水。潺湲《センエン》定《テン》有二晋《ノ》時《ノ》声一。庐山ハ見ヌ程ニ、面白処チヤト、思イニ不レ勝ソ。江州ニ有《リト》知レ共、カウ云カ面白ソ。蓮社ニハ、十緇八素ト云テアツタソ。遠公ハ打死テ友モナイ程ニ、謝灵運カ池塘芳屮生ト云タヤウニナツタマテソ。此蓮ハ謝灵運カウヘテマラシタソ。其追従ニ社中へ入タイト云タレトモ、雑心ナ程ニト云テ入ラレナンタソ。シタレハ、案ノ如ク謀反人ニクミシテキラレタソ。ヨウ目カキイタト云叓ソ。君——、君去ハ僧ノコトソ。三笑ノコトハ、治定ナイコトチヤト云コトソ。禅月ノ〈諱巻［貫］休ソ。〉畫テカラノコトソ。其時モ今モ水聲ハ一致テアラウソ。一仏性ノ処ハ、同シ物ト云モ、底ニアラウソ。」（74オ）

188　搗レ練《子リヲ》圖

秋花不レ欲《ホツ》レ挿《ント》二鴉髻《ケニ》一。先搗《ツテ》二寒衣《ヲ》一守《ル》二夜闌《ヲ》一。玉臂《ハ》不レ勝《ヘ》双杵ノ力。託《シテ》二身《ノ》倦寝《ニ》一向《フ》二遼《レウ》西《ニ》一。美人ノ搗練体ソ。秋辺花ヲ取テ、ウツクシイマツ黒ナ髪ニ花ヲサシカサイテアルク物チヤカ、此子リキヌ打《ウチ》ハ、サハセヌソ。一夜カ間タ、夫ニキセウトテ、絹ヲ打タソ。絹ハツチテ打物チヤカ、力カヨハイ程ニ、二ノ槌ニハタヘヌソ。タヘヌト云ハ、ヱウタヌ心ソ。託——、アラ、テダルヤトテ、クタヒレテアルカ、ソノ夫ハ陳立ヲシタ程ニ、夢ニモソナタへ向ウソ。戎國ノ辺ノ方ニ向也。

189　蘭竹《ノ》圖

釣天声断《ツ》楚雲《ノ》陰。帝子〈娥皇——二妃ソ。〉涙痕湘雨深《シ》。憐《レン》二殺《シテ》東風無レ限恨《ミヲ》一。幽花《ノ》〈蘭ト云ソ。〉色《ハ》似《タリ》レ説《クニ》二春心《ヲ》一。黄帝ノ鈞天《ノ》樂ヲ、蒼梧ノ野テハラレタレハ、化人カマウタト云コトハ、久シイコトテアルヨ。楚雲ノ上へイナレタソ。帝子ノ愁ハ、瀟湘ノ雨ト作テ、イヨ〳〵深ウナツタソ。憐—、殺ハ、甚イ時ヲク字ソ。コロストハ、コ、ロへマイソ。カキリナイ哀ナト云心ソ。笑殺ナトモ同コトソ。幽花ハ幽谷ノ花ソ。湘雨ハ竹ノ方、三四ノ句ハ蘭ノ方ソ。

190　紅梅』（74ウ）

十二峯頭巫女〈黄帝ノムスメ也。〉神《ノ》。襄王夢裏托《ス》二前身。東風吹散《ス》楚天《ノ》雨。数点《ノ》紅雲留《タリ》二得春《ヲ》一。巫山ニハ峯カ十二有ソ。巫女神ト云テ、女神カアルカ、人ニ戀ニセラル、人ソ。夢中ニ襄王ヲタフラカイタソ。花ニ記シタカタデモアラウソ。又チツタテモアラウソ。数点ハ、桃花乱落如紅雨ト云ヤウニ、コ、ヲ美人ニ記シテ作タ譬喩ノ詩ソ。〈襄王至《ニ》二雲夢一、梅之精化《シテ》二美女一、襄王ト契ル也。巫山ト雲夢《ト》ミナ楚國ニア

リ。一面ノ地耶美人語レハ、万里香ヲ含タ[redacted]如香カツタト也。〉

191　葡萄

万里携来《ル》漢使《ノ》槎《サ》。武王《皇イ》好《テ》レ武《ヲ》定《ム》二邦家《ヲ》一。太真罷《ム》レ酔《ヲ》涼州《ノ》酒《沛》。野鹿将《ニ》レ啣《ム》禁苑《ノ》花。張騫〈武王ニツカヘタソ。〉カコトソ。万里ハ、西域《イキ》ノ辺カラハ、万里《ヲ》ヘタテタソ。葡萄モ西域ノ辺《ニ》アル《ニ》ヨッテソ。武王ハ武道ヲ以テ天下ヲ定メラレタソ。名ハ周發ト云ソ。葡萄ヲ作ラレタソ。初心者カ、此カ、リヲ似セタラハ、悪カラウソ。太――、貴妃カコトソ。涼州ハ西ソ。是モ張騫カイツタ地形ソ。貴妃カ好テ飲タ酒ハ葡萄酒ソ。其時分何叓カ有タソナレハ、内裏仙洞《ノ》辺《ニ》」（75オ）鹿《ノ》啣《レ》花カアルソ。蕭氷崖カ花上《ノ》金鈴《ノ》詩《ニ》、誰知《ル》烏鵲驚飛《ヒ》去《テ》、別有《ルコトヲ》二啣《ム》レ花野鹿来《ル》一。安禄山カ叓ヲ云タハ、是カラノコトソ。鞍鹿トモカクソ。

192　藍染河〈ツクシニアリ。戀ノ詩ソ。〉

採《テ》レ藍《ランヲ》已恨《ニ》夙〈夙期ハ前世ノムツヒモ絶タ方ソ。〉《シユクキノ》期休《スルコトヲ》。和《シテ》レ涙《ニマシヘテ》挼《モミテ》。《ナス》爲二河水《ノ》流《レト》一。万種千般皆可《ム》レ染。如何《ンソ》不《ル》レ変《セ》白頭《ノ》愁《秋イ》。藍染川ト云字カラチヤ程ニカウ云ソ。藍ハ物ヲソムル物チヤカ、染ラレヌ物カアルソ。ツクシナルアイソメカワノスソ《ニ》コソ、シユクセムスヒノ神《ハ》マシマセ。万種――、万物ヲソムルカ、此白頭ヲハ、ヱソメヌ。年ヨレハ、愁カアルテハ無ソ。思カ有《ニ》ヨツテ白髪ナソ。戀ノ詩チヤホトニソ。

193　思河

何人《カ》思殺《ス》九回《ノ》腸。流《ニ》出《シテ》長河《ヲ》一脉《ミヤク》々長《シ》。兩岸好移《シスニ》二連理《ノ》樹《ヲ》一。堪《タリスムニ》レ栖比翼《ノ》紫鴛鴦。何物カキテ、クルリ〳〵ト物ヲ思ヘハ、ニヘカヱルヤウナソ。』（75ウ）九ハ数ノ究ソ。百回テモアラウソ。是ヲ此河ヘナカレ出タヨ。脉々ハ水ノ流皃ソ。此岸ニハ連理樹ヲウヘテ、宛央カチキリフカキモノチヤ程《ニ》スマセタイ《ト》願事ソ。栖《ニ》タヘタトハ、スムト云ル方ソ。

194　臥鐘〈鳴コトハアルマイソ。〉　村庵〈南禅聴松御影ソ。岩栖ノ院主テモ有タソ。細川殿ノヤシナイ子ソ。諱ハ灵彦《サ[ケ]ン》ソ。〉

昔時高掛《クク》景陽宮。似《タリ》レ聴《ニ》二華鯨《ノ》一吼《ルヲ》二半宮《ニ》一。楼閣幾《ク》年《ソ》風雨ニ破《ラル》。五更声鎖《ス》緑苔《ノ》中。宮殿ノ中ニ昔シ掛テヲイテツカレタソ。華鯨ハ鐘ノ異名ソ。鯨ノナク声カヲソロシサウナ程ニタトヘタソ。是カ水中ニアルカ、空ニナクヤウナソ。楼——、雨風ニ修理モセヌ程ニ破タソ。五更——、苔ニウツモレテ、声ハ有マイソ。〈七歳ノ時、於禁中賛文殊。不レ意《ハ》青雲《ノ》上、揮《フルテ》レ豪《ヲ》題《トハ》二野詩《ヲ》一。于時天子号希世。〉

195　詩灯

曹刘模二索《シテ》暗中《ニ》一来《ル》。李杜独《リ》吹《キ》二光焔《ヲ》一回《カヘス》。灞《ハ》雪駅邉都滅《テ》却《ス》。不傳《ノ》妙処冷《シ》レ於《モ》レ灰《イ》。李杜有二文章一、光焔万丈長ト云タソ。詩ト灯トヲ義論シテ作ラレタ。村庵ハトンタ作ソ。曹《子建》・刘《公建〔幹〕》・沈《佺期》・謝《灵運》ヲハ、暗中ニ摸索」（76オ）シテモ知ラウト云タソ。カクレモナイ詩チヤト云ハハヤソ。此二人カ光焔万丈長ト云程ニ、コヽハ灯ノ方ソ。詩灯カ一ノ句ニコモツタソ。是ヲハ、何タル者カ吹ケサウソ。徳山ハ紙烛吹滅シタカ、詩ノ上テハ誰テアラウソ。鄭綮《ティケン》《ケ》カ詩ヲ吟シタ。是コソヨイ吹滅ノ処ヨ。不傳ノ処カアルヨ。輪扁ヵ輪ヲケツルヤウナコトソ。コヽハ冷濕《レイシユウ》ノ地テアラウスソ。参詩如参禅チヤ程ニソ。排匀鄭綮。

196　杜鵑花

杜鵑花發《ク》杜鵑《ノ》春《ル》。啼《ク》レ血《ニ》声《ノ》中《チ》染得《テ》新《ナリ》。落日千《ノ》層紅一色。不レ催《サ》二皈去《ヲ》一却《テ》留《ム》レ人《ヲ》。花ノアルヲ春ト云ソ。コヽハ夏ナレトモ、花ト云程ニソ。ソノ血ニナイテ、カウ染タイタソ。落——、夕日ハクレナイナ程ニ、花ト一色ニナツタヨ。ホトヽキスハ、イ子〳〵ト云カ、花ニナツテハ、マツハウツクシイト云テ、エイナヌ』（76ウ）ヨ。鳥ニナツテハ不如皈ト云イ、花ニナツテハ人ヲトヽムル、マヅハ打テ違タヨソ。

197　長春花

呼《テ》作《ス》二長春《ト》一豈《ニ》浪《リニ》誇《ンヤ》。駐《トヽメテ》レ顔《ヲ》恰《モ》似《リ》レ服《スルニ》レ丹砂《ヲ》。梅蘭蓮菊四時異《ナリ》。不レ断《ヘ》有《ルハ》レ花唯此《ノ》花。此花ヲ長春ト名付タハ、ミタリニ名付タコトテハナイソ。子細カ有ソ。丹砂ヲ服シタヤウナ程ニソ。鐵ヲモ金ニナスハ仙薬ソ。去程ニ、若イ時ノ様ニ、年ヨツテ紅顔ニナル物ヲ。去程ニ此花ハ、駐《ル》レ顔薬ヲ服シタヤウナソ。梅——、春夏秋冬ノ花チヤカ、此花ハ四時トモニ花カアルハ此樹ソ。月々紅ト云ソ。

198　雪斎留《ニム》レ客《ヲ》

雪屋休《セヨ》レ辞《コトヲ》　一夕稽《トヽマルコトヲ》。　君《カ》家《ノ》皈路恐《ハ》相迷《ハン》。　園林皆白《シ》黄昏《ノ》後。　難《シ》レ認《トメ》二梅花籬落《ノ》西《ヲ》一。雪ノフル時ハ、サラハヲイトマ申候ト云テ、イトマ乞ナシソ。ソレ様《サマ》ノ家ノ辺ヘハ、マタトヲウテ、路モフミ分ケカタカラウソ。園――、トコモ平白ニ、日クレノ后ニマツ白ニナツタソ。其ノ家ノ籬ニ梅ノアルカ、」（77オ）雪ニ見ヘハシ候マイ程ニ、御迷アラウソ。二ノ句ヘコタヘタソ。

199　賣レ花声《ヲ》〈牡丹ナトノ心ソ。都ノ人ハ風流テカウアルソ。後園カ無故ソ。〉

紅音紫韵語高低。春色於《テ》レ人《ニ》價不レ斉《シカラ》。似《テ》レ識《ルニ》三貧家《ノ》多《キヲ》二酒債一。数声唱過畫楼《ノ》西。面白詩ソ。花ヲウルアキウトカ、紅ナ花メセト云カ、高フヒキウ云ソ。春――、人ニヨツテ價ヲ不レ論取モアリ、色〳〵ナソ。貧―、結搆ナ家ノアタリヲハ、数聲唱ヘテアルクソ。一ノ句ヘカケテ見ヨ。キヤシヤナソ。

200　扇面《ノ》半月

雲隙《ノ》氷輪漏《ス》二半規《ヲ》一。清光猶未レ辨《セ》二盈虧《キヲ》一。憑《テ》レ誰《カ》問《ニ》二取《シ》畫工《ヲ》一去《ン》。欲レ落《ントスル》　時耶《カ》欲レ上《スル》時《トカ》。雲スキノ氷輪ハ、月ノ異名ソ。氷ヲ輪ニシタ様ナソ。半規ハマンマルナワウツタソ。今霄ノ月ハ、カタワレ月カ、モチ月カ知ヌヨ。出シホノ月カ落月カヲ、畫工ニ逢テ問タコトヨソ。』（77ウ）

201　佳人見鏡圖〈名誉、人ノヲホヘイテ不叶詩ソ。〉

妾家《カヘ》一片古菱花。見レ面《ヲ》常《ニ》驚《ク》老色加《コトヲ》。拋《テ》作《シテ》二姮娥宮裡《ノ》月《ト》一。爲《ニ》レ郎《カ》分《テ》レ影《ヲ》照《ス》レ天涯《ヲ》。妾ハヲモイモノソ。其人ノヲモイ物ニ、夫モ久クハナレタ程ニ、鏡モトカイテ、フルウナツタソ。見――、光陰カ移ル程ニ年カヨツテ、夫ニモスサマレウスヨト、ヲトロクソ。ケカチ眉《マイ》カ子シテモ無用チヤソ。殿ノイラル、テモナシト云テ、ナケステタレハ、是カ月ト作ツタヨ。姮娥宮裏ノ月トナツテ、夫ノイル処ヲ照イテマラセウト云テ、カウシタソ。貞女ノ心ソ。

202　漁樵問答圖

罷《シテ》レ釣息《メテ》レ薪《ヲ》相對《シテ》閑《ナリ》。白雲谷口碧溪《ノ》湾。終《ニ》無《シ》二一語《コノ》及《フ》レ人世ニ。渠レハ問ハ二江湖ヲ一我ハ荅フレ山ヲ。釣竿ヲ抛テ山ヘヨル。薪ヲモ打ステ、、谷キワヘヨッテヲルソ。山谷ノ間ヘヨッタソ。其雜談ハ、学問ナトモ云イタサス。アレノツリスル海ニハ何々ヲツリスソ、山ニハ何木ヲキルソナト云ハカリソ。」（78オ）

203　明皇貴妃並《フル》レ笛圖

深殿ニ同シテレ床ヲ学フヘイレ笛《テキ》ヲ時。三郎擫《アツスレハ》ヲセハレ指ヲ貴妃吹ク。只因テ三偏ニ愛スルニ二海棠ノ睡ヲ一。落二尽スルモ梅花ヲ一也タ不レ知ラ。是モ名誉ノ詩ソ。玄宗ハ笛ノ上手ソ。貴妃ハ指ノアケヤウヲモシラヌトチヤ。サラハ、指ヲハヲレカアケウスト云テ、フカスルソ。其ハトコテスルソナレハ、深殿ノ人モイカヌ処ソ。只―、玄宗ノウツ、ヲ失テ、未睡ノ海棠ニ比シタ程ニ、海棠ト思フソ。落梅花ノ曲チヤ程ニ、海棠ハカリ愛シテ、梅ヲハ知ラヌソ。カウ言ハ、貴妃ハカリ愛シテ、天下ハ、梅花ノ如ク見支ナ天下ハ、、ラリトナリタヨト云心ソ。

204　天《アマノ》橋立《タテ》

碧海中央六里ノ松。天橋ノ勝境是仙蹤。夜深テハ人待ッ二竜灯ノ出一。

月ハ落文殊堂裏ノ鐘。是ハ九世戸ノ境地ソ。海中ヘ六里出タ処ソ。誠ニ絶境チヤソ。仙人ノイル処ノ、夜深――、竜灯ヲマラスルト云テ、人カ待テイルト、』（78ウ）月落――、凡夫ノ目ニハ竜―ハ見ヘマイソ。只月落タマテチヤソ。」（79オ）

○攘《ケヌキ》白　佳篇心異ナリ。許渾カ句、昨日ハ白頭今ハ少年。

○分説《子タイガシ》　彼ノ炎天、生憎《アナニクヤ》　微雨ノ前、怒《ナマシイニ》　遭レテウルヲサ沾ニ　一滴ヲ一、草木難シ二根ニ連ナリ一。

恨説《子タイカシ》　又生怕　同〈子タマシ、〉

○熱時涼一滴、痒処得タリ二麻姑ヲ一。〈――ハ仙人―爪長――〉

○淮南子云、頡〔頡〕作書、天雨栗、鬼夜哭。

○酒器、酌ハレ之如ニ二白水一、飲則ンハ勝マサレリ二丹砂ニ一、八十春翁ノ面、春風二月ノ花。雪嶺

○金翅鳥王當宇宙、天龍如何出頭。夢窓屏風ノ頭ニ蔵ル。』（79ウ）

〔翻刻注〕

（43ウ）＊黄…上欄に「黄」と注記。

（44オ）＊撿…上欄に「撿」と注記。

（63オ）＊旧㆘。朋交㆖…上欄に「旧交朋」と注記。

（66ウ）＊派…上欄に「漲」、下欄に「漲欤」と注記。

（67オ）＊雷…上欄に「雷《ライ》」と注記。

第五節　東福寺霊雲院蔵『花上集』巻末の附載雑録の翻刻

緒言

稿者は以前、拙稿「五山文学版『百人一首』と『花上集』の基礎的研究──伝本とその周辺──」（『文学』第十二巻第五号、平二三・九。↓第四章第七節）において、東福寺霊雲院所蔵の『花上集』に関して以下のように述べた。

なお、『花上集』に続いて、小補（横川）の詩が六〇首、蘭坡詩が二首、九鼎詩が九首掲げられる。さらには、『五山文学新集』第六巻に抄録されている『明叔録』に見られる、陸奥出身の某喝食が詠じた「残臈欝懐依孰開、乍迎高客拂塵埃、再遊使処約時節、雪后江村月在梅」の二十八字を、詩尾と詩首にそれぞれ置いた計五十六首の万里集九詩や、「戀部」という部立のもと、横川や義堂や万里の艶詩が記されていたり、稿者未見の絶海の詩群が列挙されていたりして、ただの雑録として見過ごす訳にはいかない内容を有している。後日の精査を期する。

すなわち、当該伝本は、

①「花上集」本文
②横川景三の詩六十首、蘭坡景茝の詩二首、九鼎竺重の詩九首
③雑録

という構成である。①と②が明らかに同筆で、体裁も同じであるのに対して、③は各作品集からの抜粋と考えられるが、各作品によって文字の大きさも体裁も異なっており、しかも、横川や義堂周信や万里集九の艶詩ととも

に、稿者未見の絶海中津〔一三三六～一四〇五〕作とおぼしき詩群も確認できる。稿者は、「禅林文芸における絶海中津とその門流（霊松門派）の存在意義」という題目のもと、科学研究費補助金（基盤研究C、平二四～二七）に採択されたこともあり、それ故に③の雑録箇所を看過することができず、今回、その翻刻を試みた次第である。

　また、禅林で流布した写本に接すると、時代が降るにつれて、本体ともいうべき作品集に書写者が任意の記事・作品を附録する傾向が強まるようである。特に『花上集』のような、詞華集（アンソロジー）である「詩の総集」においてその傾向は強く、附載どころか、書写の途中に本体に恣意的に作品を補入することもしばしば見受けられる。稿者はこれらの現象に興味を抱き、第一二三回　和漢比較文学会　西部例会（於：大手前大学、二〇一四年四月二三日）において、「東福寺霊雲院蔵『花上集』巻末の附載雑録から見た禅林の文芸―喝食・少年僧を対象とする文芸の隆盛―」という題目で口頭発表した（第四章第八節参照）。「花上集」を作品群単位で見た場合、②も附載雑録であることに違いはないので、本節では、③に加えて、②も翻刻したい。以下、②に関する私見を述べる。

　霊雲院蔵『花上集』は、東京大学史料編纂所蔵マイクロフィルムによるので、可能な範囲で書誌を記すと、以下の通りになる。表紙中央に「花上集　全　不二庵」、左肩に「花上集　全」、右下に「共壹冊」という墨書きがある。内題は「花上集」、巻頭・巻末に「霊雲院」の蔵書印が押されている。一冊、全四〇丁、毎半葉一三行（①・②）。訓点・朱線・朱点あり。

《資料1》②の箇所に収載されている詩一覧

◎横川景三〔一四二九～一四九三〕

	詩題	作品集名	製作年
1	碧空遊絲	補・京・続48	文明13年
2	松下話旧	補・京・続79	文明13年
3	竹篱牽牛	補・京・続119「竹籬牽牛　七夕」	文明13年
4	萱家	補・京・続19	文明12年
5	畫檐雪声	補・京・続22	文明12年
6	題和靖像	補・京・続23・「題和清像　會招慶齋、題予所出、到日蘭坡・正宗・天隠・益之諸老、不	文明12年

		速來矣、」	
7	瓶笙	補・京・続24「瓶笙 走筆」	文明12年
8	暮春遊北寺看花 會鹿苑寺	補・京・続46	文明13年
9	同	補・京・続47	文明13年
10	芦厂図	補・京・続183「扇《蘆》鴈軸 河村請」	文明14年
11	達磨半身像	補・京・続239	文明14年
12	讀孟郊詩	補・京・続266	文明14年
13	氷底懶魚	補・京・続267	文明14年
14	寒炉焼葉	補・京・続268	文明14年
15	扇面 雪打	補・京・続26	文明12年
16	扇面 四季	補・京・続151「扇面 四季、爲玉府勝雲侍者、」	文明13年
17	五老峯	補・京・続152「扇面 五老峰、同上（爲玉府勝侍者）」	文明13年
18	扇面	補・京・続166	文明14年
19	哦松斎圖	補・京・続82「哦松齋圖爲一葦藏主題」	文明13年
20	文殊賛	補・京・続84	文明13年
21	福禄壽星	補・京・続290「扇面」	文明14年
22	東坡笠屐圖	補・京・続179「扇面 東坡笠屐圖」	文明14年
23	冨士賛	補・京・続211「冨士賛 走筆」	文明14年
24	北野天神賛	補・京・続280「題記寺有就所夢得天神像」	文明14年
25	布袋賛	補・京・前2	文明4年
26	畫鷹	補・京・前4「畫鷹賛」	文明4年
27	白鷹畫	補・京・続52「白鷹畫賛」	文明13年
28	宜雨楼	補・京・前6「宜雨楼 會隆興庵、」	文明4年
29	庐橘	補・京・前8「盧橘 會典厩私宅、歌題、」	文明4年
30	溽暑如酒	補・京・前9	文明4年
31	筍皮扇	補・京・前10	文明4年
32	馬上残夢	補・京・外上127「馬上殘夢 會鞍馬寺、」	長享3年（延徳元年）
33	題東坡像	小補集2	
34	三月芙蓉	小補集12	
35	立秋寄人	小補集35	
36	涵星硯	小補集59	
37	鳥中曽参	小補集60	
38	残灯	小補集72	
39	晨鶏催不起	小補集75	
40	浴梅	小補集83	
41	同	小補集84	
42	春睡	小補集100	
43	荷露	小補集101	
44	夢遊月宮	小補集102	
45	新居移桃花菊 賀小維那	小補集108	
46	鳥声春已夏	補庵集21	
47	寒炉焼葉	補庵集26	
48	凍蝶	補庵集27	
49	隣家春色	補庵集61「隣家春色 普廣季龍座上、」	
50	午枕市声	補・京・前141	文明6年
51	半身達磨	補・京・前17	文明4年
52	江山畫	補・京・前18・「山水畫」	文明4年
53	采蓮舟杯	補庵集85	
54	扇面	補・京・外240	延徳3年
55	同		
56	同	補・京・新173「八景同幨圖」	文明19年
57	扇面 朱買臣	補・京・別247「又（扇面）朱買臣採樵、」	文明17年
58	扇面 此一詩入	※天隠龍澤・黙雲集（藁）に見当たら	

	黙雲集落々々（云々）	ない。	
59	同	黙雲藁647「同（扇面）牽牛・仙翁花・白菊、」	
60	同		

【注】「補・京・前」は補庵京華前集、「補・京・続」は補庵京華続集、「補・京・別」は補庵京華別集、「補・京・外」は補庵京華外集の略。

◎蘭坡景茝〔一四四〇〜一五一八〕

	詩題	作品集名	備考
1	過梅荘論詩		
2	（過梅荘論詩）		

◎九鼎竺重〔生没年不明〕

	詩題	作品集名	備考
1	鴎夢	翰林五鳳集・巻第三十九・雑 気形部・172	九鼎
2	村舎海棠	翰林五鳳集・巻第八・春部・252	（九鼎）
3	城楼聞笛		
4	和少年詩毫韵	九淵詩稿38	（九淵）
5	松月畫扇	九淵詩稿23	（九淵）
6	澗底老梅	九淵詩稿5	（九淵）
7	漁村白鴎畫軸	九淵詩稿33	（九淵）
8	春宵小集	九淵詩稿11	（九淵）
9	浣花酔皈圖	九淵詩稿10・中華若木詩抄10・玉塵抄	（九淵）

横川の詩文を収める家集は、『小補東遊集』『補庵京華集』に大別される。『小補補庵集』『小補補庵集』は横川が応仁の乱を避けて、近江に東遊する以前の作品を収録したもの、『小補東遊集』は横川が近江に東遊した時代の作品を収録したもの、『補庵京華集』は横川が晩年、京都で大寺院の住持を務めた時代の作品を収録したものである。そして、これらの作品集は大略、製作年次順に作品が配列されている。

《資料1》の一覧表を見ると、②に書き写された横川作と解される詩六十首は、前半の24番詩あたりまでが『補庵京華続集』、そこから中盤31番詩あたりまでが『補庵京華前集』、後半にかけて45番詩までが『小補集』、そこから49番詩までが『補庵集』、その後、52番詩までが再び『補庵京華前集』からの抜粋となっている。54〜60番詩の七首については、扇面への賛詩であるという点が共通する。前半四首は横川の作品であると類推されるが、53番詩をも含めて、横川の作品集から抜粋したとするには疑問も残る。58番詩の詩題下の注には「此の一詩は黙雲集に入るを落つ」と記されているが、当該詩を天隠龍澤『黙雲集』（『五山文学新集』所収）に認めることはできない。が、その代わりに次の59番詩は、『黙雲集』に「同（扇面）牽牛・仙翁花・白菊、」という詩題で収録されている。なお、このことにより、作者名が無表記の場合、一般的に直前の明記された作者を示すという理解から、六十首を横川の作品として解し、本作品群を「横川詩六十首」と呼称してきたが、実際には、末尾に天隠詩を含んでいることが判明したので、「横川作と解される詩六十首」と呼称されるべきである。

②には、天隠詩を含んだ横川詩六十首の後、蘭坡景茝の詩が二首と、九鼎竺重作と解される詩九首が書写されている。ところが、蘭坡の『雪樵独唱集』に当該二首を見出すことはできず、九鼎の詩文集は現存していない。そこで、調査の当初においては、九鼎作と解される当該九首は、『花上集』に収録されている九鼎の詩十首とも重複していないが、恐らくその十首を補う意味で書き写されたのではないだろうか、と憶測した。拙稿「五山文学版『百人一首』と『花上集』の基礎的研究――伝本とその周辺――」（→第四章第七節）によると、『花上集』の伝本や内閣文庫蔵『花上集鈔』の中には、各作者の収録詩が十首ではなく、それ以上記されている場合も見受けられるが、これも同様の発想で、当該伝本の書写者が、作詩の教科書・参考書レベルとして相応しい詩を付け加えたのではないかと想像する。ところが、末尾の一首、9番詩については『九淵詩稿』『中華若木詩抄』『玉塵抄』等、4～8番詩については『九淵詩稿』に収められている九淵龍賝の作品であることが確かめられた。少なくとも、当詩群の後半部における作者無記名の作品については、直前に明記される作者名の作品として理解する、一般的な慣行が通用しないことが判明する。なお、『翰林五鳳集』には、本雑録部の九鼎作と解される詩九首のうち二首が収録されている。『翰林五鳳集』とは、元和九年（一六二三）に後水尾天皇が金地院（以心）崇伝らに命じ、代表的な五山詩僧の詩偈を撰集、書写せしめた、五山文学唯一の勅撰漢詩集である。同集には禅僧の散佚作品が多数収められていることから、研究者から

殊に注目されている。九鼎の詩も多数収められており、『翰林五鳳集』の編纂当時までは、九鼎の詩文集が伝存していたことが窺える。

かくして、②の箇所に関しては、本体である「花上集」に対して、書写者の身辺に存した作品集や画賛詩の中から、横川・天隠・蘭坡・九鼎・九淵、特に横川については、本作の二十名に匹敵し、新たに補入されるべき文筆僧の候補として、その作品が摘出・書写されたと解するに至った。

翻刻

〔凡例〕

一、東福寺霊雲院蔵『花上集』巻末の雑録部（②と③）を翻刻する。その際、送り仮名や返り点、朱点、朱線等は省略した。

一、雑録部②における詩の番号は、私に施した。

一、雑録部③における各作品群には【Ⅰ】～【Ⅸ】の番号を私に付し、【Ⅰ】【Ⅲ】【Ⅵ】については、㋑～㋩に小区分した。なお、各区分間は、一行アキとした。

一、原本の丁移りを示すために、一紙の表の末尾に」印を、裏の末尾に』印を付した。

一、底本に使用された古体・異体・略体等の漢字は、なるべく正体もしくは通行の字体に改めた。なお、原文の「㕝」は「叓」の活字を用いた。

一、詩の本文の読点は、句点に改めた。詞書などその他の本文の読点については、適宜省略した上で、句点と読点に分けて表記した。

一、本文の見せ消ち「ヒ」はそのままにし、補入については「。」として添字した。

一、欠損や虫損等で判読不能の場合は、■印とした。ただし、類推可能な文字については、（　）内に正字で示した。

一、明らかな誤字は、［　］内に正字で示した。

一、翻刻上、注記すべき箇所には＊印を付し、末尾に翻刻注として一括して掲げる。

〔本文〕

《附載雑録②》

小補

1　花邊影蜜柳邊踈。誰捲晴絲掛碧空。北斗佳人輕斂手。春風吹落剪刀餘。　碧空遊絲

2　手裏青松一寸苗。髯龍百尺已雲霄。君知樹老又人老。万壑清風再渡橋。　松下話旧

3　折竹為籬秋一家。牽牛碧浅数枝霞。畫屏銀烛人何在。風雨山中臥見花。　竹籬牽牛

4　菅家亟相是天神。一寸丹心白髪新。聖代祇今無逐客。梅花北野不蔵春。　菅家」（19オ）

5　春風吹落畫檐花。初聴雪声如此佳。頭白一生江海客。潮痕月白蟹奔沙。　畫檐雪声

6　孤山虽小節高哉。杭守不来門不開。聖主東封新雨露。水邊籬落雪中梅。　題和靖像

7　笙自銅瓶傾處鳴。地炉煮雪聴还驚。灯花漸近歳除夕。只是沈香火底声。　瓶笙

8　寺去城中里許賖。故亟相廟有年華。北禅住后北山重。白髪門生来見花。　暮春遊北寺看花 會鹿苑寺

9　北寺迢々路入山。看花往扣白雲関。相公旧宅一株雪。台駕不来春昼閑。　同

10　何人坐我洞庭中。厂落平沙思恵崇。昨夜驚飛天又雪。芦如銀箭月如弓。　芦厂図

11　眼横天竺脚中華。汝是人耶又鬼耶。一曲倒吹無孔笛。』（19ウ）三千刹界落梅花。　達磨半身像

12　天使公流究益工。虫聲唧々怨秋風。長安陌上看花馬。春在酸寒倹陋中。　讀孟郊詩

13　禹水桃花似不曽。飛潜殊勢一池氷。懶魚非懶吾猶懶。寒涕炉邊煨芋僧。　氷底懶魚

14　葉々烟踈深夜徂。送寒迎暖一須臾。紅紗破費千斤炭。肯信秋風在地炉。　寒炉焼葉

15　團々握雪互相投。尽是五陵年少不。朝打未融还暮打。影如柳絮走毛毬。　扇面 雪打

16　桜下紫綸楓外車。乗涼乗雪興無涯。一年好景畫中看。祇道長春四季花。　扇面 四季

17　戹阜高哉天下魁。雲松巣穏鶴飛来。龍巾拭吐金盞客。五老開顔咲挙盃。　五老峯」（20オ）

18　梅如紅葉傍流波。緑髪少年騎馬過。一両点花春在

眼。渓橋暁溜百東坡。　扇面

19 詩為哦松字々香。竹籬斜到小茅堂。乾濤吹落緑夢
月。誰謂山深一葦杭。　哦松斎圖

20 朱顔緑鬢白霓裙。七佛已前曽見君。一剣霜寒天下
定。金猊吼破五臺雲。　文殊賛

21 隺飛亀出鹿相馴。白髪蒼顔一老人。童子報言南極
暁。星臨元祐太平春。　福禄壽星

22 雲霧窓耶烟雨村。居中補外捴天恩。九州四海笠簷
底。百尺千非屐歯痕。　東坡笠屐圖

23 天下無尊於此山。四時積雪映雲間。大明國裏人看
畫。唯道深林覔白鷴。　冨士賛

24 西蜀烏頭北野神。梅花面目意生身。誰家枕上片時
夢。』（20ウ）行尽三千里外春。　北野天神賛

25 人間天上酔如泥。拈取一嚢行処携。佛不曽成生不
及。長汀烟雨市橋西。　布袋賛

26 野鷹肉酔去遅々。落日松陰借一枝。玉爪金眸風淅
瀝。中原狐兎命如絲。　畫鷹

27 白鷹玉立萬人看。架上挒身思鵠鸞。不覚腥風吹殺
氣。梨花香雪在東欄。　白鷹畫

28 宜雨黄岡竹瓦楼。衆人能洗渇心不。旱天一漑快於
瀑。我相有霖民有秋。　宜雨楼

29 戸橘花飛有底忙。南薫天氣実初黄。長廊淡月夕何
夕。夢遶呉山覚后香。　戸橘

30 天公封我酔卿侯。溽暑醺々傾甕頭。落日涼風殿西
起。半成烏有半青州。　溽暑如酒」（21オ）

31 錦棚初脱玉嬰児。付与竹工成扇時。風送渭川千畝
雨。湖州分肉我分皮。　筍皮扇

32 攬轡城門天欲明。吟詩数里睡中行。夢耶非夢醒還
咲。鞍馬寺前鐘一声。　馬上残夢

33 玉堂赤壁鬢皤々。回首是非春夢過。七世文章今八
世。元朝虞集一東坡。　題東坡像

34 不待秋風八月霜。芙蓉春老一欄香。日邊紅杏若相
問。十牡丹花異姓名。　三月芙蓉

35 節序易逢君易違。西風吹恨洒吾衣。碧梧秋老愁人
耳。彷彿千声一葉飛。　立秋寄人

36 一泓秋色曙星移。聞昔蘊公久見持。可是天文補残
石。墨雲斜掛斗牛箕。　涵星硯

37 鳥有参乎孝所存。畢逋影裡欲黄昏。一聲能説一唯

否。』（21ウ）　孔雀飛邊便聖門。　鳥中曽参
38 桃（挑）尽灯花一盞青。十年風雨鬢凋零。残書未了半明
滅。影似秋風以後蛍。　残灯
39 自断生涯置睡郷。寒鶏啼破楮衾霜。桀徒亦起舜徒
起。一拍声中有底忙。　晨鶏催不起
40 出折寒梅皈浴之。晴香未度覚春遅。炉邊定策半瓶
雪。欲取江南上一枝。　浴梅
41 一日無梅俗了人。霜辛雪苦未全春。温湯影落驪宮
月。又浴花中冷太真。　同
42 懶困東風喚枕頻。夏秋冬睡莫如春。海棠院落牡丹
寺。毎日花間化蝶人。　春睡
43 溥々暁露滿池馨。点破新荷葉底青。一陣微風忽翻
倒。影如團扇撲流蛍。　荷露」（22オ）
44 夢策白鸞過絳河。廣寒宮畔夜如何。姮娥喚醒青雲
宴。一曲霓裳遺恨多。　夢遊月宮
45 重三重九併良辰。来賀新居匊主人。花裡維那非夜
合。一籬秋色洞桃春。　新居移桃花菊 賀小維那
46 紅紫光陰八九旬。黄鸝声懶杜鵑頻。落梅以後花無
暦。鳥若不啼猶是春。　鳥声春已夏

47 擁箒秋風葉々飛。炉邊歳晩有餘資。祇縁人説良媒
事。灰裏撥残紅怨詩。　寒炉焼葉
48 多寒凍損紫衣裳。春在隣家難過墻。夢縦化周争記
得。蘧然遇雪栩然霜。　凍蝶
49 吟落鴬邊一樹霞。春遊半日酔隣家。主翁未告我先
識。座上佳人宰相花。　隣家春色
50 門外市耶心水耶。枕書自午到昏鴉。春来猶有風情
在。』（22ウ）　和夢聞人賣杏花。　午枕市声
51 歯折耳穿無脚跟。西天東土鉄。崙。春風吹入悪芽
■（擘）。■（一）葦又添豊葦原。崑　半身達磨
52 何人釣月水之濵。卸笠披簑華髪新。九鼎一絲嚴未
達。白鴎世界漢家春。　江山畫
53 盃似紅舟倚碧津。風鬟霧鬢采蓮人。天教湖水変成
酒。越上藕花肝膽春。　采蓮舟杯
54 雪月奇哉倍萬恒。倚山高閣路層々。畫橋琴与畫舩
酒。待兩翁来携手登。　扇面
55 釣得文王起渭濵。纔餘二歯秉朝釣。鴬声似説猟遊
昔。呂望非熊花底春。　同
56 前年使者入明帰。誇説瀟湘告實稀。畫裡江山勝往

見。月如在手雨沾衣。　同」（23オ）
57 書罷採薪々罷書。越山越水是吾庐。一朝錦綉照閭
里。簑袂笠檐烟雨餘。　扇面 朱買臣
58 双宿双飛年又年。碧波風定影相連。江湖咫尺悲歓
異。下有鰥魚夜不眠。　扇面 此一詩入默雲集落々（云々）
59 碧花已近牽牛夕。白菊先迎典午秋。独有仙翁顔不
老。豈知出月去如流。　同
60 比翼連枝約未忘。似看妃子侍三郎。長生私語秋霄
夕。又化春禽宿海棠。　同』（23ウ）
1 為梅迎客小茅茨。二月暗香吹作詩。従此々花天下
白。黄金不用鑄西施。　過梅荘論詩　蘭坡
2 遠近峯分雪亦竒。梅邊待月立多時。乾坤萬古有清
氣。散作浮香斜影詩。　蘭坡
1 白鴎睡熟小江干。夢似華胥天地寛。老我世波難尊
枕。君分一席着他軒。　鴎夢　九鼎
2 聞説海棠花貴妃。民家流落不知皈。黄昏獨立竹籬
短。風雨驪宮春夢非。　村舍海棠
3 何人横笛裂迎雲。折柳落梅聲不分。残月西沈天欲
曙。白頭老卒枕戈聞。　城楼聞笛
4 苦心須学少年時。能讀書人得好詩。試向風前倚欄
看。清香来自有花枝。　和少年詩毫韵
5 幽閑堪楽是人情。月掛喬松夜氣清。四老無言早知
意。」（24オ）風聲猶重漢宮軽。　松月畫扇
6 世無知己月成塵。幾被清波流尽春。材是調羮縦磵
壑。紅如四十暮顔人。　澗底老梅
7 毎怪高人無定居。漁郷自与世間疎。磻溪八十功名
念。白鳥驚飛咎在予。　漁村白鴎畫軸
8 三見江南草似衣。鯨波有意許生帰。詩窓送曙与花
別。渾舎（合）歓遊一夜稀。　春宵小集
9 蕭々詩髪似秋蓬。無酒憂懐何以融。日暮皈時花夾
路。海棠不入酔吟中。　浣花酔皈圖』（24ウ）

《附載雑録③》

【Ⅰ】㋑
喝食作
残臘欝懐依孰開。乍迎高客拂塵埃。再遊使処約時節。雪

后紅村月在梅。

㋺　以字配匀尾　　梅庵万里

不労鳳馭与鸞驂。自駕坤輿問我安。掣電歡情君去后。西
窓月色為誰　残。飄々軽者蹤又葉。懶生想可旧潘郎。二
毛猶咲暦左　臘。此地方寸与蠖屈。工夫何敢求作佛。瑞雲峯聳友云遙。佇
立回頭松蘙　欝。大海未知坎井蛙。分甘是処卜茅斉。盃其竹葉枕其石。軟
飽黒甜忘却　懐。鬟闤闃寂足音稀。風雨一牕雲半扉。欲結沈香亭畔夢。楼
鯨百八思依　々。吟取春英与秋菊。恵来蚌《詩也》胎真珠玉。叢社若無詩達《山谷也》磨。一
段公案説向　誰《執》。従聞隠々御車雷。斉語蛮音詩有媒。強被老聃發吾蓋。甕
裡醢鷄天地　開。欲尋張[redacted]憑旧理窟。紫北紅南路凹凸。一生可置酒携琴。世
間甲子在修　忽。

依頼風流杜牧情。楊州佳景約三生。小鶯欄外花明日。吟
履詩笻幾送　迎。衆人碌々尽滔々。佞雪讒霜名利腥。顔《回》路《子―》難窺堂又室。徳
与夫子《孔子也》仰弥　高。従訪方丈神仙宅。無意尋常凡俗陌。晤語眼青奥北君。踈
庸髯皤洛南　客。記得蜀国小遺蒿。雲外鴻雁思音耗。誰道由来酒有権。万
里胸露終不　拂。詩句抛吾拂結隣。顔筋柳骨坐精神。相逢若不共樽酒。黄
四娘家花又　塵。徑路無媒少客来。紫門夜々月徘徊。白圭三復啓封處。諷
誦琅々眼不　埃。」(25オ)
遙岑寸碧對不背。長吟日々記三昧。此會偏非針芥稀。玄
談白語欲斯　再。駒隙加鞭春夏秋。師門旧業奈箕裘。英雄元是艸頭露。瀛
得人間鵬鷃　遊。霜威凜烈不得睡。禅榻跏趺更三回。終無到空谷跫音。縦
有扣華門風　使。賢野遠虽隔朝野。偶然相傍忘尓汝。春遊何地共停車。鶯

花村々楊処　々。
虽吏鴬斟与燕酌。只製暮齢世無薬。栄辱従教人是非。五
湖春水鴎素　約。
屋後青山無軸畫。窓餘月色自《白也》然詩。灯前一夜思君意。東
海桑田亦暫　時。
淡水素交虽曽結。詩腸定是可生鐵。舌其荊棘首其蓬。情
驚芳辰又令　節。
人生遺恨不得説。鸚鵡能言可結舌。江流凍合没舟通。子
猷空擲剡谿　雪。
便北風可問安否。十書直鐃其欠九。師君先行釈迦前。吾
生晩達弥勒　後。
岩前流水響滝々。永夜不眠関甕牕。慵笠懶簑休不得。扁
舟早晩釣秋　江。
皈臥枕星新活計。徐行蹈月旧吟魂。前山遮眼雲埋迹。望
断湘南脩竹　村。
朝市従俗易旧没。鸞《鏡也》底可愧老鬢髪。破衲難遮旅宿寒。欲
賦式微無双　月。
左花右竹不作隊。迢々隔望雲鬉鬛。弱波三万絶舟行。欲
問三壺不自　在。
漢額楚腰招不来。書封只約鯉痕回。吟神難化蜂兼蝶。一
朶分吾得苑　梅。』（25ウ）

㈧

同以字配句韻　　八句

残　生誤客幾回春。夜月作賓山作隣。遊学尋師千里路。
退居求友五湖濵。不如帰去何為）。無復帝問只麼鱗）。鳥
遠大於君先意祝。才其梁棟壽其椿。
臘　天難耐一絲風。雨笠烟簑到漢宮。月滿御庭清話白。
花開上苑冶遊紅。五雲辞去羊裘冷。十里皈。鴎席虚《空也》来）。
若為子陵傳風詔。江山真美換三公。
欝　沈一洗詞源激。懐与氷霜清味加。迎客頻呼樽裡酒。
招朋生煮鼎中茶。芳菲入夢恵連草。馥郁適吟東野花。前
度投吾西蜀錦。百年応補破袈裟。
懐　氷又虽擁胸烟。煉句欲差吟佛肩。郷国夢迷胡蝶夜。
雲山望断白鴎辺。俗流縦作終年計。人生見来昨日眠。」
（26オ）此景無詩花可咲。請君有意許留連。
依　水對山詩唱工。只愁离合有窮通。数株柳老陶彭澤。
千樹梅踈陸放翁。茅屋語唯簾下滴。柴門扣者夜来風。故
人若不耕經史。藝苑欲荒文字叢。

孰　揮筆力敵三軍。天地独播經緯文。妙質愜圖麟閣列。
雄胸呑巻石渠勲。蘊卿久已持孤節。諸葛何能任二君。我
又陽臺旧神女。生々暮雨与朝雲。
開　闔蛍乾窓継雪。吟眸日々入君親。詩中畫巧王广詰。
酔裏顔醒楊太真。明發縦斟桃李月。未来先約海棠春。多
情若有分恩霈。郷梓従教鱸与蓴。
忽　然紀得浴于沂。遊学三年曽点稀。已矣難磨和氏玉。
皈歟欲看老来衣。陰晴想是月栄辱。開落看来花是』（26
ウ）非。寄寓平生如達翼。青雲早晩自由飛。
迎　君先卜陳蕃榻。金玉裁成新様詩。禅老眼明々月鏡。
漁翁髩白々鴎絲。水光瀲灔入簾後。夜光嬋《色》娟照座時。計
我散材唯枳棘。数回何支鳳来儀。
高　低長短自然殊。不截何賡鶴与凫。孔子三千閑学解。
老彭八百一須臾。片瓢甘飲泉虽喫。半床幽居谷更愚。詩
句憑君欲分恨。学園荒癈筆林枯。
客　望仙家不可攀。風吹羅衲落人間。三綱《仁義也》明徳鳳呈瑞。
五色文章虎作班。金闕玉楼虽尽美。白雲流水可甘閑。豪
官栄禄非吾素。塵外逍遥臥對山。
拂　不開兮除不休。滿懐遺恨積如兵。半酔半醒盃弥勒。
閑歩閑吟茶趙州。朝列多年違北向。飄然此日遂東」（27
オ）遊。人生不管興兼癈。溪水潺湲万古流。
塵　事消時蝶入園。栩然穿柳人蘧然。樔朝盤石八千劫。
賢徳黄河五百年。宗旨爪牙窺祖室。堂中眼目冠人天。軽
羅遮障班婕扇。縦愛秋風莫棄捐。
埃　*塩在胸雲与夢。緇叢誰氏継英雄。蜂媒蝶使欄前后。
雁弟凫翁水朔東。吟歩督《詩歟》記官柳下。翹望凝興上園中。楷
梯於子不応刃。赫日高名壓倒宮。
再　参黄檗与臨済。激起禅河学海波。与奪順機分虎豹。
縦横信手験龍蛇。胸中元自吉祥宅。瞙外那求安楽窟。可
羨桐居鸑鳳宿。飄々天地奈鴎何。
遊　杖探春景自清。品題先約菊衣鴬。雄文何譲柳州柳。
美誉可斉荊国荊。緑水青山皆愜意。紅霞碧靄捻随』（27
ウ）情。前回報我新詩軸。一夜梅窓以到明。
使　君蘭室似途長。孔思周情天一方。塵外西湖詩面目。
山中泉石我膏肓。流年易擲梅花暦。時日可消竹葉腸。百
代追懐皆過去。人間何處不他郷。
処　々炊經功日新。想看儒竈独其薪。相震可貴周公富。
蓬戸可怜原憲貧。官暇探芳呼杖履。酔餘拾腥擲絲綸。京

城名利我擲處。東里栖遲好択仁。
約　在江山風月天。吟衣相倚怏賓筵。工兼蒼頡製飛白。
才与楊雄艸太玄。經律論談多学士。詩書礼楽老枯禅。凌
霄鼻孔高難計。百億須弥脚下邊。
時　景易移功匹成。青袍暫時誤儒生。未開必藥花煩悩。
旧蹈思枝鳥識情。蕉鹿胡為東奥野。棗《場》龜《也》早晩錦官」（28
オ）城。回望閲世鼠肝許。遮莫一身茆廣名。
節　与青松約有餘。権衡応計實還虚。小蘓利涷難題怨。
加阿是吹何使書。了ㇾ従看田岸鷺。喩喁無意石池魚。楽
天三友今猶是。詩酒琴成助隠儲。
雪　擁寒牕小草堂。送迎幾度約風光。座元花嬾名園裡。
副寺松衰官道傍。香似麝其君至徳。拙於鳩者我栖遑。迩
来淋下文章水。洗得十年藜莧腸。
後　期于月又于楼。徐歩閑吟百自由。莫学蘓秦新号令。
可思白也旧風流。群林暮樹喧其鵲。万頃滄波閑者鴎。陸
奥山河元匪遠。普天之下一皇州。
江　湖旬有不連床。談咲思君愁結長。千古任呼羅漢蛤。
一双難化釈迦蒼。秀才名顕竺支日。了達眼明過現』（28
ウ）當。来訪殷勤慰吾恨。暫時応掃髩叢霜。

村　々雪白竹孤青。楚屈何曾本豫醒。晋氏追懐挙桂才。
開元想像護花鈴。拳々豈覓折腰禄《禄カ》。寂々唯呼暖足餅。旅
客東西那似處。漂々不帯一浮苹。
月　下傳盃花下琴。生前一刻是千金。聖恩誰又唐尭沢。
久旱君孤傳説霖。枕上禁眠鐘殷々。宮前傳恨漏沈々。寒
衾稜尓蜀中犬。永夜憑誰慰寸心。
在　吾三昧定兼詩。騒會殷勤説所思。蕉葉頻傾顔欲酔。
菱花相照質先衰。羨君駃足奔千里。慚我鷦鷯慕一枝。蘭
鮑居遥不連袂。人間半日阿僧祇。
梅　下搆奇修竹家。唯愁咫尺隔雲涯。鳳栖鸞室携紅袖。
鴬北蝶南輾紫車。星河可摘高楼閣。蛍雪猶勤小碧」（29
オ）紗。瑞峯他後開筵日。待見諸天乱墜花。

【Ⅱ】

戀部　寄君　横川

別後楼頭月不分。恩雲深覆悩斯生。若吾作涙奈人児。方
寸胸中楚雨聲。

豈不相思不可思。忍寄一字久堪特。暮楼鐘与暁堂皷。空
費山中十二時。　義堂

玉樹雲梅顔色斜。香分兩様入隣家。春風在意人無頼。吹
作他人園裡花。
朝々暮々相思切。當羨陽臺雲雨盟。何日何時分半榻。灯
前携手語此情。　横川
假従旅舘看紅粧。一夜愁情海又桑。若向天涯吐胸露。三
千日月可無光。　万里』（29ウ）
不意独窓残夜夢。佳君同宿解愁情。覚来枕上無人語。只
听暁天鐘一聲。　義堂
夜雨蕭々對短檠。二更有待又三更。微風吹起窓前竹。認
作其人敲寂聲。　有約不来　祖堂
春思滿襟多似雲。何時相對掃紛紜。梅窓残月竹詹雨。一
片工夫唯是君。　謙岩
緑髪紅顔無限情。青原山上得佳名。　。看橋下寺前水君。
日夜相浮鴎鷺盟。
白蘋風起楚河涯。望入碧雲情思加。憑仗飛廉傳此意。夜
来吹夢到君家。　寄風戀
瀑布岩前夏自涼。愁人来此洗紅腸。銀河瀉下三千尺。論
我多情白髪長。　寄瀧戀」（30オ）
黒風衮々六花輕。天到陰崖勢欲■。到此只知膚粟■。夜
深誰聽瀑泉聲。　飛雪岩　虚堂作　貞和集
荷（落）々不停機用全。河飜海湧嶮崖前。炎風巧剪瑶花散。六
月山中別有天。　又石門作　同
胸次容来一兜史。指頭合取五須弥。今霄錯礼天辺月。桂
杖生根捴不知。前相国蘭坡景茝於北等持笏室書之。歳日文明十
有五年歳舎癸卯仏歓喜日
一見清客不奈何。他時恐有涙成河。吾心偏似。三月（初）。只
願君恩次第多。
ト晴ト雨約佳期。怪底達朝君不来。隣寺鐘声互相答。夜
深猶似對床時。　寄人』（30ウ）

【Ⅲ】㋑

送金蔵主　■■■■
独倚高楼月上時。一声長笛又生悲。使人何續杜陵句。月
在関山説向誰。

㋺

和前詩廿八首　金蔵主
■上■作月下讀。乾坤秋声正落木。佳人若無一顧恩。残
生何以慰幽　独。

咫尺千里思彼美。玉顔披露応有喜。何處最是能期君。碧
梧桐卜吟詩　倚。
不奈秋霜點鬢毛。相思一夜片心労。夢中顔色屈梁甘。万
岳秋風落枕　高。
女牛天上尚期秋。一夕會期還不由。断尽愁腸無可断。幾
回吟上夕陽　楼。
山林自甘養懶拙。夷斎清風思采蕨。琴中白雪少知音。愁
殺夜来青嶂　月。
方隣虽近稀来往。日夜千思又万想。珠簾綉柱雲露窓。翠
袖佳人隔天　上。
冩尽中心是応詩。々成一詠更相思。去年記得合歓夕。吟
倚梅花雪後　時。
交情難論膠与添。雪雨飜覆不可心。白鴎有盟変初休。黄
髪相看意如　一。
南楼月色自斜明。危坐誰共倶此情。有約不来秋夜長。頻
驚烏鵲遠枝　聲。
一篱残菊過重陽。采々何堪寄遠方。巻箔吟中西岫雨。碧
雲房裡引望　長。
■■吟後夜寂暦。残灯明滅猶在壁。何人知我此時情。万
里関山一横　笛。
相逢把手曉鐘後。一語未終即分袖。玉顔朦朧如夢中。互
會悠然空期　又。
思人愁鬢雪千莖。心支為誰長不平。幾回臨風将問信。暮
紅立尽覚潮　生。
長期天上双飛翼。可羨人間連理枝。山崛為塵心不変。素
竹易染使人　悲。
屋頭青山烏几皮。終日坐看白雲■。■外疑是幽人来。■
鳴竹是風〻　使。」（31オ）
十歳京花面上塵。論文未肯見情■。眼中碌々少児輩。天
■麒麟只一　人。
一枝玉桂影娑婆。挙得天香情恩多。是須廣寒宮裡夢。々
迷■窟入无　何。
吾人相近温如玉。遠山春色上眉録。夜々辱轉推枕前。為
澗風声泉断　續。
翰林詩名魁千古。平生飄然酒一斗。世間不識謫仙人。流
落滄浪采蘭　杜。
■杖付与一枝藤。何處碧山雲一層。指点眼中栄辱吏。人
間動是谷成　陵。

詩壇拝将独杜甫。筆陣千軍手可盧。平生乾坤一屮堂。身
後留得驚人　句。
人間肝膽如楚越。可惜花陰易黄髪。未尽天涯地角情。何
夜袖詩来蹈　月。
蘭吐国香堪作佩。元畹秋後愁一倍。欲千古波底魂招。楚
江遠兮人何　在。
天橋聞説悶天慳。一任浮枕烟浪間。尊熟秋風千里外。知
君幽夢落郷　関。
文章豹変易經吟。異伐馬陽近可拳。主路期君高尚志。佇
看露院在南　山。
清苦為誰立貞節。蜀国白頭吟氈雪。無語独立向滄茫。一
寸丹心不可　説。
秋城近聞保障節。吟倚翠嵐興浩蕩。可想青与幽真（一字欠）。歳
寒氷雪吟相　向。
鏡三孤鸞逢可期。池中双鯉来何遅。君知風雨五更枕。
夜々■明更夢　誰。

【Ⅳ】

■■■先生曽賦元日試筆詩、其友退斎翁和之。寔千載之美談也。今茲文明丁酉元旦、我宗山君有試筆詩。月関美人《ヒ》丈和而答之。蓋拍肩無咎、把■■■者歟。而其詩律也、陽■白雪。其筆勢也、飛鳥驚蛇。使人意飛、思揚於風騒選之外。嗟乎偉哉。余辱一識於平昔。覩此佳作、義不可黙、遂分一字為匂、賦者二十八章、書以奉投研右云。不■■■■■■■賜予覧。』（31ウ）

廿八新詩記年甫。筆勢鸞翱又鳳舞。走卒児童皆讀■。世
南才名絶在　五。
天上亦言天下云。風流第一小仙君。洞房咫尺定何処。暁
望蓬莱多五　雲。
■■遺風傳至今。一家句法冠藝林。未曽李杜出其右。何
限詞源万丈　深。
少年雅思知幾許。開口氷辞又雹語。詩禅両熟有公評。月
移花影上探　處。
唔咿聲砕碧窓裡。風翻朝經与暮史。七世文章又数君。一
東坡一非一　是。
皎如玉梅倚清風。出入府君黄閤中。猶記前年北山寺。曽
従台駕其看　楓。

霞裙雲袂照青春。花主人耶月主人。一顧傾城再傾国。牡
丹紅動洛陽　宸。
普廣師祖集名一一
囊有風月三千首。可読春嶂一編後。乾坤之内宇宙間。隻
字片言傳万　口。
吟取元明与唐宋。風賦比興又雅頌。莫怪錦繡織心膓。五
車勤向窓前　誦。
一寒梅意乱於雲。和気虽春不十分。想得牕中遠山緑。曉
妝黛淺卓文　君。
一寸胸中説向誰。孤灯影裏歴三祇。駈胎馬腹悪因果。寫
出篇々小艶　詩。
講中紅葉已無媒。嶺上白雲不堪贈。幾夜月下往敲門。莫
論興尽与乗　興。
村園黃鸝頗三請。梨花梅花次第盛。報言秉烛何不遊。一
刻千金時難　更。
天地百年無用身。愧吾衣染軟紅塵。老来上有千薪積。人
到潕豊日一　新。
自古春愁連上元。干戈蕟裡暗銷魂。禅林谷遇中興日。莫
忘万年僧一　■。
疎懶多年不手巻。乱後乱前道一変。暮鐘咬破七条衣。大
相國三十六　■。
君識平生腸如鉄。万松山中保晩節。■■菱臺怨春風。土
消三千■■　■。」（32オ）
人生一夢付邯鄲。窪路懐来行路難。腸断寒鴉飛去処。昭
陽殿外■■　■。
普廣塔扁切一宮
紅玉如春自靄然。花顔拂鬢破瓜季。三生旧約不曽改。巾
上雲高■■　■。
花動公桃又鄉李。春王正月賀三始。且喜今年勝故年。我
家与君去天　咫。
生虽処世揔無益。慙愧面黒心堪白。我膽最短君所知。偏
急遂蝿剣三　尺
■■名上識源公。赫々聲擧日本東。一辨兕楼祝眉寿。南
無伊勢太神　宮。
無朝無暮倒衣迎。院落餘寒春有情。五百年間美人出。不
須崔氏喚鶯　々。
世上交情堕烏有。歳晩江湖鴎鷺友。無所取村古今常。可
説五不能三　不。
紫陌紅塵岸烏帽。贈君只以漁家倣。欄頭夜雨旧同参。語
罷九登話三　前。

屋纔容膝茅一把。幾度馳心魏闕下。喚童覔紙寄悪詩。身
非花弄影子　野。
僂指韶光十四加。毎逢佳節感年華。莫言春自今朝至。有
美一人顔勝　花。
刘葛氷魚君約臣。争如我与某人親。釈迦虽過有弥勒。誓
到生々世々　春。
龍集文明丁酉元宵前一日　　潜渕子百拝頓首
月関美丈閣下

【V】㋑
爰有梅之詩。予寓懐之餘。戯拾廿八字。聊綴廿八
絶。述卑臆焉。乃写之、投藝君少年■帳。兼巳簡貴
友懶鴟子之猊右云々。伏乞月斧　　横川
愛癖依梅痩入肩。沈吟立尽小園辺。一生只被斯花誤。昏
■■杳埜水　天。
横斜佳句至今倣。和靖高風猶耐〔耐〕仰。若有精霊可笑■。吟
魂苦雪一枝　上。
先度■花往又回。三分春色一分催。窓前雪月夜何奈。餘
■■■■■　■（梅）。』（32ウ）

軟白■■和気嘉。満簾妍暖為梅加。項来匹忍高標格。■
■■■■■　■（花）。
离外梅花日々新。吟餘忽喜卜芳隣。多情香衫夢還後。疑
是西湖■■　春。
如梅標格世応罕。一見紅粧腸易断。已愛斯花北埜神。曽
聞■■■天　■。
姑射真人玉削肌。紅腮一粲自然姿。春来多日不吟尽。只
被吾済悩此　枝。
■梅偏似督微吟。伴月娟々一樹陰。任枝花辺寂過処。蹈
苔蘚破履痕　深。
方翁去後識梅稀。浅水蒼茫花顔微。一雨一晴春欲暮。暗
香只雨埜人　衣。
日暖枝頭春已告。花英芳蘂闘妍促。標客無更可相比。潔
倡氷兮清似　玉。
標實移来誰是植。孤山春意尚堪憶。林君応識此花情。今
古変無香与　色。
奉勅一天誰不用。為君哦句幾回誦。所思欲寄更無媒。可
羡友盟兼竹　共。
寒梅襯雪一枝粧。瑶珮瓊瑠發暗香。自古詩人皆已用。离

騷何欠此花　相。
拖杖尋梅幽澗陲。詩思吟断与花期。相看不語横斜月。顔
色香腮粲々　宜。
江水之邊有汝居。衝寒凌雪衆芳初。傳聞字曰花儒者。避
得輕肥何瘦　如。
占淂清香趨雪多。没尋塹我鬓皤々。凍痕村臘月猶暗。短
啄長吟更奈　何。
■是氷兮肌是雪。玉神香骨更明潔。已従窮腸破春娟。紅
思緑情依熟　説。
檄板自茁寒難忍。慶暦郎官元可愍。梅是前生詩客無。十
分春色尚瘦《時也》　尽。
此花耷説水仙兄。破腸深締風雅盟。徹夜寒香好吹月。紙
窓浸影数枝　横。
梅花爛熳興無涯。恰似成王処士《和靖》家。昏月紗窓々外淡。疎
々慗々又■　■(斜)。
独吟終夜為梅苦。太費詩情身已瘦。■駈當時等美話。堪
思亦是程明　趣。」(33オ)
只此瓊旧欺雪出。青陽春色自梅茁。誰謂昔日李桃奴。已
是百華■第　一。

■寒清容在村舍。風処薫来香似麝。只与此花宜結盟。惜
哉一剋千金　夜。
手標見説小紅濃。元是蒼髯約又同。香影蕭然春日暮。鎖
花碧靄已朦　々。
暖心一朶属春風。認影尋香古寺中。老以寒吟愧題字。小
詩欲寄眼朧　々。
■■粲然含咲發。玉骨氷肌艶猶髣。啇有風流佳興多。嵩
辺嘯花又吟　月。
一樹魁春朶々開。當権暖意宜梅蕚。園林無頼是東風。只
願此花吹莫　落。
万木千林敢未知。斯枝独只暗香吹。梅花生意歳寒操。最
先陽春一氣　時。

㋺

一日咸〔感〕懐之餘作詩以寄梅、兼呈上藝少年年机下矣。于茲長福主席分其字為匀、以聯廿八篇被投贈焉。其甲于朝于暮吟之誦之。則咸〔感〕懐倍万於恒者也。終不獲默止、奉依厥匀末、恰学捧心而已。　絶海

要看梅花荷月肩。黄昏携杖倚籬辺。枝頭已是恣春處。無
頼東風欲雨　天。

林逋幽趣轉難倣。佳句至今教世仰。更為横斜幾往還。履痕晋得緑苔　上。

乗月徘徊知幾回。横斜影裏使吟催。黄鳥《鶯乎》莫怪幽人愛。万木叢中何似　梅。

詩到离辺自是嘉。暗香吹處興尤加。慇懃寄語梅仙子。孰与待人心待　■（花）。

一樹梅花朶々影。自然伴竹与松隣。縦来保得歳寒操。氷雪乾坤独■　■（春）。

蛟蝶由来相近罕。袈裟何幸快吟断。黄昏得々立多時。■■■■■　■。

只毎倚梅清我肌。氷間雪裡漏春姿。天公私否看花■。聞説■■■　■（枝）。

■得西湖処士吟。回首只訝月之陰。松蘿窓外半■■。■■■■■　■（深）。』（33ウ）

■々白々等梅稀。一朶飃然某翠微。春雨春風夕陽染。偏令■■■　■（衣）。

門径有花自告已。携藜杖嘯吟促。黄昏月下寂擡頭。樹寒梅■■■　■（玉）。

當時趙子筆端植。只使清標千古憶。一漏佳名已入朝。却嫌脂粉■■　■（色）。

挙世清標人名用《久也》。胡為楚客句堪誦。山房寂々夜沈々。香影可吟兼■　■（共）。

想像當初点額粧。妖顔艶靨至今香。山風山雨制無力。長笛何人更不　相。

仙骨梅清水浅陲。香腮含笑与誰斯。昔人其後心知少。燕舞鴬歌今已　宜。

何幸此梅鄰我居。嬋娟足愛月昇初。定魁群卉被鴬罵。鉄石心肝恐不　如。

寒梅開処興尤多。雪月花三口一皤。他夜窓前風雨後。枝々須痩奈吾　何。

壓倒層氷兼積雪。漏春腸底吐香潔。風流骨格総無窮。付与鴬君随意　説。

氷雪寒威季幾忍。放翁千億却応慇。横斜月痩暗香多。無限詩人吟不　尽。

鳥有雌雄花弟兄。又聞松竹結佳盟。請君訝我歳寒約。欲看一枝懸月　横。

乗暖尋春埜水涯。徐行数扣有花家。桃紅未綻海棠末。玉色寒梅一朶　斜。

短詠長吟娯又苦。可憐我臞為梅臞。横斜疎影月三更。縦
是畫如何此　趣。
■成梅花連玉出。已侵春信臘前茁。時以偸眼倚籬看。道
者家風纔萬　一。
江南江北有梅舎。馥郁暗香閑却麝。吟取横斜欲冩詩。夜
来月昧是何　夜。
幾多梅蘂迎春濃。花自年々歳々同。薄命何唯胡蝶耳。吟
餘我亦意朦　々。
独魁二十四番風。不雑公卿桃李中。聞説當初称清客。淡
粧濃抹月朧　々。
■梅的皪忍寒發。度越群芳分外馞。騰底催花寔有情。雪
如消■独唯　月。」（34オ）
黙生相識一籬梅。更訝雀児强啄蕚。以不平鳴人世常。開
花待得又愁　前。
蝶恨蜂愁無乃知。暗香和雪十分吹。縦兼桃李不同席。勝
又棟堂之殿　時。

【Ⅵ】
草色遙連春日長。蛙聲欲暮小池塘。東風一夜西堂夢。吹
入如来蔵裏香。
天子三月七日
池塘春屮　天椎雪
行人成労伎倆窮。破蒲團上白頭空。三間茅屋十長雨。一
ケ半穿無一功。
破蒲團　天子三月廿五日
魔日惜陰此魯陽。一枝紅冨一庭傍。丹州花亦漢韓信。春
作空王秋假王。
牡丹和　天子四月
曽聞西天験薦人。譬諸氷雪眼中塵。不労染浄修行力。無
吏安眠一夏旬。
薦人氷　天子四月廿日
大小雲門無了期。手中扇子跱跳来。咲他帝釈没巴鼻。百
億須弥蟄一時。
雲門扇子　天子六月廿二日
雲門機辯不曽蔵。扇子勃跳亘十方。何用秦時轆轢鑽。瞎
堂五百一清涼。
同　最公
寒殺闍梨炎熱中。雲門扇子有新功。清涼未度人間界。三
十三天青絹風。
同　芳公
湿却袈裟暗断腸。十旬今日去堂々。湘潭雲尽竒峯出。剣
樹刀山六月霜。
百十日印知客塔婆
百歳易驚春夢婆。木人恨別涙滂沱。従来作者徒名貌。火
血刀兮平地波。
南陽
多許栽松瞎禿奴。蔭涼難避尽都盧。活機用葉炎天雪。寒
殺闍梨一个無。
蔭涼樹　六月廿七出府

花前若有絶絃手。白髪蘊卿胡地塵。　題帰厂操
銀河清処暑吹残。乃作秋聲夢不安。天上佳期今夜尽。明
朝千里一張翰。　立秋前百遇七夕　天子
碧樹欲秋情不同。炎蒸半退鵲橋東。長生連理無由避。天
下明朝■■■。　■■■■■
光有牽牛星有名。人間天上欲秋驚。暁風吹下銀河影。昔
■鴎陽一賦■。　■■■■■
孝心一片一河沙。今日依然對阿爺。雪白湘潭雪尽後。臘
天吐出七河■。　■■■■■
天子臘十有九雲岫居士七周忌辰浮屠一基誌高着眼。』（34ウ）
山門改旦令辰。伏惟耆旧頂首諸位禅師各々道躰。起
居■■■■一偈以祝拄杖子。
佛法年頭作广生。問端声裡答新正。乾元一気梅資始。頻
勧上堂三請鶯。　天丑
乾徳山中得大安。閏餘日月孟春寒。世間甲子虚空聾。兩
箇■■同一般。　■■月上堂　天丑一日
六歳寒飢痩骨身。見星悟道落凢塵。松風説法深山雪。三
七花羅血噴尽。　臘月八日　天子
不堕澗溪洰沚毛。籃児感得月明高。一枝棒出率陀雪。十
七風光今日桃。
茅店雲深暁半開。凍鶏未拍月西頽。翅翎若遂寒更告。霧
海南對熟路桅。　凍鶏失暁　代■天子臘
莫怪隣鶏凍不催。簷前数片雪堆々。漁翁争識報晨發。万
里烟波有一桅。　同
待見陰雲変玉霙。慇懃默禱到三更。寒灯挑尽書窓暗。天
帝分吾一夜時。　祈雪　天子霜月
蒲澗雲深磵水連。踈鐘緩度二岩辺。袈裟影映尭時韮。残
杵随風落日前。　蒲澗踈鐘　天子端午
雲横蒲澗路無蹤。幽寺鐘踈夜色濃。我亦廣州坡老後。一
聲残月思重々。　同
数珠提起備威儀。元是木犀秋一枝。割凢廣寒香老界。丸
成百八顆广庄。　木犀花数珠　天子八月
莫認木犀穿鼻過。数珠念得痩誰那。天香百八袈裟角。退
散無明煩悩广。　同
方會元来鉄面皮。単丁院雪不曽知。少林断臂三千里。寒
殺白雲獅子児。　方會雪屋　天子
■堂方會活機先。撤向真珠雪屋禅。人若論楊岐監事。六
花松白旧房前。　同

群臣成列侍端門。春与元宵同亡痕。蘓軾聲名天下白。金
蓮餘烈照降幡。　天宵逢立春　天丑
雪擁数峰詩亦寒。東風泮作蜀江瀾。漁翁罷釣恐新漲。一
片春帆行路難。　蜀江雪浪　壬正卅日天丑
■道寒流滿蜀川。峨嵋落雪白鴎前。堰溪水作縣河浪。濯
錦江西天上■。　同
小雨入梅春未晴。含章風送暗香清。天公亦似妬顔色。滴
作簷聲吹笛聲。　小雨暗人日　天丑」(35オ)
擔取風光今日新。普同供養剰塵々。善天削出是何物。不
待芙蓉三月春。　一団春風新
京洛牡丹走卒知。少年妝在卯妝時。春風並化花尊者。李
白桃。下苑枝紅《ヒ》。　双艶牡丹　落髪天丑三月十三
双艶難分花有人。牡丹吹雨曉粧新。姚紅出左鞓紅右。第
一洛陽無此春。　同
涅槃妙相露堂々。百萬人天涙痛腸。来往八千今一度。風
吹榕葉響長廊。　仏涅槃　天過
朋友相呼為聚頭。評梅灯下得春遊。等論未了寒色尽。人
有聖兪花許由。　灯下評梅　即席天子臘月十五夜
雨後紅櫻欲叔時。惜春題取一聯詩。人勝潘岳花金谷。断
片和風吹又吹。　櫻花　太■之和天丑三月十日
宜於西子淡粧濃。木芍薬春欄飾東。花下睡猫吹不覓。風
前胡蝶隔繫紅。　牡丹　天丑三月廿三日
緑覆名監青蔚蓋。詩禅文外別無談。桃花結実暫時変。九
十春光王母三。　暮春残花　和天丑三廿九
疇夕携紅芍一枝。投於――玉几下。廼作詩被謝。予
亦不和、則恐公横責者。拜叨賦一篇塞瓊瑶之木瓜
也。
紅芍携来咳急辰。一詩奪得化工鈞。故人若是對花問。為
説南禅寺裡春。　芍薬之和匀尚　天丑四月十一
留个長松勢接天。多時有待立風前。一聲望帝又何去。緑
樹陰西残月辺。　杜鵑和　同十二日
輕羅落手略知涼。披得全身白雪香。人到端陽苦炎熱。杜
陵襟宇賛公房。　香羅雪　天丑端午
有梅遶地影縦横。幾許詩人留姓名。寺似孤山天下白。坐
花不覔暮鐘聲。　清白寺　天寅二月廿四
得意春風二月天。(一字欠)名清白暗香邉。乾坤枝上宜人物。楚
有湘臣唐謫仙。　同
菅名謂飛梅薩姓人。数篇續[讀]得語言新。一鞭千里夜来雨。天

滿宮前天下春。　詣菅廟續〔讀〕飛梅詩

上巳風光天気新。桃花片々浪鱗々。幾生修得登三級。氷
下寒■■尾春。　■河桃浪　天寅重三

樵夫尋路意相違。躑躅紅深義翠微。風雨声中花已去。擔
頭■亦不如皈。　楓路躑躅　天寅三月朔日
擔頭春紅杜■。　同』（35ウ）

■子行花三月天。青山如染又如燃。斧柯欲爛早皈去。二
曽点浴沂冠者連。詠而皈去落花天。漁翁不識舞雲■。■
■■■■■■。　■■■■■

團々離海影西流。信手拈来一棒頭。白日青天亦須喫。徳
山不放■■■。　打月題慈雲　■■八月十五日

杜鵑枝重出秋風。不換春山処々紅。佳節花無断猿譲。麝
香眼熱一离東。　杜鵑花　重九

彫雲捲雪下寒流。去借長松一片鴎。乗興不来山月落。紫
門半閉五更頭。　初雪和　霜月十日

雪白芦花浅水流。三分一色一浮鴎。皆奇夜月湖辺寺。寫
得江天上案頭。　同和　喝食代官

至日風光三日遅。含春凍蘂是氷肌。乱如雲者無人識。和
靖吟魂雪■枝。　凍蘂含春　至節三日　霜月十七

三七年来春雪前。阿爺面目任流傳。所須天地同根一。正
月荷花臘月蓮。　廿一年正月臈擔取

寒鎖東風未恣吹。看花人待半開遅。馬蹄不疾倦残雪。早
晩長安一日詩。　春寒花遅　天卯正月

真如寺裡鬓吹霜。兄弟情深蘊玉堂。細葛風雅天宝暑。欝
襟未洗七端陽。　東坡遊真如圖　天卯端午

思是漁翁亦可凉。従来無暑白鴎郷。湖辺水碧松間冷。不
願秋江夏日長。　白鴎不受暑　五月十九

清風欲雨走雷霆。雲似瀟湘峰洞庭。不啻斯須作蒼狗。炎
天七十二青々。　夏雲多奇峯　同廿五

夏雲四布没山河。朶々奇峯含雨多。五色蓬莱始終一。凉
風吹作碧嵯峨。　同

風前翡翠展翎輕。時又窺魚猶未驚。三界無安藕花雨。来
鳴衣桁一声々。　翡翠閑居　六月二日

暑恐扇声俄作空。欲秋夜永漢宮中。婕妤定可模稜手。幽
野風耶日本風。　扇声秋近　廿日

趙盾長除一扇中。此声不遠落梧風。昨宵苦熱今宵冷。欲
問家々陸放翁。　同

高楼築得欲秋光。為曝宮衣落日忙。花上一褌殺風景。珠

簾半動茜裙凉。　曝衣楼　七夕
月下訪僧過一村。暁風吹雪履無痕。隣鶏不拍凍鐘臥。折
竹聲中敲寺門。　雪夜訪僧　臘二日不遊月
昨夜江辺趣不斉。梅香高渡柳條低。春王即位定天下。野
水朝東揚子西。　梅柳渡江　立春」（36オ）
幾念西風秋未生。暑窓話雪到天明。欝襟汗重炎蒸客。杜
甫香羅海月情。　暑窓話雪
挙酒花前忤貴妃。三千丈髪雲紛飛。児童拍手笑扶酔。身
不勝衣蹈月帰。　李白酔像題

【Ⅶ】

遠過関山湖水明。加沙影上畫舩清。篷窓漸重楓林暮。
添月添鐘載淂帰。　舩上見楓　小補臾題
臘月屡残纔一旬。左花右柳雪精神。天公為我有私否。
昨日逢君又遇春。
君顔如玉我頭絲。邂逅承恩相遇時。院落芙蓉合歓枕。
断腸宮漏隔花移。
天涯相別心紛怨。昨夢花飛春事虚。愁緒萬般難盡説。
数行老涙一封書。
白首功名嗟我老。青山皈記許誰能。孤舟明月天涯望。
一道秦関入灞陵。　寄別朱拾遺　張楷
老狂落帽酔吟中。興〔落字〕与龍九日［山九日］山同。七十者况過二鬂。
糸撩乱付西風々。　節迫酔帽　村庵賛少■
輕凉小篋畫圖中。有鳥相呼雌与雄。八々歓君生才翼。
卦年重疊寿吾翁。　扇面八々鳥■龍峰惟高臾
祝龍雲心也。易卦塁成八々六十四卦也。易孔子■
■■■■』（36ウ）
移取渭川淇澳清。丹青幻出緑三莖。何知■■闕新笋。
祇道猫頭小錦繃。　葉果子　惟高
黄塵烏帽不圬吹。先節喜君来詠詩。洛北冷秋傳故叓。
重陽菊可打残枝。　節迫吹帽　小補
太白東坡瀑布詩。誰歟翠。。如糸。廬山倒掛銀河水巻ヒ
鬂ヒ。天地同根人不知。　廬山瀑布　同
板歯生毛老骨檛。却来石上種油麻。遊梁歴魏成何事。
孤負寒芦幾度花。　達磨乗芦賛
育王月江正印」（37オ）
』（37ウ）

（以下、余白）

【Ⅷ】
今茲天文辛亥秋七月十夜、東兵俄入相国官寺。而■■其翌南軍亦自山崎而入洛。争先而進。兩軍於石橋南辺自■前相戰。及晡出常徳普廣西門、出西阡大路、戦伐及黄昏。火于雲頂、次及鹿苑普廣。次火于大智法住、然及于方丈法堂、一時為灰燼。吾戶亦不能免此灾。遂為焦土。可憐吁、時也命也。虽嘆何有益哉。乃僦居于城中某人小寝、而蔵身者三四日。越十有八之黎明、将二三雛僧南行。敗笠破鞋行約六里、到于上津屋*。々々々者予徒、玄子之郷邑也。以此因由也。茲有龍雲屠蘇。庵主乃玄子俗叔、而宗譜出自吾普明祖、一派之瓜葛也。遙出于途相迎、延之入庵。卸笠脱鞋、入座休息、即具湯沐浥汗淋。納涼論雪斟霞、盃盤途相迎盃盤肴核、待遇益厚、如奉親事師。日日治具煩方平、時々軟飽酔伯霊。或浮小舟、棹於荷地、刺深入葉間。或展軽簟、枕於樹蔭、倒臥松下。日又夜々、日二旬之間曽無虚日。何楽加之。兵燹患難、如陽洛雪。不亦快乎。感悦弗可諼念。」（38オ）以玄之好、此十餘年来、敲寂至此。雖可講娣好之礼、余居僧省者、至去歳凡八霜、以是所欠礼謝也。翁亦此十暑霜餘、騒乱数起。動以离索、是故無由入洛問予。相思逓過越耳。這回微此騒擾、豈得来此慶快平生。是亦出于自然者也。余先是先師之蕞寺在西伯《伯嗜》。而就国戻止、易青黄者三十、今年又欲赴伯陽。於此有待伯之便鴻、滞留之所以久也。主翁展待无知客心。應接之深少見倦危、友于師資之弓、亦不然能无疎慢奇哉。是盖及予之。恩波、皆吾玄之餘也。喜不可無焉。謾綴三絶投于主翁床下、聊述卑　十《二字》一《落歟》云

去京六里觸炎蒸。相識雖新名旧朋。此地囂塵都絶却。比来天地一閑僧。

逃乱辞京問上津。禅翁頑《顧》遇類慈親。荷池日棹入深去。準擬桃源昔避秦。

者希加二景斜曛。慚《ヒ》慚愧盍帰陶亦云。回首世間皆虎穽。終身只合臥龍雲。

龍雲僧外主翁床下

廣徳老人惟高書」（38ウ）

【Ⅸ】
五柳逢秋影漸疎。陶潜愛酒不知皈。但存物外酔響在。

誰向人間問是非。　趙嘏贈正明府詩
對水看山別離。孤舟日暮行遲。江山江南奉屮。
独向金陵去時。　留別鮑待［侍］御云。
自従截断両頭後。尺八寸中通古今。吹起旡情心一曲。
三千里外絶知音。　尺八詩　順《紫》蔵主」（39オ）

〔翻刻注〕
（27ウ）＊壒…上欄に「⿰土臺」と注記。
（38オ）＊上津屋…上欄に「上津／屋在／海東／七十丁」と注記。

初出一覧

第一章　受容史及び研究史上における絶海中津
第一節　原題「絶海中津の評価について―文学活動を中心に―」広島商船高等専門学校紀要・第27号、平17・3
第二節　未発表
第三節　未発表
第二章　絶海中津の伝記研究
第一節　原題「絶海中津年譜考（一）―『仏智広照浄印翊聖国師年譜』の再検討―」古代中世国文学・第13号、平11・7
第二節　原題「絶海中津年譜考（二）―『仏智広照浄印翊聖国師年譜』と『勝定国師年譜』との関係―」古代中世国文学・第14号、平11・12
第三節　原題「絶海中津の関東再遊について」國文學攷・第163号、平11・9
第四節　原題「日記類に見る絶海中津―「坦率の性」に注目して―」禪學研究・第79号、平12・12
第五節　原題「「和韻」から見た絶海・義堂」古代中世国文学・第20号、平16・1
附　録　未発表
第三章　絶海中津の作品研究
第一節
第一項　原題「絶海中津『蕉堅稾』の伝本について（上）―諸本概観―」竹貫元勝博士還暦記念論集　禅とそ

の周辺学の研究、平17

第二項　原題「絶海中津『蕉堅藁』の伝本について（下）―諸本間の関係―」禪學研究・第83号、平17・1

第二節

第一項　原題「絶海中津『蕉堅藁』の作品配列について（一）―五言律詩の場合―」古代中世国文学・第15号、平12・7

第二項　同右

第三項　原題「絶海中津『蕉堅藁』の作品配列について（二）―七言律詩の場合―」古代中世国文学・第16号、平12・12

第四項　原題「絶海中津『蕉堅藁』の作品配列について（三）―七言絶句（八〇～九四）の場合―」古代中世国文学・第17号、平13・9。原題「絶海中津『蕉堅藁』の作品配列について（四）―五言絶句、七言絶句（九五～一二八）の場合―」古代中世国文学・第18号、平14・12

第五項　原題「絶海中津『蕉堅藁』の作品配列について（五）―書簡の場合―」古代中世国文学・第19号、平15・6

第三節　原題「絶海中津の自然観照（上）」禅文化研究所紀要・第28号、平18・2。「同（下）」は未発表

第四節

第一項　原題「『花上集』抄訳稿―絶海中津詩―」広島商船高等専門学校紀要・第39号、平29・3

第二項　原題「『花上集』抄訳稿―鄂隠慧奯詩―」広島商船高等専門学校紀要・第40号、平30・3

第三項　原題「『花上集』抄訳稿―西胤俊承詩―」広島商船高等専門学校紀要・第41号、平31・3

第五節　原題「五山文学における禅月の受容―絶海中津『蕉堅藁』を起点として―」禅文化研究所紀要・第26

号、平14・12
第六節　原題「五山文学における「和韻」について―絶海・義堂を中心に―」國文學攷・第179号、平15・9
第七節　原題「伝絶海中津作「題太寧寺六首」について」汲古・第47号・平17・6
第八節　原題「『翰林五鳳集』所収の絶海中津の作品について―清書本としての国立国会図書館蔵　鶚軒文庫本―」古代中世国文学・第26号、平28・3

第四章　絶海中津の周辺に関する研究

第一節　原題「「少年老い易く学成り難し」詩の作者は観中中諦か」國文學攷・第185号、平17・3
第二節　原題「「少年老い易く学成り難し」詩の作者と解釈について―「詩の総集」収載の意味するところ―」日本語学（明治書院）・二〇一六年九月号、平28・9
第三節　原題「義堂周信『空華日用工夫略集』の主題に関する覚書」古代中世国文学・第23号、平19・3
第四節　原題「「薔薇」発掘―五山文学素材考―」國語と國文學・第88巻第4号、平23・4
第五節　原題「瀬戸内海と五山文学」広島商船高等専門学校紀要・第29号、平19・3
第六節　原題「『翰林五鳳集』の伝本について」汲古・第53号、平20・6
第七節　原題「五山文学版『百人一首』と『花上集』の基礎的研究―伝本とその周辺―」文学（岩波書店）・第12巻第5号、平23・9
第八節　原題「東福寺霊雲院蔵『花上集』巻末の附載雑録から見た禅林の文芸―喝食・少年僧を対象とする文芸の隆盛―」和漢比較文学・第55号、平27・8
第九節　原題「兼好と禅宗―『徒然草』における禅思想の影響に関する覚書き―」広島商船高等専門学校紀要・第28号、平18・3

第五章　関連資料寸見―解説と翻刻―

第一節　原題「国立国会図書館蔵　鶚軒文庫本『翰林五鳳集』巻第十・試筆の本文（翻刻）」広島商船高等専門学校紀要・第31号、平21・3。原題「国立国会図書館蔵　鶚軒文庫本『翰林五鳳集』巻第十・試筆和分韻の本文（翻刻）」広島商船高等専門学校紀要・第32号、平22・3

第二節　原題「国立国会図書館蔵　鶚軒文庫本『翰林五鳳集』巻第五十一の本文（翻刻）」広島商船高等専門学校紀要・第30号、平20・3

第三節　原題「国立公文書館　内閣文庫蔵『花上集鈔』乾巻の本文（翻刻）」広島商船高等専門学校紀要・第34号、平24・3

第四節　原題「国立公文書館　内閣文庫蔵『花上集鈔』坤巻の本文（翻刻）」広島商船高等専門学校紀要・第35号、平25・3

第五節　原題「東福寺霊雲院蔵『花上集』巻末の附載雑録の翻刻」広島商船高等専門学校紀要・第36号、平26・3。原題「東福寺霊雲院蔵『花上集』巻末の附載雑録の翻刻（Ⅱ）」広島商船高等専門学校紀要・第37号、平27・3

あとがき

本書は、平成十五年に広島大学に提出した博士論文「絶海中津の基礎的研究」を核にして、その後に発表した関連論文を加え、最終的にこれらに加筆訂正して一書に纏めたものである。一書に纏めるに当たり、なるべく体裁を整えるように努めたものの、同時に論文発表当時の思いやこだわりを思い出し、結果的には、初出時の体裁をそのまま踏襲している箇所も散見される。この点に関しては、どうかご海容の程をお願いいたしたい。

博士論文を提出してから、早いもので十五年が過ぎようとしている。その間にも、有り難いことに著書刊行を促すお声を掛けていただいてはいたけれども、目前の立身出世のことばかりに心を奪われて、さらに追究の余地を残したままの研究内容を公表することには強く抵抗を覚える一方、この道の大先輩にも当たる父からも「焦るな!」と諭された結果、最低限、毎年、勤務校の紀要に論文を投稿することを自分に課し、今日まで地道に研究を続けてきたつもりである。勤務校である広島商船高等専門学校に奉職して以来、高専ゆえに研究の他にも、クラス担任や当直業務、部活指導、保護者対応、地域貢献など、業務は多岐に亘っており、到底、研究に専念できる環境とは言い難かったが、大学等の機関に所属される方には、研究面でも負けたくないという意欲は少しも衰えることはなかった。この度、自著の刊行に踏み切ったのは、絶海中津に関して自分なりに纏まった研究成果が得られたと納得したこと、部活指導に一区切りが付いたこと(中国地区高専大会剣道競技優勝)、念願だった第一子・弓梅乃が誕生したことによるところが大きい。

私のこれまでの研究生活を振り返ってみて、本当に良師に恵まれたことを痛感する。第一に五山文学研究のパイオニア的存在であり、私の名前・和の名付け親でもある中川徳之助先生。中川先生と出会わなければ、私は研究の道へ進むことができなかったと言っても過言ではない。博士課程前期への進学を失敗して落胆する私を唯一励ましてくださったのが中川先生だった。当時、先生はすでに広島大学を退官され、その後勤務された比治山大学もお辞めになられていたが、ちょうど吉川弘文館から『万里集九』（人物叢書）を刊行される準備をされており、昼夜ともに忙しくされていた時期であったと記憶する。にもかかわらず、先生は時間を割いて、出来の悪い（五山文学研究上の）後輩のために、ご自宅で週一回、『五灯会元』の読書会を開催してくださった。私は卒業論文で『徒然草』を扱い、先生の『兼好の人と思想』を座右の書として、先生の学問的な態度やお人柄を尊敬するようになっていたのだが、この浪人（研究生）時代に先生から五山文学研究の基礎を叩き込まれたことは、その後の研究生活において、大いに役に立ったことは言うまでもない。

中川先生は、ご自身の学問に対しては、殊の外厳しかった。が、私に対しては、終始暖かく接してくださり、本当に楽しく、掛け替えのない時間を過ごさせていただいた。読書会のお供は冷や酒、亡き奥様の小アジの南蛮漬けは絶品だった。密かに敬愛していた故・藤原与一先生や故・安良岡康作先生に引き合わせてくださったのも先生である。『万里集九』出版に際しての現地調査（岐阜の竜門禅寺・近江の三島明神社等）にも随行させていただいた。そう言えば、私の性格を鑑みて、絶海中津を研究対象としてすすめてくださったのは、一緒に錦帯橋や岩国城を訪れた折だった。「すばらしい仕事をしてください」「剣道をすれば、五山（禅）がわかるようになる」「海底のゴツゴツとした岩肌を、熱帯魚がキラキラ泳ぐような論文を書きたい」等、先生からいただいた励ましのお言葉やご提言を、私は今でも心の中で反芻し、自分の生活や研究における戒めとしている。

身内のことであり、ここで申し述べることは少し憚られるが、父・朝倉尚と弟・太田亨にも、大変お世話になっている。父は、私が幼少の頃から、ディズニーランドには連れて行ってくれなかったが（笑）、毎日のように、研究室に連れて行ってくれた。今でも実家の『続群書類従』をはじめとして、この時期に私が記した力作（落書やシール！）が残っている。とにかく研究の虫で、同業者になってみて、改めて父には敵わないな、と思った次第である。今日に至るまで、私は父の背中を見ながら、研究者としてあるべき姿を学ばせてもらっている。弟には、いつも心地よい（研究上の）刺激をもらっている。特に図書館や文庫や展覧会等の最新情報に精通し、この方面の師である。数年間にわたって、父・弟と三人で毎年決行している建仁寺両足院の蔵書調査は、本当に感慨深い。研究環境に恵まれていることを外野席に指摘されて、少し悩んだ時期もあったが、私には私にしかできない研究スタイルがあり、それは自ずと研究業績から証明されるはずである。

広島大学では、学部三年生の時から位藤邦生先生にご指導いただいている。広大の伝統的な実証主義に基づいた研究方法や論文の書き方を学ばせていただいた。妹尾好信先生は、論文発表の場が少ない我々大学院生に対して『古代中世国文学』を用意してくださり、大いに激励くださった。久保田啓一先生には、要所要所でお声を掛けていただき、大変勇気付けられた次第である。

この他、故・蔭木英雄先生には、修士論文を執筆するに際して、自筆書き入れのある私家版『蕉堅藁全注』（後に清文堂から出版）をご恵与くださり、大いに感激した。先生のご自宅の書斎・空華庵で、研究や禅僧のことをお話しさせていただいたのは、今となっては良い思い出である。藤原克己先生からは、就職して研究に行き詰まりを感じていた時期に、都内のお寿司屋さんで「「少年老い易く」詩や薔薇の論文は面白かったよ」とお褒めの言葉を掛けていただき、自分の研究に対して自信を持つとともに、研究に対するモチベーションを維持することができた。石川一先生には、研究上の些末なことまで相談させていただき、いつも急場を救ってもらっている。また、天龍寺金剛院の故・加藤正俊先生や、西尾賢隆先生のおかげで、花園大学やその関係者の方々と交流を深めることができた。建仁寺両足院の伊藤東文老師には、毎年、快く蔵書調査をさせていただき、深く感謝申し上げる次第である。

今回、初めての論文集を、五山文学に縁の深い清文堂出版から刊行させていただくことは、大変光栄なことである。特に本書を編集する際、松田良弘様には、細部に渡りご指導・ご助言をいただくとともに、索引作成においても手を煩わせてしまった。深謝申し上げる。私にとって、両親が健在のうちに本書を献ずることができたことは、この上もない喜びである。また、いつも私の生活面・健康面をサポートしてくれる妻・知美には、この場を借りて、心からお礼を申したい。

末尾ながら、翻刻許可をいただいた国立国会図書館、国立公文書館 内閣文庫、東福寺霊雲院には、改めて感謝申し上げるとともに、資料の閲覧に際して、ご厚情を賜った関係者各位に対して、ここに記してお礼申し上げる。

平成三十年十二月吉日　（集中講義で訪れた）別府にて

朝　倉　和

追而

平成三十一年正月十八日、聖典の霹靂、中川徳之助先生の訃報に接しました。先生には誰よりも早く、一番先に本書を見ていただきたいと願っていました。今となってはその望みは叶いません。せめて七七日法要の営まれる日に、御霊前にて報告させていただきます。

合掌

【付記】

本書は、平成三十年度科学研究費補助金（研究成果公開促進費）（課題番号18HP5048）により刊行されたものである。

ワ　行

マ　行

ヤ　行

ラ　行

ナ 行

ハ 行

タ　行

サ　行

書名索引

＊　本書(「第五章　関連資料寸見－解説と翻刻－」を除く)に引用した、近世以前の主要な書名を列挙し、該当する頁数を示したものである。
＊　書名は一般に通用している形で掲げることを原則とした。
＊　排列は、現代仮名遣いの音読み五十音順による。

ア　行

カ　行

ナ　行

ハ　行

タ　行

カ　行

人名(禅僧以外)索引

＊　本書(「第五章　関連資料寸見－解説と翻刻－」を除く)に引用した、近世以前の主要な本朝人名と中国人名を、一般に通用している称呼により列挙し、該当する頁数を示したものである。

＊　排列は現代仮名遣いの音読み五十音順とし、同一漢字ごとに一括する方針を採った。

ア　行

ワ 行

ヤ　行

ラ　行

ナ　行

タ　行

サ　行

カ　行

禅僧名索引

＊　本書(「第五章　関連資料寸見―解説と翻刻―」を除く)に引用した、近世以前の主要な禅僧名を列挙し、該当する頁数を示したものである。本朝禅僧が主体であるが、中国禅僧についても含まれる。同一頁に複数回引用する場合も、1回として数えた。ただし、「絶海中津」は本書全体にわたるので、省略した。

＊　現代仮名遣いの音読み五十音順で排列した。一般的な読み方を重視したが、一部、禅林特有の慣習に従った。

＊　本朝の禅僧名は、原則として「2字の道号＋2字の法諱」によって命名、称呼される。したがって、異なる表記法による用例も、可能な限りこの原則に改めて掲げることに努めた。中国禅僧の場合も、これに準じて掲げた。

＊　道号が未詳で、しかも法諱の第1字(系字)が不明な例も存する。本索引では、利用の便を図るために、変則的ではあるが、道号の頭文字と同一である場合は、1箇所に纏めて掲げた。

＊　2字の道号として掲げた例の中には、別名や地名等が含まれる可能性がある。

＊　法諱の第1字(系字)が不明な場合は「□」で示した。

ア　行

絶海中津研究 —人と作品とその周辺— 索引

朝倉　和（あさくら　ひとし）
昭和47年　広島県に生まれる。
平成15年　広島大学大学院文学研究科国語学国文学専攻博士課程後期修了
現　　在　広島商船高等専門学校教授（一般教科）、博士（文学）
著　　書　『後京極殿自歌合・慈鎮和尚自歌合　全注釈』（共著、勉誠出版、2011年）
『翻刻　平安文学資料稿　第三期 第五巻　伊勢物語逍遙院御抄（下）』（共著、広島平安文学研究会、2001年）

絶海中津研究
—人と作品とその周辺—

2019（平成31）年２月27日

著　者　朝　倉　　和©
発行者　前　田　博　雄

〒542-0082　大阪市中央区島之内2丁目8番5号
発行所　清　文　堂　出　版　株　式　会　社
電話06-6211-6265　FAX06-6211-6492
ホームページ：http://www.seibundo-pb.co.jp
メール：seibundo@triton.ocn.ne.jp
振替00950-6-6238

印刷：亜細亜印刷　製本：渋谷文泉閣
ISBN978-4-7924-1442-9　C3091